극한
공녀

극한
공녀 2

초판 1쇄 인쇄일 2018년 05월 31일
초판 1쇄 발행일 2018년 06월 15일

지은이 | 쥐똥새똥
펴낸이 | 김기선

편집장 | 김은지
편집부 | 김지현, 김아름, 박신혜, 김에너벨리, 유기웅
디자인 | MULL

펴낸곳 | 와이엠북스(YMBOOKS)
출판등록 | 2012년 7월 17일 (제2014-17호)
주소 | 서울시 도봉구 노해로 379, 802호(창동, 대성빌딩)
전화 | 02)906-7768 / 팩스 | 02)906-7769
E-mail | ymbooks@nate.com

ISBN 979-11-322-4565-0 (04810)
ISBN 979-11-322-4563-6 (set)

값 11,000원

극한공녀

쥐똥새똥 장편소설

✳

2

YM
BOOKS

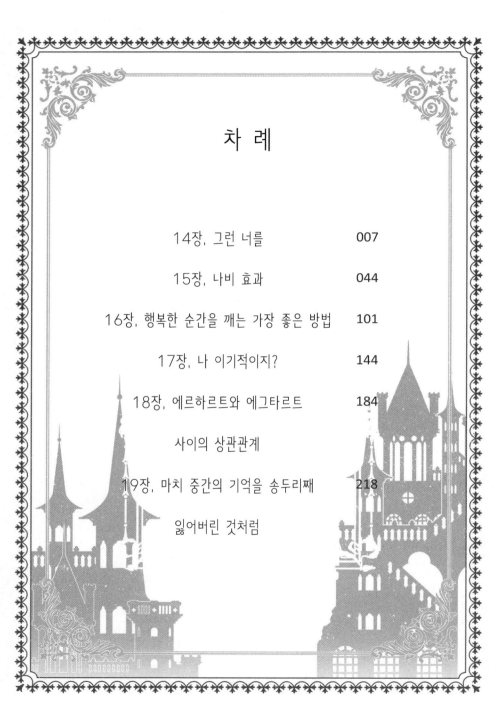

차 례

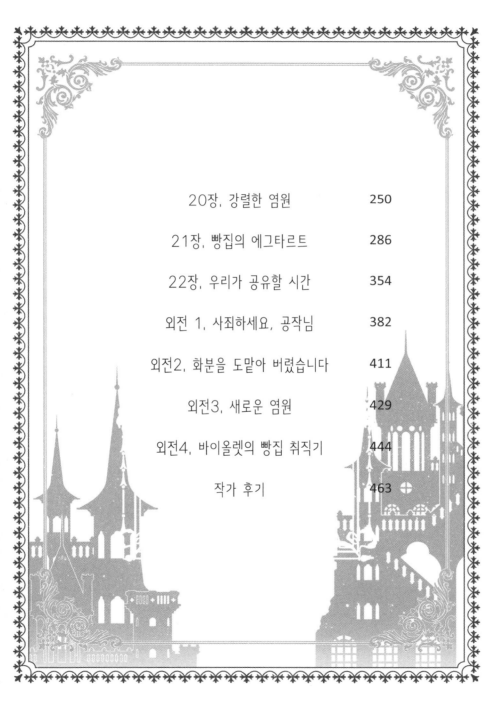

14장. 그런 너를

하론은 지난밤의 기억을 잃은 게 분명했다. 그렇지 않고서야 저토록 평소와 같을 수가 없었다.

"……뭐 해? 나, 입 벌렸는데."

그는 능청스러운 미소를 지으며 내게 말했다.

"어, 어."

나는 동그랗게 벌어진 그의 입 안으로 숟가락을 들이밀었다. 그러자 하론은 숟가락에 담긴 수프를 한입에 머금고선 입을 오물거렸다. 그 모습이 흡사 여물을 먹는 소의 모습을 떠올리게 했다.

"네가 먹여 주니까 더 맛있다."

"……."

그는 행복한 미소를 지었다. 정말로 내가 먹여 줘서 행복한 얼굴이었다.

나는 기계처럼 다시금 수프를 떠서 그의 입가로 들이댔다. 그러자 하론은 어미 새에게 먹이를 받아먹는 새끼 새처럼 입술을 벙긋거렸다. 이런 어이없는 상황에도 입을 벙긋거리는 하론의 모습이 참으로 귀엽게 느껴지는 나는 도대체가…….

"손이 이렇게까지 다친 줄은 몰랐어."

"그러게 말이야."

어젯밤 넘어지려던 나를 받쳤던 그의 오른손엔 보란 듯이 붕대가 감겨져 있었다. 아침 일찍 다녀간 의원의 작품이었다. 정확히 어디가 어떻게 다친 것인지는 잘 알 수 없었으나, 하론은 아침부터 내게 앓는 소리를 내었다. 하 필이면 오른손을 다쳤으니, 세수를 할 수 없겠다는 둥, 밥을 먹을 수 없겠다 는 둥. 그리하여 졸지에 내가 그의 얼굴을 씻겨 주고 아침까지 먹여 주고 있 는 것이었다.

하론은 어젯밤 이야기를 전혀 꺼내지 않았다. 그를 어떻게 봐야 될지 알 수 없어, 뜬눈으로 밤을 샌 내 사정이 무색할 정도였다. 나는 그런 하론의 의 중이 궁금했다. 의도적으로 능청거리며 다른 말을 하고 있는 그의 속사정이 너무나도 알고 싶었으나, 선뜻 물어볼 용기는 나지 않았다.

"휴."

나도 모르게 한숨을 쉬자 하론이 타박하듯이 말했다.

"다혜. 그러다 땅이 꺼지겠어."

지금 누구 때문에 한숨을 쉬는지도 모르면서.

"……이거 먹고 네 집으로 돌아가."

의미 모를 그의 태도에 마음이 상했는지, 나도 모르게 볼멘소리가 흘러 나 왔다. 하론은 그런 내 기분을 아는지 모르는지 대수롭지 않게 대답을 했다.

"싫은데?"

"왜 싫은데?"

"좀 더 있고 싶다고나 할까."

"……나는 너랑 더 있기 싫은데?"

"다혜. 화났어?"

"……."

내가 말을 말자. 능구렁이 같은 하론에게 무슨 말을 더 할 수 있을까.

나는 말끔하게 비워진 접시를 보며 숟가락을 소리 나게 내려놓았다.

"하론 클로노아 영윤. 식사가 끝났네요."

나는 새침하게 그를 부르며 자리에서 일어섰다. 그러자 하론이 붕대를 감지 않은 왼손으로 내 팔을 잡았다.

"바이올렛 공녀, 배도 부른데 좀 걸읍시다."

그는 내 말을 따라하며 희미한 미소를 지었다. 단칼에 거절함이 옳았지만 나는 고개를 끄덕이고야 말았다. 이유인즉슨 망설이는 나를 하론이 꽤나 그윽한 눈빛으로 바라보았기 때문이었다.

망할, 이토록 물러지다니.

나는 꽤나 시름이 깊어진 한숨을 내쉴 수밖에 없었다.

* * *

우리는 말없이 정원을 거닐었다. 이따금씩 들리는 이름 모를 새소리만이 우리 사이의 유일한 소리였다. 정원엔 꽃들이 아름답게 피어 있었지만, 그런 것들은 눈에 전혀 들어오지 않았다. 그저 익숙하게만 걸었던 정원이 오늘따라 유달리 길게만 느껴질 따름이었다.

나는 눈동자만을 굴려, 내 옆에서 걷고 있는 하론의 옆얼굴을 바라보았다. 그의 얼굴은 어제보다도 훨씬 좋아 보였다. 도대체 무슨 생각인 건지.

"나는 바이올렛을 동경했어."

먼저 말을 꺼낸 것은 하론이었다. 나는 그를 몰래 보던 것을 들킬까 싶어, 얼른 다시 전방을 쳐다보았다. 다행히 하론은 내게 시선을 두지 않고 있다.

"어릴 때 만난 그녀는 뭐랄까. 아주 커다란 존재로 보였지. 늘 당당했고, 기가 죽지 않았고, 제 신념이 확고했으니까."

"……."

하론은 왜 갑자기 바이올렛의 이야기를 꺼낸 걸까. 어제의 대화 속에서 했던 바이올렛에 대한 이야기가 부족했던 걸까?

"화목하지 않은 가정에서 자란 나는, 그런 바이올렛을 닮고 싶었어. 내 상황이 불우할지라도 그녀 같은 당당함을 가지고 싶었거든."

"응……."

"결론적으로 말하자면, 나는 바이올렛의 긍정적인 에너지를 받아서 지금의 내가 되었어. 늘 부정적으로만 생각하던 내가, 이젠 누구보다도 긍정적이게 되었다고나 할까."

하론은 걸음을 늦추지 않으며 말했다. 그의 목소리는 어느 때보다도 담담하기만 했다.

"그런 그녀에게 사랑을 느꼈다고 묻는다면, 자신 있게 아니라고 말할 수 있어. 나는 바이올렛을 동경했지만 사랑한 건 아니니까. 물론 그녀를 무척이나 좋아해. 하지만 그건 친구로서의 감정일 뿐인걸."

하론은 어째서 제 감정을 확신하는 걸까.

동경과 사랑이란 건 꽤나 경계가 모호한 것들이었다. 사랑이었지만 동경이라고 선을 그어 생각했을 수도 있다고 여겼다. 왜냐면 바이올렛은 결단코 저를 좋아하지 않을 게 분명했으니까.

바이올렛은 하론 같은 유연한 류의 남자를 정말이지 좋아하지 않았다. 그것은 '샤넌을 위하여'에서도 몇 번이고 나왔던 서술이었다. 하론도 그 사실을 일찌감치 알고 있지 않았을까? 바이올렛에게 유일한 친구였던 하론이었기에, 그도 그 사실을 알았으리라 짐작되었다.

"……그걸 어떻게 확신해? 사랑이었을 수도 있잖아."

나는 약간은 자신 없는 투로 말했다. 물론 소설 속에서 하론은 바이올렛을 사랑하지 않았다고 적혀 있었지만, 그것은 텍스트에 불과할 뿐이었다. 텍스트 뒤에 숨겨진 이야기가 더 있을 수도 있다고 생각했다.

"왜냐면……."

거기까지 말한 하론이 걷던 것을 멈추었다. 덩달아 나도 걸음을 멈추고선 그를 바라보았다. 하론은 그제야 내 쪽으로 몸을 완전히 비틀었다. 이내 그의 그림자 속에 내 모습이 완전히 담겼다. 밝은 햇살 속의 그의 모습은 어쩐지 빛이 나 보였다. 나는 멍하니 빛나는 그의 모습을 응시했다. 심장이 또다시 제 갈피를 잃은 것만 같았다.

"요즘 들어 진짜 사랑이 무엇인지 깨달았으니까."

하론은 왼손을 뻗어 내 얼굴 위에 몇 가닥 흘러내린 머리칼을 귀 뒤로 넘겨 주었다. 너무나도 다정한 손길이었다.

"변해 버린 바이올렛에게 어느 순간부터 이상하게 마음이 떨렸어. 전에는 전혀 느끼지 못했던 설렘이었지."

"……."

"그 설렘은 날이 갈수록 커졌어. 지금까지 바이올렛을 사랑하지 않다고 믿었던 내 확신을 모두 무너뜨릴 정도로."

하론의 왼손은 내 뺨에 부드럽게 닿았다. 그는 아주 익숙한 동작으로 내 뺨을 매만지고 있었다.

"혼란스러웠어. 왜 갑자기 바이올렛을 좋아하게 된 건지 짐작할 수 없었으니까."

"……."

"그런데 알고 보니 내가 설렘을 느꼈던 바이올렛은 다른 영혼이었지 뭐야."

"……하론."

"어쩐지 바이올렛을 좋아할 리가 없는데. 그녀는 정말로 동경의 대상이라서 사랑하게 된다는 범주 자체가 전혀 성립되지 않았거든. 너무 동경하게 되면 사랑의 상대로는 전혀 느껴지지 않아. 우상화라고 해야 할까. 신을 믿긴 하지만, 신과 직접적으로 사랑에 빠지는 건 아니잖아."

하론은 제 어깨를 살짝 으쓱였다.

"어째 비유가 조금 이상하긴 하다만."

나는 아무 말도 하지 못한 채로 그의 말에 집중을 했다. 어쩐지 내가 원하는 대답이 그의 입에서 흘러나올 것 같은 예감이 드는 건 왜일까.

"다혜."

하론은 얼굴에서 미소를 지우고선 내 이름을 불렀다.

"응."

"어제 네 고백을 모른 척해서 미안해."

"하론……."

"내가 먼저 솔직하게 털어놓으려고 했는데, 네가 갑자기 고백해 버리니까. 나도 당황스러워서."

"……."

"네 추진력은 이미 알고 있었지만, 이 정도일 줄이야."

"그래서 무슨 말이 하고 싶은 건데."

"서두가 길었지?"

"무척."

나는 짧게 숨을 내쉬며 그를 보았다. 하론 또한 짧은 숨을 토해 내며 천천히 입술을 움직였다.

"나도 좋아해."

"……."

"바이올렛이라는 외형을 떠나서, 네 영혼 자체를. 나를 가엾어 했던 너를,

언제나 나를 위해 줬던 너를, 날 믿어 준 너를……. 진심으로 좋아하고 있어."

좋아한다니. 믿을 수 없는 그 단어를 듣자 온몸의 털이 곤두서는 듯한 기분이 들었다. 설마 장난일까 싶어 그의 얼굴을 면밀히 살폈으나, 그는 그 어느 때보다도 진중하기만 했다.

나는 확인사살을 하듯이 그에게 되물었다. 어째 목소리가 희미하게 떨린 것만 같았다.

"……정말로?"

"응."

"친구로서가 아니라, 여자로서 나를 좋아한다는 말이야?"

"그럼."

"맙소사."

나는 곧 주저앉을 것처럼 몸을 조금 휘청거렸다.

"……도대체 언제부터?"

"글쎄, 언제부터라고 딱 말하긴 애매한 걸."

하론은 잠깐 동안 고민하더니 이윽고 대답했다.

"하지만 네가 나를 '가엾은 하론 클로노아.'라고 말했을 때부터, 나는 이미 너에게 바이올렛과는 조금 다른 감정을 가지게 됐던 것일지도 몰라."

"흄, 잘 믿기지 않는다."

나는 숨을 내쉬며 마음을 진정시키려 했다. 남자의 고백을 처음 받는 것도 아니었거니와 왜 이토록 진정할 수 없는 건지 알 수 없었다.

그 누구의 고백이 아니라, 하론의 고백이기에 그런 것일까.

서로의 마음이 서로에게 완전히 향하는 것이 얼마나 황홀한 것인지가 새삼스럽게 느껴졌다. 그것은 아주 오랫동안 잊고 있었던 느낌이었다.

"그럼 확인시켜 줄까?"

여전히 믿지 못하는 듯한 내 얼굴을 본 하론이 그렇게 말했다. 도대체 뭘 어떻게 확인시켜 주겠다는 건지.

"어?"

하론은 보는 이마저도 기분이 좋아지게 하는 미소를 지으며 내게 고개를 조금 기울였다. 그의 따뜻하고 부드러운 입술은 금세 내 이마에 닿았다. 말릴 새도 없이 벌어진 일이었다. 다시금 입술을 떼어낸 그는, 내 얼굴에 머물던 손을 올렸다. 그러곤 제 입술이 스치듯이 닿았던 내 이마를 가만히 쓸며 말했다.

"아직도 못 믿겠다면…… 다음엔 어디로 확인시켜 줄까?"

"……."

내 이마에 닿았던 그의 시선이 슬그머니 내려가더니, 이내 내 입술에 머무는 것이 보였다. 하론은 여자보다도 붉은 입술을 작게 벙긋거리며 무언의 신호를 보내고 있었다.

설마 입술을 맞대겠다는 건 아니겠지? 물론 그와 키스를 나눈다면 정말 기분이 좋긴 하겠지만, 나는 아직 그와 키스를 할 만큼의 마음의 준비가 되지 않았다. 지금 그와 키스를 나눈다면, 이번엔 몸을 휘청거리는 데에 그치지 않고, 다리에 힘이 풀려 주저앉을지도 몰랐다. 키스에 대해서 생각을 해서 그런 것인지 얼굴에 지나친 열기가 피어오르는 기분이 들었다.

"그, 그쯤이면 충분해."

삽시간에 내게 들이닥친 열기 때문이었는지 나는 말을 조금 더듬었다.

"아쉽다. 더 확실하게 확인시켜 줄 수 있었는데."

"하론!"

당황한 내 목소리를 들은 하론이 소리 내어 웃었다. 한참을 웃던 하론은 스스럼없이 내 어깨를 잡고선, 나를 제 품에 안았다. 거부감이 느껴지지 않을 정도의 아주 가벼운 포옹이었다.

"이런 나를 좋아해 줘서 고마워."

"그런 네가 어떤 넌데?"

"가엾은 하론 클로노아."

하론은 내 말투를 흉내 내며 말했다.

가엾은 하론 클로노아.

그것은 바이올렛에 빙의하고 처음으로 하론을 보았을 때, 그에게서 처음 느꼈던 감상이었다. 하나 정말 놀랍게도 지금의 그에게서는 그 어떤 가여움도 느껴지지 않았다. 소설 속 사랑의 실패자로서 가여워야 했던 하론은 이제 더 이상 없었다. 따스한 체온으로 나를 안고 있는 그는 제 사랑을 솔직히 고백하는 행복한 남자로 느껴질 뿐이었다.

나는 진심을 담아 그에게 말했다.

"너는 전혀 가엾지 않아."

"다혜 네가 내 곁에 있었기 때문에, 가엾었던 내 사정이 변한 건지도 몰라."

"그런 걸지도."

나는 부정하지 않으며 그에게 대답했다. 하론은 잘 모르겠지만, 내가 그를 위해 뒤에서 얼마나 노력을 했던가. 하론이 샤넌에게 사랑의 감정을 느끼게 하지 않기 위해 발 벗고 나섰던 지난날의 내가 떠올랐다.

샤넌을 사랑하지 않게 만들려고 했더니, 내가 그를 사랑하게 되고, 졸지에 하론 또한 나를 사랑하게 되다니. 이건 무슨 기구한 운명인 걸까.

"다혜, 고마워."

"그럼 앞으로 잘할 거야?"

"물론."

"그럼 우리 약혼은 이제 진짜 약혼이 되는 거야?"

나는 늘 염려했던 것을 그에게 털어놓았다. 가짜에 그치길 바라지 않았던 그와의 약혼. 은연중에 진짜가 되길 바랐던 그 약혼.

하론은 여전히 나를 꼭 끌어안은 채로, 내 귓가에 작게 속삭였다.

"이건 비밀인데, 나는 이미 예전부터 너와 진짜 약혼을 원하고 있었어. 네가 바이올렛과 다른 사람이 아닐까, 하는 의심이 들었을 때부터."

"뭐야, 혼자 그런 계획을 하고 있었던 거야?"

"내가 좀 음흉한 구석이 있잖아."

하론은 기분 좋게 키득거렸다.

"네가 다른 영혼이라서 정말 다행이야."

"나도 네가 하론이어서 다행이라고 생각해."

"그건 무슨 말이야?"

"비밀."

나는 하론의 가슴팍에 얼굴을 묻으며 생각했다.

내가 가엾게 여기던 사람이 에르하르트가 아니라, 너임이 다행이라고 생각해.

정말 만약에 에르하르트에게 연민을 느꼈다면, 지금의 나는 어떻게 됐을까. 지금 안고 있는 남자가 에르하르트가 되었을까? 그런 생각을 하기 무섭게 고양되었던 기분이 가라앉는 느낌이 들었다.

……아무래도 에르하르트에게 연민을 느꼈다 하더라도, 나는 그와 이성의 관계론 진척되지 않을 거란 생각이 들었다. 하론은 안고 있던 나를 천천히 놓아주었다. 우리는 다정한 시선으로 꽤나 오랫동안 서로를 마주 보았다.

그러다 정말 우연히 어디선가 벌 한 마리가 우리 사이로 날아왔다. 징징거리는 벌의 날갯소리와 함께 하론이 제 어깨를 조금 움츠렸다. 모든 것에 의연할 것만 같던 하론의 얼굴이 조금은 하얗게 질려 있었다.

"벌 무서워해?"

"벌레는 조금…… 으악!"

하론은 제 주변을 맴도는 벌에 기겁을 하며 뒤로 두어 걸음 물러섰다. 방금 전까지 세상 누구보다 다정한 미소를 짓던 그리고는 전혀 느껴지지 않는 모습이었다.

"다, 다혜! 어떻게 좀 해 봐."

"……흐음."

나는 벌을 무서워하는 것은 아니었지만, 왠지 모르게 그를 도와주는 게 망설여졌다. 하론이 질겁하는 모습이 참으로 새로웠기 때문이었다. 발을 동 동 구르는 그의 모습이 꽤나 귀여워 보였다. 나는 흐뭇한 시선으로 하론을 쳐다보기에 이르렀다. 벌은 내 근처에는 얼씬할 생각도 없다는 듯이 하론 근처만을 배회하고 있었다.

역시나 벌도 하론의 아름다움에 심취한 것은 아닐까. 까닭 모를 패배감이 느껴지기는 건 왜일까.

이내 하론의 얼굴이 눈에 띌 정도로 하얗게 질렸다. 그는 더 이상 못 참겠 는지 정원에 아무렇게나 떨어져 있던 나뭇가지 하나를 집어 들고선 벌을 향 해 휘둘렀다.

"다혜. 뭐 해! 나 벌에 쏘일지도 몰라."

그는 다급한 음성으로 내 이름을 불렀다. 곧 울 것 같은 하론의 모습에 이 제 좀 도와줘 볼까, 하던 찰나 나는 조금 이상한 것을 발견했다. 벌을 향해 나뭇가지를 휘휘 젓고 있는 하론의 손은 오른손이었다. 붕대를 칭칭 감은 그 오른손 말이다.

손에 힘이 들어가지 않는다니, 숟가락을 들 힘도 없다니, 했던 그 오른손.

그 손은 아주 명백히 나뭇가지를 세차게 휘두르고 있었다. 힘이 들어가지 않기는 개뿔, 되레 힘이 너무나도 많이 들어가 보였을 뿐이었다.

설마 오른손을 다친 척한 걸까. 나는 극도의 배신감이 들었다. 방금 전까 지 한껏 따스함을 느꼈던 게 무색할 정도였다.

"……휴, 드디어 갔네."

그사이 안도감 가득한 하론의 말소리가 들렸다. 벌이 다시금 어디론가 날아간 것이었다. 나는 일그러진 미소를 지으며 하론을 게슴츠레하게 바라보았다.

"하론. 너…… 오른손."

"……어?"

나는 한쪽 입꼬리를 올리며 그의 오른손을 빤히 바라보았다.

"아주 잘 움직이네."

"……."

하론은 제 오른손에 쥐여진 나뭇가지를 떨어뜨리며 놀란 표정을 지었다.

"거짓말을 했다 이거지?"

"어, 이건, 그, 그게 그러니까."

하론은 다시금 손에 힘을 빼며 내 앞에서 작게 흔들었다. 그의 얼굴이 적잖이 당황스러워 보였다.

"너무 놀라서 아픈 줄도 모르고 막 움직였네. 하하. 아야야- 아파라."

"내가 한 번 속지, 두 번 속을 줄 알고?"

"하하하."

하론은 연신 어색한 미소를 흘렸다. 내가 표정을 더더욱 험악하게 굳히자 하론이 그제야 제 상황을 정확히 인지한 것 같았다. 그는 두 손을 모으곤 내게 싹싹 빌었다.

"미안. 속이려고 속인 게 아니라."

"아니라?"

"네가 미안해하는 표정이 좋아서. 네가 내 얼굴을 씻겨 주는 게 좋아서. 네가 먹여 주는 수프가 좋아서……. 말할 타이밍을 놓쳤어. 사실은 근육이 조금 놀란 정도래."

말은 또 왜 이렇게 잘하는데.

그가 그렇게 말하자 잠깐 동안 나를 뒤덮었던 배신감이 엷어졌다. 일그러졌던 내 얼굴도 한층 누그러졌을 게 분명했다. 하론 또한 그것을 눈치챘는지 의미심장한 미소를 지었다. 그는 눈 깜짝할 사이에 내게 얼굴을 기울여, 내 입술에 짧게 입을 맞추었다.

"뭐, 뭐야!"

나는 하론의 입술이 닿았던 내 입술을 손으로 감싸 쥐었다.

"용서해 달라는 의미."

"……."

"용서 안 해 줄 거야?"

내가 대답을 하지 않자, 하론은 또다시 제 얼굴을 조금 기울였다. 그러곤 입가를 가리고 있던 내 손등 위에 제 입술을 가볍게 맞추었다.

"미안."

맙소사.

정말 놀랍게도 이젠 배신감이 전혀 느껴지지 않았다. 그의 입맞춤으로 모든 배신감이 어디론가 사라져 버린 것이었다.

나는 입가에 머물던 손을 내리며 심각한 얼굴로 그를 보았다.

"……하론, 너 설마 선수야?"

"풉, 큭큭. 그럴 리가 없잖아."

그럴 리가 없다는 하론의 말엔 전혀 신빙성이 느껴지지 않았다. 되레 예전부터 그가 선수가 아닐까, 했던 내 가설이 확신에 가깝다고 느껴질 뿐이었다. 내색은 하지 않지만 나는 이미 하론을 완전히 용서하고야 말았으니 말이다.

***

하론은 기분 좋은 콧노래를 불렀다. 언제고 그가 이따금씩 흥얼거리던 콧노래였다. 마차가 꽤나 덜컹거렸지만, 하론에겐 그런 움직임조차도 즐거운 일처럼 느껴졌다. 하론은 끊기지 않는 콧노래를 흥얼거리며, 제 손에 감겨 있던 붕대를 풀었다. 그것을 풀고 있으니 절로 다혜의 얼굴이 떠올랐다.

저가 속은 것을 알고서 발끈하던 다혜의 모습이 얼마나 귀엽던지. 지금 생각해도 입가에 흐뭇한 미소가 스밀 정도였다.

어젯밤 넘어지려던 다혜의 머리를 제 손으로 받치며 손이 정말 시큰하게 아팠지만, 손을 움직이지 못할 만큼 다친 것은 아니었다. 연거푸 미안해하는 다혜의 얼굴을 보며 장난치고 싶단 생각에 손을 못 쓰는 척했을 뿐인데, 다혜는 그것을 곧이곧대로 믿었다. 가벼운 타박상임에도 불구하고, 하론은 의원에게 붕대를 감아 달라고 했고, 다혜는 붕대를 감은 제 손을 보며 더욱 미안해했다.

얼른 사실대로 말해야지 싶었지만, 그녀가 제 얼굴을 씻겨 주고, 수프까지도 떠먹여 주는 건 정말이지 기분 좋은 일이었다. 그렇기에 쉽사리 진실을 털어놓지 못했다. 며칠 동안 다혜에게 다친 척을 할까, 라고 생각했을 정도였으니.

하론은 붕대가 모두 풀린 제 손을 가볍게 쥐었다 펴길 반복했다. 놀랐던 근육은 하룻밤 사이에 원래대로 돌아왔던 것인지, 이젠 정말 아무렇지도 않았다.

하론은 열어 놓은 창가로 시선을 옮기며 계속해서 다혜를 떠올렸다. 이젠 그녀를 떠올리지 않는 게 더 이상한 일이 되어 버린 것 같았다. 언제부터인가 제 머릿속에 그녀가 가득 차서, 무슨 일을 하건 그녀가 떠올랐다.

'나 아무래도 네가 정말로 좋아진 것 같아.'

어두운 사위 속에서 제게 고백을 했던 다혜의 목소리가 이명처럼 귓가에 맴돌았다. 그것은 살면서 들었던 그 어떤 말보다도 달콤하고, 가슴이 설레는 말이었다.

고백을 받는다는 게 원래 이렇게 황홀한 마음이 드는 걸까.

하론은 제게 먼저 그런 말을 해 준 다혜에게 고맙고도 미안한 마음이 들었다. 자신 또한 이미 오래전부터 그녀를 사랑하게 되었음에도 불구하고, 쉽사리 그녀에게 고백할 수 없었다. 제 신변에 일어난 말로는 제대로 설명할 수 없는 난해한 일들로 인해 연신 망설였던 그였다.

모든 일을 제대로 돌려놓은 뒤에 그녀에게 멋지게 고백해야겠다고 생각을 했었는데. 이런 식으로 다혜가 먼저 선수를 칠 줄이야.

하론은 눈을 천천히 감았다 뜨며, 지난날 저가 회귀했던 때를 떠올렸다.

하론이 과거로 돌아온 날은 바이올렛이 죽은 것을 알고 난 뒤였다.

하론은 바이올렛의 자살소식을 들은 그날을 잊지 못했다. 그토록 당당했던 그녀가 에르하르트와의 사랑의 실패로 힘들어하고, 결국엔 자살을 했다는 사실이 쉬이 믿기지 않았다. 그녀가 자살을 결심할 정도로 힘들어하고 있었다는 걸 몰랐다는 게 괴로웠을 따름이었다.

바이올렛이 에르하르트 때문에 힘들어하고 있을 때는, 하론 또한 샤년에 대한 사랑으로 힘들어하던 때와 겹쳤다. 제 사랑에 눈이 멀어, 소중한 친구가 망가져 가는 것을 제대로 보살펴주지 못했다. 그 치명적인 사실이 하론을 연신 슬프게 만들었다.

관에 뉘인 바이올렛의 모습을 잊지 못한다. 누구보다도 죽음에 초연할 것만 같았던 바이올렛은 누구보다도 관에 일찍 뉘어 있었다. 그녀의 창백한 입술은 더 이상 다정한 목소리를 뱉어 내지 않았고, 아름답게만 빛나던 그녀의 눈동자는 더 이상 그의 모습을 담지 못했다.

하론은 하염없이 눈물을 흘렸다. 죽은 그녀를 위해 저가 할 수 있는 건 눈물을 흘리는 일밖에 없었으므로.

바이올렛이 죽고 나자, 샤년을 사랑했던 제 마음도 차갑게 식었다. 바이올렛보다도 빛나 보였던 샤년이 더 이상 빛나 보이지 않았다. 저가 아닌 에르하르트를 사랑하는 그녀의 모습이 더 이상 괴롭지 않았다.

샤넌을 사랑하게 된 계기라는 게, 아마도 샤넌의 모습 속에서 바이올렛의 모습을 이따금씩 떠올렸기 때문이었을지도 모르겠단 생각도 들었다. 동경했던 바이올렛의 모습이 샤넌에겐 이성적인 매력이 되어 제 마음을 송두리째 흔들었을지도 몰랐다.

하나 이제 그런 건 아무런 감흥이 없었다. 중요한 것은 바이올렛이 죽어 버렸다는 사실 하나뿐이었다.

시간을 되돌릴 수만 있다면…….

그렇게만 된다면 바이올렛이 죽는 걸 가만히 지켜보지 않을 텐데. 유일한 친구였던 그녀가 죽음으로 나아가려던 발걸음을 멈출 수 있도록 도와줄 수 있을 텐데.

후회가 들었다.

그토록 강렬한 후회가 든 것은 태어나서 처음이었다. 아니, 후회가 든 것은 오로지 바이올렛의 죽음을 막지 못했던 사실 하나뿐이었을까?

하론은 샤넌을 사랑했던 일도 후회가 되었다. 이뤄지지 않을 사랑으로 힘들었던 제 모습까지도.

그는 몇 날 며칠을 제 방에서 나오지 않은 채로 괴로워했다. 그런 일이 일어나지 않을 거란 걸 알고 있었지만, 매일같이 과거로 돌아가고 싶다고 신께 기도했다.

신이란 게 정말 존재한다면, 제 말을 한 번이라도 들어주길.

그런 날들의 연속 속에서 하론은 어느 깊은 밤, 잠결에 어떤 소리를 듣게 되었다.

'죽고 싶어.'

그것은 너무나도 익숙하지만, 이젠 다신 들을 수 없는 바이올렛의 목소리였다. 하론은 누워 있던 몸을 발딱 일으키며 주위를 둘러보았지만, 바이올렛의 모습은 보이지 않았다. 괴로운 마음이 만들어 낸 환청인 걸까.

그러다 낯선 목소리까지도 듣게 되었다.

'바이올렛이 되고 싶다.'

그것은 처음 듣는 목소리였지만, 아주 진하고 오랫동안 하론의 귓가에 맴돌았다. 꿈이라도 꾸고 있는 걸까, 싶던 그때에 하론의 주변이 모두 정지했다. 모든 것이 정지한 도중에 유일하게 움직이는 것은 하론 혼자뿐이었다.

무슨 일이 일어난 걸까, 생각하던 그때에 주변의 광경이 변하기 시작했다. 몇 초 사이에 해가 빠르게 지고 다시 떴으며, 공기는 차가워졌다가 금세 따뜻해지길 반복했다. 기이한 현상은 하론이 상황을 제대로 인지할 틈도 주지 않고선 제 흐름을 찾아가고 있었다. 그러다 이내 완전히 새로운 흐름이 정착되고야 만다.

그러고 보니 아주 오래전에 그런 얘기를 들은 적이 있었다.

강렬한 염원은 때때로 기이한 현상을 불러일으키기도 한다고. 말로는 표현되지 않는 심오하고 난해한 그런 일을 말이다.

제게도 그런 일이 일어난 것은 아닐까.

하론은 제게 일어난 일의 해답에 대한 단서를 찾기 위해, 방을 천천히 둘러보았다. 모든 것은 그대로였지만, 딱 한 가지 달라진 점이 있었다. 그의 방에 걸려 있던 달력의 연도와 날짜였다. 그것은 무려 몇 개월 전의 날짜를 가리키고 있었다.

바이올렛이 자살을 했던 그녀의 스무 살 생일로부터 몇 개월 전으로.

마법처럼 과거로 돌아온 걸까?

하론은 그 순간 바이올렛에게 찾아가야겠단 생각이 들었다. 정말로 과거로 돌아왔다면, 그녀가 살아 있을 거라고 여겨졌다. 이것이 꿈이 아니라면 말이다. 그는 망설임 없이 제 방을 박차고 나왔다. 날은 이미 밝아오고 있었지만, 그런 건 상관없었다.

이윽고 공작저까지 도착한 하론은 바이올렛이 마지막으로 숨을 끊었던 그녀의 방으로 뛰어갔다. 왠지 모르게 떨리는 마음으로 문을 열자, 놀랍게도 그녀의 모습이 보였다. 이 세상에 더 이상 존재하지 않을 거라 생각했던 그녀. 바이올렛이 의자에 앉아 있었다. 그녀는 고른 숨소리를 내며 잠이 들어 있었다. 그녀의 두 볼엔 생명의 빛을 띠는 붉은 빛이 엷게 맴돌았다.

그것은 의심할 여지없이 살아 있는 그녀였다.

하론은 현실을 믿을 수 없어 눈동자를 빠르게 깜빡였다. 설마 꿈일까 싶었지만, 눈을 몇 번 깜빡였음에도 불구하고 살아 있는 바이올렛의 모습은 사라지지 않았다. 어째서 죽었던 그녀가 제 눈앞에 보란 듯이 살아 있는 걸까.

그는 떨리는 걸음으로 바이올렛에게 천천히 다가갔다. 괜스레 심장은 빨리 뛰고, 입 안은 바싹 말라갔다. 눈가에는 눈물의 기운도 맴도는 것만 같았다. 눈물을 흘리기 시작한다면, 그다음은 걷잡을 수 없을 것만 같았다. 그렇기에 하론은 제 아랫입술을 짓이기며 눈물이 나는 것을 가까스로 참았다. 이윽고 손이 닿을 거리까지 가까이 다가간 하론이 그녀의 이마 위를 조용히 두드렸다.

그러자 바이올렛이 눈을 떴다. 이제 다신 볼 수 없을 거라고 생각했던 그녀의 보랏빛 눈동자가 저를 선명히 바라보고 있었다. 그녀의 눈동자 속에 맺힌 제 모습을 보고도, 하론은 그녀가 저를 쳐다보고 있다는 사실을 단번에 믿을 수 없었다.

'……바이올렛.'

아주 익숙하고 슬프고, 그리웠던 그 이름을 뱉자 하론은 정말로 눈물이 날 것만 같았다. 그는 솟구쳐 오르는 감정을 억누르며 아무 말이나 뱉었다.

'겨울잠이라도 자는 줄 알았어.'

하론은 작게 웃었다.

'하론……?'

그러자 제 이름을 부르는 바이올렛의 선명한 목소리가 귓가에 스며들었다.

정말 꿈같은 일이었지만, 꿈이 아니라 현실이었다.

왜 과거로 돌아온 것인지 여전히 의아했지만, 그런 것은 이제 더 이상 중요하지 않았다. 하론에게 중요한 것은 바이올렛이 제 이름을 다시 불러 주었다는 그 사실 하나뿐이었다.

하론은 이마를 건드리던 손을 펴서, 그녀의 온기를 확인했다. 그녀의 체온은 그 어느 때보다도 따스했다. 부정할 도리 없이 살아 있는 자의 체온.

'하론.'

어딘지 모르게 평소보다는 낯설게 제 이름을 부르는 바이올렛을 만났던 그날을 잊지 못했다. 기적같이 과거로 돌아와 그녀를 만났던 그날, 하론은 다시는 바이올렛이 죽음의 수순을 밟게 하지 않겠노라고 다짐했다.

하론은 몇 개월 전으로 돌아온 것이 하룻밤의 기적으로 그치지 않을까, 싶어 잠에 들기가 두려웠다. 과거로 돌아온 이래 제대로 잠을 이룬 적은 손에 꼽을 정도였다. 뜬눈으로 밤을 지새웠고, 날이 밝으면 버릇처럼 바이올렛을 찾아갔다. 그리고 그녀가 살아 있음을, 여전히 제 이름을 따뜻하게 불러줌을 확인했다.

하론은 바이올렛에게 그런 제 사정을 털어놓지 않았다. 저조차도 설명하지 못하는 기이한 일을 타인에게 제대로 설명할 수 있을 리가 만무했다. 설령 그것이 소꿉친구였던 바이올렛이라 할지라도 말이다. 대신 그는 바이올렛이 에르하르트에게 사랑을 느끼는 것을 막기 위해 부단히 노력했다.

그런데 이상한 것은 바이올렛의 태도였다.

그녀는 저가 말리기도 전에 에르하르트를 싫어하겠노라고, 당당히 선언했다.

그것은 비단 말뿐만이 아니었다.

그녀는 보란 듯이 에르하르트를 멀리하였으며, 그를 끔찍하게 여겼다. 어째서 과거의 그녀와 태도가 달라지게 되었는지 그 당시엔 전혀 알 수 없었다. 다만, 이유가 어찌 되었건 바이올렛이 에르하르트를 사랑하지 않게 되었다, 라는 그 사실이 참으로 만족스러웠을 뿐이었다.

그렇게 시간이 흐를수록 바이올렛이 조금씩 다르게 느껴지기 시작했다.

소꿉친구로서 그녀의 자잘한 버릇까지도 꿰고 있던 그였다. 그런 그녀가 이따금씩 이전과는 전혀 다른 행동을 일삼았기 때문이었다. 그런 행동을 할 때마다, 얼굴은 분명 같았지만, 다른 사람같이 느껴졌다. 낯섦을 느낀 것은 하루 이틀이 아니었다.

설마 하니 사람이 바뀐 것은 아니겠지만…….

하론은 간간이 그녀가 다른 사람이 아닐까, 하는 의심을 했다. 제게도 과거를 거슬러 온 심오하고 난해한 일이 일어났다. 다른 사람에게도 그런 일이 일어나지 않으리란 법은 없었다.

변해 버린 바이올렛은 하론을 혼란스럽게 만들기도 했다.

티 없이 맑은 눈동자로 저를 보며, 부드럽게 웃는 그녀를 보면 한 번씩 가슴이 떨렸기 때문이었다. 그것은 사랑보다는 멀고, 우정보다는 가까운 설렘이었다.

그런 감정이 사랑에 가까워지게 된 것은 언제부터였을까. 아마도 에르하르트 공작이 바이올렛을 바라보던 시선이 달갑지 않았던 때부터였을 게다. 과거로 돌아와 변해 버린 것은 저와 바이올렛뿐만은 아니었다. 제게 매달리던 바이올렛을 매정할 정도로 내치던 에르하르트였건만.

과거의 그는 언제부턴가 바이올렛에게서 눈을 떼지 못하고 있었다. 무언가를 바라는 눈빛으로 바이올렛을 쳐다보는 에르하르트의 시선이 불쾌하게 느껴졌다. 그녀를 비참하게 죽게 만든 장본인이 그였기에 더욱 그렇게 느껴졌던 것일지도 몰랐다.

에르하르트와 바이올렛의 약혼을 막고자 했던 일말의 일들은 하론의 감정을 키우는 데에, 제대로 된 뒷받침을 했다. 그녀에게 거짓 약혼을 청하고, 늘 함께하며, 그녀와 있는 시간이 늘수록 느껴지는 건, 걷잡을 수 없이 커진 설렘이었다.

덩달아 그녀가 점점 더 다른 사람으로 느껴졌다. 분명 매사에 제 할 말을 하는 당당함은 이전의 바이올렛과 닮아 있었지만, 어딘지 모르게 정말 달랐다. 말로는 표현할 수 없는 그런 미묘한 다름이었다. 종내에는 정말로 다른 사람을 대하는 기분이 들 정도였다.

다른 사람 같다는 생각이 커질수록 바이올렛이 제게 닿을 때마다 민감해졌다. 온몸의 돌기가 바짝 솟는 기분이 들었다. 혹여나 우연히 그녀의 살갗에 제 살이 닿기라도 하면 숨을 제대로 쉴 수 없을 정도였다.

그것은 바이올렛과 친구로 지내며 단 한 번도 겪지 못했던 느낌이었다. 낯설고도 또 낯설었다. 설마 진심으로 좋아하게 된 걸까? 더 이상 우정이라고 말하기에도 애매한 감정이었다.

어째서 이런 일이 생긴 걸까? 그건 달라진 네 모습 때문이었을까? 너도 달라진 내 모습을 보며, 이따금씩 설렘을 느꼈을까.

하론은 때때로 저를 보며 얼굴을 붉히던 바이올렛을 떠올렸다. 그것은 또한 이전의 바이올렛에게선 전혀 찾을 수 없던 모습이기도 했다. 바이올렛에게 낯선 감정을 느끼기 무섭게, 다시 만난 샤넌에겐 지나치게 감흥이 서지 않았다. 지난날 제 마음을 송두리째 흔들었던 그녀였던 게 무색할 정도였다.

에르하르트를 사랑하는 샤넌을 보며 얼마나 괴로워했던가.

하론에게 있어 샤넌은 잊히지 않을 첫사랑 같은 존재였다. 낡은 기억 속에 살며, 시간이 지나도 간간이 떠오를 그런 사랑이었다. 하나 바이올렛에 대한 죽음이 제게 정말로 충격으로 다가왔던 것인지, 그녀를 죽음으로 몰고 갔던 샤넌을 더 이상 사랑하고 싶지 않았다. 그리고 정말로 사랑하지 않게 되었다. 마음이란 건 정말 이상한 것이었다.

하론의 그런 마음과는 별개로 샤넌 또한 몇 개월 전, 저가 사랑했던 모습과는 달라지고 있었다. 현명하고, 늘 올곧았던 그녀는 어느 새부터인가 바이올렛을 괴롭히기 시작했다.

에르하르트의 시선이 달라진 바이올렛에게 향하면 향할수록, 바이올렛을 괴롭히는 강도는 커져 갔다. 심지어 입에 담지 못할 극악한 방법으로 그녀에게 추문이 돌도록 사주하기도 했다. 속이 뻔히 보이는 술수로 바이올렛을 괴롭히던 샤넌의 모습은 정말 낯설었다. 그건 달라진 바이올렛에게 느꼈던 낯섦보다도 더한 것이었다.

과거에 사랑했던 현명한 샤넌은 어디로 사라져 버린 걸까. 바이올렛의 태도가 갑자기 변했듯이, 샤넌도 변해 버린 걸까?

샤넌은 에르하르트의 사랑을 갈구했다. 그건 그녀와 가까이 지내지 않더라도 충분히 눈치챌 수 있는 사실이었다. 그녀는 제 감정을 숨길 요량 없이 에르하르트를 대하고 있었다. 그 모습이 묘하게도 지난날의 바이올렛을 떠올리게 만들었다.

에르하르트의 사랑이 제게 닿지 않아 서서히 망가져 가던 그 바이올렛.

흐트러진 모습의 샤넌을 볼 때면, 하론은 그녀의 끝이 바이올렛의 끝과 같을 것만 같은 예감이 들기도 했다. 하론은 그것이 제 예감으로만 그치길 바랄 뿐이었다.

하론은 샤넌이 자못 안타깝게 느껴졌다. 어째서 그녀조차도 에르하르트에게 목을 매는 것인지 전혀 이해할 수 없었다. 혼자서도 충분히 찬란하게 빛날 수 있는 그녀인데.

하론은 과거에 사랑했던 샤넌에 대한 마지막 배려로써 러셀왕자를 찾아갔었다. 그러곤 그에게 부탁했다.

'샤넌 공주님을 미워하지 마십시오. 주제 넘는 말인지는 모르겠지만, 그녀를 가족으로 받아 주십시오.'

과거, 사생아였던 샤넌을 끔찍하게 싫어했던 러셀이었다.

하론은 샤넌이 러셀의 핍박 속에서 얼마나 힘들었는지 알고 있었다. 러셀만이라도 샤넌을 받아 준다면, 그녀의 마음이 조금은 편안해지지 않을까.

이렇게라도 샤넌을 돕고 싶었다. 물론 역시나 샤넌에게 사랑의 감정을 다시 느낀 것은 아니었다. 하나 그녀는 한때 호감을 느꼈던 상대이기도 했고, 왠지 모르게 파멸의 길로 가는 바이올렛의 모습과 닮아 보였기에, 그대로 놓아둘 수가 없었다.

러셀은 하론의 말을 단번에 들어주지는 않았다. 그것은 하론이 예상했던 반응이기도 했다. 끔찍하게 싫어하던 사람을 곧바로 좋아할 수는 없다고 생각했기 때문이었다.

그렇기에 하론은 러셀의 마음을 움직일 만한 것을 일찌감치 생각을 해 두었다.

'러셀 왕자님이 제 부탁을 들어주신다면, 저 또한 당신께 충성을 맹세하겠습니다. 왕자님이 지금 필요한 것은 당신을 밀어줄 세력이 아닙

니까. 제가 차기 후작이 된다면, 당신을 힘껏 밀어줄 의사가 있습니다.'

공석인 왕세자 자리를 탐내던 러셀이었다. 그렇기에 제 제안은 그에게 꽤나 달콤하게 다가갔음이 분명했다. 그것은 손바닥 뒤집기보다 더 쉬운 예상이었다. 과연 하론의 예상이 제대로 맞아떨어졌는지, 러셀은 눈에 띄게 동요했다. 그는 확실히 누그러진 목소리로 하론에게 물었다.

'그렇게까지 해서 샤넌을 도와주려는 이유가 뭐지? 하론 영윤은 그녀를 사랑해?'

사랑이라. 한때 사랑했었던 게 무색할 정도로 하론은 곧바로 고개를 내저었다.

'아뇨. 저는 그저 모두가 행복해지길 바랄 뿐입니다.'

'모두라. 그 모두에 나도 포함되어 있는 거겠지?'

'물론입니다.'

대화는 거기서 끝이었다.

하지만 러셀이 제 제안을 받아 줬다는 것은 말로 하지 않아도 알 수 있었다. 러셀의 얼굴에 작은 미소가 띠어져 있었기 때문이었다. 그 후에 러셀은 샤넌을 꽤나 우호적으로 대하였다. 그는 여전히 샤넌을 전적으로 좋아했던 것은 아니었지만, 그렇다고 해서 끔찍하게 싫어하지는 않게 되었다.

하론은 그 점이 다행이라고 생각했다.

자신이 노력함으로써, 샤넌이 원래의 현명했던 모습대로 돌아가길 바랐다. 저가 좋아했던 그 모습으로 돌아가, 행복해지길 바랐다. 그것은 순수한 진심이었다.

그런 이유로 이따금씩 샤넌을 바라보았다. 물론 바이올렛은 자신이 샤넌에게 시선을 두는 것을 끔찍하게 싫어했지만.

무슨 이유에서인지 그녀가 의도적으로 자신과 샤넌의 만남을 방해하려고 하는 것을 진즉부터 느끼고 있었다. 그 모습은 흡사 저가 샤넌을 사랑하게 될까 봐, 전전긍긍하는 것 같아 보이기도 했다.

걱정하지 마. 그녀를 더 이상 사랑하지는 않아.

하론은 그렇게 말하며 바이올렛을 안심시킬 수도 있었지만, 구태여 그러지는 않았다. 조금 약은 생각일지도 모르겠지만, 전전긍긍하는 바이올렛의 모습을 계속해서 보고 싶었기 때문이었다. 꼭 자신을 사랑하는 양 질투하는 그녀의 모습이 좋았다. 그것은 원래의 바이올렛에게선 전혀 찾을 수 없는 모습이기도 했다.

왜 그토록 바이올렛의 행동이 변한 것인지는 시간이 조금 더 지나고 나서야 알게 되었다. 그녀가 제 비밀에 대해 제게 털어놓았기 때문이었다.

다른 세계, 다른 영혼, 그리고 다혜라는 이름.

그것은 정말로 받아들이기 힘든 일들이었다. 하나 그렇다고 해서 그녀의 말이 거짓임을 의심하는 것은 아니었다. 그저 혼란스러웠을 뿐이었다. 혼란스러운 도중에도 다행이란 생각이 들었다. 그녀가 다르게 느껴졌던 게 설명이 되었기 때문이었다. 소꿉친구라고만 생각했던 바이올렛에게 느꼈던 제 설렘을 제대로 설명할 수 있게 되었기 때문이었다.

사랑에 가까운 감정을 느낀 것은 바이올렛이 아니라, 다혜라는 영혼이었다. 이제는 혼란스럽지 않게 그녀를 좋아할 수 있겠단 생각이 들었다.

그녀는 바이올렛이 아니었으니까.

다혜라는 낯선 그 이름을 제 입으로 뱉어 내자, 마법이라도 걸린 듯 제 마음이 더더욱 떨렸던 건 왜일까.

네게서 조금은 특별한 감정을 느꼈어, 라고 말하고 싶었지만, 쉽사리 입이 떼어지지 않았다. 한 번의 사랑의 실패는 저도 모르게 사랑에 소심한 사람으로 만들어 버렸을지도 몰랐다. 이따금씩 다혜가 자신을 좋아하는 듯이 굴었지만, 하론은 용기가 잘 서지 않았다. 어째서 제 마음이 그토록 나약해져 있었는지 알 수 없었다.

다혜에게서 바이올렛의 영혼이 샤넌에게 서려 있다는 사실까지 들었기 때문에 그런 것일까?

이따금씩 샤넌의 모습 속에서 느꼈던 바이올렛의 그림자는 그가 잘못 본 것이 아니었다. 과거에 스스로 자멸의 길로 걸었던 그녀는, 샤넌이 되어서도 자멸의 길로 걸어가고 있었던 것이었다. 그런 그녀가 마음에 쓰여, 다혜에게 쉽사리 고백하지 못했던 것일지도.

하론은 샤넌의 진짜 정체를 알고서, 그녀를 찾아갔을 때를 떠올렸다. 그것은 며칠 전의 일이었다. 막상 샤넌의 정체를 알고서 그녀를 보자, 그녀는 놀랍게도 바이올렛과 닮아 보였다. 그것은 정말 이상한 일이었다.

'하론 영윤이 이렇게 저를 찾아온 데엔 이유가 있을 거라 생각이 드는데. 제 말이 맞나요?'

샤넌은 꽤나 차가운 음성으로 제게 말했다. 하론은 진중한 음성으로 그녀에게 물었다.

'공주님께서 제게 숨기고 있는 것을 말씀해 주십시오.'

샤넌은 가벼운 코웃음과 함께 대답했다.

'숨기는 거라. 본디 여자들은 숨기는 게 많은 편이죠. 저에게도 그런 비밀들이 많답니다. 하론 영윤은 제가 무엇을 숨기고 있다고 생각하시나요?'

하론은 잠자코 생각했다. 무슨 말을 꺼내야 그녀가 제 본심을 털어놓을지에 대해. 자존심이 강한 바이올렛이었기에, 그녀가 제 속내를 쉽사리 드러낼 거라 생각하지 않았다. 하나 어떤 때는 수많은 말보다도 진심이 담긴 한마디가 더 통할 때가 있었다.

하론은 그리움이 가득 담긴 목소리로 그녀의 이름을 천천히 뱉어냈다.

'바이올렛.'

진한 울림이 되어 나온 그녀의 이름이 자못 아련하게 느껴졌다. 늘 다혜에게 바이올렛이라고 불렀지만, 그때와는 확연히 다른 느낌이었다. 그러자 왠지 모르게 감정이 북받쳐 올랐다.

'지금 바이올렛 얘기를 하러 온 거라면······.'

'바이올렛 바바라스. 나는 네가 정말로 행복해졌으면 좋겠어.'

하론이 거기까지 말했을 때, 샤넌의 얼굴에 처음으로 큰 파문이 생겼다. 샤넌은 아무 말도 하지 못했다. 그녀는 제 감정을 숨기지 못하고 당황하고 있었다. 그것 또한 원래의 바이올렛 같은 모습이었다.

'이제 정말 묻고 싶은 것을 묻겠습니다. 당신은 바이올렛의 영혼이 아닙니까?'

'······그런 물음, 재미있네요. 혹시 하론 영윤은 심령술에 관심이 있는 건가요? 그런 가당치도 않은 물음에 내가 뭐라고 답해야 하나요?'

'심령술에는 관심 없습니다. 저는 그저 진실이 궁금할 뿐입니다.'

'전······.'

'바이올렛.'

하론은 다시금 그녀의 이름을 친밀하게 불렀다. 그러자 샤넌의 눈가엔 감출 수 없는 물기가 서리기 시작했다. 그녀가 어째서 눈물을 흘리는 것인지는 잘 알 수 없었다.

그녀 또한 친구로서의 저를 그리워했던 걸까?

이윽고 샤넌의 하얀 뺨에 한 줄기의 눈물이 흘러내렸다.

'내게 사실을 얘기해 줘. 네가 바이올렛이라면, 우린 여전히 소중한

친구 사이니까. 우리 사이엔 비밀은 없었으니까.'

하론이 침착하게 말하자, 샤넌은 말없이 눈물을 뚝뚝 떨어뜨렸다. 그러고선 샤넌은 울먹이는 목소리로 간신히 대답했다.

'……바보 같아.'

'바이올렛.'

샤넌은 흐르는 눈물을 손으로 쓸어내리며 저에게 대답했다.

'이런 상황에서 우리가 여전히 소중한 친구 사이라고 생각하는 거야? 하론, 너는 여전히 멍청한 건지, 아님 순수한 건지.'

'멍청한 것도, 순수한 것도 아니야. 그저 그게 내 진심일 뿐이야.'

'나는 네게 그딴 진심 바란 적 없어.'

성난 목소리로 말하는 샤넌을 보며, 하론은 확신했다.

'너는…… 정말로 바이올렛이 맞구나.'

다혜의 말을 믿었지만, 직접 사실을 확인하자 마음이 조금 이상했다. 어떻게 이런 일이 일어난 걸까.

자신의 회귀. 바이올렛의 몸에 빙의된 다혜. 샤넌의 몸에 빙의된 바이올렛.

그렇다면 사라져 버린 샤넌의 영혼은 어디로 가 버린 걸까.

모든 일이 제대로 꼬여 있는 것만 같았다.

'왜…… 내게 사실을 말하지 않았지? 애초부터 얘기해 줬다면, 나는 어떻게 해서든 너를 도왔을 거야.'

네가 또다시 그렇게 비참하게 죽도록 내버려 두지 않았을 거야. 하론은 뒷말을 하지 못하고 이제는 샤넌이 되어 버린 옛 친구의 대답을 기다렸다. 이윽고 샤넌이 메마른 목소리로 대답했다.

'이따금씩 나도 믿기지 않을 때가 있었어. 내가 진짜 샤넌이 된 건지, 아님 내 정신이 이상해져서 환상이라도 보고 있는 건지 알 수 없었단

말이야. 그런 주제에 하론 네게 내 진실을 말할 수 있겠어? 네가 내 말을 믿어 준다는 보장도 없었고.'

'네가 무슨 말을 했건 나는 믿었을 거야.'

하론은 샤넌을 달래듯이 말했다. 하나 그것은 역효과였던지 샤넌의 붉어진 눈매가 날카로워졌다.

'더군다나 너는 바이올렛 그녀를 소중하게 대하고 있었잖아. 가짜 주제에 내 행색을 한 그것을 너는 예전보다도 더 소중히 대했어.'

바이올렛이라는 이름을 뱉는 샤넌의 목소리가 차가웠다.

'당연하잖아. 그건 너였으니까. 처음엔 너였으니까 소중히 대했던 거고. 나중엔…….'

'나중엔?'

나중엔 그녀가, 아니- 다혜가 소중해졌으니까. 바이올렛과 다른 느낌의 그녀가 소중해졌으니까. 그녀가 다른 영혼임을 알았음에도 불구하고, 여전히 그녀가 소중하게 느껴지니까. 네 얼굴을 하고 있어도, 너와는 다른 얼굴 표정, 말투, 행동을 가진 그녀였으니까.

다혜는 가짜 바이올렛이 아니었다. 다혜는 그저 다혜 그 자체일 뿐이었다.

하론이 선뜻 대답하지 못하고 망설이자, 샤넌이 그를 게슴츠레하게 바라보았다. 그녀는 비아냥거리는 말투로 그에게 물었다.

'하론 클로노아. 설마 너도 그것을 사랑하는 건 아니겠지?'

'다혜.'

하론은 그녀의 이름을 샤넌에게 일러주었다. 그녀를 그것이라 말하는 바이올렛의 말투가 어쩐지 마음에 들지 않았기 때문이다. 그토록 바랐던 진짜 바이올렛과의 재회였음에도 불구하고.

'뭐?'

'그것이 아니야. 그녀의 이름은 다혜야.'

'하. 나 원. 기가 막혀서 말이 안 나오네. 그것이 다혜건, 샤넌이건 내가 알 게 뭐야.'

다혜의 이름을 내뱉는 샤넌의 목소리가 날카로웠다. 더불어 그녀의 얼굴에 스며 있던 울음의 기운이 완전히 가셔 있었다. 되레 그녀는 방금 전보다도 더 날이 선 눈빛으로 하론을 응시했다.

'하론 클로노아. 그래서 그녀를 사랑하느냐고 물었잖아.'

'……좋아해. 좋아하고 있어.'

하론은 망설였지만, 이내 제 마음을 샤넌에게 털어놓고야 만다. 그녀와 자신은 여전히 비밀을 갖지 않는 친구 사이임을 확인시켜 주기 위해서였다.

'너는 바이올렛이라는 껍데기를 사랑하고 있는 거야. 네가 그녀를 사랑하는 마음은 가짜야. 나는 알 수 있어. 너의 오랜 친구였으니까.'

샤넌은 단언했다. 하론 또한 샤넌의 말에 전혀 동의하지 않는 것은 아니었다. 저도 처음엔 바이올렛이라는 소꿉친구를 좋아하게 된 것은 아닐까, 하는 생각을 했으니까.

하나 전에 없었던 설렘이 생긴 것은 바이올렛의 몸에 다혜라는 영혼이 스미고 난 뒤였다. 그 전과는 확실히 다른 떨림. 그건 다혜와 마주했을 때만 느껴졌던 것이었다.

그렇기에 그는 강경한 말투로 샤넌에게 대답했다.

'아니. 바이올렛, 네 말은 틀렸어. 나는 그녀를 그녀 자체로 좋아하고 있는 거야. 다혜가 내게 사랑받을 자격이 있다고 말했던 순간, 나는 그녀가 다르게 느껴지기 시작했는걸.'

'네가 사랑이 뭔지 알아? 그 사람을 사랑하면 내가 망가질 걸 알면서도, 끝끝내 그를 놓지 못하는 그 마음을 네가 아느냐고.'

'……'

'너는 예전에도 그랬어. 샤넌을 사랑한다면서도, 그녀의 행복을 빌어주는 것도 사랑이라며, 그녀의 행복만을 바랐었잖아. 바보같이.'

'이뤄지는 것만이 사랑이라고 생각하지 않았으니까.'

'이뤄지지 않을 거라면 사랑을 왜 하는 건데? 어떻게든 이뤄져야지 그게 사랑이라고 생각해. 무슨 방법을 쓰더라도. 심지어 내가 망가지는 한이 있더라도 말이야.'

샤넌은 숨을 길게 내뱉으며 이어 말했다.

'너는 그런 것들을 알지 못해. 그건 예전에도 그랬고, 지금도 그래.'

'……맞아. 나는 그런 것들을 여전히 알지 못해."

하론은 샤넌의 말을 손쉽게 인정했다. 그러자 그녀의 말문이 잠깐 막혔다.

'하지만 바이올렛. 네가 얘기하고 있는 건 사랑이 아니라, 집착이야. 자신이 망가질 정도로 그 사람을 원하는 게 진짜 사랑일까? 서로에게 상처만을 주는 게, 진짜 사랑이라고 생각해? 사랑을 하는 이유가 뭔데? 결국은 행복해지기 위해서잖아. 서로가 행복해지려고 하는 게 사랑인데, 왜 너는 스스로 자처해서 망가지려는 거야. 그건 누구를 위한 사랑인 건데? 너를 위한 사랑? 아님 그를 위한 사랑?'

하론의 말에 샤넌은 제 애꿎은 아랫입술만 지그시 짓눌렀다.

하론은 쉴 틈을 주지 않으며 그녀에게 이어 말했다.

'바이올렛. 이제라도 네 진짜 모습으로 돌아와 줘. 너는 그 누구보다도 빛이 나던 여자였어. 그건 네가 지금 샤넌이 되었다고 해도 변함없는 사실이야.'

'……'

'껍데기가 중요한 게 아니니까. 너는 여전히 빛나는 영혼을 가진 바

이올렛이니까.'

'……하론.'

샤넌은 하론의 이름을 익숙하게 불렀다. 그 속엔 어떤 그리움이 물들어 있는 것만 같았다.

하론은 절로 안타까운 마음이 들었다. 샤넌이 되어서도 행복해지지 않은 그녀에게 든 연민이었다.

'네 스스로가 먼저 행복해지는 거야. 그럼 에르하르트도 너를 다시 돌아보게 될 거야.'

'정말 그럴까?'

'분명히.'

하론은 진심을 담은 목소리로 제 말을 보태었다.

'……하지만 나는 네가 에르하르트를 사랑하지 않았으면 좋겠어. 그보다 너를 더 아껴 주고, 사랑할 남자를 만났으면 좋겠어. 왜냐면 바이올렛, 너는 정말 멋진 여자니까. 너는 누구에게나 사랑받을 자격이 있고. 충분히 사랑스러워.'

그 말은 바이올렛이 된 다혜가 하론에게 처음으로 했던 말이었다.

'하론. 너는 정말 멋진 남자야. 너는 누구에게나 사랑받을 자격이 있고. 충분히 사랑스러워.'

하론은 그 말을 오랫동안 선명히 기억하고 있었다. 그 말에 담긴 공명이 너무나도 좋았기 때문이었다. 그렇기에 샤넌이 된 바이올렛도 자신과 똑같이 느꼈으면 했다. 그 말이 가진 긍정적인 공명을 그녀도 느꼈으면 하는 바람이었다.

'나는…… 행복해지고 싶어.'

샤넌의 목소리가 짐짓 지쳐 있었다. 어쩌면 샤넌이 되었음에도 에르하르트를 갖지 못하는 저의 상황에 진절머리가 났을지도 모르겠다고,

하론은 생각했다. 하론은 손을 뻗어 조심스럽게 샤넌의 머리를 쓰다듬었다. 친구였을 때 자주 했던 행동이었기에, 겉모습이 바뀌었다고 해도 그다지 어색함이 들지 않았다.

'우린 행복해질 수 있어. 내 말을 믿어 줘.'

'나는 이미 또다시 망가지고 있어. 네가 다혜인지 뭔지 하는 것과 사랑 놀음을 하는 동안 나는 망가지고 있었다고…….'

'그렇지 않아. 다시 돌아갈 수 있어. 망가졌던 시간보다, 본래의 당당했던 네 모습으로 지낸 시간이 더 기니까.'

'에르하르트……. 그를 어떻게 하면 좋을까. 그를 어떻게 하면 잊을 수 있을까. 그가 나를 사랑할 방법은 없을까?'

'네가 스스로 당당해진다면, 그도 분명 다시 너를 사랑할 거야. 네가 바이올렛이었을 때, 그가 너의 당당함을 사랑했듯이.'

그리고 지금의 그가 다혜의 당당함을 사랑하듯이. 하론은 거기까지 말하지 못하고 그녀를 빤히 들여다보았다.

샤넌은 마른세수하듯 자신의 얼굴을 쓸며 천천히 대답했다. 그녀의 음성이 쓰디쓴 약이라도 먹은 양 괴롭게 들렸다.

'나는 정말 행복해지고 싶어. 지긋지긋한 애증으로 또다시 자살하고 싶진 않아.'

하론은 그 말을 듣는 순간, 바이올렛이 언제 샤넌의 몸으로 빙의 되었는지 알 수 있었다. 그녀는 스스로 목숨을 끊고 나서, 과거로 돌아와 샤넌이 된 것임이 분명했다.

바이올렛의 죽음. 그 일은 하론을 과거로 불러일으켰고, 바이올렛을 샤넌의 몸에 빙의하게 만들었다. 더불어 바이올렛의 몸에 다혜를 빙의시키기까지 했다.

이 일들 사이엔 저가 모르는 어떤 연결점 같은 게 존재하는 걸까?

서로가 가진 강렬한 욕망이 일순간 합치되며, 심오하고 난해한 일을 불러일으킨 것은 아닐는지.

하론은 구태여 그런 사실들을 샤넌에게 말하지 않았다. 제 사랑의 실패로 힘들어하고 있는 그녀를 더욱 복잡하게 만들고 싶지 않았기 때문이었다. 대신 따스한 말로 그녀를 위로했을 뿐이었다.

'걱정 마. 모두 잘 될 거야.'

'……'

'우리가 예전처럼 막역한 사이로 돌아가는 건, 어쩌면 정말 힘든 일일지도 몰라.'

하론은 씁쓸한 미소를 지었다.

'알고 있어. 그래서 너와의 친구관계는 애초부터 포기하고 있었어.'

'네 상처받은 마음이 괜찮아지도록 같이 노력한다면, 우린 전처럼 다시 돌아갈 수 있을 거야.'

'과연 그럴까.'

'그럼. 그럴 수 있어.'

그렇게 믿는다면 언젠간 믿는 대로 흘러가지 않을까.

우리의 강렬한 염원이 기이하게 이뤄졌듯이. 하론은 그렇게 생각하며 샤넌을 바라보았다.

'바이올렛. 아니, 샤넌. 이젠 둘이 있을 땐 편하게 불러도 괜찮을까?'

'이름은 뭐든 상관없어. 이미 모든 걸 다 안 마당에 이름 따위가 뭐가 중요하겠어?'

'나는 너의 행복을 예전이나, 지금이나 간절히 바라고 있어. 너도, 내 행복을 빌어 줄 수 있어?'

'너와 다혜인지 뭔지 하는 그것과의 사랑을? 넌 내게 너무 깊은 아량을 바라는 거 아냐? 그것 때문에 에르하르트의 사랑이 틀어졌어. 그런

데 내가 순순히 그녀의 행복을 빌어 줄 거라 생각하는 거야?'

'그녀의 행복만이 아니야. 다혜와 함께하는 건 이제 내 행복이기도 하니까.'

'하론 너는 내게 그런 말을 잘도 하는구나. 뻔뻔해. 내가 죽으면서까지도 바랐던 그의 사랑을 앗아간 게 그녀라는 걸 잊은 거야?'

샤넌은 미간을 험악하게 구겼다.

'그동안 네가 다혜에게 했던 짓들을 알고 있어. 그런 끔찍했던 일들을 생각하면 네게 화가 나. 하지만 그런 짓을 했던 네 마음도 어느 정도 이해를 하니까, 섣불리 화낼 수도 없어. 나는 이제 네가 그런 악질적인 짓을 다혜에게 하지 말았으면 해. 앞장서서 축복해 달라고는 하지 않을게. 그저…… 나는 네가 더 이상 악한 일을 하지 않는 것도, 우리의 행복을 빌어 주는 거라고 여길 거야.'

하론은 그동안 다혜에게 일어났던 일들을 잠시나마 떠올렸다.

리차드에게 겁탈을 당할 뻔했던 일이라든지, 심지어 그녀의 목을 졸랐던 일까지. 그런 것들을 다시 떠올리며, 어쩐지 마음에 노기가 조금 들끓었다. 꼭 저가 실제로 그런 일을 겪은 것만 같이.

샤넌에게는 화를 내지 않겠다고 말했지만, 여기서 더 평정심을 잃는다면 언성을 높일지도 모를 일이었다. 하론은 기다란 심호흡을 하며, 제 마음을 가라앉히려 노력했다.

'그녀에게 나쁜 짓을 했다는 거 인정해. 하론 네게 발뺌을 하긴 했지만, 나는 다혜라는 그 여자에게 몹쓸 짓을 했어. 그러나 후회하지는 않아.'

'바이올렛. 너 정말…….'

하론은 침착하지 못한 음성으로 말했지만, 샤넌이 그의 말을 끊었다.

'하지만 이제 너를 봐서라도 그런 짓은 하지 않을게. 네 말대로 축복을 빌어 주진 못해. 하지만 가만히 지켜보는 건…… 뭐, 할 수 있을지도 몰라. 단, 그녀가 에기에게 접근하지 않는다면 말이야.'

'다혜는 그를 사랑하지 않아.'

하론의 말은 단호했다.

'그녀가 그를 사랑하지 않는 건 참 다행이라고 생각해. 에기를 사랑했다면 내가 어떤 짓을 했을지 모르니까.'

하론은 긴 한숨을 쉬었다. 아무리 좋게 얘기하고, 달래려 노력해 봤자 결국은 제자리걸음을 하고 있는 기분이었다. 그는 지치는 기분이 들었다. 삐뚤어진 그녀를 바로 잡을 사람은 저밖에 없다고 생각했지만, 끝내 자신도 바이올렛을 어떻게 하지 못하는 건 아닐까.

나약한 생각이 들자 떠오른 것은 다혜였다.

저를 보며 밝게 웃던 그녀의 모습이 떠올랐다. 그러자 지쳤던 마음에 힘이 조금 솟구쳤다. 그녀는 무엇을 하고 있을까. 샤넌을 만나고 오겠다던 저를 걱정스러운 눈으로 보던 그녀가 눈앞에 아른거렸다. 동시에 얼른 그녀와 만나고 싶단 생각이 들었다. 그러곤 그녀와 마주 보며 평소와 다름없이 웃고 싶었다.

이런 상황에서도 다혜의 모습을 떠올리는 자신을 발견한 하론은 헛웃음을 흘렸다. 정말 빼도 박도 못하게 좋아하고 있는 건가.

'그래. 지켜봐 주는 것만으로도 다행이라고 생각할게.'

'하론. 그런 의미에서 너와 그녀의 약혼식에 나를 초대해 줄래?'

'……'

하론은 잠시 망설였다. 다혜를 생각하면 그녀를 초대하지 않는 게 옳았기 때문이었다. 샤넌은 조금 누그러진 목소리로 간청하듯이 말했다.

'나를 초대해 줘. 네가 오늘 내 행복을 진심으로 빌어 줬듯이, 나도 하론 너의 행복을 빌어 주고 싶어.'

'정말 나의 행복을 빌어 줄 거야?'

'그럼.'

'……그렇다면 다혜와 상의해 볼게. 약혼식은 나 혼자 하는 게 아니니까.'

'좋아.'

샤넌은 고개를 끄덕이며 희미한 미소를 지었다. 그녀의 미소를 보는 순간 하론이 느낀 것은 옅은 불안감이었다. 어째서 제 행복을 빌어 준다고 말하는 샤넌에게서 불안감을 느꼈는지 모르겠다. 그녀의 말엔 거짓이라곤 느껴지지 않았는데 말이다.

'잃어버렸던 옛 친구를 다시 만난 기분이야.'

'나도 그래.'

'우린 이번엔 실패한 사랑 없이 모두 행복해졌으면 좋겠다.'

하론은 대답 없이 조용히 고개를 끄덕였다.

바이올렛이 정말 행복해졌으면 하는 바람이었다. 그것은 처음부터 변하지 않는 진심이었다.

15장. 나비 효과

나는 한참이나 거울에서 시선을 떼지 못했다. 화장이 조금 진한가. 머리를 너무 많이 틀어 올렸나. 그런 걱정이 머릿속에서 떠나지 않았다. 늘 하던 것보다 정성 들여 치장했음에도 불구하고 전혀 마음에 들지 않았다. 나는 입술 위에 옅게 칠해진 붉은 연지를 덧대다, 힘없이 한숨을 쉬었다.

이게 도대체 뭐 하는 짓이람.

나는 일의 원흉인 하론을 떠올렸다. 그와의 마음을 확인한 이래로 왠지 모르게 모든 것이 신경 쓰였다. 나는 그에게 조금 더 예뻐 보이길 바랐고, 조금 더 여성스러워 보이기도 바랐다. 평소에 겉모습을 제대로 신경 쓰지 않던 나였음에도 불구하고.

화장을 더 신경 써서 한다고 해서 딱히 예뻐지는 것은 아닐 텐데.

나는 가까스로 거울 근처를 벗어나 저택을 나섰다. 하나 마차를 타서도 손거울에서 시선을 떼지 못했음이었다.

맙소사. 골치 아픈 거울 공주라도 된 기분을 떨칠 수가 없었다.

마차를 타고 도착한 곳은 왕궁의 연회장이었다. 나는 마차에서 내려 기다란 대로를 걸으며, 주변을 둘러보았다. 이미 도착한 귀족들이 많이 보였지만 내가 아는 이들은 보이지 않았다. 가령 하론이라든지, 아이린이라든지, 심지어 에르하르트조차도.

나는 자연스럽게 아이린을 떠올리며, 오늘 연회엔 그녀가 오지 않겠단 생각이 들었다. 왜냐면 오늘의 연회는 죽은 왕세자를 기리는 연회였기 때문이었다. 그의 기일로부터 삼 일이 지난 터였다. 이틀 동안 무거운 침묵 속에서 그를 기리던 것을 오늘로써 밝게 마무리를 짓는 것이었다. 연회라는 건 늘 즐겁고, 밝은 일이라고 생각했던 게 무색할 정도였다. 물론 나도 하론에게 들은 얘기였다.

연회장으로 들어서자 나른한 음악이 흐르고 있었다. 장내는 음악 소리를 제외하고는 꽤나 조용했다. 다들 일찌감치 춤을 추고 있었지만, 큰 소리로 떠드는 사람은 단 한 명도 보이지 않았다. 나 또한 구석에 자리한 채로 하론의 모습을 찾았다. 그는 무슨 일로 늦는 것인지 아직까지 보이지 않았다. 애당초 같이 올걸, 하는 후회가 잠깐 들었다. 나는 작은 가방에 챙겨왔던 손거울을 꺼내 마지막으로 얼굴을 살피며 하론을 기다렸다. 구태여 다른 사람과 춤을 추고 싶은 생각은 없었다.

샴페인으로 목을 축이던 그때에 저 멀리서 샤넌이 보였다. 그녀는 애처로운 미소를 지으며 사람들과 얘기를 나누고 있었다. 아마도 왕세자의 이른 죽음에 구슬퍼하고 있음이 틀림없었다. 샤넌이 된 바이올렛은 왕세자의 죽음을 정녕 슬퍼할까. 그녀는 그와 대화조차 나눈 적이 없을 텐데.

나는 이미 검증될 대로 검증이 된 샤넌의 연기 실력을 알고 있었다. 그런 연기 실력이라면, 세상 그 누구보다 오빠 잃은 여동생의 연기를 잘할 거란 생각이 들었다. 나는 엄지라도 들고 싶은 걸 가까스로 참았다.

하론은 샤넌과 얘기를 잘 끝냈다고는 했지만, 나는 여전히 샤넌이 달갑지 않았다. 그녀와 대화를 나누고, 눈빛을 주고받는다면 부정적인 일이 일어날 것만 같은 기분이었다. 흡사 예정되어 있지도 않은 그런 나쁜 일이라고나 할까. 그렇기에 나는 조금 더 구석진 곳으로 몸을 숨겼다.

어깨를 조금 움츠린 채로 음습한 곳까지 걸어갔을 때, 나는 누군가의 발을 실수로 밟아 버렸다.

"엄마야!"

나도 모르게 구두를 떼어 내며 발의 주인을 살폈다.

"나는 네 엄마가 아닌데."

발의 주인의 얼굴을 살피기도 전에, 목소리만 듣고선 그가 누군지 알 수 있었다.

"에르하르트 공작님?"

꽤나 오랜만에 만나는 그였다. 아마도 성문개방일 이후에 처음으로 본 게 아닌가 싶었다. 에르하르트는 제 등을 벽에 기댄 채로 나를 내려다보고 있었다. 주변이 꽤나 어두웠던 터라 그가 나를 어떤 눈빛으로 내려다보는지는 잘 알 수 없었다. 다만 그를 보자 그가 내게 마지막으로 남겼던 말이 떠올랐을 뿐이었다.

'이런 식의 끝은 원치 않아. 나는 널 쉽게 놓을 수는 없을 것 같아.'

그 목소리가 꽤나 간절했기에 아직까지 기억을 하고 있는 걸까.

에르하르트는 등을 곧추세우고선 그늘진 곳에서 한 걸음 걸어 나왔다. 그러자 그제야 그의 모습이 온전히 보였다. 그는 늘 그렇듯 매우 깔끔한 차림새였다. 일단 가지고 있는 체격이 매우 좋았던 터라, 무엇을 입어도 멋스러워 보였다. 오늘도 예외 없이 말이다.

밤의 부드러운 정적을 닮은 그의 검은 눈동자는 나를 빤히 응시하고 있었다. 그것은 뭇여자들을 설레 하는 눈빛이었지만, 내겐 큰 감흥으로 다가오지는 않았다. 여전히 그에게선 하론 만큼의 설렘은 전혀 느껴지지 않았다.

"바이올렛."

그는 익숙하게 내 이름을 불렀다. 나는 대답 없이 그를 물끄러미 보았다.

"오늘도 아름답구나."

그의 말투가 애달프게 느껴졌다.

당신은 여전히 나를 좋아하고 있는 걸까. 아니, 바이올렛을 사랑하고 있는 걸까?

은연중에 그에게서 흘러나오는 애잔함이 내게 오롯이 느껴졌다. 내가 아무 말도 하지 않자, 에르하르트는 내게 한 걸음 더 가까이 다가왔다.

"그대는 여전히 내가 반갑지 않겠지? 하지만 우린 이미 우연처럼 만나게 됐는걸."

"오늘 오시지 않은 줄 알았어요."

"내가 오지 않을 이유는 없다고 생각하는데."

"하하, 그러네요."

나는 어색한 미소와 함께 슬그머니 뒷걸음질을 쳤다. 아무래도 다른 구석진 곳을 찾아가야겠다는 생각이 들었다. 하론이라도 얼른 와 주었으면 좋겠는데……. 그는 도대체 왜 이토록 늦는 걸까.

내가 두어 걸음 뒤로 물러섰을 때, 에르하르트가 내 손목을 잡아챘다. 그는 내가 도망치려고 하는 것을 일찌감치 눈치챈 모양이었다.

"도망가려고?"

"……."

"왜 도망가려는 거지? 혹여나 내게 숨기는 거라도 있는 건가?"

"아뇨, 당신에게 숨기는 게 있을 리가 없잖아요."

에르하르트는 복잡한 시선으로 나를 쳐다보았다. 그는 뭐랄까. 무언가를 말하길 망설이는 것만 같았다. 그러다 그가 나를 조금 제 쪽으로 끌어당겼다.

"공, 공작님!"

"쉿."

그는 그늘진 곳까지 몇 걸음 더 옮기고서야 내 손목을 놓아주었다.

"이게 무슨……."

"화났어?"

그는 내 말을 자르고선, 빙그레 웃었다. 입꼬리가 보기 좋게 올라감과 동시에 그의 눈도 부드럽게 굽어졌다.

"화난 게 아니라, 갑작스러워서요."

"넌 약혼자가 있는 사람인데, 나와 이렇게 가까이 대화를 나누는 걸 누군가가 보면 안 되겠다 싶어서. 내 말에 이견이 있나?"

"……."

놀랍게도 이견이 없었다. 그의 말엔 틀린 구석이 없었기 때문이었다. 내가 미간을 옅게 찌푸리자 에르하르트의 얼굴에 걸린 미소가 짙어졌다. 답지 않게 조금은 개구지게 보이는 미소였다.

생각보다 말을 잘한단 말이지. 나는 에르하르트를 게슴츠레한 눈으로 쳐다보았다.

"그렇게 쳐다보면 눈동자가 아리지 않는가."

"글쎄요."

"네 태도가 너무 한결같아서 웃음이 나올 지경이야."

"제가 공작님께 웃음을 선사해 드렸다니 매우 기쁘네요. 그럼 이 기쁜 마음을 가지고, 저는 이만 퇴장해 보겠습니다. 공작님의 말씀대로 우리가 함께 있는 걸, 다른 사람들이 보면 오해할 것 같아서요."

나는 의기양양한 미소를 지었다. 내가 생각해도 꽤나 논리적이게 말을 잘했기 때문이었다. 내가 그렇게 생각하는 사이에 낮은 웃음소리가 들렸다. 그것은 에르하르트의 웃음소리였다. 그는 또다시 답지 않게 큭큭거리며 고개를 조금 숙였다.

"⋯⋯공작님?"

나는 그의 웃음의 의미를 알 수 없었다. 그렇게 한참이나 키득거리던 그는 숙였던 고개를 조금 들어, 흐트러진 제 머리를 몇 번 쓸어 넘겼다.

"그녀의 말이 맞을지도 모르겠군. 너는 정말 다른 사람 같아."

"그녀⋯⋯? 누굴 말씀하시는 거예요?"

에르하르트는 대답 대신 웃음기가 밴 얼굴로 내게 가까이 다가왔다. 내가 본능적으로 뒷걸음질을 치려고 하자, 그는 재빠르게 내 허리를 감싸 쥐었다. 허리춤에 느껴진 그의 손아귀가 꽤나 단단했다. 그 속에선 내게 도망갈 여지를 전혀 주지 않겠다는 그의 의지가 느껴졌다. 에르하르트는 밤하늘보다도 더 새카만 눈동자로 나를 그윽하게 내려다보았다.

"너는 누구지?"

그는 내 허리를 잡지 않은 나머지 손으로 내 얼굴을 부드럽게 쓸었다. 그의 손길을 저지하고자 했지만, 그가 내 몸을 너무 꽉 끌어안고 있었다. 손을 움직일 여력이 전혀 없었다.

"정말 바이올렛이 아닌 건가?"

무슨 말이냐고 따지고 싶었으나, 그리 말하는 에르하르트의 목소리가 너무나도 강경했다. 더불어 나를 내려다보는 그의 눈빛 또한 한 치의 물러섬도 보이지 않았다. 그것은 모든 것을 직감한 눈빛이었다.

순간 든 생각은 그가 무언가를 알아차렸을까, 하는 것이었다. 가령 내가 진짜 바이올렛이 아니라, 다른 영혼이라는 그런 사실을 말이다.

"⋯⋯제가 다른 사람이라고 해도, 공작님께 달라질 사실은 없을 텐데요."

나는 두루뭉술하게 대답을 피하며 그에게서 몸을 조금 비틀었다. 그러자 그는 나를 좀 더 꽉 제 품에 가두었다.

"네 말이 맞아. 네가 다른 사람이라고 해도 나는 너를 계속해서 사랑할 테니까."

"하……."

나는 절로 한숨이 나왔다. 그가 꽤나 바보처럼 느껴졌다. 어째서 항상 저를 싫다고 밀어내기만 하는 나를 좋아하는 건지 도무지 이해할 수 없었다. 설마 저를 싫어하는 여자들을 더 좋아하게 되는 이상한 취향 같은 게 있는 걸까. 그의 성적 페티시즘이 의심이 갈 따름이었다.

에르하르트도 나 같은 건 잊고, 저를 좋아해 주는 사람을 만나 행복했으면 좋겠다. 이제는 그런 생각까지도 들 정도였다.

"공작님. 곧 있으면 하론이 올 거예요. 그에게 오해를 받고 싶지 않아요. 이제 저를 놓아주세요."

내 말에 에르하르트는 꽤나 쉬이 나를 놓아주었다. 하나 완전히 놓아준 것은 아니라는 듯이, 내 손목은 여전히 잡고 있었다.

아직까지 할 얘기가 남은 건가?

"우리가 처음 입을 맞췄던 그곳을 기억해?"

"네?"

"그 연회가 기억이 안 나?"

에르하르트는 믿을 수 없다는 듯이 미간을 옅게 찡그렸다. 그는 원래의 바이올렛과 나눈 추억에 대해 말하는 것만 같았다. 하나 나는 원래의 바이올렛이 아니었던지라, 그 연회가 가지는 의미를 몰랐다. 모른다고 솔직하게 털어놓아야 할지, 아는 척 연기를 해야 할지 잘 가늠할 수 없었다.

내가 입술만을 뭉그적거리고 있자 에르하르트가 고개를 갸우뚱거리며 내게 말했다.

"……정말 샤넌의 말이 사실이었던 건가."

"샤넌이요?"

그는 쓸쓸한 미소를 지었다. 갑자기 샤넌이라니? 뭐가 도대체 어떻게 돌아가는 것인지 전혀 알 수 없었다. 내가 그에게 자초지종을 더 물으려던 순간이었다.

짱그랑-

귓등을 사납게 때리는 소리가 들렸다. 그것은 유리잔이 깨지는 소리였다. 어쩐지 불길한 예감이 들게 하는 소리라고 생각했다. 에르하르트와 나는 약속한 듯이 동시에 소리의 근원지로 눈을 돌렸다. 소리의 근원지는 그리 멀지 않았다. 그리고 낯익은 여자가 보였다.

그녀는 방금 전까지 제 오라버니의 죽음을 연신 슬퍼하는 척, 연기를 했던 샤넌이었다. 연기가 넘쳐흘러 눈물이라도 흘렸던 모양인지, 그녀의 눈동자가 붉었다. 그 붉은 눈동자는 내 손목을 잡고 있는 에르하르트의 손에서 떨어지지 않았다.

"하……."

나는 한층 깊어진 한숨을 또다시 쉬었다. 애증에 눈이 먼 샤넌이 봤을 때, 우리는 그녀의 오해를 살 만한 상황임이 분명했다.

염려했던 상황이 실제로 일어난 것이었다. 제길.

"공작님. 공작님 덕에 오해 아닌 오해를 산 것 같은데요."

내가 낮게 읊조리자, 에르하르트가 대뜸 발을 움직이기 시작했다.

"골치 아픈 상황엔 도망가는 게 제격이지."

"무, 무슨!"

그는 어디론가 재빠르게 뛰어가기 시작했고, 그에게 손목이 잡혔던 나 또한 졸지에 뛰기 시작했다. 그에게 잡힌 손목을 풀려 노력했지만, 에르하르트의 손아귀는 정말 단단했다. 뛰어가는 도중에도 등 뒤엔 샤넌의 예리한 눈빛이 계속해서 느껴졌다. 괜스레 머리가 지끈거리는 건 왜일까.

그렇게 우리는 왕궁 안을 한참이나 달렸다. 에르하르트는 왕궁의 길을 훤히 아는 것인지, 그의 발걸음엔 망설이는 기운은 전혀 없었다. 그는 인적이 드문 길을 걷고, 또 걸어서야 간신히 걸음을 멈추었다. 걸음을 멈춘 그는 그제야 잡고 있던 내 손목을 놓아주었다. 손목이 꽤나 얼얼했다.

"……공작님."

내가 가쁜 숨을 몰아쉬며 그를 부르자 에르하르트는 숨 한번 헐떡이지 않고 대답했다.

"이 정도면 샤넌도 따라오지 못하겠군."

"저희가 지금 숨바꼭질을 하는 건가요?"

"오해 받기 싫다며."

"……지금이 더 오해받는 상황이 된 것 같은데요?"

"그런가?"

에르하르트는 저는 전혀 그렇게 생각하지 않다는 듯이 어깨를 으쓱였다. 뻔뻔해도 그렇게 뻔뻔할 수가 없었다.

"저는 다시 돌아가야겠어요."

하론이 올지도 모르니, 돌아가야겠다고 생각했다. 이미 그녀는 나와 에르하르트가 함께 있는 걸, 그것도 꽤나 가까이 붙어 있는 걸 본 뒤였다. 그녀가 어떤 오해를 하든, 이미 엎어진 물이란 소리였다.

나는 그의 대답을 듣지 않은 채로 뒤돌아서려고 했다.

"잠깐만."

그는 꽤나 구슬픈 목소리로 내 발걸음을 망설이게 만들었다. 마음이 조금은 약해졌지만, 나는 이내 한 걸음 더 걸어갔다. 그러자 에르하르트의 목소리가 또다시 들렸다.

"샤넌이 나를 찾아와 이상한 얘기를 했어."

……샤넌이?

궁금증을 일으키는 그의 말에 어쩔 수 없이 뒤돌아섰다.

"무슨 얘기요?"

에르하르트는 내 걸음이 멈춘 것에 만족한다는 듯이 빙그레 미소를 지었다. 어쩐지 꽤나 얄미워 보이는 미소였다.

"너에 대해 아주 흥미로운 이야기를 하더군."

"그러니까, 그게 무슨 이야기였는데요?"

"궁금한가?"

"네."

내가 고개를 옅게 끄덕이자, 에르하르트는 내게 한 걸음 더 가까이 다가왔다. 숨결이 닿을 만큼의 가까운 거리였다. 그는 제 손을 뻗어 내 턱 끝을 부드럽게 잡아 쥐었다.

"내 바람을 하나 들어준다면, 네 궁금증을 풀어 주도록 하지."

순간 나를 보던 그의 검은 눈동자가 꽤나 무섭게 일렁거렸다. 그것은 위험한 눈빛이었다. 더불어 그가 작게 내뱉는 숨결이 너무나도 뜨거웠다. 왠지 모르게 에르하르트가 무엇을 원하는 것인지 알 것만 같았다.

"……됐어요. 그냥 알려 주지 않으셔도 되니까, 저를 놓아주세요."

샤넌이 나에 대해 할 말이라곤 어쭙잖은 뒷말 정도가 아닐까? 들어 봤자 머리가 아플 일임이 분명했다. 약간 궁금하기는 했지만, 나는 에르하르트와 어떤 스킨십도 하고 싶지 않았다. 그가 짐승 같은 뜨거운 숨결을 불어댈수록 하론이 그리웠을 뿐이었다.

"하, 못 당하겠군."

에르하르트는 바람 빠진 소리를 내며 허탈한 미소를 지었다. 아마도 제 거래가 내게 통할 거라 생각했음이 분명했다.

"정말로 가 볼……."

나는 정말로 가 보겠다고 말하려고 했으나, 에르하르트는 또다시 내 말을 잘랐다.

"네가 다른 영혼이라고 했어."

"……네?"

"네가 진짜 바이올렛이 아니라고 하더군."

맙소사. 내 뒷말이 아니라, 그런 비밀을 털어놓은 거였어?

나는 너무나도 당황스러워 아무 말도 하지 못했다. 얼굴은 금세 빳빳하게 굳어 경직이 되었다. 그는 내 턱 끝을 잡고 있던 손을 올려 내 뺨을 조심스럽게 쓰다듬었다. 당황스러웠던지라 그의 손길을 저지해야 한다는 생각을 전혀 할 수 없었다.

"바이올렛. 네가 이렇게 당황한다는 건, 역시나 그녀의 말이 사실이라는 걸까."

"……."

여전히 당황스럽기는 했지만, 한편으론 그런 생각이 들었다. 이거 생각보다 괜찮은 전개가 아닌가, 하는.

에르하르트가 사랑했던 것은 본래의 제 연인인 바이올렛이었다. 그는 이제 와 그녀와의 이별을 후회한다고 했다. 누구를 위한 이별이었는지 알 수 없다고 했다. 당신이 그토록 힘들어했던 이별의 주체가 내가 아님을 알았으니, 이젠 나를 더 이상 애달프게 바라보지는 않을까?

그렇기에 나는 꽤나 대수롭지 않게 그에게 대답을 할 수 있었다.

"당신의 말이 맞아요."

"……."

"샤넌 님이 뭐라고 하셨는지는 모르겠지만, 저는 진짜 바이올렛 바바라스가 아니에요. 그녀의 말대로 다른 영혼이죠."

에르하르트는 반듯한 제 눈썹을 옅게 찡그렸다. 당돌한 내 대답에 조금은 어이없어하는 것만 같았다. 저가 지금까지 속았다는 배신감을 느끼지는 않을까 싶었다. 나는 내심 그가 그런 부정적인 감정을 느꼈으면 했다.

"공작님. 그런 사실까지도 알아 버리셨으니……. 이젠 제가 정말로 싫어지셨겠죠? 당신은 바이올렛과의 이별을 가슴 아파하신다고 했잖아요."

극한공녀

아름다운 사랑이야기. 마음이 따뜻해지는 사람 냄새 나는 이야기
독자 여러분의 마음으로 편안하고 친근한 좋은 책을 만드는 와이엠북스입니다.
와이엠북스 블로그 http://blog.naver.com/ymbooks2012

그는 대답 대신 침묵으로 일관했다. 불현듯이 샤넌이 제 정체에 대해서까지도 그에게 털어놓았을까, 하는 생각이 들었다.

지금까지 봐온 샤넌의 성정을 생각해 보자면…….

털어놓았을 가능성이 백 퍼센트에 가깝다고 생각했다. 내 정체까지 말한 마당에 구태여 제 정체를 밝히지 않을 이유가 없었다. 나는 내 얼굴에 닿은 에르하르트의 손을 잡아 내리며, 그에게 이어 말했다.

"당신이 그토록 사랑했던 사람은 제가 아니라, 샤넌 공주님이에요. 그녀가 원래 바이올렛이었으니까요. 그 사실도 이미 알고 계실 거라고 생각해요."

"……네 말이 맞아."

역시나 샤넌의 속은 너무나도 뻔했다. 에르하르트에게 제 정체를 털어놓고선, 다시 저를 사랑해 달라고 했겠지.

샤넌이 호의적으로 느껴지는 건 아니었지만, 나는 그녀의 거센 사랑의 감정이 정말 대단하다고, 새삼스럽게 생각했다.

'샤넌을 위하여'를 읽으면서 느꼈던 것보다, 실제로 본 그녀의 사랑은 훨씬 더 깊었다. 저를 죽이고, 새로이 얻은 삶은 또 망가뜨리면서까지 원하는 그 사랑.

나는 하론을 그렇게까지 사랑할 수 있을까, 하는 생각이 들었다.

"이제 샤넌 님에게 호감이 생기지 않으시나요?"

"그건 도대체 무슨 말이지?"

"당신이 그토록 슬퍼했던 이별의 주인공이 샤넌 님이니까. 이젠 그녀가 조금은 다르게 보이지 않을까, 하는 생각이 들어서."

"하, 너도 샤넌과 같은 말을 하는군."

"네?"

"그녀도 저가 본래의 바이올렛이니, 다시 저를 사랑해 달라고 했어."

샤넌의 레퍼토리는 이미 일찌감치 예상했던 바였으므로 그다지 놀랍지 않았다. 다음의 에르하르트의 말이 더 놀라웠을 뿐이었다.

"그때 내가 했던 대답을 네게도 똑같이 해 줄게."

"……."

"내가 사랑하는 건 지금의 바이올렛이야."

"공작님."

"선명한 보랏빛 눈동자로 나를 보며, 당신을 사랑하지 않겠노라고 말했던 너를 사랑하는 거야."

"……."

"나는 내 마음을 확인하려 다른 남자와 키스를 나누던 과거의 그녀를 사랑하는 게 아니라고."

그의 눈빛이 진지하다 못해 정열적으로 불타오르고 있었다. 거짓으로는 치부할 수 없는 그의 진심이 느껴졌다. 인기가 많아진 내 상황을 좋아해야 하는 건지, 아닌 건지 도무지 알 수 없었다.

"네가 누구의 영혼인지, 내게는 상관없어. 나는 그저 내 눈앞에 있는 너를 사랑해."

그는 거기까지 말하며 희미한 미소를 지었다.

'사랑해.'

솔직히 그의 말에 가슴이 전혀 떨리지 않았다면 거짓말일 것이다. 꿈에서만 볼 법한 잘생긴 남자가 고백을 하는데 떨리지 않을 사람이 누가 있을까. 하나 그것은 사랑의 전조가 시작되는 특별한 설렘은 아니었다. 그저 스치듯 들었던 작은 설렘일 뿐이었다.

"바이올렛. 아니, 이젠 뭐라고 불러야 되는 건지도 모르겠다."

"……그냥 바이올렛이라고 불러 주세요."

"그래. 나는 네가 내 진심을 부담스럽다고 생각하지 말았으면 좋겠어. 왜냐면 널 사랑하는 건 온전히 내 의지니까. 너는 계속 나를 밀어내고, 미워해. 내게 모진 말을 해도 괜찮아. 도끼병에 걸린 공작이라고 또다시 말해도 너를 원망하지 않아."

나는 마른 아랫입술을 잘근잘근 깨물었다. 솔직히 그에게 무슨 말을 해야 할지 잘 가늠할 수 없었다.

"그렇게 되면 당신은 계속해서 상처를 입을 거예요."

내 말에 에르하르트는 고개를 내저었다.

"이미 상처는 받을 만큼 받았는걸."

"잔인한 말일 수도 있겠지만, 저는 이제 정말로 하론을 사랑하게 되었어요."

"그런 건 짚어 주지 않아도, 나도 알고 있어."

그는 잡고 있던 내 손을 제 입가 근처로 올렸다. 그러곤 말릴 새도 없이 내 손등 위에 제 입술을 맞대었다.

"만에 하나 하론이 네게 잘못을 한다면 나를 찾아와. 난 언제나 너를 기다리고 있을 테니까."

"……."

"언제고 내게도 기회가 올 거라고 믿거든."

에르하르트는 확신에 찬 어투로 말했다. 도대체 어디서 오는 확신인지는 알 수 없었다.

구제 불능. 나는 그 단어가 머릿속에 떠올랐다. 사랑에 목을 맸던 것은 샤넌뿐만이 아니었나 보다. 소설 속에는 잘 나오지 않았지만, 에르하르트 또한 제대로 된 사랑꾼임이 틀림없었다. 나는 그 두 사랑꾼의 사랑이 서로에게 닿길 간절히 바랄 뿐이었다.

에르하르트는 제 할 말이 끝났는지 내 손을 놓아주며 고개를 까딱였다. 이제 가도 좋다는 신호쯤이었다. 나는 무슨 말이라도 그에게 더 하고 싶었지만, 그랬다간 졸지에 에르하르트에게 더 붙잡히는 게 아닐까 싶어 얼른 돌아서 갔다. 등 뒤에 꽂힌 그의 시선은 내가 사라질 때까지 계속해서 느껴졌다.

***

연회장으로 돌아가는 복도가 길게만 느껴졌다. 나는 뛰어왔던 길을 되새기며 복도를 거닐었지만, 이상하게도 연회장과는 점점 더 멀어지는 기분이 들었다.

"이상하다. 분명 이쪽으로 온 것 같은데."

나는 머리를 긁적이며 왔던 길을 상기하려 애썼다. 경비병이라도 만난다면 길을 물어볼 참이었지만, 어두운 복도엔 사람 하나 보이지 않았다. 괜스레 스산한 기분까지도 들었다. 복도엔 왜 불도 켜 두지 않은 걸까.

그렇게 얼마나 걸었을까. 어디선가 작은 불빛이 보였다. 그것은 열어 놓은 방문 사이로 삐죽 튀어나온 빛의 줄기였다. 나는 길이라도 물을 요량으로 방문 근처로 다가갔다. 조금 열린 문틈 사이로 조용히 눈을 가져다 대자, 의외의 남자가 보였다.

그는 소파에 힘없이 앉은 채로 고개를 푹 숙이고 있었다. 푹 숙인 그의 고개를 따라, 결 좋은 그의 금발이 부드럽게 흘러내렸다. 그는 고개를 숙인 채로 테이블 위에 놓여 있던 유리잔을 집어 들었다. 무슨 영문인지 유리잔을 집어 든 그의 손이 눈에 띄게 흔들리고 있었다. 흔들리는 그의 손을 따라, 그의 손에 쥐인 유리잔도 흔들렸다. 더불어 그 속에 든 붉은 포도주까지도 커다란 궤적을 그렸다.

취한 걸까? 그는 제 상태를 인지하지 못한 건지, 아님 상관이 없는 것인지, 유리잔에 있던 포도주를 모두 털어 마셨다.

탁-

테이블 위에 유리잔을 소리 나게 올려놓은 그의 모습이 꽤나 위태로워 보였다. 나는 열려 있던 문을 조금 밀었다. 그러자 기름칠이 어찌나 잘 되어 있었던지, 문은 내가 생각했던 것보다 훨씬 더 많이 열렸다.

내가 작은 인기척을 냈음에도 불구하고, 그는 고개를 들지 않았다. 나는 방으로 조심스럽게 들어가며 그의 이름을 불렀다.

"러셀 님?"

그러자 굳은 듯이 앉아 있던 러셀의 고개가 내 쪽으로 돌아갔다. 그는 한동안 아무 말도 없이 나를 가만히 응시했다. 나를 보는 러셀의 금안이 오늘따라 조금은 애달파 보였다. 더불어 그의 얼굴엔 슬픈 기색이 얇게 깔려 있는 것만 같았다. 늘 귀엽고, 어리게 굴던 그의 평소 이미지와는 전혀 다른 모습이었다.

"……바이올렛?"

이윽고 러셀이 내 이름을 천천히 불렀다. 그의 목소리에선 쇳소리가 났다. 나는 러셀에게 가까이 다가갔다. 그에게 손이 닿을 거리까지 다가가자 러셀의 얼굴이 좀 더 선명히 보였다. 그는 정말로 슬퍼 보이는 얼굴이었다. 그것은 지난날 그를 마지막으로 보았을 때의 얼굴과는 판이했다.

나를 좋아하느냐고 묻자마자, 꼼짝없이 도망갔던 러셀이었다. 그는 제 마음이 단번에 들킨 것만 같이 허둥거렸었다. 그때에 바보 왕자라고 생각했던 게 무색할 정도로 지금의 러셀의 얼굴은 너무나도 진중했다.

"취하셨어요?"

"바이올렛?"

그는 믿을 수가 없다는 듯이 다시금 내 이름을 불렀다. 내가 저를 찾아왔음을 전혀 믿지 못하는 것만 같았다. 하긴 내 등장이 갑작스럽기는 하겠지.

나는 그에게 연회장으로 돌아가는 길을 물으려 했지만, 쉽사리 입이 떨어지지 않았다. 어쩐지 답지 않게 슬퍼 보이는 그에게 그런 것을 물을 수가 없었다. 대신 나는 다른 물음을 먼저 건네었다.

"술 드셨어요?"

"정말 바이올렛이야?"

그는 내 이름을 세 번째로 불렀다. 대답을 해 주지 않고는 배길 수가 없는 애달픈 목소리였다.

"네, 정말 바이올렛이에요."

"네가 어째서 여길……."

"아, 어쩌다 보니 궁성에서 길을 잃어서, 길을 찾던 중에 여기로 온 거 있죠?"

"그렇구나."

그는 별다른 말 없이 제 유리잔을 채웠다. 그의 유리잔엔 또다시 붉은 포도주가 채워졌다. 그는 떨리는 손으로 유리잔을 집어 마시려 했다. 나는 나도 모르게 그의 유리잔을 뺏어 들었다.

"러셀 님. 그만 드시는 게 나을 것 같아요."

그러자 러셀은 곧 울 것 같은 얼굴로 나를 올려다보았다. 그 모습이 너무나도 애달파서, 내 마음 한 편이 아려왔다.

"얼마나 드신 거예요."

나는 길을 물어야 한다는 것을 잊은 채로, 소파에 앉은 러셀 앞에 쪼그리고 앉았다. 러셀과 시선의 높이를 맞추기 위해서였다. 러셀은 포도주보다도 더 붉은 제 입술을 작게 움직여 내게 대답했다.

"……글쎄."

그는 쓸쓸한 미소를 지으며 다시금 고개를 숙였다.

러셀이 답지 않게 슬퍼하는 건 아무래도 제 형인 왕세자 때문은 아닐까, 하는 생각이 들었다. 그와 왕세자의 관계가 어땠는지는 나도 잘 몰랐다. 그런 건 소설 속에 전혀 나와 있지 않은 내용이기 때문이었다. 하나 러셀이 이토록 슬퍼하고 있다면, 두 사람은 꽤나 친밀한 사이가 아니었나 싶었다.

적어도 가식적으로 슬픈 표정을 자아내는 샤넌보다는 훨씬 더.

"러셀 님."

내가 그의 이름을 다시금 부르자, 러셀이 숙였던 고개를 들었다. 다시 마주친 그의 눈동자가 투명한 빛을 띠었다.

"슬퍼서 포도주를 드신 거예요?"

"……응."

러셀은 제 아랫입술을 짓이기며 대답했다. 그 모습이 너무나도 처량해 보여서 나도 모르게 그에게 손을 뻗었다. 그러곤 조심스럽게 그의 어깨를 두드렸다. 그러지 않고선 배길 수가 없었기 때문이었다. 그건 나만 그런 것이 아니었고, 어떤 이가 오더라도 그랬을 거란 생각이 들었다. 그만큼 러셀은 누군가의 손길을 불러일으키는 가엾은 모습이었다.

"당신이 슬픈 건…… 왕세자님 때문이에요?"

"응, 그의 기일만 되면 너무나도 슬퍼."

"그와 많이 친했어요?"

"글쎄. 형은 언제나 바빠서……. 우린 대화다운 대화를 나눈 적이 거의 없었어."

의외로 내 예상은 엇나갔다. 친밀했기에 슬퍼하는 건 아닐까 했는데…….

그렇다면 러셀이 이토록 슬퍼하는 이유가 도대체 뭘까?

러셀은 내게 무언가를 말할 듯이 입술을 조금 떼어 냈다가 작게 한숨을 내쉬었다. 필시 뭔가를 망설이는 모양새였다. 그러다 결심이 섰는지, 내게 나지막이 말했다. 말하는 그의 목소리가 희미하게 떨렸다.

"나를 조금 안아 줄래?"

그를 안아 주는 게 옳은 일인지는 잘 알 수 없었다. 혹여나 누군가가 우연히 지나가다 안고 있는 우리를 본다면, 그땐 좋지 않은 소문이 날 게 분명했다. 가령 약혼자가 있는 내가 다른 남자, 더군다나 왕자를 꼭 안고 있었다는 그런 추문쯤일까. 샤넌이 좋아할 만한 가십거리라고 생각했다.

나는 기다란 한숨을 쉬었지만, 이내 그를 안아 주고야 말았다. 곧 울 듯이 위태로워 보이는 그를 외면할 수가 없었다. 그리고 언제고 나를 도와줬던 러셀이 아니던가. 나는 그에게 서툰 위로라도 해 주고 싶었다.

내가 엉거주춤하게 안자, 러셀이 소파에서 일어나 나를 제대로 껴안았다. 가깝게 닿은 그의 몸이 정말로 뜨거웠다. 그것은 포도주가 가져온 열기 때문이었는지, 아님 다른 이유에서인지는 알 수 없었다.

러셀은 내 등에 제 손을 얹고, 내 어깨 위엔 제 얼굴을 묻었다. 등에 닿은 그의 손조차도 너무나도 뜨거웠다.

"형은……. 형은 나 때문에 죽은 거야."

그는 고백하듯이 내게 털어놓았다. 가까이 닿은 그에게선 술 냄새가 났다. 그것은 나조차도 취하는 기분이 들 정도로 지독한 냄새였다.

"……그게 무슨 말씀이세요?"

"형과 아이린이 탔던 그 마차. 사고가 났던 그 마차 말이야."

"네."

"그건 원래 내가 탔어야 했던 마차거든."

"……!"

나는 일순 놀라움에 얼굴이 굳었다. 정말 생각지도 못했던 사실이었기 때문이었다. 아이린이 다리를 못 쓰게 되고, 왕세자가 죽었던 그 마차가 러셀이 타야 했던 마차였다니. 역시나 소설 속에는 그런 친절한 서술까지 나와 있지는 않았다.

러셀은 내가 충격을 받은 것을 아는지 모르는지 제 말을 이어 갔다. 술에 젖은 그의 목소리가 괴롭게 들렸다.

"나도 몰랐어. 그 마차가 사고가 날 거라는 거…… 알았다면 형과 아이린을 태우지 않았을 거야. 나는 그저 갑자기 두고 온 게 생각이 나서, 형을 먼저 보냈을 뿐인데."

"……"

"그날 죽어야 했던 건 나였을지도 몰라."

거기까지 말한 그의 목소리가 축축하게 젖어 있었다. 그는 괴로운 듯이 숨을 길게 토해 냈다. 그의 뜨거운 숨결이 내 목덜미에 그대로 느껴졌다. 괴로워하는 그를 제대로 위로해 주고 싶었지만, 나는 무슨 말을 해야 할지 잘 가늠할 수 없었다. 대신 러셀의 등을 가볍게 쓸어 주었을 뿐이었다.

'괴로워하지 마세요.' 내 손길에 담긴 의미를 그가 느껴 줬으면 했다.

"모두들 내 잘못이 아니라고들 했지만, 뒤에서 나를 두고 하는 말을 알고 있어."

"……"

"형을 죽인 살인마."

"러셀 님."

"형은 유능했고, 그가 차기 왕이 되리란 걸 그 누구도 의심하지 않았어. 그렇기에 다들 나를 살인마로 보는가 봐. 형을 죽이고 왕 자리를 꿰차려는 왕자로 봤나 봐."

"러셀 님. 당신은 그런 마음을 가진 적이 없잖아요."

"너도 그렇게 말하면서, 속으론 나를 살인자라고 생각하지? 그 마차에 형을 일부러 태운 건 아닐까, 하는 의심을 했지?"

거기까지 들은 나는, 그에게 안겼던 몸을 떼어 냈다. 쉬이 놓아줄 것 같지 않게 내 등을 꼭 잡고 있던 러셀은 의외로 나를 쉽게 놓아주었다. 다시금 마주한 러셀의 얼굴이 방금 전보다 훨씬 더 초췌해져 있었다. 밝게만 빛나던 그의 금안의 어귀엔 뿌연 게 서려 있는 것만 같았다.

"정신 차리세요. 당신이 그런 짓을 할 리가 없잖아요."

"넌 왜 그렇게 확신을 하는 건데?"

"……바보 왕자 주제에 어떻게 그런 계략을 짜겠어요. 거짓말도 못 하고, 제 마음도 제대로 못 숨기면서."

"……."

"그런 모진 마음을 가질 리가 없잖아."

"바이올렛."

그는 내 이름을 나지막이 부르며, 나를 그윽하게 내려다보았다.

"그건 저만 그렇게 생각하는 게 아닐 거예요. 러셀 님과 조금만 같이 지내면 금방 알 수 있는 사실인 걸요."

"……내가 바보 왕자인 걸?"

"아마도요?"

나는 어색하게 볼을 붉적였다. 그러자 러셀이 김빠진 미소를 지으며 내게 손을 뻗었다. 러셀은 제 손을 들어 내 머리를 몇 번 쓰다듬었다.

"그렇게 말해 줘서 고마워. 마음이…… 한결 나아진 것 같아."

"당신이 잘못한 건 없어요."

나는 강경하게 말했다. 그 말은 일전에 하론이 내게 했던 말이었다. 그 말의 따뜻한 울림이 좋아서 계속해서 기억하고 있었다. 이런 상황에서 쓰게 될 줄은 전혀 몰랐지만.

슬그머니 러셀의 눈치를 보자, 그의 얼굴이 꽤나 누그러져 있었다. 그 또한 그 말이 가지는 따뜻한 울림을 느꼈던 걸까?

나는 정말로 러셀이 잘못한 것은 없다고 생각했다. 그 마차를 본래대로 러셀이 탔다고 해서, 예정대로 사고가 났을지도 알 수 없었다. 어쩌면 그 마차에 왕세자와 아이린이 탔기에 사고가 났던 것일지도 몰랐다. 미래에 일어날 일은 그 누구도 알 수 없는 일이었고 그것이 온전히 러셀의 탓만은 아니었다.

그렇기에 나는 그가 괴로워하지 않았으면 했다. 물론 누군가의 죽음은 시간이 지나고, 또 지나도 슬프겠지만, 그가 스스로를 살인자라 생각하지 않았으면 했다.

"……한 번만 너를 더 안아 봐도 될까?"

러셀은 굉장히 망설이는 말투로 내게 물었다. 나는 또다시 심각한 고민이 들었지만, 이내 고개를 끄덕이고야 말았다. 미래에 일이 어떻게 되건 간에, 주인 잃은 강아지 같은 표정을 짓는 러셀을 그냥 둘 수 없었다.

러셀은 내 허락이 떨어지기 무섭게 나를 꼭 껴안았다. 그의 뜨거운 손은 내 등을 부드럽게 쓸며 내 온기를 탐했다. 나는 러셀의 등을 가볍게 안으며, 그의 마음이 좀 더 편안해지길 바랐다.

"바이올렛."

그는 또다시 답지 않게 진지한 목소리로 내 이름을 불렀다.

"네?"

"나 어떡하지?"

"뭐가요?"

"네 말대로 나는 정말로 내 마음을 제대로 숨길 수 없는 바보 왕자인가 봐."

"……."

왠지 모르게 그가 무슨 말을 내뱉을지 예상이 가는 건 왜일까. 나는 내가 예감한 것이 실제로 그의 입에서 떨어지지 않길 바랐다. 에르하르트의 고백에 이어, 러셀의 고백까지 감당할 자신이 없었기 때문이었다.

하나 그것은 내 바람에 그치고야 말았다.

"이렇게 슬픈 도중에도 너를 안고 있어서 마음이 기뻤어."

"……."

"절대로 너를 좋아해서 그런 건 아니라고 발뺌했지만."

"러셀 님."

나는 거기까지 말하라는 듯이 그의 이름을 불렀다. 하나 그는 나를 좀 더 세게 껴안고선 제 말을 이어했다. 거기엔 늘 어리숙하게 반대로 말하며, 제 마음을 숨기던 러셀의 모습은 없었다.

"가슴이 너무 두근거려."

"……."

"형이 나 때문에 죽은 거라 생각해서, 항상 괴로웠던 이날이 네 존재 하나만으로 달라졌어."

과연 그의 말대로, 그의 가슴께에선 커다란 심장소리가 들렸다.

"너는 도대체 내게 무슨 짓을 한 걸까."

무슨 짓을 하긴. 나는 아무 짓도 하지 않았는걸.

나는 작은 한숨과 함께 그에게 물었다.

"러셀 님. 정말로 저를 좋아하시는 거예요?"

그는 한참이나 대답이 없다가 내 귓가에 작게 대답했다.

"……응."

그는 취한 와중에도 지극히 부끄러워하고 있었다. 소설 속에서는 바이올렛과 모의를 하는 내용 외에, 그의 사랑에 대해서는 단 한 줄도 나와 있지 않았는데. 그랬던 소설이 어째서 내 중심으로 돌아가게 된 걸까.

남자 주인공인 에르하르트의 사랑. 서브 남자 주인공인 하론의 사랑. 그리고 엑스트라쯤인 러셀의 사랑까지.

누군가의 사랑을 받는 것은 매우 행복한 일이었지만, 이런 식의 고백들은 그다지 달갑지는 않았다. 왜냐면 나는 하론을 사랑하기 때문이었다.

러셀에게도 에르하르트에게 했던 것처럼 매정하게 대답해야 하나 싶었다.

저는 하론을 사랑하고 있어요. 당신의 사랑을 받아 줄 수 없어요.

그렇게 대답함이 옳았다. 그러나 이상하게도 입이 떨어지지 않았다. 제형의 죽음을 자기 탓이라 말하며 슬퍼하는 그에게, 적어도 오늘만큼은 매정하게 대할 자신이 없었다.

나는 잠시나마 그의 방에 들어온 것을 후회했다. 일이 이렇게 진행될 줄 알았다면, 애초에 그냥 지나쳤음이 옳았다. 어째서 이런 날에 두 남자의 고백을 모두 받아 버린 걸까. 나는 또다시 아랫입술만을 깨물며 이 상황을 어떻게 타개해야 할지, 러셀을 어떻게 달래야 할지 고민에 잠겼다.

"러셀 님……. 저는 그러니까……."

내가 말을 늘어뜨리며, 그에게 말을 건네자 러셀은 강경하게 대꾸했다.

"네가 무슨 대답을 할지 알고 있어."

"……."

"나는 너희들이 서로를 사랑하는 걸 너무나도 잘 알지만……. 그래도 너를 갖고 싶어."

그는 내 귓가에 연신 뜨거운 숨을 뱉어냈다. 귓가가 절로 뜨거워지는 기분이 들었다.

"이젠 재킷 따위를 주며, 재킷을 기다리겠다고 말 안 해."

"……."

"재킷이 아니라, 너를 기다릴 거니까."

러셀은 처음으로 돌려 말하지 않고, 제 진심을 드러냈다.

가슴이 조금 두근거렸다면, 그건 어쩔 수 없는 일이었다. 뜨거운 숨결을 뱉어 내며, 그토록 진심을 고하는데 두근거리지 않는다는 게 더 이상한 일이라고 생각했다. 그러자 하론에게 미안한 마음까지도 들었다. 구태여 러셀을 사랑하게 된 것은 아니었지만, 어쩐지 바람을 피운 듯한 기분이 드는 건 왜일까.

울먹이던 러셀을 더 울먹이게 만들고 싶진 않았다. 하나 이제는 그에게 약간은 매정하게 대할 수밖에 없었다. 내가 그의 고백을 흐지부지 넘어가 버린다면, 나에 대한 러셀의 짝사랑이 커질 것이었기에.

받아 주지 못할 사랑은 애초에 단호하게 대해야 된다고 생각했다. 그것이 나와 러셀의 관계에도 더 나은 방향이었다.

"러셀 님……."

나는 그의 이름을 길게 불렀다. 그러자 러셀이 재빨리 저가 먼저 말을 걸었다. 마치 내가 무슨 말을 할지 이미 예감이라도 한 듯이 말이다.

"네가 무슨 대답을 할지 알고 있어. 오늘만큼은 아무 말도 하지 말아 줘, 응?"

그는 방금 전보다도 간절해진 목소리로 내게 부탁했다. '오늘만큼은'이란 건, 제 형에 대한 죄책감으로 얼룩진 오늘을 말하는 게 분명했다. 그러면 안 되는 줄 알았지만, 나는 더 이상 입을 떼지 못했다.

결론적으로 나는 그의 구슬픈 부탁에도 냉소적인 대답을 할 만큼의 냉정한 사람이 아니었다. 대신 일단은 그의 품에서 벗어나야겠단 생각이 들었다. 오늘의 위로도 여기서 끝을 내야 했다.

나는 러셀을 손으로 조금 밀쳐냈다. 러셀은 내 손짓에 따라 나를 놓아주었다. 제 진심을 모두 얘기했기 때문에 나를 쉬이 놓아준 것은 아닐까 싶었다. 나는 손을 뻗어 러셀의 결 좋은 금빛 머리칼을 가만히 쓸어 주었다. 그러자 러셀은 제 입술을 일자로 꾹 다물고선 아무 말도 하지 않았다.

늘 아름답게 빛나던 그의 금안엔 붉은 기가 더해져 있었다. 설마 우는 것인가 싶었지만, 눈물을 흘리지는 않았다. 단지 눈가만이 붉어졌을 뿐이었다.

무엇이 그를 그렇게 만든 것인지 궁금했다. 제 형의 죽음에 대한 것 때문일까. 아니면 제 사랑을 받아 주지 않은 나 때문일까. 무엇이 답이 되었건 간에 두 논제 모두 러셀의 마음을 아프게 한 논제임이 틀림없었다.

내 손길에 따라 그의 머리칼이 완전히 정리되자, 나는 그에게서 손을 떼었다.

“술. 더 마시면, 당신을 미워할 거예요.”

“……안 마실게.”

“죄책감에 더 괴로워하셔도 당신을 미워할 거예요.”

“으응.”

“그리고…….”

고백에 대한 것을 얘기하고 싶었으나, 오늘만큼은 아무 말도 하지 말라던 러셀의 말이 귓가에 맴돌았다. 그것은 내 마음을 끊임없이 약하게 만들었다. 나는 기다란 한숨을 내쉬며 발걸음을 떼었다.

“저는 나가 볼 테니까, 오늘은 일찍 주무세요.”

“…….”

“알겠죠?”

“알겠어.”

러셀은 작게 고개를 끄덕이며 대답했다. 나는 가 보겠다는 말을 다시금 뱉어 내며 완전히 뒤돌아섰다. 다행히도 러셀은 미련스럽게 나를 붙잡지 않았다. 대신 내가 문고리를 잡던 순간, 내 이름을 마지막으로 불렀을 뿐이었다.

“바이올렛!”

그는 한달음에 내게 다가와 내 어깨 위에 자신의 재킷을 걸쳐 주었다. 늘 기다린다고 했던 그 재킷이었다.

“이건 왜…….”

“네 어깨가 너무 허전해 보여서.”

그는 다른 곳을 쳐다보며 이어 말했다.

“착각하지 마. 재킷이란 구실로 너를 다시 만나고 싶어서 덮어 준 건 아니니까. 이번엔 진짜 덮어 주고 싶어서 덮어 준거야.”

러셀은 이젠 재킷 따위를 기다리지 않겠다고 했던 주제에 또다시 내게 재킷을 덮어 주고 있었다. 그는 이번엔 진짜 내게 재킷을 덮어 주고 싶었다고 했지만, 이상하게도 내겐 그의 말이 전혀 다른 의미로 해석되었다. 아마도 재킷을 빌려주는 구실로 나를 한 번 더 보겠다, 쯤으로.

그 돌려 말하는 화법이 단번에 바뀌겠냐는 생각이 들었다.

나는 모른 척하고선 고개를 끄덕였다. 다시 원래의 러셀로 돌아온 것 같아 마음이 놓였기 때문이었다. 후에 만났을 때엔 어쩌면 오늘보다도 매정하게 그를 대할지도 모를 일이었다. 그땐 곧 울 것 같은 표정을 짓지 않았으면 좋겠는데.

문을 닫고 방을 나서자, 잠깐 잊고 있었던 일이 떠올랐다.

"아 참, 나 길을 헤맸었지."

익숙해진 한숨이 자연스럽게 입가로 흘러나왔다. 또다시 연회장을 찾아갈 것을 생각하자 막막함이 드는 건 어쩔 수 없었다. 그렇다고 해서 다시 러셀의 방으로 들어가, 그에게 길을 물을 수도 없었다.

오늘따라 이토록 피곤한 기분이 드는 건 왜일까.

나는 힘없는 걸음으로 끝이 보이지 않는 왕궁의 복도를 걸어갔다.

**

그렇게 한참을 헤맨 뒤에야 무사히 연회장으로 돌아올 수 있었다. 기나긴 여정을 떠났다 돌아오는 기분이 들었다.

나는 연회장을 살피며 하론의 푸른 머리칼을 찾았다. 아직까지도 오지 않은 것인지, 그의 모습은 전혀 보이지 않았다. 나는 그의 부재를 확인하고선 재빠르게 가방 속에 있던 거울을 꺼내 들어, 내 얼굴 구석구석을 살펴보았다.

하론을 만나지도 못했는데 얼굴엔 벌써 지친 기색이 완연했다. 어쩐지 화장도 조금 뜬 것 같다.

제길, 이런 모습으로 그를 보고 싶지는 않은데.

순간 거울 속에 내 얼굴 말고 다른 얼굴이 비치었다. 낯선 목소리는 덤이었다.

"거울 안 봐도 예쁜데."

거울 속엔 나보다도 더 선이 고운 남자 하나가 있었다.

"……하론!"

그렇게나 찾았던 하론이었다. 나는 들고 있던 거울을 얼른 가방 속에 구겨 넣으며, 그를 향해 돌아보았다. 너는 왜 등장을 해도, 이런 타이밍에 등장을 하는 건지.

"다혜, 어디 갔다 왔어? 한참 찾았잖아."

"그건 내가 할 말인데? 너야말로 왜 이렇게 늦게 온 거야? 한참을 기다렸잖아."

"아……. 그게 말이지."

내가 그리 묻자 하론의 표정이 눈에 띄게 당황스럽게 변했다. 그는 머쓱하다는 듯이 제 뺨을 긁적였다.

"이걸 말해야 돼, 말아야 돼."

그러고는 조금 망설이는 투로 긴 신음을 흘렸다.

"무슨 일이 있는 건 아니지?"

그러자 하론이 심각한 표정을 지었다.

뭐야, 진짜로 무슨 일이 있는 거야?

나는 걱정스러운 마음이 들어 그를 빤히 들여다보았다.

"무슨 일이 있고말고."

"무슨 일인데?"

하론은 한껏 진지해진 얼굴로 내게 말을 건네었다. 그의 목소리 또한 너무나도 진중했다.

"나…… 오늘 어때?"

"어?"

"내 모습 말이야. 한눈에 반할 만큼 멋있어?"

저런 진지한 얼굴로 뱉는 말이 제게 반할 것 같냐는 말이라니. 나는 그의 의중을 쉽사리 짐작할 수 없어 고개를 갸웃거렸다. 그러자 하론이 이번엔 제 머리를 조금 긁적거리며 작게 읊조렸다.

"사실은 네게 잘 보이려고, 멋 좀 부리다 늦었지 뭐야."

하론은 어쩐지 부끄러워진 얼굴로 시선을 내리깔았다. 그 모습이 어쩜 그렇게 귀여워 보일 수가 없었다. 입가엔 행복한 미소가 스멀스멀 피어올랐다. 시간은 항상 칼같이 지키던 그가 왜 늦었나 했더니, 나와 같은 이유로 늦은 것이었다. 나는 킥킥거리며 그에게 대답을 해 주었다. 아마도 그가 원할 답을.

"하론 클로노아, 넌 오늘 세상에서 제일 멋있어."

그건 거짓말이 아니라 정말 진심이었다. 깔끔하게 넘긴 푸른 머리칼, 그 밑으로 드러난 동그란 이마, 그리고 정갈한 눈썹, 눈썹을 따라 곧게 내려온 콧대가 가히 만져보고 싶어 보였다. 푸른 바다를 연상케 하는 눈동자는 또 어쩜 그토록 깊고 아름다운지. 그의 외모에 대한 미사여구를 뱉어 내라면 하루 종일 뱉을 자신이 있을 정도였다.

내 칭찬에 하론은 다시금 나와 시선을 맞추었다. 그러곤 그는 다른 사람의 시선에 전혀 아랑곳하지 않고 나를 가볍게 끌어안았다.

"너도 세상에서 제일 예뻐."

"우웩, 느끼해."

"느끼하다면서 왜 웃고 있어?"

제길, 웃음이 나오는 건 나도 어쩔 수 없다고. 우리는 서로를 끌어안은 채로 동시에 키득거렸다. 이윽고 하론은 나를 다시 놓아주었다.

"다혜."

"응?"

"그런데 오늘 술 마셨어?"

"아니."

갑자기 웬 술? 내가 고개를 가로젓자, 하론이 제 고개를 내게 기울여 내 목 부근에서 킁킁거렸다.

"왜 네게서 술 냄새가 나는 거지?"

무슨 술 냄새일까…… 라고 생각하던 찰나, 술에 절어 있었던 남자 하나 가 떠올랐다.

"아!"

"아?"

"으흠……. 내가 술을 마신 건 아닌데."

술을 마신 남자 하나가 나를 몇 번이나 꼭 껴안았었지.

러셀.

나는 그의 이름을 잠자코 떠올렸다. 그가 내게 남긴 술 냄새가 아직까지 도 나나 보다. 하필이면 그 냄새를 하론이 맡다니. 나는 그에게 뭐라고 설명 을 해야 할지 난감했다.

"다혜? 수상한데."

내가 뭉그적거리며 대답을 하지 못하자, 나를 보던 하론의 눈빛이 미심쩍 게 변하였다.

"혹시 나 몰래 다른 남자와 술이라도 마신 거야?"

"아, 아냐!"

"그런데 왜 말은 더듬는 건데?"

하론은 수상하단 말을 연신 읊조리며 내게서 눈을 떼지 않았다.

"그러고 보니, 네 손엔 남자 재킷도 있었네? 흐음."

아참, 러셀의 재킷! 나는 연회장으로 들어오며 그것을 벗어, 손에 쥐고 있던 것을 떠올렸다. 하론의 시선이 이번엔 러셀의 재킷에서 떨어지지 않았다.

"하하. 테라스에 가서 얘기하지 않을래?"

어디까지 얘기해야 할지 감이 잡히지 않았지만, 일단은 조용한 곳으로 나가고 싶었다. 연회장에 있다가 혹여나 에르하트나 샤넌을 다시 만날지도 몰랐으니까. 오늘은 더 이상 골치 아픈 일은 겪고 싶지 않았기 때문이었다. 다행히 하론은 고개를 끄덕였고, 우리는 아주 무사히 인적이 없는 구석진 테라스로 나왔다.

완전히 어두워진 밤의 바람이 꽤나 차가웠다. 나는 손에 쥐고 있던 러셀의 재킷을 다시 걸치고 싶었지만, 그럴 수는 없었다. 그랬다간 하론이 화를 낼지도 모를 일이었다. 아직까지 그의 눈길이 수상하고 낯선 재킷에서 떨어질 생각을 하지 못했으니.

순간 나는 정말로 바람이라도 피운 기분이 들었다.

"다혜, 이제 얘기해 줘."

하론은 나를 취조하듯이 말했다. 그의 목소리가 조금은 초조하게 느껴지기도 했다. 이상한 생각이었지만, 나는 하론이 초조해하는 모습이 조금은 좋았다. 왜냐면 그건 나에 대한 관심에서 비롯된 초조함일 테니까.

초조함의 또 다른 이름은 질투가 아닐까.

이런 상황에서 미소를 지으면 안 됐지만, 자꾸만 미소가 나오려 했다. 나는 아랫입술을 꾹꾹 눌러가며 미소를 가까스로 참아냈다.

"하, 장다혜. 말 안 할 거야?"

내 침묵에 하론이 답답하다는 듯이 말했다. 그가 내 성까지 붙여서 부른 것은 매우 드문 일이었다. 더 늦게 대답했다간 하론이 화를 낼지도 모를 일이기도 했다. 나는 하론이 없었던 시간에 있었던 일들을 떠올리며 그에게 대답했다.

"하론, 사랑이란 건 도대체 뭘까?"

"사랑? 그건 갑자기 왜?"

"네가 없는 동안, 나를 괴롭혔던 게 사랑이거든."

"설마…… 다른 남자에게 고백이라도 받은 거야?"

"응."

"……뭐?"

내가 하론의 물음에 너무나도 빠르게 수긍을 하자, 되레 당황스러워진 것은 하론이었다.

"내가 이렇게나 사랑을 받아도 될까, 싶을 정도야."

"……."

하론의 얼굴은 짐짓 심각한 빛을 띠었다.

"누구에게 고백을 받았는데? 에르하르트 공작?"

"응. 그리고……."

"잠, 잠깐만. 그리고 라니?"

하론이 깜짝 놀란 듯이 내 말을 잘랐다. 동그래진 눈으로 나를 쳐다보는 하론이 퍽도 귀엽게만 보였다. 심각한 그의 얼굴과는 전혀 어울리지 않는 감상이었다.

"저번에 러셀 님이 나를 좋아하는 게 아닐까, 하고 의심했던 거 기억해?"

"……응."

"그게 진짜였나 봐. 러셀 님도 나를 좋아한대."

그러자 하론이 아연실색한 얼굴을 하고선 말했다.

"맙소사."

하론의 미간이 티가 나게 구겨져 있었다. 그는 저가 기분이 나빠진 것을 전혀 감출 요량이 없어 보였다.

"그래서 네 기분은?"

"좋았지."

"……."

내가 장난스럽게 대답하자 하론의 표정이 일순 딱딱하게 굳었다. 하나 전혀 좋지 않았다고 한다면 그것은 거짓말일 것이다. 이 세계의 남자 주인공들에게 고백을 받는데, 좋아하지 않을 여자가 어디 있을까. 물론 에르하르트의 고백은 그렇다 하기엔 조금 애매한 감이 있었지만.

여하튼 무섭게 구겨진 하론의 얼굴을 보았을 때, 더 이상 장난스럽게 대답하는 건 무리란 생각이 들었다.

"하론, 삐쳤어? 그래도 내가 제일 좋아하는 건 너야."

"하."

너를 이 세상에서 제일 좋아하노라고 말했음에도 불구하고 하론의 굳은 표정은 풀릴 기미가 보이지 않았다. 대신 그는 복잡하다는 듯이 제 머리칼을 연거푸 쓸어 넘겼을 뿐이었다.

그러자 한껏 멋을 부렸던 그의 머리칼이 흐트러지는 건 순식간의 일이었다. 나는 제 머리칼을 넘기고 있지 않은 하론의 나머지 손을 부여잡으며 그에게 변명을 덧대었다.

"내가 좋다고 느낀 건 그들의 감정이야."

"너를 좋아한다는 그 감정?"

하론은 '좋아한다.'라는 말을 힘주어 말했다. 삐쳐도 단단히 삐친 게 틀림없었다.

"그러니까, 내가 장다혜로 살았을 땐 굉장히 무심한 삶을 살았었거든. 누군가가 나를 미치도록 좋아한 적도 없었고, 내가 누군가를 진심으로 좋아한 적도 없었어."

"그래서?"

"그래서 나는 언제나 감정적인 삶을 조금 동경했어. 그런데 막상 바이올렛이 되고, 여러 일들을 거치면서 내 주위엔 온통 감정적인 일들로 가득한 거 있지?"

"……."

하론은 여전히 불만 가득한 얼굴로 내 말을 경청했다. 물론 그렇다고 해서, 내가 잡고 있던 손을 매정하게 놓은 것은 아니었다. 그는 은연중에 내 손을 잡은 손에 힘을 주고 있었을 뿐이었다.

"고로 내 말은 그들의 고백에 있던 그런 감정적인 느낌이 좋았단 거야. 그들의 감정을 느끼며 나도 점점 감정적인 사람이 되어간다는 게 좋기도 했고."

"그건 좋은 변화라고 생각해?"

"그럼. 나는 소…… 아니, 사람들의 감정의 변화를 부러워했거든. 나도 죽을 만큼 누군가를 사랑할 수 있을까. 매일같이 그런 의문 속에 살았어."

나는 소설 속이라 말하던 것을 가까스로 참아냈다. 시간이 더 흐르고, 하론과 관계가 진전된다 하더라도, 그에게 이 세계가 소설 속이라는 것을 얘기하고 싶지 않았다. 그것까지 얘기했을 때, 하론이 얼마나 충격을 받을지 잘 가늠할 수 없었다. 나는 구태여 그가 충격을 받길 바라지 않았다.

"다혜."

그런 생각을 하던 사이 하론이 내 이름을 조그마한 목소리로 불렀다.

"응?"

"나를 죽을 만큼 사랑해?"

솔직히 하론을 정말, 그러니까 살아오면서 만난 남자들 중에 제일 사랑했지만, 어쩐지 대답이 망설여졌다. 다소 감정적인 사람이 되었다고 생각했는데, 아직까지 '너를 죽을 만큼 사랑해.'라는 말을 뱉기엔 내공이 꽤나 부족한가 보다.

"아마도?"

내가 부끄러운 미소를 지으며 대답하자, 하론이 한숨을 늘어지게 쉬었다.

"대답이 시원찮아. 나는 너를 죽을 만큼 좋아해."

그는 세상에서 제일 달달한 말을 거칠게 내뱉었다. 어쩐지 그 부조화가 썩 나쁘지는 않다고 생각했다. 그것은 나를 좋아한다는 그의 진심이었으니까.

"하론, 그렇다고 진짜로 죽지는 말아 줘."

"휴."

테라스가 하론의 한숨으로 채워진 것만 같은 기분이 드는 건 왜일까. 나는 그런 하론을 빤히 바라보며, 말을 건네었다.

"하론. 그들의 고백을 들으며 그런 생각이 들었어."

"무슨 생각?"

"그들이 나를 좋아하는 이유엔 바이올렛이라는 껍데기가 얼마나 영향을 끼칠까, 라는 생각."

물론 에르하르트는 내가 어떤 영혼이건 상관없다고 했다. 하나 실상 내가 본래의 다혜의 모습으로 그의 앞에 나타난다면, 그가 나를 다시 좋아할지 장담할 수 없었다.

그건 하론에게도 마찬가지인 사실이 아닐까?

나는 하론의 손바닥을 부드럽게 매만졌다.

"너는 나랑 스킨십을 했을 때 진짜 바이올렛을 생각하지 않았어? 내가 다른 영혼이란 걸 안다고 해도, 겉모습은 바이올렛이잖아."

"흐음. 처음부터 아니라고 한다면 거짓말이겠지. 하지만 지금은 전혀 다른 사람 같은 걸."

"정말?"

"못 미더우면 한 번 해 보지, 뭐."

"응?"

그는 위험한 눈빛으로 나를 쳐다보았다. 왠지 그 눈빛이 무엇을 의미하는지를 알 수 있을 것만 같았다. 스킨십을 원하는, 더 정확히 말해 키스를 원하는 눈빛이었다. 일찌감치 그 의미를 알아차렸지만 나는 그를 말릴 생각이 전혀 들지 않았다. 되레 가슴이 작게 떨려왔을 뿐이었다.

그사이에 하론은 한 발자국 더 가까이 다가왔다. 그러곤 내 손을 잡지 않은 나머지 손으로 내 허리춤을 감싸 쥐었다. 허리에 닿은 그의 손이 뜨거웠다. 이윽고 하론은 내게 얼굴을 기울이기 시작했다. 그의 얼굴이 가까워지는 건 순식간의 일이었다. 진짜 제대로 된 하론과의 첫 키스인가.

나도 모르게 눈을 질끈 감아 버리자, 얼마 지나지 않아 하론의 입술의 촉감이 느껴졌다. 그의 입술은 제 손보다도 뜨거웠다. 그 뜨거운 입술은 내 입술을 조심스럽게 어루만졌다. 그는 키스의 다음 수순을 위해, 내 아랫입술을 가볍게 깨물었다. 그러자 내 입술은 자연스럽게 열리었고, 그 사이로 하론의 혀가 들어왔다. 내 이름을 부드럽게 부르던 그의 혀는, 이번엔 내 입 속을 유연하게 헤집었다. 그럴수록 내 몸은 점점 더 달아오르는 기분이 들었다. 가깝게 닿은 하론의 몸 또한 내 몸 못지않게 달아올라 있었다.

누군가와 처음 입을 맞추는 것은 아니었지만, 하론과의 키스는 이상하게도 색다르게 느껴졌다. 서로의 온기를 주고받는 것만으로도 황홀한 기분이 들 정도였으니.

한참이나 나를 탐하던 하론이 천천히 입술을 떼어 냈다. 굳어 보이기만 했던 그의 얼굴이 나른하게 풀려 있었다. 고작 키스 한 번으로 말이다. 물론 내 얼굴도 고작 키스 한 번으로 나른하게 풀어져 있음이 틀림없었다. 그렇지 않고서야 이렇게 몽롱한 기분이 들 이유가 없었으니까.

"하론, 어때? 그녀가 생각이 났어?"

"아니, 한 번으론 정확하게 말하기가 힘들 것 같은데."

그리 대답하는 하론의 시선이 내 입가에 머물러 있었다.

"……하, 하론!"

그는 엷게 미소를 지으며 내 입술에 짧게 입을 맞추었다. 왠지 모르게 너무나도 부끄러운 마음이 들었다.

"그녀는 전혀 생각나지 않던 걸."

하론은 내 얼굴에 흘러내린 한 가닥의 머리칼을 내 귓가에 자연스럽게 넘겨 주며 이어 말했다.

"애당초 너를 바이올렛이라고 생각했으면, 나는 이런 스킨십 자체를 하지 못했을 거라고 생각해."

"……."

"너를 바이올렛이라고 전혀 생각하지 않기 때문에, 네게 스킨십을 할 수 있는 거고, 너를 사랑할 수 있는 거라고."

그의 말에선 거짓의 기운이 전혀 느껴지지 않았다. 되레 진심만이 느껴졌을 뿐이었다. 나는 하론에게서만 느껴지는 진한 두근거림을 느꼈다. 오늘 하루 여러 남자들과 함께 있었지만, 내 심장을 강하게 흔드는 건 역시나 하론, 한 남자밖에 없었다.

"그래서 다혜 너는 그 남자들의 감정적인 고백엔 뭐라고 대답했어?"

"당연히 내겐 너밖에 없다고 했지."

러셀에겐 아직까지 확실히 말은 못했지만……. 하나 러셀도 내 마음을 충분히 인지하고 있던 터였다. 구태여 내가 내 감정을 누군가에게 속인 일은 없다고 생각했다.

"인기 많은 영혼을 사랑하는 건 정말 힘든 일이구나."

하론은 골치 아프다는 듯이 말했다.

"나는 이 세계에서 과분한 사랑을 받는 것 같아."

자연스럽게 대답하며, 문득 그런 생각이 들었다.

"내가 받은 과분한 사랑을 보답하는 게 어떨까."

"응? 그게 무슨 말이야?"

그러니까, 보은이라고 해야 할까. 내 머릿속엔 조금 재미난 생각이 떠올랐다.

***

다음 날이 되었을 때, 나는 일찌감치 에르하르트의 공작저로 찾아갔다. 에르하르트를 만나기 위함도 있었고, 아이린을 만나기 위함도 있었다.

그러고 보니 꽤 오랫동안 아이린을 만나지 못한 것도 같았다. 잘 지내고 있으려나. 제 부군이었던 왕세자의 기일 때문에 우울한 것은 아닐까, 하는 염려가 들기도 했다. 늘 개구쟁이처럼 굴기만 했던 아이린의 슬픈 얼굴은 도무지 상상이 잘 되지 않았다. 아이린은 짓궂게 굴며 이따금씩 나를 난처하게 만들었지만, 나는 그녀가 슬퍼하는 건 바라지 않았다.

이 세계에서 하론 다음으로 나를 진심으로 대해 준 그녀였다. 약혼식 드레스를 골라 주고, 내 고민까지도 경청해서 들어주지 않았던가.

그러자 내가 아이린에게 너무나도 매정하게 군 것은 아닐까, 하는 생각도 들었다. 그깟 말동무 그냥 하겠다고 할 걸 그랬나 보다. 괜스레 샤넌 덕에 지레 겁을 먹고, 아이린의 부탁을 연거푸 거절한 게 꽤나 미안해졌다.

그런 생각을 하던 사이 마차는 에르하르트의 공작저에 도착했다. 공작저에 오기 전, 먼저 기별을 넣긴 했지만 회신은 받지 않은 채로 도착한 터였다. 그럼에도 문전 박대는 당하지 않을 거란 묘한 자신감이 들었다.

시녀는 나를 응접실로 안내를 해 주고선, 제 주인에게 내 방문을 고하러 나갔다. 나는 초초하게 에르하르트를 기다리며, 오늘 그를 찾은 이유를 상기했다.

에르하르트. 그는 자신에 대한 프라이드가 굉장히 높은 남자였다. 스스로를 세상 누구보다도 잘난 사람이라 생각했고, 실제로 이 세계에서 그가 가지는 지분은 상당했다. 그런 그를 모두가 사랑하는 건 당연한 일이었다.

하나 내가 이 세계에 처음 발을 디뎠을 때 했던 일은, 에르하르트에게 당신을 싫어하노라고 고했던 일이었다. 그것이 그에게 얼마나 충격으로 다가 갔을지 어렵지 않게 짐작할 수 있었다. 그날 이래로 나를 보던 그의 눈빛 속에서 도전심이 가득한 이채가 일렁였으니 말이다.

처음 이 세계에 들어왔을 때야, 에르하르트나 샤넌과 엮이는 게 싫었기에 그런 말을 뱉었지만, 이젠 그 말이 나를 그와 더 엮이게 만들고 있었다. 그렇다면 되레 반대로 그를 대하면 어떨까, 하는 생각이 들었다. 내가 그를 싫어하는 게 아니라 호의적으로 느낀다고 한다면?

나는 하론을 사랑하나, 한 사람을 한결같이 사랑하는 당신 또한 정말 멋있는 사람이라고 생각한다. 이런 식으로 그를 구워삶는 거다.

다른 여자들이 에르하르트에게 줄곧 내뱉었던, 그를 칭송하는 말들을 쏟아내는 거다.

그렇게만 한다면, 내게 향한 에르하르트의 마음이 조금은 식지 않을까.

내가 지금까지 겪었던 에르하르트라면 이런 역발상이 충분히 먹힐 거라고 생각했다. 내가 일반적인 여자들과 다르게 행동했을 때마다, 언제나 그가 나를 흥미롭게 바라봤으니 말이다. 바라건대 이런 역발상으로 그의 도전심이 확연히 사그라지길 원할 뿐이었다.

그것은 어제 생각했던 이 세계에 대한 보은의 일환이었다.

에르하르트의 잘못된 사랑의 방향을 제대로 된 방향으로 돌려주는 것. 즉 그의 사랑이 다시 샤넌에게 돌아가길 도와주는 것.

그건 샤넌이 된 바이올렛에게도 참으로 좋은 방향의 일임이 틀림없었다.

거기까지 생각했을 때, 응접실의 문이 열리는 소리가 들리었다. 문 쪽으로 고개를 돌리자, 응접실로 들어온 에르하르트가 나를 가만히 응시하고 있었다.

"바이올렛?"

내 이름을 부르는 그의 목소리가 숨이 차 보였다. 내가 왔단 소식에 뛰어오기라도 한 걸까.

"네, 공작님. 안녕하세요."

나는 정말 호의적으로 그에게 인사를 건네었다. 나조차도 놀랄 정도로 매끄러운 목소리였다.

"……."

그러자 에르하르트 또한 당황한 것인지 그는 한동안 아무 말도 하지 못했다.

이내 정신을 차린 그가 내가 걸어와 내게 앉을 것을 권했다. 나는 마주 보고 앉은 그를 보며 싱긋 웃어 보였다.

"……."

그러자 에르하르트가 또다시 침묵으로 일관했다. 그는 갑작스러운 내 태도의 변화가 영 적응되지 않는다는 듯이 입술만 작게 뭉그적거렸다.

"공작님께 하고 싶은 말이 있어서 찾아왔어요."

"내게?"

"네."

"설마 고작 하루 만에 하론이 네게 무언가를 잘못해서 나를 찾아온 것은 아닐 테고……."

"맞아요. 하론이 얼마나 잘해 주는데요."

에르하르트는 고개를 갸우뚱거렸다. 의문스럽다는 눈빛은 덤이었다.

"그럼 도대체 왜지?"

그는 그렇게 말하고선 제 앞에 있던 찻잔을 집어 들었다. 이내 그가 차를 한 모금 마셨을 때에, 나는 지난밤 생각해 두었던 말을 그에게 내뱉었다.

"공작님이 좋아졌거든요."

"풉!"

그러자 에르하르트의 입에선 찻물이 분수처럼 튀어나왔다. 그가 뱉은 찻물이 내 얼굴에 조금 튀었다. 그것은 예상했던 것보다 과한 반응이었다. 나는 어딘지 모르게 익숙한 상황에 어색한 미소를 흘렸다.

에르하르트는 제 입술에 흘러내리는 찻물을 닦을 생각을 하지 못하고 나를 응시했다. 그의 얼굴이 지금까지 봤던 얼굴 중에 가장 당혹스러워 보였다.

"놀라셨죠? 놀라셨을 거라고 생각해요. 저 같아도 놀랐을 것 같으니까. 하하."

뒤늦게 정신 차린 그가 제 재킷에서 손수건을 꺼내 들었다. 그러곤 조심스럽게 내게 건네었다.

"미안. 네 얼굴에 뱉으려던 건 아니었어."

나는 그의 손수건을 받아, 얼굴을 가볍게 닦아 냈다. 그러자 불현듯이 물을 뿜었던 지난날의 내 모습이 잠깐 떠올랐다.

"괜찮아요. 저도 이런 적이 있어서……. 당신의 마음을 충분히 이해하니까."

에르하르트는 그제야 소매로 제 입가를 쓸었다. 그의 입술에선 찻물의 흔적은 사라졌지만, 그의 얼굴에 내비쳐 있던 당황스러운 빛은 여전히 남아 있었다.

"정말인가?"

"아…… 당신이 좋아졌다는 거요?"

에르하르트는 대답 대신 고개를 끄덕였다.

"네. 저는 여전히 하론을 좋아하지만, 저를 한결같이 좋아해 주는 당신의 진심도 높이 사고 있어요."

"그건 도대체 무슨 말이지? 하론보다 내가 더 좋아졌단 소리가 아닌가?"

혼란스러워하는 에르하르트에게 나는 정확하게 내 마음을 짚어 주었다.

"아뇨. 저는 하론을 정말 사랑해요."

그러자 그가 제 미간을 엷게 찌푸렸다. 도대체 내가 무슨 말을 하고자 하는 것인지 전혀 이해하지 못했단 얼굴이었다.

"그러니까, 제 말은 이제 공작님을 죽도록 싫어하지 않는단 말이에요. 당신의 잘생긴 얼굴과 능력을 충분히 인정하고, 해바라기 같은 순애보에 감탄을 하고 있어요. 당신은 정말 멋진 남자예요."

내 말이 끝나기 무섭게 에르하르트는 긴 신음을 흘렸다.

"멋진 남자라……. 나쁘지 않은 말이군."

그는 이제야 내 말을 조금 이해한 것 같았다. 나는 기대에 찬 눈빛으로 그에게 슬쩍 물었다.

"그렇죠? 제가 공작님을 정말 멋있다고 생각한다니까요."

"그래서?"

"흠. 그러니까…… 지금 기분이 어때요?"

"내 기분?"

나는 고개를 끄덕였다.

"바이올렛. 네가 나를 멋지다고 하는데, 내 기분이 상했을 리가 없잖아. 물론 네가 하론을 제일 좋아한다는 건 여전히 마음에 들지 않는 사실이긴 하지만."

"뭔가 식는 기분이 들지 않아요?"

"뭐가?"

에르하르트는 또다시 이해를 하지 못하겠다는 듯이 고개를 갸웃거렸다.

그러니까, 당신의 그 어쭙잖은 정복욕이라든지, 도전심이라든지 그런 게 식는 기분이 들지 않냔 말이다.

나는 대놓고 그리 묻고 싶었지만 차마 그러진 못했다. 오늘 콘셉트와는 전혀 어울리지 않았기 때문이었다.

"제게 흥미가 없어진다거나……."

거기까지 말하고선 잠자코 그의 반응을 지켜보았다. 그에게서 내가 원하는 대답은 '이제 내가 좋아졌다니, 너도 다른 여자와 다를 게 없구나.'와 같은 대답이랄까.

"흥미?"

에르하르트는 그 단어를 낯설게 뱉어냈다. 흡사 이 상황과는 전혀 어울리지 않다는 듯이. 순간 나는 너무나도 빨리 그의 반응을 잰 것은 아닌가 하는 생각이 들었다. 몇 개월 동안 내게 닿았던 그의 관심이 풍선에 바람 빠지듯이 한순간에 사라지지 않을 것이 아닌가.

"아무것도 아니에요."

나는 아무 일도 아니란 듯이 상황을 수습했다. 에르하르트가 내 계획에 대해 눈치채는 건 바라지 않았다. 하나 그에게서 돌아온 대답은 내가 바라던 것과는 전혀 상이한 것이었다.

"큭큭."

그는 웃고 있었다.

그냥 웃는 게 아니라, 고개를 젖혀 가면서.

에르하르트의 붉은 입꼬리는 보기 좋게 올라갔고, 그는 응접실이 떠나가라 한참이나 웃어 젖혔다. 그의 웃음소리에 기분이 우울해진 것은 나였다. 무언가가 잘못 돌아가는 듯한 느낌을 지울 수가 없었다.

"공작님. 저는 오늘도 공작님을 웃기려고 한 건 아니었는데요."

내가 퉁명스럽게 말하자, 그제야 에르하르트가 웃던 것을 멈추고 나를 쳐다보았다. 그의 눈동자는 여전히 보기 좋은 호선을 그리고 있었다.

"너 왜 이렇게 귀여워."

"……네?"

어쩐지 내 계획이 간파당한 것만 같은 불길한 예감이 들었다. 에르하르트가 눈치가 빠른 편이긴 했지만…….

"내가 좋아졌다고 해서, 내가 냉큼 너를 싫어할 줄 알았어? 나를 도끼병 공작이라 부를 때부터, 네가 나를 어떻게 생각하는지 이미 다 알고 있었다고. 나를 저 싫다는 여자를 좋아하는 이상한 놈으로 생각하고 있었잖아."

……아니, 그게 당신의 본모습이 맞잖아요.

"아닌가요?"

"물론 완전히 아니라고는 못 해."

그게 맞다는 말이잖아.

"하지만 네가 그런 생각으로 나를 찾아왔다는 게, 큭큭. 나는……. 풉, 너무……. 하. 널 진짜 어떡하면 좋을까."

에르하르트는 말하는 와중에도 웃긴 것인지, 연신 키득거렸다. 그의 키득거림이 커져갈수록 나는 한숨을 내쉴 수밖에 없었다.

이런 식으로 들키길 바라지 않았건만.

젠장, 이건 제대로 된 실패인 건가.

"공작님, 웃으시는 거 끝나셨으면 먼저 일어나도 될까요?"

"벌써? 지금 네 수가 모두 들통 나서 그러는 건가?"

"……저도 아니라고는 못 하겠네요."

나는 머쓱하게 뒷머리를 긁적였다.

"좀 더 있다가 가. 네가 나를 얼마나 더 존경하게 되었는지 듣고 싶어."

"그건 저도 조금 더 생각을 해 봐야 할 것 같은데……. 오늘 생각한 부분은 거기까지라서요."

내가 솔직하게 대답해 버리자 에르하르트는 또다시 고개를 젖혀가며 웃음을 터뜨렸다. 아무래도 그와 더 있으면 안 되겠단 생각이 들었다.

"사실 아이린 님께 볼일이 있어서 찾아온 거였어요. 찾아온 김에 공작님을 먼저 만난 거고."

내 입에서 아이린의 이름이 나오자 에르하르트의 얼굴에서 금세 미소가 사라졌다.

"아이린?"

"네. 꼭 하고 싶은 얘기가 있거든요."

"하고 싶은 얘기라……. 좋아, 네가 그녀를 만나는 건 나도 정말 찬성하는 바야."

"네? 왜요? 혹시 아이린 님께 무슨 일이라도 생긴 거예요?"

그는 조금은 쓸쓸한 미소를 지으며 고개를 내저었다.

"아니, 얼마 전에 왕세자의 기일이었잖아. 지금 그녀에겐 올바른 위로가 필요하거든."

"……"

올바른 위로라.

내가 아이린에게 하려는 것은 과연 그녀에게 적절한 위로가 될까? 나는 어째 망설여지는 기분이 들었다. 하지만 이제 와 어제 하론과 했던 계획을 물릴 수는 없었다. 나는 아이린에게 가 보겠단 말과 함께 앉았던 몸을 일으켰다. 멀어지는 나를 보며 에르하르트는 마지막으로 내게 말했다.

"다음엔 내가 너를 싫어할 만한 확실한 계획을 세워오도록."

맙소사.

* * *

똑똑-

아이린의 방의 문에 노크를 하자 안쪽에선 그녀의 경쾌한 목소리가 들렸다.

"바이올렛? 들어와!"

역시나 먼저 기별을 넣었던 터라, 그녀는 내 방문을 미리 알고 있었다. 나는 거리낌 없이 방으로 들어섰다. 그러자 꽤 오랜만에 보는 아이린이 보였다. 그녀는 언제나처럼 휠체어에 앉은 채로 내게 반갑게 손을 흔들었다.

원래부터 작았던 그녀의 얼굴이 요 며칠 사이에 티가 나게 해쓱해진 것도 같았다. 평소와 다를 것 없이 미소를 짓고 있었지만, 그 미소도 역시 평소보단 구슬프게 느껴졌다. 위로가 필요할 거라고 말했던 에르하르트의 말이 정말 사실이었을지도 몰랐다.

"아이린 님, 우리 정말 오랜만이죠?"

"얼마나 오랜만이냐면. 내가 지금 네 얼굴을 반쯤 잊을 뻔했다는 사실."

"하하, 반쪽만 기억하는 건 어째 좀 흉측할 것 같은데."

"그러게 왜 그렇게 나를 잊고 지낸 거야. 한 번씩 말동무를 해 준다고 하더니……. 코빼기도 보이지 않고."

"그러게요. 제가 요즘에 조금 바빴네요."

아이린은 제 앞에 앉아서 얘기하라는 듯이 내게 손짓을 했다. 그녀의 손짓을 따라, 맞은편에 앉기 무섭게 아이린은 내 손을 덥석 잡았다. 정말 스스럼없는 스킨십이었다.

"샤넌을 골탕 먹이는 데에 나를 이용하기만 했어. 매정한 바이올렛."

"이제 자주 찾아올게요."

내가 부드럽게 웃으며 대답하자 아이린은 놀란 표정을 지었다.

"어라, 너 갑자기 왜 이렇게 살가워진 거지?"

"저는 원래 살가웠답니다."

나는 아이린의 손을 잡지 않은 나머지 손으로 그녀의 손등을 쓸며 대답했다. 그러자 아이린은 제 눈을 게슴츠레하게 뜨며 나를 지그시 응시했다. 흡사 내게 무슨 의도가 있는지 짐작해 보겠다는 듯이.

이윽고 감정이 모두 끝난 듯한 아이린이 손을 퉁기며 소리를 쳤다.

"오호라, 알겠다! 내게 부탁하고 싶은 게 있어서 찾아온 거구나? 그래서 지금 이렇게 살갑게 구는 거고? 이거, 이거 바이올렛. 너 정말 안 되겠구나. 내가 너를 너무 좋아하기는 하지만, 필요할 때만 나를 찾는 건 달갑지 않다고."

"아니에요. 딱히 부탁을 하러 온 건 아닌데……."

"그럼?"

"그냥 아이린 님의 얘기를 듣고 싶어서 찾아온 거예요."

"내 얘기?"

나는 고개를 끄덕였다.

"당신에게 올바른 위로가 필요하지는 않을까, 싶어서."

"……."

"공작님이 그렇게 말씀하시더라고요."

"에르하르트를 먼저 만나고 온 거구나?"

나는 고개를 끄덕였다.

"위로라. 나는 바이올렛이 이렇게 나를 찾아와서 얘기를 해 주는 것만으로도 벌써 위로가 꽤 됐는데 말이지."

아이린은 희미한 미소를 지었다. 내가 찾아온 것만으로도 위로라고 말하는 그녀였다. 새삼스럽게 아이린은 정말로 나를 좋아하는 것을 느낄 수 있었다.

"제가 자주 찾아오는 것만으로도 위로가 될 수 있다면, 내일도 찾아올게요."

나는 러셀에 대한 이야기를 아이린에게 어떻게 꺼내야 할지 망설여졌다.

"그럼 내일, 내일에도 찾아와."

"좋아요."

"내일, 내일, 내일은?"

"흐음."

"뭐야, 왜 대답을 안 해!"

"……이러다간 아무래도 말동무 종신계약서라도 써야 될 것 같은 기분이 들어서."

나는 우스갯소리를 했다. 아이린이 웃었으면 했기 때문이었다. 다행히도 내 말은 아이린에게 제대로 먹힌 듯해 보였다. 그녀가 작게 키득거렸으니 말이다. 한껏 느슨해진 지금의 분위기가 러셀에 대한 말을 꺼낼 적절한 타이밍이란 생각이 들었다.

"아이린 님. 어제 왕궁에서 열리는 연회에 갔다가 러셀 님을 만났어요."

내 입에서 러셀의 이름이 흘러나오기 무섭게 아이린의 얼굴이 일순 경직되었다. 그녀는 기분 좋게 웃던 미소를 지우고선 내 시선을 피했다. 내가 무슨 얘기를 꺼낼지 예감한 시선이었다. 그것은 러셀에 대한 이야기는 하고 싶지 않다는 묵시적인 의사 표시였다.

"얘기하기 싫으세요?"

"……응, 조금?"

"좋아요. 그럼 얘기하지 않을게요."

구태여 아이린이 싫다는 이야기를 단번에 꺼내고 싶지 않았다. 그녀의 마음이 러셀의 이야기를 받아들일 준비가 되어 있을 때. 그때에 러셀에 대한 이야기를 꺼내도 늦지 않다고 생각했다.

아이린은 아이린 대로 러셀을 원망하고 있을 터였고, 러셀은 스스로를 살인자라 생각하며 괴로워하고 있었다.

나는 이 두 사람 사이의 해묵은 감정을 해결해 주고 싶었다. 그것은 내게 과분한 사랑을 준 이 세계에 보은이요, 나를 좋아해 준 아이린과 러셀에 대한 보은이기도 했다.

"그럼 무슨 얘기를 하고 싶으세요?"

나는 여전히 살가운 투로 그녀에게 물었다. 그러자 아이린이 언제 제 얼굴을 굳혔냐는 듯이 장난스럽게 대답했다.

"음. 너랑 하론의 러브 스토리?"

그녀의 물음이 떨어지기 무섭게, 나는 아이린이 했던 대로 표정을 굳혔다. 그러자 아이린도 내가 했던 물음을 똑같이 내게 물었다.

"얘기하기 싫어?"

"네, 조금?"

"그래도 조금이라도 얘기해 줄 수 없는 거야?"

"네?"

"가령 하론의 키스 솜씨라든지, 그런 것들이 궁금해서 견딜 수가 없어."

"아, 아이린 님!"

아이린은 낯부끄러운 말을 거침없이 내뱉었다. 그러자 삽시간에 부끄러워진 것은 나였다. 동시에 어제 연회장에서 나누었던 그의 키스까지도 떠올랐다. 떠오르기가 무섭게 귓가가 뜨거워지는 기분이었다.

"어라? 바이올렛, 귀가 빨갛게 익었어! 너 하론이랑 키스했구나?"

아이린은 내 생각을 모두 간파했다는 듯이 음흉하게 웃었다. 그러자 나는 그녀의 이름을 다시금 소리칠 수밖에 없었다.

"아, 아이린 님!"

하, 이 여자를 어떻게 하면 좋을까?

***

"그래서?"

맞은편에 앉아 있던 하론은 턱을 괸 채로 나를 빤히 들여다보았다. 언제나 보던 그의 푸른 눈동자였지만, 그것은 언제나 매번 다르게 느껴졌다. 오늘의 그의 눈빛은 뭐랄까. 너무나도 다정해서 온몸이 녹아내릴 법한 눈빛이었다.

저런 눈빛을 계속 받다간, 조만간 내 몸과 마음이 제대로 녹아버릴지도 모를 일이었다. 순간 원작 속 하론도 샤넌을 저런 눈빛으로 쳐다봤을까, 하는 생각이 들었다.

원작 속에서 하론은 샤넌을 사랑했으니 충분한 가능성이 있는 생각이었다. 그렇다면 샤넌은 단 한 번도 하론에게 흔들리지 않았던 걸까?

그건 도무지 이해할 수 없는 것이기도 했다. 꿀이라도 떨어질 법한 달달한 그의 눈빛에 넘어가지 않을 여자가 어디 있을까. 사실 소설 속의 샤넌도 이따금씩 하론에게 끌렸을지도 몰랐다. 물론 그런 세세한 이야기까진 소설 속에 서술되지 않지만 말이다.

"다혜? 무슨 생각을 하길래 대답이 없어."

그는 턱을 괴고 있던 손을 풀어, 내 쪽으로 쭉 내밀었다. 그의 검지가 내 이마를 가볍게 톡 건드렸다.

"네가 잘생겼다고 생각하고 있었어."

딱히 숨길 내용이 아니었으므로 그에게 솔직히 털어놓았다. 그러자 당황한 쪽은 하론이었다.

"뭐, 뭐야. 너무 갑작스러운 고백 아니야?"

"때때론 갑작스러운 고백도 필요하다고 생각해."

"너……. 나보고 선수니, 뭐니 하더니, 진짜 선수는 너 아냐?"

"그럴지도."

나는 하론의 능청스러운 미소를 따라 지으며, 찻잔을 집어 들었다. 간단히 목을 축일 때에 하론의 조그마한 볼멘소리가 들렸다.

"못살겠군. 그런데 난 왜 잘생겼다는 네 말이 좋은 건지."

"이거 봐, 역시나 갑작스러운 고백이 필요한 거라니까."

나는 찻잔을 다시 내려놓으며 하론을 빤히 응시했다. 이번에는 하론의 달달한 눈빛을 따라 하려 노력했지만, 그 노력이 제대로 달성되었는지는 미지수였다.

하론이 내 눈빛을 보고, 내가 느꼈던 것과 같은 감상을 느꼈으면 좋을 텐데.

"다혜, 그래서 아이린 님과는 어떻게 됐냐니까."

왕세자의 기일을 기리는 연회장에서 떠올랐던 생각을 하론에게 미리 얘기했던 터였다. 그러니까 에르하르트의 사랑의 방향을 틀고, 아이린과 러셀의 감정의 골을 해결해 주는 그런 생각.

하론은 내 계획에 옅은 의구심을 품으며 고개를 갸웃거렸었지만, 구태여 내 계획을 말리진 않았다. 어쩌면 나를 말린다고 할지라도 결국엔 내가 내 생각대로 할 것임을 그도 알았기에 그런 것은 아닐까.

"아이린 님……."

나는 고작 러셀의 이름만을 꺼냈음에도 얼굴이 굳어가던 아이린을 떠올렸다. 보는 나조차도 기분이 가라앉을 정도로 아이린은 제 얼굴을 굳혔더랬다. 그런 그녀에게 러셀의 이야기를 제대로 꺼낼 기회가 오기나 할는지.

"보기 좋게 실패지, 뭐."

솔직히 곧바로 아이린이 러셀과 만나 이야기를 나누겠다고 하리라 생각하지는 않았다. 하나 그래도 조금은 긍정적인 반응을 보일 줄 알았는데, 반응이 너무 싸했다. 아무래도 그들 사이에 있는 감정의 골은 내가 생각했던 것보다 훨씬 더 깊었음이 틀림없었다.

"아이린 님 말고, 에르하르트 공작 쪽 반응은 어땠는데?"

하론은 방금 전보다 훨씬 더 궁금한 빛을 띠며 물었다. 사실 아이린에 대한 것은 이야기의 물고를 틀 미끼에 불과했고, 그가 실제로 묻고 싶었던 것은 에르하르트에 대한 것이 아니었나 싶었다.

나는 잠자코 고개를 젖히며 웃던 에르하르트의 얼굴까지도 떠올렸다. 그의 반응은 아마도 그냥 실패가 아니라, 대실패에 가까워 보였다.

"대실패. 좋아한다고 했더니, 아주 좋아 죽더라."

에르하르트를 떠올리기 무섭게 귓가에 그의 웃음소리가 이명처럼 울렸다. 나는 끔찍할 정도로 호쾌했던 그의 웃음소리를 지워내려, 귓가를 몇 번 긁었다.

"역시나 그 역발상은 처음부터 마음에 들지 않았어. 물론 에르하르트는 저 싫다는 여자를 좋아하는 이상한 취향이 있는 건 확실해 보이지만."

"당장은 그렇긴 했지만, 매일같이 싫어하는 티를 내지 않으면, 그의 마음도 식지 않을까?"

내가 그리 묻자 하론은 제 미간을 엷게 구기며 대답했다.

"다혜. 그 말은 설마 에르하르트를 매일같이 만나겠다는 말이 아니겠지?"

나는 다시금 에르하르트의 웃음소리를 듣고 싶진 않았다. 하나 또다시 질투에 가까운 얼굴빛을 띤 하론을 놀리고 싶은 마음이 들었다.

"그럴 수밖에 없다면 그래야지."

나는 그게 별 대수냐는 듯이 어깨까지도 으쓱였다.

"그건 절대 안 돼."

하론은 절대로 물러날 여지가 없다는 듯이 말했다.

"오호라, 지금 질투해?"

"응, 질투해."

능글거리며 대답을 회피할 줄 알았던 하론은 의외로 제 감정을 솔직하게 시인했다. 그의 입술에서 질투란 말이 나오자마자 기분이 좋아지는 건 왜일까.

나는 입가를 비집고 나오는 미소를 가까스로 참아 냈다. 그사이에 하론은 갑작스럽게 앉아 있던 몸을 일으켰다. 그러곤 재빠르게 내 옆에 앉았다. 소파는 꽤나 기다랬지만, 그는 그런 것은 괘념치 않다는 듯이 내게 제 몸을 꼭 붙였다. 몸을 조금이라도 비튼다면 그의 몸과 닿을 정도였다.

"하론?"

너, 너무 가깝지 않니? 나는 거기까지 말하지 못하고 그를 곁눈질로 쳐다봤다. 너무 가까워서 차마 얼굴을 돌릴 용기가 나지 않았다. 심장은 어째서 제 박자를 잃고 뛰기 시작하는 걸까. 나는 티 나지 않게 기다란 심호흡을 했다.

"다혜."

그는 내 이름을 힘주어 부르며, 내 턱 끝에 손을 대었다. 그러곤 내 얼굴을 제 쪽으로 돌리었다. 내 얼굴은 기름칠이 되지 않은 문짝처럼 삐거덕거리며 돌아갔다. 이윽고 하론을 완전히 쳐다보게 되자, 숨을 제대로 쉴 수가 없었다. 그의 얼굴이 내 예상보다도 훨씬 더 가까웠기 때문이었다.

"한 번은 어쩔 수 없이 허락했지만, 또다시 너 혼자서 에르하르트를 만나는 건 허락 못 해."

"그럼 어떡해? 에르하르트 쪽은 포기해야 하는 건가⋯⋯. 하긴 실패를 해도 제대로 실패했으니까."

나는 어색한 미소를 지었다. 말을 하는 도중에도 가까워진 그의 얼굴이 정말 신경이 쓰였다. 하론은 그런 것에 전혀 신경을 쓰지 않는다는 듯이 말했다.

"나는 네가 완전히 실패했다고는 생각하지 않아."

"왜? 어째서?"

"나비효과라는 말을 알아?"

나비효과라.

그 말은 나비의 작은 날갯짓 하나가 큰 효과를 불러일으킬 수 있다는 말이었다. 그 말이 왜 지금 이 순간에 나온 것인지 알 수 없었다.

"응, 알아. 그런데 그 말이 왜 나온 건데?"

내가 고개를 갸웃거리자 하론은 사려 깊은 미소를 지었다. 그의 미소는 봄날의 벚꽃처럼 부드러운 것이었지만, 그가 뱉은 말은 꽤나 음흉했다.

"궁금해?"

"응."

"그럼 볼에 뽀뽀 한 번 해 주면 얘기해 줄게."

"뭐, 뭐?!"

"싫으면 말고."

그는 제 고개를 조금 비틀어, 오른쪽 뺨을 보란 듯이 내밀었다. 그의 뺨은 오늘따라 더욱더 희고 매끄러워 보였다. 입술이 닿는다면 정말 부드러울 것만 같은……. 거기까지 생각했을 때, 나는 화들짝 놀랐다.

나 도대체 무슨 생각을 하고 있는 거야.

나는 본능적으로 마른침을 꼴깍 삼켰다. 그러곤 입술을 조금 내밀었다. 나는 그러니까…… 지금 나비효과라는 말이 왜 나온 건지, 궁금해서 뽀뽀를 해 주는 거야. 절대로 입을 맞추고 싶어서 그런 건 아닌데.

끙, 연애란 정말 어렵구나.

그런 생각을 하며 나는 그의 뺨에 내 입술을 거의 다 대었다. 뺨에 닿겠구나, 하는 순간 하론의 고개가 능청스럽게 돌아가며 나와 정면으로 마주했다. 그러곤 그는 슬그머니 미소를 지으며, 제 입술로 내게 입을 맞추는 게 아닌가.

쪽.

"하, 하론!"

"나도 때때론 갑작스러운 입맞춤이 필요하다고 생각해서."

"짓궂기는."

"그래도 결과가 매우 만족스러운걸."

나도 사실 만족스럽기는 한데…….

나는 거기까지 말하진 못하고 머쓱한 헛기침만 했을 뿐이었다.

어쩐지 기분이 좋아진 듯한 하론은 그제야 저가 했던 말에 대해 설명하기 시작했다.

"그러니까 내가 나비효과란 말을 꺼낸 이유는, 네가 그들 사이에 작은 계기를 만들어 준 거라고 생각했기 때문이야."

"계기?"

"응. 변화를 종용하는 계기. 비록 지금은 그 변화가 미미하겠지만, 시간이 지나면 커다란 후폭풍이 될지도 모를 일이라고 생각해."

"음, 가령 정말로 러셀과 아이린 사이가 좋아진다든지, 그런 후폭풍 말이야?"

"응, 똑똑한 걸."

그는 내 대답이 만족스럽다는 듯이 내 머리칼을 조용히 쓰다듬었다.

"다혜, 넌 충분히 잘해 내고 있어. 아이린과 러셀의 관계 회복이라는 건, 아무도 생각하지 못했던 거잖아?"

"내가 너무 오지랖을 부리는 걸까?"

"아니. 나도 두 사람의 사연을 들어보니, 도와주고 싶단 생각이 들던걸. 잘 해결되었으면 해. 더군다나 아이린 님에게 도움을 많이 받았잖아."

"잘될까?"

나는 막막하다는 듯이 물었다. 그러자 하론은 확신에 찬 목소리로 대답했다.

"그럼."

그의 대답은 너무나도 확고해서, 실제로 내 계획이 모두 일사천리로 이루어질 것만 같은 예감이 들 정도였다.

"다 잘 될 거야."

마법 같은 하론의 말은 내 마음속에 깊이 스며들었다. 그것은 그만이 가지는 긍정적인 기운이 가득한 말이었다. 항상 그에게서 받는 듯한 그 기운.

나는 하론의 여러 가지 면이 좋았지만, 그의 이런 부분이 상당히 좋았다. 하론은 함께 있으면 모든 것이 잘될 것만 같은 그런 기분을 들게 만드는 남자였다.

"좋아, 그럼 내일도 아이린 님을 찾아가 봐야겠다. 더 큰 나비 효과를 위해서라고 할까."

"……에르하르트에게는 찾아가지 않을 거지?"

"네가 원한다면 찾아가지 않을게."

"그럼 찾아가지 말았으면 해."

나는 고개를 끄덕였다. 구태여 하론이 싫어할 만한 짓을 고집스럽게 주장하고 싶지는 않았다. 하론은 또다시 만족스럽다는 듯이 내 머리를 쓰다듬으며 말했다.

"약혼식 때 갖고 싶은 게 있어?"

"글쎄, 당장은 아무것도 떠오르지 않는걸."

"그럼 천천히 생각해 보고 얘기해 줄래? 네가 원하는 게 있다면 선물을 해 주고 싶어. 벌써 사흘밖에 남지 않았다고."

"시간이 너무 빠르다."

언제 찾아오나 했던 그 약혼식이 벌써 사흘밖에 남지 않았다니. 생각해 보니 처음 우리가 약속했던 약혼식과 지금의 약혼식은 의미가 많이 달라져 있었다.

거짓이었던 그 약혼은 어느 순간 진짜가 되어 버렸고, 우리는 그 약혼을 설레며 기다리는 사이가 되어 버렸다. 묘한 기분이 드는 건 어쩔 수 없었다.

하론은 가만히 내 머리를 쓰다듬다가, 내 머리칼 어귀에 잘 꽂아 두었던 핀을 매만졌다. 그는 핀의 모양을 손끝으로 부드럽게 따라 그렸다. 그것은 일전에 하론이 주었던 보랏빛 핀이었다.

"내가 준 핀 했구나?"

"응."

"역시 너무 예쁘다."

"역시 넌 느끼해."

"아니? 나는 핀이 예쁘다고 한 거였는데?"

하론은 정색을 하며 내 머리칼에 머물렀던 손을 물렸다.

"……."

"큭큭, 농담이야, 농담. 표정 굳은 것 좀 봐. 너 왜 이렇게 귀여워."

귀엽다라. 그 말은 퍽이나 나와 어울리지 않는 말이었지만, 근래에 여러 번 들은 말이었다, 제길.

나는 눈을 게슴츠레하게 뜨며 하론을 노려보았다. 그러자 하론은 미소를 머금은 입술로 내 입술에 다시금 입을 맞추었다.

"너!"

"네가 너무 좋아."

"……."

좋다는 그의 말에 나도 모르게 미소가 지어졌다. 굳은 표정을 유지하는 것은 더 이상 무리였다. 나는 해탈에 가까운 미소를 지으며 하론을 가만히 응시했다. 아무래도 그가 나를 너무나도 잘 다루는 것만 같은 기분이 들었다.

16장. 행복한 순간을 깨는 가장 좋은 방법

시간은 놀랍도록 빠르게 지나갔다.

바로 다음 날이 내 약혼식 날이었으니 말이다. 이틀 동안 큰일이 있었던 것은 아니었다. 하론은 매일같이 나를 찾아왔고, 우리는 하루가 모자랄 정도로 긴 이야기를 나누었다.

아마도 이틀 사이에 제일 큰 일이라고 치부할 일은, 하론의 아버지를 잠깐 만난 일이었다. 그의 아버지인 클로노아 후작은 나에 대해 탐탁지 않게 생각하는 것 같아 보였지만, 구태여 내게 어떤 상처 주는 말을 꺼내지는 않았다. 그저 날카로운 시선을 끊임없이 보냈을 뿐이었다. 내 추문의 여파 때문에 그런 것은 아니었을까 싶었다. 저런 아버지에게서 약혼의 허락을 받아낸 하론이 꽤나 대단하게 느껴질 따름이었다.

샤넌은 생각보다 잠잠했다. 그녀는 나와 우연히 마주치지도 않았고, 나를 찾아오지도 않았다. 그녀를 마지막으로 보았던 그 연회장에서 내게 오해 같지 않은 오해를 했을 게 분명할 텐데.

잠잠한 게 되레 불안하게 느껴질 정도였다.

그러고 보니 하론이 말하길, 샤넌이 우리의 약혼식에 초대받길 원한다고 했다. 우리의 약혼을 축복해 주기 위해서라나, 뭐라나.

이상하게도 그녀의 말을 믿을 수가 없었다. 그렇기에 그녀를 초대하고 싶진 않았다. 하론에게 그리 말하자 그는 어쩐지 아쉬운 표정을 지었지만, 별다른 말을 보태진 않았다. 그렇게 우리는 샤넌을 초대하지 않기로 결정했다.

하론이 무슨 마음으로 아쉬운 표정을 지은 것인지 머릿속으론 충분히 이해했지만, 마음은 그러하지 못했다. 까닭 모를 서운함을 느꼈다면, 그것은 진심일 것이다.

설마 약혼식까지 찾아와서 행패를 부릴까 싶었지만, 나는 역시나 샤넌을 믿을 수 없었다. 나를 향해 있던 그녀의 서슬 퍼런 눈빛이 머릿속에서 지워지지 않는 한 영원히 믿을 수 없을지도 몰랐다.

그건 내가 바이올렛이라는 여자를 연민하는 것과는 별개의 문제라고 생각했다. 요컨대 내 행복의 문제라고나 할까. 그녀를 여전히 연민했지만, 결국엔 나도 내 행복이 더 중요했기 때문이었다.

이틀 동안 내가 한 것은 한 가지 더 있었다. 바로 이틀 내내 아이린에게 작은 날갯짓을 선보인 것이었다.

첫째 날은 죽은 왕세자 얘기를 넘어서서 러셀의 얘기까지 할 수 있었다. 하나 '러셀'이라는 이름이 나오기 무섭게 아이린은 내가 말하는 것을 말렸다. 나는 군말 없이 그녀에게 다른 이야기를 꺼내었다. 마치 그녀의 제대로 된 말동무라도 된 듯이.

둘째 날은 러셀의 이야기를 조금 더 꺼내는 것까지 성공했다. 가령 러셀이 제 형의 죽음에 괴로워하고 있다, 여기까지라고나 할까. 내가 거기까지 말을 꺼냈을 때 아이린은 더 듣기를 거부했다. 러셀이 왕세자의 죽음을 슬퍼하든지, 하지 않든지 궁금하지 않다는 말을 덧대며 말이다.

그렇게 오늘은 그녀를 찾아가는 세 번째 날이 되는 날이었다. 나는 공작저의 정원에 발을 디디며, 그녀의 방 쪽을 쳐다보았다. 창문은 어느 때처럼 활짝 열려 있었고, 그 안엔 무슨 표정으로 나를 기다릴지 모를 아이린이 있을 것이었다.

오늘은 러셀의 얘기를 완전히 나누면 좋을 텐데.

나는 에르하르트와 마주칠 것을 염려하며 조용히 아이린의 방까지 걸어갔다. 다행히도 그와 마주치는 일은 없었다. 이윽고 아이린의 방까지 도착해, 익숙하게 그녀의 방으로 들어섰다.

"바이올렛! 어서 와."

내가 들어서기 무섭게 아이린은 세상 누구보다 밝은 목소리로 내 이름을 불렀다. 어쩜 저토록 늘 기분 좋게 내 이름을 부르는 걸까. 어쩌면 아이린의 머릿속엔 바이올렛이란 이름을 쾌활하게 부르는 어떤 시스템이 입력되어 있을지도 모르겠단 생각이 들었다.

"아이린 님. 안녕하세요."

나는 자연스럽게 그녀에게 인사하며, 아이린이 미리 빼놓은 의자 위에 앉았다. 꼭 그녀의 휠체어가 있던 맞은편에 있던 의자였다. 말동무 전용 의자쯤이었다.

"아이린 님은 어쩜 그렇게 매일같이 기분이 좋아 보이시는 거예요?"

나는 싱그럽게 웃고 있는 그녀를 보며 정녕 궁금하다는 듯이 물었다.

"그거야 바이올렛이 좋으니까. 얘가 당연한 걸 묻고 있어."

아이린은 뭐 그런 걸 묻느냐는 듯이 손을 휘휘 내저었다. 내가 지금까지 지켜본 아이린은 눈치가 정말 빠른 여자였다. 눈치만큼은 이 소설 속에서 단연 최고라고 칭해도 전혀 이상하지 않을 정도였다.

그렇기에 그녀는 연거푸 며칠을 방문한 내 의도를 진작 눈치챘을 것이란 생각이 들었다. 내가 무슨 이야기를 하고자 하는지 이미 알고 있을 거란 거다.

아마도 그녀가 제일 불편해할 만한 그런 얘기.

그럼에도 불구하고 아이린은 내 방문을 막지 않았다. 그건 내가 그녀에게 그 이야기를 하기를 강요하지 않았기 때문일까? 사실 아이린도 은연중에 그 이야기를 누군가와 하고 싶었던 것은 아니었을까?

나는 하론이 말했던 나비효과를 떠올렸다. 오늘의 내 날갯짓이 그녀에게 어떤 효과까지 미칠 수 있는지 궁금할 따름이었다.

"바이올렛, 무슨 생각을 그렇게 하는 거야."

"아, 나비효과에 대해서 생각하고 있었어요."

"나비효과……? 갑자기 그게 웬 말이야?"

"음. 가령 제가 몇 달 전에 에르하르트 공작님이 싫다고 선언했던 그 말이, 지금 우리에게 미치는 파급효과에 대해 생각하고 있었다고나 할까요?"

"오호라, 그때 에기에게 싫어한다고 말한 이래부터, 에기가 너를 다시 좋아했으니까?"

나는 가볍게 손바닥을 맞추며 고개를 끄덕였다.

"맞아요. 그런 게 나비효과죠."

"그렇군. 아 참! 그러고 보니, 내일이 네 약혼식이구나."

"네, 아이린 님도 와 주실 거예요?"

"에기와의 약혼식이었다면 참 좋을 텐데……."

아이린은 정말 아쉽다는 듯이 입술을 부루퉁하게 내밀었다. 에르하르트와의 약혼은 아이린이 완전히 포기했을 거라 생각하고 있었는데, 아직까지 미련이 있었나 보다.

"공작님은 저보다 더 좋은 여자를 만나실 거예요."

"너보다 좋은 여자가 있을까?"

"그럼요. 아이린 님도 저보다 훨씬 더 좋은 여자인 걸요."

"어머나! 이렇게 갑작스럽게 고백을 하다니!"

그녀는 고백을 받은 사춘기 소녀 같은 표정을 지었다. 그 모습이 꽤나 귀여워 보였다.

"저……. 그러니까 아이린 님은 정말 좋으신 분이시니까."

나는 한껏 기분이 좋아 보이는 그녀에게 내가 하고자 하는 말을 서서히 꺼내기 시작했다. 그러자 눈치가 어쩜 그리 빠른지, 아이린이 무겁게 내 이름을 불렀다.

"바이올렛."

그것은 그쯤에서 그만두라는 일종의 경고였다.

"오늘은 어디까지 얘기를 꺼내보는 게 좋을까요? 하하. 오늘도 싫다면 어쩔 수 없고요."

"……어제 어디까지 얘기했더라?"

"러셀 님이 괴로워하고 있다는 얘기까지요."

"망할 러셀. 지가 괴로워하면 어쩔 건데. 내가 알아주길 바라는 거야? 기분 나빠."

아이린은 그렇게 말하면서도 '그만둬.'라는 말은 꺼내지 않았다. 아무래도 오늘은 어제보다도 우리의 이야기가 진전될 수 있을 것 같았다. 나는 왠지 모르게 말라 버린 입술을 천천히 달싹거렸다.

"러셀 님은…… 스스로를 살인자라고 생각하며 괴로워하고 있어요. 당신에게 용서를 받고 싶어 하는 눈치도 했고요."

그날의 괴로워하던 러셀을 떠올리자, 그가 내 목덜미에 내뿜었던 뜨거운 숨결이 떠올랐다.

'이젠 재킷 따위를 주며, 재킷을 기다리겠다고 말 안 해. 재킷이 아니라, 너를 기다릴 거니까.'

그답지 않던 고백까지도 떠올리자 어쩐지 기분이 묘했다.

러셀이 내 어깨에 덮어 주었던 그 재킷은 아직까지 내게 있었다. 그는 그것을 기다리고 있을까? 지금 그가 기다리고 있는 것은 재킷이 아니라, 나일까?

"비겁해. 용서 받고 싶다면, 당당히 내게 찾아와서 용서를 빌어야지. 바이올렛 네 앞에서 질질 짜면서 괴로워했나 보지?"

아이린은 그의 태도가 전혀 이해 가지 않는다는 듯이 말했다. 나는 그녀의 말에 수긍을 했다.

"그러게요. 그는 비겁한 사람이에요. 바보라서 제 마음을 제대로 표현하지도 못하죠."

"……."

"제 말이 맞죠?"

"그래서 어쩌란 말이야."

"그런 러셀 님이라서, 아이린 님께 직접적으로 찾아올 수가 없는 게 아닐까요. 솔직한 마음을 제대로 표현하는 게 서툴러서, 당신께 당당히 찾아오지 못하는 걸지도 몰라요."

"바이올렛. 네가 걔 대변인이야?"

"이제 그만 얘기할까요?"

우리 사이에 도는 공기가 무겁게 가라앉았다. 아이린이 더 얘기하길 원하지 않는다면, 나는 여기서 그만둘 참이었다. 오늘은 어제보다도 훨씬 더 진행된 얘기를 나누었고, 나는 그 정도로도 만족했기 때문이었다.

어쩌면 오늘의 작은 나비의 날갯짓은 여기서 끝이 날지도 모를 일이었다.

하나 아이린에게서 돌아온 대답은 꽤나 의외의 것이었다.

"……더 해 봐."

그녀의 얼굴은 여전히 매섭게 굳어 있었지만, 그렇다고 해서 내게 다른 말은 하지 않았다.

그녀의 마음이 조금 열린 것은 아닐까.

나는 기회를 놓치지 않고, 그녀에게 하고 싶었던 말을 늘어놓았다. 며칠 전부터 생각하고, 가다듬었던 말들이었다.

"더 듣는다고 해 주셔서 감사해요, 아이린 님."

"……."

"일단은 아이린 님께서 제가 이런 말을 하는 데에 오해를 하지 않으셨으면 해요. 그러니까 제가 러셀 님을 옹호하기 위해 이런 말을 한다는 그런 오해랄까."

"그런 이유가 아니라면 왜 그러는 건데?"

"저는 그저 두 분 사이에 오랫동안 묵혀 두었던 감정을 해소했으면 하는 바람이랍니다. 당신이 러셀 님을 원망하는 마음. 러셀 님이 당신에게 가지는 죄책감, 그런 감정들 말이에요."

"……."

"사고였잖아요. 사실 아이린 님은 누구보다도 그 사고에 러셀 님의 잘못이 없다는 걸 알고 있잖아요."

"나는……."

아이린은 끝끝내 말을 잇지 못하고 손으로 제 얼굴을 감쌌다. 나는 손을 뻗어 조심스럽게 아이린의 머리를 쓰다듬었다.

"너무 괴로우시다면, 이제 그만 얘기할게요."

"……그래서 어쩌라는 건데?"

"저는 아이린 님께서 러셀 님을 제대로 한 번 만나 주셨으면 해요. 그의 말을 들어보고 그를 조금 용서해 주는 건 어떨까요? 그를 원망할수록 아이린 님의 마음은 점점 지칠 거예요. 누군가를 원망하는 건 그런 거니까."

나는 그렇게 말하며 소설 속의 바이올렛을 떠올렸다.

샤넌을 항상 원망하며 서서히 망가졌던 바이올렛.

그 마음이 가지는 부정적인 기운에 아이린 또한 바이올렛처럼 망가지는 건 아닐는지, 하는 작은 우려가 들었다. 물론 내가 아는 아이린이라면 그럴 가능성이 정말 낮겠지만.

"혼자 만나는 게 힘드시다면, 제가 옆에 있어 드릴게요. 조금 이야기를 나누는 것만으로도 아이린 님의 마음이 훨씬 더 편해질지도 몰라요."

물론 러셀의 마음도 편안해질 것이었다.

아이린은 한참이나 내 말에 아무 대답도 하지 않았다. 그녀는 고개를 조금 숙인 채로 고민을 했다. 나는 그녀의 얼굴 위로 흘러내린 검은 머리칼을 귀 뒤로 넘겨 주며, 그다음 말을 꺼냈다.

언제나 내게 마음의 평온을 주었던 하론의 그 말.

"걱정하지 말아요. 다 괜찮을 거예요."

몇 분이 지나고 또 지나고 나서야 그녀의 고개가 옅게 움직였다. 아래위로 움직이는 그녀의 고갯짓은 분명 긍정의 대답이었다. 그녀는 여전히 고개를 조금 숙인 채로 내게 말을 건네었다.

"넌 왜 우리 둘의 관계를 회복시켜 주려고 이렇게까지 노력하는 거야? 사실 너완 아무런 상관이 없는 일이잖아."

나는 깊이 생각하지 않고, 곧바로 그녀에게 대답했다.

"좋아하는 사람을 돕는데 이유가 있을까요?"

두 사람이 언제고 나를 도와주었듯이 말이다.

아이린은 숙였던 고개를 들고선 나를 똑바로 쳐다보았다.

"너 꽤 진국이구나?"

"그걸 이제 아셨다니, 서운하네요."

내가 너스레를 떨며 말하자, 아이린은 그제야 작게 미소를 지었다. 그녀의 미소를 보는 순간, 오늘의 나비효과는 꽤나 완벽했단 생각이 들었다.

***

다음 날, 평소보다 훨씬 더 많은 시녀들이 내게 바짝 달라붙어 있었다.

그들은 화장이며, 드레스며, 머리를 아주 능숙한 손길로 정리를 했다. 그러자 시간이 지나면 지날수록 나는 약혼식에 걸맞은 신부의 모습으로 변모하고 있었다. 깔끔하게 정돈된 아름다운 머리칼이 머리 위에 단단히 고정되고, 하론이 주었던 보랏빛 핀을 머리에 꽂고 나서야 모든 치장이 끝났다.

시녀들은 모두 부러운 눈초리로 내게 축하의 말을 건네었다. 나는 그녀들의 칭찬에 하나하나 정성 들여 대답을 하며, 크게 심호흡을 했다.

막상 모든 치장이 끝나고 입고 있는 드레스를 보자, 그것은 드레스 숍에서 피팅하며 입었을 때와 확연히 느낌이 달랐다. 과하지 않은 적당한 프릴이 보기 좋았고, 몸매를 강조하는 머메이드라인의 드레스는 꽤나 고급스러워 보이기까지 했다. 이런 생각을 해도 되는지 모르겠지만, 아무래도 오늘의 내 모습이 정말로 아름다웠다.

"휴."

나는 가벼운 심호흡을 하며 떨리는 마음을 가라앉히려 애썼다.

약혼식을 하는 곳은 공작저에 있는 연회장이었다. 내 생일이기도 했으니 성당보다야 우리 저택에서 직접 하기를 아버지께서 원하셨다. 바이올렛의 아버지께서 말이다. 여러 날들을 보내며 그와 거의 대면하지는 않았지만, 이따금씩 만났던 바이올렛의 아버지는 항상 과할 정도로 내게 잘해 주었다. 딸 바보라는 말이 절로 나올 정도로.

그런 그는 제 진짜 여식이 다른 이의 몸속에 존재하고 있다는 걸 상상이나 하고 있을까. 나는 바바라스 공작에게 죄를 짓는 기분이 잠깐 들었다. 구태여 내가 그들에게 잘못한 것은 없음에도 불구하고.

우리의 약혼식은 최대한 간소하게 진행될 예정이었다. 최소한의 사람들만 초대한 깔끔한 약혼식이라고나 할까. 연회장엔 이미 약혼식을 행할 준비가 완벽하게 되어 있을 것이었다.

이제 조금 뒤에 오늘의 다른 주인공인 하론이 저택으로 온다면, 모든 준비는 끝이 났다. 나는 그를 기다리며 색이 조금 옅어진 입술에 붉은 연지를 덧발랐다.

십 분쯤 뒤에 누군가가 내 방문을 가볍게 두드렸다. 그리고 밖에 있던 하녀 하나가 내게 고했다.

"공녀님, 손님이 찾아오셨습니다."

손님이라면 당연히 하론이 아닐까, 하고 생각했지만 왠지 그가 아닐 것만 같은 불길한 예감이 들었다.

"누구지?"

"에르하르트 공작님이십니다."

역시나 불길한 예감은 늘 빗나가지 않나 보다. 나는 에르하르트를 초대하지 않았으나, 아버지가 그를 초대했을 게 분명했다. 에르하르트와 나의 약혼은 무산되었지만, 여전히 그는 원작 속의 권세가였으니까.

나는 잠깐 동안 고민이 되었다. 그를 방에 들이는 게 맞는 건지, 아니면 그를 돌려보내야 하는 게 옳은 건지 잘 가늠할 수 없었기 때문이었다.

하지만 지금 그를 만나지 않는다고 해서 에르하르트를 영영 피할 수 있는 것도 아니었다. 어차피 약혼식에서도 그를 마주칠 것이었기에.

내가 아무리 그를 피하려고 한들 에르하르트는 늘 그렇듯 나를 응시할 게 분명했다. 아마도 꽤나 부담스러울 눈빛으로. 그렇다면 일단은 만나 보자. 그가 내게 해가 될 만한 짓을 하리라곤 생각되지 않았다.

"들어오시라고 해."

내 말이 떨어지기 무섭게 문이 열리며, 에르하르트가 방으로 들어섰다.

그는 근래에 본 모습 중에 제일 멋들어진 모습으로 등장했다. 빳빳하게 잘 다려진 검은빛 재킷하며, 반듯하게 정리된 머리칼, 그리고 지난날 수제화라며 자랑스럽게 얘기하던 구두까지도. 모든 게 너무나도 조화로워, 나도 모르게 빤히 쳐다볼 정도였다. 마치 제 약혼식이라도 되는 양 아주 멋들어진 구색이었다.

"바이올렛."

그는 익숙하고 다정하게 내 이름을 불렀다. 나는 대답 없이 그를 물끄러미 보았다.

"정말 아름다워."

그리 말하는 그의 목소리가 약간은 애달팠다. 내가 이제 다른 남자와의 약혼식을 치르게 되었음에도 불구하고, 그는 아직까지 나를 미련스러운 눈빛으로 쳐다보고 있었다. 그는 내게서 눈을 돌리지 않은 채로, 가까이 다가왔다.

"나를 반기지 않을 거란 걸 알아. 하지만 오늘은 진심으로 그대를 축복해 주기 위해서 왔어. 그런 내 진심을 의심하진 말아 줘."

"감사해요, 공작님. 저는 오시지 않을 줄 알았어요."

"왜 내가 안 올 거라고 생각했지?"

"당신이 바라지 않는 약혼식이니까?"

"바라지 않는 약혼식은 맞지만, 약혼식 드레스를 입은 네 모습이 궁금해서 도무지 오지 않곤 배길 수 없더군. 직접 와서 보니, 오길 잘했다는 생각이 들어."

에르하르트는 내 얼굴을 빤히 들여다보며 작게 미소를 지었다. 입꼬리가 올라감과 동시에 그의 눈꼬리마저도 부드러운 호선을 그렸다.

"오늘은 나를 좀 더 칭송할 만한 말을 생각했나? 기대를 했는데, 그날 이후로 나를 찾지 않더군."

"하론이 당신을 찾아가길 원하지 않아서요."

"……그럴 거라고 생각은 했어."

"마침 하론 얘기가 나와서 그러는데……. 곧 있으면 그가 올 거예요. 공작님은 그 전에는 나가 주셔야 돼요. 당신의 진심에 대해서는 여전히 의심하지 않으나, 저는 제 약혼자에게 괜한 오해는 사고 싶지 않거든요."

"좋아. 오래 있진 않을게."

나는 여전히 역발상의 개념을 이용하며, 최대한 상냥하게 에르하르트에게 말했다. 하나 그런 생각과는 별개로 당신의 마음을 의심하지 않는다는 말은 내 진심이기도 했다.

그때에 갑자기 또 다른 역발상이 내 머릿속에 스치듯이 떠올랐다. 그것은 에르하르트에게 먹힐지 모르는 일이었지만, 한 번쯤은 시도해 보고픈 일이었다. 나는 오래 고민하지 않고, 스치듯 들었던 생각을 내뱉었다.

"공작님. 샤넌 공주님에 대해서 요즘은 어떻게 생각하고 있어요?"

내가 샤넌에 대한 이야기를 꺼내자마자 미소를 짓고 있던 에르하르트가 미간을 옅게 구겼다.

"이 나라의 공주님. 그 이상도 그 이하도 아니야."

"그러니까 그녀가……."

그녀가 당신을 정말로 진심으로 죽을 정도로 사랑하고 있다고요, 라는 말을 반대로 말하면 어떨까.

"그녀가?"

에르하르트가 궁금하다는 듯이 되물었다. 나는 그에게 진지하게 대답했다.

"그녀가 이제 당신을 싫어해요."

나는 진지한 표정을 유지한 채로 에르하르트의 반응을 지켜봤다. 그의 검은 눈동자에 작은 이채가 서리길 기다렸지만 그 눈동자는 무겁게 가라앉아 있을 뿐이었다. 잠깐의 정적 후에 에르하르트는 소리 내어 웃기 시작했다.

어쩐지 기시감이 드는 것은 왜일까.

한참을 기분 좋게 웃던 그는 웃음을 간신히 멈추고 내게 말했다.

"하하, 넌 참. 끝까지 재미있는 소리를 하는군."

"이것도 아닌가."

"뭐가? 이게 아니란 거지?"

"그런 게 있어요."

그러니까 당신이 샤넌에게 관심을 가지게 만들 수 있는 게, 이 방법이 아니냐고.

이건 전적으로 샤넌을 도와주기 위해 하는 행동은 아니었다. 나와 하론의 행복을 위해서 한다는 이유가 더 컸다. 하론이 원하는 게, 제 친구인 바이올렛의 행복이었으니까. 그가 행복해지는 게, 이제 내가 행복해지는 것이었으니까.

"여하튼 정말 축하해."

에르하르트는 한숨이 섞인 목소리로 말했다. 그는 저의 맞은편, 즉 내 뒤에 있는 창을 통해 밖을 넌지시 지켜보고는 짧게 한 마디 더 덧대었다.

"그대의 약혼자가 도착한 모양이야. 나는 이만 나가 봐야겠군."

고개를 돌려 창밖을 보자, 과연 하론의 마차가 저택으로 들어오고 있는 게 보였다. 정말로 그가 온 것이었다.

"그 전에……."

에르하르트는 재킷에서 작은 상자를 하나 꺼내었다. 그러곤 그것을 내게 내밀었다.

"이건 선물이야."

"선물은 필요 없어요."

"그래도 받아 줘. 오늘은 약혼식이기 전에, 네 생일이기도 하니까. 아니, 너는 다른 영혼이라고 했으니까, 네 생일이 아닌 건가?"

"글쎄요."

"어찌 되었건 너를 진심으로 축하해 주고 싶어서 산 선물이야. 너도 한결같은 내 진심을 높이 산다고 했잖아. 그래 놓고 설마 받지 않을 것은 아니겠지?"

그의 선물은 거절하는 게 옳았지만, 에르하르트가 저렇게까지 말하자 막상 받지 않을 수가 없었다. 나는 떨떠름하게 그의 선물을 받아 들었다. 에르하르트는 내가 그것을 받아 들기 무섭게 내게서 뒤돌아섰다. 내가 생각을 바꾸어 선물을 다시 돌려주는 것을 미연에 방지하는 듯한 행동이었다. 뒤돌아서 걸어가는 그의 넓은 등이 오늘따라 유달리 쓸쓸해 보이기만 했다.

나는 저 도끼병 공작도 행복해지길 바랐다. 어쩐지 그와 쓸쓸함이란 감정은 썩 어울리는 것이 아니었으므로.

나는 그가 완전히 방을 나가고 나서야, 에르하르트가 남기고 간 상자를 열어 보았다. 그 속에는 심플한 목걸이가 들어 있었다. 중간에 보랏빛 보석이 박힌 아름다운 목걸이였다. 목걸이를 보자 복잡한 마음이 드는 건 어쩔 수 없었다. 나는 목걸이 상자를 다시 닫아, 테이블 위에 올려 두었다. 몇 분이 지나지 않아 닫혔던 문이 다시금 열렸다.

"다혜?"

고개를 들어 그를 보자 회색 계통의 연미복을 말끔하게 차려입은 하론이 보였다.

"무슨 생각을 그렇게 하고 있는 거야? 얼굴이 꽤 심각해 보여."

"아무것도 아니야. 그냥 우리가 진짜로 약혼을 하는 게 신기해서 잠시 생각이 많아졌어."

나는 아무 일도 없었다는 듯이 싱긋 웃으며 하론을 보았다. 그는 내게서 멀찌감치 떨어진 채로 내 모습을 꼼꼼히 훑어보고 있었다. 그러고 나서 그는 꽤나 동그래진 눈으로 말했다.

"오늘 진짜 너무 예쁘다."

"예쁘단 말은 네게 너무 많이 들었는걸. 좀 더 멋있는 미사여구가 없을까?"

그러자 하론이 곰곰이 생각하더니 이내 대답했다.

"오늘 죽어도 여한이 없을 만큼 아름다워."

"흐음. 그 정도는 부족한 걸."

"내 영혼이 모두 녹아 버릴 정도로 아름다워. 물론 네 겉모습만을 보고 하는 말은 아니야. 내 눈에 진짜로 아름다운 건 네 영혼인 걸. 장다혜라는 영혼."

맙소사.

하론의 미사여구는 내 몸을 녹여 버릴 정도로 달콤했다. 물론 느끼하기도 했지만. 하지만 그건 정말 싫은 느끼함이 아니었기에 나는 기분 좋은 미소를 지을 수밖에 없었다.

"완벽해."

내가 엄지까지 들어 보이며 칭찬하자, 이번엔 하론이 내게 무언가를 요구했다.

"말로만?"

나는 미소를 머금은 채로 그의 품에 안겼다. 그러자 하론이 자연스럽게 내 등을 쓸었다.

"하론, 오늘은 꾸미고 온다고 늦지 않아서 다행이야. 설마 네가 늦지는 않을까 잠깐 염려했다고."

"오늘같이 중요한 날에 늦을 리가 없잖아."

하론은 세상 누구보다도 다정한 목소리로 내게 말했다.

"다혜. 왠지 모르게 오늘은 완벽한 날이 될 것만 같은 예감이 들어."

"물론이지."

나는 확신에 찬 대답을 하며, 그의 말마따나 오늘이 완벽한 날이 되길 바랐다.

***

하론과 나는 두 손을 꼭 맞잡은 채로 연회장으로 향했다. 연회장과 가까위질수록 사람들의 소리와 음악 소리가 점점 더 크게 들렸다. 이윽고 긴 복도를 지나쳐 계단 아래층으로 내려가자, 연회장의 모습이 확실히 보였다. 삼십 명 내외쯤의 사람들, 테이블 위엔 가볍게 즐길 음식들이 올려져 있었고, 며칠 동안 공들여 준비한 심플한 장식들이 돋보였다.

그것은 내 약혼식이라고는 믿기지 않을 정도로 하나같이 아름다웠고, 완벽해 보였다. 어쩐지 눈물이 날 것만 같은 기분이 들기도 했다.

계단을 모두 내려왔을 때, 웅성거리던 사람들의 시선이 우리에게 모두 꽂혔다. 그러자 괜스레 더더욱 긴장이 되는 건 어쩔 수 없었다.

"떨려?"

"응."

하론은 내 손을 꽉 쥐며 떨고 있는 나를 달래 주었다.

"걱정하지 마. 내가 옆에 있잖아."

저도 맞잡고 있는 손을 떨면서, 아무렇지 않은 척하기는.

나는 코웃음을 쳤지만, 그의 한마디 말에 떨렸던 마음이 약간은 사그라지기 시작했다. 이상한 일이기도 하지.

우리가 연회장에 자리하자 바바라스 공작, 즉 나의 아버지를 필두로 약혼식이 진행되었다. 사람들은 모두 조용히 테이블에 앉아 우리에게 시선을 보내고 있었다. 우리는 홀의 가운데에 마주 보고 서서 서로를 진득하게 바라보았다. 대게 능청거리게만 굴던 하론의 얼굴이 꽤나 진지해 보였다. 긴장한 걸까.

곧이어 바바라스 공작이 앞으로 나와, 축사를 하려는 듯이 헛기침을 두어 번 했다. 그는 한껏 멋들어지게 빼입고, 머리까지 말끔하게 한쪽으로 넘긴 채였다. 오늘만큼은 그 또한 정말로 멋있는 신사로 보였다. 나는 행복한 미소를 지으며 그의 축사를 들었다.

그렇게 축사를 듣고 있을 때에 묘한 시선이 느껴졌다. 피부가 따가울 정도의 날카로운 시선. 그것은 행복한 약혼식과는 전혀 어울리지 않는 시선이었다.

순간 머릿속에 떠오른 것은 그녀밖에 없었다.

샤넌 위즈일라.

분명 약혼식에 초대하지 않은 그녀였다. 나는 설마 하는 마음으로 시선을 돌려, 장내를 둘러보았다. 하나 그녀의 은발은 어디에도 보이지 않았다. 더불어 서슬 퍼런 눈빛도 더 이상 느껴지지 않았다. 그 눈빛은 내 기우에 불과한 착각이었던 것일까.

"다혜. 문제 있어?"

진즉부터 나만을 바라보던 하론이 내 시선이 돌아가기 무섭게 그리 물었다.

"아니, 아무것도 아니야."

구태여 하론을 걱정시키고 싶었던 것은 아니었기에 나는 그에게 샤넌에 대한 말을 꺼내지 못했다. 더군다나 아무리 살펴도 그녀의 모습이 보이지 않기도 했으니. 별일이 일어나겠냐는 생각이 들었지만은, 작은 불안감은 여전히 마음속에 맴돌고 있었다.

이윽고 아버지의 축사가 거의 끝부분에 다다랐다. 그는 스스로가 감격에 젖기라도 했는지, 마지막 멘트를 할 때에 제 목소리를 미미하게 떨었다. 괜스레 나 또한 감격에 젖어 눈물이 찔끔 나올 뻔한 걸 가까스로 참아냈다. 아버지의 축사가 끝나자 사람들의 박수가 이어졌다.

약혼식의 다음 수순은 반지 교환식이었다. 하론은 내 장갑을 손수 벗겨주며, 내 손끝을 잡았다. 그는 내 왼쪽 약지에 반지를 끼우며, 제 손을 엷게 떨었다. 한껏 진지한 얼굴로 손을 떠는 하론을 보고 있자니 꽤나 행복하단 생각이 들었다. 그의 진심이 느껴졌기 때문이라고나 할까.

나까지도 그의 손에 반지를 끼우고 나자, 하론은 내 왼손을 들어 손등에 가볍게 입맞춤을 했다. 그것은 그 어느 때보다도 로맨틱한 입맞춤이었다. 그는 부드럽게 웃으며 내 귓가에 속삭였다.

"사랑해."

그는 금세 내게 기울였던 고개를 바짝 들고선 머쓱한 표정을 지었다. 나 또한 괜스레 머쓱한 표정을 따라 지었다. 이럴 땐 도대체 무슨 말을 해야 할지 모르겠단 말이다. 좋아한다는 말은 이따금씩 들었지만, 사랑한다는 말은 그에게서 처음 듣는 것이기 때문이었다.

나도 그를 정말 사랑하긴 했지만, 어쩐지 입술 사이로 사랑한다는 그 깊이를 알 수 없는 말이 쉬이 흘러나오지 않았다.

내가 입술만 뭉그적거리며 고개를 끄덕이자 하론이 고개를 작게 갸웃거렸다.

"대답은 없어?"

그는 기대에 찬 목소리로 내게 물었다. 그가 무슨 대답을 바라고 있는 것인지는 나도 알고 있었지만…….

"나도 사, 사……."

하론은 보조개가 보일 정도로 환한 미소를 지으며 내 다음 말이 떨어지길 기다렸다.

"사…… 사탕 좋아해?"

……맙소사. 이 무슨 바보 같은 대답인지.

나는 내 대답에 나도 어이가 없어서 두 눈을 질끈 감았다.

"큭큭, 사탕이라니. 너무한 거 아냐? 물론 사탕을 좋아하긴 하지만, 나는 사탕보다도 네가 더 좋아. 네 입술이 더 달달하거든."

"……너는 어떻게 그런 느끼…… 아니, 달달한 말을 어떻게 스스럼없이 할 수 있는 거야?"

"왜냐면 나는 내 감정에 솔직한 편이라서. 내가 항상 느끼는 감상을 솔직하게 털어놓다 보니까, 느끼할 수밖에 없거든. 그건 그렇고 네 달달한 입술 얘기를 하니까."

"……."

"먹고 싶다."

"뭐?! 지, 지금?"

"응, 지금."

그는 내가 말릴 새도 없이 내 입술에 빠르게 다가와 입을 맞추었다. 그러자 주변에선 낮간지러운 환호성이 들렸다. 덕분에 부끄러워진 것은 나였다. 하론은 환호성에 답이라도 하는 듯이 손을 흔들기도 했으니……. 이 자식을 어떻게 하면 좋을까.

약혼식의 간략한 절차가 끝나자, 잔잔하게 흘렀던 음악 소리가 다시금 커졌다. 사람들은 거기에 맞추어 춤을 추고 테이블에 준비되어 있던 샴페인을 마시기도 하며, 저들 나름대로의 약혼식을 즐기고 있었다. 대개는 우리들에게 다가와 한마디씩 축하의 말을 건넸다. 물론 다들 이름 있는 귀족이겠지만, 나는 그들의 이름을 죄다 알지는 못했다. 그저 예의상 미소를 지으며 감사하다고 짧게 대답만 했을 뿐이었다.

"다혜, 힘들지?"

나의 지친 기색을 금세 알아차린 하론이 조그마한 소리로 내게 물었다. 지치지 않았다고 한다면 그것은 거짓말이었다. 이름 모를 낯선 사람들 속에 있는 건 생각보다 힘들었기 때문이었다. 설령 그게 나의 약혼식이라고 할지라도 말이다.

"아니야, 버틸 만해. 다들 우리를 축복해 주는 거잖아."

"응. 한 해에 받을 축복을 오늘 몰아서 받는 기분이야. 그래도 힘들면 꼭 내게 얘기해 줘. 네가 힘든 건 원하지 않아."

"그럼 하론 네가 힘든 건?"

"나는 이 정도에 힘들어할 만큼 나약하지 않아. 오빠 믿지?"

하론이 능청스러운 표정을 지어 보이며 키득거렸다.

"그럼 믿고말고."

나는 하론의 말에 어쩔 수 없다는 듯이 웃어 버렸다. 그의 장난스러운 말을 듣자 어딘지 모르게 힘이 나는 것만 같았다. 그 후에도 우리는 여러 사람들에게 축복의 인사를 받았다. 거의 모두의 인사를 받았다고 생각될 무렵, 하론이 내게 말했다.

"다혜. 잠깐만 아버지에게 다녀올게."

"같이 갈까?"

"아니. 다혜 너는 내 아버지를 불편하게 생각하잖아."

하론과 닮은 얼굴이었음에도 불구하고, 칼날 같은 서늘한 눈빛으로 나를 보던 그의 아버지였다. 과연 하론의 말대로 나는 그가 조금 불편했다.

"그럼 빨리 갔다 와야 해."

"당연하지. 조금만 기다려 줘."

"응."

이윽고 하론은 사람들을 헤치고 어디론가 사라져 버렸다. 나는 비치되어 있던 의자에 앉아 잠깐 동안 숨을 돌렸다. 종일 서 있었더니 다리가 뭉근하게 아파 왔다. 발목을 돌리며 쉬고 있던 그때에 내 머리 위로 짙은 그림자가 졌다.

"바이올렛!"

내 이름을 이토록 명랑하게 부를 사람은 단 한 사람밖에 없었다.

"아이린 님."

나는 제대로 고개를 들기도 전에 내 이름을 부른 이의 이름을 정확하게 불렀다.

"약혼식 축하해. 정말 예쁘다."

고개를 들어 그녀 쪽을 보자, 아이린은 혼자가 아니었다. 그녀의 옆엔 내게 목걸이를 선물해 주었던 에르하르트가 굳건히 서 있었다.

"그 말에 나도 동감해."

"두 분 다 감사해요."

아이린은 제 휠체어를 굴려 내게 좀 더 가까이 다가왔다. 그녀는 저가 골라준 드레스에 대해 굉장히 흡족해하며, 자신의 안목이 얼마나 훌륭한지에 대해 끊임없이 말을 늘어놓았다. 그 모습은 얄밉기는커녕 되레 귀여웠으므로 나는 그녀의 말에 적극적으로 동조할 수밖에 없었다.

가령,

"네, 아이린 님의 안목은 세상에서 최고라고 생각해요."

이런 동조라고나 할까.

그것은 내 딴에 최고의 칭찬이었음에도 불구하고, 아이린은 무언가가 마음에 들지 않는다는 듯이 볼멘소리를 냈다.

"그 정도의 칭찬은 정말 흔해 빠진 칭찬이라고. 네 대답에서 영혼이 느껴지지 않아. 좀 더 진심을 담아, 특별하게 칭찬을 해 줄 수는 없는 거야?"

"하하, 특별한 칭찬이라……. 저는 방금 전의 말도 정말 영혼 있게 얘기한 건데. 사실 제가 미사여구에 좀 약한 편이거든요."

"흐음. 그렇다면 나를 한번 따라해 봐."

"네?"

내가 어색한 미소를 흘리자, 아이린은 의미심장한 미소를 지었다. 더불어 그녀는 제 두 손을 모아 턱 근처까지 가져갔다. 그러고선 황홀한 표정을 지으며 말했다. 코맹맹이가 들어간 애교 섞인 목소리였다.

"아~ 이~ 린 님. 어쩜 이렇게 아름다운 드레스를 골라 주신 거죠? 죽었던 영애가 드레스의 아름다움을 보고, 다시 벌떡 살아날 것만 같아요. 흐응. 보는 것만으로도 황홀한 드레스라고나 할까요. 이런 드레스를 골라 주신 아이린 님을 사랑하게 될 것만 같아요!"

"……."

아이린이 비비 꼬던 몸을 풀며 나를 똑바로 쳐다봤다.

설마…… 저런 걸 실제로 하란 건 아니겠지?

간담이 서늘해지는 기분이 들었다. 그런 기분이 들기 무섭게 등 뒤엔 식은땀이 조금 맺히는 기분까지도 들었다.

"자, 이제 바이올렛 네가 나를 따라해 보는 거야."

설마가 사람을 잡는다는 게 지금 상황이 아닌가, 싶었다. 그녀는 기대가 가득 서린 눈빛으로 나를 보았다.

"아이린 님. 아무래도 저런 건……."

"한 번만. 응? 죽은 사람 소원도 들어준다는데 산 사람 소원을 못 들어주는 거야? 응?"

"하하……. 소원……."

까짓것 한 번만 해 볼까.

나는 주춤거리면서도 이내 아이린의 기대 어린 눈빛을 이겨내지 못하고, 목소리를 가다듬었다. 그녀가 했듯이 두 손을 포개어 얼굴 근처에 올리고, 몸을 비비 꼬려고 하자 팔뚝엔 소름이 오소소 돋았다.

사람이 안 하던 짓을 하면 죽는다던데. 괜스레 그런 생각까지도 들었다.

"아, 아이린 님. 어쩜…… 이렇게 아, 아름다운 드레스를 골라 주신 거죠?"

그다음에 아이린이 뭐라고 했더라. 나는 비비 꼬던 몸을 다시 제자리로 돌려놓으며, 아이린에게 호소했다.

"도저히 못 하겠어요."

내가 울상을 지으며 말하자, 에르하르트의 웃음소리가 들렸다. 내가 에르하르트 쪽을 쳐다보자, 그는 무슨 일이 있었냐는 듯이 평소처럼 무표정을 짓고 있었다.

잘못 들은 건가.

"으흠, 좋아. 오늘은 이 정도에 만족하는 수밖에."

"휴, 다행이다."

"바이올렛, 너무 안도하는 거 아니야?"

"애교는 정말 젬병이에요."

내가 그렇게 대답하자 아이린은 타깃을 바꾸어 에르하르트에게 말을 건네었다.

"에기, 너는 애교 있는 여자를 어떻게 생각해?"

"나는 그런 것에 연연하지 않아. 애교가 있으면 있는 대로 귀엽겠고, 없으면 없는 대로 또 다른 매력이 있겠지."

"역시 내 동생이야. 우문현답이로구나."

에르하르트는 대답 대신 제 어깨를 한번 으쓱였다.

"이봐, 바이올렛. 에기가 이렇게 괜찮은 남자라고."

"저도 충분히 알고 있어요."

"얼레? 이건 또 무슨 대답이람."

아이린은 평소와는 전혀 다른 내 대답에 의아함을 내비쳤다. 내 대답에 가벼운 미소를 지은 것은 에르하르트였다. 그는 부드러운 미소를 지은 채로 제 입술을 달싹거렸다.

"네 애교. 썩 나쁘지는 않았어. 흠흠."

늘 자신감으로 넘쳐나던 그답지 않게, 그는 조금 부끄러워했다. 나는 전혀 기대하지도 않았던 애교에 대한 칭찬에 뭐라고 대답을 해 줘야 할지 전혀 알 수 없었다. 다만 작게 한숨을 내쉴 뿐이었다.

이럴 거라면 하론과 함께 그의 아버지를 만나러 가는 건데.

나는 애교라는 논제에서 벗어나기 위해 슬그머니 다른 말을 꺼내놓았다.

"여하튼 두 분 다 와 주셔서 감사해요."

"말로만?"

"네?"

"이리 와서 나를 안아 줘. 어쩐지 오늘은 너를 꼭 안아 주고 싶은 심정이야."

그녀는 꼭 내 어머니라도 된 듯이 코끝을 훌쩍였다. 제 딸을 약혼시키는 부모처럼 슬퍼하는 아이린을 보자 웃음이 절로 나왔다. 나는 반감 없이 그녀의 어깨를 꼭 안아 주었다. 그렇게 아이린이 만족할 정도로 꼭 껴안아준 뒤에야 나는 그녀를 놓아주었다. 다시 본 아이린의 얼굴엔 미소가 만개해 있었다. 그것은 진심에서 우러나오는 미소처럼 보였다.

"이제 그만 가 볼게."

"네, 조만간 또 찾아뵐게요."

아이린과 에르하르트는 그렇게 돌아서려 했다. 그러다 아이린이 무언가가 갑작스럽게 생각났다는 듯이 다시금 내 쪽을 바라보았다.

"아! 맞다, 바이올렛. 너 혹시 약혼식에 샤넌도 초대했어?"

"⋯⋯네?"

"아니, 아까 어렴풋이 샤넌을 본 것 같아서. 너와 샤넌 사이를 생각했을 때, 오늘 당연히 초대하지 않을 거라고 생각했었거든."

"정말로 샤넌 님을 보았단 말씀이세요?"

나는 믿을 수 없다는 듯이 되물었다. 그러자 아이린이 저도 의아한 표정을 지으며 고개를 옅게 끄덕였다.

"내가 잘못 보지 않는 한, 확실히 샤넌이었어."

순간 떠오른 것은 약혼식이 시작할 때 느꼈던 날카로운 시선이었다.

샤넌, 그녀는 정말로 이곳에 와 버린 걸까.

아이린과 에르하르트가 사람들 틈 속으로 완전히 사라지자, 나는 자리에서 일어섰다. 초대 받지 않은 손님이 정말로 이곳에 왔는지를 확인하기 위해서였다. 설마 정말로 샤넌이 이곳에 찾아왔다면, 그녀가 온 이유는 무엇일까. 단순할 정도로 제 속이 빤히 보이는 샤넌이었다. 내가 짐작할 수 있는 샤넌의 뻔한 의중은 단 한 가지밖에 없었다.

약혼식에 해를 가하기 위해서. 그것이 어떤 방법이 되었든 간에 부정적인 일을 도모하기 위해서 온 것이 아닐까.

솔직히 다른 의중은 전혀 짐작할 수 없었다. 나와 하론을 진심으로 축복해 주기 위해 온 것은 아닐까 하는 생각이 벼룩의 간만큼 들기도 했지만, 그럴 리는 없다고 생각했다. 그런 이유였다면 지금까지 제 몸을 숨기고 있을 이유가 없었기 때문이었다.

아마 일찌감치 우리에게 다가와 축하의 말을 건네지 않았을까? 제 모습을 숨기고 있단 것은 좋지 않은 일을 도모하고 있다는 증거의 일환이라고 생각했다.

굳은 듯이 선 채로 그런 생각을 하고 있을 때에, 누군가가 다가와 자연스럽게 말을 건네었다.

"공녀, 약혼 축하해요."

나는 등 뒤에서 들리는 익숙한 목소리에 어쩐지 머리털이 쭈뼛 서는 기분이 들었다.

설마 했지만 실제로 왔다니.

초대도 받지 않은 이가 어떻게 여길 들어왔을까, 하는 생각이 들었지만 이내 그 전말을 알 것만 같았다. 그녀는 왕국의 공주였고, 그런 그녀의 행차를 막을 수 있는 이는 없었을 것이다.

설령 그것이 바이올렛의 아버지라 할지라도.

나는 고개를 뻣뻣하게 돌리며 샤넌의 모습을 확인했다. 샤넌은 상아빛의 심플한 드레스를 입은 채였다. 드레스 때문이었는지는 모르겠지만, 그녀의 안색이 전보다도 훨씬 더 하얗게 질려 보였다.

"……축하해 주셔서 감사해요."

나는 아무렇지 않은 척 대답을 하며 그녀를 빤히 보았다. 우연이라고 하기엔 타이밍이 조금 이상했다. 하필 하론이 잠시 자리를 비운 사이에 내게 오다니. 샤넌에게 당했던 적이 한두 번이 아니었던지라, 나는 그 기가 막힌 타이밍에 대해서도 상당한 의구심이 들었다.

"샤넌 님, 축하는 정말 감사드리나, 저는 당신을 초대한 기억이 없는데……. 어째서 이곳에 계신 건지 궁금하네요."

"제가 못 올 곳을 온 건가요?"

그녀는 제 손에 들려 있던 유리잔을 흔들며 조소를 지었다. 샤넌은 이미 샴페인을 과하게 마신 것인지, 그녀의 말 속에선 은은한 술 향기가 느껴졌다. 그녀가 그렇게까지 샴페인을 잔뜩 마신 이유는 무엇일까. 역시나 우리의 약혼을 탐탁지 않게 생각하고 있는 걸까.

"못 올 곳을 왔다고 한다면요?"

"하! 내가 내 친구 약혼식도 오지 못한다는 건가요? 가증스러워라. 나는 적어도 당신보다도 하론을 훨씬 더 오래 알았어요. 그는 내 친구니까."

당신에게 하론을 친구라고 말할 자격이 있는 걸까.

나는 그런 생각이 들었지만 입 밖으로 내뱉지는 않았다.

"샤넌 님. 샴페인을 많이 드신 것 같아요."

진탕 취했으니, 어서 가라는 말이었다. 그녀도 내 말에 섞인 다른 의미를 충분히 알아들었을 거라고 생각했다.

"그깟 샴페인 몇 잔 마신다고 취하진 않아요."

그러나 그녀는 내 의중을 모른 척했다. 그리 말하는 그녀의 목소리는 아주 위태롭게 떨리고 있었다. 설마 술에 취해서 깽판을 치려는 건 아니겠지. 나는 그런 그녀의 모습 속에서 불안함이 느껴졌다.

나는 그녀에게 매섭게 쏘아붙이고 싶었지만, 최대한 말을 아끼려 노력했다. 일생에 한 번뿐인 기분 좋은 약혼식에서 샤넌과 언쟁을 하고 싶지 않았기 때문이었다.

어떻게든 잘 달래어, 아무 일 없이 조용히 그녀를 돌려보내고 싶었다.

내가 별말을 하지 않자, 샤넌이 내게 한 발자국 더 가까이 다가왔다. 그녀의 발걸음마저도 목소리와 다름없이 위태롭게 떨리고 있었다.

"당신에게 지금까지 했던 일은 여러모로 미안하게 생각하고 있어요."

그녀는 헛웃음을 지으며 제 말을 이어 갔다.

"다혜라고 했나요? 하론이 그러더군요. 당신과 자신의 행복을 빌어 달라고. 그래서 내가 뭐라고 대답한 줄 아나요?"

"글쎄요."

"그러겠다고 했죠. 행복을 빌어 준다고 했어요. 그는 내 하나밖에 없는 친구니까."

"……."

"그런데 말이에요. 내가 행복을 빌어 준다고 한 건 내 친구의 행복이지, 당신의 행복까지는 아니에요. 내가 왜 당신의 행복까지 빌어 줘야 하나요? 나를 망가뜨린 장본인인데."

"……뭐라고요? 그래서 지금 제게 또다시 해코지를 하겠단 소리인가요?"

내가 기분 나쁘다는 듯이 말하자, 샤넌이 소리 내어 웃었다. 그 미소가 소름이 끼칠 정도로 불안하게 느껴지는 건 왜일까.

"겁먹기는. 해코지, 그런 건 이제 더는 안 해요."

그녀는 단호하게 제 말을 일축했다.

"당신은 사람의 행복한 순간을 깨는 가장 좋은 방법이 뭐라고 생각하나요?"

"그런 건 생각해 본 적 없어요."

나는 그렇게 대답하며, 샤넌의 손에 쥐여 있던 유리잔을 뺏어 들었다.

"샤넌 님. 도대체 무슨 생각으로 그런 말을 하시는지 모르겠지만, 무엇이 되었든 간에 제발 그만두세요. 당신은 내 행복을 빌어 주진 않는다고 했지만, 하론의 행복을 빌어 준다고는 했잖아요. 만약에 오늘 당신이 나쁜 짓을 한다면, 하론도 분명 불행해질 거예요. 그의 행복을 위해서라도, 제발."

나는 진심을 담아 그녀에게 호소했다. 그러자 나를 보고 있는 샤넌의 은빛 눈동자가 투명한 빛을 띠었다. 이상하게도 그녀의 그런 눈동자가 낯설지가 않았다. 어디서 꼭 본 것만 같은 눈빛이었다.

"그럼 내 행복은요? 물론 하론이 행복하길 바라지만, 나는 내 행복이 우선이에요. 다혜, 내가 했던 질문을 잘 생각해 보길 바라요."

"하론에게 당신을 말려 달라고 할 거예요."

"그렇게 해 보세요. 난 이만 가 볼게요. 당신의 약혼자가 오고 있는 게 보이니까."

샤넌은 뱀 같은 미소를 지으며 뒤돌아섰다. 그리고 그녀는 금세 자취를 감추었다. 내가 잡을 새도 없이 말이다.

불안해. 불안함이 가시질 않아.

꼭 무슨 일이 일어날 것만 같은 기분이 들었다. 나는 고개를 돌려, 하론이 내게 다가오는 것을 보았다.

"하론."

하론은 내 표정이 심상치 않음을 단번에 느낀 것인지, 그는 제 걸음을 부추겼다. 그러자 얼마 못 가 그와의 거리가 가까워졌다. 하론은 자연스럽게 내 뺨을 쓰다듬으며 걱정스럽게 물었다.

"다혜. 무슨 일이 있었어?"

"그녀를 만났어."

"그녀? 설마 샤넌……?"

그는 내 표정 하나로 모든 것을 직감했다는 듯이 말했다. 나는 고개를 옅게 끄덕였다. 묘하게도 샤넌이 남기고 간 뱀 같은 미소가 눈앞에 자꾸만 아른거렸다. 그러자 마음속에 스며있던 불안감은 삽시간에 그 크기를 더해갔다. 분명 방금 전까지만 해도 세상에서 제일 행복하다고 여겼던 게 무색할 정도로.

"그녀가 네게 뭐라고 했는데?"

"하론 네 행복을 바란다고 했어. 대신 내 행복은 빌어 주지 않을 거래. 이대로 괜찮은 걸까?"

하론은 제 인상을 굳히고선 심각한 표정을 지었다. 그의 푸른 눈동자는 사람들을 연신 훑으며 이미 사라진 샤넌의 자취를 쫓았다.

"걱정 마. 아무 일도 없을 거야."

그는 언제나처럼 긍정적인 기운이 가득 담긴 말을 꺼냈지만, 내 불안함은 전혀 가시지 않았다.

"샤넌이 마지막에 했던 말이 자꾸만 신경 쓰여."

"그게 무슨 말인데?"

나는 그녀가 했던 답 없는 물음을 떠올렸다.

"사람의 행복한 순간을 깨는 가장 좋은 방법이 뭐냐고 물었어."

"행복을 깨는 방법이라……."

"하론, 너는 그 방법이 뭐라고 생각해?"

그는 잠깐 동안 곰곰이 생각하더니 이내 대답했다. 대답을 하는 하론의 목소리가 자못 무겁게만 들렸다.

"다혜. 이런 말을 해도 되는지 모르겠어."

그는 제 아랫입술을 가볍게 짓이겼다.

"괜찮아, 그게 무엇이 되었건 간에 내게 얘기해 줘."

"……행복한 순간을 깨는 가장 좋은 방법은, 그 행복한 순간을 가장 끔찍한 기억으로 만들어 주는 게 아닐까, 라는 생각이 들었어."

"행복했던 순간을 끔찍하게 기억되게 만든다, 이 말이지?"

"응. 설마 그녀가 그렇게까지 할까, 싶지만. 나는 그런 생각밖에 들지 않는걸."

끔찍한 기억.

나는 그 단어를 몇 번 곱씹었다. 그녀가 내게 남기고 간 투명한 눈빛. 그리고 끔찍한 기억. 그 두 가지 사실에 어떤 연결고리가 있는 것만 같이 느껴졌다. 뭘까. 그 순간 외면하고 싶었던 어떤 기억이 불현듯이 떠올랐다.

마지막으로 보았던 바이올렛의 기억.

그것은 내가 보았던 그녀에 대한 기억 중에 가장 끔찍했던 것이었다. 바로 밧줄에 목을 매달고 자살을 했던 바이올렛에 대한 기억이었다.

그 기억이 떠오름과 동시에 그녀의 일그러졌던 표정, 고통스러웠던 신음 소리, 목을 조이는 듯한 극심한 고통까지도 선명하게 기억이 났다. 죽기 직전 마주쳤던 바이올렛의 눈빛이 투명했다는 것까지 떠올리자, 나는 무언가에 뒤통수를 얻어맞은 듯한 기분이 들었다.

방금 전에 보았던 그녀의 눈빛이 익숙하다고 느꼈던 것은 그 순간의 바이올렛의 눈빛과 지금의 그녀의 눈빛이 똑 닮았기 때문이었다.

나를 보던 그녀의 투명한 눈동자 속에 어려 있던 것은 죽음의 기운이었을까?

거기까지 생각했을 때, 샤넌이 했던 질문의 답을 어렴풋이 알 것만 같았다. 그녀가 우리의 행복한 순간을 깨기 위해, 정말로 오늘의 기억을 가장 끔찍하게 만들어 주려고 하는 거라면…….

그 끔찍한 기억은 제 자신의 죽음을 일컫는 것이 아니었을까.

더군다나 오늘은 바이올렛의 생일이었다. 그녀의 생일은 진짜 바이올렛이 자살했던 시기와도 상치했다. 내 생각대로 그녀가 지금 자살을 행하고자 한다면, 그녀는 바이올렛이었을 때의 삶과 다름없었다.

그토록 바라던 샤넌이 되었음에도 불구하고 결국에 끝은 똑같이 흘러가게 되는 것이다. 어쩐지 기구해도 그토록 기구한 운명일 수가 없다고 생각했다.

나는 어째 그런 일이 벌어지는 것을 그저 바라보고 있을 수가 없었다. 물론 내 행복한 순간을 깨는 것도 지켜보고 있을 수 없었거니와 그녀가 또다시 비참하게 죽는 것도 바라지 않았다.

설령 그녀가 나를 괴롭힐 생각만 하고 있더라도, 나는 바이올렛이라는 사람을 그런 식으로 내버려 둘 수 없었다. 나는 정말로, 소설 속의 바이올렛의 죽음과 삶에 대해 연민을 했으니까.

"하론. 나, 샤넌…… 아니, 바이올렛을 다시 만나야 할 것 같아."

"그럼 같이 가."

나는 고개를 내저었다.

"아니, 이건 나와 그녀 사이의 문제야. 하론. 누나 믿지?"

나는 그가 내게 했던 농담을 따라 했다. 분위기를 느슨하게 만들 요량이었다. 하지만 분위기는 느슨해지기는커녕, 되레 하론은 내 손을 단단히 부여잡았을 뿐이었다.

"너를 지금 혼자 보내선 안 될 것만 같은 기분이 들어."

"나를 믿어. 네가 내게 기다리란 말을 하고 샤넌을 찾아갔듯이, 너도 나를 믿고 기다려 줬으면 해."

물론 하론과 함께 샤넌을 찾아가는 것도 나쁘지 않았지만, 나는 혼자서 그녀를 마주하고 싶었다. 지금 바이올렛이 된 나와 이전에 바이올렛이었던 그녀 사이에 얽힌 어긋난 관계를 내 손으로 직접 해결하고 싶었기 때문이었다.

하론은 선뜻 그러라고 대답하지 못한 채로 나를 한참이나 내려다보았다. 그의 시선이 그토록 복잡해 보일 수가 없었다. 나는 그런 하론에게 강경한 눈빛을 보냈다. 그러자 결국에 못 당해낸 쪽은 하론이었다. 그는 힘겹게 제 고개를 끄덕였다.

"하지만 그렇게 오래 기다리진 못해. 무슨 이야기를 하러 가는지 모르겠지만……."

"……."

"다혜, 너를 믿고 조금만 기다려 볼게."

그는 눈을 감고 내 이마에 잠깐 입을 맞추었다. 그 입맞춤은 마치 내게 부정적인 일이 일어나질 않길 바라는 의식과도 가깝게 느껴졌다. 하론은 끝끝내 내키지 않다는 듯이 잡고 있던 내 손을 천천히 놓아주었다. 나는 걱정하지 말라는 듯이 그를 향해 작게 고개를 끄덕인 뒤에 샤넌을 쫓았다.

머지않아 나는 샤넌의 모습을 찾을 수 있었다. 그녀는 하론과 내가 내려왔던 계단 근처에 서 있었다. 그녀는 우두커니 선 채로, 어딘가를 넋 나간 듯이 응시하고 있었다. 나는 숨을 죽이며 그녀의 시선의 끝을 따라갔다. 왠지 모르게 그 끝에 누가 있을지 알 것도 같았다.

"……에르하르트."

샤넌의 시선은 그의 모습에서 떨어지지 않았다. 하나 애석하게도 에르하르트는 샤넌 쪽을 전혀 바라보고 있지 않았다. 그의 검은 눈동자가 향해 있는 곳은 놀랍게도 내가 방금 전까지 하론과 함께 있던 곳이었다.

샤넌의 아련한 시선은 에르하르트에게, 에르하르트의 아련한 시선은 내게로 향해 있다니. 이건 도대체가.

나는 그 복잡한 시선의 맞물림 속에서 할 말을 잃고야 말았다.

그러다 정말 우연히 에르하르트의 시선이 돌아가기 시작했다. 그의 검은 눈동자는 자연스럽게 돌아가며, 어느 지점에 멈춰 섰다. 애석하게도 이번 또한 그의 시선의 종착지는 샤넌이 아니었다. 그의 까만 시선은 내게 또렷이 닿아 있었다. 샤넌의 뒤에서 숨죽이고 서 있던 내게 말이다.

순간 샤넌이 그의 시선을 따라 내 쪽으로 고개를 돌렸다. 이윽고 그녀의 시선까지도 내게 닿았다. 샤넌은 내 모습을 확인하기가 무섭게 작은 미소를 지었다. 무슨 의미를 지니고 있을지 알 수 없는 미소였다. 한 가지 확실한 점이 있다면, 그것은 정말 온전치 못한 미소였단 점이었다.

몇 초간 맞물렸던 시선은 샤넌이 고개를 돌림으로서 틀어졌다. 그녀는 계단을 물끄러미 올려다본 뒤에, 그 위를 오르기 시작했다. 한 계단씩 올라가는 그녀의 걸음걸이가 지나칠 정도로 비틀거렸다.

동시에 그리 멀지 않은 곳에 있던 에르하르트가 빠른 걸음으로 내게 다가오기 시작했다. 샤넌이 고작 두 계단을 올라간 사이에 에르하르트는 이미 내 바로 앞까지 다가와 있었다.

"바이올렛. 무슨 일이 있는 건가?"

"아뇨, 무슨 일이 있는 건 아니었지만……."

무슨 일이 일어날 것 같아요.

나는 거기까진 말하지 못하고, 이젠 세 번째 계단을 올라가는 샤넌을 응시했다. 도대체 계단을 올라가서 어쩌려는 속셈일까. 그렇게 생각하면서도 이 층까지 이어져 있는 계단의 높이가 꽤 높다는 것을 인지했다.

높은 계단. 이 층 난간.

설마…… 저 위에서 떨어지기라도 하겠다는 건가?

내게 든 생각이라곤 그런 것밖에 없었다. 행복한 순간을 깨는 가장 좋은 방법, 즉 그 순간에 끔찍한 기억을 심어 주는 것.

자살을 암시하던 그녀의 눈빛.

맙소사. 내 추측이 맞는지 확신할 수 없었지만, 그녀를 말려야겠단 생각은 확실히 들었다. 나는 얼른 그녀에게 뛰어가려 했다. 하나 에르하르트가 내 앞을 단단히 막아섰다.

"너와 샤넌이 대화를 나누는 것을 지켜봤어. 꽤 심각해 보이더군."

"공작님. 지금 이런 대화를 하고 있을 때가 아니에요. 저는 지금 샤넌 님을 말려야 해요."

"무슨 일인지는 모르겠지만, 지금 샤넌이 계단을 올라가는 걸 막아야 한다는 건가?"

나는 조급한 시선으로 에르하르트를 올려다보았다. 그는 내 조급함을 읽은 것처럼 말했다.

"내가 할게. 너는 그냥 가만히 있어."

"공작님……."

"오늘의 주인공이 험한 일에 말려들게 할 수 없잖아."

"하지만 이건 제 일이에요. 당신 혼자 가게 둘 수 없어요."

"휴, 좋아. 그럼 함께 가자."

나는 그의 대답이 끝나기도 전에, 에르하르트를 비껴서 샤넌에게 뛰듯이 걸어갔다. 등 뒤에선 나를 따르는 에르하르트의 발소리가 들렸다.

우리는 단숨에 샤넌에게 가까이 닿았다. 그녀는 우리가 제게 가까이 다가온 것을 인지하자마자, 걸음의 속도를 높여 계단을 성큼성큼 올라가기 시작했다. 더불어 웃음소리까지 내고 있었다. 실성한 소리에 가까운 그 웃음소리는 소름이 끼치는 소리였다. 그녀는 잡힐 듯 잡히지 않은 채로 계단의 끝까지 올라갔다. 나와 에르하르트도 계단의 끝까지 올라갔고, 나는 올라가기가 무섭게 그녀를 소리쳐 불렀다.

"샤넌 님!"

그제야 샤넌이 걸음을 멈추고선 나와 에르하르트를 쳐다봤다. 그녀는 제 몸을 한껏 난간에 기댄 채였다. 그 모습이 여간 위태로워 보일 수가 없었다.

"샤넌. 지금 무슨 짓을 하려는 거지?"

에르하르트는 꽤나 성이 난 목소리로 샤년을 다그쳤다. 그러자 샤년이 어깨가 들썩거릴 정도로 웃기 시작했다. 한참을 웃던 샤년은 웃고 있던 입매를 매섭게 굳히고선 우리를 향해 대답했다.

"당신이 알 필요 없잖아."

에르하르트는 그녀를 전혀 달랠 생각이 없다는 듯이 딱딱하게 대답했다.

"그런 얼굴로, 그런 표정으로 할 짓이라면 뻔해. 또다시 바이올렛…… 아니, 그녀를 괴롭힐 심산이겠지."

에르하르트는 복잡해진 호칭 속에서 난색을 표했다. 호칭과는 별개로 에르하르트 또한 샤년의 의중을 어렵지 않게 짐작한 것 같았다. 나는 괜스레 입 안이 바짝 마르는 기분이 들어 마른침을 삼켰다. 손바닥은 이미 기분 나쁜 땀으로 축축해져 있었다.

모두 잘 풀릴 건데. 뭘 그렇게 긴장하고, 불안해하는 거야.

나는 끊임없이 스스로를 다독였지만, 어쩐지 그러면 그럴수록 갈증이 더해 가는 것만 같았다.

"내가 무슨 짓을 하건 당신이 무슨 상관이야. 날 사랑하지 않는다며."

샤년은 독기가 가득 서린 시선으로 에르하르트를 무섭게 노려봤다. 그러고선 난간 위에 걸터앉고야 만다.

"샤년, 그만해."

에르하르트는 그녀에게 한 발자국 가까이 다가갔다. 그러자 그녀는 아래로 떨어질 거란 것을 보여 주듯이 제 몸을 의도적으로 휘청거렸다.

"더 가까이 온다면, 정말로 여기서 떨어질 거예요."

역시나 내 예상은 지독할 정도로 딱 들어맞아 있었다. 그녀는 정말로 난간 위에서 떨어지려고 했던 것이었다. 그게 꼭 자살이건, 자살이 아니건, 내게 끔찍한 기억을 심어 주기 위해.

그건 정말로 본래의 바이올렛다운 계획이라고 생각했다.

나는 천천히 한 발자국 걸어가며 그녀에게 말을 건네었다. 이대로 그녀의 끝이 바이올렛의 끝과 같길 바라지 않았다. 더불어 나와 하론의 약혼식이 이런 식으로 망가지길 원하지 않았다.

정말 진심으로.

"샤넌…… 아니, 바이올렛. 진정해요. 당신이 거기서 떨어진다고 해서 달라질 건 아무것도 없어요."

"왜 달라질 게 없다는 거지? 네 약혼식이 엉망이 될 텐데."

"오늘의 약혼식이 엉망이 된다면, 또다시 하면 되는 일이에요. 이건 수습할 수 있는 일이니까. 하지만 당신이 여기서 떨어지는 일은 어쩌면 수습할 수 없는 일이 될지도 몰라요."

"……내가 죽을까 봐?"

나는 열 살배기 어린아이를 달래는 듯한 얼굴과 말투로 그녀에게 한 걸음 더 가까이 다가갔다. 마음 같아서야, 나도 에르하르트처럼 그녀에게 소리를 치며, 왜 그런 짓을 하느냐고 꾸짖고 싶었으나 그렇게 할 수는 없었다.

본디 샤넌은 배알이 꼬이고 꼬인 사람이었다. 그런 사람에게 호통을 친다고 해서, 내 호통을 제대로 들어줄 리가 만무했다. 되레 그녀는 더욱더 삐뚤어진 행동을 할 것이 분명했다. 그렇기에 나는 그녀를 세상 부드럽게 달래는 수밖에 없었다. 이 편이 그녀에게 훨씬 더 잘 먹힐 방법이란 생각이 들었다.

내 생각이 맞아떨어지기라도 한 것인지, 샤넌은 곧 떨어질 것 같은 위협적인 행동을 다시금 내비치지 않았다.

"꼭 죽는 일이 아니더라도. 여러 의미로서 말이에요."

"여러 의미라. 가령 에기는 이제 나를 정말 끔찍하게 생각하겠지."

그녀는 에르하르트를 넌지시 쳐다보며 말했다. 에르하르트는 내게 모든 것을 맡기겠다는 듯이 그녀의 말에 침묵으로 일관했다. 나는 한 걸음 더 가까이 다가가며 에르하르트 대신 샤넌에게 대답했다.

"맞아요. 당신이 여기서 떨어지기라도 한다면, 공작님은 정말로 당신을 쳐다보지도 않을 거예요. 당신은 그를 정말로 사랑하잖아요. 그런 그에게 미움을 받을 건가요?"

"하지만 나는 이미 미움을 받을 대로 받았는걸. 모든 게 끝이야. 이 몸뚱이도 이젠 내 사랑에 아무 도움이 되지 않는다고."

"다시 처음부터 시작해요. 무엇이 되었건 간에 나와 하론이 당신을 도와줄게요."

거기까지 말하며 또다시 걸음을 떼었을 때, 나는 그녀와 정말 가까워져 있었다. 손을 뻗으면 샤넌의 몸에 닿을 정도의 거리였다. 가까이서 본 샤넌은 우는 것도 웃는 것도 아닌 표정을 짓고 있었다.

내 설득이 전혀 먹히지 않은 걸까.

"……너와 하론이 나를 도와준다고?"

대답을 내뱉는 샤넌의 음성이 눈에 띄게 누그러져 있었다. 그것은 다행이라면 다행인 점이었다. 나는 그녀에게 슬며시 손을 뻗으며, 그녀가 난간에서 내려오길 유도했다.

"네, 정말 진심을 다해 도와드릴게요. 우리 사이에 많은 일이 있긴 했지만……. 저는 정말로 당신이 행복해지길 바라거든요. 그건 하론도 다름이 없어요."

나는 진심을 담아 그녀에게 토로했다. 그것은 내가 소설을 읽을 때나 소설 속에 들어왔을 때나 변하지 않는 진심이었다. 나는 내 진심이 그녀에게 닿길 바랐다.

샤넌은 제 시선을 바닥으로 돌린 채로 제 아랫입술을 짓이겼다. 기다란 그녀의 속눈썹이 희미하게 떨리고 있는 것만 같았다. 곧 눈물이라도 흘릴 법한 얼굴이었다. 그녀가 눈물을 흘린다면 그것은 무엇을 위한 눈물인 걸까.

그렇게 숨이 막힐 것만 같은 짧은 몇 초가 흘렀다.

샤년의 손이 내가 뻗은 손 쪽으로 다가오기 시작했다. 그녀의 부드러운 손이 내 손을 부여잡은 것은 순식간의 일이었다.

"다혜. 당신은 내가 정말로 행복하길 바라요?"

그녀는 내 진짜 이름을 꽤나 부드럽게 부르며 물었다. 그녀의 입에서 나왔다고는 믿기지 않을 정도의 부드러움이었다. 나는 고민 없이 대답했다.

"네, 진심이에요."

내 설득이 통한 걸까?

이대로 그녀를 난간에서 내려오게 하면 될 텐데.

그렇게만 된다면 위험했던 상황은 말끔하게 정리될 것이다. 그런데 왜 아직까지도 이렇게 불안하기만 한 걸까. 내 심장은 불길한 소리를 내며 빠르게 뛰고 있었다.

"그럼……."

샤년이 제 말을 늘어뜨리며 입술을 달싹거렸을 때, 뒤쪽에선 하론의 목소리가 들렸다.

"다혜!"

언제 뒤따라왔을지 모를 하론이었다. 나는 뒤돌아보려고 했지만, 샤년은 그런 내 행동을 막으려는 듯이 내 손을 잡고 있는 제 손에 강한 힘을 주었다. 그러곤 그녀는 입이 귀에 걸릴 정도로 미소를 지으며 말했다.

"같이 떨어지자."

"……!"

"그럼 내가 정말로 행복해질 것 같아."

다음의 일은 내가 말릴 새도 없이 벌어졌다. 샤년은 난간에 앉아 있던 제 몸을 뒤로 젖혔고, 그녀의 몸은 금세 난간을 벗어나 허공에 다다랐다. 그러면서도 내 손은 꼭 쥔 채였다. 나는 떨어지지 않으려 난간을 부여잡았지만, 샤년의 무게로 인해 몸이 거의 반 이상은 난간에 걸쳐진 채였다.

내 손 하나에 간신히 떨어지는 것을 막은 샤넌의 얼굴은 놀랍게도 웃고 있었다. 그녀는 얼른 나까지도 제 신세와 다름없이 만들려는 듯이, 나를 제 쪽으로 잡아당겼다. 그녀의 웃는 입술은 내게 끊임없이 속삭이고 있었다.

"떨어져."

몽롱하게 풀린 그녀의 눈동자는 이미 제 이지를 상실한 것처럼 보였다. 나는 간신히 버텨내며, 그녀를 위로 다시 끌어올리려 노력했다. 하나 내 힘으론 역부족이었는지 그녀의 몸은 조금도 위로 올라올 생각을 하지 않았다. 되레 내 팔이 곧 빠질 듯이 저려왔을 뿐이었다.

이대론 얼마 못 가 나까지도 떨어질 것임에 분명했다. 그런 일을 방지하기 위해선 샤넌의 손을 놓아야 함이 옳았다. 하지만 나는 그녀의 손을 놓을 수가 없었다. 여기서 내가 손을 놓는다면, 그녀는 정말로 추락해 버릴 테니까.

그것은 꼭 그녀의 몸뚱이만은 아닐 것이다. 그녀의 영혼조차도 정말 영영 돌아올 수 없을 정도로 추락하는 건 아닐까.

"다혜!"

뒤에선 놀란 하론의 목소리와,

"바이올렛!"

누구를 부르는지 모를 에르하르트의 목소리가 동시에 들렸다.

두 남자는 재빠르게 내게 다가와, 난간 너머로 거의 반쯤 넘어간 내 몸을 끌어당겼다. 샤넌은 내 몸이 안전한 위치로 돌아가는 것을 보자, 악에 받친 듯한 소리를 질렀다.

"안 돼!"

두 남자는 발 빠르게 샤넌까지도 끌어올리려 했다. 그들이라면 샤넌도 단숨에 위로 끌어올릴 게 분명했다. 하나 나보다도 제 상황을 일찍 깨달은 샤넌은 저가 끼고 있던 장갑을 서둘러 벗기 시작했다. 장갑이 벗겨짐과 동시에 잡고 있던 샤넌의 손이 점점 더 내 손아귀에서 빠져나갔다.

그녀의 손은 내게서 미련 없이 멀어져 갔다. 나는 다시 몸을 힘껏 기울여 그녀의 손을 잡으려 했지만, 샤넌에게선 내 손을 잡을 의지가 전혀 내비쳐지지 않았다. 되레 제 손을 거두었을 뿐이었다.

"바이올렛!"

나는 그녀의 진짜 이름을 목 놓아 불렀다. 그녀는 내게 대답이라도 하는 듯이 짙은 미소를 띠워 주었다. 그것은 바닥으로 추락하고 있는 제 상황과는 전혀 어울리지 않는 표정이었다.

에르하르트와 하론조차도 뒤늦게 그녀를 잡으려 했지만, 잡기엔 이미 너무나도 늦어 있었다. 장내는 금세 소란스러워졌다. 어디선가 이름 모를 여자의 높은 비명이 들리는 것도 같았다. 나는 허공에 허망하게 뻗어진 내 팔을 갈무리하지 못한 채로 그녀에게서 눈을 떼지 못했다.

아아, 이렇게 모든 게 끝이 나는 건가.

행복하기만을 바랐던 오늘의 약혼식은 이대로 끝이 나고, 바닥으로 추락하는 샤넌은 어떻게 되는 걸까.

설령 그녀가 정말 다행히 크게 다치지 않는다 할지라도, 그녀는 제 목적을 달성한 것은 아닐까, 싶었다. 끔찍할 정도로 제대로. 시간이 지난 후에 내게 기억될 오늘이 온전히 행복하지만은 않을 것 같았기 때문이었다.

순간 기묘하게도 그녀가 떨어지는 모습이 한없이 느릿하게 느껴지기 시작했다. 더불어 장내에 흐르던 음악 소리조차도 듣기 싫을 정도로 늘어지게 들렸다.

그러다 일순 시간이 멈추었다.

떨어지던 샤넌의 몸뚱이가 허공에서 멈추었고, 내 옆에서 당황한 듯이 샤넌의 이름을 부르던 에르하르트와 하론의 목소리도 더 이상 들리지 않았다. 더불어 음악 소리조차도 잠잠해졌다. 완벽한 침묵이 드리운 것은 순식간의 일이었다.

기묘한 침묵 속에서 눈을 한 번 깜빡이자, 눈동자에선 뜨거운 눈물 한 줄기가 흘러내렸다. 그 눈물은 나조차도 의미를 알 수 없는 눈물이었다. 어째서 눈물이 흐른 걸까. 내 약혼식을 이대로 망쳐서? 샤넌이 정말 죽을까 봐?

그런 생각을 하며 눈을 다시금 깜빡이자, 낯선 소음 하나가 귓가에 파고들었다.

'행복해지고 싶어.'

그것은 누구보다도 절실하고, 구슬픈 목소리였다. 그 목소리의 주인이 누구인지는 단번에 알 수 있었다.

샤넌. 아니, 바이올렛.

그녀가 난간 위에서 떨어지며 마지막으로 한 생각은 아니었을까. 그러다 갑작스럽게 눈앞이 흐려지기 시작했다. 눈물 때문일까, 싶었지만 눈물이 더 흐른 것은 아니었다. 동시에 관자놀이에도 알싸한 통증이 느껴지자, 그제야 눈앞이 흐려진 이유를 짐작할 수 있었다.

그것은 내게 꽤나 익숙한 증상이었다. 바로 바이올렛의 기억을 볼 때마다 느꼈던 증상과 동일했기 때문이었다.

나는 바이올렛의 몸에 존재하며 이따금씩 엿보았던 그녀의 기억들을 떠올렸다. 그 기억들은 시간의 순서대로 내게 그 시간과 맞물린 사건이 들이닥칠 때마다 눈앞에 그려졌었다. 바이올렛의 몸이 기억하던 마지막 기억인 자살을 하던 기억까지 엿보았을 때, 나는 본능적으로 그것이 그녀의 마지막 기억일 거라고 생각했다.

하나 그건 내 착각이었나 보다. 내가 아직까지 보지 못했던 그녀의 기억이 남아 있는 걸까?

그러다 뿌옇게 흐려졌던 눈앞이 다시금 선명해지기 시작했다. 허공에 경계 없이 흩뿌려져 있던 선들은 제자리를 찾아가며 윤곽을 그려냈다. 이윽고 눈으로 식별할 수 있는 윤곽을 만들어내었다.

눈앞에 그려진 것은 놀랍게도 내게 퍽이나 익숙한 광경이었다.

익숙하고도 놀라운 광경이라고나 할까. 분명 내 의식 속의 광경이었음에도 불구하고, 나는 놀라움에 숨을 제대로 쉴 수 없는 기분이 들었다.

빛바랜 낡은 책상. 그리고 그 책상 위에 팔을 괸 채로 잠이 든 여자.

여자는 영원히 깰 수 없는 꿈이라도 꾸는 듯이 눈을 감고 있었다. 그런 그녀의 팔 밑에는 책 하나가 보란 듯이 펼쳐져 있었다. 마지막 페이지가 펼쳐져 있는 그 책 또한 내겐 너무나도 익숙한 것이었다.

'샤넌을 위하여.'

그것은 이 세계의 이름이자, 책의 제목이었다.

미동도 없이 가만히 있던 여자가 눈을 뜬 것은 그때였다. 여자는 에르하르트와 닮은 검은 눈동자를 연신 반짝였다. 그러곤 재빠르게 주변을 둘러보고선 얼빠진 표정을 지었다. 혼란스러움이 역력한 얼굴이었다. 그러다 이내 제 팔 밑에 있던 '샤넌을 위하여.'라는 책까지 보게 된다.

'……샤넌?'

여자의 붉은 입술에서 '샤넌'이라는 말이 나오기 무섭게 시야가 다시금 흐려지기 시작했다.

안 돼, 여기서 그만 볼 순 없어.

나는 의식 속에서 소리쳤지만, 이윽고 시야는 완전히 흐려졌다.

다시 눈을 떴을 땐, 다시금 소란스러운 소음이 귓등을 때렸다. 누구의 것인지 알 수 없는 비명은 끊임없이 울렸고, 누군가는 내 몸을 잡고선 한참이나 내 이름을 불렀다.

다혜, 그리고 바이올렛. 그 이름들이 얽히고설켜서 나를 좀 더 혼란스럽게 만들었다.

나는 아무 말도 하지 못한 채로 난간 밑을 내려다보았다. 그러자 바닥에 떨어져 아무렇게나 엎어져 있는 샤넌이 보였다. 그녀는 의식을 잃은 것인지 눈을 감고 있었지만, 입가엔 여전히 미소를 띠고 있었다.

"하⋯⋯."

나는 메마른 숨을 토해 냈다. 숨을 토해냄과 동시에 시야가 좁아지는 기분이 들었다. 더불어 몸에 힘이 빠지기 시작했다. 이내 손가락 하나 제대로 움직일 수 없을 정도로 힘이 빠지기에 이른다. 그러곤 어째서 내가 정신을 잃었던 것인지에 대해 인지하기도 전에 나는 다시 정신을 잃었다. 정신을 잃기 전, 마지막으로 들린 것은 절규에 가까운 하론의 비명이었다.

하론. 나는 그의 이름을 따스하게 불러주고 싶었지만, 굳은 입술은 더는 움직이지 않았다.

17장. 나 이기적이지?

나는 긴 꿈을 꾸고 있었다.

꿈의 내용은 대개 바이올렛에 대한 것이었다.

유년기 시절의 바이올렛. 하론을 처음 만났던 바이올렛. 에르하르트에게 반했던 바이올렛.

기억을 보여 주는 데엔 정해진 척도가 없었다. 그 기억들은 내가 정확히 보지 못했던 바이올렛의 기억들을 세세하게 보여 주었을 뿐이었다. 슬픈 기억, 행복했던 기억, 모든 기억이 서서히 내게 스며들고 있었다. 그러자 나는 정말로 바이올렛이 되는 기분이 들었다. 그것은 이따금씩 그녀의 기억을 보며 느꼈던 것과는 확연히 다른 느낌이었다. 하나로 동화되는 기분. 그 순간만큼은 내가 바이올렛이었고, 바이올렛이 나인 것처럼 느껴졌다.

제일 인상 깊었던 바이올렛의 기억을 하나 뽑자면 역시나 하론에 대한 것이었다. 소녀였고, 소년이었던 두 사람이 아카데미에서 지냈던 추억에 서린 기억이 정말로 좋았다.

젖살이 채 빠지지 않은 소년의 모습인 하론은 성인인 그와는 확연히 다

144

른 모습이었다. 내가 아는 하론은 언제 어디서나 당당했고, 한편으론 능글거리기도 했다. 하나 바이올렛의 기억 속 소년인 그는 언제나 주눅 들어 있었고 우울해 보였다.

모질대로 모진 가정환경 속에서 자란 하론은 당당한 소녀인 바이올렛을 만나 점점 더 밝아지기 시작했다. 에르하르트를 만나기 전의 바이올렛은 세상 누구보다도 당당했으며, 그런 그녀는 세상 누구보다 우울해하는 하론이 마음에 들지 않았다.

'넌 왜 그렇게 세상이 멸망한 표정을 짓고 있는 거야? 그런 표정을 계속해서 짓다간, 네 세상까지 멸망해 버릴지도 모른다고.'

그것은 바이올렛이 하론에게 자주 했던 말이었다. 그 말이 하론에게 한 번 뱉어지고, 또 한 번 더 뱉어질 때마다 하론의 표정은 눈에 띄게 변했다. 종내에 그는 지금의 모습과 다름이 없이 밝아졌고, 바이올렛은 그 모습을 보며 뿌듯해했다. 바이올렛은 누군가의 세상이 멸망하지 않음을 진심으로 안도하고 있었다. 지금의 바이올렛과는 전혀 상치되지 않는 모습이기도 했다. 적어도 그때의 그녀에게선 애증에 뒤엉킨 모습 따위는 전혀 보이지 않았으니.

지난날의 그 바이올렛은 어디로 사라져 버린 걸까.

그렇게 그녀의 기억의 끝자락까지 끊기지 않고 보았다. 그 기억의 결론은 나도 익히 알고 있던 내용이었다.

그녀의 자살.

나는 그 슬프고도 잔인한 장면을 다시금 목도하며 애잔한 마음이 들었다. 그런 마음이 들면서도 생각의 어느 어귀엔 하론에 대한 것이 연신 맴돌았다. 내가 긴 꿈을 꾸고 있는 이 시간에 하론은 어쩌고 있을까. 슬퍼하지는 않을까.

나는 얼른 이 길고 긴 잠에서 깨고만 싶었다. 잠에서 깨어나 살아 있는 하론을 만나고 싶었다.

문득 자연스럽게 눈을 떴을 때, 익숙한 천장이 보였다. 눈을 느릿하게 두어 번 깜빡이자 주위의 광경이 뚜렷하게 보였다. 꽤나 익숙한 광경은 바이올렛의 방이었다.

나 지금 잠에서 깬 건가.

나는 그 사실을 믿을 수가 없어 한참이나 눈을 의식적으로 깜빡였다. 그럼에도 주위의 환경은 전혀 변하지 않았다.

정말 현실로 돌아온 것이었다.

어쩌면 내가 바이올렛의 기억을 모두 다 보았기 때문에, 깰 수 있었던 것이었을지도 몰랐다.

"……."

정신이 들자 처음 느껴진 감각은 얼굴 위로 내리쬐는 뜨거운 열기였다. 반쯤 뜬 눈으로 옆을 응시하자, 열린 창가 사이로 드높게 떠 있는 태양이 보였다. 그것이 열기의 정체였다.

그리고 내 손에도 태양의 열기와 다름이 없는 뜨거운 열기가 느껴졌다. 이번에 나는 내 손 쪽으로 시선을 옮겼다. 오랫동안 눈을 감고 있었던 까닭에, 눈동자를 돌리는 것이 조금 어색하게 느껴졌다.

열기의 정체는 아주 익숙한 누군가의 손이었다. 여자인 나보다도 하얗고 기다란 예쁜 손이 내 손을 꽉 부여잡고 있었다.

하론. 나는 그의 이름을 부르려고 했지만, 바짝 마른 입술 사이로 아무 말도 흘러나오지 않았다. 시선을 조금 더 돌리자, 그제야 하론의 얼굴이 보였다. 그는 침대 옆, 간이 의자에 불편하게 앉은 채였다. 그는 언제 잠이 든 것인지 침대 끝자락에 조용히 제 머리를 기대고 있었다.

고개를 숙임에 자연스럽게 흘러내린 그의 푸른 머리칼이 마지막으로 보앉을 때보다 훨씬 퍼석해 보였다. 어렴풋이 보이는 그의 얼굴이 평소보다도 훨씬 해쓱해 보이기도 했다.

시간이 얼마나 흐른 걸까. 너는 얼마나 오랜 시간 동안 내 손을 꼭 잡고 있었던 걸까.

나는 자연스럽게 마지막으로 의식이 있었던 때를 떠올렸다. 그러자 소름 끼치던 미소를 짓던 샤넌의 얼굴까지도 떠올랐다. 난간에서 떨어진 그녀는 어떻게 되었을까.

거기까지 생각하자 어쩐지 머리가 지나치게 지끈거렸다. 나는 하론이 잡지 않은 나머지 손으로 이마를 가볍게 부여잡았다. 졸지에 하론이 잡고 있던 손까지도 조금 움직여 버리자, 고개를 숙이고 있던 그가 작게 미동하기 시작했다. 잠에서 깨어난 걸까.

나는 그에게서 시선을 거두지 못한 채로 그가 제 머리를 들어 올리는 모양새까지 지켜보았다. 이윽고 그의 고개는 똑바로 들렸고, 그의 푸른 눈동자까지도 내게 닿았다. 우리는 꼼짝없이 눈이 마주쳤다.

"……다혜?"

그는 짐짓 심각한 얼굴로 내 이름을 불렀다. 그의 목소리가 미미하게 떨리고 있었다. 그 모습은 지난날 바이올렛에게 빙의한 내가 하론을 처음 만났던 그날을 떠올리게 했다.

'바이올렛.'이라는 이름을 구슬프게 불렀던 그는, 오늘날 내 이름을 구슬프게 부르고 있었다. 나는 기묘한 기시감에 선뜻 그에게 대답을 하지 못한 채로, 그를 빤히 응시했다.

"정말로 다혜야?"

그는 믿을 수가 없다는 듯이 다시금 읊조렸다. 무언가의 대답을 해 줘야 할 것 같았다. 그러나 나는 한동안 아무 말도 하지 못했다. 뭐라고 대답을 해야 할지 막막하기도 했고, 입술이 여전히 잘 떼어지지 않았기 때문이기도 했다. 그렇기에 나는 고개를 작게 끄덕일 수밖에 없었다.

하론은 곧 울 것 같은 얼굴로 제 몸을 기울여, 나를 안았다. 그에게선 여전히 좋은 냄새가 났다.

언제고 그와 만날 때마다 느꼈던 그 향.

나는 그의 냄새를 온전히 느끼며, 내가 정말로 꿈에서 깨어났음을 완전히 인지할 수 있었다.

"다혜 네가 깨어나지 않을 줄만 알았어."

그는 물기 가득한 목소리로 작게 말했다. 나는 그제야 제대로 된 말을 내뱉을 수가 있었다.

"하론, 나는 깨어났어."

이상하게도 그의 이름을 퍽이나 오랜만에 부르는 듯한 기분이 들었다.

"난……. 정말 진짜로 네가……."

하론은 제 말을 잇지 못하고 뜨거운 숨을 뱉어냈다. 나는 조용히 그의 등을 쓰다듬으며 말했다.

"내가 죽기라도 할 줄 알았어?"

"……다혜."

"괜찮아. 나는 살아 있고, 다시 눈을 떠서 너와 뜨거운 포옹을 하고 있는 걸."

나는 안심하라는 듯이 그를 타일렀다. 딱히 폭력적인 일로 정신을 잃었던 것이 아니었으므로, 정말로 긴 잠에서 깬 기분만이 들었을 뿐이었다.

"모두 다 내 잘못이야."

그는 자책하듯이 말했다.

"네가 뭘 잘못했다는 건데."

"……그냥 다."

"하론. 네가 잘못한 건 없어. 난 정말 괜찮아."

"다행이다. 정말 다행이야. 네가 다시 눈뜬 것을 신에게 감사해."

이윽고 하론은 제 품에서 나를 천천히 놓아주었다. 올려다본 하론의 얼굴이 여전히 슬퍼 보였다. 가까이서 본 그의 두 뺨은 한눈에 보아도 많이 야위어 있었다. 얼마나 걱정을 한 거야.

나는 손을 뻗어 그의 야윈 뺨을 부드럽게 쓸어 주었다. 그는 제 뺨에 머물던 내 손을 잡아, 손끝에 가볍게 입을 맞추었다.

"나 얼마나 잠들어 있었던 거야?"

"일주일."

하론은 무거운 목소리로 대답했다.

일주일. 생각보다 시간이 정말 많이 흘러 있었다. 그동안 무슨 일이 있었을까. 무엇보다 제일 궁금했던 것은 샤넌에 대한 것이었다.

"일주일? 그렇게나 오래 잠들어 있었다고?"

"응."

하론은 힘없이 고개를 끄덕이며, 이번엔 저가 내 얼굴을 쓰다듬었다. 그 손길은 매우 섬세하기만 했다.

"얼마나 초조했는지 몰라. 매일같이 네가 눈을 뜨길 기도했어. 그날 너를 혼자 보낸 것도 매일 후회했어. 내가 끝까지 고집을 부려서라도 함께 갔었어야 했는데."

"나 정말 괜찮다니까."

"하, 내가 괜찮지 않으니까."

"하론."

"내 이름을 부르는 네가 얼마나 그리웠는지 몰라."

하론은 내 이마에 가볍게 입을 맞추며 이어 말했다.

"……사랑해. 네가 깨어났을 때, 그 말을 정말로 해 주고 싶었어."

그것은 그의 진심이 온전히 녹아 있는 말이었다. 나를 그렇게까지 사랑해 줘서 고마워. 나는 그런 생각을 하며, 하론을 계속해서 응시했다.

이런 분위기 속에서 그에게 샤넌에 대한 것을 묻기가 조금은 망설여졌다. 하나 어차피 그것은 언제고 물어야 할 논제였고, 나는 어렵사리 입술을 떼기 시작했다.

"하론. 샤넌은 어떻게 됐어?"

내가 그녀에 대한 것을 묻기가 무섭게 하론의 얼굴이 일순 경직되었다. 그는 작은 한숨을 쉬며 대답하기를 망설였다. 나는 그를 채근하지 않으며, 그가 대답을 할 때까지 기다려 주었다. 이윽고 그의 입술이 반쯤 열렸을 때, 방문이 와락 열리는 소리가 들렸다.

"……바이올렛?"

열린 방문으로 들어온 이는 바이올렛의 아버지였다.

그는 그 자리에 굳은 채로 깨어난 내 모습을 믿을 수 없단 듯이 응시했다. 그러다 현실을 제대로 인지한 뒤에, 내게 뛰어오기 시작했다. 그는 금세 가까이 다가와 나를 제 품에 안았다. 흡사 하론이 나를 껴안았듯이 말이다.

"바이올렛! 이 애비가 너를 얼마나 걱정했는지 모른단다. 깨어나 줘서 정말 고맙다."

그는 감정이 가득 실린 목소리로 말했다. 역시나 한 번 딸 바보는 영원한 딸 바보인가 보다.

"저는 괜찮아요."

"……."

"아버지."

묘하게도 그를 아버지라 부르는 것에 전혀 위화감이 느껴지지 않았다. 내가 바이올렛에 대한 모든 기억을 흡수했기 때문일까. 동화. 그 짧은 단어가 머릿속에 잠깐 맴돌았다.

그는 한참 동안이나 나를 꼭 안았다. 그가 어떤 마음으로 나를 안고 있는 것인지 충분히 이해했기 때문에 나는 잠자코 그에게 안겨 있었다. 그의 부성이 생각보다 꺼려지지는 않았다. 되레 나조차도 조금 울컥했을 뿐이었다.

"바이올렛. 배가 고프지는 않니? 내가 뭘 해 주면 좋을까?"

아버지는 걱정스러운 눈빛으로 나를 연신 살폈다.

"배는 고프지 않지만, 목이 조금 마르네요."

아버지는 곁에 있던 시녀를 시키지도 않고, 저가 나서서 주전자에 있던 물을 따랐다. 그러고선 어린아이에게 물을 먹여 주듯이 내게 물을 먹여 주었다.

"고마워요."

"……의원. 그래, 일단은 의원을 불러와야겠구나."

아버지는 횡설수설하며 급하게 방을 다시 나섰다. 역시나 나에 관한 일은 저가 직접 처리하고 싶은 것인지, 시녀에게 시키는 법은 없었다. 아버지가 나가자 하론은 침대 위에 반쯤 걸쳐 앉은 채로 내 이름을 정성껏 불렀다.

"다혜."

그는 잠시나마 놓았던 내 손을 다시 부여잡았다. 마치 내가 어디론가 홀로 사라질 것을 미연에 방지라도 하는 듯이.

"하론, 아까 얘기하려고 했던 거, 마저 해 주지 않겠어?"

내가 그리 묻자 하론은 나를 똑바로 쳐다보지 못한 채로 입술을 뭉그적거렸다. 그는 여전히 그녀에 대해 말하는 것을 망설이고 있었다.

"샤넌은……."

"……."

"아직까지 깨어나지 못했어."

"……많이 다친 거야?"

하론은 고개를 좌우로 내저었다.

"아니, 다행히 크게 다치지는 않았지만, 의식이 돌아오지 않아."

"그렇구나."

그는 고개를 떨군 채로 아무 말도 하지 않았다. 의식이 돌아오지 않는 샤넌을 떠올리며, 그는 무슨 생각을 하고 있는 걸까. 마음이 지나치게 여린 그였다. 나는 그가 또다시 자책을 하는 것은 아닐까, 하는 염려가 들었다.

과거로 돌아온 하론은 제 유일한 친구였던 바이올렛을 죽음의 그림자로부터 벗어나게 해 주고자 마음먹었었다. 이따금씩 들려주었던 그의 이야기 속에서 그가 바이올렛을 위해 얼마나 노력했는지는 나도 익히 알던 바였다. 그녀의 삐뚤어진 마음을 제대로 돌리기 위해서 얼마나 애썼던가.

하나 그런 그의 노력이 무색해질 정도로 바이올렛은 저가 겪었던 과거의 수순을 똑같이 걸어갔다. 사랑의 경쟁자로 느낀 이를 괴롭혔으며, 스스로 애증의 늪에 갇혔으며, 끝내 자살과 비등한 행동을 했다.

하론은 또다시 제 친구를 제대로 지켜 내지 못했다고 생각할 것이었다. 더군다나 이번엔 저가 사랑하는 나까지도 의식을 오랫동안 잃고 있었으니.

하론의 괴로움은 얼마나 컸을까. 그것은 내가 상상하는 것 이상이 아닐까 싶을 따름이었다.

"하론, 그녀도 다시 의식을 회복할 거야. 걱정하지 마."

"……그럴까?"

"그럼. 나도 이렇게 다시 정신을 차렸잖아."

"내가 조금만 더 바이올렛을 신경 썼더라면 이런 일이 일어나지 않았을지도 몰라. 왜 난 모두를 그렇게 만들어 버린 걸까……."

역시나 그는 모든 것이 제 탓이라 생각하고 있었다. 내 앞에서 다른 여자의 기구한 인생에 대해 슬퍼하는 그의 말이 전혀 밉게 들리지는 않았다. 그것은 다른 누구도 아닌 바이올렛에 대한 것이었으니까. 나 또한 바이올렛의 기구한 운명을 안타깝다고 생각하고 있었으니까.

나는 괴로워하는 그의 손을 꽉 잡은 채로 대답했다.

"하론, 다시 말하지만 네가 잘못한 것은 전혀 없어. 너는 할 만큼 충분히 했는걸. 네 진심을 제대로 헤아려주지 않은 바이올렛이 안타까울 따름이야."

"다혜……. 너는 그녀를 원망하지 않아?"

원망이라. 전혀 하지 않는다면 그것은 거짓말일 것이었다.

내 약혼식을 망친 그녀가 당연히 원망스러웠다. 무슨 수를 써서라도 내게 끔찍한 기억을 심어 주려고 했던 그녀가 가증스러웠다.

하나 그럼에도 불구하고 그녀를 마냥 미워한다는 말을 할 수는 없었다. 소설을 읽으며, 제일 애착을 느꼈던 바이올렛이었다. 그녀의 삐뚤어진 행동을 모두 이해한다고는 못 하겠으나, 그녀의 속사정을 아는 나로서 어느 정도는 이해가 되기도 했으니까.

"물론 원망해. 하지만 그녀가 더는 삐뚤어지질 않길 바라는 마음이 더 큰걸. 다시는 이런 일이 벌어지지 않게."

"……."

"잘 풀릴 거야. 그녀가 다시 정신을 차리면, 이번엔 함께 노력을 해 보자."

미소를 지으며 그렇게 말하기는 했지만 솔직히 나도 자신이 없었다. 하론만큼은 아니었지만, 나도 그녀에게 꽤나 많은 노력을 해왔으니 말이다.

순간 든 생각은 사람의 본성은 절대로 바뀌지 않는다는 그런 말뿐이었다.

***

하론은 후작저로 돌아가지 않고 밤새 내 곁을 지켰다. 빈방에 가서 잠을 청하라고 수어 번 얘기했지만, 하론은 그러기를 거부했다. 그는 깨어 있는 내 모습을 확인하고, 또 확인하며 나를 보살피기에 바빴을 뿐이었다.

늦은 밤, 내가 얼핏 잠이 들려 했을 때, 하론은 그 모습을 불안하게 바라보았다. 혹 내가 다시금 기나긴 잠에 빠져들지 않을까, 걱정하는 낯빛이었다. 나는 그럴 일은 없을 거라고 하론을 다독이며 잠에 들었다. 실제로 그런 긴 잠에 다시 빠져들지 않을 거라는 이상한 확신도 있었다. 여자의 직감이었다.

역시나 내 직감은 제대로 맞아떨어졌는지, 나는 다음 날 꽤나 일찍 잠에서 깰 수 있었다. 몸은 어제보다도 훨씬 더 개운하기만 했다.

아침에 일어나자마자 내가 제일 먼저 한 일은 먹는 일이었다. 나는 일주일 동안 먹지 못한 것을 보상이라도 하는 듯이 거침없이 음식을 먹어대었다. 먹어도 먹어도 배가 부르지 않는 기분이 드는 건 왜일까.

하론은 그런 내 모습을 흐뭇하게 바라보며 제 앞에 놓인 음식엔 손도 대지 않고 있었다.

"하론. 왜 너는 안 먹고, 내가 먹는 것만 쳐다봐?"

"네가 먹는 것만 봐도 배가 불러서."

"무슨 그런 말도 안 되는 소릴 하는 거야. 너도 얼른 먹고, 기운을 차려야지. 지금 네 얼굴은 나보다도 작아 보일 정도라고."

나는 내 앞에 놓여 있던 스테이크를 보기 좋게 잘라 그의 입가로 들이대며 말했다.

"자, 얼른 입 벌려."

"먹여 주게?"

"네가 먹지 않으니, 내가 먹여 주는 수밖에."

"그럼 나는 먹어 줄 수밖에."

하론은 느슨한 미소를 지으며 입을 작게 벌렸다. 나는 그의 입속으로 잘린 고기를 넣어 주고선 흡족한 미소를 지었다.

"네가 먹여 주니까 맛있다."

"그걸 말이라고."

내가 평소와 다름없이 대답하자 하론은 작게 키득거렸다. 나는 그가 웃는 모습을 한참이나 지켜보았다.

저토록 예쁘게 웃고는 있었지만, 여전히 그의 마음 어귀는 괴롭지 않을까? 내가 어떻게 해야 괴로움으로 물든 그의 마음이 다시금 평온해질 수 있을까. 지금 내가 할 수 있는 일이라곤 그를 평소와 다름없이 대해 주며 다독여 주는 일밖에 없었다.

***

그날 오후엔 내가 깨어났다는 소식을 들은 손님들이 공작저를 방문했다.

"바이올렛!"

높은 톤의 목소리는 내 이름을 연거푸 부르며 응접실로 들어섰다. 그녀는 휠체어에서 곧 튀어나올 듯이 내 쪽으로 몸을 뻗고 있었다. 아이린이었다. 나는 그녀에게 먼저 다가가 그녀를 가볍게 안아 주었다.

"내가 얼마나 놀랐는지 몰라. 너를 잃는 줄 알았다고⋯⋯."

그녀는 답지 않게 훌쩍거리는 목소리로 내 등을 어루만졌다.

"여러 사람들이 저를 죽을 사람 취급을 했네요."

"그만큼 네가 오랫동안 정신을 못 차렸으니까⋯⋯."

"⋯⋯."

"네가 그렇게 기운 없이 누워 있는 걸 보니까, 새삼스럽게 네가 너무 소중했다는 걸 깨달은 거 있지? 내 짓궂은 말을 너같이 잘 받아 주는 사람은 없었고, 내 상처에 대해서 깊게 신경을 써 주는 사람도 너밖에 없었어."

"아이린 님. 이건 지금 고백인가요?"

"응, 네가 너무너무 소중해. 아마 내가 너를 소중히 여기는 마음은 하론보다 더 클지도 몰라."

아이린은 구태여 제 의견을 숨길 생각이 없다는 듯이 자랑스럽게 말했다. 그러자 그런 우리를 지켜보던 하론이 조금은 불만이 서린 목소리로 웅얼거렸다.

"아이린 님. 제가 옆에서 다 듣고 있습니다만."

"흥, 들으라고 얘기한 거거든?"

"제 마음은 누구도 따라올 수 없을 만큼 깊습니다."

하론이 자신 있게 대답하자 그 사이로 다른 목소리가 끼어들었다.

"……마음에 대한 거라면 나도 꽤 자부할 수 있는데."

나는 아이린을 안고 있던 것을 놓아주며, 소리가 나는 방향으로 돌아보았다.

거기엔 올곧은 자세로 서 있는 에르하르트가 보였다. 아이린과 함께 온 그였다. 나를 응시하던 에르하르트의 눈동자에선 그득한 상념이 느껴졌다. 슬픔, 미안함, 그런 복합적인 감정들이 얽히고설킨 눈빛이었다. 그것은 대개 차갑게 굳어 있었던 그의 눈빛을 전혀 떠올릴 수 없게 만드는 것이었다. 아니, 요즘 들어 그의 차가운 눈빛을 본 적이 있던가.

언제고 윤이 나던 그의 얼굴은 오늘따라 푸석해 보였다. 그 모습은 마치 며칠 동안 제대로 잠을 이루지 못한 사람 같았다. 내가 누구의 영혼이건 상관없이 나를 사랑한다던 에르하르트였다. 그렇기에 그 또한 나를 꽤 진득하게 걱정했던 것은 아닐는지.

"에르하르트 공작님."

"바이올렛. 그대도 내 말에 동조하지 않는가. 내 한결같은 진심을 높게 산다며."

그는 내게 가까이 다가와 내 모습을 좀 더 꼼꼼히 훑어보았다. 순간 무방비하게 놓여 있던 그의 손이 내게 가까이 뻗어졌다가, 이내 다시 제자리로 돌아갔다. 그것은 망설임이 가득한 손짓이었다.

"하하. 그런 말은 어쩜 그렇게 기억을 잘하시는지."

나는 어색하게 웃으며 그의 손짓을 모른 척했다. 하론이 없었다면, 그는 내게 손을 제대로 뻗지 않았을까 싶었다. 나는 그의 손길에 어떻게 반응을 해야 했을까.

"나는 기억력이 꽤나 좋은 편이지."

에르하르트는 아무렇지 않은 척을 하며 대답했다. 나는 상념이 가득 찬 에르하르트의 눈빛을 피하며 논제를 돌렸다.

"일단 다들 앉아서 얘기할까요?"

"바이올렛, 나는 지금 앉아 있는데?"

아이린은 제 휠체어를 턱 끝으로 가리키며 장난스러운 미소를 지었다.

"그럼 아이린 님의 휠체어는 제가 끌어드릴게요."

"좋아!"

나는 아이린의 휠체어를 소파 근처까지 밀어 주었고, 이어서 서 있던 에르하르트와 하론까지도 소파에 앉게 되었다. 막상 네 사람이 서로를 마주 보며 앉아 있자, 어쩐지 이상한 기분이 들었다. 이 조합이 낯설어도 그렇게 낯설 수가 없었다. 그것은 나만 느낀 것이 아니었던지, 우리 사이엔 잠깐의 침묵이 맴돌았다. 다들 무슨 얘기를 꺼내야 할지 망설이는 것만 같았다.

"몸은 좀 괜찮은가?"

어색한 침묵을 깨준 것은 에르하르트였다. 나는 고개를 끄덕이며 그에게 대답했다.

"네, 애초에 다친 게 아니라, 기절을 한 것뿐인데요. 전혀 문제될 게 없어요."

"……그날. 제대로 막아 주지 못해서 미안해. 내가 그녀에게 심하게 다그치지 말았어야 했는데. 내 실수였어."

"저는 공작님의 잘못이라고는 생각하지 않아요. 그러니까 자책하지 않으셔도 돼요. 그 상황에선 저도 사실은 그녀를 다그치고 싶었으니까."

되레 에르하르트가 먼저 샤넌을 다그쳐 주었기에, 나는 그녀에게 좀 더 부드럽게 대할 수 있었을지도 몰랐다.

"하여튼 네가 깨어나서 다행이라고 생각해."

"감사해요."

"워후, 이거 꽤나 좋은 분위긴데?"

아이린은 이 상황을 놓치지 않으며 은근슬쩍 우리의 대화에 끼어들었다.

"그러고 보니 하론 영윤과 바이올렛의 약혼식이 제대로 끝나지 않은 거지?"

"아무래도 그렇겠죠?"

"다시 할 생각인 거야?"

아이린은 꿍꿍이가 있어 보이는 얼굴로 내게 물었다.

"글쎄요. 아직 거기까진 하론과 얘기를 나눠 보지 못해서……."

"오호라, 그럼 아직 우리 에기에게도 기회가 있는 건가?"

"아, 아이린 님!"

"왠지 모르게 내 가슴이 두근두근한 걸."

아이린은 제 눈을 한껏 게슴츠레하게 뜬 채로 흥겨운 박수를 쳤다.

무슨 꿍꿍이인가 했더니, 결론은 에르하르트였구나. 끙.

즐거워하는 그 모습이 평소의 아이린과 전혀 다를 것이 없어 보여서, 나는 헛웃음을 흘릴 수밖에 없었다.

"아이린 님. 분명 제가 옆에서 다 듣고 있다고 말씀드렸을 텐데요."

덕분에 기분이 한껏 나빠진 쪽은 하론이었다.

"어머나! 하론 영윤은 내가 이번에도 들으라고 얘기한 걸 몰랐어?"

"아이린 님."

하론은 딱딱한 음성으로 아이린의 이름을 불렀다. 어쩌면 진심으로 화가 났을지도 모를 일이었다. 나는 화를 풀어 라는 듯이 옆에 앉은 하론의 어깨를 가볍게 두드렸으나, 구겨진 그의 얼굴은 펴질 기미가 전혀 보이지 않았다.

"나는 기회에 강한 편이지."

순간 잠자코 있던 에르하르트까지도 합세를 해 버리자, 하론은 무거운 숨을 토해 냈다.

"……공작님."

"바짝 긴장하는 게 좋을 거야. 하론 클로노아."

"공작님에게 기회가 가는 일은 전혀 없을 것입니다."

"지금 협박하는 건가? 재미있군. 그 협박 받아들이도록 하지."

"협박이 아니라 경고하는 겁니다. 에르하르트 공작님."

하론은 에르하르트의 이름을 꾹꾹 힘주어 불렀다. 늘 부드러운 면만 내비치던 하론에게서 보기 힘든 거친 모습이었다.

"좋아, 하론 영윤. 그렇다면 내가 그녀를 완전히 포기할 마음이 들게 만들어 봐. 그깟 약혼을 다른 사람과 한다고 해서, 쉬이 물러나지는 않으니까."

"좋습니다."

둘 사이에 맴도는 공기가 팽배했다. 한 치도 물러남이 없는 광경 속에 머쓱해진 것은 나였다. 살면서 이런 상황은 처음 겪는지라 어떻게 반응을 해야 할지 도무지 가늠할 수가 없었다. 내가 넌지시 에르하르트 쪽을 보자, 그는 나를 향해 느슨한 미소를 지으며 제 입술을 소리 나지 않게 벙긋거렸다.

'다혜.'

"……!"

맙소사, 그 이름을 어떻게 안 거지? 내가 놀란 표정을 짓자 에르하르트의 얼굴에 띠워져 있던 미소가 짙어졌다. 흡사 정말로 제게 기회가 남아 있음을 확신하는 미소였다.

***

아이린과 에르하르트는 꽤나 오랫동안 공작저에 머물렀다. 해가 저물어서야 공작저를 떠났으니 말이다. 사실 얘기의 대부분은 아이린이 주도했다.

그녀는 어쩜 그렇게 쉴 새 없이 말을 하는 것인지, 우리 사이에 어색한 공기가 흐르는 법은 없었다.

그녀의 이야기의 주제는 거의 '나'에 대한 것이었다. 나와 하론이 조금만 틈을 보이기라도 하면 은근슬쩍 에르하르트와 나를 엮으려는 시도를 끊임없이 했다고나 할까.

하론은 그런 강적을 상대로 제 사랑을 방어하기에 끊임없이 바빴을 뿐이었다. 아닌 말로 올려다본 그의 얼굴이 더 수척해진 것만 같았다.

"하론, 힘들지?"

나는 방으로 돌아와 침대 위에 쓰러지듯 앉으며, 그에게 물었다.

"아니, 괜찮아. 다혜 너야말로 피곤하지 않아?"

그는 나를 곧 죽을 병자를 보는 듯한 눈으로 내려다보고 있었다.

"나도 정말 괜찮으니까, 그런 눈빛으로 쳐다보지 말아 줄래?"

"내가 무슨 눈빛인데?"

"내일 죽을 사람 보는 눈빛."

"다혜."

그는 내 말이 마음에 들지 않는단 듯이 내 이름을 불렀다.

"그러니까 평소와 같은 눈빛으로 쳐다봐 달라고요, 하론 클로노아 군."

"평소 같은 눈빛은 어떤 눈빛이야?"

"저…… 그게 사랑…… 스러워 미치겠다는 눈빛? 흠흠."

"큭큭, 완전 정확한데?"

"……."

민망해도 그렇게 민망할 수가 없었다. 하지만 하론이 나를 병자처럼 쳐다보는 건, 민망한 것보다 더 싫은 일이었다. 나는 어제보다도 마른 얼굴로 내 곁을 서성이는 하론을 보며 말했다.

"하론, 오늘은 후작저로 돌아가."

"왜?"

"네 얼굴을 좀 봐. 며칠 동안 내 곁에 있느라고 잠도 제대로 못 잤잖아. 후작저로 돌아가서 옷도 좀 갈아입고 잠도 푹 자고 와."

"네 곁을 떠나기 싫어."

"내일 일찍 공작저로 찾아오면 되잖아. 내가 다시 정신을 잃는 그런 일은 이제 일어나지 않아. 안심해도 돼."

"혼자 있으면 자꾸만 좋지 않은 생각이 들어. 네게 또다시 좋지 않은 일이 생기는 건 아닐까."

"괜찮아. 아무 일도 일어나지 않아."

샤넌이 깨어나지 않는 한 말이야. 나는 거기까지 말하지는 못했다.

생각해 보니 빙의된 이래 일어난 부정적인 일의 시작엔 항상 샤넌이 존재했다. 마치 그녀는 스스로가 태풍을 몰고 다니는 것만 같았다. 그 태풍은 도대체 언제쯤 잠잠해지는 걸까.

"그럼 내일 정말로 일찍 찾아올게."

하론은 결국엔 못 당해 내겠다는 듯이 말했다.

"응, 옷도 갈아입고 와 줘."

"……."

"멋있는 걸로."

"……내가 졌다. 좋아, 그렇게."

하론은 쉽게 깨어지는 유리를 다루듯이 내 얼굴을 조심스레 쓰다듬었다. 그러곤 아주 가볍게 내 입술에 입을 맞추었다.

"내일 봐, 오늘 일찍 자고."

"응."

그는 힘없는 걸음으로 저택을 나섰다. 내 말을 수긍했으면서도, 돌아가는 것이 정말 내키지 않는다는 듯이 말이다. 나는 그런 그를 떠밀어 얼른 마차에 태우고선 손을 흔들었다. 아닌 척하고 있었겠지만 심적으로나 육체적으로나 그가 얼마나 고단할지 알기에. 그가 모든 것을 잠시나마 내려놓고 푹 쉬었으면 하는 바람이었다.

***

깊은 밤, 잠이 들기 전 나는 조금은 기묘한 생각이 들었다. 모든 시기가 겹친 것은 단순한 우연일까, 하는 생각이었다.

가령 바이올렛의 생일날 근처에 일어난 자살이라든지.

단순한 우연으로 치부하기엔 이상할 정도로 그 시기의 맞물림이 평범치 않게 느껴졌다. 모든 영혼의 비틀림의 시작은 원래의 바이올렛의 죽음으로 초래된 일이었다. 혹 그렇다면 이번에도 무언가의 변화가 생기지는 않을까?

나는 약혼식 날 마지막으로 보았던 영상을 떠올렸다.

책상 위에 오랫동안 잠이 들었던 여자.

'샤넌을 위하여'를 읽다 잠이 든 그 여자는, 나였다.

현실 속에 살아가던 장다혜.

그녀가 눈을 떴다면, 그것은 누구의 의지였을까. 미래의 나였을까. 아님 또 다른 누군가일까.

그렇게 생각하자 잠이 들기가 두려웠다. 내 추측대로 될까 봐서였다.

나는 더 이상 현실 속의 장다혜로 살고 싶지 않았다. 하론을 두고서 다시 돌아간다는 건 정말 말도 안 되는 일이었다. 잠이 들지 않는다면, 기구한 일은 일어나지 않을 성싶었지만, 결국에 일어날 일은 일어나고야 말 것이란 예감이 들었다. 내가 잠을 자건, 어쩌건 간에.

이 상황 속에서 내가 유일하게 할 수 있는 것은 간절히 바라는 일뿐이었다.

바이올렛으로 계속해서 살 수 있길.

나는 잠이 드는 순간까지도 한참이나 누군가에게 기도를 했다. 물론 돌아오는 대답은 없었다.

다행히 다음 날 눈을 떴을 때 우려했던 일은 전혀 일어나지 않았다. 나는 여전히 바이올렛이었다. 역시나 그것은 섣부른 우려였던 걸까.

그런 내게 하론보다도 빨리 찾아온 이가 있었다. 그는 응접실도 아닌, 내 방으로 대뜸 찾아왔다. 나는 대충 어깨에 숄을 걸친 채로 그의 방문을 맞이했다. 아니, 내가 맞이하기도 전에 성미가 급했던 그가 방문을 먼저 열어젖혔다는 게 더 올바른 표현이었다.

"러셀 님."

그는 내가 부르기 무섭게 무작정 나를 꼭 껴안았다.

"얼마나 걱정했는지 몰라."

"저를요?"

"……접때 줬던 내 재킷-"

"……."

"-을 가져간 널. 바이올렛."

그는 돌려 말하기를 포기하기라도 한 듯이 내 이름을 불렀다.

"저는 괜찮아요. 그저 조금 오랫동안 잠을 잔 것뿐인데요."

"길어도 너무 길었잖아."

러셀은 볼멘소리로 대답하며 안았던 나를 놓아주었다.

"어떻게 그런 일이 있을 수가 있지? 샤넌은 도대체…… 하. 하론의 부탁으로 그녀에게 잘해 준 과거의 내가 후회될 따름이야."

"하론이요? 그게 무슨 말씀이세요?"

하론의 부탁? 그러고 보니 아주 예전에 리차드 자작과의 일이 있었을 때도, 러셀이 비슷한 말을 했던 것 같았다. 그땐 유야무야 넘겼지만 오늘은 어째 그 사정을 속 시원하게 듣고 싶었다. 내 물음에 러셀의 금안이 약간은 망설이는 빛을 띠었다.

"……왕자님. 그건 분명 비밀이라고 말씀드렸을 텐데요."

"하론!"

하론은 조금 열린 문을 완전히 열어젖히고선 안으로 들어섰다. 일찍 온다더니 너도 정말 일찍 찾아왔구나. 그는 금세 우리에게 가까이 다가와 러셀을 똑바로 응시했다.

"그리고 제 약혼자를 그렇게 무작정 안으시다니요."

"절, 절대로 내 흑심을 채우고 싶어서 안은 건 아니야. 난 그저 너무 걱정했어서 그런 거라고."

"위로차의 포옹이었다면, 제가 바이올렛을 대신해서 당신을 안아 드리겠습니다."

"무, 무슨! 네 위로는 필요 없어."

"한 번 안겨 보신다면 생각이 달라지실 건데요? 제 품은 꽤나 넓거든요."

"됐어!"

하론은 짓궂게 눈을 찡긋거렸다.

그가 의도적으로 러셀을 놀린 것임을 어렵지 않게 짐작할 수 있었다.

하론은 어제의 내 부탁을 잊지 않았는지 꽤나 말쑥한 차림새였다. 낯빛도 어제보다 훨씬 더 좋았다. 그는 내 바람대로 지난밤 푹 잤던 게 틀림없었다. 나는 그 점이 정말 다행이라고 생각했다.

"일찍 온다고 왔는데, 내가 러셀 님보다도 한발 늦어 버렸네."

하론은 자연스럽게 내 옆에 서며 말했다. 입가엔 미소를 띠고 있었지만, 어째 그의 말 속엔 경계의 기운이 잔뜩 느껴지는 것만 같았다.

"하론, 그건 그렇고 아까 러셀 님이 말한 부탁이란 게 도대체 뭐야?"

"아……. 그게 그러니까."

하론은 조금은 난감한 듯이 대답했다. 영 수상한 냄새가 난단 말이지.

"네가 대답을 안 해 준다면, 러셀 님에게 물어보면 돼. 그렇죠? 러셀 님?"

나는 한껏 미소를 지으며 러셀을 바라보았다. 그러자 그는 내 미소를 보며 제 금안을 깜빡거렸다.

"나, 나는⋯⋯."

"러셀 님, 알려 주실 거죠?"

답지 않게 콧소리가 섞인 음성으로 말하자, 당황한 것은 러셀뿐만이 아니었다. 슬쩍 곁눈질로 하론을 보자 그는 한껏 어이가 없다는 눈빛으로 나를 응시하고 있었다.

"이걸 이제 와 숨기는 게 뭐 더 의미가 있나 싶다. 그렇지, 하론?"

"⋯⋯."

러셀의 말에 하론은 그게 맞는지, 아닌지 판단이 잘 서지 않는다는 듯이 대답을 하지 못했다. 그러자 러셀이 선수 치듯이 먼저 말을 꺼내 버렸다.

"하론이 샤넌에게 잘해 달라고 했어."

"네?"

"러, 러셀 님!"

하론은 아직까지 제 비밀을 내게 밝힐 마음의 준비가 되지 않은 듯이 소리쳤다. 하나 러셀은 그의 외침에도 전혀 아랑곳하지 않고 제 말을 이어 갔다. 마치 방금 전 저가 잔뜩 놀림을 받은 것에 대한 복수라도 하는 듯이.

"그러니까 샤넌에게 잘해 준다면 내가 왕세자가 되는 걸 도와주겠다고. 흠흠."

"그런 부탁은 도대체 왜⋯⋯."

내가 의구심을 표하자, 하론은 재빨리 내 손을 잡아채며 말했다.

"다⋯⋯ 아니, 바이올렛. 절대로 오해하면 안 돼."

하론은 익숙하게 '다혜'라고 부르려던 것을 급하게 멈추며, 바이올렛이란 이름을 내뱉었다. 어쩐지 조만간 하론이 또다시 은연중에 다혜라고 부르는 것은 아닐까 싶었다. 나는 그런 생각을 하며 하론에게 되물었다.

"무슨 오해?"

"아니, 그러니까 내가 샤넌 님에게 어떤 마음이 있어서 그런 거라는."

그러곤 그는 내게 고개를 기울여, 내 귓가에 작게 속삭였다.

"그땐 그 안에 바이올렛의 영혼이 있는지도 몰랐고, 나는 그저 모두가 행복했음 하는 바람으로……."

하론은 민망한 헛기침으로 말을 끝맺었다. 이번엔 내가 그의 귓가에 대고 작게 속삭였다.

"오호라, 그러니까 네가 과거로 돌아온 후에, 샤넌 님이 행복했으면 좋겠다는 생각으로 러셀 님께 그런 부탁을 했다, 이거지?"

"……변명으로 들릴진 모르겠지만, 이건 정말 예전에 부탁한 일이었어. 그리고 너를 사랑한다고 깨닫기 전에 일이기도 했고. 과거에 러셀 님은 샤넌 님을 끔찍하게 싫어했거든."

그런 부탁이었다니. 생각지도 못했던 대답이었다. 그의 이야기를 듣자, 전에 의문을 가졌던 것들이 시원하게 풀리기 시작했다. 원작과 다르게 러셀이 샤넌을 옹호하는 태도를 보인 것은 모두 다,

"하론은 정말 오지라퍼구나."

하론이라는 마음이 여리고, 여린 오지라퍼가 존재했기 때문이었다.

"오지라퍼? 그게 무슨 말이야?"

"있어. 너 같은 사람을 내가 살던 곳에서는 그렇게 불러."

무슨 소리긴. 오지랖이 넓다는 소리지.

사랑의 실패로 자신을 불행하게 만들었던 샤넌까지도 행복하기를 바라는 그를 어떡해야 좋을까. 나도 모르게 긴 한숨이 흘러나왔다. 문제는 그의 그런 여린 심성까지도 사랑스럽게 보인다는 사실이었다. 맙소사.

"……두 사람. 내 앞에서 언제까지 속닥거릴 셈이지? 너무하잖아."

러셀은 연신 귓속말을 주고받는 우리의 모습을 더는 못 봐주겠다는 듯이 말했다.

"하하, 죄송해요."

우리는 귓속말하던 것을 멈추고, 러셀을 바라보았다.

"어찌 되었건 깨어나서 정말 다행이야. 내가 얼마나 가슴을 졸였던 지……."

러셀은 기다란 한숨을 내쉬며, 잘 정돈된 제 금발을 연신 쓸어 넘겼다. 자연스럽게 넘어간 머리칼 사이로 러셀의 반듯한 눈썹까지도 보이자, 나는 그가 새삼스럽게 잘생겼다는 사실을 인지했다. 매번 어쭙잖게만 굴었기에 그런 생각을 하지 못했음이었다.

"이제 가슴 졸이지 않으셔도 돼요."

"흠흠, 그래. 혹시 뭐 먹고 싶은 건 없어?"

"……러셀 님. 그건 제가 알아서 챙기겠습니다."

하론은 딱히 도움 따위는 바라지 않는다는 듯이 대답했다. 어째 어제 에르하르트와 하론이 투닥거렸던 게 생각나는 건 왜일까.

"아니, 나는 명색에 왕자잖아. 그러니까 후작저에서 구할 수 있는 것보단 훨씬 더 좋고, 진귀한 것을 구할 수 있단 거지."

"……."

"뭐, 절대로 내가 바이올렛에게 좋은 걸 먹이고 싶어서 하는 소린 아닌데."

오호라, 그러니까. 내게 좋은 걸 먹이고 싶다는 거지?

나는 작게 키득거리며 두 사람 사이를 중재했다.

"큭큭, 두 사람 지금 뭐 하는 거예요."

"……휴, 이건 다 다혜, 네 탓이라고."

하론은 시름이 깊어진 한숨을 내쉬며 볼멘소리를 내었다. 그러자 우리의 대화를 잠자코 듣고 있던 러셀이 의아한 빛을 띠었다.

"다혜? 그게 누군데? 하론은 바이올렛을 그런 식으로 부르는 거야?"

저도 모르게 나를 자연스럽게 다혜라고 부른 하론이 헛웃음을 흘렸다. 어쩐지 불안 불안하더라니. 그는 잠깐 동안 변명거리를 생각하다, 이내 러셀에게 대답했다.

"네, 러셀 님. 그것은 저희들만의 특별한 애칭입니다."

특별한 애칭이라니!

역시나 그것은 소름이 끼칠 정도의 느끼한 말이었지만, 늘 그랬듯이 그다지 싫은 기분은 들지 않았다. 왜냐면 그것은 하론이 뱉은 말이었으니까. 분명 타인의 입에서 저런 말이 나온다면 팔뚝에 소름이 돋을 정도로 느끼하다 생각했겠지만 말이다.

"바이올렛."

"네?"

러셀은 하론에게 있던 시선을 돌려 나를 보았다. 그의 눈빛이 답지 않게 진지해 보였다.

"그럼 나도 그렇게 부르고 싶어."

"뭘요? 설마…… 다혜라고요?"

"응, 다혜야. 어감이 좋아. 뭔가 바이올렛 너와 어울리기도 한 단어이고."

"흠. 그게, 그건 또 저희들끼리 애칭인데……."

내가 곤란한 표정을 지어 보이자 러셀이 꽤나 강경한 목소리로 말했다.

"애칭이란 본디, 본래의 이름 외에 친근하게 부를 때 쓰는 것을 말하는 거잖아. 나도 바이올렛 너를 친밀하고 다정하게 부르고 싶어."

당황스러운 전개에 나는 선뜻 대답하지 못하고 긴 신음을 흘렸다. 물론 그 이름은 하론만을 위한 이름은 아니었다. 하나 하론 말고 다른 사람이 부른다고 생각하자 어째 이상한 마음이 드는 건 어쩔 수 없었다.

나는 슬쩍 하론에게 눈짓을 했다. '어떡하지?'라는 의미가 담긴 눈짓이자, 너 말고 다른 사람이 그 이름을 불러도 괜찮겠냐는 눈짓이기도 했다. 하론 또한 나만큼이나 고민이 됐던 것인지, 그의 입술은 한참이나 다물어져 있다.

이윽고 그는 무언가의 결심이 섰다는 듯이 한숨과 함께 고개를 끄덕였다. 마지못해 하는 고갯짓에 가까워 보였다. 딱히 안 되는 이유를 찾지 못했음에 고개를 끄덕인 게 아니었을까.

"좋아요. 러셀 님. 저를 그렇게 부르셔도 괜찮아요."

"흠흠…… 그래. 다혜."

다혜. 그 쓸모없었던 이름이 또다시 다른 이에 의해서 의미 있게 불렸다. 하론이 내 이름을 불러줬을 때만큼은 아니었지만, 러셀이 부르는 '다혜'라는 이름이 썩 나쁘지 않았다. 그러고 보니 에르하르트까지도 다혜라는 이름을 알아차렸지 않던가. 그는 아마도 하론이 나를 그렇게 부르는 것을 몇 번이고 들었음이 분명했다.

바이올렛이란 이름에 익숙해졌는데, 이러다간 바이올렛보단 다혜라는 이름으로 더 많이 불리는 것은 아닐는지 하는 생각마저도 들었다.

뭐, 아무려면 어떻겠냐 싶었다. 이름이 무엇이 되었건 나는 다혜이자 바이올렛이었다. 본질은 변하지 않는 법이다.

"다혜야, 내가 또 궁금한 게 있어."

러셀은 낯선 이름을 꽤나 익숙하게 뱉어 내고 있었다.

"뭔데요?"

"그러니까 너희 약혼은 이제 무산된 건가 싶어서……."

그리 묻는 러셀의 목소리가 어쩐지 설레는 빛이 가득하게 느껴졌다. 더군다나 내 대답을 기다리는 그의 눈빛 또한 무언가의 기대가 잔뜩 담긴 눈빛이었다.

"합니다. 꼭 다시 할 겁니다."

분명 내게 닿은 물음이었음에도 불구하고 대답은 다른 쪽에서 흘러나왔다. 하론이었다. 그는 어금니를 꽉 깨문 소리를 내며, 이어서 말했다.

"이번엔 약혼식이 아니라, 결혼식으로."

그리 대답하는 하론은 어쩐지 부들부들거리는 것만 같았다. 어제에 그치지 않고 오늘까지 제대로 방어전을 펼친 하론이 더는 참지 못한 것이 아닐까.

나는 그 귀여운 발악에 키득거리는 수밖에 없었다. 두 남자 사이에 흐르는 팽배한 기류와는 전혀 어울리지 않는 웃음소리였다.

***

러셀 또한 한참이나 내 상태를 확인하고서야 궁으로 돌아갔다. 러셀은 정말 가기 싫은 티를 내었지만, 계속해서 저를 돌려보내려는 하론에게 결국 두 손 두 발을 들었음이었다.

하론은 러셀이 가기가 무섭게 기다란 한숨을 내쉬었다. 내 방으로 갓 들어왔을 때엔 분명 그의 혈색이 좋아 보였건만. 지금 그의 얼굴은 누렇게 떠 있었다. 다시금 초췌했던 어제의 그의 얼굴로 돌아간 것만 같았다.

"지쳤구나?"

나는 하론의 푸른 머리칼을 부드럽게 쓸어 주며 말했다.

"……많이 티 나?"

"엄청."

"아침에 일찍 일어나서 그런 것일 수도 있는데, 러셀 님까지 저렇게 나오니까……. 이건 뭐 극한 약혼자가 아닐까, 싶어."

"큭큭, 극한 약혼자라니. 그럼 나는 극한 공녀인가."

"하긴, 너도 그동안 편치 않았지?"

하론은 초점 없이 어딘가를 바라보며 말끝을 흐렸다. 아마도 그는 지난 날, 내가 바이올렛에게 겪었던 수모들을 떠올리고 있는 것은 아니었을까.

"여러모로."

나는 괜찮다는 듯이 대답했다. 바이올렛이라는 여자에게 빙의되고 정말 많은 일이 있었지만, 이젠 정말로 괜찮았으므로.

되레 그런 일들이 있었기에 하론과 사랑의 결실을 맺을 수 있었던 게 아니었을까, 라는 생각이 들 정도였다.

"쉬고 싶다."

"그럼 후작저로 돌아갈래? 난 혼자 있어도 괜찮아."

물론 하론과 함께 있다면 좋겠지만, 그가 쉬고 싶다면 어쩔 수 없는 일이었다. 하나 하론은 내 말에 제 인상을 옅게 찌푸렸다. 필시 그 말이 마음에 들지 않는다는 얼굴이었다.

"다혜. 내가 왜 아침부터 일찍 찾아왔는지 몰라서 하는 말이야?"

"아는데, 네가 피곤하다니까."

하론은 다른 곳을 보았던 시선을 다시금 내게 맞추었다. 지친 기색이 완연했던 그의 푸른 눈동자가 어느새 밝은 이채를 띠고 있었다.

"안다고?"

"으, 응."

"정말?"

하론은 두어 번이나 되물었다. 어쩐지 그의 기세가 만만치 않게 느껴져, 나는 어색하게 고개를 끄덕였다. 내 고갯짓에 하론은 의미심장한 미소를 지었다. 그러다 그는 대뜸 내 허리를 감싸더니, 나를 가볍게 안아 들었다.

"하, 하론!"

갑작스러운 그의 행동에 다급한 음성으로 그를 불렀지만, 하론에게 돌아오는 대답은 없었다. 그는 그저 묵묵히 어디론가 걸어갔을 뿐이었다. 그의 걸음의 종착지는 침대였다. 하론은 박력 있게 나를 들었던 것과는 상반된 조심스러운 손길로 나를 침대 위에 내려놓았다. 그는 방금 전보다도 훨씬 더 열의가 넘치는 눈빛으로 나를 내려다보고 있었다. 그 순간 내가 느낀 것은 위험한 기운뿐이었다.

하론은 침대 위에 누운 내 위로 올라타며 내가 도망가지 못하게 만들었다. 그러곤 작게 속삭였다.

"안다며."

……이런 것까지 안다는 건 아니었다고!

"하, 하론!"

나는 그의 이름을 또다시 더듬거리며 불렀다. 하나 하론에겐 내 말이 전혀 들리지 않나 보다. 그는 위험한 눈빛으로 뜨거운 숨을 뿜어내며 내게 고개를 기울였으니 말이다. 물론 그가 여기서 고개를 더 기울여 내게 입을 맞춘다면…… 썩 나쁘지 않을 것 같지만.

나는 자연스럽게 눈을 질끈 감았다. 눈을 감았음에도 불구하고, 무언가를 갈구하는 듯한 남자의 눈빛으로 나를 쳐다봤던 하론의 눈빛이 눈앞에 아른거렸다. 그 눈동자는 내게 얼마나 가까이 다가와 있을까. 이윽고 느껴진 것은 그의 말랑한 입술이 아니라, 따끔한 딱밤이었다.

"……큭큭."

더불어 하론의 기분 좋은 웃음소리까지도 들리고서야 나는 슬며시 눈을 떴다.

"다혜, 도대체 뭘 기대한 거야."

"……."

네 키스라고는 절대 말 못 해. 그는 눈을 감고 있던 내 얼굴이 웃기기라도 했던 것인지 연신 킥킥거렸다. 그러다 내 옆에 자연스럽게 눕고야 만다.

172

"내가 덮칠 걸 기대했어요? 귀여워라."

"하론!"

"지금이라도 덮쳐 볼까?"

"됐거든! 사람 놀리고 있어."

하론은 나를 놀리는 데에 도가 튼 게 분명했다. 괜스레 양 볼이 뜨거워지는 듯한 기분이 들었다. 이건 뭐, 당해도 완전히 당한 꼴이니.

한참을 키득거리던 하론은 웃음을 멈추고선 내 이름을 조용히 불렀다.

"다혜. 이렇게 함께 누워서 얘기를 나누는 걸 얼마나 바랐는지 몰라."

"이런 걸 네가 바라고 있는 거라면, 얼마든지 물릴 때까지 해 줄 수 있다고."

"역시 너답다. 침대에 누우니까 생각나서 말인데……. 나 사실 어제 이상한 꿈을 꿨어."

"꿈?"

하론은 천장을 본 채로 제 말을 이어 갔다.

"응. 잠들어 있는 낯선 여자가 나오는 꿈을 꿨거든."

"……여자?"

"오해는 접어둬. 진짜로 처음 보는 여자였다고."

"일단은 계속 얘기해 봐."

하론은 스스럼없이 지난밤 저가 꾼 꿈에 대해 얘기하기 시작했다.

"그러니까 꿈에 나온 그 여자는 책상 위에 턱을 괴고 자고 있던 여자였어. 검은 머리칼에 복식이 조금 특이했던 것 같아. 왕국에서 볼 수 없는 것이라고나 할까."

어쩐지 묘한 기분이 들었다. 책상 위에 턱을 괴고 자고 있던 여자는 나도 얼마 전에 보았던 장면이었기 때문이었다.

"그러다 자고 있던 여자가 잠에서 깼어. 그녀는 검은 동공으로 주위를 연신 둘러보다, 제 팔 밑에 펼쳐져 있던 책을 발견하는 거야."

맙소사, 이거 내가 보았던 장면과 비슷해도 너무나도 비슷하잖아. 나는 정말 놀랐지만, 애써 그런 기색을 숨기고 하론의 이야기를 좀 더 유도했다.

"그래서?"

"여자는 책의 제목을 보고 깜짝 놀라. 책 제목이 뭐였더라……. 그건 잘 기억 안 나는데, 여자가 마지막으로 뱉은 말은 기억 나."

"……뭐라고 했는데?"

"샤년."

"……."

"그녀는 '샤년'이라는 이름을 뱉었어. 내가 본 건 거기가 마지막. 그러곤 잠에서 깼어."

"……."

"정말 묘한 꿈이지?"

너무나도 기묘해서 할 말을 잃을 지경이었다. 하론은 무슨 영문으로 내가 보았던 영상과 같은 장면의 꿈을 꾸게 된 걸까. 그것은 일종의 계시에 가까운 것일까?

현실에 남겨 두었던 장다혜라는 몸이 곧 깨어날 것이고, 그녀의 입에서 '샤년'이라는 말이 나올 것이라는.

물론 그 몸에서 깨어날 영혼이 어떤 영혼일지는 전혀 가늠할 수 없었다. 역시나 내가 아니길 하는 바람이 간절히 들었지만, 미래에 무슨 일이 일어날지는 아무도 알 수 없는 일이었다. 요컨대 내가 바이올렛이란 여자의 몸에 빙의될 줄 전혀 예기치 못했던 것처럼.

그런 생각이 들기 무섭게 막연한 불안함이 들었다. 나는 불안감을 떨치기 위해 조금 다른 소리를 늘어놓았다.

"그 여자, 예쁘다고 생각했어?"

"흐음."

"왜 대답 못 해?"

"네 앞에서 다른 여자를 예쁘다고 말하는 게 옳은 일일지 고민하고 있었어. 그러니까 너도 충분히 예쁘지만……. 내가 그런 말을 했다간, 내가 바이올렛을 예쁘다고 하는 것 같기도 하고…… 어렵다, 어려워."

"됐고, 결론만 얘기해 줘. 무슨 대답이든 섭섭해하지 않을게."

"좋아. 서운해하지 않기로 약속했으니까, 솔직하게 얘기할 게. 그녀는 예쁘다기보다는 왠지 모를 친근감이 드는 얼굴이었어. 분명 처음 보는 얼굴이었지만, 어디선가 본 적이 있는 것 같았다고나 할까."

하론은 그 얼굴에서 내 모습을 얼핏 느꼈던 걸까. 나는 그의 말에 선뜻 다른 말을 꺼내지 못하고 생각에 잠겼다. 그에게 그것이 내 모습임을 말해 주어야 하는지, 아닌지에 대한 생각이었다. 어째서 우리가 같은 것을 보았는지는 알 수 없었으나, 하론이 본 것이 나임을 믿어 의심치 않았다.

"저기, 다혜. 기분이 나빴어?"

하론은 내 침묵에 제 나름대로의 의미를 부여하여 내게 물었다.

"기분 나빴다면 어쩔 건데?"

"하, 역시나 그 질문엔 대답하지 말았어야 했나 봐."

하론은 기다란 한숨을 내쉬었다. 나는 그가 한숨을 쉬는 순간까지도 사실을 밝혀야 하는 것인지 고민이 들었지만, 이내 입술을 떼어 내고야 만다.

"그거 사실 나야."

구태여 숨길 일이란 생각은 들지 않았다. 이미 내 정체에 대해 모두 아는 마당에 그 사실을 숨기는 게 더 이상한 일일지도 몰랐다.

"……뭐?"

"네가 본 게 실제 내 몸이 아니었을까, 싶어."

"그걸 네가 어떻게 알아?"

하론은 믿을 수가 없다는 듯이 말했다. 그는 천장을 보고 있던 몸을 돌려, 내게 시선을 두었다. 나 또한 몸을 오른쪽으로 돌려 누우며, 그와 시선을 맞추었다.

"나도 같은 걸 봤거든. 우리 약혼식 날 잠시 정신을 잃었었는데, 그때 내 모습을 보았어. 나도 자고 있던 내 모습을 봤고, 그녀가 스스로 깨어나서 책을 보는 장면도 봤어. 그리고 제 입술로 '샤년.'이라는 말을 뱉는 것까지도."

"……."

하론은 적잖이 충격을 먹은 것인지 한참 동안 대답을 하지 못했다.

"그건…… 도대체 뭘 의미하는 걸까."

그는 단어를 골라가며 천천히 말했다. 마치 무언가, 어떤 사실을 말하길 꺼려하는 눈치였다. 나는 그가 무엇을 말하길 꺼려하고 있는 것인지 단번에 알 수 있었다. 그것은 나조차도 꺼려했던 논제였으니까.

"……내가 다시 돌아갈까 봐, 불안한 거야?"

"다혜……."

그는 물기가 가득 밴 목소리로 내 이름을 불렀다.

"일어나지 않을 일에 대해선 걱정을 하지 않는 게 옳은 일이라고 생각해. 그런 일이 일어날 리가 없잖아."

"하지만."

하론은 거기까지 말하며 입을 꾹 다물었다. 그 또한 과거로 돌아오는 심오하고 난해한 일을 겪은 터였다. 그렇기에 그런 일이 일어날 리가 없다는 내 말에 신빙성을 전혀 느끼지 못하는 것만 같았다.

"만약에 그 몸에 누군가가 깨어나야 한다면, 그건 진짜 샤년의 영혼이 아닐까?"

"샤년?"

나는 이따금씩 어디론가 흔적도 없이 사라져 버린 진짜 샤년의 영혼에 행방에 대해서 생각을 했었다. 비어 있는 몸이라면 현실에 있는 내 몸밖에 없었고, 그렇기에 그녀가 들어갈 곳이라곤 거기밖에 없었다.

"그녀의 영혼이 어디에 있는지 우리는 모르잖아."

"맞아……. 그 사실을 까맣게 잊고 있었어."

그는 제 눈동자를 느릿하게 깜빡이면서도 내게서 눈을 떼지 못했다.

"차라리 그렇게 됐으면 좋겠다."

"뭐? 샤넌이 내 몸에서 깨어나길 바란다고?"

"응. 그렇게 된다면, 네가 다시 네 세계로 돌아갈 일은 일어나지 않을 테니까."

하론의 말이 맞았다. 빈껍데기로 남은 그 몸뚱이에 누군가의 영혼이 서린다면, 내 영혼이 그리로 갈 가능성이 희박해지는 것이니까. 물론 확신은 할 수 없었다.

하론은 손을 뻗어, 내 이마 위에 흘러내린 머리칼을 조심스럽게 쓰다듬었다.

"……나 정말 이기적이지?"

나는 대답 없이 그를 빤히 응시했다.

"사실 요즘 들어 내가 이기적이란 생각을 자주 해."

"왜?"

"과거로 돌아왔을 때, 처음엔 바이올렛을 살리고자 했던 생각밖에 하지 못했어. 그녀의 끝이 그런 식으로 끝나길 진심으로 바라지 않았으니까. 그래서 어떻게 해서든지 결과를 바꾸려고 노력했지."

"응, 그런데?"

"그런데…… 요즘은 말이야. 요즘은…… 네 생각밖에 안 해. 네가 다시 원래의 세계로 돌아가면 어떻게 되는 걸까. 네가 갑자기 내게서 멀어지는 건 아닐까……. 너는 여러 남자에게 인기가 많으니까."

하론은 거기까지 말하고선 휴, 하는 짧은 한숨을 내쉬었다.

"정말 부질없는 걱정을 하고 있었구나."

"부질없는 걱정이라고 해 줘서 고마워. 여하튼 나는 지금 이런 상황, 그러니까 바이올렛이 의식을 잃은 상황 속에서도 네 생각밖에 들지 않는다는 거야."

"……."

"지금 바이올렛의 상태가 그저 잠들어 있는 것이어서 그런 걸까? 정말 만약에 그녀가 난간에서 떨어져서, 잘못되기라도 했다면…… 나는 예전처럼 내게서 떠나간 친구를 그리워하고, 그녀를 좀 더 지켜 주지 못함을 후회하며, 시간을 다시 돌리길 원했을까?"

하론은 제 미간을 고약하게 찌푸렸다. 마치 쓰디쓴 약이라도 먹은 얼굴이었다.

"내가 이런 말까지 하면, 다혜 네가 내게서 정말 실망할지도 모르겠다."

하론은 더 이상 말하는 게 망설여진다는 듯이 아랫입술을 짓눌렀다. 왠지 모르게 그의 고뇌와 고통이 내게까지 온전히 전달되고 있는 기분이었다.

"실망하지 않을게."

그렇기에 나는 진심을 담아 그에게 말했다. 이상하게도 그가 무슨 말을 뱉든, 심지어 정말 그것이 이기적인 말이라고 할지라도, 그에게 실망하지 않을 자신이 있었다. 그만큼 하론을 사랑하게 되었기에 그런 것일까? 그의 이기적인 마음까지도 모두 이해할 만큼.

내가 괜찮다고 했음에도 불구하고 하론은 한참이나 입술을 떼지 못했다. 그는 고민을 했고, 또 했다. 내게 어떤 질타가 돌아오지 않을까 염려하는 모습이 역력했다. 이윽고 하론은 시선을 조금 내리깐 채로 제 붉은 입술을 조심스럽게 움직였다.

"나는…… 지금이 너무 좋아. 너를 사랑하는 내가 있는 지금을 포기할 수가 없어. 다시 과거로 돌아가면, 그때도 네가 나를 사랑해 줄까? 과거로 돌아갔을 때, 네 영혼이 원래의 세계로 돌아가 있는 건 아닐까? 과거로 돌아가기 싫어. 실패한 사랑에 늘 마음만 아팠던 내 과거를 다시금 직면하기 싫어."

"하론……."

"나 정말로 이기적이지? 나는 바이올렛에게 좋은 친구가 아닌가 봐."

역시나 내가 생각했던 대로였다. 하론의 속마음을 모두 들었음에도 불구하고, 그가 이기적이란 생각이 전혀 들지 않았다.

되레 하론이 바이올렛에게 좋은 친구가 아니라고 한 것은 정말 말도 안 되는 소리임에 분명하단 생각만이 들었다. 하론만큼이나 바이올렛의 삐뚤어진 마음을 회유하려 노력했던 이가 있었던가? 과거건, 현재건 간에.

단언컨대 아무도 없다고 생각했다. 심지어 그녀를 끔찍하게 생각하는 바바라스 공작까지도 그녀의 삐뚤어진 심산에 대해선 전혀 모를 거란 생각이 들었다. 그녀의 마음에 대해 온전히 아는 이는 하론이 유일했고, 그는 바이올렛이 난간에 떨어지기 직전까지 그녀를 만났었다. 물론 내게 항상 허락을 구했다. 심지어 동행하기를 물었던 적도 있었다. 나는 하론을 믿었으므로 구태여 동행까지는 하지 않았지만.

하론은 바이올렛을 자주 만나 그녀와 얘기를 나누고, 내게 와서 그녀와 했던 이야기를 빠짐없이 일러주었다. 대개 그녀의 마음에 대한 치유가 목적인 대화였다.

나는 하론에게 바이올렛과의 대화를 세세히 알려주지 않아도 된다고 했지만, 하론은 고개를 내저었다. 사랑하는 사이에 그렇게 하는 것이 당연한 도리라고 되레 일침했을 뿐이었다.

믿음이 깊다고 한들, 한순간 틀어지는 것 또한 믿음이라고 그는 덧붙였다. 나는 그의 말에 동의했었다. 일전에 하론이 회귀를 했다는 사실을 몰랐을 때,

골방에 있던 그와 샤넌의 사이를 의심했었기 때문이었다. 하론은 우리 사이에 믿음이 틀어지길 바라지 않는다고 했고, 그것은 나도 다름이 없었다.

그래, 그는 그렇게 제 믿음을 걸면서도 바이올렛에게 노력을 하고 있었던 거다. 그런 그의 노력이 허사가 된 것은 결코 하론의 잘못이 아니었다.

정말로 바이올렛이라는 영혼을 원망하고 싶지 않았지만, 끝까지 모두를 힘들게 만드는 그녀를 도무지 원망하지 않을 수는 없었다.

"하론, 너는 이기적인 게 아니야. 그저 지쳤을 뿐이야."

사람은 누구나 지치게 되어 있다. 아무리 모든 일에 유연한 하론이라 할지라도. 심지어 상대방은 제 말을 들어줄 생각을 전혀 하지 않고 있는데, 지치지 않을 사람이 누가 있을까.

"사람은 누구나 지치게 되는 걸. 그리고 본인의 행복을 더 바라는 건 어쩔 수 없다고 생각해. 그러니까 역시나 네가 이기적인 게 아니라, 당연한 거란 소리지."

"다혜. 나를 정말로 이기적이라고 생각하지 않아?"

"그렇게 생각했다면, 진즉 네게 정이 떨어졌을 거야. 네가 지금까지 바이올렛에게 했던 노력을 생각해 보았을 때, 네겐 지칠 자격이 충분하다고 생각해."

"다혜……."

하론은 내 이름을 그윽하게 불렀다.

"너를 안아도 될까?"

"언제는 묻고 안았었어?"

"맞아."

하론은 엷은 미소를 띠우며 내 어깨를 조심스럽게 잡았다. 그는 나를 제 품에 가둔 채로 내 등을 부드럽게 쓰다듬었다.

"그렇게 생각해 줘서 고마워."

"네가 잘못한 것은 없다고 생각해."

"……."

"진심으로."

"고마워."

그 짧은 대답은 그 어떤 말보다도 진심이 가득 담긴 말이었다. 내 말로 그의 마음이 한결 가벼워졌으면 하는 바람이었다.

"하론, 같이 바이올렛에게 찾아가 볼래?"

"그녀에게?"

"응. 너는 내가 잠들어 있을 때, 다녀온 적이 있어?"

그런 적이 있으리라고 예상되었다.

"……응. 이따금씩 찾아갔는걸."

내 예상은 틀리지 않았다. 그는 곤히 잠든 바이올렛을 보며 무슨 생각을 했을까? 그녀가 깨어나지 않음에 든 안타까움이 컸을까, 아님 우리의 약혼식을 깬 원망이 더 컸을까.

"그럼 이번엔 같이 가. 나도 그녀의 상태를 직접 눈으로 보고 싶으니까."

"좋아. 함께 가 보자."

하론은 그렇게 대답하며 나를 제 품에 조금 더 꼭 껴안았다. 우린 그렇게 한참이나 서로의 체온을 나누었다. 별것 없는 체온의 맞물림이 그 어느 때보다도 마음의 안정을 가져다주었다. 여러 의미로 복잡한 내게나, 하론에게나.

"……다혜, 그런데 말이야. 아무래도 네가 내게 거짓말을 한 것 같아."

하론은 안고 있던 나를 조금 놓아주며 나를 똑바로 내려다보았다.

"무슨 거짓말?"

"네가 네 세계에선 인기가 없었다고 했잖아. 제대로 된 연애를 해 본 적도 없다고."

"맞아. 그게 왜?"

하론은 또다시 제 얼굴을 매섭게 찡그렸다.

"내 꿈속에서 보았던 사람이 진짜 네 모습이라면, 인기 없었을 리가 없다고 생각하는데?"

"뭐?"

"그러니까 네 검은 긴 머리칼도 윤기가 있었고, 피부도 하얗고, 더불어 검은 눈동자도 정말 아름다웠는걸."

"하론, 네가 잘못 본 거 아냐?"

"그럴 리가 없어. 나는 정말 생생한 꿈을 꿨다고."

나는 내 세계에서 지나치게 평범한 얼굴이었을 뿐이었다. 그러니까 스쳐 지나가는 누군가에게서 한 번쯤은 볼 만한 그런 친근한 외모. 절대로 튀는 얼굴도 아니었거니와 빼어나게 예쁜 구석은 전혀 없었다.

"잠깐만, 설마 하론 너."

"나? 왜?"

나는 눈을 게슴츠레하게 뜨며 그를 응시했다.

"모든 여자들에게 다 예쁘다고 말하는 거 아냐? 맙소사, 그런 거였어. 지금까지 내게 예쁘다고 한 건 입바른 소리였던 거야."

"다, 다혜! 내 말을 그렇게 곡해해서 들으면……."

나는 그의 말을 끊으며 선수 쳐서 말했다.

"네겐 예쁘단 말이 일상적인 말이었구나? 그 말에 매일같이 설렌 나는 뭐람."

"그, 그런 게 아니라니까."

방금 전에 애잔했던 하론은 어디로 사라진 것인지, 그는 당황한 듯이 제 말을 더듬었다. 다급한 손사래는 덤이었다. 하지만 나는 그의 말에 더는 신용이 가지 않았다.

"이젠 좀 더 특별한 말이 아니면 네게 설렐 일은 없겠다."

나는 농담 반, 진심 반을 섞은 채로 말했다. 더불어 누워 있었던 몸까지 반쯤 일으켰다. 그러자 하론은 용수철처럼 나를 따라 상체를 반쯤 일으켰다.

"……내 걱정이 현실이 된 것 같아."

그는 괴로운 듯이 마른세수를 했다. 그 걱정이라는 건 아무래도, '네가 나를 좋아해 줄까?'에 대한 것이 아닐까.

"그러니까 다음엔 좀 더 멋진 미사여구를 준비해와 봐."

"……"

그는 풀이 죽은 얼굴로 내 얼굴을 빤히 바라보았다. 나는 검지로 그의 이마를 가볍게 두드리며 이어 말했다.

"너는 미사여구의 달인이잖아."

하론은 아연실색한 얼굴빛을 띠었다. 마치 앞으로 저가 뱉어야 할 장대한 미사여구에 대한 걱정을 하는 듯이. 나는 그의 허망한 표정이 귀여워 작게 큭큭거렸다. 객쩍은 말을 함으로써 우리 사이에 흐르던 침통한 분위기가 풀렸음에 다행이란 생각이 들었다.

18장. 에르하르트와 에그타르트 사이의 상관관계

다음 날, 하론과 나는 궁으로 향하는 마차에 함께 올라탔다. 그 전날 궁에 방문할 거라는 전서를 미리 넣은 터였다. 우리에겐 러셀이라는 든든한 왕궁의 인맥이 있었고, 러셀 덕에 꽤나 손쉽게 잠든 공주를 알현할 기회를 얻게 되었다.

궁으로 향하는 내내 여러 생각들이 머릿속에서 떠나지 않았다. 여전히 깨어나지 않는 바이올렛과 현실 속에서 눈을 뜬 나와 사라진 샤넌의 영혼. 이것들의 교점에 관해서 말이다.

하나 아무리 생각을 해도 그것은 답이 없는 생각이었다. 명쾌한 해답이 나오지 않는 명제는 머리만 지독히도 아프게 만들 뿐이었다. 그렇다고 해서 한 번 든 생각을 머릿속에서 밀어낼 수도 없었다.

"······다혜? 괜찮아? 표정이 좋지 않아."

어느새 인상을 험악하게 구긴 나를 보며 하론이 걱정스럽게 물었다.

"괜찮아. 그냥 쓸데없는 생각이 들어서."

"어제 나를 한껏 위로해 줬으면서, 사실은 네가 더 심각했던 거야?"

"그런 걸지도."

하론은 가볍게 웃으며 걱정하지 말라고 말했다. 저도 걱정을 한껏 하고 있을 거면서, 아닌 척하기는. 나는 코웃음을 치며 얼른 궁에 도착하길 바랐다. 어찌 되었건 잠든 바이올렛을 빨리 보고 싶었다.

이윽고 마차는 왕궁 안으로 들어서며 곧 멈추었다. 마차가 멈춘 곳은 궁성 중에도 외부인의 출입이 제한되는 깊은 곳이었다. 마차에 내리기가 무섭게 우리를 반기는 목소리가 있었다. 언제 마중을 나왔을지 모를 러셀이었다.

"이거, 약속한 시간보다 3분 늦었잖아."

그는 손바닥만 한 회중시계를 들여다보고 있었다.

"러셀 님. 기다리셨어요?"

"아, 아니! 내가 딱히 일찍 나와서 기다린 건 아닌데……. 여하튼 시간을 지키는 건 중요하다고 생각해."

아하, 그러니까 일찍 나와서 우릴 기다렸다는 거지? 나는 그의 말을 단번에 이해하며 미안한 표정을 지었다.

"죄송해요. 많이 기다리셨군요."

"저도 죄송합니다, 러셀 님."

하론까지도 넌지시 죄송함을 표했다.

"아니! 기다린 게 아니라니까, 그러네. 흠흠."

러셀은 어색한 미소로 제 말을 갈무리하며 우리에게 손짓했다.

"따라와. 아버지가 탐탁지 않아 하셔서, 그녀를 볼 시간이 길지 않거든."

그녀의 아버지라면, 현 왕국의 왕이었다. 소설 속에서 샤넌을 끔찍하게 아꼈던 왕으로 이따금씩 묘사되곤 했었다. 물론 비중은 거의 없었다. 그리고 그에 대해 딱히 궁금하지도 않았다.

하론과 나는 손을 꼭 잡은 채로 러셀의 뒤를 따랐다. 우리는 그렇게 복잡한 왕궁의 복도를 한참이나 거닐었다. 저번에도 느꼈던 것이지만, 왕궁의 내부는 꽤나 복잡해서 미로 같기도 했다. 아마도 러셀이 없었다면 절대로 홀로 길을 찾아가지는 못했을 것이리라.

그렇게 얼마나 걸었을까. 러셀은 어느 방문 앞에서 걸음을 멈추었다. 그는 문고리를 잡고, 노크도 없이 방문을 열어젖혔다. 문은 소리 없이 열리며 그 안쪽이 서서히 우리의 시야에 담기기 시작했다.

방 안은 굉장히 넓었으나, 가구는 그다지 보이지 않았다. 눈에 띄는 가구를 하나 뽑자면 중앙에 놓인 아주 커다란 침대뿐이었다. 침대가 얼마나 컸던지, 마치 이 방이 그 침대를 위해 만들어진 방처럼 느껴질 정도였다. 그리고 침대 위엔 누군가가 누워 있는 게 보였다. 딱히 가까이서 보지 않아도, 누군가가 누구인지는 단번에 알 수 있었다.

샤넌이 된 바이올렛.

나는 심호흡을 토해 내며 그녀에게 가까이 걸어갔다.

러셀은 방문에 제 몸을 기댄 채로 더는 앞서 걷지 않았다. 그저 우리가 그녀에게 다가가는 모양새를 뒤에서 지켜볼 따름이었다. 이윽고 우리는 그녀의 얼굴이 보일 정도로 침대에 가까워졌다.

"……."

나는 여느 때보다도 창백한 얼굴로 누워 있는 바이올렛을 보았다. 핏기가 가신 얼굴에선 생명의 기운이 전혀 느껴지지 않았다. 크게 다치지 않았다던 그녀에게서 왜 이토록 죽음의 기운이 짙게 풍기는 건지.

그녀의 메마른 얼굴은 우리의 약혼식 날 보았던 악에 받친 모습과는 판이한 것이었다. 그때의 그녀의 독기는 어디로 사라져 버린 걸까.

나는 조심스럽게 손을 뻗어 그녀의 메마른 뺨을 건드렸다. 살아 있는 사람의 살결이라 하기에는 조금은 차가운 체온이 느껴졌다.

그녀는 무슨 꿈을 꾸고 있을까. 하론과 내가 꾸었던 꿈을 그녀도 꾸고 있을까?

순간 묘한 생각이 들기도 했다. 나는 바이올렛의 몸에 빙의되며, 그녀의 몸이 기억하고 있던 지난날의 기억들을 들여다보았었다. 그렇다면 샤넌의 몸에 빙의된 바이올렛도 그렇지 않았을까, 하는 생각이었다.

샤넌의 몸이 기억하는 기억. 만약에 정말로 바이올렛이 그것을 보았다면, 그녀는 무슨 감상이 들었을까.

나는 바이올렛이 다시 깨어난다면, 그런 것에 대해 좀 더 이야기를 나누고 싶었다.

"하론, 그녀가 다시 깨어날까?"

나는 앙상하게 말라 버린 그녀의 흰 뺨을 부드럽게 쓸며, 물었다.

"……그럴 거라고 믿어. 어제는 지금의 현실이 가장 소중하다고 했지만, 그것 못지않게 그녀가 깨어나는 일도 중요하다고 생각해."

"그건 나도 그렇게 생각해. 우린 아직 나누어야 할 대화가 많이 남았으니까."

그러니까, 바이올렛 바바라스. 얼른 일어나서 다시금 내 이름을 악 받치게 불러달라고.

그녀가 원망스럽기는 했지만, 이대로 죽는 건 더 바라지 않았다. 그저 우리의 꼬인 관계에 대해 좀 더 정확하고 면밀하게 대화를 나누고 싶을 뿐이었다. 물론 대화가 가능할지는 미지수였지만.

"……이봐, 커플. 면회 시간은 끝났어. 조금 있으면 아버지께서 여기로 오실 거야. 그 전에 우린 나가야 해."

러셀이 뒤에서 우리를 채근하는 소리가 들렸다. 우리에게 허락된 시간은 그의 말대로 정말 짧았던 것이었다. 하나 오랫동안 그녀를 더 볼 생각도 없었다.

잠들어 있는 그녀와 무언가의 대화를 나눌 수 있는 게 아니었으므로.

우리는 조용히 다시 방을 나섰다. 방을 나설 때에 러셀의 시선이 나와 하론이 맞잡은 손에 잠깐 닿는 것이 느껴졌다. 그의 아련한 시선 또한 내 뺨에 닿기도 했지만, 나는 그에게 어떤 위로의 말도 꺼낼 수가 없었다. 러셀의 마음을 누구보다도 잘 알고 있었으나, 위로의 말을 꺼냈던 건 그날이 끝이었으니까. 왕세자를 기리는 연회해서 만났던 바로 그날.

그날이 떠오르기 무섭게 나는 아이린의 일까지 상기해 냈다. 그것은 그동안 까맣게 잊고 있었던 사실이었다. 사실 무사히 약혼식이 끝나고 나서, 그들의 만남을 추진하려 했었는데 말이다. 일이 이렇게나 꼬여 버렸으니, 내가 잊고 있었던 것이 당연한 일이었을지도 몰랐다.

나는 이왕 러셀을 이렇게 만난 김에 그에게 말을 꺼내보는 게 어떨까 하는 생각이 들었다. 말을 꺼낼 기회가 또 언제 생길지 몰랐으니까. 생각이 들기가 무섭게 나는 입을 달싹거렸다.

"저, 러셀 님."

미로 같은 왕궁의 복도를 앞서 걷던 러셀이 내 물음에 곧바로 뒤를 돌아봤다. 정말 번개 같은 움직임이었다.

"왜? 바이올렛, 아니, 다혜야? 내게 할 말이 있는 거야?"

러셀은 내 진짜 이름을 어색하게 불렀다. 그러자 하론이 어금니를 콱 깨무는 소리가 들린 것 같은 것……내 착각이었을까.

"아, 혹시 요즘 바쁘세요?"

"나? 내가 바쁜지 궁금한 거야?"

"……네."

그는 기대가 한껏 담긴 눈빛으로 나를 보고 있었다. 도대체 무슨 기대를 하는 건데. 러셀의 부담스러운 눈빛은 나를 짐짓 망설이게 만들었다. 그에게 아이린에 대한 이야기를 꺼내도 괜찮은 걸까?

그렇지만 나는 결국엔 아이린의 이름을 꺼내고야 만다. 언제고 결국엔 꺼내야 할 논제였기 때문이었다.

"아이린 님을…… 만나 보실래요?"

'아이린'이라는 이름이 가지고 오는 파급력은 꽤나 컸다. 어린아이처럼 티 없는 미소를 짓고 있던 러셀의 얼굴이 삽시간에 굳어졌으니 말이다.

"아이린?"

러셀은 내 입에서 그 이름이 나왔다는 것을 믿지 못했다는 듯이 되물었다. 앞서 잘 걷던 러셀의 걸음은 일찌감치 멈추어진 후였다. 나는 고개를 위아래로 작게 끄덕였다.

"바이올렛. 내가 왜 그녀를 만나야 되는 거지?"

러셀은 잔뜩 내려앉은 목소리로 내 이름을 불렀다. 방금 전까지 어쭙잖게 '다혜야.'라고 부르던 그의 모습은 사라진 뒤였다. 굳은 듯이 내 이름을 힘주어 부르는 그의 목소리는, 적어도 그에게서 처음 듣는 것이었다.

"그건 러셀 님이 더 잘 아실 거라고 생각해요."

"바이올렛……."

"저는 러셀 님이 홀로 그만 괴로워하셨으면 좋겠어요. 그러니까 일종의 해묵은 감정을 털어 내자, 그런 의미쯤이라고나 할까."

나는 경직된 러셀의 얼굴과 상반되는 미소를 지었다. 정말 대수롭지 않은 일을 논한다는 의미의 미소쯤이었다. 아이린을 만나는 것은 전혀 심각한 일이 아니었거니와 당신이 피할 것이 전혀 아니다. 두려할 것 없다.

그리고,

"괜찮을 거예요."

모든 것이 괜찮아질 것이라는 그런 의미까지 담긴 미소.

러셀이 내 미소에 담긴 의미를 정확하게 알아주었으면 했다. 물론 러셀이 싫다면, 구태여 그를 강요하고픈 생각은 없었다. 다만 아이린 때처럼 두어 번 정도는 찾아가, 설득을 하지 않았을까. 그 정도 했음에도 난색을 표한다면, 그땐 정말 그만두어야겠지만.

이쯤 되면 나도 꽤나 오지랖을 부리고 있는 것은 아닐까, 하는 생각이 들었다. 아닌 말로 하론에게 오지랖이 넓다며 핀잔 아닌 핀잔을 주었지만, 어쩌면 나도 그의 오지랖 못지않은 오지랖을 가지고 있었을지도 몰랐다.

사랑하면 닮는다더니, 나는 하론의 오지랖까지도 닮아버린 것인지.

"……아이린은. 그녀는 나를 보겠다고 해?"

러셀은 한참이나 고민한 뒤에야 띄엄띄엄 내게 물었다. 나는 오지랖에 대한 객쩍은 생각을 그만두며, 그에게 대답했다.

"물론이죠. 이미 만나겠다는 대답을 받고 왔답니다."

"뭐? 정말로? 아이린이 나를 만나겠다고 했다고?"

"제가 어떻게 왕자님께 거짓말을 할 수 있을까요. 정말 사실이에요."

그는 믿을 수 없다는 듯이 나를 보았다. 러셀의 금안은 눈에 띄게 동요하고 있었다. 아무래도 러셀은 아이린이 저를 얼마나 원망하고 있는지를 일찌감치 알고 있었던 게 분명했다. 그렇기에 저를 만난다는 아이린의 의사를 믿지 못하는 거겠지.

그는 이전에도 아이린을 만나려고 했었을까? 그녀에게 사죄 아닌 사죄를 하려고 했었을까?

하나 딱히 러셀이 사죄할 일은 아니라고 생각했다. 미래에 일어날 일은 누구도 알 수 없는 일이었고, 러셀이 그 사고를 조장했던 것도 아니었으니까. 구태여 러셀이 죽은 제 형과 아이린에게 가질 정당한 마음이라면 죄책감 정도일 테다. 나는 그 죄책감 또한 그가 조금은 덜어내길 바랐을 뿐이었다.

"러셀 님. 아이린 님과 만나는 게 싫으세요? 내키지 않으시다면 거절하셔도 괜찮아요. 강요하는 게 아니니까."

제 아랫입술을 짓누르며 고민하던 러셀은 이윽고 나지막한 목소리로 물었다.

"너도 함께 있어 줄 거야?"

"네?"

"바이올렛, 너도 그 자리에 나와 함께 있어 줄 거냐고."

"글쎄요. 거기까지는 생각 안 해 봤는데……. 러셀 님이 그렇게 하길 원하신다면 그렇게 할게요."

내가 본래에 원했던 것은 아이린과 러셀의 대면이었지만, 거기에 내가 낀다고 해서 달라질 건 없다고 생각했다. 왜냐하면 딱히 두 사람 모두 내 눈치를 보는 사람들은 아니었기 때문이었다.

흔쾌한 내 대답에 러셀은 수염 하나 보이지 않은 매끄러운 제 턱을 문질이며 생각에 잠겼다. 이윽고 그의 입에서 나온 답은 꽤나 긍정적인 것이었다.

"……그래서 언제 어디서 볼 건데?"

"어! 진짜로 만나 주실 거예요?"

"딱히 네가 함께한다고 해서 괜찮을 것 같다고 생각한 건 아닌데……."

그러니까, 내가 함께한다고 해서 마음이 조금 놓였다는 소리지?

나는 러셀의 말을 자동적으로 해석하며 작게 키득거렸다.

"제가 언제 그런 걸 물었나요? 큭큭."

"그, 그러니까 착각 따위는 미리 하지 말란 거잖아!"

"네, 네. 알겠습니다. 러셀 님."

"……듣자하니 네가 아이린까지도 이미 설득시킨 것 같은데, 내가 여기서 거절을 하면 네 입장이 뭐가 되겠어."

러셀은 푸념이 가득 섞인 목소리로 읊조렸다.

"고마워요."

나는 진심을 담아 러셀에게 말했다. 미소가 밴 얼굴로 말이다. 러셀은 차분해진 목소리로 말을 했지만, 그가 이 만남을 수용하는 데에는 큰 용기가 필요했음을 알고 있었다. 나는 용기를 내준 러셀에게 고마울 따름이었다.

지극히 아이린과 러셀 사이의 일에 내가 왜 이토록 감정을 이입하고 있는 걸까. 그것은 문득 든 생각이었다.

나는 얼마 지나지 않아 그 해답까지도 생각해 내고야 만다.

'좋아하는 사람을 돕는데 이유가 있을까요?'

그것은 일전에 내가 아이린에게 했던 말이기도 했다. 아이린과 러셀은 낯선 이 세계에 들어온 내게 정말 도움이 많이 된 인물들이었다. 그들이 좋았고, 행복했으면 하는 바람이었다. 물론 더 나아가 러셀은 나를 더는 사랑하지 않았으면 좋겠건만.

그가 '샤넌을 위하여' 속의 하론처럼 실패한 짝사랑의 주인공이 되는 것을 원치 않았다.

"흐음. 그렇담 저도 그 자리에 함께하겠습니다."

잠깐의 침묵을 깬 목소리는 하론의 것이었다. 내 옆에서 우리의 대화를 묵묵히 듣던 그가 처음으로 입을 뗀 것이었다.

"하론? 너도? 난 네가 참관할 것을 바란 적이 없는데?"

러셀은 하론의 참관을 전혀 바라지 않는다는 듯이 말했다. 그러자 하론은 조금은 능글맞은 미소를 지으며 러셀에게 대답했다.

"이거, 이거. 러셀 님이 중요한 사실을 잊으셨나 봅니다."

"중요한 사실? 그게 뭔데?"

"다혜와 저는 한 세트거든요."

"……."

"다혜가 가는 곳엔 어디든지 따라갑니다."

하론은 러셀이 뭐라고 대답하기도 전에 저가 먼저 이어 말했다. 마치 러셀에게 반박의 여지를 주지 않겠다는 듯이.

"저는 그녀의 약혼자니까요."

"……."

"더 하실 말씀은?"

"……쳇, 됐어. 할 말 따윈 없다고."

러셀은 휴, 하는 짧은 한숨과 함께 다시금 발걸음을 떼기 시작했다. 앞서 가는 러셀의 어깨가 축 처져 보였다. 덩달아 터덜터덜 걷는 모양새가 영 힘이 없어 보이기도 했다. 무엇이 그의 힘을 빠지게 만든 걸까. 아이린과 만나게 될 일 때문이었을까, 아님 하론과의 마지막 대화 때문이었을까. 어쩐지 후자 쪽이 더 그럴싸한 이유처럼 느껴졌다면, 그건 내 착각이었을지.

이윽고 우리는 미로 같은 궁성을 빠져나왔다. 돌아가는 마차에 올라타려던 그때에, 러셀이 내 이름을 불렀다. 아주 작은 목소리였다.

"……바이올렛."

"네?"

러셀은 내 눈도 제대로 못 마주친 채로 대답했다.

"고, 고마워."

그는 그 말이 정말로 낯선 듯이 헛기침까지도 연거푸 했다. 가지런한 금발 사이로 드러난 러셀의 귀 끝이 조금은 붉게 물들어 있었다. 부끄러워하는 건가? 퍽이나 그다운 반응이라고 생각했다. 나는 마차에서 타려던 걸음을 다시 되돌려 러셀에게 한 발자국 가까이 다가갔다.

"러셀 님, 파이팅."

"파…… 이팅? 그게 무슨 말이야?"

"힘내라는 말이에요."

나는 두 주먹까지도 불끈 쥐어 보이며 파이팅이란 말을 한 번 더 내뱉었다. 러셀은 그 말의 뜻을 정확하게 이해한 것은 아니었던지 고개를 갸웃거렸다. 하나 그 말이 가지고 있는 밝은 기운은 충분히 전해 받았음이 틀림없었다. 아닌 말로 고개를 다시 든 그의 표정이 눈에 띄게 밝아졌으니 말이다.

"이제 정말로 가 볼게요. 러셀 님과 더 얘기하다간 하론이 화를 낼 지도 몰라요."

나는 슬쩍 하론 쪽을 곁눈질했다. 하론은 또다시 어금니를 꽉 깨물고 있는 것처럼 보였다.

"응, 알겠어. 연락 기다릴게."

"네, 그럼 저는 이만."

나는 정말로 마차에 올라타며, 창밖에 비친 러셀의 얼굴을 바라보았다.

"다혜야! 너도 파이팅!"

러셀은 막 출발한 마차를 보며 내게 소리쳤다. 꽤나 세찬 목소리였다.

"큭큭. 귀엽다, 진짜."

아이를 키우는 부모의 마음은 이런 게 아닐까. 마치 언어를 알지 못하는 아이에게 새로운 단어를 가르쳐 준 기분이 들었다. 그러니까 러셀은 뭐랄까, 새로운 단어를 깨우친 아이가 그 신기함에 기뻐하는 모양새와 닮아 보였다고 해야 할까.

"넌…… 내가 옆에 있다는 걸 잊은 거야?"

순간 기묘할 정도의 위압적인 목소리가 들렸다. 하론의 것이라고는 믿기지 않는 목소리였다. 나는 마차의 창밖을 바라보던 시선을 하론에게로 옮겼다.

"하론? 네가 옆에 있다는 건 당연히 알고 있는데? 왜?"

"그런데도 그렇게 했다 이거지?"

"내가 뭘, 하하."

나는 어색하게 웃어 보였다. 하론의 잘생긴 미간이 펴질 기미 없이 찌푸려져 있었다.

"네가 그렇게 러셀 님께 살갑게 대하니까, 그가 네게 빠지지 않고 배기겠냐고."

"하론. 내가 그렇게 살가웠던가? 하하하."

나는 어색한 미소를 또다시 흘렸다. 뭐 딱히 러셀에게 살갑게 대했던 것은 아닌 것 같은데 말이다.

"하— 내가 있는데도 이렇게 구는 거였다면, 내가 없는 상황에선 도대체가……."

"파이팅…… 이 문제였던가. 하론 그럼 너도 파이팅 해 볼래?"

나는 왠지 모르게 화가 나 보이는 하론의 기분을 누그러뜨릴 목적으로 말했다. 두 손까지 앙증맞게 말아 쥐며 파이팅이라는 말을 두어 번 뱉어 내자, 하론의 얼굴이 좀 더 무참히 일그러졌다.

"나 지금 진지해."

아무래도 파이팅으로는 누그러질 화가 아니었나 보다.

"미안. 그러니까 질투…… 한 거지?"

"그렇다면 어쩔 건데?"

"보면 볼수록 넌 정말 질투의 화신 같아."

그런 네가 싫진 않아. 나는 거기까지 말하진 못하고 연신 어색한 미소를 흘렸다. 일전에도 이따금씩 질투를 내비쳤었던 하론이었다. 그때도 생각했었던 것이지만, 그의 질투가 마냥 싫지만은 않았다. 되레 꽤나 귀여워서, 조금 더 보고 싶을 정도였다.

"다혜. 나를 자꾸 질투의 화신으로 만들지 말아 줘. 네가 다른 남자를 보고 웃을 때마다, 심장이 타들어 가는 것만 같아."

"알겠어. 이젠 조심할게. 어쩐지 아까부터 타는 냄새가 난다고 했어."

"……."

"그건 네 심장이 타는 냄새였구나?"

내가 능청스러운 미소까지도 짓자 하론은 어이가 없다는 듯이 내 이름을 불렀다.

"다혜! 너 진짜!"

"하하, 농담, 농담. 그러니까 굳은 표정 좀 풀라고. 사실 네가 걱정하고, 질투할 건 전혀 없어."

"왜?"

"나는 너를 제일 사, 사……."

너를 사랑하니까. 분명 머리는 그렇게 생각하면서도, 말은 쉽사리 흘러나오지 않았다. 제길, 꼭 이렇게 중요한 순간마다 사랑한다는 말이 잘 나오지가 않다니.

"다혜, 설마 또 사탕을 좋아하느냐고 물을 건 아니겠지?"

하론은 내가 약혼식 날에 뱉었던 말을 정확하게 기억하고 있었다.

그러니까 사랑한다고 말하려다가,

'사…… 사탕 좋아해?'

라고 말해 버린 내 흑역사를 말이다.

"아니야. 나는 그러니까 너를 사……."

나는 이번에도 사랑한다는 말을 끝까지 말하진 못했다. 하나 이번엔 결코 말을 잘 나오지 않아, 끝을 맺지 못한 것이 아니었다. 하론이 내 말을 자르고선, 저가 먼저 선수를 쳐서 말했기 때문이었다.

"내가 더 사랑해."

내가 그토록 뱉길 어려워했던 그 말을 하론은 스스럼없이 내뱉고 있었다.

"맙소사, 하론."

"네가 원한다면 나는 백 번이고 더 말해 줄 수 있어. 그러니까 다혜. 내 심장이 온전할 수 있게 만들어 줘. 제발."

나는 그 이후에 심장이 타들어 갈 만큼 질투를 느꼈다던 하론을 한참이나 달래었다. 뭐, 달랬던 말이라곤 다른 남자에게 살갑게 굴지 않도록 노력하겠다, 정도일 뿐이었다. 물론 나 또한 그에게 같은 다짐을 받아냈다.

"너도 다른 여자에게는 예쁜 미소 금지야. 그…… 너희 집에 있던 시녀에

196

게도 포함해서."

하론에게 질투의 화신이라고 말했던 게 무색할 정도로, 나는 하론이 제 시녀에게 예쁘게 웃어 보였던 그때를 정확하게 기억하고 있었다. 하론의 어머니를 보러 갔던 날이었지, 아마. 그때도 그러지 말란 것을 넌지시 말하긴 했었지만, 나는 다시금 그에게 모든 여자를 친절하게 대하지 말라는 경고 아닌 경고를 되새겨 주었다.

하론의 일그러졌던 표정이 풀린 것은 내가 그런 부탁을 하고난 직후였다. 그는 서툰 내 질투에 만족이라도 하는 듯이 기분 좋게 웃으며 고개를 끄덕였다.

"그래, 너한테만 예쁘게 웃을게."

그러곤 아주 확고한 다짐까지도 내뱉었다. 그 다짐에 나까지도 기분이 좋아질 게 뭐람. 나는 이미 어두워진 마차의 창밖의 전경을 바라보며 헛웃음을 지었다.

공작저에 도착하자, 하론은 내일도 일찍 찾아오겠다는 말과 함께 마차를 타고 돌아갔다. 그는 은연중에 오늘밤 함께 있고픈 마음을 내비쳤지만, 나는 모른 척을 하며 그를 돌려보냈다. 또다시 하론이 막연한 불안함에 휩싸여 내 곁을 서성거리길 바라지 않았기 때문이었다. 사실 그 불안함은 내게도 들었지만 말이다.

잠이 들 수 있을까, 잠깐 염려했지만 막상 침대 위에 눕자 졸음이 매우 밀려왔다. 아이린과 러셀의 만남을 언제 추진하면 좋을지에 대해 생각하다, 금세 잠이 들어 버린 것이다.

잠에 들기가 무섭게 꿈을 꿨다. 꿈속에 비친 정경은 익숙한 것이었다.

작은 방, 낡은 책상, 그리고 그 위에 턱을 괴고 잠이 든 여자.

그것은 며칠 전에 내가 보았던 영상과 하론이 꿈속에서 보았던 모습과 같은 장면이었다. 또 이 장면에 대한 것을 보게 되는 걸까. 나는 잠자코 꿈속의 정경을 지켜보았다.

검은 머리에 흔하게 생긴 여자, 즉 현실의 나는 정해진 수순대로 잠에서 곧 깨어났다. 그녀는 잠에서 깨어나기가 무섭게 주위를 연신 둘러보았다. 이전에 보았던 영상과 전혀 다를 게 없는 모습이었다. 이윽고 그녀는 제 팔 아래에 놓인 책까지 보게 된다.

'샤넌을 위하여.'

책의 제목을 보자마자, 깜짝 놀란 여자의 입술에선,

'……샤넌?'

이란 목소리가 새어 나왔다. 아주 오랫동안 잊고 있었던 내 진짜 목소리였다. 예전에 내가 본 것은 지금 이 순간이 끝이었으나, 오늘의 영상은 여기서 끊어지지 않았다. 내가 꿈에서 깨지 않은 채로 뒷부분이 막힘없이 전개되었기 때문이었다.

여자는 믿을 수가 없다는 듯이 책을 읽기 시작했다. 속독을 해서 그런 것인지, 아님 내용이 꽤나 짧아서 그런 것인지는 알 수 없었으나, 여자가 책 페이지를 넘기는 속도는 정말 빨랐다. 이윽고 여자는 그것을 끝까지 읽어내고야 만다. 마지막 장까지 본 여자의 얼굴이 가히 충격으로 얼룩져 있었다. 분명 내 얼굴이었지만, 낯설게 느껴질 정도로 표정의 변화가 극심했다.

내가 다혜로 살 때, 저토록 충격 받은 얼굴을 지었던 적이 있었던가. 나는 내 얼굴임에도 낯선 느낌이 들 수 있다는 사실이 기묘하게만 느껴졌다.

여하튼 충격에 빠진 여자가 자리에서 일어선 것은 그때였다. 여자는 방을 박차고 밖으로 나서고야 만다. 밖을 나서자 여자를 반긴 것은 매서운 밤바람이었다. 여자는 어안이 벙벙한 눈동자로 주위를 둘러보기에 바빴다. 검은 눈동자는 눈에 띌 정도로 강하게 흔들리고 있었다.

이윽고 여자는 한 발자국씩 조심스럽게 앞으로 걸어가기 시작했다. 걸을 때마다 손가락을 접어가며 걷는 모양새가 꼭 저가 왔던 길을 기억하려는 모습처럼 보였다. 그렇게 몇 걸음 걷던 그녀의 걸음이 멈춘 곳은 어느 상가의 앞이었다. 그 상가는 늦은 밤, 불이 꺼진 상가들 사이로 유일하게 불이 켜진 상가였다.

여자의 검은 눈동자가 절로 그 상가의 간판으로 향했다.

"……."

잠이 깬 것은 그 순간이었다.

나는 별안간 몸을 반쯤 일으켜 거친 숨을 토해 냈다. 이마엔 언제 맺혔을지 모를 식은땀 한 줄기가 뺨을 타고 흘러내렸다. 나는 그것을 소매로 대충 닦아 내며 길게 심호흡을 했다. 나는 자연스럽게 꿈속에서 마지막으로 보았던 장면을 떠올렸다. 홀로 불이 켜져 있던 상가. 그리고 그 상가의 간판.

"……빵집의 에그타르트?"

왠지 모르게 퍽이나 낯설지 않은 글귀였다. 에그타르트라는 말에 왜 문득 에르하르트가 떠오르는 건지.

꿈에서 깼지만 나는 꽤나 아쉬운 마음이 들었다. 다음 내용이 정말로 궁금했기 때문이었다. 여자의 눈빛만으로 보았을 때, 그녀는 분명 그 빵집으로 들어갈 게 분명해 보였는데 말이다.

도대체 그 세계에선 무슨 일이 벌어지고 있는 걸까.

오랫동안 잠이 들었던 것인지 날은 이미 밝아 있었지만, 나는 다시금 침대에 올곧게 누웠다. 혹여나 하는 마음에 잠을 청해 볼 생각이었다. 다시 잠에 든다면, 그 기묘한 꿈의 다음 장면을 볼 수 있을지도 모를 일이었다. 아닌 말로 이번 꿈에선 예전에 봤었던 장면들보다도 훨씬 뒷부분까지 보았으니까.

휴, 짧은 호흡과 함께 눈을 지그시 감았지만, 곧바로 잠에 들지는 않았다. 잠은 이미 충분히 잔 것인지 졸음의 기운도 전혀 느껴지지 않았다. 나는 줄

곧 삼십 분을 뒤척이다 결국엔 침대에서 몸을 일으켰다. 아무래도 억지로 잠에 드는 건 무리일 성싶었다. 그렇담 일단 후퇴다.

나는 잠드는 걸 포기한 채로 하루의 일과를 시작했다. 딱히 거창한 것은 아니었고 그저 씻고, 아침을 먹는 일 정도였다. 나는 아침을 먹으면서도, 커피를 마시면서도 지난밤 꾸었던 꿈에 대해서 생각했다.

꿈이란 건 대개 일어나면 그 내용을 잊어버리기 일쑤였지만, 이상하게도 그 꿈은 시간이 지날수록 선명하게만 기억이 되고 있었다. 마치 꿈이 아니라 내 기억의 일환인 듯이.

일단 내가 그 꿈에 대해 첫 번째로 분석할 수 있는 사실은 현실 속 다혜의 몸에서 깨어난 영혼은 절대로 내가 아니란 사실이었다. 만약에 그것이 내 영혼이었다면, 잠에서 깬 나는 혼란스러운 감정보다야 슬픈 감정을 더 많이 내비치지 않았을까.

소설 속 세계에 두고 온 하론을 생각하며 눈물을 흘렸을지도 몰랐다. 어쩌면 눈물샘이 고장 날 정도로 울어 버렸을지도.

적어도 잠에서 깬 내가 처음으로 뱉어야 할 말은 '샤넌'이 아니라, '하론'이어야 했다. 그것만큼은 자명한 사실이었다.

그럼에도 불구하고 꿈속의 다혜의 모습 속에선 슬픈 기색이라곤 전혀 보이지 않았다. 그녀는 그저 충격적이고, 혼란스러웠을 따름이었다. 마치 낯선 세계에 처음 발을 디딘 사람처럼 말이다.

"……!"

순간 머릿속에 커다란 느낌표가 지나갔다.

낯선 세계에 처음 발을 디딘 사람?

생각해 보니, 꿈속에서 보았던 다혜의 모습은 내가 '샤넌을 위하여'라는 세계 속에 처음 발을 디뎠을 때와 정말 닮아 있었다.

어리둥절한 듯이 주위를 둘러보고, 정말로 생소한 곳인지 확인하기 위해서 밖을 나서고. 그건 낯선 곳에 떨어진 이라면 누구든지 먼저 행하는 일종의 본능 같은 행동이었다. 그러고 보니 꿈속의 다혜도 꼭 그랬다. 그녀는 본능적으로 밖을 나서며, 저가 걷는 걸음걸이를 체크하고 있었다. 다시 돌아가는 길을 잊지 않기 위해.

"그렇다면, 그건 샤년의 영혼이라는 건가……."

어디론가 모호하게 사라진 샤년의 영혼. 그녀의 영혼이 머물 곳이라곤 빈 몸인 내 몸밖에 없었다.

"뭐가 샤년의 영혼이라는 거야?"

나는 갑작스럽게 끼어든 낯선 목소리에 깜짝 놀라며 소리쳤다.

"엄마야!"

"우리 다혜는 아침부터 뭐가 그렇게 심각한 걸까."

목소리의 주인은 언제 내 방에 들어왔을지 모를 하론이었다. 그는 내가 앉아 있던 테이블의 맞은편에 앉으며 나를 지그시 쳐다보았다.

"하론. 깜짝 놀랐잖아."

"내가 몇 번이고 노크했는데, 네가 반응이 없길래. 내가 너무 막 들어온 건가? 다시 나가길 바라는 거야?"

하론은 불쌍한 표정을 지으며 물었다. 왠지 모를 미안함이 절로 드는 표정이었다.

"아, 아니. 나가라는 게 아니고, 진짜로 놀라서 그랬어."

"무슨 생각을 하길래 그렇게 심각해져 있었던 거야? 설마 나랑 잠시 떨어져 있던 사이에 무슨 일이라도 생긴 건 아니겠지?"

"심각한 일이 있었던 건 아닌데……."

나는 말끝을 흐리며 그에게 지난밤 꾸었던 꿈 얘기를 해도 될지 고민에 휩싸였다.

"왜? 뭔데? 아까 말한 샤년은 또 뭐고?"

나는 꿈속에서 보았던 내 모습과 다름이 없이, 테이블 위에 팔을 올려 턱을 괴었다.

"그게 실은…… 조금 이상한 꿈을 꿨거든."

사실대로 얘기할지 고민이 되었지만, 결국엔 하론에게 사실을 털어놓고야 만다. 궁금하단 빛이 역력한 눈빛으로 나를 보는 하론의 눈빛에 도무지 못 당해 내었기 때문이었다.

"다혜. 악몽이라도 꾼 거야?"

"아니, 악몽보다는 예지몽 같은 꿈이었다고나 할까."

"예지몽?"

나는 고개를 끄덕이며 그에게 대강 어제 꾸었던 꿈의 내용에 대해 일러 주었다.

잠에서 깬 여자, 혼란스럽게 주위를 둘러본 여자, 그리고 밖을 나선 여자, 여자의 마지막 시선이 닿았던 '빵집의 에그타르트'까지도.

"정말 기묘한 꿈이구나."

하론은 내가 짓고 있었던 심각한 표정을 따라 지으며 말했다.

"그렇지? 아무 의미 없는 꿈은 아니라고 생각해."

"그런데 말이야. 이런 심각한 상황에 정말 어울리지 않은 말이지만."

"무슨 말인데?"

하론은 정말 심각한 얼굴로 대답했다.

"빵집의 에그타르트……. 왜 에르하르트 공작이 생각나는 거지?"

그리 말하는 하론의 입술이 미세하게 일그러지기 시작했다. 그것은 마치 웃음을 참고 있는 모양새 같았다.

"하론, 미안한데. 나도 그 생각했어. 네 말에 동감."

나도 실제로 그런 생각을 했었기에, 아무렇지 않게 그의 말에 동의를 표했다. 그러자 하론이 더는 못 참겠다는 듯이 큭큭거리기 시작했다.

"풉! 큭큭."

"하론, 그게 그렇게 웃긴 거야?"

"에그타르트라니. 그 맛있는 달걀빵과 에르하르트 공작 사이의 연관성은 전혀 생각지도 못했다고."

"그런데 막상 듣고 보니 얼추 비슷한 것 같지?"

"응, 큭큭. 그럼 그는 달걀 공작인 건가, 맙소사. 큭큭."

"……달걀…… 크크큭."

달걀 공작이라는 말에 심각했던 내 표정도 삽시간에 무너졌다.

아니, 지금 달걀 공작이 중요한 게 아니라고!

나는 그렇게 말하고 싶었지만, 한번 터진 웃음은 쉬이 그칠 기미가 보이지 않았다. 우리는 서로를 마주 본 채로 한참이나 웃어 젖혔다. 그때에 느낀 것은 뭘랄까. 어렸을 적, 떨어지는 낙엽만 보아도 깔깔 웃었던 그때를 잠깐 떠올리게 만들었다.

눈물이 찔끔 날 정도로 웃던 우리는 웃음을 겨우 멈추고선 본래의 화두로 돌아왔다.

"하론, 지금 중요한 건 내 꿈이 의미하는 바라고. 에그타르트니, 달걀이니 하는 그런 게 아니라."

"맞아. 하지만 우스운 걸 어떡해. 다음에 에르하르트 공작을 만나면 나도 모르게 웃을지도 모를 일이겠다."

"맙소사."

딱히 그러지 말라고 얘기할 수 없는 것이, 나도 그럴 것이란 예감이 들었기 때문이었다.

"아니, 그러니까 우리가 어디까지 얘기했더라?"

내가 하론에게 그렇게 물었을 때, 시녀 하나가 방문을 노크하는 소리가 들렸다.

"무슨 일이야? 들어와!"

그러자 시녀 하나가 손에 커다란 무언가를 들고선 내 방으로 들어섰다.

"공녀님, 공녀님 앞으로 선물이 도착했어요."

"……선물?"

나는 그제야 시녀의 손에 들린 커다란 것을 바라보았다. 그것은 과할 정도로 큰 꽃바구니였다.

"일단은 여기에 놔둬 줘."

내가 테이블 위를 손짓하며 말하자, 시녀는 꽃바구니를 얼른 테이블 위에 올려두고선 방을 나섰다.

"웬 꽃이지."

이런 걸 보낼 사람이라곤 딱 한 명 있긴 한데 말이다. 왠지 모르게 누군가의 정원에서 본 익숙한 꽃처럼 느껴졌다. 그렇게 꽃을 살피던 찰나에 작은 쪽지 하나가 보였다. 나는 그것을 얼른 집어 들어 펼쳤다. 거기엔 아주 멋스러운 필기체의 글귀가 적혀 있었다.

"다혜? 뭐라고 적혀 있어?"

나는 쪽지에 적힌 글귀를 그대로 읽었다.

"……꽃이 예쁘게 피었길래. 에르하르트."

역시나 어렴풋이 예상했던 그가 꽃바구니를 보낸 장본인이었다. 사실 이런 꽃바구니를 보낼 이는 그밖에 없기도 했다. 나는 쪽지를 다시 접으며 하론을 응시했고, 우린 눈이 맞음과 동시에 웃음을 터뜨렸다.

무슨 연유로 함께 웃은 것인지는 묻지 않아도 알 수 있었다. 그건 필시 에르하르트라는 이름이 초래한 결과임에 분명했다.

또다시 눈물이 찔끔 날 정도로 웃고 나서야 우리는 웃음을 멈추었다.

"큭큭, 에르하르트 공작님은 타이밍 한번 좋네."

"그러게 말이야. 아니, 그래서 지금 그게 중요한 게 아니라니까. 큭큭."

나는 이야기의 흐름을 다시 잡기 위해 그에게 물었다.

"그러니까 우리가 어디까지 얘기했더라?"

하론 또한 연신 웃던 것을 멈추고선 내게 대답했다.

"네 꿈이 의미하는 바에 대해서까지."

"그래, 이건 분명 일어날 일, 혹은 일어났던 일을 내게 보여 주는 것 같아."

"네 말대로 예지몽과 유사한 거구나."

"응, 하론. 전에도 얘기했지? 나는 바이올렛의 몸에 빙의된 이래로 그녀의 기억을 몇 번 본 적이 있다고."

"아아, 맞아."

하론은 옅게 고개를 끄덕였다.

"그때 자세히 말해 주진 않았지만, 그날 이후로도 바이올렛의 기억을 이따금씩 보았었거든."

"그랬어? 그런데 왜 그때마다 곧바로 얘기해 주지 않은 거야?"

하론은 약간은 서운한 티를 내며 내게 물었다.

"글쎄, 뭐랄까. 딱히 네게 얘기할 만큼의 중요한 일은 아니라고 생각해서……."

생각해 보면 기억을 보는 일에 딱히 의의를 두지 않았던 것 같았다. 그녀의 몸에 빙의되었으니 당연히 그 몸에 서린 기억이 읽히는 게 아니었을까, 정도로 생각했을 뿐이었으니까.

"서운해?"

"그렇지 않다고 한다면 거짓말이겠지?"

"하론. 다음엔 꼭 곧바로 얘기해 줄게."

하론은 그제야 늘 짓던 예쁜 미소를 지었다.

"네가 그렇게 해 준다면야 나는 완전 환영이야."

"그런 의미에서, 어제 꾼 꿈도 그런 종류의 일환이 아니었을까."

"흐음, 그런 걸지도 모르겠다."

"하론, 내가 생각해 봤는데, 내 몸에서 깨어난 영혼은 내가 아닌 것 같아."

"어째서?"

나는 잠에서 깬 이래부터 지금까지 했던 추측들을 그에게 차근차근 일러 주었다. 그러자 하론이 동의한다는 듯이 고개를 옅게 끄덕였다.

"네 말에 일리가 있다고 생각해. 네가 다혜의 몸에서 깨어났다면, 분명 나를 위해 눈물을 흘렸을 테니까."

"왜 그렇게 확신해?"

"그거야 입장을 바꿔서 생각하면 당연한 일이잖아. 다혜 네가 없는 세계에서 내가 눈을 뜬다면, 나는 하염없이 눈물을 흘리고 말 거니까."

하론의 대답엔 한 치의 망설임도 없었다. 그는 결연한 눈빛으로 제 진심을 내게 전하고 있었다.

"흠……. 눈물을 흘리는 남자는 별로인 건가?"

"상황에 따라서 다르다고 생각해."

그럴 일은 없겠지만, 만약에 내가 없는 세계에서 하론이 눈물을 흘린다면. 그 눈물은 정말로 가슴 아프게 느껴지지 않을까.

"휴- 그렇다면 지난날에 우리가 했던 우려들은 우려로만 그치는 건가?"

하론은 다행이라는 듯이 기다란 한숨을 내쉬었다. 그 한숨 속에는 지금까지 염려했던 그의 시름이 가득 담겨져 있는 것만 같았다. 나는 그 우려가 무엇인지 단번에 알 수 있었다. 내가 다시금 본래의 몸으로 돌아가지 않을까, 했던 그 우려.

나는 빙그레 미소를 지으며 고개를 위아래로 끄덕였다.

"그럼. 그런 일은 일어나지 않을 거야."

"다행이다. 진짜 샤넌 님도 그곳에서 행복하게 잘 지냈으면 좋겠어."

"어쩌면 이곳보다 살기 좋을지도 모르지."

"그런가? 그렇다면 그녀는 무슨 염원으로 다른 몸에 빙의된 걸까?"

"염원?"

내가 되묻자, 하론은 제 고개를 오른쪽으로 조금 기울이며 대답했다.

"기이한 현상이 일어났을 때엔 뭔가 강한 염원이 있을 거란 생각이 들어서. 물론 아닐 수도 있지만."

"흐음, 글쎄."

샤넌이 뭔가를 바라는 게 있었던가? 나는 오랜만에 '샤넌을 위하여'의 내용을 떠올려 보았지만, 딱히 떠오르는 것은 없었다. 샤넌은 원하는 사람과 사랑의 결실을 맺고, 분에 넘치는 사랑을 받았으며, 가령 하론이라든지 제 아버지라든지, 그리고 결국엔 모두에게 인정을 받는, 그러니까 정말 전형적인 여자 주인공이었다.

그런 그녀가 더 바라는 것이 있었을까?

"그나저나 다혜. 오늘은 뭐 할 생각이야?"

"……어? 오늘?"

"응."

"오늘은…… 마침 해야 할 일이 있지."

내가 그리 말하자 하론은 궁금한 빛이 가득한 눈빛으로 나를 응시했다. 나는 어젯밤 잠들기 전에 생각했던 것을 다시금 떠올렸다.

***

흠, 그러니까 어디서부터 잘못된 거지?

나는 미간을 잔뜩 찌푸린 채로 눈앞의 정경을 바라보았다. 분명 두 사람의 스케줄에 맞추어 약속 시간을 잡았고, 장소는 공작저에서 보기로 협의를 보았고, 그의 부탁대로 나까지도 함께하긴 했는데…….

눈앞의 분위기가 가히 살벌하다. 마치 조만간 품속에 있는 검이라도 꺼내서, 서로의 심장을 도려낼 분위기라고나 할까.

그 빈틈이 없는 분위기에 되레 숨이 막힌 것은 나였다. 나는 괜스레 식은땀까지 나는 기분이 들어, 냉수만 몇 잔째 들이켜고 있었다.

"……저대로 괜찮은 걸까?"

내가 아주 작은 목소리로 함께 동반한 하론에게 말하자, 그 또한 개미 같은 목소리로 내게 답했다.

"일단은 좀 더 두고 보자고."

"응."

사실 두 사람이 만났을 때에 이런 분위기가 조장될 거란 것은 이미 예감한 바였다. 서로에 대한 악감정이 그토록 많았는데, 당연히 화기애애한 분위기가 나올 리가 없었다. 다만, 그래도 만남을 응했으니 조금은 유한 분위기로 서로를 대하지 않을까, 라고 생각했었는데.

하나 그것은 나의 지나친 기대였나 보다.

"러셀 왕자님, 여기까지 행차해 주시니 몸 둘 바를 모르겠네요."

아이린의 목소리가 자못 날카롭게 흘러나왔다. 왕세자비였던 그녀는 러셀에게 경어를 써가며, 그와의 거리감을 확실히 표하고 있었다.

"아이린. 예전처럼 편하게 말하지 그래?"

러셀이 아이린의 이름을 꽤나 익숙하게 뱉자, 아이린은 제 인상을 매섭게 구겼다. 필시 마음에 들지 않는 모양새였다.

"좋아. 러셀 네가 그러길 원하니까, 나도 예전처럼 말할게. 그런데 편하게는 못 굴겠다. 어쩌지?"

"……."

아이린은 러셀을 향해 으르렁거렸다. 마치 조만간 진짜로 품속에서 잘 갈린 검을 꺼낼 태도였다. 나는 마른침을 꼴깍 삼킨 채로 두 사람의 대화를 지켜봤다. 왜 내 손에 땀이 나는 건지.

"러셀. 겁쟁이 주제에 이렇게 내 얼굴도 마주할 생각을 하고, 장하긴 장하네."

"나도…… 언젠간 그 사건에 대해 너와 제대로 된 얘기를 나눠야겠다고 생각을 했고."

러셀이 자못 기운 없는 투로 말하자 아이린이 그의 말을 단번에 잘라먹었다.

"그 사건? 오호라, 네가 탈 마차에 우리가 타서, 요한이 죽고, 내 다리가 병신이 된 걸 말하는 거지?"

"……."

아이린의 날 선 반응에 입을 꾹 다문 것은 러셀이었다. 아이린은 우리가 근처에 있다는 사실을 잊은 것인지, 구태여 돌려 말할 생각이 전혀 없어 보였다.

"너는 요한보다 못생겼어. 눈도 더 작고, 키도 더 작아."

"……."

"그리고 요한은 겁쟁이가 아니었어. 그이는 언제나 모든 일에 저가 앞서 행동했으며, 언제나 용감했지."

"……."

"마차가 전복되던 날, 왜 나만 살았는 줄 알아?"

"……."

"마차가 넘어갈 때에, 용감한 요한이 제 죽음을 각오하고 나를 감쌌기 때문이야."

"아이린……."

"그렇게 용감한 요한은 죽었고, 더 못생기고 용기도 없는 너는 아직까지 살아 있어. 나는 그 사실에 가끔 참을 수 없이 화가 나.”

“미안해. 다 내 잘못이야. 나를 원망해.”

고개를 조금 숙인 채로 입을 꾹 다문 러셀은 미안하다는 말을 몇 번이나 되뇌었다.

“네 잘못? 그걸 알았으면 왜 4년 동안 날 찾지 않았어? 바보, 겁쟁이!”

“……나는 네 말대로 겁쟁이라서, 용기가 나지 않았어. 아이린 네 얼굴을 보면 죽은 형이 떠오르고, 그게 다 내 잘못인 것만 같아서.”

아이린은 제 검은 머리칼을 거칠게 쓸어 넘기며 마른 숨을 토해 냈다.

“병신 같아. 4년 동안 스스로를 살인자라 칭하며 괴로워했던 주제에 따로 나를 한 번도 찾아오지 않다니. 네 그런 태도 때문에, 나는 너를 4년 동안이나 홀로 원망했어.”

“……미안해.”

“그 미안하다는 소리도 지긋지긋해! 네가 미안하다고 말해 봤자, 그이가 살아서 돌아오는 것도 아니잖아…….”

“아이린. 내가 어떻게 해야 네 화가 풀릴까?”

“솔직히 나도 잘 모르겠다. 바이올렛의 부탁으로 이렇게 만나기는 했지만, 네 비겁함에 신물이 날 지경이야.”

아이린은 거기까지 말한 뒤에 제 휠체어의 바퀴를 손으로 밀기 시작했다. 그녀는 러셀을 지나쳐 문 쪽으로 나아가며, 떨어진 곳에 있던 나를 쳐다보았다.

“바이올렛. 네 정성이 갸륵해서 한번 만나 본 건데, 더는 못 있겠다. 먼저 갈게.”

늘 짓궂은 얼굴을 하던 그녀의 얼굴이 자못 딱딱하게 얼어 있었다. 마치 한겨울의 빙산같이.

“아, 아이린 님! 연락할게요!”

여기서 내가 그녀를 설득하고, 잡아 봤자 아무런 의미가 없을 거란 생각이 들었다. 그렇기에 연락하겠단 말을 꺼냈지만, 아이린에게서 돌아오는 대답은 없었다.

쾅-

대신 들린 거라곤, 아이린이 방문을 거세게 닫은 소리뿐이었다.

이거 망해도 완전히 망한 건가.

나는 슬쩍 러셀 쪽을 응시했다. 그는 아직까지도 제 감정을 갈무리하지 못한 것인지 고개를 푹 숙이고 있었다. 무슨 생각을 하고 있는 걸까? 또다시 스스로를 살인자라 생각하고 있는 걸까?

"하론, 러셀 님께 가 보자."

"응."

우리는 앉아 있던 몸을 일으켜 그에게 가까이 다가갔다.

"저…… 러셀 님. 괜찮으세요?"

아이린뿐만 아니라, 러셀에게도 돌아오는 대답이 없었다. '하론, 어떡하지?' 나는 입 모양으로 하론에게 구원을 요청했다. 그러자 하론이 제 목소리를 몇 번 가다듬은 뒤에 러셀에게 말을 건네었다.

"러셀 님. 필요하시다면 제 품이라도 빌려드리겠습니다."

……맙소사. 저토록 진지한 얼굴로 그런 위로라니.

"아이린의 말이 맞아."

하론의 위로 덕분이었는지, 뭔지는 모르겠지만 묵묵부답이던 러셀의 입술이 떼어졌다.

"나는…… 상황을 직면하는 게 두려워서 언제나 피하기만 했어. 내게 쏟아질 아이린의 원망과 분노를 감당할 자신이 없었거든."

"……러셀 님."

"내가 조금이라도 더 일찍 용기를 내서 아이린을 만났더라면, 그녀의 분노가 이토록 크진 않았을 거야. 그녀가 저렇게 구는 게 당연하다고 생각해. 4년 동안 쌓인 분노가 단 몇 분 만에 풀릴 리가 없잖아?"

러셀은 푹 숙이던 고개를 들고선 우리를 응시했다. 아니, 나를 응시했다는 게 더 정확한 표현이었다.

"바이올렛. 나 방금 결심했어."

"무슨 결심이요?"

"이젠 정말 피하지 않기로. 네 덕분에 이렇게라도 한 번 제대로 만나 보니까, 다시 만날 용기도 생겼어. 다시 만나서 또 용서를 구할 거야. 어찌 되었건 전복 사고를 당했던 그 마차는 내가 탔어야 했던 마차였으니까."

"러셀 님……."

나는 답지 않게 결연한 빛을 내비치는 러셀이 장하다는 듯이 쳐다봤다. 언제나 제 마음을 숨기며 돌려 말하던 러셀이, 이젠 제 상황에 직면하겠다고 말하는 모습이라니. 그가 성장한 것만 같은 기분까지도 들었다.

이것 또한 나의 작은 행동이 가져온 나비효과는 아니었을까.

"정말 고마워, 네가 아니었다면 나는 이런 생각을 영원히 하지 못했을 거야."

"……."

"끝끝내 피하기만 했겠지. 아마 죽을 때까지 아이린과 대화다운 대화를 나누어 보지 못했을지도 몰라."

러셀은 헛웃음을 지으며, 자신 또한 앉아 있던 몸을 일으켰다. 그러고는 익숙한 눈빛으로 나를 내려다보고 있었다. 무언가를 기대하는 눈빛.

그러다 그가 자연스럽게 내 쪽으로 손을 뻗기 시작했다. 정말 자연스러운 동작이었기에 내겐 그 손길을 저지해야겠다는 생각이 전혀 들지 않았다. 이윽고 그의 손이 내 어깨춤에 닿으려던 순간이었다.

"……!"

옆에서 우리를 가만히 지켜보던 하론이 러셀의 손을 낚아채어, 제 쪽으로 끌어당겼다.

"어엇!"

러셀은 저도 모르게 휘청거리며 하론의 품에 가볍게 안겼다.

"누군가의 포옹이 필요하시다면, 제가 당신을 안아 드리겠습니다. 또 제 눈앞에서 당신이 다혜를 안는 걸 볼 수는 없으니까."

하론은 제 어금니를 꽉 깨물고선 말했다.

"하, 하론!"

"제 품이 어떻습니까? 한번 안겨 보니, 역시나 괜찮지 않습니까?"

하론이 짓궂게 묻자, 러셀은 얼른 그의 품을 벗어나며 하론을 노려봤다.

"너, 너!"

"다혜의 품이 필요하시다면, 언제고 제가 대신해 드리겠습니다."

오늘의 하론은 꽤나 완벽한 방어전을 펼치고 있었다.

"됐, 됐다고!"

러셀은 제 얼굴을 몇 번 쓸고선, 놀라서 움츠렸던 어깨를 다시금 폈다. 이내 표정까지도 재정비하고선 하론을 똑바로 쳐다보았다.

"하론 클로노아, 똑바로 들어."

하론은 대답 대신 러셀을 빤히 응시했다. 둘 사이에 흐르는 공기가 다시금 심각해져서, 그 사이에 내가 끼어들 여지는 전혀 보이지 않았다.

"난…… 이젠 뭐든 숨기고, 도망가지 않을 거야. 그게 아이린의 일이 되었건, 다혜의 일이 되었건 간에."

"……."

"아이린을 4년 동안 피해 다녀서 내가 얻은 거라곤 날로 커진 죄책감뿐이었어. 다신 그렇게 되고 싶지 않아. 난 이제 누구보다도 솔직해질 거야."

"러셀 님."

하론은 침착하게 러셀의 이름을 불렀다. 아무래도 러셀이 무슨 말을 하고 싶어 하는지를 일찌감치 예감한 듯이.

그쯤 하라는 그의 목소리 속에선 어쩐지 작은 한숨이 배어 있는 것만 같았다. 하나 러셀은 제 말을 끝끝내 이어 갔다.

"내가 바이올렛…… 아니, 다혜를 좋아해."

"러셀 님."

이번에 그의 이름을 부른 것은 나였다. 나는 굳어 가는 하론의 얼굴을 보며 러셀을 저지했지만, 그에게선 전혀 물러날 기세가 보이지 않았다. 묘하게 타오르는 금안과 물러설 여지가 없어 보이는 모습. 그것은 낯선 러셀의 모습이었다. 마냥 귀여웠던 그가 요즘 들어 자꾸만 변하는 듯한 기분이 드는 건 왜일까. 구태여 따지자면 그는 이제야 조금 왕자에 가까운 모습처럼 보였다. 그러니까 한 나라를 책임질 만한 재목으로 보인다고나 할까.

나는 그의 변화를 반겨야 할지, 아닐지 잘 가늠할 수 없었다. 확실한 것은 지금의 하론에겐 러셀의 변화가 달갑지 않을 것이란 사실이었다.

"너희 약혼식도 그런 식으로 파했으니 내게도 기회가 있다고 생각해. 물론 다혜는 내 고백을 이미 거절했지만, 그렇다고 물러서지 않을 거야."

러셀은 하론을 보던 시선을 돌려 나를 빤히 응시했다. 타오르던 그의 금안엔 이젠 묘한 열의까지도 맴돌고 있었다.

"넌…… 날 처음으로 왕자가 아닌 순수한 나로 대해 주었고, 두려운 상황과 직면할 수 있는 용기를 주었으니까."

"……."

"그런 너를 어떻게 좋아하지 않을 수가 있겠어? 그런 너를 어떻게 쉽게 포기할 수 있겠어? 난 못 해."

러셀은 단호하게 제 의견을 표했다. 그러자 할 말이 없어진 것은 나와 하론이었다.

"물론 네가 하론을 좋아한다는 것도 알고 있어. 하지만 그 사실과는 별개로 내 마음 또한 진심인걸."

러셀은 제 고백에 대한 내 대답을 바란다는 듯이 나를 응시했다. 일전에 결심했던 대로, 내가 그에게 해 줄 수 있는 것은 냉정한 대답밖에 없었다. 사탕을 좋아하냐는 말 대신에 이번엔 제대로 하론을 사랑하고 있다고 러셀에게 말할 참이었다. 하나 내 대답보다 하론의 대답이 조금 더 빨랐다.

"좋습니다. 포기하지 마십시오."

"하론?"

꽤나 의외인 하론의 대답에 나는 그의 이름을 작게 불렀다.

"누구라고 해도, 저는 자신이 있으니까."

하론은 자신만만한 미소를 지으며 러셀을 바라보았다. 하론이 자신 있어 한 이유는 내 마음에 대한 저 나름대로의 확신이 있었기 때문일까?

하론의 강한 대답에 맥이 빠진 것은 러셀이었다. 러셀은 제 금안에 띠고 있던 열의를 지우고선 볼멘소리로 대답했다.

"……쳇, 강수를 두었는데도 전혀 흔들리지 않네. 김샌다. 나는 하론 네가 조금은 동요할 줄 알았는데."

"이런 상황이 처음은 아니라서 말입니다."

하론은 그리 말하며 미소를 지었지만, 어째 그 미소는 부자연스럽게만 보였다. 러셀은 시름이 깊은 한숨을 푹 내쉬었다.

"여러모로 정말 지치는구나. 이만 궁으로 돌아가야 할 것 같아."

그러곤 그는 정말로 가려는 것인지 뒤로 두어 걸음 걸어갔다.

"러셀 님. 고백과는 별개로 오늘 아이린 님을 만나 주셔서 너무 감사해요."

고백은 고백이었고, 잘한 것은 잘한 것이라고 생각했다. 바보 겁쟁이 왕자 주제에 도망치지 않고, 제 상황을 극복하려고 했으니.

"다혜야, 네가 고마울 게 뭐 있어. 정작 고마운 사람은 난데. 이젠 너 없이도 아이린을 따로 만날 거야. 그녀의 화가 조금이라도 풀릴 때까지, 계속."

나는 대답 대신 고개를 끄덕였다. 그가 그런 결정을 해 주어서 기쁠 따름이었다.

"나, 너한테 점수 좀 딴 건가?"

"하하, 아무래도요……?"

내가 머쓱하게 대답하자,

"오예!"

러셀은 신나는 구호와 함께 파이팅 있게 손을 내질렀다. 더불어 제자리에서 폴짝폴짝 뛰기도 했다. 하론만큼이나 키가 큰 남자가 한껏 행복한 표정을 지으며 제자리에서 뛰는 모양새는 꽤나 보기 드문 광경임이 틀림없었다. 문제는 러셀에겐 그 모양새가 참으로 어울린다는 것이었다.

"……."

저도 모르게 방방 뛰던 러셀은 우리 사이의 침묵을 느끼고선 뛰고 있던 것을 멈추었다. 그러곤 눈치를 슬쩍 보며 머쓱하게 말했다.

"딱, 딱히 내가 기분이 좋아져서 소리친 건 아닌데…… 망할."

그는 부끄러운 듯이 시선을 내리깔며 이어 말했다.

"나, 난 진짜 간다. 그럼 이만."

러셀은 황급히 발을 놀리며, 삽시간에 멀리까지 걸어가 버렸다. 우리가 인사하며 잡을 새도 주지 않았음이었다. 뒤돌아서 가는 그의 머리칼 사이로 나온 두 귀는 여느 때처럼 붉어져 있었다.

나는 그 모습에 작게 키득거렸다. 러셀에게 단호해지고자 마음을 먹었지만, 저렇게 행동하는 그에게 어찌 단호해질 수가 있을까.

"다혜, 이 상황을 어떻게 생각해?"

하론은 멀어지는 러셀에게서 눈을 떼지 못한 채로 내게 물었다.

"글쎄, 역시나 러셀 님이 조금 귀엽다는 생각?"

"……너."

그러자 하론의 시선이 내게 돌아오며 나를 지그시 내려다보았다. 하론의 반듯한 눈썹이 가차 없이 일그러져 있었다.

"안 되겠어. 내 쪽에서 먼저 확실히 해 둬야겠어."

"뭘?"

"공작저로 온 김에 바바라스 공작님을 만나야겠어."

"어? 갑자기?"

하론은 고개를 끄덕였다. 그의 고갯짓엔 한 치의 망설임도 보이지 않았다.

"결혼하고 싶다고 말씀드리고 싶거든."

"뭐, 뭐?!"

결, 결혼이라니!

나는 그 낯선 단어에 놀란 듯이 하론을 응시했다. 하나 하론은 내 놀란 반응에도 전혀 아랑곳하지 않았다. 마치 아주 오래전부터 나와의 결혼을 생각했다는 듯이.

"너와 확실히 결혼하고 나면, 널 향한 에르하르트와 러셀의 마음이 사그라질 테니까."

하론의 말에 대한 대답은 전혀 다른 쪽에서 흘러나왔다.

19장. 마치 중간의 기억을 송두리째 잃어버린 것처럼

"……자네, 언제 내 딸아이와의 결혼까지 생각한 건가?"

소리가 나는 쪽으로 시선을 돌리자 거기엔 언제 복도로 나왔을지 모를 바바라스 공작, 즉 내 아버지가 있었다. 바바라스 공작을 발견한 하론은 그 제야 놀란 빛을 띠었다.

"공…… 아니, 아버님."

일전에 하론에게 공작님이 아니라 아버님이라고 부르라 칭했던 아버지 였다. 하론은 그의 이름을 어색하게 불렀고, 아버지는 미소를 지으며 한걸음에 우리에게 다가왔다. 아버지의 얼굴에 띠워진 미소가 음흉해 보이는 건 왜일까.

"그런 생각이 있었으면 내게 바로 왔어야지. 허허."

아버지는 하론의 어깨를 몇 번 두드렸다.

"저, 그게 지금 막 찾아가려고 했었는데 말입니다. 하하."

"사실 나도 너희의 약혼식이 그런 식으로 파해져서, 추후에 어떻게 해야 할지 고민을 하고 있었다만…… 하론 영윤이 그렇게 먼저 말해 주니 내 속이 다 시원하구나."

"……죄송합니다. 약혼식…… 제대로 행복하게 끝내고 싶었는데."

하론은 고개를 조금 숙인 채로 대답했다. 그러자 아버지는 그의 어깨를 세게 내려쳤다.

"아니, 자네! 무슨 그런 소릴 하는가. 하론 영윤이 잘못한 것은 전혀 없는 걸. 바이, 너도 그렇게 생각하지?"

"네, 아버지."

약혼식에서 샤넌이 난간에서 떨어진 것은 사고로 치부되고 있었다. 그날 따라 과음한 샤넌이 취한 나머지 난간에서 떨어졌다, 쯤의 사고라고나 할까. 실제로 취한 샤넌의 모습을 보았던 귀족들도 꽤나 많았다.

물론 그런 식으로 수습되긴 했지만, 뒷말을 좋아하는 사교계에선 요사스러운 소문이 돌기도 했다. 그 소문은 샤넌이 하론을 좋아한다는 소문이었다. 그를 좋아하여 우리의 약혼을 막고자 일부러 난간에서 떨어졌다나, 뭐라나.

그들의 상상력에 박수를 쳐 주고 싶을 따름이었다. 그 소문은 사실이 전혀 아니었기에 나는 신경도 쓰지 않았다. 물론 그것은 아버지도 다름이 없었다. 그는 하론을 정말 그득하게 믿었던 것인지 되레 요 며칠간 하론을 몇 번이고 다독여 주었을 뿐이었다.

"자자, 그럼 내 방으로 가서 조금 더 얘기를 나눠 보자구나."

아버지는 심각한 얘기는 접어두자는 듯이 화제를 돌렸다.

"무슨 얘기를 말씀이십니까?"

"무슨 얘기긴! 하론 영윤과 우리 바이와의 결혼 얘기지. 허허."

맙소사, 아버지까지도 우리의 결혼을 진행시키려 들다니. 나는 급하게 그의 이름을 불렀다.

"아, 아버지!"

하나 아버지는 내 쪽을 쳐다보지도 않으며 하론에게 제 말을 이어 말했다.

"이번엔 그렇게 호락호락 허락해 주지 않을 걸세. 약혼과 결혼은 정말 다른 것이니까 말이야. 하론 영윤이 우리 바이를 어떻게 생각하는지 상세히 듣고, 결혼은 어떻게 진행할 것인지에 대한 계획도 들을 것이며, 자네 집안에서 우리 바이를 어떻게 생각하고 있는 것인지도 들을 예정이야."

아버지는 매우 진지하게 말했다. 생각보다 구체성을 요구하는 물음이었다. 하론은 아버지가 말한 물음들에 대한 것을 제대로 대답할 수 있을까?

나는 그가 제대로 대답을 하지 못할 것이라 생각했다. 왜냐면 하론은 러셀 때문에 충동적으로 그리고 약간의 농담의 기운을 섞어서 그런 말을 했다고 생각했기 때문이었다.

그러나 하론은 내 예상과는 반대로 사뭇 침착한 태도로 그에게 대답했다.

"좋습니다. 이번엔 혹시 몰라서 세워 둔 플랜 비까지 아버님께 말씀드리겠습니다."

아니, 잠깐. 플랜 비라니!

그는 역시나 아주 오래전부터 우리의 결혼에 대해 생각했었다는 듯이 말하고 있었다.

"하론?"

넌 도대체 뭘 어디까지 생각하고 있었던 거야?

"바이올렛. 너도 들을 준비가 되었어?"

그는 나를 보며 씨익 미소를 지었다. 그 미소는 아버지가 지었던 미소와 퍽이나 닮아 있었다. 음흉하다고나 해야 할까. 꿍꿍이가 그득하게 느껴지는 미소였다.

"허허! 내가 이래서 하론 영윤을 좋아할 수밖에 없다니까."

"저도 아버님을 굉장히 존경하고, 좋아하고 있습니다. 아버님 같은 아버지가 되는 게 제 꿈이라고나 할까요."

"자네……."

아버지는 한껏 진지해진 눈빛으로 하론을 응시했다. 무언가 굉장히 중요하고도 진중한 말을 꺼낼 법한 눈빛이었으나,

"정말로 마음에 드는군."

결국엔 뱉는 말이라곤 하론과 죽이 척척 맞는 대답뿐이었다.

아버지의 말이 떨어지기 무섭게 하론과 아버지는 복도가 떠나가라 웃어젖히기 시작했다.

"허허허허."

"하하하하."

모르는 이가 본다면 두 사람이 부자지간이 아닐까, 생각될 정도였다. 그 사이에 얼빠진 표정을 하고 있던 것은 나 혼자뿐이었다. 그렇게 한참을 계속되던 웃음은 서서히 걷혀 가기 시작했다. 걷힌 웃음 사이로 먼저 말을 꺼낸 것은 하론이었다.

"하지만 아버님. 아무래도 오늘은 아버님께 제 결혼 계획을 말씀드리는 게 힘들 것 같습니다."

"뭐? 갑자기 왜 그런 말을 하는 거지?"

아버지는 하론의 말이 의아하다는 듯이 되물었다.

"실은 제가 아직까지 바이올렛에게 제대로 된 청혼을 하지 못해서 말입니다. 아버님께 제 마음을 당장이라도 설명해 드리고 싶으나, 일단은 바이올렛에게 결혼 승낙을 받는 게 먼저일 것 같습니다."

하론은 막힘없이 제 말에 구두점을 찍었다. 역시나 그 말 또한 예전부터 준비한 것처럼 느껴졌다면, 그건 정말 내 착각이었을까?

"허허! 그런 이유라면 언제든지 미뤄 줄 수 있다네. 세상에서 제일 멋진 프러포즈를 얼른 준비해 주게나."

"이해해 주셔서 감사합니다, 아버님."

두 사람은 다시금 기분 좋게 웃어 젖히기 시작했다.

나 여기 계속 끼어 있어도 괜찮은 걸까? 끙.

***

"하론, 나는 네가 그렇게 대답을 잘할 줄은 몰랐어."

"무슨 대답?"

하론은 시치미를 떼었다. 얼굴은 이미 내가 무슨 말을 하는지 다 알고 있는 얼굴인데 말이다.

"그…… 결혼에 대한 거 말이야. 나는 솔직히 네가 당황할 거라 생각했거든. 아버지가 갑자기 등장한 것이기도 하니까."

"아, 우리 결혼?"

"자꾸 모른 척할래?"

"그럼 아는 척할까?"

"……하론."

내가 낮은 목소리로 그의 이름을 부르자, 하론은 겁을 먹기는커녕 재미있다는 듯이 키득거렸다.

"어디서부터 어떻게 얘기해 줄까?"

"흠……."

나는 잠자코 하론을 빤히 바라보며, 복도에서 그가 했던 말을 상기했다.

'이번엔 혹시 몰라서 세워 둔 플랜 비까지 아버님께 말씀드리겠습니다.'

플랜 비라니. 아무리 생각해도 하론은 예전부터 결혼에 대해 생각해 둔 게 틀림없었다.

"그 플랜 비밀이야. 너는 언제 그런 것까지 생각해 둔 거야? 결혼도……
이미 예전부터 생각했던 거 맞지?"

나는 마주 보고 앉은 하론에게서 돌아올 대답을 기다렸다. 아버지와 결혼
에 대한 이야기를 나누는 게 미뤄진 대신에, 내 방으로 와 가벼운 티타임을
가지던 차였다. 물론 티타임이라기보다는 하론의 꿍꿍이를 추궁하기 위한
시간이라는 말이 더 알맞겠지만.

"음, 다혜. 너는 한 번도 나와의 결혼을 생각하지 않았어?"

하론은 대답 대신 되레 내게 물음을 건네었다.

"어?"

"그러니까 너는 날 좋아하는 감정을 느낀 이래로 우리의 결혼에 대해 단
한 순간도 생각하지 않았냐는 거야."

결혼이라.

솔직히 대답하자면 생각한 적이 없었다. 물론 하론과의 약혼식에 대해선
꽤나 많이 생각했었지만, 이상하게도 더 먼 미래까지는 생각해 보지 못한
것만 같았다.

나는 뒤늦게나마 그와의 결혼에 대해 생각했다. 하론과 같은 밤을 지새우
고, 같은 침대에서 눈을 뜨며, 서로를 보러 갈 필요 없이 손이 닿는 거리에 언
제고 존재하는 거다. 더불어 하론을 닮은 예쁜 아이까지 기르는 게 된다면.

"……좋을 것 같다."

거기까지 생각한 나는 은연중에 진심을 뱉어냈다.

결혼이란 건, 그러니까 누군가와 한평생 함께 산다는 건, 내게는 아주 먼
얘기라고 생각했다. 딱히 누군가를 열렬히 좋아했던 적이 없던 나였기에 그
건 당연한 일이었을지도 몰랐다. 하나 지금의 나는 하론의 입에서 나온 결
혼이라는 말이 나올 때마다 아득한 설렘을 느꼈다.

기분 좋은 설렘과 떨림. 그것이 의미하는 바는 나도 그와의 결혼을 원하

고 있다는 게 아닐까. 어쩌면 나 또한 은연중에 그와의 결혼을 꿈꾸었을지도 모르겠다. 그것이 꼭 결혼이라는 형식적인 틀이 아니라, 그와 평생을 함께하고 싶다는 그런 생각쯤으로.

언제나 나를 위해 주고 사랑해 준 하론이라면 평생 함께 살아도 괜찮을 거란 생각이 들었다. 아니, 괜찮다뿐만아니라 아주 행복할 것임에 분명했다.

하론은 내가 지금에서야 느낀 것을 이미 예전부터 느꼈던 걸까?

그렇기에 플랜 비까지 세워가며, 나와의 결혼을 꿈꾼 것은 아닐는지.

"다혜?"

"……어?"

"너, 지금에서야 나와의 결혼에 대해 처음으로 진지하게 생각한 거지?"

"……하하."

나는 어색한 미소를 흘렸다. 이거 들켜도 제대로 들켰잖아.

"뭐, 괜찮아. 네겐 그런 생각을 할 여유가 없었을 수도 있으니까."

"……."

"아님 날 사랑하는 마음이 크지 않았다거나……."

"하, 하론! 절대로 그런 건 아닌데. 결혼이란 건 정말 한 번도 생각해 본 적이 없어서."

"장난이야."

하론은 전혀 장난이 아닌 얼굴로 장난이라고 읊조리고 있었다. 다만 얼굴엔 서운한 기운이 역력했을 뿐이었다.

"결혼은 생각한 적 없지만, 너랑 평생 함께하면 좋겠다는 생각은 종종 했어."

나는 하론을 똑바로 보지 못한 채로 고백하듯이 말했다. 심장은 언제부터인가 제 박자를 잃고 세차게 뛰고 있었다. 왠지 모르게 고백하는 기분이 들게 뭐람.

"정말?"

"그럼 가짜겠어?"

부끄러워서 그런 것인지 대답하는 목소리가 퉁명스럽게 흘러나왔다.

"너무 기쁘다."

하론은 앉아 있던 몸을 반쯤 일으켜 나를 내려다보았다.

"입 맞춰도 돼?"

그, 그런 걸 나한테 물어보면 도대체 어쩌란 말이야.

나는 어쩐지 뜨거워진 얼굴로 고개를 작게 끄덕였다. 내가 고개를 끄덕이기가 무섭게 하론은 제 고개를 숙여, 내 이마에 가볍게 입을 맞추었다. 박력 있게 물었던 주제에 이마에 뽀뽀라니.

……아니, 나 지금 뭘 더 바랐던 거야. 그와의 진한 키스라도 바랐던 걸까.

거기까지 생각하기가 무섭게 얼굴은 부정할 수 없을 정도로 뜨겁게 달아오르기 시작했다.

"얼굴 빨개진 거 너무 귀엽다."

하론은 붉어진 얼굴을 보며, 내 머리칼을 가볍게 쓰다듬었다. 그러고선 그는 다시금 자리에 앉았다.

"다혜, 네가 솔직하게 대답해 줬으니까, 나도 솔직하게 대답할게."

"뭔데?"

"나는 너를 좋아한다고 느끼고, 너와 진짜 약혼을 원했을 때부터 너와 결혼하는 상상을 했어."

"……."

"너와 함께 있으면 시간이 가는 줄 몰랐고, 그래서 해가 기우는 게 언제나 아쉬웠으니까. 해가 기울고, 밤이 깊어도 함께 할 수 있다면 얼마나 좋을까- 라고 생각하다 보니까. 결국엔 결혼이 하고 싶어지더라."

"하론……."

"결혼을 하면, 우린 내일을 위해 '안녕' 하고 인사를 하지 않아도 되고, 매일 밤마다 내가 너를 그리워하는 일도 없을 테니까."

하론은 웃음기 하나 배지 않은 목소리로 진솔하게 제 진심을 토로했다. 제 진심을 털어놓는 그의 목소리가 그 어느 때보다도 황홀하게만 들렸다.

"이런 얘기까지 하면 나를 이상하게 생각할지도 모르겠는데……."

하론은 무언가를 더 말하길 망설였다.

"무슨 얘기인데? 이상하게 보지 않을 테니까, 끝까지 얘기해 줘."

"……흠, 그러니까."

하론은 머쓱하게 제 뺨을 긁적였다. 도대체 무슨 생각까지 한 거야.

내가 얼른 얘기하라는 듯이 집요하게 응시하자, 하론은 마지못해 제 입술을 떼기 시작했다.

"나도 모르게 우리 사이에 태어날 아이들의 이름까지도 생각해 버렸어……."

그는 방금 전까지 내비쳤던 당당함을 어디로 보내버린 것인지 정말 자신 없이 말했다. 더불어 고개까지 푹 숙였으니. 아무래도 내가 저를 좋지 않게 생각할까 봐, 지레 겁을 먹은 것만 같았다.

아니, 아이까지 생각하는 게 어때서. 나도 그와 닮은 아이를 기르는 것까지 생각했는데 말이다. 하론이 나를 얼마나 사랑하고, 그렇기에 얼마나 조심스럽게 대하고 있는지 새삼스럽게 느껴졌다. 그렇기에 나는 대수롭지 않게 그에게 대답했다.

"그래서 그 이름이 뭔데?"

"어?"

"하론 네가 생각한 우리 아이들의 이름이 뭐냐고."

하론은 그제야 숙였던 고개를 다시 들어 나를 바라봤다.

"나를 이상하게 생각하지 않았어?"

"그럴 리가. 나도 하론 너와 닮은 아이를 생각했었는걸."

"정말?"

"아무렴."

내가 고개를 끄덕이자 하론의 얼굴이 눈에 띄게 밝아졌다.

"휴, 다행이다."

그러곤 신이 나서 제 생각을 읊조리기 시작했다.

"내가 무슨 이름을 생각했냐면, 바이올렛의 '바' 자랑 내 이름의 '하' 자를 따서……."

바와 하……?

내 머릿속엔 자연스럽게 꽤나 익숙한 이름이 떠올랐다.

설마 그 이름은 아니겠지.

"바하! 어때? 이름 정말 예쁘지 않아?"

맙소사, 내가 설마설마했던 그 이름이 하론의 이름에서 실제로 나와 버리다니.

"하론, 그 이름은 안 돼."

"……어? 왜 안 돼?"

하론은 내가 그 이름을 단번에 거부하자, 의아한 빛을 내었다.

"그 이름은 위대한 음악가에게만 허락되는 이름이거든."

바하. 내 세계에선 음악의 아버지였지, 아마.

그 이름으로 짓는다면, 왠지 모르게 내 아이를 훌륭한 음악가로 길러야 할 것만 같은 느낌이라고나 할까.

"위대한 음악가? 다혜, 그게 도대체 무슨 소리야."

"안 된다는 소리. 하지만 네가 그러길 바란다면 그렇게 지어도 괜찮아."

하지만 나는 그 아이를 음악가로 키울지도 모른다고. 나는 거기까지 말하지 못하고 슬그머니 미소를 지었다. 그 이름이 무슨 의미를 가지건 간에 하론이 그러고 싶다면 그럴 생각이었다. 이미 예전부터 그가 원하던 것이 이젠 내가 원하는 게 되었으니까.

"어쩐지 뭔가 숨기고 있는 듯한 느낌이 드는데."

"그럴 리가."

나는 켕길 것이 없다는 듯이 어깨까지도 들썩였다. 하론은 믿을 수 없다는 듯이 한동안 나를 게슴츠레한 눈으로 응시했다. 그럼에도 끝끝내 내가 아무 말도 덧대지 않자 하론은 포기한 듯이 내 이름을 불렀다.

"흐음, 그래서 다혜."

"응?"

"오늘은 공작저에서 자고 가도 돼?"

"……뭐?"

"혼자 남겨질 네가 걱정되기도 하고. 아이 얘기를 하니까 갑자기……."

갑, 갑자기 뭐!

하론은 시선을 떨구며 제 눈을 빠르게 깜빡였다.

왜 또 부끄러운 척을 하는 건데!

아이라는 그의 말과 부끄러운 얼굴을 짓고 있는 그의 얼굴을 계속해서 보고 있자니, 내 머릿속엔 야릇한 상상이 절로 그려졌다.

그러니까 키스보다도 더한 그런…….

아냐. 정신 차려, 장다혜. 도대체 무슨 생각을 하는 거야.

나는 고개를 절레절레 흔들며 머릿속을 가득 채운 야릇한 상상을 지워내려 했다.

"이, 이상한 소리 하지 말고 후작저로 돌아가."

"정말? 다혜 너는 내가 돌아가길 바라는 거야? 나와 계속해서 함께 있고 싶단 생각을 하지 않았어?"

"물론 그렇기는 한데…….

"다혜? 도대체 뭘 생각하는 거야. 얼굴이 또 빨개졌어. 큭큭."

하론은 내 얼굴을 가리키며 킥킥거렸다.

"아, 아무 생각도 안 했거든?"

"그런데 왜 얼굴이 빨개졌을까. 야한 생각이라도 한 거야?"

하론은 이미 내 생각은 일찌감치 간파했다는 듯이 말했다. 눈치가 제법 빠른 그로서, 거짓말을 해 봤자 말려드는 건 내 쪽일 거란 생각이 들었다. 나는 그의 말을 부정할 도리 없이 그에게 대꾸했다.

"네가 그런 뉘앙스를 풍겼잖아!"

"넌…… 그런 걸 원해?"

하론은 사뭇 진지한 얼굴로 내게 물었다. 마치 아주 중요하고 또 중요한 일을 묻듯이.

"……뭐?"

"우리 다혜가 원한다면, 네가 원하는 대로 해 줄게."

"너, 너!"

"나는 자신 있어."

맙소사! 넌 도대체 또 뭐가 자신이 있다는 건데?

나는 벙찐 얼굴로 하론을 응시했다. 내가 벙찐 얼굴로 말을 잇지 못하자 하론은 짓궂은 미소와 함께 자리에서 일어나 나를 가볍게 껴안았다.

"왜 이렇게 놀라. 그러니까 더 장난치고 싶잖아."

"네가 놀랄 만한 말을 했잖아."

"내가 무슨 말을 했는데?"

"그…… 아이…… 휴, 몰라."

하론은 다정하게 내 등을 쓸며 나를 좀 더 꼭 안았다. 그의 가슴팍에 얼굴을 기대자 하론의 심장 소리가 들렸다. 짓궂은 말을 늘어놓았던 주제에 그의 심장 박동 소리는 생각보다 침착하지 못했다. 이토록 빨리 뛰는 하론의 심장 박동이 의미하는 바는 무엇일까.

"장난이었어. 물론 공작저에 자고 간다면 좋긴 하겠는데, 그렇다고 해서 네게 강요하는 건 아니야."

나는 그를 따라 꽤나 짓궂게 대답했다.

"당장 후작저로 돌아가 버려."

"너무 매정한 거 아냐?"

"……그, 그러니까. 난 아직 마음의 준비가 되지 않았으니까."

하론은 안고 있던 나를 떼어 내며 내 얼굴을 가만히 내려다보았다.

"다혜 너, 솔직히 말해."

"응?"

"솔직히 야한 생각했지?"

"하, 하론!"

그는 음흉한 미소를 지으며 내 입술에 제 입술을 포개었다. 그러곤 금세 떼어 냈다. 아주 가벼운 입맞춤이었다.

"오늘은 새로운 다혜의 모습을 발견한 것 같아."

네가 발견한 그 모습.

참으로 옳지 않다는 생각이 드는 건 왜일까.

＊

연결되는 꿈을 연거푸 꾸는 확률은 어느 정도일까.

누군가는 꿈은 그저 사념의 일환이라고 말했지만 연속된 꿈이 계속해서 그려질 땐, 그만한 이유가 존재하리라 생각이 되었다.

나는 놀랍게도 일전에 꾸었던 꿈의 연장선을 또다시 꾸고 있었다. 그러니까, 현실 세계에 있는 다혜에 관한 꿈 말이다.

깊은 꿈을 꾸던 여자, 즉 다혜가 잠에서 깨어나고, 그녀는 집 밖을 나선다. 혼란스럽게 주위를 둘러보던 그녀는 제 앞에 홀로 불이 켜진 상가 하나를 발견한다.

'빵집의 에그타르트.'

그것이 간판에 새겨진 상가의 이름이었다.

일전에 내가 봤던 꿈은 거기가 끝이었다.

그러나 오늘 꾼 꿈은 그다음의 장면을 내게 보여 주기 시작했다.

현실 속의 다혜는 내 예상대로 빵집의 유리문을 열어젖혔다. 딸랑, 하는 차임벨 소리와 함께 유리문이 매끄럽게 열리었다.

가게 안에 손님들은 없었다. 다혜는 또다시 당황한 시선으로 주위를 마구 둘러보기 시작했다. 이윽고 그녀의 눈이 어딘가에 멈춰 섰다. 그녀의 시선이 머문 곳은 노란빛의 먹음직스러워 보이는 동그란 빵이 전시된 곳이었다.

다혜는 무언가에 홀린 듯이 빵의 앞까지 걸어갔다. 그러고선 그 빵 위로 제 손을 올려놓는다. 그녀의 입술이 작게 몇 번 벙긋거렸으나, 아쉽게도 말소리는 내게 전혀 들리지 않았다.

그녀가 빵 위에 손을 올리기가 무섭게 카운터에서 사람 하나가 뛰쳐나왔다. 꽤 큰 키에 설핏 보아도 신수가 훤한 남자였다. 남자는 빵 위에 닿아 있던 그녀의 손목을 낚아 쥔 채로 그녀를 노려보았다. 남자의 차가운 눈매가 꽤나 매섭게 빛이 나고 있었다. 꿈을 꾸는 나조차도 흠칫할 정도였다.

그런데 이 남자, 어딘지 모르게 낯이 익다는 생각이 들었다.

검은 머리칼, 검은 동공 그리고 잘 빠진 턱선.

……에르하르트?

그래, 맞아. 저 남자는 에르하르트와 심히 닮아 보였다. 저런 남자가 우리 집 근처에서 빵집을 하고 있었던가? 본 기억이 없는데 말이다.

나는 그런 생각을 하며 꿈의 정경에 더더욱 집중을 했다.

에르하르트를 닮은 남자를 보던 그녀의 얼굴이 구슬프게 변한 것은 그때였다. 이윽고 현실 속의 다혜는 눈물을 뚝뚝 흘렸다. 서러워서 우는 것은 아니었고, 그저 정말 슬퍼서 우는 것에 가까워 보였다. 나는 내가 본 그녀의 눈물의 의미가 확실하다고 생각했다. 그것은 다른 누구의 얼굴이 아니라, 내 얼굴이었으니까.

남자는 여자의 눈물에 조금은 당황했으나, 이내 무언가의 말을 툭툭 내뱉었다. 역시나 무슨 말을 뱉는지는 전혀 들리지 않았다. 그렇게 두 사람 사이에 가벼운 언쟁이 오고 갔다. 도대체 무슨 말을 주고받는 것인지 나는 짐작조차 할 수 없었다.

그러다 마지막으로 여자의 입이 조금 크게 벙긋거리는 게 보였다. 소리는 들리지 않았지만, 이상하게도 그녀의 입술이 그려내는 단어가 내 머릿속에 자동적으로 읽혔다.

"……."

꿈에서 깬 것은 그 순간이었다.

나는 숨을 길게 몰아쉬며 몸을 반쯤 일으켰다. 꿈에서 깼지만, 꿈속의 정경은 아직까지도 내 눈앞에 잔상처럼 아른거렸다.

"……바이올렛."

나는 자연스럽게 그 이름을 뱉어냈다.

그것은 내가 익히 아는 이름이자, 꿈속의 다혜가 마지막으로 뱉었던 말이기도 했다.

어째서 다혜의 입에서 '바이올렛'이라는 이름이 나온 걸까.

무슨 연유가 있건 간에, 절대로 내가 잘못 본 것은 아니었다.

***

러셀은 날이 지날수록 눈에 띄게 변하고 있었다.

그는 나 없이도 매일같이 아이린을 찾아가 그녀에게 대화를 시도했다. 그녀의 마음을 풀어 주려 애썼으며, 동시에 제 마음에 서렸던 죄책감을 덜어 내고자 애썼다.

하나 관계의 회복이라는 건 절대로 홀로 달성할 수 없는 것이었다. 고로 아이린 또한 러셀에게 마음을 열어야, 두 사람의 관계가 제대로 회복될 거란 소리다. 두 사람은 남보다도 못한 사이에서 이젠 남 정도의 사이가 될 수 있으려나.

나는 조만간 아이린이 러셀에게 마음을 열 거라고 확신했다. 짓궂은 말을 하며 언제나 개구쟁이같이 굴긴 했지만, 아이린의 마음은 그 누구보다도 여리다는 것을 알고 있었기에.

그런 마음으로 어미 잃은 강아지 같은 표정을 줄곧 짓는 러셀을 계속해서 무시할 수 없을 것이다. 내가 러셀에게 매정한 말을 뱉을 수가 없듯이 말이다.

죽은 듯이 잠이 든 샤넌을 보고 온 지는 벌써 일주일이나 지나 있었다. 현실 속 다혜와 관련된 꿈은 에그타르트를 만지던 그녀의 모습을 본 이래로 꾸지 못하고 있었다. 그 꿈을 꾼 지도 일주일이 넘었지만, 나는 아직까지 다혜가 마지막으로 뱉은 수수께끼 같은 말을 기억하고 있었다.

'바이올렛.'

시간이 꽤나 흘렀지만, 나는 그것이 의미하는 바를 아직까지도 예측할 수가 없었다. 하나 그 와중에 확실한 것은 있었다. 잠에서 깬 다혜는 '바이올렛'이란 인물을 분명히 알고 있다는 사실이었다. 그것이 보라색이란 의미가 아니라, 누군가의 이름이라는 것을.

"또 멍한 거야? 요즘 들어 무슨 생각을 하는지 모르겠어."

나는 생각하던 것을 멈추고 하론을 응시했다. 하론은 제 앞에 놓인 차엔 손도 대지 않고선 나를 주시하고 있었다.

"아, 네가 내게 얼마나 멋진 프러포즈를 할지 생각하고 있었어."

내 대답에 하론은 꿀 먹은 벙어리가 되어 입을 다물었다. 그리고 그제야 제 앞에 놓인 찻잔을 집어 들어 그것을 가볍게 마시었다.

"프러포즈를 할 것을 알고 있는 상대방에게 깜짝 놀랄 만한 프러포즈를 한다는 건, 정말 어려운 일인 것 같아."

하론은 시름이 깊은 한숨을 내쉬었다.

"하론. 깜짝 놀랄 프러포즈가 아니라도 괜찮아."

그를 달래줄 요량으로 그렇게 말하긴 했지만, 솔직히 그의 프러포즈가 기대 되긴 했다. 살아오며 한 번도 받지 못했던 프러포즈였다. 그렇기에 기대가 되는 것은 당연한 것이 아닐까?

나는 솔직하게 털어놓지는 못하고 하론을 다독였다.

"음, 하지만 다이아가 어마어마하게 큰 반지를 받는다면 깜짝 놀랄 것 같긴 해."

내가 너스레를 떨자, 하론은 식겁한 얼굴로 내게 말했다.

"다, 다이아? 다혜. 그럼 나 지금 이렇게 한가롭게 정원에서 티타임을 가질 게 아닌데……. 집에 가서 아버지의 발닦개라도 되어야겠어."

"큭큭, 발닦개라니. 장난이야, 장난."

"……하지만 실제로 다이아 반지를 네게 준다면, 너는 정말로 기뻐하겠지?"

순간 정원 어딘가에서 이름 모를 새의 울음소리가 들렸다. 마치 하론의 말이 맞다는 걸, 내 대신에 대답이라도 하는 듯이.

기막힌 타이밍이었다.

"휴. 안 되겠어. 그만 후작저로 돌아가야겠다."

하론은 후작저로 돌아가, 정말로 제 아버지의 발닦개라도 되려는 듯이 자리에서 일어섰다. 그러곤 몇 걸음 걸어가며 나를 넌지시 바라보았다. 저를 잡아 달라는 눈빛은 덤이었다.

"하론, 나는 핑크 다이아가 좋더라."

"……."

내 말에 하론은 울상을 지었다. 그 모습이 그토록 귀여워 보일 수가 없었다. 나는 결국에 웃음을 터뜨려 버렸다.

"크크, 다시 앉아. 농담이야."

내가 농담이라는 말을 꺼내기가 무섭게 하론은 재빠르게 다시 걸어와 자리에 앉았다. 다시 앉으라는 말을 안 했으면 큰일 났을 법한 움직임이었다고나 할까.

"다혜, 솔직히 무슨 생각을 했던 거야?"

"진짜로 네 프러포즈에 대해서 생각했다니까?"

"……아닌 것 같은데."

하론은 의심의 기운을 없애지 않았지만, 나는 사실대로 말해 줄 생각이 전혀 없었다.

하론에겐 최근에 꾼 꿈에 대해선 말을 하지 않았다. 이유인즉슨 하론이 또다시 심각해질 성싶어서였다. 안 그래도 바이올렛 때문에 계속해서 골치가 아팠던 하론이었다. 심지어 바이올렛은 지금까지도 그를 심각하게 만들고 있었다. 하론이 현실 속 다혜의 입에서 '바이올렛'이란 이름이 나왔다는 걸 알게 된다면, 그가 얼마나 더 심각해질지는 불 보듯 뻔했다.

그리고 혹여나 내가 그 꿈의 연장선을 다시 꿀 수도 있는 것이기도 했다. 무언가를 확실히 더 알고 난 뒤에 그에게 사실대로 얘기를 해도 늦지 않다고 생각했다.

누군가의 발소리가 들린 것은 그때였다.

"······공녀님!"

멀리서부터 누군가가 나를 부르는 소리가 들렸다. 고개를 젖혀 뒤로 돌아보자, 내 시녀가 종종걸음으로 걸어오고 있는 게 보였다.

"무슨 일이야?"

그녀는 저택에서부터 정원까지 쉬지 않고 걸어온 것인지 연신 가쁜 숨을 몰아쉬었다. 그렇게 숨을 몰아쉬면서도 내게 제 손을 뻗었다. 그녀의 손에는 편지가 들려 있었다.

"전서?"

"네, 왕궁에서 급하게 전서가 왔어요."

"내게?"

"네, 그렇습니다."

그녀는 고개를 세차게 끄덕였다.

"알겠어. 전달해 줘서 고마워."

시녀는 나와 하론에게 가벼운 인사를 한 뒤에 다시금 뒤돌아갔다. 나는 내 손에 쥐인 편지를 보았다. 왕궁에서 내게 전서를 보낼 사람이라면······.

"러셀 님이 보낸 건가?"

러셀. 그밖에 없었다.

그가 무슨 연유로 내게 전서를 보낸 걸까? 이렇게 직접적으로 전서를 보낸 적이 없었는데 말이다.

설마······. 연서라도 보낸 것은 아니겠지? 나를 포기하지 못하겠다던 그 러셀이 설마하니 사랑스러운 문구를 가득 써서, 내게 연서를 보낸 거라면. 나는 슬쩍 하론의 눈치를 보았다. 하론의 시선은 내 손에 들린 전서에만 꽂혀 있었다. 그 시선이 활활 타오르는 것 같이 느껴지기도 했다.

설마 하론도 나와 같은 생각을 하는 건가.

"뭐 해? 안 뜯어 볼 거야?"

"뜯어 봐야지."

하론이 궁금하다는 듯이 나를 재촉했다. 나는 봉해진 부분을 조심스럽게 뜯어내었다. 이게 연서건 뭐건 간에 나 또한 전서의 내용이 심히 궁금했기 때문이었다.

접힌 종이를 말끔히 펴자, 그 안엔 러셀의 단정한 필체가 보였다. 내용은 그다지 길지 않았다. 딱 세 줄이었다. 하나 나는 그 세 줄을 읽고선 조금 멍해졌다. 짧은 글귀가 가지고 온 충격은 생각보다 막대했다.

"다혜? 뭐라고 적혀 있어?"

"……."

나는 선뜻 대답하지 못하고 하론의 얼굴을 응시했다.

그에게 사실대로 얘기해도 괜찮은 걸까?

"무슨 큰일이라도 있는 거야?"

하론은 얼빠진 내 얼굴을 걱정스럽게 바라보았다.

"응……. 조금 일이 생긴 것 같아."

나는 그리 말하며, 다시금 글귀가 적힌 종이로 시선을 옮겼다.

〈바이올렛. 샤넌이 깨어났어. 그런데 그녀가 조금 이상해……. 아무것도 기억하지 못해.〉

샤넌은 긴 잠에서 깨어났으나, 아무것도 기억을 하지 못한다.

그 사실에 처음으로 든 생각은 의구심이었다. 그녀가 정말로 아무것도 기억을 하지 못하는 걸까? 상황을 회피하기 위해서 연기를 하고 있는 것은 아닐까.

의심하는 것은 정말 옳지 않은 일임을 알고 있었지만, 바이올렛은 의심을 하지 않으려야 않을 수 없는 여자였다. 샤넌이 된 바이올렛의 연기 실력을 얼마나 많이 보았던가.

나를 제게 차를 쏟아부은 장본인으로 만들기도 했고, 심지어 내 약혼식에선 가증스러운 연기로 나와 함께 난간에서 떨어지려고도 했다. 그런 일들이 있었는데, 그녀를 의심하지 않는 게 더 이상한 일이라고 생각했다.

그녀가 아무것도 기억을 못 한다는 사실이 그녀의 연기의 연장선이 아니기를 바랐다. 아니, 연기가 아니라면 그땐 어떻게 받아들여야 하는 걸까. 기억상실쯤으로 받아들여야 하는 걸까?

괜스레 머리가 지끈거리는 기분이 들었다.

"……다혜. 내겐 얘기해 줄 수 없는 사실인 거야?"

한참이나 내 대답을 기다리던 하론이 말했다.

"아니."

나는 전서에 있던 시선을 들어 올려 하론을 응시했다. 하론에게 꿈에 대해서는 말하지 않았지만, 샤넌이 깨어났다는 사실은 숨길 수 없었다. 내가 말을 하지 않아도 조만간 하론 또한 그 사실을 알 테니 말이다.

나는 천천히 입술을 뗐다.

"샤넌이…… 깨어났대."

"……뭐?"

"샤넌 아니, 바이올렛이 깨어났고, 깨어난 그녀가 아무것도 기억을 못 한다고 해."

하론은 가벼운 한숨을 쉬었다. 그의 얼굴이 곧 굳어질 거란 것은 어렵지 않게 짐작할 수 있었다. 역시나 하론의 얼굴은 자못 굳어 갔고, 그는 제 입술을 다문 채로 아무 말도 늘어놓지 않았다.

생각이 깊어진 걸까.

하론은 제 앞에 놓인 찻잔을 들었다 다시 내려놓는 얼빠진 행동을 했다. 아마도 무심결에 집어 들었다, 안이 비워져 있는 걸 뒤늦게 깨달은 것 같았다. 그가 당황했음이 틀림없었다.

"차, 더 가져다 줄까?"

"……아니. 괜찮아."

하론은 전혀 괜찮지 않은 얼굴로 괜찮단 말을 내뱉고 있었다.

"이 전서에 대해 어떻게 생각해? 하론. 네 마음이 복잡하다면, 내 생각을 먼저 말해 볼게."

그는 제 고개를 위아래로 끄덕였다.

"사람을 의심해선 안 된다는 걸 알지만……. 내가 이 전서를 보고서 제일 처음 든 생각은 바이올렛이 연기를 하는 게 아닌가, 하는 생각이었어. 그동안 그녀의 연기에 당했던 게 한두 번이어야지. 물론 그렇다고 해서 전적으로 그녀가 연기를 하고 있을 거라고 단언하는 건 아니야."

나는 내 생각을 꽤나 유연하게 내뱉었다.

"응, 네가 그런 생각을 할 수도 있다고 생각해."

하론은 내 말에 딴지를 걸지 않으며 수긍했다.

"그럼 이제 네 생각을 들어봐도 될까?"

"난……."

하론은 한 마디 뱉고선 다시 제 입을 다물었다. 그는 잘 정돈되어 있던 제 머리를 몇 번 쓸어 넘기고 나서야 제 말을 이어서 했다.

"난 솔직히 잘 모르겠어. 바이올렛을 제일 잘 이해하고 있는 사람은 나라고 생각했는데. 그녀가 아무것도 기억을 못 한다는 사실이 진짜인지, 가짜인지 짐작이 가지 않아."

"……."

"내가 오랫동안 동경했던 그 바이올렛은 이미 오래전에 변해 버렸으니까. 변해 버린 그녀의 생각은 전혀 알 수가 없어서……."

하론은 괴롭다기보다 씁쓸하다는 듯이 말했다. 지난날 그녀의 죽음을 가장 슬퍼했고, 그녀를 가장 돕고자했던 제 노력이 또다시 허사가 된 것을 안타까워하는 듯이.

"그럼 일단은 만나 보는 게 어떨까?"

"바이올렛을?"

"응, 러셀 님께 부탁하면 만날 수 있을지도 몰라. 전에도 그런 식으로 잠든 바이올렛을 만났으니까."

"만나서? 그다음엔 어떻게 할 건데?"

하론은 정녕 어떻게 해야 할지 모르겠다는 듯이 내게 되물었다. 나는 짐짓 불안해하는 그를 보며, 대수롭지 않게 대답했다. 내 대수롭지 않은 대답에 그의 불안함이 가시길 바랐다.

"그다음엔 글쎄…… 그녀가 실제로 아무것도 기억을 하지 못하는 것인지, 아님 현실을 도피하기 위해 그러는 척하는 것인지 가늠해 봐야겠지. 물론 난간에서 떨어졌던 충격의 여파로 기억을 잠깐 잃은 것일 수도 있겠다."

"다혜. 네 생각에 나도 동의해."

"좋아, 하론. 무슨 연유에서든지 만약에 바이올렛이 다시 기억을 되찾는다면, 넌 그때 그녀에게 뭐라고 해 줄 생각이야?"

나는 그의 대답이 매우 궁금했다. 설마하니 이런 상황에서조차도 깨어난 바이올렛에게, '네가 깨어나서 정말 다행이야.'라는 말을 할 거라고 하진 않겠지. 물론 성정이 여린 하론이었으니, 그럴 가능성이 전혀 없다고는 장담하지 못했다.

하나 만약에 하론이 그런 식으로 행동을 한다면, 나는 정말로 화가 날 것임에 분명했다. 아무리 제 친구를 위한다고는 하나, 그녀는 우리의 약혼식을 엉망으로 만들어 버린 장본인이었다. 더불어 나까지도 난간으로 떨어뜨리려고 했다.

그런 것들을 내 곁에서 고스란히 지켜봤음에도 불구하고도 바이올렛을 옹호한다면…….

화를 넘어서서 서운함에 눈물을 흘릴지도 모를 일이었다.

나, 정말 구제불능일 정도로 하론을 좋아하고 있는 건가.

내가 그런 생각을 하던 사이에 하론이 대답하기 시작했다. 어쩐지 긴장이 되는 건 왜일까.

"꾸짖어야지. 바이올렛에게 진심으로 화를 낼지도 몰라."

오호라, 썩 나쁘지 않은 대답인데?

하론 치고는 꽤나 강경한 대답이었다.

"그녀가 깨어난 건 정말 환영할 일이지만, 그 전에 바이올렛은 우리의 약혼식을 제대로 망쳤잖아. 친구이긴 하지만 그녀의 악행까지 유야무야 넘어갈 순 없어."

정말 명쾌한 대답이구나.

나는 가볍게 박수를 쳤다. 내가 바랐던 대답을 제대로 한 하론에 대한 만족의 표시였다.

"다혜? 웬 박수?"

"네가 대답을 잘해 줘서 치는 박수야."

"어?"

"하론, 네가 만약에 바이올렛을 조금이라도 옹호하는 말을 했다면, 나는 진심으로 네게 화를 냈을 거야. 구태여 꾸짖길 바랐던 건 아니었지만, 이번엔 바이올렛이 정말로 잘못한 일이니까. 내가 화를 내는 건 네 약혼자로서 당연한 일이라고 생각해."

내 말에 하론이 작게 미소를 지었다.

"어찌되었건 일단은 바이올렛을 만나 보자. 만나고 꾸짖어도 늦지 않아."

"동감하는 바야."

바이올렛. 깨어난 그녀는 지금 무슨 생각을 하고 있을까?

나는 그녀와 몹시 만나고 싶었다.

***

사실 이런 식으로 러셀을 이용하고 싶지는 않았다.

성장한 모습으로 내게 사랑을 고백했던 러셀을 피하고 싶었던 게 내 솔직한 바람이었다. 하나 바이올렛을 만나기 위해선 어쩔 수 없이 그에게 도움을 청할 수밖에 없었다. 우리는 그에게 도움을 청했고, 러셀은 이번에도 우리의 부탁을 손쉽게 들어주었다. 빚을 지고 있단 기분을 떨칠 수가 없었다.

마차는 익숙한 길을 내질러 왕궁의 깊숙한 곳까지 들어갔다.

일전에 바이올렛을 만나기 위해 갔던 길과 동일한 길이었다. 이윽고 마차는 멈춰 섰고, 하론과 나는 마차에서 내렸다. 마차에서 내리기가 무섭게 처음으로 보인 것은 역시나 러셀이었다.

"이번엔 딱 맞춰서 왔군."

"러셀 님. 도와주셔서 감사해요. 더불어 또 마중까지 나와 주시다니요."

"착각하지 마. 네가 왕궁 길을 헤맸던 게 자꾸만 생각나서 마중을 나온 건 절대로 아니니까."

……아, 그러니까 내가 길치처럼 왕궁을 헤맸던 것을 잊지 않았단 거지?

"하긴, 제가 제대로 된 길치긴 하죠."

"뭐, 뭐라는 거야! 딱히 널 생각해서 나온 게 아니라니까."

나는 대답 대신 히죽 웃었다. 그러자 러셀은 당황한 빛을 숨기지 못하며 우리에게 소리쳤다.

"얼, 얼른 따라와. 오늘도 아버지께서 오시기 전에 몰래 만나야 하는 거니까."

러셀은 앞장서서 걸어갔다. 하론과 나는 서로를 마주 보며 작게 키득거렸다. 러셀의 돌려 말하는 화법은 하론조차도 웃지 않고선 배길 수 없는 것이 었기 때문이었다. 설령 러셀이 하론의 사랑의 경쟁자라고 할지라도. 지금의 상황이 전혀 웃을 만한 상황이 아니라고 할지라도.

하론과 나는 손을 꼭 잡은 채로 러셀의 뒤를 따랐다. 그의 뒤를 따르며, 나는 바이올렛에 대해 궁금했던 것을 러셀에게 물어보았다.

"러셀 님. 샤넌 님이 아무것도 기억을 못 한다는 게 사실이에요?"

그러자 러셀은 꽤나 기운 없는 목소리로 대답을 했다.

"응, 전서에는 자세히 적지 않았지만…… 아예 모든 걸 기억하지 못하는 건 아니야."

"네?"

"그러니까, 샤넌은 일정한 시간들을 기억하지 못하고 있어. 마치 중간의 기억을 송두리째 잃어버린 것처럼."

단순한 기억상실증이 아니라, 일정한 구간의 시간을 기억하지 못하고 있다라.

"조금 더 자세히 설명해 주실 수는 없으신 겁니까?"

묵묵히 우리의 대화를 듣던 하론이 처음으로 입을 뗐다. 그도 일의 전말이 궁금했음이 분명했다. 러셀은 전혀 숨길 사실이 아니란 듯이 흔쾌히 사정을 털어놓기 시작했다. 애당초 우리에게 전서를 보냈을 때부터, 그는 사실을 숨길 생각이 전혀 없었을지도 몰랐다.

"샤넌이 마지막으로 기억하는 건, 바이올렛 너와 티파티에서 몸싸움을 하던 거래. 그러니까 꽤나 오래전의 일이지. 그때부터 최근까지의 기억을 모두 잃어버렸어. 자신이 왜 정신을 잃고 쓰러진 건지, 그런 것들을 전혀 기억하지 못한다는 소리야."

"티파티에서 몸싸움이요?"

그랬던 적이 있었던가?

나는 고개를 갸웃거렸다. 티파티에서 서로의 드레스에 차를 부어가며 언쟁을 했었던 적은 있었지만, 몸싸움을 했던 기억은 전혀 떠오르지 않았다.

"……너, 그때가 기억이 안 나? 그때 너희가 크게 싸워서, 한동안 사교계가 엄청 시끄러웠었는데."

러셀은 의아한 빛을 띤 나를 되레 이해하지 못하겠다는 듯이 되물었다. 내가 여전히 의아해하고 있을 때에 하론의 귓속말이 들렸다.

"다혜, 너 언제 바이올렛 몸에 빙의되었다고 했지?"

"나……."

빙의된 시점? 아, 맞아. 내가 빙의한 시점이 진짜 바이올렛과 샤넌과 몸싸움을 하고 난 뒤였지?

나는 오랜만에 한동안 까맣게 잊고 있었던 '샤넌을 위하여'라는 소설의 내용이 떠올랐다. 샤넌을 향한 에르하르트의 호의 때문에 진짜 바이올렛은 샤넌을 밀쳤고, 두 사람은 그대로 바닥에 머리를 찧었다. 운이 없었던 바이올렛은 그 자리에서 기절을 했었지, 아마. 그리고 그녀가 깨어났을 때, 내가 처음으로 바이올렛의 몸에서 깨어났던 것이었다.

"……나, 그 몸싸움 일어난 다음에 빙의됐어."

나는 하론에게만 들릴 작은 목소리로 대답했다. 빙의된 시점을 떠올리고 나자, 어쩐지 오묘한 기분이 들었다.

진짜 바이올렛이 샤넌의 몸에 언제 빙의했는지는 몰랐다. 그녀가 그런 것까지 내게 친절하게 얘기해 주지 않았으니까. 하나 하론의 회귀와 내 빙의가 엇비슷한 시간대에 맞물린 것을 보았을 때에 진짜 바이올렛의 빙의도 그 시기에 이루어졌을 가능성이 높았다.

고로 내가 바이올렛에게 빙의를 했던 시간대에 진짜 바이올렛도 샤넌에게 빙의를 했다는 것. 결론적으로 그 몸싸움이 일어났던 시간 근처에 심오하고 난해한 일이 일어났다는 것인데.

그럴 리는 정말 없겠다고 생각했지만, 순간 떠오른 것은 한동안 사라져 있었던 샤넌의 진짜 영혼이었다. 어딘가에서 곤히 잠들어 있던 샤넌의 영혼이 긴 잠에서 깨어난 거라면?

그렇담 바이올렛의 영혼은 어디 갔단 말인가.

상황이 어떻게 돌아가고 있는 것인지 헤아릴 도리가 내겐 전혀 없었다. 머리만이 뭉근하게 아파 왔을 뿐이었다. 생각이 과부하 되었음에 분명했다.

여러 생각이 머릿속에 맴돌았지만, 일단은 얼른 깨어난 그녀를 만나고 싶었다. 그녀를 만난다면 무언가 해답이 나오지 않을까?

한참을 앞서 걷던 러셀의 걸음이 멈춘 것은 그때였다. 그곳은 일전에 찾아왔던 방과 동일한 방이었고, 러셀은 손수 방문을 열어 주었다.

"들어가 봐. 난 밖에서 기다리고 있을 테니."

"네."

하론과 나는 방으로 완전히 들어서며 방문을 다시금 닫았다.

방으로 들어와 처음 본 것은 침대에 앉아 있는 여자였다. 침대 위 열어 놓은 창가에 시선을 두고 있던 여자는, 우리가 낸 인기척을 따라 고개를 돌리었다. 샤넌, 아니 바이올렛일지 모를 그녀의 시선이 우리에게 닿았다.

오랜만에 본 그녀의 얼굴은 왠지 모르게 이전과는 조금 달라 보였다. 왠지 모르게 차분해 보였다고 해야 할까. 앙상하게 말라버린 그녀의 뺨 때문에 그렇게 느낀 것일지도 몰랐다.

하나 확실히 무언가가 다르다는 생각을 지울 수가 없었다. 나는 약혼식 날 보았던 그녀의 얼굴을 잊지 못하고 있었다. 애증으로 뒤범벅이 되었던 그 얼굴. 더불어 그녀의 눈동자를 지배하고 있던 희미한 광기.

지금의 그녀에게선 그런 것들은 전혀 찾을 수가 없었다.

그러다 나를 빤히 바라보던 샤넌의 입에선 작은 목소리가 새어 나왔다. 그녀가 처음 뱉은 말은,

"바이올렛?"

이었다.

바이올렛. 나를 부르는 그 목소리는 평소의 샤넌의 목소리와는 확연히 다른 것이었다. 그녀가 아무것도 기억하지 못한다는 사실이 연기가 아닌 것 같다는 생각이 문득 들었다.

"샤넌 님?"

나는 그녀의 이름을 어색하게 부르며, 그녀에게 가까이 다가갔다.

"러셀에게 듣긴 했지만…… 정말로 찾아오실 줄은 몰랐어요. 우리가 서로의 안부를 확인할 만큼의 사이는 아니라고 생각해서."

샤넌은 희미한 미소를 지으며 내게 말을 건네었다. 그녀의 미소 속에서도 역시나 애증의 기미는 전혀 느껴지지 않았다. 나는 혹여나 그것이 가짜 미소가 아닐까, 하는 생각으로 그녀를 빤히 들여다보았다.

그러나 그녀의 미소는 정말로 순수하게만 보였을 뿐이었다. 그 속에선 가식이라든지, 어떤 가증스러운 기운은 전혀 느껴지지 않았다.

"……아, 기억을 잘 못하신다고 해서, 찾아올 수밖에 없었어요."

"그것도 러셀에게 들었나요?"

"네."

샤넌은 제 이마 위로 흘러내리는 은빛 머리칼을 부드럽게 쓸어 넘겼다. 열어 놓은 창가로 내비친 햇살에 그녀의 머리칼과 투명한 피부가 연신 반짝거렸다. 며칠을 누워만 있어 앙상하게 마른 얼굴이었음에도 불구하고, 그 모습이 퍽이나 아름다워 보였다. 미모가 퇴보한 것처럼 느껴졌던 지난날의 샤넌의 모습은 전혀 찾을 수가 없었다.

"러셀의 말이 맞아요. 저는 기억을 모두 잃은 게 아니라 일정 시간들을 기억하지 못하고 있어요. 제가 마지막으로 기억하는 건, 바이올렛 당신과 몸싸움이 있었던 그 티파티니까. 그게 벌써 몇 달 전 일이라던데."

샤넌은 제 신변에 일어난 일을 전혀 이해하지 못하겠다는 듯이 말했다. 그 모습 역시나 전혀 연기처럼 보이지 않았다. 나는 순간 무언가가 잘못되어도 단단히 잘못됐다는 생각이 들었다. 기억을 못 하는 것이 그녀의 연기가 아님에 점점 더 확신이 가기 시작했기 때문이었다.

연기가 아니라면, 지금 내 눈앞에 있는 샤넌은 진짜 샤넌이란 것일까?

내겐 그 사실을 좀 더 확인할 무언가가 필요했다.

"맞아요. 지금은 그때보다 많은 시간이 흘렀죠. 샤넌 님이 정신을 잃은 건 제 약혼식에서였는데…… 그것도 전혀 기억을 못 하시나요?"

내가 아는 바이올렛이라면, 그녀는 지금의 내 물음에 조금이라도 동요를 할 것이 분명했다. 그녀는 제 감정을 정말로 잘 숨기지 못하는 편이었으니까.

일말의 동요를 바라고 한 말이었지만, 그녀는 되레 담담한 어조로 답했을 뿐이었다.

"약혼식이라…… 바이올렛 공녀에겐 죄송하지만, 저는 전혀 기억이 나지 않아요. 러셀의 말로는 제가 당신의 약혼식을 제대로 망쳤다던데……. 그 사실 또한 애석하게도 전혀 모르겠네요. 제게 무슨 일이 일어났던 건지 도무지 이해할 수가 없어요. 전 그저 잠을 자고 있었던 것뿐인데."

"잠이요?"

샤넌은 고개를 작게 끄덕였다. 대답하는 그녀의 얼굴이 조금은 피로해 보이기도 했다.

"네, 당신과 몸싸움이 있던 날 이래로 심신이 너무 지쳤거든요. 그래서 오랫동안 자고 싶다고 생각했어요. 쉬고 싶다. 그 생각만이 절실했죠. 그 당시엔 왕궁에 들어온 지 얼마 되지 않아, 궁에 적응도 제대로 하지 못했고, 모두들 겉으론 아닌 척했지만 저를 두고 왕의 사생아라 뒤에서 손가락을 하기 일쑤였고, 지치는 날들의 연속이었거든요. 더군다나 바이올렛 공녀 당신까지도 사사건건 제게 시비를 걸었으니까."

"……."

"아, 제가 너무 제 생각대로 말한 건가요? 물론 바이올렛 공녀의 입장에 선 제게 악감정이 생길 수도 있다고 생각해요. 이해도 되고. 에르하르트 공 작님을 많이 사랑하잖아요."

아아, 정말로 무언가가 잘못되었음이 틀림없었다. 나는 마지막으로 확인 사살을 하듯이 그녀에게 물었다.

"제가 에르하르트 공작님을 사랑한다고요?"

"네. 그렇지 않나요? 그래서 티파티에서 저를 밀쳤잖아요. 바이올렛 공 녀, 설마 기억나지 않는다고 하는 건 아니겠죠?"

맙소사, 이토록 강인한 확신이라니. 샤넌은 내가 에르하르트를 사랑한다 는 사실을 너무나도 자신하고 있었다. 내가 할 말을 잃을 정도로 말이다.

순간 든 생각은 내 눈앞에 있는 샤넌이 절대로 바이올렛은 아니란 사실 이었다. 그것이 몇 번의 대화로 내가 내린 결론이었다.

바이올렛이었다면 저토록 침착하게 제 말을 이어 갔을 리가 없었다. 더군 다나 내게 에르하르트를 사랑하냐니. 다른 건 몰라도 바이올렛은 내가 하론 을 사랑한다는 사실을 알고 있었다. 의심할 여지없이 분명히.

"그런데 약혼은 하론 영윤……? 당신과 했다면서요? 도대체 제가 잠들어 있는 동안 무슨 일이 생겼던 거죠?"

샤넌은 굳은 듯이 서 있던 하론에게로 시선을 돌렸다. 그녀의 입술에서 흘 러나온 하론의 이름이 어색하기 그지없었다. 마치 그 이름을 처음으로 내뱉는 것만 같았다. 그것은 결코 바이올렛이 부르던 하론의 이름이 아니었다.

"많은 일이 있었어요. 당신이 상상하지도 못할……."

나는 정말 당황스러웠지만 애써 당황한 티를 내지 않으며 대답했다.

"그 얘기. 나중에 자세히 들어도 될까요? 지금은 저도 조금 혼란스러워서. 조만간 공작저로 제가 찾아갈게요. 공녀는 제 방문을 허해 주실 건가요?"

"네, 언제고 찾아오고 싶으실 때 찾아오세요. 기다리고 있을게요."

당신이 빨리 찾아오지 않는다면, 내가 먼저 찾아갈지도. 나는 거기까지 말하지 못한 채로 어색한 미소를 지었다.

그때에 우리의 대화 사이로 다른 목소리가 끼어들었다.

"……대화, 끝났어? 이제 슬슬 다시 돌아갈 시간이야."

언제 방으로 다시 들어왔을지 모를 러셀의 목소리였다.

우리는 샤넌에게 작별의 인사를 고하며 방을 다시 나섰다. 문득 하론을 바라보자, 그의 옆얼굴이 상당히 굳어 있었다.

너는 이 상황을 어떻게 받아들이고 있는 걸까.

우리는 공작저로 돌아가는 마차에 몸을 실었다. 하론은 마차를 타서도 한동안 아무 말도 하지 않았다. 그저 깊은 생각에 잠겨 있었을 뿐이었다.

"하론."

"응."

"너도 느꼈어?"

나는 구태여 다른 설명을 덧대지 않은 채로 그에게 물었다. 하나 하론은 내 말의 의미를 단번에 이해했다는 듯이 고개를 천천히 위아래로 끄덕였다.

"……응."

"깨어난 샤넌은……."

내가 거기까지 말하며, 말끝을 흐렸을 때에 하론이 내 말을 완성시켜 주었다.

"바이올렛이 아니야."

우리는 한 치의 어긋남도 없이 같은 생각을 한 것이었다.

20장. 강렬한 염원

하론은 후작저로 쉬이 돌아가지 못했다.

그는 제 친구의 영혼이 사라졌음에 굉장히 혼란스러워하는 것만 같았다. 그것은 나도 다름이 없었다. 가증스러운 연기일 거라고만 생각했지, 실제로 샤넌의 영혼이 다시금 나타날 거란 생각은 전혀 하지 못했으니 말이다.

"하론, 괜찮아?"

나는 하론에게 조심스럽게 물었다. 어쩐지 허망한 표정을 짓고 있는 그에게 선뜻 말을 꺼내기가 굉장히 힘들었다.

"……괜찮지 않다면, 거짓말이겠지?"

"응, 거짓말하지 않아도 돼. 네가 괜찮지 않을 거란 걸 아니까. 나도 괜찮지 않은 걸 네가 괜찮을 리가 없잖아."

"이해해 줘서 고마워. 아무리 생각해도 깨어난 그녀는 바이올렛이 아닌 것만 같아."

"그치? 나도 그렇게 생각해."

나 또한 하론의 생각과 같았다.

그녀는 바이올렛이 아니었다.

말하는 것은 물론이거니와 깨어 난 그녀의 얼굴도 전과는 정말로 달라 보였다. 영혼이 달라짐에 얼굴 또한 미묘하게 다르게 보이는 건지. 하론은 무언가를 말할 듯이 제 입술을 벙긋거렸다가도, 다시 다물기를 몇 차례 반복했다.

무엇을 말하길 망설이는 걸까.

그러다 그는 조심스럽게 제 입을 떼었다.

"다혜, 내가 이런 것까지 네게 말했는지 모르겠는데……."

"무슨 말인데?"

"내가 회귀를 하기 직전에 여러 소리를 들었었어. '바이올렛이 되고 싶다' 는 낯선 여자의 목소리와 '죽고 싶어'라는 바이올렛의 목소리. 그 소리를 들음과 동시에 과거로 돌아왔다고나 할까."

"아니, 잠깐만…… 바이올렛이 되고 싶다는 건, 설마 내가 한 말인가?"

하론은 고개를 작게 끄덕였다.

"응, 당시엔 무슨 말인지 전혀 이해할 수 없었는데. 다혜 네 사정을 듣고 나서야 그게 네 목소리였다는 걸 알겠더라."

나는 하론을 따라서 고개를 끄덕였다.

'샤넌을 위해서'를 읽으며 바이올렛이 되고 싶다고 얼마나 많이 생각했던가. 생각해 보니 나는 꽤나 간절하게 바이올렛이 되길 바라고 있었다.

그런데 하론이 갑자기 그 얘기를 꺼낸 이유가 무엇일까?

"하론, 그래서 하고 싶은 말이 뭐야?"

내 물음에 하론은 저가 생각한 바를 천천히 꺼내놓기 시작했다.

"우리에게 심오하고 난해한 일이 일어난 이유는 우리가 무언가를 강렬히 염원해서 일어난 거라고, 나는 생각해. 너와 바이올렛의 영혼이 바뀌고, 내가 과거로 돌아왔을 때, 샤넌 님에게도 변화가 일어났다고 믿어."

"이를 테면 샤넌 님도 무언가를 강렬히 염원해서?"

"응, 요컨대 같은 시간에 우리 네 사람의 염원이 맞물린 거지."

샤넌의 강렬한 염원이라…….

그것은 일전에도 생각했던 것이었다. 전형적인 여자 주인공에게 강렬한 염원이랄 게 있을까? 나는 그때에 제대로 된 해답을 찾지 못했었다. 그것은 지금도 다름이 없었다.

"하론, 네가 생각하는 샤넌 님의 염원이 뭔데?"

"사실 방금 전에 만났던 샤넌 님의 말 중에 계속해서 신경 쓰이는 부분이 있어. '오랫동안 자고 싶다, 쉬고 싶다.' 그 말이 그녀의 염원이 아니었을까?"

샤넌이 했던 그 말, 나도 똑똑히 기억하고 있었다.

'그래서 오랫동안 자고 싶다고 생각했어요. 쉬고 싶다. 그 생각이 절실했죠.'

이런 말이었지, 아마?

그건 강렬한 염원이라고 하기엔 조금 애매한 말이라고 생각했다. 그 속에 선 피로한 감정만 느껴졌지 결단코 강렬한 기운은 전혀 느껴지지 않았기 때문이었다. 내가 대꾸를 하지 않자, 하론은 제 말을 좀 더 덧대었다. 아무래도 내가 단번에 수긍하지 않을 거란 것을 미리 예상한 것만 같았다.

"물론 그 말은 우리가 듣기엔 아무것도 아닌 말일 수도 있어. 하지만 그 당시 그녀에겐 그게 정말로 절실한 것이었을 수도 있으니까. 염원의 간절하고 간절하지 못한 것은 본인이 판단할 문제라고 생각해. 우리가 타인의 염원의 간절함의 정도를 판단할 권리는 없는 거지."

하론의 말엔 틀린 구석이 없었다. 그녀의 염원의 간절함의 정도는 결코 내가 판단할 문제가 아니었다. 샤넌이 그 당시에 간절히 바랐던 건 쉬고 싶단 생각이었고, 그렇기에 그녀는 오랫동안 잠들어 있었던 걸까? 그렇다면 그녀가 잠이 들면서 그 자리를 대신했던 바이올렛의 영혼은 어디로 갔단 말인가.

"바이올렛은 어디로 사라져 버린 걸까. 설마 진짜로 죽…… 아니다, 그럴 리가 없잖아."

하론은 죽었다, 라는 불길한 울림을 가진 말을 뱉기가 싫다는 듯이 재빠르게 제 말끝을 흐렸다.

"나도 그럴 리가 없다고 생각해. 그녀는 어딘가에 존재할 거야, 분명히."

나는 바이올렛이 그런 식으로 쉽사리 사멸했을 거라 생각하지 않았다. 그 누구보다도 강렬한 염원을 지니고 있던 바이올렛이었다. 되레 그녀는 다른 강렬한 염원을 이루기 위해 어디론가 사라졌을지도 몰랐다. 그쪽이 훨씬 더 가능성이 높은 가설이었다.

아니, 잠깐만.

다른 염원을 가지고 다른 곳으로 갔다라…….

머릿속엔 며칠 전에 꾸었던 꿈이 스치듯이 떠올랐다.

"하론, 나도 네게 얘기하지 못한 사실이 있어."

"……어?"

나는 하론에게 얘기하지 못했던 꿈의 내용을 떠올렸다.

'빵집의 에그타르트'라는 빵집에 들어간 현실 속 다혜. 그리고 그녀와 언쟁을 벌였던 에르하르트와 닮은 남자. 마지막으로 다혜의 입술이 그려냈던 '바이올렛'이란 이름까지도.

나는 그것들에 대해 이제야 하론에게 털어놓았다. 하론은 내 말이 끝날 때까지 묵묵히 경청을 했다. 그리고 내 설명이 모두 끝이 나고서야, 하론은 내게 의문을 표했다.

"설마 그곳에 바이올렛이 있을 거라고?"

"이상하게 들리겠지만, 그런 생각이 들어."

"……하. 네 말에도 일리가 있다고 생각하지만."

하론은 제 관자놀이를 꾹 누르며 나를 지그시 바라보았다. 언제나 청량하기만 했던 그의 푸른 눈동자가 가히 복잡하게만 보였다.

"정말 뭐가 어떻게 됐는지 모르겠다."

***

샤년의 강렬한 염원이 쉬고 싶다는 게 아닐까, 라고 말하긴 했지만 이 순간 정작 휴식이 절실한 것은 하론 자신이었다.

하론은 낮은 숨을 연신 토해 냈다. 다혜 앞에서 복잡한 티를 내지 않고 싶었지만, 표정이 굳어가는 걸 막을 수가 없었다.

샤년이 깨어났다는 것을 들었을 때 이제 모든 게 잘될 거라고 생각했었는데…….

잘되기는 개뿔, 되레 바이올렛의 영혼이 어디론가 사라져 버렸다. 지금 깨어난 샤년이 바이올렛일 거라곤 전혀 생각하지 않았다.

지난 세월, 꽤 오랫동안 함께 지내며 누구보다도 바이올렛을 잘 알고 있던 하론이었다. 그녀의 눈빛, 말투, 손짓 그런 것들 하나만 보아도 그녀가 바이올렛인지, 아닌지를 알 수 있었다. 그렇기에 깨어난 샤년이 한마디를 뱉던 순간부터, 하론은 일이 무언가가 잘못되었음을 단번에 인식할 수 있었다.

"……하론?"

저를 부르는 다혜의 목소리에 하론은 상념에 빠져 있던 제 정신을 깨웠다.

"미안, 잠깐 생각이 많아져서."

"오늘은 그만 후작저로 돌아가서 쉬는 게 어떨까?"

"응……. 그래야지. 그래야 하는데……."

널 두고 후작저로 돌아가고 싶지 않아. 하론은 거기까지 말하지 못하고 또다시 기다란 한숨을 내쉬었다.

이런 상황에서조차도 다혜와 더 오랜 시간 함께 있고픈 마음이 든다면, 그것은 잘못된 생각인 걸까?

바이올렛의 영혼이 어디로 사라졌는지 모르는 이런 상황에서 말이다. 그녀가 다시금 자살이란 길을 선택하지 않게 고군분투했던 지난날의 저의 모습이 주마등처럼 스쳐 지나갔다.

결론적으로 말하자면, 하론은 정말 열심히 바이올렛을 설득했다. 제 생에 무언가를 이토록 열심히 했을까 싶을 정도로. 사랑하는 다혜와의 믿음 또한 걸면서까지.

질리고 물릴 때까지 그녀를 어르고 달랬지만, 끝내 그녀가 한 일은 과거와 같은 일이었다. 바이올렛은 과거, 저가 자살했던 것과 다름이 없이 난간에서 떨어지길 자처했다. 심지어 제 약혼식에서 말이다.

초대하지 않은 약혼식에 바이올렛이 왔다는 걸 알았을 때도, 설마 무슨 일이 일어날 성싶었던 하론이었다. 그저 바이올렛이 저를 축하해 주기 위해 약혼식을 찾아왔다고 생각했을 정도였으니. 안일해도 그렇게 안일했을 수가 없었다.

자신의 행복을 빌어 주겠다던 바이올렛이었건만. 그녀는 어째서 그런 선택까지 하게 된 걸까?

누구보다도 그녀를 잘 이해한다고 생각했었는데, 어쩌면 자신은 그녀를 전혀 이해하지 못하고 있었을지도 몰랐다. 그래서 이토록 지치는 마음이 드는 것일지도 모르겠다. 이제 더는 바이올렛의 일에 연관하고 싶지 않은 생각까지도 들었다. 후회하고 싶지 않아서 과거로 돌아왔고, 훗날 후회하고 싶지 않을 만큼 바이올렛을 위해 노력했으니까.

하론은 방금 전에 다혜가 했던 꿈 얘기를 곱씹어서 생각했다. 다혜의 몸에 빙의된 여자가 마지막으로 뱉었던 말, '바이올렛.'

다혜는 사라진 바이올렛의 영혼이 제 몸에 들어간 것이 아니겠냐고 넌지시 말했다. 물론 그녀의 말에 신빙성이 전혀 없는 것은 아니었다. 사라진 그녀의 영혼이 갈 만한 곳이랄 게, 그곳밖에 없었으니까.

하나 너무나도 기이한 일이었던 터라 선뜻 믿기지 않는 것뿐이었다. 저도 다혜의 세계의 꿈을 연속해서 더 꾸었다면 확실히 믿을 수 있었을지도 몰랐다. 그러나 꿈에서 하론이 본 것은 다혜라는 여자가 잠에서 깨어나는 부분이 전부였으니 말이다.

만약 다혜의 가설이 진실이라면, 그러니까 바이올렛이 다혜의 몸에 빙의된 것이라면, 차라리 그게 더 잘된 일이란 생각이 들었다.

바이올렛이 그곳에서 행복했음 하는 바람이었다. 그곳엔 그녀가 애증으로 집착하는 에르하르트도 없었고, 에르하르트의 사랑을 받는 다혜도 없었다. 저와 얽인 이가 아무도 없는 그곳이 오히려 그녀가 살기에 더 좋은 곳일지도 몰랐다.

물론 때때로 그녀가 그립기도 하겠지만…….

과거의 숫제 많은 순간들을 함께 겪으며 자란 바이올렛이었다. 이따금씩 그녀를 떠올리는 건 어쩔 수 없는 일이라고 생각했다.

거기까지 생각한 하론은 오랫동안 다물고만 있었던 제 입술을 달싹였다.

"다혜, 아무래도 나도 그 꿈을 꾼다면, 네 말에 더욱 확실히 동조할 수 있을 것 같아."

"너는 내가 잠에서 깨어나는 것까지 꿈에서 보았다고 했지?"

"응."

"애초에 꿈을 꾸지 않은 게 아니니까, 어쩌면 너도 조만간 그다음 장면을 꿈으로 꿀지도 몰라."

"나도 그렇게 생각해."

다혜와 관련된 꿈을 애당초 꾸지 않았다면 모를까. 하론 또한 한 번 그 꿈을 꾸었으니, 다음 장면도 꿈에서 볼 수 있을 거란 생각이 들었다. 의미 없이 그냥저냥 그런 꿈을 꿨을 거라고도 생각하지 않았다.

의미가 없는 것은 없다고, 하론은 생각했다.

"그런 의미에서 말인데, 다혜."

"응?"

"너와 함께 잠들면, 내가 그 꿈을 꾸게 될지도 몰라."

"……어? 그게 무슨 말이야?"

"오늘도 공작저에서, 아니, 네 곁에서 잠들고 싶다는 말."

하론은 언제나 짓던 미소를 지으며 다혜를 응시했다. 그러자 다혜가 퍽이나 당황한 얼굴빛을 띠었다. 이윽고 '하, 하론!'이라며 제 이름을 부르겠지.

"하, 하론!"

역시나 하론의 예상에 벗어나지 않은 다혜였다.

아주 조금 객쩍은 말을 했음에도 불구하고 그들 사이에 맴도는 공기가 확연히 누그러져 있었다. 꽤나 복잡한 상황이긴 했지만, 하론은 저와 바이올렛 때문에 다혜가 계속해서 복잡한 채로 있길 바라지 않았다. 아무리 복잡해져 있다 한들, 제 힘으로 해결할 수 있는 문제도 아니었다.

영혼의 이동이란 건, 정말로 심오하고 난해한 일이었으니까.

"다혜, 농담이야."

"너, 넌! 왜 농담을 매번 그런 식으로……."

그리 대답하는 다혜의 볼 어귀가 붉어져 있었다. 그녀는 더운 것인지 연신 제 얼굴에 손부채질을 했다. 그 모습이 하론의 눈엔 여간 귀여워 보일 수가 없었다.

"네가 너무 심각해 보이길래."

"그랬었나?"

"어, 그랬어. 완전 심각했다고."

"하론 너도 심각했으면서."

다혜가 조금은 볼멘소리로 대답했다. 그러자 하론은 테이블 위에 무방비하게 놓여 있던 다혜의 손을 부여잡았다.

"바이올렛이 정말로 네 몸에 빙의된 거라면, 나는 그녀가 그곳에서 행복했으면 해."

"하론."

"이제 우리를 더 이상 방해하지 말았으면, 하는 생각까지도 들더라."

하론은 매끄러운 다혜의 손등을 가볍게 쓸었다.

"나 이번엔 진짜 못됐지? 이기적인 거지? 그렇게나 바이올렛을 위하는 양 굴었던 주제에."

"하론, 미안하지만 나도 그런 생각을 했어. 그렇게 따지자면 나도 못됐고 이기적인 건데?"

"그럼 우린 이기적인 커플인 건가?"

"그럴지도."

하론은 그리 대답하며 작게 키득거렸다. 그러자 다혜 또한 미소를 지었다. 그녀의 미소를 보자 다행이란 생각이 들었다.

무슨 상황이건 간에 그녀의 얼굴에 미소가 서리기만 한다면.

하론은 아주 대단한 사랑의 열병에 걸린 듯한 기분이 들었다.

"다혜, 그래서 오늘 밤에 공작저에서 자고 가도 된다는 거야?"

"……하론!"

***

그 후, 이틀이 흘렀다. 이틀 동안 딱히 커다란 일은 일어나지 않았다.

나를 찾아온다던 샤넌은 아직까지 잠잠했고, 바이올렛의 영혼의 행방에 대한 것도 오리무중이었다. 풀리지 않는 문제들이 머리 한편에 연신 맴돌았지만, 나는 애써 그것들을 오랫동안 생각하지 않았다. 생각한다고 해서 해결될 문제가 아니었기 때문이었다.

대신 나는 좀 더 가시적인 일의 경과를 지켜보고 싶었을 따름이었다. 그것은 바로 아이린을 찾아가는 일이었다.

러셀과의 해묵은 감정이 얼마나 풀렸는지도 궁금했고, 요 근래에 아이린을 찾아가지 못했기도 했다. 마지막으로 보았을 때 내게 화 아닌 화를 냈던 아이린이었으니. 어쩌면 오늘만큼은 내 방문을 박대할지도 몰랐다. 물론 찾아가겠다는 전서는 보냈지만, 그녀에게서 돌아오는 답신은 없었다.

애당초 연락하고 만났던 사이도 아니었거니와 언제고 내가 찾아와 주길 바랐던 아이린이었기에 그냥 찾아가도 괜찮지 않을까?

뭐, 문전박대를 당한다면 어쩔 수 없는 일이긴 하지만.

에르하르트의 공작저에 도착한 나는, 이젠 제법 익숙하게 공작저로 들어섰다. 안으로 들어서며, 한 가지 바라는 점이 있다면 바로 에르하르트와 마주치지 않는 것이었다. '다혜'란 내 이름까지도 알아 버린 에르하르트를 다시금 만나는 건 곤혹이라고 생각했다. 나는 도둑고양이가 된 것처럼 발소리를 죽이며 복도를 거닐었다. 주변을 둘러보는 것은 덤이었다.

다행스럽게도 에르하르트는 보이지 않았…….

"바이올렛?"

다고 생각했는데, 아닌가 보다.

뒤쪽에서 내 이름을 부르는 익숙한 목소리가 들렸기 때문이었다. 어째 등장을 해도 이런 타이밍에 등장을 하는 건지.

나는 조금 난감한 얼굴로 슬며시 뒤를 돌아보았다.

"하하, 에르하르트 공작님."

그는 어느 방문에서 나와 나를 물끄러미 바라보고 있었다. 그러곤 금세 내게로 걸어왔다. 마치 도망갈 새를 주지 않겠다는 태도였다.

딱히 도망가려던 것은 아니었으나, 그가 다가오는 것을 보자 이상하게도 도망가고픈 마음이 솟구쳤다.

"아이린을 만나러 온 건가?"

"……네."

"아이린을 만나러 오며, 내게도 들를 예정이었고?"

"그건 생각을 좀 더 해 봐야 할 것 같은데요."

나는 연신 어색한 미소를 흘리며 그에게 대답했다. 그러자 에르하르트는 기가 막힌 미소를 지었다. 어쭙잖은 내 대답이 제 딴엔 꽤나 마음에 들었나 보다.

"아이린은 지금…… 샤넌을 만나고 있을 텐데."

"네? 샤넌 님이요?"

"어, 두 사람. 돈독했잖아."

샤넌이 아이린을 만나고 있다라.

샤넌이 잠들기 전까지 아이린과 말동무로서 돈독하게 지내긴 했었다. 물론 내가 직접 본 것은 아니었고, 그건 '샤넌을 위하여'에서 나온 서술이었다.

샤넌은 자신의 사라진 기억에 대한 실마리를 잡고자 아이린을 찾은 걸까?

딱히 아이린이 그녀에게 도움이 될 만한 정보를 줄 성싶진 않았다. 영혼의 뒤바뀜을 아는 건 나와 하론, 그리고…….

"바이올렛, 아니, 다혜인가? 너도 깨어난 샤넌을 만났었나?"

에르하르트. 그 또한 샤넌의 몸에 진짜 바이올렛의 영혼이 존재한다는 걸 알고 있는 이였다.

에르하르트는 내 진짜 이름을 어색하게 불렀다. 그의 입술 사이로 내 이름이 불리는 걸 실제로 들을 줄이야. 조만간 아이린 또한 내 실제 이름을 알게 되는 것은 아닐는지, 하는 걱정이 잠깐 일었다.

"네, 러셀 님의 도움으로 저도 만났어요."

내 대답에 에르하르트는 제 입가에 띠워져 있던 미소를 지웠다. 그 또한 샤넌을 보고, 나와 하론이 느꼈던 것과 같은 것을 느낀 것은 아닐는지.

"그렇다면…… 너도 느꼈겠군."

"……."

"깨어난 샤넌이 진짜 샤넌이라는 걸."

에르하르트는 그 사실을 꽤나 무겁게 뱉어냈다.

아아, 역시나 그 또한 우리와 같은 것을 느꼈던 것이었다. 나는 고개를 위아래로 끄덕였다. 사실을 아는 그에게 구태여 거짓말을 늘어놓을 필요성은 없었다.

"바이올렛은 도대체 어디로 사라진 걸까."

그는 바이올렛이라는 이름을 조금 씁쓸하게 내뱉었다.

지난날 제 연인이었고, 오늘날 저 때문에 철저히 망가진 바이올렛.

에르하르트는 바이올렛의 망가진 이유에 저란 이유가 가미되어 있음을 알고 있을까?

물론 삐뚤어진 성정을 가진 것은 바이올렛의 잘못이었으나 그렇다고 해서 에르하르트의 행동이 모두 옳았다고는 단언할 수 없었다. 그가 조금이라도 바이올렛에게 상냥하게 대했더라면. 그랬다면, 지금 우리의 상황도 변했을 거라고 생각했다. 적어도 긍정적인 방향으로 말이다.

"……저도 모르겠어요. 그녀가 어디로 사라졌는지는."

대강 짐작은 하고 있지만 말이에요. 나는 거기까지 말하진 않고 입을 다물었다. 내 꿈에 관련된 얘기까지 그에게 친절히 보고하고픈 마음은 전혀 없었다. 그리고 그와 나눌 대화도 더는 없었다.

"공작님, 저는 이만 먼저 가 볼게요."

나는 다시금 가던 길을 재촉하기 위해 몸을 돌렸다. 하나 에르하르트는 아직 제 할 말이 남았다는 듯이 내 손목을 부여잡았다.

"내게도 너와 대화할 수 있는 시간을 줘."

"저는 당신과 그다지 대화를 하고 싶지가 않은데요."

"잠깐이면 돼."

에르하르트는 내 손목을 제 쪽으로 끌었다. 지난날 연회에서 나를 끌고 갔던 그 악력과 다름이 없었다. 나는 그에게 잡힌 손목을 빼내려 했지만, 그는 고집스럽게 내 손목을 놓지 않았다.

"이것 좀 놓……."

놓아달라고 말하려던 찰나, 누군가가 우리 사이에 끼어들었다.

"공작님, 그렇게 안 봤는데 상당히 무례하시군요."

그 까칠한 음성의 주인공은 놀랍게도 샤넌이었다. 샤넌은 아주 우아한 걸음걸이로 우리에게 금세 다가왔다. 그녀는 에르하르트가 강압적으로 잡고 있던 내 손목을 가만히 내려다보았다. 이윽고 그녀의 미간은 수습할 수 없을 정도로 일그러지기에 이르렀다.

"엿보려고 했던 건 아니었는데, 우연히 봐 버렸네요."

"샤넌?"

에르하르트가 그녀의 이름을 어색하게 부르자, 샤넌이 꽤나 불쾌한 목소리로 대답했다. 꼭 저가 에르하르트에게 강압적인 일을 당했다는 듯이 말이다.

"싫다는 사람을 억지로 끌고 가는 건 정말 무례한 행동이라고 생각해요."

"……."

"제가 듣기론 바이올렛 공녀는 공작님과 할 말이 없다고 한 것 같던데. 제 말이 틀린가요?"

샤넌은 날이 선 시선으로 에르하르트를 응시했다. 그 시선 속엔 경멸의 기운이 가득했다. 이전의 그녀, 즉 바이올렛의 영혼이라면 결단코 내비치지 않았을 눈빛이었다. 애증이라면 모를까, 에르하르트에게 경멸의 빛이라니.

"샤넌, 네 말이 틀린 건 아닌데."

에르하르트는 제 말을 끝까지 잇지 못했다. 샤넌이 먼저 입술을 달싹였기 때문이었다.

"그럼 어서 바이올렛 공녀의 손목을 놓아주세요."

샤넌은 꼭 어린아이를 꾸짖듯이 에르하르트를 나무랐다. 그러자 난감해진 것은 에르하르트였다. 그는 나와 샤넌의 얼굴을 번갈아 응시했다. 그의 얼굴엔 고민의 빛이 가득했다. 내 손목을 놓아줄지, 아닐지에 대한 고민이었을 게 분명했다.

이윽고 그는 휴, 하는 가벼운 한숨을 내쉬며 잡고 있던 내 손목을 놓아주었다. 그의 고민의 결론은 내 손목을 놓아주는 쪽으로 기운 것이었다.

"나는 해코지하려고 바이올렛의 손목을 잡았던 건 아니었어. 단지 얘기를 조금 하고 싶었을 뿐이야."

에르하르트는 퍽 누그러진 음성으로 낮게 읊조렸다. 그것은 변명의 기운이 완연한 대답이었다.

"얘기를 하고 싶었다면 정중하게 부탁을 하셨어야죠. 다짜고짜 손목부터 잡는 게 해코지가 아니라면 도대체 무엇이 해코지란 말인가요."

샤넌은 너무나도 똑 부러지게 제 의견을 피력했다. 너무나도 완고한 그녀의 말에 할 말이 없어진 것은 역시나 에르하르트였다.

그는 제 입을 꾹 다물었다. 심지어 그에게선 변명조차도 할 여력이 없어 보였다. 내가 듣기에도 샤넌의 말엔 틀린 구석이 전혀 없었다.

"······내가 섣불렀군."

그것은 입술을 꾹 다물고만 있었던 에르하르트가 내뱉은 말이었다. 늘 오만한 태도를 일삼던 도끼병 공작이라곤 믿지 않는 말이기도 했다. 나는 붉어진 손목을 에르하르트 앞에 내밀며 말했다.

"공작님께 잡힌 손목이 정말 시큰거리네요."

구태여 에르하르트의 사과를 바라고 한 말은 아니었다. 하나 왠지 모르게 나도 나대로 내 의견을 피력하고픈 생각이 들었을 뿐이었다. 샤넌의 완고한 태도에 영향을 받았다고나 할까.

"미안."

에르하르트는 착잡해진 목소리로 사과의 말을 건네었다.

"다음부터는 그런 행동, 자제해 주세요. 당신은 권위 있는 공작이긴 하나 그렇다고 해서 다른 사람들을 함부로 대할 특권이 있는 것은 아니니까."

샤넌은 딱딱한 목소리로 에르하르트를 또다시 꾸짖었다. 너무나도 명쾌한 말에 박수라도 쳐 주고 싶은 심정이었다.

나는 순간 아주 완벽한 확신이 들었다. 지금 내 눈앞에 있는 샤넌이 진짜 샤넌이라는 확신이었다. 일말의 의심은 전혀 들지 않았다. 그리고 에르하르트 또한 나와 같은 생각을 했을 게 분명했다.

무안할 정도로 에르하르트를 꾸짖었던 그녀는, 아이린에게 가는 내 행보에 동행을 자처했다. 샤넌은 방금 전에 아이린을 만나고 오긴 했지만, 나를 포함해 삼자로서 다시금 대화를 나누고 싶다고 했다. 구태여 거절할 일은 아니었기에 나는 그녀의 동행을 수긍했다.

우리는 그렇게 함께 복도를 거닐었다. 한껏 혼이 난 에르하르트는 제 꽁지를 내리고선 어디론가 사라진 뒤였다. 아무래도 그에겐 부서진 제 마음을 수습할 시간이 필요한 게 아닐까, 하는 생각이 들었을 뿐이었다. 그렇게 제 마음을 수습하면 또다시 오만한 도끼병 공작으로 돌아오는 것은 아닐까.

에르하르트의 부서진 마음이라. 순간 왠지 모르게 원작의 내용과 비슷하게 흘러가는 듯한 기분이 들었다.

뭇 여자들에게서 거절이라곤 받아 본 적이 없는 에르하르트가 처음으로 여자에게 꾸짖음을 당하고, 거절을 받는다. 그것은 원작 속에서 에르하르트가 샤넌에게 관심을 가지게 된 계기였다. 즉 원작 속 샤넌이 저를 꾸짖고 거절함으로서 에르하르트는 샤넌을 점점 더 원하게 되었다는 거다.

자신을 밀어내는 이에게 사랑을 느껴 버리는 에르하르트의 이상한 페티시즘에 관해선 이미 나도 익히 알던 바였다. 내가 그를 싫어하며 밀어내면 낼수록 에르하르트는 내게 절절해졌으니까.

그런 그를 진짜 샤넌이 한껏 꾸짖었으니, 설마 이젠 원작대로 얘기가 흘러가게 되는 걸까.

나는 그런 생각을 하며, 내 옆에서 발걸음을 맞추어 걷고 있는 샤넌의 얼굴을 쳐다보았다. 흘긋 그녀의 얼굴을 훔쳐보자, 그녀의 낯빛은 지난날보다 훨씬 더 좋아져, 아니 아름다워져 있었다. 얼굴엔 윤기로 반짝였고, 입술엔 붉은 기가 완연했다. 그것은 결코 화장이나 인공적인 무언가로 만들어 낼 수 있는 아름다움이 아니었다. 전방을 똑바로 응시하는 그녀의 은빛 눈동자에선 아주 맑은 빛이 나기도 했다.

아아, 이것이 바로 실제 여자주인공의 압도적인 분위기라는 걸까.

설핏 본 그녀에게서 쉽사리 눈을 뗄 수가 없었다. 심지어 같은 여자임에도 불구하고 말이다. 같은 얼굴을 한 사람이 완전히 달라 보인다는 건 정말 이상한 일이었다.

"바이올렛 공녀. 제 얼굴에 뭐가 묻기라도 했나요?"

샤넌은 내 쪽은 쳐다보지도 않으며 그리 물었다.

"아뇨. 불쾌하셨다면 죄송해요."

"공녀의 눈빛이 뜨겁긴 했지만 불쾌하진 않았어요. 그런데 왜 그렇게 쳐다봤는지 물어도 될까요?"

"아, 왠지 모르게 전과 너무 달라보여서. 그래서 쳐다본 거예요."

"……제가 달라지긴 많이 달라졌나 보군요. 실상 지금의 제 모습이 진짜 모습인데."

그녀의 말이 맞았다. 그녀 스스로가 변한 것은 아무것도 없었다. 되레 불청객인 바이올렛의 영혼이 그녀의 몸을 잠깐 동안 점령했을 뿐이었다. 아주 강렬한 염원으로 말이다.

"아이린 님도 제게 그 말을 했어요. 제가 많이 변했다고."

"……"

"그리고 당신의 약혼식을 망친 상황에 대해서도 자세히 들었어요. 어떻게 제가 그렇게 끔찍한 짓을 했을까요? 바이올렛 공녀에겐 변명으로 들릴지는 모르겠지만, 저는 정말로 그때의 일이 기억나지 않아요. 다들 저러러 떨어진 충격에 기억을 잃은 게 아니냐고 하지만, 그렇지 않은 걸요. 제 기억은 아주 온전해요. 다만 오랫동안 잠을 자고 있었던 것뿐이었죠."

"변명으로 듣지 않아요. 그리고 저는 샤넌 님의 말을 믿어요."

바이올렛이 잠든 당신의 몸을 점령했던 시간의 사건들을 기억하지 못하는 건 당연한 일이니까.

샤넌은 제 손바닥을 가만히 내려다보았다. 그러곤 제 손을 가볍게 쥐었다 폈다. 그것이 실제 제 손바닥이 맞는지 확인이라도 하는 듯이.

"이런 말, 정말로 이상하게 들리겠지만…… 몇 개월 동안의 저는 진짜 제가 아니었어요. 마치 다른 영혼이 제 몸속에 존재했던 것 같다고나 할까요."

……이것 또한 여주인공의 강한 촉에 발한 예측쯤이 되는 걸까.

그녀는 생각보다 매우 정확하게 자신에게 덮쳤던 상황을 유추해 내고 있었다. 그녀의 말엔 한 치의 오차도 없었지만 나는 수긍을 할 수 없었다. 그녀에게까지 우리의 영혼에게 일어난 심오하고 난해한 일을 설명할 자신이 없었기 때문이었다. 샤넌에게 사실을 얘기해 줄 수 없어서 애석할 따름이었다.

"그런 기분이 든 것도 이해해요."

나는 샤넌의 기분을 충분히 이해한다는 듯이 고개를 끄덕였다. 그러자 되레 샤넌이 나를 의아하게 응시했다.

"……바이올렛 공녀? 당신도 많이 변한 것 같은데. 제 착각인가요?"

나는 고개를 내저었다.

"아뇨. 정확하게 보신 거예요. 당신이 오랫동안 잠들어 있던 사이에 저도 조금 변했답니다. 사람은 언제고 변하는 법이니까요."

샤넌은 믿을 수 없다는 듯이 나를 빤히 응시했다. 마치 내가 진짜 바이올렛인지 아닌지를 가늠해 보는 듯이.

그러다 우리는 걸음을 멈추었다. 아이린의 방에 도착했기 때문이었다. 아이린에게 우리가 왔음을 고하기 전, 샤넌은 내게 한 마디를 더 건네었다.

"바뀐 모습이 훨씬 더 보기 좋아요."

그녀의 눈빛은 여전히 의구스럽게 빛이 났지만 입가엔 작은 미소가 띠워져 있었다. 이거, 조만간 샤넌과 좋은 관계가 되는 것은 아니려나.

우리는 그렇게 아이린의 방으로 들어섰다.

"바이올렛! 오랜만이구나."

아이린은 여느 때와 다름이 없는 명랑한 목소리로 나를 반기었다. 지난날 러셀의 일로 내게 소리를 쳤던 그녀의 모습이 무색할 정도였다. 문전박대를 당하는 게 아닐까, 조마조마했었는데 말이다.

"아이린 님. 그동안 잘 지내셨어요?"

"그럼. 아주 잘 지냈고말고. 물론 바이올렛을 며칠간 보지 못해서 마음이 조금 아팠지만 말이야."

나를 향한 변함없는 그녀의 태도에 나도 모르게 안도감이 들었다. 러셀과의 일이 잘 해결된 것일까? 아이린의 얼굴도 며칠 전보다 눈에 띄게 좋아져 있었다. 며칠 동안 걱정으로 가득했던 것은 나와 하론뿐이었던 것만 같았다.

나는 아이린의 손짓에 따라 그녀의 맞은편에 자리를 잡았다. 물론 샤넌도 함께였다. 우리가 자리를 잡자, 시녀 하나가 얼른 차를 내어 주었다. 마음이 절로 편안해지는 향이 나는 차였다.

"돌아간다던 샤넌도 다시 왔구나. 두 사람 복도에서 만난거야?"

"네. 복도에서 우연히 마주쳤는데, 샤넌 님이 아주 멋있게 저를 구해 주셨어요."

나는 샤넌을 향해 엄지를 들어 보였다. 아무리 생각해도 그 타이밍에 에르하르트에게 그의 무례를 짚어 준 것은 꽤 멋있는 행동이었다고 생각했다. 그 순간만큼은 그녀가 구세주로 보였을 정도였으니.

"공, 공녀. 멋있었다뇨. 해야 할 일을 당연히 한 것밖에 없는 걸요."

놀랍게도 샤넌은 매우 부끄러워하고 있었다. 멋있었다는 그 말이 그녀를 부끄럽게 한 장본인임이 분명했다.

에르하르트를 멋있게 응징했던 그녀의 모습은 어디로 간 것인지. 어쩐지 제 눈을 수줍게 내리깐 샤넌의 모습은 도무지 적응이 되지 않는 것이었다. 꽤나 귀여워 보이기도 했다.

바이올렛이 종용했던 샤넌의 얼굴은 언제나 증오, 불안함, 독기 그런 것들이 가득했었는데. 나는 사라진 바이올렛을 잠깐 생각했다. 그녀는 그 세계에서 잘 지내고 있는 걸까?

하론은 내 말을 죄다 믿을 수 없다고 했지만, 나는 바이올렛이 내 세계에 있을 거란 확신이 있었다. 이건 여자로서의 감을 넘어선 확신에 가까웠다. 구태여 그 정도를 따지자면, 지금 눈앞에 있는 샤넌이 진짜 샤넌이라는 믿음과 비등한 확신이었다.

"뭐야, 두 사람만 아는 얘기를 하는 거야? 무슨 일이 있었는데? 내게도 얘기해 줘."

아이린은 볼멘소리를 내며 우리의 대화에 끼어들었다.

"아, 그게 말이죠……."

나는 숨기지 않고선 방금 전에 있었던 일을 아이린에게 일러주었다. 우연히 에르하르트를 만났던 일. 그에게 손목이 잡혔던 일. 그리고 샤넌의 따끔한 일침까지도.

내 말을 끝까지 들은 아이린은 놀란 표정을 지으며 샤넌을 바라보았다.

"샤넌 너! 정말로 내가 알던 샤넌이 맞아? 어떻게 에기를 그런 식으로 막 대할 수 있었던 거지?"

"아이린 님. 아까 전에도 말씀드렸지만, 저는 아이린 님의 말동무를 하던 그 샤넌이 맞답니다."

샤넌은 답답하다는 듯이 기다란 한숨을 내쉬었다.

"……흠."

아이린은 샤넌의 대답에도 곧바로 수긍하지 못하고 긴 신음을 흘렸다. 그러다 갑자기 무언가를 번뜩 떠올린 듯이 제 손가락을 가볍게 튕겼다.

"알겠다! 샤넌! 너 그거 전략이구나?"

"전략…… 이요?"

"그래! 에기에게 냉담한 태도를 취해서 그의 마음을 다시 쟁취하겠다는! 너, 그렇게 안 봤는데 상당히 계략가구나. 바이올렛도 그런 전략을 썼었지, 아마?"

"……그건 아이린 님이 완전 잘못 짚으신 거예요. 그건 전략이 아니라, 진심이었다고요."

그리고 오늘도 완전 잘못 짚으신 것 같은데. 나는 차마 그 말까진 하지 못하고 어색한 미소만을 흘렸다.

"아이린 님. 죄송하지만 아이린 님의 추측은 전혀 맞지 않아요. 저는 에르하르트 공작님께 아무런 감정이 없는걸요. 무례한 건 조금 질색이라……."

샤넌은 자신의 솔직한 생각을 숨길 필요가 없다는 듯이 말했다. 무례한 건 질색이다, 라는 말은 에르하르트 같은 남자는 질색이란 말처럼 들리기만 했다. 그녀에게선 그 어떤 가식적인 언행과 표정도 보이지 않았다.

그제야 '샤넌을 위하여'의 주인공인 샤넌 위즈일라를 눈앞에서 보는 기분이 들었다. 책을 읽으며 이따금씩 그녀가 실제로 어떤 사람일지 궁금했었는데, 소정의 내 바람이 달성된 게 아닌가 싶었다.

실제로 만난 그녀는 생각보다 아주 괜찮은 사람인 것만 같았다. 조금 더 일찍 만났다면 더 좋았을 거란 생각이 들 정도로.

"엥? 뭐야! 그럼 도대체 뭔데? 며칠 전까지는 에르하르트 없인 못 살 것처럼 굴었으면서."

아이린은 이 상황이 도무지 이해가 되지 않는다는 듯이 미간을 구겼다. 그녀도 샤넌의 말에 거짓이 없음을 느꼈을 게 틀림없었다.

"뭐긴 뭐예요. 마음이 변한 거지. 사람의 마음은 때때로 변할 수도 있는 거랍니다."

나는 아이린을 위로하듯이 한마디를 건네었다. 하나 그 말은 아이린의 어떤 시스템을 촉발시킨 것만 같았다. 아이린의 검은 눈동자가 한껏 반짝이며 내 쪽으로 향했다.

"어머, 그럼 바이올렛 네 마음도 변할 수가 있다는 건가? 이를 테면 네 마음이 에기에게로 향한다든지."

이른바 에르하르트와 나를 잘되게 만들려는 그런 시스템이라고나 할까.

나는 버릇처럼 한숨을 푹 내쉬며 고개를 내저었다.

"하론을 향한 제 마음은 결단코 변하지 않을 것 같네요, 아이린 님. 도대체 언제까지 에르하르트 공작님과 저를 엮으실 건가요?"

"그거야 네가 하론과 완벽하게 결혼식을 끝낼 때까지?"

"하론에게 내일이라도 당장 결혼을 하자고 해야겠어요."

내가 짐짓 심각한 표정을 지으며 대답하자 아이린이 제 입술을 부루퉁하게 내밀었다. 아무래도 내 대답이 퍽이나 마음에 들지 않았나 보다.

순간 들린 것은 누군가의 작은 웃음소리였다. 나는 웃음소리가 나는 방향으로 고개를 돌렸다. 그곳엔 제 입을 가린 채로 키득거리고 있는 샤넌이 보였다.

"큭큭, 두 사람. 대화하는 거 정말 재밌네요. 바이올렛 공녀, 당신 원래 이런 사람이었어요?"

"예. 샤넌 님께서도 믿지 못하시겠지만 저는 원래 이런 사람이었답니다."

물론 껍데기는 바뀌었지만 말이에요.

나는 샤넌을 따라서 함께 웃었다. 이토록 편안한 분위기에서 객쩍은 웃음을 지으며 샤넌과 대화를 나누는 날이 오다니.

세상 오래 살고 볼 일이었다.

*　*　*

러셀과의 일의 경과를 묻기 위해 아이린을 찾아갔건만, 결국에 러셀에 관한 얘기는 전혀 꺼내지 못했다. 정작 그녀와 나눈 이야기라곤 기승전 에르하르트 정도였다. 무슨 대화가 시작되든 아이린과의 대화의 끝은 에르하르트였으니.

가령 샤넌의 기억에 대한 것을 얘기할 때도,

'아무것도 기억이 나지 않아서 답답해요.'

라고 샤넌이 말하면 아이린은,

'그럼 우리 함께 에기에게 찾아가서, 네가 기억 못 하는 나날들에 대해 이야기를 나눠 볼까?'

이런 식으로 대답했다고 해야 하나.

어째서 그 나날들을 에르하르트와 얘기를 나눠야 하는 것인지 전혀 이해가 되지 않았다. 샤넌도 나와 같은 생각이라고 여겼다. 그녀는 그를 찾아가자는 아이린의 제안을 번번이 거절했기 때문이었다.

여하튼 결론적으로 아이린은 우리가 한 번 더 에르하르트를 만나길 바라는 것만 같았다. 방금 전에 제 동생이 샤넌에게 어떤 수모를 당했는지 똑똑히 들었음에도 불구하고 말이다. 일이 어떻게 흘러가든 일단은 만남을 조장해 보자, 이런 심리였던 걸까.

아이린의 방을 나선 지 꽤나 되었지만 그녀의 짓궂은 웃음소리가 귓가에 계속해서 맴도는 기분이었다.

"바이올렛 공녀, 공녀가 제 마차에 동석하는 게 어떤가요? 제 마차로 공작저까지 함께 갔으면 좋겠어요."

그것은 막 공작저의 현관을 나섰을 때에 샤넌이 건넨 말이었다.

그녀는 제 잊힌 기억에 대한 답답함으로 나와 함께 다시금 아이린을 찾았다. 하나 그녀는 다시 찾아간 것을 조금은 후회하고 있지 않을까, 싶었다. 그만큼 우리가 나눈 얘기는 정말 영양가 없는 얘기들이었기 때문이었다. 샤넌의 잊힌 기억에 대한 생산적인 대화는 전혀 나누지 못했음이었다.

아이린과 함께라면, 어쩌면 제 잊힌 기억에 대한 영양가 있는 대화는 영영 나누지 못할지도 몰랐다.

"이유가 있으신가요?"

나는 샤넌을 빤히 응시하며 그리 물었다.

"사실 공녀에게만 꼭 해 주고 싶은 얘기가 있었는데……. 한동안 궁에서 나오긴 힘들 것 같아서요. 아버지께서 제 걱정을 많이 하시거든요."

아아, 그 소설 속에도 몇 번씩 나오던 팔불출에 가까운 당신의 그 아버지? 실제로 본 적은 없었으나, 소설에서 읽었던 관계로 나는 얼추 그녀의 말을 이해했다.

샤넌이 내게 하고 싶은 말이라니. 그것은 무엇일까.

나는 그것이 필시 비밀스러운 대화임이 분명하다고 생각했다. 그렇지 않다면 조금 전에 아이린과 함께 있을 때, 그녀가 그 얘길 꺼냈을 테니까. 구태여 나에게만 얘기하고 싶다는 샤넌의 말엔 어쩐지 수상한 기운이 물씬 풍겼다.

"좋아요, 그렇다면 샤넌 님의 마차를 얻어 타고 갈게요."

"감사해요."

나는 내 마차의 마부에게 먼저 갈 것을 고하며, 샤넌의 마차에 동승을 했

272

다. 마차가 출발하기가 무섭게 샤넌은 제 입술을 떼었다.

"제가 긴 잠을 자고 있었단 말, 기억하고 계시죠?"

나는 고개를 끄덕였다. 그 말은 오늘도 들었던 말이었다. 기억하지 못하는 게 더 이상한 일이었다.

"긴 잠을 자며 여러 가지 꿈을 꾸었는데, 마지막에 꾼 꿈이 너무 생경하기도 하고, 기묘하기도 해서. 그 얘길 공녀에게 꼭 하고 싶었어요."

"꿈…… 이요?"

"네."

꿈이라. 왠지 모르게 나는 그녀가 무슨 꿈을 꿨을지 알 것만 같았다. 우리 사이에 나눌 기묘한 꿈 이야기라는 게 딱 한 가지밖에 없었으므로.

"설마 검은 머리에 검은 눈동자를 가진 여자가 잠에서 깨는 꿈을 꾸셨나요?"

내가 그리 묻기 무섭게 샤넌에 얼굴 위로 놀라운 빛이 스치고 지나갔다. 내 추측이 맞았음이 틀림없었다.

"어, 어떻게 그걸 아신 거죠?"

과연 내 말이 제대로 맞았던지 샤넌은 얼떨떨하게 내게 되물었다.

"음. 여자의 촉이라고나 할까요."

"……네?"

"그 얘기. 저한테만 해야 하는 이유를 들어봐도 될까요?"

샤넌은 어딘가를 초점 없이 바라보며 제 입술을 달싹거렸다.

"아……. 그게 꿈에서 깬 그 여자의 입에서 '바이올렛'이라는 말이 나왔거든요."

"바이올렛이요?"

아아, 그것은 내게도 꽤나 익숙한 꿈의 상황이었다. 긴 잠에서 깬 여자, 즉 다혜가 에르하르트를 닮은 남자를 보며 내뱉었던 말이었으니까. 샤넌도 나와 같은 꿈을 꾼 것일까? 그렇다면 그녀는 어느 장면까지 꿈을 꾼 것일까.

"네. 정황을 조금 더 설명을 드리자면, 검은 머리의 여자가 잠에서 깬 곳은 이곳의 정경이 아니었어요. 태어나서 처음 보는 곳이었다고나 할까요. 여하튼 그 여자는 길거리를 배회하다가 어느 빵 가게에 들어가게 되는 거예요."

아마도 그 빵 가게는 '빵집의 에그타르트'일 것이다. 나는 고개를 작게 끄덕이며 그녀의 다음 말을 기다렸다.

"그 가게 안에서 어느 남자와 말싸움을 하게 돼요. 묘하게도 그 남자, 에르하르트 공작님과 닮아 보였어요."

"그리고 거기서 검은 머리 여자의 입에서 '바이올렛'이라는 말이 나오는 건가요?"

"네. 정확하게 얘기하자면, '에기, 나를 못 알아보겠어요? 나는 바이올렛이에요.'라고나 할까요."

"……그, 그걸 정확하게 들으셨어요?"

나는 놀란 목소리로 그녀에게 물었다. 내겐 들리지 않았던 그 목소리가 샤넌에겐 들렸다니. 그건 아마도 바이올렛과 샤넌의 영혼 사이의 관계가

나보단 더 깊었기에 가능했던 것은 아니었을까 하는 생각이 들었다. 물론 확실한 것은 없었다.

"네, 다른 대화는 잘 들리지 않았지만 그 소리만큼은 확실히 들은 걸요. 그게 꿈의 마지막 장면이기도 했어요."

맙소사, 바이올렛 바바라스.

당신 정말로 그곳에 가 있는 거구나.

이미 얼추 확신하던 사항이었지만, 그렇다고 해서 놀라운 사실이 전혀 놀랍지 않아지는 것은 아니었다. 나는 놀라움에 샤넌의 말에 선뜻 대답하지 못했다.

그녀의 영혼의 행방에 대한 확신이 생기자 가장 먼저 떠오른 것은 하론이었다. 뭐가 어떻게 돌아가는지 모르겠다며 혼란스러워했던 하론.

그에게 이 놀라운 사실을 얼른 알려주고 싶었다. 이젠 그가 더 이상 바이올렛의 행방에 대해 고민하며 괴로워하지 않았으면 했다. 그런 생각이 들기가 무섭게 나는 하론이 몹시 보고 싶어졌다.

요 근래 매일같이, 하루의 반 이상을 함께 보냈던 하론이었다. 고작 오늘 오전 동안 보지 못한 그가 왜 이토록 보고 싶은 것인지. 나는 마차의 창밖으로 보이는 푸른 하늘을 응시하며, 하론의 푸른 머리카락과 그것보다도 더 푸른 그의 눈동자를 상기했다.

하론, 너는 지금쯤 뭘 하고 있을까.

"공녀?"

얼이 빠져 있던 나를 부른 것은 샤넌이었다. 나는 하론을 떠올리던 것을 멈추고, 다시금 샤넌 쪽을 바라봤다.

"정말 이상한 꿈이죠? 어째서 당신의 이름이 그 여자의 입에서 나왔는지 전혀 모르겠어요. 그래도 공녀의 이름과 관련된 일이니, 당신에게 꼭 얘기를 해 줘야겠단 생각이 들어서."

"생각 잘하셨어요. 아주 재미있고 흥미로운 이야기였답니다."

"이 꿈이 의미하는 바가 뭘까요? 무의미하게 꾼 꿈이라곤 생각되지 않아요."

역시나 샤넌의 촉은 대단했다. 그것은 절대로 우연이나 무의미한 꿈이 아니었다. 나와 하론에게 아주 커다란 의미를 가진 꿈이었으니까. 물론 그런 사실들을 샤넌에게 말하긴 무리일 성싶었다. 그렇기에 나는 오랜만에 그녀에게 어쭙잖은 연기를 하고자 했다.

"바이올렛 공녀, 그런데 당신은 어떻게 제가 말을 꺼내기도 전에 제 꿈에 대한 것을 먼저 알아맞히셨나요?"

"그것도 역시나 제 촉이라고나 해야 할까요."

"……촉이요?"

"제겐 간혹 아주 정확한 촉이 들곤 한답니다."

샤넌은 내 말을 온전히 믿을 수가 없다는 듯이 나를 쳐다봤다. 그녀의 은빛 눈동자엔 의심스러운 기운만이 역력했다.

"그리고 방금 전에도 또 새로운 촉이 하나 더 느껴졌는데…… 샤넌 님이 꾼 꿈이 개꿈이라는 촉이에요."

"네?"

"저도 가끔 그런 허무맹랑한 꿈을 꾼답니다."

"하지만 그 꿈은 며칠이 지나도 지나치게 생생하기만 한 걸요."

"하지만 조금 더 시간이 흐르면 그 꿈도 완전히 잊힐 거예요. 꿈이란 건 대개 시간이 지나면 자연스럽게 잊히는 거니까."

나는 그리 말하며 진득한 미소를 지었다. 내 말을 믿으라는 뜻이 담긴 미소였다. 그러자 샤넌은 기다란 한숨을 푹 내쉬었다.

"……그런 거라면 좋겠는데."

대화는 거기서 끝이 났다. 샤넌은 더 할 말이 없다는 듯이 침묵했으나, 공작저로 가는 내내 내게 무언의 메시지가 담긴 눈빛을 보냈다. 가령 제게 털어놓지 않은 내가 알고 있는 사실을 말해 달라, 그런 메시지라고나 할까. 하나 애석하게도 나는 역시나 그녀에게 그 이상의 사실을 더 얘기해 줄 수는 없었다.

샤넌 님, 미안. 나는 사람 좋은 미소로써 그녀의 의심스러운 눈빛에 화답했을 뿐이었다.

* * *

공작저에 도착했을 때, 당연히 하론이 나를 기다리고 있을 거라고 생각했다. 그는 항상 일찌감치 공작저로 찾아왔었으니 말이다. 그는 나를 꼭 물가에 내놓은 어린아이 취급하며 살폈다. 꼭 내 주위에 어떤 위험이 도사리는 듯이 행동하는 하론의 모습이 귀찮기는커녕 퍽이나 귀여웠다. 누군가의 관심과

극진한 보호를 받는다는 건 생각보다도 훨씬 더 기분 좋은 일이었다.

나는 하론이 있을 만한 곳을 다니며 그를 찾았다. 가령 응접실이라든지, 내 방이라든지, 심지어 아버지의 서재까지도.

그러나 그의 모습은 전혀 보이지 않았다.

"뭐야, 오늘은 안 온 건가."

당연히 개인적으로 바쁜 일이 있을 수가 있었고, 하루쯤은 나를 찾아오지 않을 수도 있었다. 머리로는 그런 사실들을 충분히 인지하고 있었지만, 묘하게도 서운한 마음이 들었다. 익숙해진다는 건 정말 무서운 것인가 보다. 이런 별거 아닌 일에도 서운함을 느끼니 말이다.

나는 어쩐지 평소보다 휑해 보이는 방 안을 천천히 배회했다. 늘 부드러운 눈빛과 더 부드러운 말로 나를 행복하게 해 주었던 하론의 빈자리가 너무나도 크게 느껴졌다.

"오늘은 내가 먼저 찾아가 볼까."

결국에 든 생각이라곤 그를 찾아가서, 그의 얼굴을 봐야겠단 생각뿐이었다.

***

연인 사이에도 때때론 깜짝 이벤트가 필요하다고 생각했다. 이른바 깜짝 방문이라고나 할까.

나는 후작저를 찾으며, 나를 보며 놀랄 하론의 얼굴을 상상했다. 그러자 괜스레 미소가 스멀스멀 새어 나왔다. 꽤나 오랜만에 짓는 편안한 미소였다. 바이올렛의 행방에 대한 강한 확신이 생겼기에 이토록 편안한 미소를 지을 수 있는 것은 아닐까.

후작저에 도착해 하론을 찾아가는 것은 어렵지 않은 일이었다. 비록 제대로 끝을 맺지는 못했지만, 나는 하론의 약혼녀였다. 그렇기에 후작저의 시녀들은 스스럼없이 나를 하론이 있는 곳까지 안내해 주었다. 갑작스러운 내 방문에 의구심을 가지는 시녀는 단 한 명도 없었다.

그는 제 서재에서 일을 보고 있다고 했다. 하론이 일이라니. 늘 함께 놀고 먹던 사이였던지라 그가 일하는 모습은 좀처럼 상상할 수가 없었다. 나를 보며 부드럽게 휘어져만 있던 그의 눈은 진지한 빛을 띤 채로 서류에 집중을 하고, 내 머리칼을 쓰다듬던 그의 손엔 펜이 쥐여져 있다라.

오호라, 생각보다 썩 나쁘지 않은데? 낯선 그의 모습이 어쩌면 굉장히 멋있게 보일지도 모를 일이었다.

이윽고 나는 그의 서재에 도착했다. 나는 노크 대신에 방문의 문고리를 조용히 돌렸다. 계획했던 대로 그를 깜짝 놀라게 해 주기 위함이었다. 다행히 문은 잠겨 있지 않았고, 나는 방문을 열어 슬그머니 그 안으로 들어갔다.

하론의 모습은 단번에 찾을 수가 있었다. 거무튀튀한 가구들 사이에서 하론의 푸른 머리칼은 홀로 찬란한 빛을 발하고 있었기 때문이었다. 그 빛은 절로 그의 머리를 매만지고픈 욕망이 들게 만드는 빛이기도 했다.

하론의 놀란 얼굴을 기대했건만 애석하게도 그의 놀란 얼굴은 볼 수 없었다. 그가 책상 위에 엎드려 있었기 때문이었다. 잠이 들기라도 한 걸까. 나는 발걸음의 소리를 죽이며 그가 엎드려 있던 책상까지 걸어갔다.

하론은 책상 위에 올린 제 팔에 얼굴을 묻은 채로 곤히 잠들어 있었다. 아주 깊은 잠에 빠져 있는 듯한 얼굴이었다. 내가 낸 작은 인기척을 전혀 인지하지 못할 정도로 말이다.

매만지고픈 욕망을 들게 만들던 그의 푸른 머리칼은 그의 뺨에 부드럽게 흘러내려 있었다. 나는 나도 모르게 손을 뻗어 그의 머리칼 끝을 매만졌다. 그것은 평소와 다름없이 매우 부드러웠다. 나는 아주 조심스럽게 흩어진 하론의 머리칼을 그의 귀 뒤로 넘겨 주었다. 그러자 하론의 얼굴이 완벽하게 보였다.

눈을 지그시 감은 채로 고른 숨소리를 뱉어 내는 하론. 나는 그의 얼굴에서 한동안 눈을 뗄 수 없었다.

오늘은 처리할 일이 있어서 차마 공작저에는 오지 못했던 걸까?

생각해 보니 하론은 근래에 내게 꽤나 많은 시간을 할애하고 있었다. 하루의 대부분을 나와 함께 지냈으니, 그가 무언가 개인적인, 혹은 공적인 일을 할 시간은 전혀 없었을 것이 분명했다. 거기까지 생각을 하자 괜스레 미안한 마음까지도 들었다. 나 좋자고 하론을 너무나도 오래 잡아 두었던 것은 아닐까.

나는 어깨에 걸치고 있던 숄을 벗어, 그의 어깨 위에 덮어 주었다. 조금은 피곤해 보이는 얼굴로 잠이 든 그를 구태여 깨우고 싶진 않았다. 그러다 정말 우연히 그의 손 밑에 깔린 종이를 보게 되었다. 공적인 서류일까, 싶었지만 그런 건 아니었다. 무지의 종이였다. 아니, 완벽한 무지는 아니었고 작은 글씨체로 딱 한 문장이 적혀 있었다.

나는 그것을 읽자마자 절로 웃음을 터트렸다.

"풉."

급하게 입가를 틀어막았지만 터져 나온 웃음까지도 막을 수 있었던 것은 아니었다.

내게 웃음을 선사한 그 글자는,

'핑크 다이아…….'

였다.

핑크 다이아라니. 설마 하론은 내가 핑크 다이아가 좋다고 흘리듯이 말한 그 말을 기억하고 있었던 걸까?

핑크 다이아란 소리에 아연실색을 하며 제 아버지의 발닦개가 되겠다던 하론이었다. 설마하니, 오늘 일이 많아진 것은 실제로 제 아버지의 발닦개가 되었기 때문은 아닐는지.

그런 생각이 들자 도무지 웃음을 참아 낼 수가 없었다. 나는 입가를 틀어

막은 채로 한참이나 웃어 젖혔다. 잠든 하론이 내 웃음소리를 듣지 않길 바라는 마음만이 간절했다. 다행스러운 점이 있었다면, 그는 내 웃음이 걷힐 때까지 깨지 않았다는 점이었다.

하론 너, 능청스러운 줄만 알았는데 보면 볼수록 귀여운 구석이 있구나.

이렇게나 사랑스럽게 행동을 하는데 내가 그를 사랑하지 않고 베길 수가 있는 걸까. 너는 도대체 얼마나 더 너를 좋아하게 만들 셈인 걸까.

나는 그의 잠든 얼굴을 오랫동안 응시하다 방 중앙에 있던 소파에 앉았다. 하론이 자연스럽게 깨어날 때까지 기다릴 참이었다. 어차피 오후엔 약속도 없었으니. 남는 게 시간이었다.

그렇게 얼마나 기다렸을까. 차를 마시기도 하고 하론의 얼굴을 빤히 보기도 했지만, 그는 깨어나지 않았다. 깨어날 기미조차도 전혀 보이지 않았다. 기다림에 지쳐 하품이 나올 정도였다.

나는 늘어지게 하품을 하며 눈을 천천히 감았다 떴다. 낮 동안에 바삐 움직여서 그런 것인지 졸음이 몰려오는 것만 같았다. 조금 눈을 감고 있어도 괜찮겠지. 나는 그런 생각을 하며 꽤나 오랫동안 눈을 감았다.

잠이 든 것은 순식간의 일이었다.

***

잠에서 깨자마자 처음 느낀 것은 익숙한 체취였다.

맡는 이마저도 절로 기분이 좋아지게 만드는 시원한 향. 그것은 하론에게서 늘 느끼던 그의 체취였다.

나는 잘 떠지지 않는 눈꺼풀을 들어올렸다. 몽롱한 정신에서 비롯된 흐릿한 시야 사이로 단단한 가슴께가 보였다.

아니, 가슴……?

나는 눈꺼풀을 완전히 들어 올린 채로 눈앞에 있는 가슴을 직시했다. 맙소사, 이건 하론의 가슴팍이잖아. 나는 눈동자를 돌리며 상황을 빠르게 파악했다.

소파에서 잠이 들었던 나는 놀랍게도 침대 위에 누워 있었다. 그것도 하론에게 안긴 채로 말이다.

"깼어?"

제 품에 안겨 있던 내 움직임을 눈치챈 듯한 하론의 목소리가 들렸다.

"뭐야, 넌 언제 깼어?"

"나, 네가 잠들어 있을 때."

"……그리고 이 상황은 도대체 뭐지?"

나는 얼떨떨한 목소리로 그에게 물었다.

"뭐긴 뭐야. 내 약혼자를 내 침대에서 안고 있는 거지."

반박할 여지가 없는 말이잖아.

나는 입을 꾹 다물었다. 내가 대답을 하지 못하자 하론은 작게 키득거리며 제 말을 이어 갔다.

"나도 모르게 책상에서 잠이 들었다? 어쩌다 잠에서 깼는데, 소파 위에 꿈에서 만났던 네가 보였지 뭐야. 나는 또다시 꿈을 꾸는 게 아닌가 싶었어. 그래서 현실의 감각을 느끼고 싶은 강한 충동이 들었지."

"……그래서 안고 있었단 거야?"

"그렇기도 하고. 네가 소파 위에서 너무 불편하게 잠이 든 것 같아 보이기도 하고. 따지자면 전자 쪽이 훨씬 더 큰 이유지만. 하하."

뭐, 딱히 나도 싫다는 건 아닌데. 나는 대답 대신 어색한 미소를 흘렸다.

"그런데 오늘은 어쩐 일로 나를 찾아온 거야? 얼마나 놀랐는지 몰라."

아, 그를 놀래 주려던 내 계획은 성공했으나, 딱 하나 아쉬운 점이 있었다. 그건 그의 놀란 얼굴을 직접 보지 못했다는 것이었다.

"생각해 보니까 매일같이 네가 먼저 찾아왔더라고. 그래서 하론 네가 내게 찾아오는 걸 너무 당연하게 생각하고 있었어. 오늘 공작저에 네가 없는 걸 보니까, 새삼스럽게 마음이 휑하더라."

그리고 보고 싶기도 했고.

나는 그의 품에 조금 더 파고들었다. 하론은 내 등을 감싸 안았다.

"먼저 찾아가 주지 못해서 미안. 오늘은 처리해야 할 일이 좀 많았어."

"아, 그 핑크 다이아 때문에?"

"……!"

내 말에 하론이 내 등에 있던 제 손에 작게 힘을 주는 게 느껴졌다. 너, 놀랐구나.

"그, 그걸 어떻게 알았어?"

"네가 아주 대놓고 광고를 하고 있더라고."

"설마 그걸 봤어?"

그는 저가 종이에 '핑크 다이아'라고 적어놓은 것을 기억한 듯이 물었다.

"네네, 우연히 봤다고 합니다."

"……깜짝 이벤트는 이렇게 또 물 건너갔구나."

"지금이라도 모른 척해 줄까?"

"됐어. 휴."

하론은 정녕 심각하다는 듯이 한숨을 내쉬었다.

"내 약혼자는 내가 조만간 프러포즈를 할 거란 사실을 알아. 심지어 내가 핑크 다이아를 줄 사실까지도 알아. 난 도대체 뭘 어떻게 해야 네게 잊히지 않는 프러포즈를 할 수 있는 거지? 지금 나는 막다른 길에 있는 심정이야……. 내 프러포즈는 망했어. 완전 망했다고."

하론은 앓는 소리를 냈다. 그 모습이 퍽이나 사랑스러워 나는 또다시 키득거렸다.

"하론, 나는 근사한 걸 바라지 않아. 네 진심이면 충분한 걸."

"……하지만 나는 근사한 프러포즈를 해 주고 싶었단 말이야."

그는 정녕 아쉬운 티를 내었다. 나는 그의 등을 부드럽게 토닥이며 대답했다.

"핑크 다이아도 충분히 근사하다고 생각해. 내 생에 그런 걸 받을 줄은 상상도 못 했으니까."

물질적인 가치를 떠나서 하론이 주는 거라면 뭐든지 좋을 것 같은 예감이 들긴 했지만. 나는 그의 등을 계속해서 쓰다듬으며, 낮에 샤넌과 나누었던 말들을 떠올렸다. 상념이 깊을 하론에게 꼭 해 주고 싶었던 그 말.

"하론, 그것보다도 네게 꼭 하고 싶은 말이 있어."

"응? 무슨 말?"

하론은 안고 있던 나를 놓으며 내 얼굴을 내려다보았다.

"오늘 낮에 에르하르트 공작저를 찾아갔는데."

"……에르하르트 공작저? 거긴 도대체 왜 간 거야? 설마…… 그때 그 이상한 계획을 다시금 실행하러 간 건 아니겠지?"

하론은 잘 다듬어진 제 눈썹을 작게 일그러뜨렸다. 그 이상한 계획이라는 건, 에르하르트에게 반대의 반응을 하는 걸 말하는 거겠지.

"아니, 그럴 리가. 그건 하지 않기로 너와 애기를 했잖아."

"휴, 다행이다. 나는 또 네가 에르하르트를 만나고 왔을까 봐 조마조마했다고."

"그러셨어요? 오구오구."

어린아이처럼 볼멘소리로 대꾸하는 하론이 귀여워 나는 그의 볼을 몇 번 두드리며 말했다. 그는 애 취급을 받은 것이 기분 나쁘단 듯이 제 미간까지도 매섭게 구겼다.

"공작저에서 에르하르트가 아니라 샤넌 님과 아이린 님을 만났어."

"샤넌……?"

"응, 샤넌 님과 꽤 의미심장한 얘기를 나누기도 했고."

하론은 구겨진 제 얼굴을 필 여력 없이 입술을 떼었다. 연신 밝은 목소리로 말하던 그의 목소리가 바이올렛이라는 이름 하나에 눈에 띄게 가라앉아 있었다.

"……설마 바이올렛에 대한 얘기야?"

그는 내가 무슨 말을 뱉을지를 예상했다는 듯이 물었다.

"응. 바이올렛에 관한 이야기야."

"……."

"들을 준비 됐어?"

"응. 다혜, 네가 무슨 말을 하건 나는 들을 준비가 되어 있는 걸."

"좋아."

나는 기다란 심호흡과 함께 샤넌과 나누었던 얘기를 꺼내기 시작했다. 내가 차마 듣지 못했던 것까지 들은 샤넌의 꿈 얘기를 말이다. 하론은 내게 집중을 한 채로 내 얘기를 끝까지 경청했다. 내 말에 구두점이 찍히고 나서야, 그는 짧은 감상을 남기었다.

"……어떻게 그런 일이."

"그런 일이 생겼다는 게 놀랍다는 거지?"

"응, 다혜 네가 꾼 꿈을 의심하는 건 아니었지만…… 난 조금 더 확실한 것을 바랐거든. 가령 내가 그 꿈을 꾼다든지."

하론은 긴 신음을 흘리며 생각하는 빛을 띠었다. 내가 한 말을 저 나름대로 해석하고 있는 것처럼 보였다.

"하론, 너는 그 꿈은 더 꾸지 못한 거지?"

"응. 더 꿔지지 않더라."

"나는…… 샤넌 님의 꿈 얘기를 듣고 확신이 들었어. 바이올렛이 내 세계에, 그것도 내 몸에 존재하고 있다고. 너도 그런 확신이 들지 않아?"

나는 하론을 가만히 올려다보았다. 내가 확신이 든다고 해서 구태여 하론의 확신까지 강요하는 것은 아니었다. 샤넌의 꿈 얘기를 했음에도 불구하고 하론에겐 바이올렛의 행방에 대한 확신이 서지 않는다면, 그것은 어쩔 수 없는 일이었다. 그렇다면 하론에게 확신이 설 만한 다른 이유를 찾는 수밖에.

　"……응, 나도 그런 확신이 들어. 샤넌 님까지 같은 꿈을 꾸었다는 건 필시 무언의 계시인 것만 같아."

　"계시라."

　"그러니까 남겨진 우리에게 바이올렛의 행방을 알려 줄 테니, 안심하라는 그런 계시라고나 할까."

　하론은 거기까지 말하며 희미한 미소를 지었다.

　"처음에 꾼 꿈을 우연이라고 치더라도, 계속된 우연은 더 이상 우연이라 치부할 수 없는 거니까."

　"휴. 네가 나와 같은 생각을 해서 다행이다."

　그가 더는 바이올렛에 대해 심각하게 걱정하지 않아서 다행이었다. 물론 바이올렛에 대한 걱정이 완전히 사라지는 것은 아니겠지만 말이다. 하론이 동감하는 말을 꺼내기가 무섭게 이상하게도 졸음이 밀려왔다. 마음이 편해져서 그런 것인지.

　나도 모르게 하품을 하자, 하론이 내게 물었다.

　"다혜, 또 졸리는 거야?"

　"응, 조금만 더 자고나서 다시 얘기해도 될까? 눈을 감으면 곧 잠들 것 같아."

　"물론 되지."

　하론은 그렇게 말하며 나를 다시 꼭 껴안았다. 잠을 자더라도 제 품에서 자라는 게 분명했다. 나는 그의 품에 안긴 채로 눈을 감았다.

　잠은 놀라울 정도로 금세 들었다. 그리고 긴 꿈을 꾸었다.

21장. 빵집의 에그타르트

의식이 돌아왔을 때 처음 느낀 것은 팔이 저리단 기분이었다. 그녀는 몽롱한 정신인 채로 감겨 있던 눈꺼풀을 천천히 들어 올렸다. 그녀의 눈에 처음 보인 것은 낡은 책상, 그리고 펼쳐져 있는 이름 모를 책 하나였다.

팔을 괸 채로 책상 위에서 언제 잠이 들었더라.

마지막 기억이라면 분명…….

그녀는 제 머릿속에 남은 마지막 기억을 떠올리며 인상을 매섭게 구겼다.

'바이올렛!'

저를 처절한 목소리로 부르던 다혜의 목소리가 이명처럼 울려 퍼졌다.

그래, 자신은 분명히 그때에 난간에서 떨어졌었다. 다혜란 여자와 하론의 약혼식을 망가뜨리기 위해.

그땐 정말로 죽어도 상관없다고 생각했다. 삶에 미련이라곤 없었다. 이미 예전에 한 번 스스로 목숨을 끊었던 적이 있어서, 삶에 미련이 없는 것인지. 아니면 에르하르트의 마음을 너무나도 확실히 알아 버려서 그런 것인지는 알 수 없었다. 다만 한 가지 확실한 점이 있다면, 모든 것을 놓고 싶었다는 점이었다.

모두 다 그만두고 싶었다.

에르하르트에 대한 애증이든 다혜란 여자를 향한 질투든 하론에 대한 미안함이든. 행복과는 거리가 멀어 보이는 그런 감정들을 모두 털어 내고 싶었다. 모두 털어 내는 방법은 죽는 방법밖에 없다고 생각했다. 죽은 후엔 편안해질 거라 여겼기 때문이었다.

그렇게 죽을 각오로 난간 위에서 떨어졌건만, 왜 자신은 책상 위에서 잠을 자고 있었던 걸까.

바이올렛은 고개를 돌려 저가 깨어난 곳의 모습을 훑었다.

그곳은 작은 방이었다. 가구라곤 저가 잠에서 깨어난 책상과 그 옆에 있는 낡고 작은 침대, 그리고 옷장 하나가 다였다. 제 색을 잃은 벽지는 더러워 보이기만 했고, 방엔 그 흔한 장식품도 없었다.

늘 화려한 생활을 했던 자신의 방과는 확연히 다른 검소한 방이었다. 아니, 검소한 것을 떠나 지나치게 심플하다. 평민들의 방보다도 못한 방이라고, 바이올렛은 생각했다.

그리고 중요한 사실은 이런 단출한 방의 생김새는 처음이라는 사실이었다. 즉 이곳은 확실히 낯선 곳이었다.

"……도대체 무슨 일이 일어난 거야."

바이올렛은 혼잣말을 내뱉으며, 흠칫 놀랐다. 자신의 입술 사이로 새어 나온 목소리가 제 것이 아니었기 때문이었다. 아니, 샤넌의 목소리라고 해야 할까. 여하튼 방금 전의 목소리는 태어나서 처음 듣는 목소리였다.

바이올렛은 놀란 낯빛으로 주위를 두리번거렸고, 그러다 책상 위에 놓여 있던 작은 거울을 발견하게 된다. 그녀는 거울에 비친 제 모습을 보고 두 번째로 놀랐다.

거울 속에 비친 제 얼굴이 처음 보는 여자의 얼굴이었기 때문이었다. 거울 속에는 절로 에르하르트를 떠올리게 만드는 까만 눈동자를 가진 여자가 존재하고 있었다.

그 눈동자의 끝은 조금 올라가 있었고, 얼굴은 원래의 제 얼굴보다 야위어 보였다. 작지만 날렵하게 뻗은 콧대의 밑에는 조그마한 입술이 보였다. 더불어 기다란 머리카락 색마저도 새카맸다. 눈부신 은발과 은빛 눈동자를 가지고 있었던 샤넌의 모습은 그 속에서 전혀 찾을 수가 없었다.

바이올렛은 변해 버린 제 얼굴을 오랫동안 응시했다. 그리고 좀처럼 믿기지 않는 상황에 제 눈을 몇 번이고 감았다 뜨길 반복했다. 하나 그렇다고 해서 거울 속에 비친 제 모습과 주변의 낯선 정경이 변하는 것은 아니었다.

정신을 잃었다 다시 차렸을 뿐인데 얼굴이 변하다니. 더불어 처음 보는 이곳은 어디란 말인가. 얼떨떨함과 기묘함이 동시에 들었다. 대관절 무슨 일이 일어나 버린 걸까.

얼떨떨했던 바이올렛은 금세 침착함을 찾아갔다. 왜냐면 그녀는 이런 상황을 처음 겪는 게 아니었기 때문이었다. 그렇기에 그녀는 제게 일어난 상황을 재빠르게 정리했다.

자신은 누구일지 모를 다른 여자의 몸에 빙의되어 버린 것이다.

일전에 샤넌의 몸에 빙의를 했듯이 말이다. 한 번 일어났던 일이 다시 일어나지 말란 법은 없었다.

죽음에 이르는 상황 속에서 타인의 몸에 두 번이나 빙의를 한다라.

마치 누군가가 나서서 제 죽음을 막으려 든 것은 아닐까, 하는 의심이 들 정도였다. 어째서 자신을 그냥 죽게 내버려두지 않는 걸까.

바이올렛은 일단 책상에 앉아 있던 몸을 일으켜 방을 나섰다.

방을 나서자 처음 보는 구조들의 연속이었다. 작은 마루와 식당을 축소해 놓은 듯한 주방, 그리고 욕실로 보이는 방 하나가 다였다. 집 안에 다른 사람은 보이지 않았다. 그 점을 다행이라 여겨야 할지 아닐지, 바이올렛은 잘 가늠할 수가 없었다.

방을 나섰지만 딱히 소득이 없었던 관계로 바이올렛은 처음에 눈을 떴던 그 방으로 돌아갔다. 그녀는 자연스럽게 책상 앞에 앉았다. 그러다 문득 책상 위에 유일하게 펼쳐져 있던 책 하나를 다시금 응시하게 된다.

그녀는 무언가에 홀린 듯이 책의 표지를 살폈다. 부드러운 책 표지의 감촉과 함께 태어나서 처음 보는 언어가 보였다. 하나 이상하게도 그것은 전혀 위화감이라곤 없이 제게 읽혔다.

<샤넌을 위하여.>

"······샤넌? 샤넌 위즈일라?"
바이올렛은 꽤나 친근한 이름에 잠시 벙 찐 채로 입을 벌렸다.
샤넌 위즈일라의 이름이 왜 이런 곳에 새겨져 있는 거지?
그런 의문이 듦과 동시에 바이올렛은 책의 표지를 거침없이 넘겼다.
그렇게 시간이 얼마나 지났는지 잘 가늠할 수 없었다.
책의 페이지는 그리 많지 않았고, 바이올렛은 그것을 꽤나 빠른 시간 내에 읽어냈다. 분명 마지막 페이지까지 읽었음에도 불구하고, 그녀는 쉽사리 책을 덮을 수 없었다.
책의 내용이 정말 충격적이었기 때문이었다.
그녀의 얼굴엔 숨길 수 없는 혼란한 기운이 맴돌았다.
놀랍게도 그 책의 주인공은 그녀였다. 샤넌 위즈일라. 불투명한 은발과 색소가 옅은 은빛 눈동자가 매혹적이었던 그녀. 왕의 사생아로 태어나 에르하르트 공작과 사랑의 결실을 맺었던 그녀.
책의 텍스트들은 샤넌의 일생을 아주 자세히. 그리고 빠짐없이 서술하고

있었다. 샤넌이 에르하르트와 결혼하기까지 겪었던 수많은 사건들과 대화
들을 말이다. 그리고 그 책엔 자신의 이야기도 있었다. 주인공인 샤넌을 항
상 괴롭히기만 하는 악녀로서 말이다.

에르하르트를 사랑한다는 명분으로 샤넌을 괴롭히다, 끝내 자살한 여자.
그것이 그 소설 속에 서술된 바이올렛의 현주소였다.

"……망할."

분명 그것은 과거의 저가 행했던 일이었음에도 불구하고, 바이올렛은 이
상하게 화가 났다. 왜 이런 식으로 자신의 행실을 폄하하여 적어놓은 것인
지 도무지 알 수 없었다. 바이올렛은 제 얼굴 위로 흘러내린 머리칼을 거칠
게 쓸어 넘기며 인상을 구겼다.

도대체 이건 무슨 상황이람.

***

그녀는 그 이래로 낯선 방 안을 세세히 탐색했다. 그 결과 아주 흥미로운
것을 발견했다.

바로 이 방의 주인에 대한 신상 정보였다. 그것은 천으로 된 이상한 물건에서
발견한 것인데, 신분증명서 정도로 보이는 것이었다. 거기엔 의미 모를 숫자와
여자의 얼굴이 새겨진 그림, 그리고 이름으로 보이는 글자가 쓰여 있었다.

"장다혜."

그 이름은 놀랍게도 처음 듣는 이름이 아니었다. 특이한 어감을 가진 그
이름은 바로, 제 몸을 차지한 여자의 이름이었으니까. 설마하니, 이 바이올
렛 바바라스가 이번엔 장다혜란 여자의 몸에 빙의가 되었단 말인가.

"하."

바이올렛은 절로 헛웃음이 나왔다.

샤넌에 이어 장다혜라니.

이건 뭐 에르하르트의 사랑을 받았던 여자들의 몸에 차례대로 빙의되는 것은 아닐까, 하는 생각이 들 정도였다. 장다혜라는 이름을 보았을 때부터 바이올렛의 마음엔 노기가 끓어오르기 시작했다.

그녀는 자신의 모든 것을 망쳐 놓은 장본인이었다. 그녀는 에르하르트의 사랑도 뺏어갔고, 하나밖에 없던 제 친구를 뺏어갔다. 그런 주제에 자신을 도와주겠다고 했다. 그건 위선이라고 생각했다. 이미 저를 망가뜨릴 대로 망가뜨린 장본인인 주제에 이제 와 저를 도와준다? 퍽이나.

아무리 생각해도 그 약혼식에서 죽어 버렸어야 했음이 옳았다. 그래야 장다혜라는 그 여자에겐 제 약혼식 날이 끔찍한 날로 기억될 테니까.

……물론, 하론 클로노아에게도.

하론을 떠올리자 눈가가 시큰해지기 시작했다. 그것은 눈물의 기운이 분명했다. 눈물 따위를 흘리고 싶지는 않았지만, 이미 눈물 한 방울이 뺨을 타고 흘러내렸다. 바이올렛은 흐르는 눈물을 소매로 닦아 내며 생각했다.

망할, 하론. 너는 왜 그렇게 내게 친절했던 거야. 나는 끝까지 너를 괴롭히기만 했는데.

바이올렛은 저가 하론에게 영영 용서받을 수 없는 짓을 했다고 생각했다. 정말 만약에 저가 원래의 바이올렛의 몸으로 돌아간다고 할지라도 그땐 하론과 예전처럼 돌아갈 수 없으리라. 그것은 정말 명백한 사실이었다.

바이올렛은 얼른 제 얼굴에서 눈물의 기운을 몰아냈다. 그러곤 주위를 조금 더 자세히 둘러보기 시작했다. 저가 죽지 않았든, 장다혜란 여자의 몸에 빙의됐든 일단은 자신이 있는 곳이 어딘지는 알아야겠다는 생각이었다. 이곳은 본래 저가 살던 세계가 아닌 것만 같았으니까.

더 놀랄 일은 없다고 생각했건만. 바이올렛은 창밖에 비친 이 세계의 정경을 바라봤을 때, 뒤로 나자빠지는 줄 알았다. 어두운 밤하늘을 밝혀 주는 도시의 불빛들. 절대로 촛불로는 낼 수 없는 그런 밝은 빛들이 그녀의 눈에 들어왔기 때문이었다.

그 순간 바이올렛은 확실히 깨달을 수 있었다.

"……여긴 정말로 내가 살던 세계가 아니야."

바이올렛은 집 밖을 나가 봐야겠다고 생각했다. 물론 두렵지 않은 건 아니었다. 이곳은 저가 모르는 세계였으니까. 하나 그렇다고 해서 이 방에 죽치고 있을 수는 없었다.

바이올렛은 현관을 열고선 조심스럽게 밖을 향해 발을 디뎠다. 그녀는 길을 잃지 않고 원래대로 돌아오기 위해 자신의 걸음을 세었다. 전방으로 스무 걸음. 갈림길에서 왼쪽. 그런 식으로 걷긴 했지만 그렇게 멀리 갈 수 있을 것 같진 않았다. 자칫 잘못해서 길을 잃을 수도 있었으니까.

주택 단지를 벗어나자 길가엔 상점으로 보이는 가게들이 즐비했다. 문을 닫은 듯이 불이 꺼진 가게도 보였고, 밝은 빛을 띤 채로 아직까지 손님을 맞이하는 가게도 있었다. 그러다 바이올렛은 무언가에 홀린 듯이 어느 가게 앞에서 걸음을 멈추고야 만다. 어두운 사위 사이로 밝은 빛을 띠는 그 가게에선 아주 먹음직스러운 냄새가 났다. 절로 배가 고파지는 빵 냄새였다.

샤넌은 빵 냄새를 따라 가게의 현관까지 걸어갔다. 그러곤 고개를 들어 가게의 간판을 올려다보았다.

<빵집의 에그타르트.>

"……에그타르트?"

에그타르트라면, 노란빛이 완연한 작고 귀여운 계란빵의 이름이었다. 제 세계에서도 종종 먹었던 그 빵 이름이 어째서 이곳에도 있는 걸까. 그리고 묘하게도 그 단어를 보자마자 에르하르트의 이름까지도 떠올랐다. 평소엔 절대로 비슷하다고 생각하지 않았던 에그타르트와 에르하르트가, 왜 오늘따라 비슷하게 느껴지는 것인지 알 수 없었다.

"……에르하르트."

바이올렛은 그의 이름이 떠오름과 동시에 저도 모르게 가게의 유리문에 손을 대었다. 그녀는 거침없이 문을 열어젖혔다. 그러자 딸랑, 하는 차임벨 소리와 함께 유리문이 매끄럽게 열렸다. 안으로 들어서자마자 밖에서 맡았던 먹음직스러운 냄새가 더욱더 짙게 느껴졌다.

가게 안은 휑했다. 불은 켜져 있었지만 손님은 단 한 명도 보이지 않았다. 바이올렛의 세계에서도 자주 보았던 빵들만이 보기 좋게 잘 전시되어 있었을 뿐이었다. 바이올렛은 빵들의 모습을 하나하나 훑었다. 그러다 어느 빵 앞에서 걸음을 멈추었다. 빵 앞에 놓인 종이엔,

'에그타르트.'

라고 쓰여 있었다.

노르스름한 빛을 띤 먹음직스러운 에그타르트를 보는 순간, 바이올렛은 저도 모르게 그 빵 위로 손을 올렸다. 아마도 에르하르트가 절로 생각나서 그랬던 것인지도 모르겠다.

"……저기요! 지금 뭐 하는 짓입니까?"

그 순간 어디선가 남자의 날 선 목소리가 들렸다. 바이올렛은 소리의 근원지로 고개를 돌렸다. 동시에 그녀의 얼굴이 믿을 수 없단 듯이 굳었다.

"……에기?"

"아니, 이보세요! 지금 전시해 놓은 빵에 손을 올리면 어떡하겠단 겁니까? 이거 당신이 사실 겁니까?"

어디선가 뛰쳐나와 금세 바이올렛에게 가까이 다가온 남자는 훤칠한 남자였다. 이마 위를 부드럽게 덮은 검은 머리칼, 날카로운 눈매, 제 머리색보다도 더 짙은 검은 눈동자를 가진 남자. 저를 죽일 듯이 노려보는 남자는 믿을 수 없을 정도로 에르하르트와 닮아 있었다. 바이올렛은 그의 이름을 구슬프게 불렀다.

"에르하르트!"

"네?"

"에기, 나를 못 알아보겠어요? 나는 바이올렛이에요."

바이올렛이 그리 말하자, 남자는 잘생긴 미간을 찌푸리며 말했다.

"이 여자가 진짜 미쳤나."

남자는 짜증이 솟구쳐 올랐다. 안 그래도 오늘 하루 되는 일이 없던 차였다. 특히나 미친 여자가 손가락으로 아무렇게나 만진 그 에그타르트에 대해서는 더욱더 끔찍한 날이었다.

남자는 모든 빵에 대해 정성과 시간을 들이는데, 유독 에그타르트만이 항상 재고가 남았다. 맛이 부족한 것도 아니었거니와 모양이 찌그러진 것도 아니었지만, 유난스럽게 에그타르트만 제대로 팔리지 않았다.

그것은 오늘도 마찬가지였다.

마감이 얼마 남지 않은 늦은 시간이었다. 모든 빵은 거의 다 팔렸지만, 에그타르트만이 그대로 남아 있었을 뿐이었다. 마치 사야 할 주인을 기다리는 것처럼 느껴졌다. 어차피 마감 후에는 모두 쓰레기 통으로 내팽겨질 에그타르트였지만, 괜스레 여자에게 짜증을 내어 버리고 만 남자였다.

남자는 거의 신경질적으로 바이올렛이 건드린 에그타르트를 집게로 집어 들었다. 그녀가 만진 빵을 다른 손님에게 팔 수 없었기 때문이었다.

"본인이 건드린 것은 직접 사십시오."

남자는 여자의 대답도 듣지 않고 카운터로 걸어갔다. 바이올렛은 그의 뒤를 쫓았다. 그녀의 눈에 비친 남자는 아무리 보아도 에르하르트와 똑 닮아 있었다. 심지어 조금은 무례한 말투까지도 완벽히 말이다. 물론 복식이 완전히 달랐고, 이 남자의 머리가 에르하르트보다 조금 짧긴 했지만, 바이올렛의 눈엔 그는 완벽한 에르하르트로 보였을 뿐이었다.

저를 두 번이나 죽음에 이르게 만들었던 그 에르하르트. 낯선 세계에 그가 있을 리가 없다는 걸 당연히 알면서도 말이다.

그런 바이올렛의 생각을 모를 남자는 여전히 인상을 매섭게 찌푸린 채로 에그타르트를 포장하기 시작했다. 시간은 그리 오래 걸리지 않았다. 고작 에그타르트 하나였으니까.

"천이백 원입니다."

"천이백……?"

바이올렛은 두 눈을 껌뻑거렸다. 아무래도 돈에 대해서 말하는 것 같은데. 천이백 원이 어떻게 생긴 돈인지 전혀 알 수 없었다. 혹여나 다혜라는 여자가 입고 있던 옷의 주머니에 돈이란 게 있을까, 싶어 쭈뼛거리며 주머니 속을 뒤졌지만, 그 안에는 아무것도 없었다.

"……설마 돈이 없는 겁니까?"

"……."

바이올렛은 꿀 먹은 벙어리가 된 채로 남자를 올려다보았다. 저보다 두 뼘이나 큰 남자의 얼굴이 방금 전보다도 더 험악해져 있었다.

"하……."

"제가 집에 다시 가서, 천이백 원이라는 거 가지고 올게요."

그리고 당신과 조금 더 같이 이야기를 나누고 싶어.

바이올렛은 그렇게 생각하며 등을 돌려서 빵집을 나가려 했다. 그녀가 유리문을 향해 한 걸음 내디뎠을 때, 남자가 카운터에서 총알같이 튀어나왔다. 그러고선 그녀의 가는 손목을 휘어잡았다. 악력이 꽤나 단단했다.

"오호, 그런 식으로 도망가시겠다?"

"……네?"

"당신. 지금 그냥 도망가려고 하는 거잖습니까."

"하, 내가 도망이라니? 나는 바이올렛 바바라스라고요. 그런 내가 도망을 갈 리가 없잖아요. 정말 돈이란 걸 가지고 다시 오려고 했어요. 당신과 얘기를 더 하고 싶기도 하고."

바이올렛이 그리 말하자 남자는 영 미덥지 않다는 듯이 대답했다.

"그럼 핸드폰을 여기에 놔두고 가십시오. 그럼 도망가는 게 아니라고 생각할 테니까."

"핸⋯⋯ 핸드폰?"

그건 또 뭐야.

바이올렛은 저도 모르게 인상을 구겼다. 에르하르트 닮은 남자라곤 하지만 도둑 취급을 받는 것은 썩 즐거운 일이 아니었기 때문이었다.

에르하르트라면 이런 상황에서 저를 도둑으로 몰진 않았을 텐데. 바이올렛은 그를 누구보다도 잘 알고 있었다. 에르하르트는 무례한 말투를 일삼긴 했지만, 단언컨대 누군가를 함부로 의심하는 사람은 아니었다. 적어도 저런 식으로 사람을 쏘아붙이고 도둑놈 취급은 하지 않았으리라.

바이올렛은 그 순간 이 남자가 정말로 에르하르트가 아니라는 것을 설핏 느낄 수 있었다.

"전화기 없어요?"

바이올렛이 한참 동안 대답이 없자 답답해진 남자가 그녀를 닦달했다.

"⋯⋯그게 뭐죠?"

"이 여자. 진짜 골 때리는 여자네."

남자는 가벼운 한숨을 쉬었다. 그러자 바이올렛의 얼굴이 조금 더 일그러졌다. 지금 진짜로 골 때리는 사람이 누군데. 바이올렛은 저도 모르게 에르하르트와 닮은 남자를 쏘아보았다.

"그럼 집까지 같이 가요. 진짜로 도망가려는 거 아니니까."

집에 가잔다고 해서 내가 못 갈 줄 아나 본데. 남자는 지지 않고 대답했다.

"좋습니다. 같이 갑시다."

남자는 바이올렛의 손목을 놓고선 앞장서라는 듯이 턱짓을 했다. 그 모습이 가히 오만해 보였으나, 그 오만함은 왠지 모르게 에르하르트를 더 떠올리게 만들었다. 이런 안하무인인 남자가 에르하르트일 리가 없다고 생각하지만…… 그렇지만.

바이올렛은 작은 한숨을 내쉬며 가게를 나섰다.

가게의 문을 대충 잠근 남자가 그녀의 뒤를 따랐다. 둘 사이에 오고 가는 대화는 없었다. 바이올렛은 돌아가는 길을 떠올리기에 머릿속이 복잡했고, 남자는 여자의 이상한 태도에 대해 생각하느라 머릿속이 복잡했다.

남자는 앞서 걸어가는 여자의 뒷모습을 보며 생각했다. 돈은 없다 치더라도, 핸드폰도 없다니. 더군다나 그게 무엇인지 모르는 표정이었다. 그것은 연기라고 하기엔 너무 진심같이 느껴졌다.

정체가 뭐야, 도대체.

고작 에그타르트 하나 때문에 여자를 너무 다그쳤던 것은 아니었나 싶기도 했다. 남자는 반듯한 제 미간을 조금 구겼다. 어쩐지 기분이 썩 좋지만은 않았다.

그렇게 몇 걸음을 더 걷자, 바이올렛이 잠에서 깨어났던 그 주택에 도착했다. 바이올렛은 굳게 닫힌 현관 앞에 멀뚱히 섰다. 그녀는 안으로 들어가기 위해 당연히 문고리를 잡고 돌렸지만, 문은 전혀 열리지 않았다. 듣기 싫은 쇳소리만 났을 뿐이었다.

왜 문이 안 열리는 거지? 누군가 잠가 버린 걸까? 아냐, 집엔 나밖에 없었는데. 문이 닫히면 저절로 잠긴다는 것을 전혀 모르는 바이올렛이었다. 그녀가 살았던 세계의 문들은 모두 직접 손으로 잠가야 잠가지는 것이었으니까.

문이 열리지 않자, 그녀는 제 등 뒤에 식은땀이 흐르는 기분이 들었다. 비록 뒤를 돌아보지는 않았지만, 남자의 무시무시한 시선이 여과 없이 느껴졌다.

“……저, ……문이 안 열리는 거 같은데.”

“하…….”

바이올렛의 말에 남자는 기다란 한숨으로 대답을 대신했다. 그는 돌아서 있던 바이올렛의 손목을 다시금 낚아채며, 그녀를 강제적으로 당겼다. 그러자 바이올렛의 몸이 휘청거리며 뒤돌아서졌다. 돌아선 바이올렛이 본 것은 구겨질 대로 구겨진 남자의 얼굴이었다.

"지금 장난하는 겁니까? 열쇠 없어요? 여기가 당신의 집이 맞기는 합니까?"

"……."

그게 지금 나도 이 상황이 어떻게 돌아가는지 전혀 가늠할 수 없어서.

바이올렛은 억울한 마음과 동시에 짜증이 났다. 큰마음 먹고 죽으려 했더니 죽지도 않았을뿐더러, 끔찍하게 싫어하는 여자의 몸에 빙의 돼 낯선 세계로 떨어지고, 그토록 사랑했던 에르하르트와 똑 닮은 남자에게 도둑취급이나 당하고, 이젠 거짓말쟁이가 되었다.

그녀는 남자에게 한껏 따지고 싶었지만, 그 전에 눈가엔 눈물이 맺히기 시작했다. 슬퍼서 우는 게 아니라, 제 처지가 서러워서 흘리는 눈물이었다.

구태여 남자의 앞에서 울려고 했던 것은 아니었지만, 한번 복받쳐 오른 감정이 사그라질 생각을 하지 못하고 그런 식으로 표출되고 있었다.

"……난, 흑……. 나는……."

이내 눈물은 커다란 줄기가 되어 바이올렛의 뺨에 흘러내렸다.

"……."

갑자기 그녀가 울어 버리자 할 말이 없어진 것은 남자 쪽이었다. 그녀는 정말로 서럽다는 듯이 울고 있었고, 남자는 자신 때문에 여자가 우는 것만 같아 당황스러웠다.

아니, 제 마음대로 판매 중인 에그타르트를 건드렸고, 그걸 사라고 했을 뿐인데 어째서 이렇게 되어 버린 걸까. 남자는 제 앞머리를 거칠게 쓸어 넘겼다. 그는 목 끝까지 답답하게 채워져 있던 셔츠의 단추를 풀며 여자를 내려다보았다.

"저기, 그러니까. 알겠어요. 알겠다고요. 당장 돈 달라고 다그치지 않을 테니까, 그만 울어요. 네?"

그는 조금 누그러진 음성으로 바이올렛을 달랬다. 남자는 원체 여자의 눈물엔 약했던 터라, 그녀에게 더는 모진 말을 하지 못했다. 그는 어색하게 제 손으로 바이올렛의 어깨 위를 몇 번 두드렸다. 그만 울라는 일종의 호소였다.

하지만 웬걸. 그가 그녀의 어깨를 두드리기 무섭게 바이올렛이 제 가슴팍에 몸을 기댔다. 남자는 그대로 굳은 채로, 제 품에서 눈물을 쏟아내는 여자를 물끄러미 내려다보았다.

망할, 이게 도대체 무슨 상황이냐고.

짜증은 나는데, 막상 그녀를 내치고 싶지는 않았다. 그녀가 너무나도 서럽게 울었기 때문이었다. 남자는 어쩔 수 없이 그녀가 울음을 그칠 때까지 아무 말도 하지 못했다.

이내 울음의 기운이 가신 바이올렛이 그의 품에 묻었던 제 얼굴을 들었다.

"난…… 도둑이나, 거짓말쟁이가 아니란 말이에요."

적어도 에르하르트와 닮은 당신에게 그런 오해를 받고 싶진 않아. 바이올렛은 거기까지 말하지 못하며 입술을 뭉그러뜨렸다.

"……알겠어요. 알겠으니까, 문은…… 나도 모르겠고. 내일 돈 들고 빵집으로 다시 찾아와요. 알았어요?"

바이올렛은 고개를 끄덕였다. 남자는 그녀의 고갯짓을 마지막으로 뒤돌아섰다. 걸어가는 내내 가슴팍 부근의 축축한 기운이 느껴졌다. 그것은 차마 마르지 않은 그녀의 눈물의 자국의 여파였다. 젖은 제 셔츠를 내려다본 남자는 나지막이 읊조렸다.

"제길, 뭐 이런 일이 다 있어."

여전히 짜증이 났지만 이상하게도 구슬프게 울던 여자의 얼굴이 머릿속에 자꾸만 떠올랐다. 도둑 취급을 당했다는 게 그토록 서러웠던 걸까? 여자는 어째서 세상 떠날 듯이 서럽게 울었던 걸까.

'바이올렛 바바라스.'

그리고 그 해괴한 이름은 도대체 무엇이란 말인가. 생김새는 분명 한국인임에 분명한데 말이다. 정말로 정체를 알 수 없는 여자라고, 남자는 생각했다.

빵집으로 돌아가는 남자의 발걸음이 꽤나 무거웠다.

***

바이올렛이 집으로 다시 들어갈 수 있었던 것은 이웃의 도움을 받아서였다. 이 몸의 주인과 퍽 친해 보였던 옆집 여자는 저가 집 앞에 서성이는 것을 보자 사람을 불러왔다. 얼결에 열쇠를 잃어버렸다고 하자, 그들은 제게 친절히 새로운 열쇠까지 만들어 주었다. 불행 중에 다행이라고 해야 할지. 여하튼 그러하여 바이올렛은 장다혜의 집으로 다시 들어갈 수 있었다. 다음에 나갈 땐 꼭 열쇠를 챙겨서 나가야지.

그녀는 처음 눈을 떴던 그 방으로 들어와 그대로 자리에 주저앉았다. 눈물을 한껏 쏟아내서 그런 것인지 몸에 있던 기운이란 기운은 모조리 빠져나간 것만 같았다.

"이제 어떻게 해야 하지."

눈을 느릿하게 깜빡이자, 에르하르트를 똑 닮았던 그 남자의 음성이 귓가에 이명처럼 맴돌았다.

'설마 돈이 없는 겁니까?'

'전화기 없어요?'

"……망할, 난 왜 이렇게 없는 게 많은 거야."

바이올렛 바바라스로 살아가며, 왕국의 공녀로 살아가며 부족한 것 없이 살았던 그녀였다. 그녀는 언제나 모든 것들을, 이를 테면 돈이라든지 물건이라든지, 가지고 있었고 제게 무언가가 없다는 사실이 더 이상한 것이었다.

어쩐지 자존심이 상하는 기분이 드는 건 왜일까.

그녀는 천이백 원과 전화기를 어떻게 해서든 구해야겠다고 생각을 했다. 그 남자를 위해서. 아니, 제 자존심을 위해서.

바이올렛은 제게 없는 것들에 대해 해결하기 전에, 기묘한 책을 한 번 더 읽어 보았다. 그것은 여전히 샤년과 에르하르트가 주인공인 이야기 그대로였다. 짝사랑의 실패로 슬픔에 물든 하론과 저의 자살. 저가 살았던 현실 속의 이야기와 너무나도 똑같았다. 처음엔 그저 누군가가 기록을 해 놓은 게 아닌가 싶었지만, 그렇다고 하기엔 어쩐지 자꾸 이상한 생각이 들었다.

설마 자신이 이 책 속 세계에 살았던 게 아닐까, 하는.

"뭐가 뭔지 하나도 모르겠다."

바이올렛은 고개를 뒤로 젖히며 느릿하게 눈을 감았다. 이런 해괴한 사실을 받아들여야 하는 걸까. 사실 저는 지금 아주 긴 꿈을 꾸고 있는 것은 아닐까.

"……에기."

자신의 세계 속 에르하르트와 샤년은 잘 지내고 있을까. 샤년에 몸에 있던 자신이 빠져나오게 되었으니, 샤년의 몸엔 본래의 영혼이 다시 돌아오게 된 걸까.

"하론은…… 나 따위가 없어져서 되레 다행이라고 생각할지도 몰라. 다혜란 그 계집이랑 잘 살겠지, 뭐."

그렇게 제 세계 속의 남은 사람들은 저들의 행복을 찾아 잘 살아가는 것이 아닐는지. 어쩌면 종내에는 '바이올렛'이라는 영혼을 기억하는 사람은 전혀 없게 될지도 몰랐다. 그렇게 생각하자 바이올렛은 꽤나 서글픈 마음이 들었다. 누군가에게 잊힌다는 것은 생각보다도 끔찍했다.

슬프고 막막한 도중에도 이상하게도 방금 전에 보았던 남자의 모습이 머릿속에서 잊히지 않았다.

에르하르트와 닮은 빵집의 그 남자.

불같았던 남자가 제 눈물에 어찌할 바를 몰라 안절부절못하던 모습이 눈에 선했다. 에르하르트가 아니라고 생각했지만, 눈물에 어찌할 바를 모르고, 어쩐지 정이 없는 듯이 툭툭 말을 내뱉는 모양새는 에르하르트와 닮았단 생각이 들었다.

"그 남자. 이름이 뭘까."

***

한편 빵집을 정리하고 오피스텔로 돌아온 남자는 입고 있던 재킷을 벗어 침대 위로 아무렇게나 던졌다.

샤워를 하기 위해 셔츠를 벗자, 문득 제 셔츠에 낙인처럼 새겨진 여자의 눈물 자국이 보였다. 얼마나 울었기에 이토록 셔츠에 커다란 얼룩이 생기느냐 말인가. 남자는 인상을 구기며 셔츠를 집어 던졌다.

이내 욕실로 들어간 남자가 뜨거운 물에 몸을 담갔다. 그러자 이상하게도 미친 여자의 울던 얼굴이 떠올랐다. 그리고 이상할 정도로 그녀가 신경 쓰이기도 했다.

"본인이 잘못해 놓고선, 왜 그렇게 서럽게 운 건지."

남자는 물을 제 손으로 몇 번 튕겼다. 괜한 화풀이였다.

남의 일엔 관심이 없던 저가 언제부터 이토록 여자의 눈물에 약해졌더라. 남자는 잠자코 과거의 일을 회상했다.

누나가 교통사고로 다리를 못 쓰고 나서부터였던가. 벌써 몇 년도 더 된 오래된 일이었지만, 사고로 다리를 잃은 누나가 세상 누구보다 서럽게 울던 것을 그는 잊지 못하고 있었다.

그녀의 눈가에 흐르던 뜨거운 눈물은 남자의 마음속에 강하게 얼룩이 져서, 도저히 씻어 내릴 수가 없었다. 그때부터 여자가 눈물을 흘리면 저도 모르게 애잔한 마음이 들었던 것 같다. 울고 있는 여자들을 그냥 지나칠 수 없게 되어 버린 것만 같았다. 그래서. 그래서 이토록 미친 여자의 눈물이 사무치는 걸까.

남자는 기다란 한숨을 쉬었다. 어째 팔리지 않던 에그타르트 때문에 골치 아픈 일에 말려든 것만 같았다. 애증의 에그타르트 같으니라고.

이내 말끔히 씻고 나온 남자는 침대에 아무렇게나 몸을 뉘었다. 몸을 편히 뉘이고, 눈을 감았음에도 불구하고 계속해서 서럽게 울던 미친 여자의 얼굴이 떠올랐다. 그녀의 서러웠던 울음소리가 귓가에서 사라지지 않았다. 이상한 일기도 하지. 그는 와락 인상을 구기며 몸을 몇 번 뒤척였다.

이제 와 생각해 보니 그 여자가 빵집으로 들어왔을 때 이상한 말을 뱉었던 것도 같았다. 가게에 들어선 그녀가 분명 저를 보며,

'에르하르트!'

그렇게 말했었다.

에그타르트가 아니라, 에르하르트라. 그땐 팔리지 않던 에그타르트에 대한 짜증으로 깊게 생각지 못했지만 어쩐지 그 해괴한 이름이 낯설지 않게 느껴졌다.

어디서 봤더라, 분명 멀지 않은 과거에도 '에르하르트'라는 단어가 해괴하다고 생각했었던 것 같은데.

남자는 잠재된 기억의 깊숙한 곳까지 생각해 보려 애썼지만, 잠이 들 때까지 그 출처를 떠올릴 수 없었다. 더불어 그는 밤새 제대로 된 잠을 자지 못했다. 날이 밝아오는 것을 지켜본 그의 서늘한 눈가의 밑에는 차마 감출

수 없는 짙은 그늘이 처져 있었다.

***

남자는 늘어지는 하품을 하며 꽤 지친 걸음으로 제 가게로 향했다. 언제나 나처럼 파티셰인 직원들보다 사장인 저가 먼저 출근해 빵집을 정리했다. 분명 다른 날들과 다름없는 날이었지만 남자는 이상하게 아침부터 짜증이 났다. 출처를 알 수 없는 짜증이었다.

그는 짜증을 억누르며, 오픈 전까지 묵묵히 몸을 움직였다. 이내 향이 좋은 다양한 빵들이 진열되었고, 거기엔 여과 없이 에그타르트도 있었다. 남자의 지친 시선이 에그타르트에 오래 머물렀다.

오늘은 잘 팔리려나.

그 망할 여자는 언제 오는 걸까.

……설마 진짜로 도망가는 것은 아니겠지.

누군가는 고작 천이백 원이 뭐라고, 그렇게까지 각박하게 구냐고 생각할 수도 있겠지만. 남자는 대가 없이 제 빵을 대우하는 것을 끔찍하게 싫어했다.

설령 그것이 처치가 곤란한 에그타르트라고 할지라도.

"사장님, 어디 편찮으세요? 안색이 좋지 않아요."

파티셰 중 하나가 제게 조심스럽게 묻고 있었다. 남자는 아무것도 아니란 듯이 건성으로 대답했다.

"아닙니다. 괜찮으니까, 얼른 정리하고 퇴근하세요."

"네, 알겠습니다!"

대답하던 남자의 시선은 빵집의 잘 닦인 유리문에게서 떨어지지 않았다.

낮 동안 정신없이 빵을 팔고 보니 어느새 주위가 어두워져 있었다. 천이백 원을 가지고 온다며, 저를 도둑 취급하지 말라던 그 여자는 하루 종일 나타나지 않았다.

믿을 걸 믿었어야 했나. 뻔뻔한 여자였던 건가.

남자는 괜스레 헛웃음을 지으며, 진열대에 빵을 정리하는 직원을 바라보았다.

"……설마 오늘도 에그타르트만 팔리지 않은 겁니까?"

"네. 왜일까요? 이 주위의 사람들은 에그타르트를 정말 싫어하나 봐요. 다른 건 곧잘 팔리는데 이 녀석이 늘 말썽이네요."

"그러게 말입니다. 그렇다고 저걸 그냥 빼 버릴 수도 없고."

남자는 이해할 수 없다는 표정을 지었다. 에그타르트가 제일 잘 팔릴 것이라 생각해서 지은 가게 이름이 '빵집의 에그타르트'였다. 저가 제일 좋아하는 빵이 에그타르트이기도 했고. 그러나 간판에 버젓이 적힌 가게의 이름과는 상반되게 이상하게도 에그타르트만 영 팔리지가 않았다.

그것은 남자로선 정말 이해하기 힘든 사실이었다.

"그럼 먼저 가 보겠습니다!"

"네, 내일 뵙죠."

마지막으로 가게를 정리하던 여자 직원이 빵집을 나서자, 남자는 혼자가 되었다. 남자는 포스기에 정산을 하며, 저도 슬슬 퇴근할 준비를 했다. 포스기에 있던 천 원짜리   장을 세고 있자니 계속해서 미친 여자가 생각났다.

진짜로 천이백 원이 없어서 찾아오지 못하는 것은 아니겠지. 그는 제 손에 쥐인 애꿎은 지폐 몇 장을 거칠게 구겼다.

그때였다.

유리문에 걸려 있던 차임벨이 딸랑, 하고 울리는 소리가 들렸다.

드디어 그 여자가 돈을 들고 온 걸까? 남자는 짜증이 가득한 목소리로 문을 열고 들어오는 이에게 말했다.

"도대체 뭡니까? 당장이라도 올 것 같이 말했던 주제에 왜 이렇게 늦은…… 어?"

남자는 끝까지 말을 잇지 못했다. 뒤늦게 문 쪽을 쳐다봤을 때, 다른 이가 가게로 들어왔기 때문이었다. 당연히 그 미친 여자의 방문이라고 생각했던 게 무색할 정도였다.

"하린아. 누구 올 사람이라도 있어?"

"누나?"

"응, 지나가는 길에 가게 문이 아직 열려 있어서 들어왔는데. 뭐야? 누구야~ 누군데 우리 동생을 애타게 기다리게 하는 거지?"

휠체어의 바퀴를 굴리며 들어오는 이는 제 누나인 최아린이었다. 교통사고로 다리가 불편하게 된, 저가 여자의 눈물에 약해지게 만든 그 장본인.

그녀가 함박웃음을 지으며 가게로 들어섰다. 남자는 제 누나의 등장에 괜스레 실망감이 들었다.

……아니, 실망감? 내가 뭐 진짜로 그 여자를 기다린 것 같잖아. 인정하고 싶지 않은 사실에 남자는 눈썹이 일그러질 정도로 인상을 구겼다.

"아무것도 아니야."

"최하린. 너 아무것도 아닌 얼굴이 아닌데~"

아린이 꽤 짓궂게 남자를 몰아붙였다. 본인은 남자의 반응이 재밌어서 몰아붙이는 것이었지만, 정작 당하고 있는 남자의 기분은 썩 좋지 않았다. 그는 제 누나에게 따져볼까 싶기도 했지만 이내 고개를 내젓고야 만다. 누나의 짓궂은 말에 반응을 해 봤자 손해가 될 것은 자신임을 앎으로.

"누나, 그만해. 설명하자면 꽤 복잡한 일이……."

남자가 거기까지 말했을 때 차임벨이 다시금 울렸다. 딸랑, 하는 가벼운 소리가 가게 안에 가득 울렸다. 그러자 남자의 서늘한 시선이 다시금 유리문 쪽으로 향했다. 남자의 시선은 유리문 쪽에서 떨어질 생각을 하지 않았다.

이번엔 진짜로 여자가 온 것이었다. 그 미친 여자. 아니, 이세계로 뚝 떨어진 바이올렛이.

"제가 너무 늦었나요?"

그걸 말이라고.

남자는 저도 모르게 그녀에게 따지듯이 대답했다. 정말로 하루 종일 기다렸다는 듯이.

"당신……! 지금이 도대체 몇 시인지 아시는 겁니까?"

아아, 역시나 무례한 말투는 여전하군.

바이올렛은 남자의 무례한 말에 불쾌한 듯이 인상을 미세하게 찌푸렸다. 가게 문을 닫기 전에 찾아왔으면 되는 것이지, 웬 호들갑이람.

"예, 몇 시인지 알고요. 늦었지만 아직 가게 문을 닫진 않았잖아요."

바이올렛의 띠꺼운 대답에 남자의 미간이 매섭게 구겨졌다. 두 사람은 서로를 마주 본 채로 서로에게 인상을 단단히 구긴 채였다. 그사이에 바이올렛은 그에게 당당하게 걸어오기 시작했다. 어느새 남자가 있던 포스기 앞까지 다가간 그녀는 보란 듯이 손에 쥐고 있던 것을 내려놓았다.

짤랑, 하는 동전 소리와 함께 무언가가 테이블 위에 놓여졌다.

"당신이 말한 천이백 원 가져왔고요."

테이블 위엔 천 원짜리 지폐 한 장과 동전 두 개가 있었다.

"……."

남자는 떨떠름하게 테이블 위에 있던 돈을 집어 들었다. 고작 천이백 원 가져온 주제에 이 여자, 왜 이렇게 당당한 거야. 남자는 여자의 태도를 전혀 이해할 수가 없었다.

"그리고."

바이올렛은 제 주머니에서 무언가를 꺼내들어 남자의 앞에 들이댔다. 그것은 핸드폰이었다.

"핸드폰이라는 것도 가져왔어요."

"……네?"

"핸드폰 없냐고 물었잖아요."

바이올렛은 배시시 웃으며 제 폰을 남자에게 들이대었다. 실상 그녀는 핸드폰이 없다고 저를 타박했던 남자에게, 자신에게도 핸드폰이 있다는 것을 증명해 보이고 싶었기에 했던 행동이었다. 왜냐면 항상 풍족하게 살았던 바이올렛은 무언가가 없다는 이유로 누군가에게 무시당하는 게 끔찍하게 싫었기 때문이었다.

"……"

하지만 그런 바이올렛의 생각을 알 리가 없는 남자는 혼란스러웠다.

도대체가, 왜 제게 자신의 핸드폰을 내미는 것인지 그는 전혀 이해할 수가 없었다. 말 그대로 어쩌라는 건지.

그러자 그들의 상황을 뒤에서 흥미진진하게 지켜보던 아린이 재빨리 그들에게 다가와, 그사이에 끼어들었다.

"어머! 이거 딱 보니까 그거네."

그녀는 히죽거리며 제 말을 이어 갔다.

"이 귀여운 아가씨가 우리 하린이 번호를 따려는 거네. 그렇지?"

바이올렛은 그제야 저와 남자 사이에 끼어든 여자의 얼굴을 보았다. 아린의 얼굴을 본 바이올렛의 두 눈이 동그랗게 커졌다. 긴 까만 머리, 장난스러운 말투, 그리고 저와 눈이 마주치자 모든 것을 다 알고 있다는 듯이 한쪽 눈을 가볍게 찡긋, 하는 것까지.

그녀를 보고 있자니 절로 바이올렛이 알고 있던 누군가가 떠올랐다.

"아이린 님……?"

그녀는 에르하르트의 손위 누이였던 아이린과 똑 닮아 있었다. 심지어 다리가 불편한 것까지 말이다. 맙소사.

바이올렛은 토끼같이 놀란 눈동자로 아린을 계속해서 쳐다봤다. 아무리 보고 또 보아도 그녀는 바이올렛의 눈엔 아이린으로만 보였다. 입고 있는 복색만 제외한다면 말이다.

에르하르트와 닮은 남자에 이어, 이젠 아이린과 닮은 여자라니. 어쩐지 어딘가에서 샤넌과 하론을 닮은 사람들이 튀어나올 것만 같은 기분이 들었다. 거기까지 생각했을 때, 바이올렛은 까닭 모를 스산함을 느꼈다.

이 세계. 도대체 정체가 뭐야.

"뭐? 귀여운 아가씨. 방금 날 보고 뭐라고 했어? 아이린?"

아린의 물음에 바이올렛은 고개를 작게 끄덕였다. 물론 제 앞에 있는 그녀가 진짜 아이린이 아니란 것쯤은 저도 알고 있었다. 설령 그녀가 아이린의 얼굴을 가지고, 행동거지까지도 완벽히 닮았다 할지라도 이곳은 명백히 저가 살던 세계가 아님을 인지하고 있었으니까.

그럼에도 불구하고 바이올렛에겐 왠지 모를 애잔한 마음이 들었다. 하는 행동이 짓궂기는 했지만 언제나 저를 위해 주었던 아이린이었다. 제게 있어 아이린은 친구이기도 했고, 언니이기도 했고, 때때론 엄마 같기도 한 존재였다. 그만큼 그녀와의 유대가 깊었었다.

그런 유대에 금이 간 이유가 자신 때문이었던 것도 알고 있었다. 바이올렛은 아이린이 정말로 보고 싶어졌다. 그녀 또한 저의 부재를 눈치채지 못하고, 제 몸을 차지한 다혜와 잘 지내고 있는 것이 아닐까.

그런 생각이 들기 무섭게 바이올렛의 눈가엔 눈물이 핑 맴돌았다. 우는 것은 나약한 일이라고 생각해서 정말 싫어했음에도 불구하고, 이 세계에 오고 난 뒤부터 눈물샘이 당최 주체가 되지 않았다. 원래 몸의 주인인 다혜가 눈물을 잘 흘리기라도 했던 건지.

그 여자는 정말로 하나부터 열까지 마음에 드는 구석이 없었다. 바이올렛은 깊은 심호흡을 하며 눈물의 기운을 간신히 몰아내었다.

"아이린이라. 그거 참 낯익은 이름인 것 같은데……."

"아니에요. 제가 뭔가를 착각했나 봐요."

바이올렛이 그리 대답하자, 아린의 시선이 남자, 즉 제 동생인 최하린에게 닿았다.

"후후, 그래? 그건 그렇고, 최하린."

"……왜 갑자기 나한테 화살이 오는 건데?"

"아니, 너는 이렇게 귀여운 아가씨가 번호를 달라고 당차게 대시를 하는데, 언제까지 핸드폰을 멀뚱히 보고만 있을 거야? 매너라고는 눈곱만치도 없는 녀석 같으니라고."

"누나! 아니! 난……."

하린의 시선이 바이올렛이 쥐고 있던 핸드폰에 닿았다. 그냥 돈이 없고, 뻔뻔한 여자인 줄만 알았는데, 이젠 제 번호까지 물어보다니. 정말이지 종잡을 수 없는 여자라고, 하린은 생각했다.

그는 긴 한숨과 함께 여자를 빤히 쳐다보았다.

제 번호라…….

그 순간 하린의 머릿속에 커다란 느낌표 하나가 스치고 지나갔다.

'……!'

설, 설마. 어제부터 주구장창 했던 여자의 이상한 행동이 모두 의도되었던 것은 아니었을까? 하는 생각이 들었기 때문이었다. 애당초 특이한 짓으로 제 관심을 끌기 위함이었다면. 괜스레 눈물을 보이며 제 품에 안겼던 거라면.

"하……."

그래, 그런 거군. 여자의 이상했던 행동들은 모두 제 관심을 끌기 위해 계획된 행동들이었던 게 분명했다.

다른 여자들과는 조금 다르게 접근해서 내 번호를 따기 위함이었던 거지?

그는 이제야 모든 것이 이해되었다는 듯이 제 고개를 절레절레 흔들었다. 큰 키에 잘생긴 얼굴로 어려서부터 숫제 많은 여자들의 대시를 받았던 하린이었다. 그가 그렇게 착각하는 건 그리 큰일이 아니었다. 그만큼 여자들의 대시가 부지기수였으니까.

"큭큭."

그는 고개를 조금 숙이며 작게 키득거렸다. 갑작스러운 그의 웃음에 의아해진 것은 아린과 바이올렛이었다.

"그런 거였군요. 당신이 제게서 뭘 원하는지 이제 알겠습니다."

"……네?"

그러니까 미친 여자, 당신이 왜 처음부터 돈이 없다고 했고, 굳이 제 집까지 저를 안내했고, 왜 또 굳이 제 품에 안겨서 울었는지 이제 이해가 간다고. 다 내 관심을 끌어서 내게서 쉽게 번호를 물어보기 위함이었잖아.

하린은 거기까지 말하지 않고는 바이올렛의 손에 있던 핸드폰을 받아 들었다.

"제가 원래 이런 식으로 번호를 주지 않습니다만."

"네?"

바이올렛이 영문을 모르겠다는 듯이 다시금 되물었다. 하지만 돌아오는 대답은 없었다. 대신 하린은 제 기다란 손가락으로 핸드폰 위를 몇 번 눌렀을 뿐이었다. 그는 제 번호를 모두 입력시키고 통화 버튼을 눌렀다. 얼마 못가 그의 주머니에서 명쾌한 벨소리가 울렸다.

벨소리가 울리자 흡족한 표정을 지은 하린이 통화를 끊고선, 다시금 바이올렛에게 핸드폰을 돌려주었다.

"방금 뭐 하신 거예요? 이상한 소리가 났던 거 같은데."

"이제 모르는 척하는 연기는 그만두십시오. 당신이 처음 의도했던 대로 제 번호를 가졌지 않습니까?"

"……."

이 남자. 지금 무슨 얘기를 하는 거람. 바이올렛은 저도 모르게 제 미간을 조금 굳혔다.

"뭐 해요? 저장 안 합니까?"

"저장……?"

바이올렛은 그 생소한 단어에 고개를 갸웃거렸다. 그러곤 제 손에 쥐인 핸드폰을 물끄러미 내려다보았다.

저장. 저장이란 게 도대체 뭘까. 뭘 저장해야 한다는 거지?

제 말에도 바이올렛이 아무런 행동을 보이지 않자, 답답해진 쪽은 하린이 었다. 그는 다시금 그녀의 폰을 뺏어 들어, 제 이름을 입력하기 시작했다.

"……최하린."

"네?"

"제 이름."

"아, 하린. 최하린."

그것은 바이올렛이 궁금해했던 그의 이름이었다. 바이올렛은 저도 모르 게 그의 이름을 몇 번 되뇌었다.

하린. 어쩐지 에르하르트를 부르던 어감과 비슷한 기분이 드는 이름이었 다.

"그럼 그쪽 이름은 뭡니까?"

"저요?"

"그럼 내가 지금 누구에게 묻는 거겠습니까?"

그때 분명 바이올렛, 이던가. 여하튼 이상한 이름을 대었던 것 같은데. 하린은 그 이상한 이름이 그녀의 진짜 이름이 아닐 거라고 생각했다. 하나 그 것은 하린의 착각이었다.

"저는 바이올렛 바바라스예요."

바이올렛이 꽤나 당당하게 제 이름을 내뱉었으니 말이다.

"……바…… 바, 뭐요?"

"바이올렛이요. 뭐, 애칭은 바이 정도라고나 할까요."

"……."

하린은 할 말을 잃고 여자를 빤히 보았다. 그녀는 역시나 그 이상한 이름이 제 이름이라고 또 말하고 있었다. 어렸을 때 외국에서 자라기라도 한 건지 뭔지.

……아무래도 진짜 정신이 이상한 여자인 걸까.

하린은 고개를 갸웃거리면서도 제 폰을 꺼내, 그녀의 번호가 찍힌 곳에 '바이올렛'이라는 단어를 입력시켰다. 어쩐지 기분이 묘한 까닭은 왜일까.

서로에 대한 오해가 깊어지는 가운데, 두 사람 사이로 작은 박수소리가 들렸다. 중간에서 흥미롭게 지켜보던 아린이 친 박수였다.

"와! 나 하린이가 여자한테 번호 주는 거 처음 봐. 바…… 바이올렛? 우리 하린이는 이 아가씨가 굉장히 마음에 들었나 보네."

"누나, 그런 거 아니야."

"이봐, 동생. 강한 부정은 강한 긍정이라는 말이 있지."

"누나!"

하린이 억울한 듯이 소리치자 아린이 제 혀를 삐죽 내밀었다. 그녀는 제 말을 정정해 줄 의사가 전혀 없어 보였다. 대신 아린의 시선이 이번엔 바이올렛에게 닿았다.

"그런데 바이올렛 바바라스라는 이름. 그 이름도 어쩐지 낯설지가 않은 이름이네."

"……그 이름을 아세요?"

"아이린. 바이올렛 바바라스……."

아린은 바이올렛이 뱉은 이름들을 곱씹어서 몇 번이나 불렀다. 억울함에 소리를 쳤던 하린도 아린이 불렀던 이름들이 어쩐지 낯설지 않게 느껴졌다. 어제도 '에르하르트'라는 이름이 낯설지가 않더니, 이젠 바이올렛 바바라스, 아이린이란 이름까지도 낯설지가 않았다.

어디서 들었던 해괴한 이름들이었더라.

생각에 잠겨 있던 두 남매는 얼마 못 가 동시에 소리쳤다.

"샤년을 위하여!"

"누나의 그 망한 소설?"

"야! 최하린! 망했다니! 닥쳐!"

"나는 진실만 말한다고."

하린 또한 제 말을 정정해 줄 생각이 없다는 듯이 읊조렸다.

"지도 재미있게 읽었던 주제에 하여튼 말이 많아."

그렇게 아린과 하린이 아옹다옹하는 사이 두 사람의 대화를 듣던 바이올렛은 다시금 깜짝 놀랐다. 이들이 '샤년을 위하여'를 알고 있었기 때문이었다.

"어, 어떻게 그걸 아는 거죠? 두 분 다 '샤년을 위하여'를 알고 있는 거예요?"

그리 묻는 바이올렛의 목소리가 미미하게 떨리고 있었다. 에르하르트와 닮은 남자. 그리고 아이린과 닮은 여자. 어쩐지 원래의 제 세계와 이어진 것 같은 기분이 설핏 들기는 했지만…….

막상 실제로 그들이 제 세상에 대한 것을 알은체를 하자 놀라운 것이었다.

바이올렛의 물음에 아린이 당연하다는 듯이 대답했다.

314

"당연하지. 그거 예전에 내가 적었던 소설이니까."

"……예?"

"샤넌을 위하여. 그 소설은 샤넌과 에르하르트의 사랑을 적은 소설이잖아. 바이올렛 바바라스는 여자 주인공인 샤넌을 항상 괴롭히던 악역. 그 악역이랑 네 이름이랑 같은 건가? 어떻게 이런 일이 있을 수가 있는 거지?"

그건 저도 모르겠습니다만. 바이올렛은 대답 대신 깊은 생각에 잠겼다.

소설이라. 아이린을 닮은 여자가 적은 소설. 순간 말도 안 되는 생각이 또다시 들었다. 설마하니 저가 소설 속의 인물이 아니었을까, 하는.

자신의 세상이 소설 속의 세상이었고, 소설 속의 제 포지션이 악역이었다면?

바이올렛 바바라스. 그건 정말 얼토당토하지 않은 생각이잖아.

바이올렛은 스스로를 그렇게 달래면서도 어쩐지 이상한 기분을 떨쳐 낼 수가 없었다. 따지고 보면 제게도 제대로 설명할 수 없는 일이 제게 연거푸 일어났다. 누군가의 몸에 두 번이나 빙의를 했으니 말이다. 이런 판국에 제 세상이 소설 속 세상이란 사실은 퍽이나 이상한 일이 아니란 생각까지도 들었다.

내가 소설 속의 인물이라.

그리 오래 산 것은 아니었지만, 바이올렛은 살아 숨 쉬는 동안 저가 텍스트 속 존재라는 것을 단 한 번도 직감하지 못했다. 아니, 그런 걸 직감할 수 있는 사람이 존재하기나 하는 걸까.

여하튼 만약에 그것이 사실이라면, 저가 살아오며 겪은 수많은 일들은 모두 아이린을 닮은 여자가 만든 걸까? 그녀가 제 삶의 위기를 조장하고, 사랑하는 사람을 정한 것일까? 고작 펜 끝 하나로 말이다.

그렇게 생각하자 왠지 모르게 지금까지 살았던 자신의 존재가 부정되는 기분이었다. 아니, 자신은 살아 있기는 했던 걸까?

바이올렛의 얼굴엔 슬픈 기색이 맴돌았다. 샤넌이라는 주인공을 돋보이기 위해 망가져야만 했던 바이올렛. 제 존재의 이유가 그것이었다는 게 꽤나 허망하게 느껴졌기 때문이었다.

"하……. 그러게요. 어떻게 그런 일이 생길 수가 있을까요. 그럼 당신의 이름은 뭐예요?"

바이올렛은 자못 씁쓸한 미소를 지으며 아이린을 닮은 여자에게 물었다. 그러자 여자가 빙긋 웃으며 대답했다. 장난스러운 미소가 아무리 보아도 아이린과 꼭 닮아 보였다.

"나는 최아린이야. 싸가지라고는 전혀 없는 하린이의 누나지."

"아린…… 아린."

아린. 그 이름 또한 아이린과 닮은 이름이었다.

"그나저나 우리 귀여운 아가씨는 어떻게 '샤넌을 위하여'를 알고 있는 거지? 그거 이제 찾으려고 해도 찾기 힘든 소설인데."

"찾는 사람이 없는 거겠지."

아린의 말에 하린이 삐딱하게 덧대었다. 그러자 아린의 미간이 옅게 구겨진 것은 순식간의 일이었다. 아린은 불같은 시선으로 하린을 한껏 째려본 뒤에 다시금 바이올렛을 응시했다.

"제가…… 그 책을 읽었거든요. 아린 님."

아니, 실제로 그 속에 살았던 것 같기도. 바이올렛은 거기까지 말하지 못한 채로 아린을 응시했다.

"아린 님……?"

아린 씨도 아니고, 아린 언니도 아니고, 아린 님이라니. 그 낯선 호칭에 아린은 고개를 갸웃거리다가도 바이올렛의 표정이 너무나도 진지하여 아무 말도 하지 못했다. 인상을 더럽게 쓰는 하린에게 당차게 번호를 물어본 것만으로도 퍽이나 특이한 아가씨라고 생각했는데, 어쩐지 말하는 모양새도

영 특이하다. 아린은 독특한 바이올렛의 행보가 싫다기보다는 꽤 귀엽게만
느껴졌다.

"바이올렛. 그 책을 읽었어? 읽고 무슨 생각을 했어?"

"……왜…… 왜 바이올렛과 하론이 사랑의 실패자로 끝났는지 궁금하단
생각이 들었어요."

소설 속에서 나를 왜 죽였나요? 그리고 하론을 왜 그렇게까지 망가뜨렸
나요?

바이올렛은 제 아랫입술을 짓이겼다. 그러지 않는다면 마음속에 있는 말
들이 봇물처럼 튀어나올 것만 같았기 때문이었다.

"아, 바이올렛과 하론."

아린은 그들에 대한 이야기를 떠올리려는 듯이 잠깐 동안 말을 잇지 못
했다.

"나도 그들에게 조금 미안하게 생각하고 있어. 그런 식으로 끝을 내서는
안 됐나 싶기도 했고. 하지만 모두가 행복한 결말은 너무 비현실적이잖아.
주인공의 행복한 결말이 더 빛이 나려면, 아무래도 조연들의 비극적인 면모
가 살아야 한다고 생각해서."

"……."

"흠, 소설 속에서 현실적인 걸 찾는 건 내 욕심이었던가."

바이올렛은 아린에게 제 존재의 이유를 확인사살 당하자, 방금 전보다 훨
씬 더 큰 허무함을 느꼈다. 너무나도 허무해서 눈물조차 흐르지 않았다.

"그래도 소설 속에 현실적인 부분을 꽤나 반영했는데 말이지. 가령 남자
주인공이었던 에르하르트의 모티브가 저 싸가지 없는 내 동생이기도 하고."

아린이 하린 쪽을 슬그머니 쳐다보며 말하자, 하린이 마음에 들지 않는다
는 듯이 제 머리칼을 거칠게 쓸었다.

"아니, 가만히 있는 나를 왜 자꾸 겨냥하는 건데."

"왜냐니. 에르하르트의 모티브가 너였으니까, 당연히 네 얘기를 할 수밖에 없잖아."

"나는 그딴 도끼병 공작쯤이 아니라고."

하린이 툴툴거리며 말했지만, 그는 실상 에르하르트와 다름없이 도끼병이 있었다. 아닌 말로 방금 전에도 바이올렛의 행동을 저를 좋아해서 그런 것이라 착각하지 않았던가.

하지만 하린은 정말로 억울했던 것인지 손에 쥐고 있던 제 휴대폰을 테이블 위에 소리 나게 올려놓았다.

"그나저나 이 아가씨, 표정이 왜 이렇게 심각해? 소설 속의 바이올렛의 결말이 마음에 들지 않았던 거야?"

"……네. 몹시요. 아주 마음에 들지 않았어요."

"그건 네가 바이올렛이라는 이름을 가졌기 때문이야? 사실 나도 바이올렛이 죽는 부분을 적을 땐 그다지 마음이 좋지 않기는 했는데."

나는…… 당신 때문에 내 친구도 잃고, 사랑도 잃고, 심지어 내 삶도 잃었어.

바이올렛은 그렇게 대답하지 못하고 이내 제 고개를 떨구었다. 그러자 흘러내린 것은 뜨거운 눈물 한 줄기였다. 언제 눈가에 눈물이 맺혀 있었던 걸까. 바이올렛은 그것을 닦을 생각조차 하지 못한 채로 어깨를 들썩거렸다. 한 번 터진 울음엔 그칠 기미가 전혀 없어 보였다.

갑작스러운 바이올렛의 눈물에 당황한 것은 아린과 하린이었다. 그들은 영문을 모르겠다는 듯이 서로를 응시했다.

"최하린! 내가 여자 울리지 말랬지!"

덤터기를 쓴 것은 하린이었다.

"내, 내가 언제 울렸다고 그래! 혼자 우는 거잖아. 혼자."

하린은 억울한 듯이 소리쳤지만 하린에게 덤터기를 씌울 작정을 한 아린을 막을 수는 없었다.

"하여튼 하린이 네가 울린 여자만 해도 한 트럭이 될 거야. 너는 여자를 많이 울린 죄로 지옥에 떨어질 거라고."

"누나!"

"그렇게 소리칠 힘이 남아 있다면, 바이올렛을 달래주는 게 어때?"

"……."

하린은 제 인상을 최대한 구기며 카운터에서 빠져나왔다. 그러곤 두어 걸음 정도 걸어 나와 바이올렛의 앞까지 다가갔다. 그는 고개를 푹 숙이고 울고 있는 바이올렛을 가만히 응시했다.

이 여자. 도대체 왜 우는 걸까.

이것도 제 관심을 끌기 위한 일종의 계략 같은 걸까.

하나 그렇다고 하기엔 여자의 울음소리가 너무나도 구슬펐다. 그것은 절로 하린의 마음까지도 아리게 만드는 울음소리였다. 하린은 여자의 눈물에 약한 제 자신을 책망하며, 그녀의 어깨를 가볍게 두드렸다.

"이봐, 그만 울라고."

그는 어색하게 위로의 말을 꺼냈지만, 바이올렛의 눈물은 전혀 그치지 않았다. 되레 그녀는 조금 더 목 놓아 울었을 뿐이었다.

"하린아, 이럴 땐 안아 주면서 위로해 줘야지!"

두 사람을 방관자처럼 지켜보던 아린이 한마디를 거들었다.

"누나……."

하린은 제 인상을 더 구기면서도 꽤나 어색하게 바이올렛을 안아 주었다. 눈물을 흘리는 여자에게 마음이 약해지는 자신을 도무지 어떻게 해 볼 요량이 없었다. 작은 그녀의 몸은 제 품에 쏙 들어왔다. 이윽고 바이올렛의 눈물이 하린의 셔츠를 또다시 적시기 시작했다. 하린은 축축해져 오는 제 셔츠의 감촉을 느끼며 기다란 한숨을 내쉬었다.

"미치겠네, 진짜."

미칠 것 같지만 그럼에도 그녀를 내치지는 못하겠다. 하린은 버릇처럼 제 아랫입술만을 짓이겼다.

바이올렛의 울음이 멈춘 것은 몇 분이 조금 더 흐르고 난 뒤였다. 울음이 멎은 그녀는 파묻고 있었던 하린의 품에서 제 얼굴을 떼어 내며, 그를 올려다보았다.

"에기……."

눈물로 얼룩진 흐릿한 시야로 보인 하린의 모습은 영락없는 에르하르트였다.

"이봐, 나는 그 도끼병 공작이 아니라니까 그러네."

당신은 내 존재의 이유를 알고나 있는 걸까?

바이올렛은 이젠 만날 수 없는 에르하르트를 떠올리며, 제 눈가를 소매로 훔쳐냈다.

"이 아가씨가 아무래도 내 소설을 너무 감동 깊게 봤나 보다. 바이올렛의 죽음이 그렇게 슬펐던 건가?"

곁에서 지켜보던 아린이 제 휠체어를 굴려 그들에게 가까이 다가오며 말했다.

"내일도 가게로 와. 나랑 내 소설에 대해 얘기하자."

바이올렛은 처음 보는 제게 꽤나 따뜻한 말을 건넨 아린을 응시했다.

"아린 님……."

"그리고 그 이상한 호칭은 뭐야. 액면가로 봤을 때 내가 당연히 나이가 많아 보이니까, 다음엔 그냥 편하게 아린 언니라고 불러. 나도 네 이름을 그냥 바이? 라고 부를 테니까. 바이올렛이란 이름은 부르기엔 영 긴 감이 있어서."

그렇게 두 사람의 대화가 오고 가던 중 하린은 조금 이상한 생각이 들었다.

"아니, 잠깐. 설마 내일도 여기서 만난다는 소리는 아니겠지?"

하린이 묻자 아린이 고개를 세차게 끄덕였다. 전혀 거리낌이 없는 고갯짓이었다.

"그럼 어디서 보겠니? 장소는 여기로 정했다. 바이야. 내일 이 시간에 다시 빵집으로 오지 않겠어?"

"……좋아요."

바이올렛은 일단은 수긍했다. 아직까지 제게 벌어진 상황을 모두 이해하지 못했지만, 다시금 아린과 하린을 만나고 싶었기 때문이었다.

"저기, 내 의견은요? 내가 주인인데?"

하린은 또다시 제 의견을 피력했지만, 아린은 그의 말을 듣지 못한 체하며 제 말을 이어 갔다.

"독자를 만나는 기분은 이런 기분이구나. 네가 왜 울었는지는 정확하게 모르겠지만, 여하튼 내 기분은 썩 나쁘지 않았어."

"……."

"다음에 만날 땐 네가 왜 울었는지도 얘기해 주지 않을래?"

바이올렛은 여전히 혼란스럽고 슬프고 허망했지만, 아린과 얘기를 나누고 있자니, 어째 마음이 조금은 편해지는 기분이 들었다. 아이린과 얘기를 나눌 때도 그랬는데.

바이올렛은 눈물의 기운을 완전히 몰아내고서 고개를 작게 끄덕였다. 그러자 아린이 빙그레 웃어 보였다. 순간 또다시 두 여자 사이로 끼어든 것은 불만 가득한 하린의 목소리였다.

"아니! 여긴 내 가게라고!"

하지만 약속이라도 한 듯이 두 여자에게 돌아오는 대답은 없었다.

집으로 돌아온 바이올렛은 침대에 쓰러지듯이 몸을 뉘었다.

느릿하게 눈을 깜빡이자 아직까지도 저가 살았던 그 세계의 모습이 눈앞에 선명했다. 어디를 가나 녹음이 짙은 풍경, 고풍스러운 건물, 즐겨 입었던 드레스, 언제부터인가 제게 굳은 얼굴만 보였던 에르하르트, 하론. 그리고 제 자리를 뺏어간 다혜.

그토록 선명했던 모든 것이 단지 소설 속의 세상에 불과했다니.

제대로 들었음에도 쉬이 받아들일 수 없는 사실임이 분명했다.

다혜란 그 여자는 제 세계가 소설 속의 세계라는 걸 일찌감치 눈치챘던 걸까? 그렇담 그녀는 미래에 일어날 일을 모두 알고 있었다는 사실이 된다.

바이올렛은 모든 것에 꽤나 의연하게 굴었던 다혜의 태도가 그제야 조금은 이해가 갔다. 얼추 일어날 일들을 알기 때문에 그랬다, 이거지?

어쩌면 다혜가 제 몸을 차지한 채로 하론에게 접근한 이유 또한 어림잡아 알 것도 같았다. 때때로 샤넌이었던 저와 하론의 만남을 억지로 비틀었던 다혜였다. 다혜란 여자는 제 딴엔 조용히 그런 짓을 벌인 것 같지만, 바이올렛의 눈엔 다혜의 수가 일찌감치 보였었다.

아무래도 다혜는 멍청한 하론이 사랑의 실패자로 남지 않길 바랐던 게 아닐까. 그런 주제에 그와 사랑에 빠졌던 거고.

하, 정말이지 웃기는 여자가 따로 없군.

바이올렛은 그런 생각을 하며 다시금 눈을 천천히 감았다. 그러자 이번엔 처음 보는 낯선 기억이 제 눈앞에 그려지기 시작했다. 그것은 이 몸의 주인인 '다혜'의 단편적인 기억이었다.

바이올렛이 천이백 원이라는 것과 휴대폰이란 것이 무엇인지 알게 된 이유 또한 그녀의 단편적인 기억이 떠올랐기 때문이었다. 뇌가 기억하고 있는 그녀의 기억이 바이올렛의 영혼에게 자연스럽게 스미고 있었다.

아직까지 완벽히 그녀의 기억을 본 것은 아니었지만, 다혜의 기억을 보고 있자니 왠지 모르게 다혜 그것이 된 듯한 기분이 들기도 했다.

망할 년. 아무리 생각해도 그녀를 좋은 쪽으로 여길 수는 없었다. 설령 저가 다혜의 몸에 빙의되었다고 할지라도 말이다.

천천히 눈을 뜨자 다혜의 기억이 삽시간에 눈앞에서 사라졌다. 바이올렛은 낡은 천장의 벽지를 바라보며 얼른 내일이 왔으면 했다. 딱히 상황을 어떻게 해결하고자 하는 마음이 드는 것은 아니었고, 다시금 죽고 싶단 생각이 든 것은 아니었지만…….

어쩐지 아린과 하린이 다시금 보고 싶은 그녀였다.

***

"사장님. 오늘 뭔가 달라 보이는데요?"

다음 날, 한창 바쁜 점심시간이 끝나고 나서 직원 중 하나가 하린에게 말했다. 하린은 분주히 빵을 정리하던 손을 멈추며 가볍게 헛기침을 했다.

"티가 납니까?"

그는 어색하게 제 머리를 긁적였다.

"네! 머리 정리하시고 오신 거 맞죠? 왁스 바르시니까, 훨씬 더 잘생겨 보여요. 오늘 약속 있으신 거예요?"

"아뇨. 딱히 그런 건 아닌데……."

망할, 정말로 티가 많이 나는 건가?

평소에 머리 정리 따위 하지 않는 하린이었지만, 오늘 아침에 일어났을 때, 왠지 모르게 머리를 깔끔하게 정리하고 싶었던 그였다.

왜일까. 문득 그의 머릿속에 미친 여자의 얼굴이 떠올랐다. 꽤 당찬 얼굴로 제게 핸드폰을 내밀던 그 여자. 아린과 소설 얘기를 하며 빙그레 웃던 여자의 얼굴이 눈앞에 맴돌았다. 하염없이 눈물을 흘릴 때는 잘 몰랐는데, 막상 미소를 지으니 꽤 귀여운 얼굴 같기도 했고.

……아니, 잠깐. 귀여워?

그 미친 여자를 귀엽다고 생각하다니. 하린은 고개를 절레절레 저으며 바이올렛의 얼굴을 머릿속에서 지워 버렸다. 오늘 제 의사와는 상관없이 빵집에서 누나와의 만남을 가지기로 한 여자였다.

하린은 버릇처럼 제 바지 포켓에 있던 핸드폰을 집어 들어 액정을 바라보았다. 짧은 시간 동안 몇 번이고 핸드폰을 들여다보았지만 액정엔 아무것도 떠 있지 않았다. 아무 연락도 오지 않는 핸드폰을 보고 있자니, 왜 이렇게 짜증이 나는 걸까.

"사장님, 오늘 핸드폰도 엄청 자주 보시네요? 혹시 기다리는 연락 있으신 거예요?"

하린을 지켜보던 여직원이 그리 묻자 하린은 질색하며 대답했다.

"아, 아닙니다! 기다리기는 개뿔. 내가 왜, 뭐가 아쉬워서 기다린단 말입니까?"

그는 핸드폰을 제 주머니에 다시 집어넣으며 작게 조소를 지었다.

핸드폰 번호를 따갔던 주제에 반나절이 지나도 연락을 하지 않는다, 이거지? 지금 밀당을 하겠단 건가? 웃기는 여자군.

당신의 그 계략, 이미 나는 모두 눈치채고 있다고.

하린의 얼굴에 띤 조소는 점점 더 짙어졌다.

***

하린은 진열대를 정리하며 이미 어두워진 유리창 밖을 쳐다보았다.

그는 무의식중에 제 바지 포켓 속에 손을 넣어 버릇처럼 핸드폰을 꺼내 들었다. 액정엔 정확히 오후 아홉 시라는 숫자가 띄워져 있었다. 물론 핸드폰엔 그 어떤 알람도 떠 있지 않았다.

낮에는 연락하기가 부끄러웠을 거라고 생각했다. 그래서 오후쯤에는 문자라도 하나 오지 않을까 했지만.

바쁜 시간들이 지나가며 날은 이미 완전히 저물고, 빵집이 문을 닫을 시간에 가까워졌음에도 불구하고 그녀에게선 그 어떤 연락도 오지 않았다. 그 미친 여자가 제게 단단히 물을 먹인 것이었다. 하린은 구겨진 인상을 유지한 채로 핸드폰의 액정을 뚫어져라 쳐다봤다.

"뭐가 문제야? 이럴 거면 도대체 번호는 왜 딴 건데?"

신경 쓰여. 도대체가 행동하는 모양새 하나하나가 신경 쓰여서 미칠 것만 같았다. 어째서 자신이 그 미친 여자에게 신경을 써야 하는 것인지 하린은 전혀 가늠할 수 없었다.

만약 이것이 저를 신경 쓰이게 만들기 위한 여자의 의도된 계략이라면. 그 계략. 정말로 제대로 들어맞은 거라고 칭찬이라도 해 주고 싶은 심정이었다.

"하."

그는 자신의 예상대로 돌아가지 않는 상황에 짙은 한숨을 쉬었다.

이윽고 모든 직원들이 퇴근하고, 하린이 뒷정리를 하고 있을 때에 유리문이 매끄럽게 열리며, 누군가가 들어섰다.

"하린아! 나 왔어."

흥이 잔뜩 서린 목소리로 가게로 들어서는 이는 아린이었다. 하린은 빵집으로 들어서는 아린을 보며 왠지 모를 실망감을 느꼈다. 그것은 꽤나 익숙한 실망감이었다. 흡사 어제 여자 대신에 아린이 들어왔을 때 느꼈던 그 실망감과 닮았다고 해야 할까.

자신은 또다시 그녀를 기다리기라도 한 걸까? 하린은 인정하고 싶지 않은 사실에 머리를 절레절레 흔들었다.

그사이 아린의 눈동자는 빠르게 빵집을 훑으며 바이올렛의 모습을 찾았다.

"어라? 바이는 아직 오지 않은 거야?"

"그 여자가 오든 안 오든 내가 무슨 상관이야."

하린의 대답이 까칠하게 흘러나왔다. 하루 종일 저를 기다리게 만든 그녀에 대한 배신감에 의한 까칠함이었을지도 몰랐다.

"그래? 그런데 우리 하린이! 무슨 상관이냐고 말했던 주제에, 오늘 꽤 달라 보이는데?"

"그, 그게 무슨 말이야!"

"오늘 머리도 손질했고, 셔츠도 꽤 멋스러운 걸 입었고, 타이도 했잖아? 타이는 답답해서 질색이라며."

아린이 음흉한 미소를 지으며 그리 말하자 하린이 어색하게 제 타이를 매만졌다.

"……그, 그냥! 어쩌다 보니 한 거라고. 절대로 의미 두지 마. 오해하지도 말고. 어?"

"그러면서 왜 유리문에서 눈은 못 떼는 건데? 수상해, 엄청 수상해."

"……흠흠."

"너…… 바이를 기다리는 거지?"

아씨, 왜 자꾸 유리문에서 시선을 돌리지 못하는 건데. 최하린, 정신 차려. 그 여자가 뭐라고 너는 이렇게까지 기다리는 거냐고.

하린은 스스로를 다독이며, 저도 모르게 유리문에 향했던 시선을 돌렸다. 돌아간 그의 시선이 향한 곳은 오늘도 잘 팔리지 않은 에그타르트가 있던 곳이었다.

"무슨 소리야. 그 여자가 뭐라고, 내 알 바야?"

"후후, 하여튼 수상해. 그나저나 바이는 왜 이렇게 안 오는 거지?"

그 순간 유리문이 열리는 소리가 났다. 그녀의 이야기를 하기가 무섭게 등장한 바이올렛이었다. 그녀는 빵집에 들어서며 아린과 하린에게 가볍게 인사했다.

"제가 또 늦은 건가요?"

바이올렛은 제 이마에 흘러내린 머리칼을 쓸며 말했다. 시간을 맞추어 온다고 온 것이지만 이미 도착해 있던 아린을 보며, 저가 늦은 것인지 싶었다. 아린에게 물었던 질문이었지만 정작 대답은 하린에게서 흘러나왔다.

"늦어도 엄청 늦었습니다. 당신, 핸드폰은 왜 있는 겁니까? 늦으면 늦는다고 연락이라도 해 줘야 하는 거 아닙니까?"

"아. 연락."

바이올렛은 집에 두고 온 다혜의 핸드폰을 떠올렸다. 다혜의 몸이 가지고 있던 흐릿한 기억으로 대충 그것에 대한 것을 짐작하고는 있었지만, 아무래도 바이올렛은 핸드폰을 제대로 쓸 수가 없었다. 손을 댈 때마다 자꾸 이상한 소리가 나기도 했고, 이상한 창이 뜨기도 했다. 결국엔 손 쓸 도리 없이 책상 위에 고이 모셔 둔 핸드폰이었다.

"아니, 하린아. 바이가 그렇게 늦은 건 아닌데……."

"……."

아린이 짓궂은 미소와 함께 그 사이에 끼어들었다.

"설마 기다리는 시간이 길어서 그렇게 느끼는 건 아닌가? 후후."

"누, 누나!"

발끈한 하린을 뒤로 하고 아린은 바이올렛의 손을 잡아, 빵집에 몇 있던 테이블로 이끌었다. 테이블에 앉자마자 아린은 하린에게 가벼운 손짓을 하며 말했다.

"최하린. 여기 빵 좀 부탁할게."

"누나, 하."

"누나 뭐? 대충 보니까 에그타르트가 많이 남았던데. 어차피 버릴 거 아니야? 각박하게 굴지 말고 에그타르트 좀 내오라고, 동생 님."

종업원에게 명령하듯이 말하는 제 누나를 보며 하린은 긴 한숨을 쉬었다. 하지만 그렇다고 해서 그가 별다른 반항을 한 것은 아니었다. 그는 묵묵히 에그타르트를 접시에 담아 소리가 나게 테이블 위에 올려놓았다. 아린의 말대로 어차피 오늘 밤에 버릴 빵이었으니까.

"잘 먹을게요."

하린이 빵을 올려놓기가 무섭게 바이올렛은 그것을 집어 들었다. 하루 종일 제대로 먹은 게 없어서 꽤나 허기가 졌기 때문이었다.

"아니, 내가 그쪽 먹으라고 빵을 준 건 아닌데."

하린은 그리 말하긴 했지만, 그사이에 이미 에그타르트는 바이올렛의 입에 한 입 베어 물어진 뒤였다. 조그마한 입을 몇 번 웅얼거리던 바이올렛은 꽤나 놀란 얼굴로 하린에게 말했다.

"오호라, 생각보다 맛있네요. 뭐, 공작저에서 먹던 수준까지는 아니지만."

빈정거리듯이 말하기는 했지만, 사실 그것은 자신의 세계에서 먹던 빵보다 훨씬 더 맛있었다. 뭐랄까, 좀 더 맛이 깊다고나 해야 할까. 실상 그것은 다양한 조미료의 첨가로 더해진 맛의 깊이임을 전혀 알 수 없었던 바이올렛이었다.

빈정거리는 투였지만, 하린의 귀엔 그녀의 말이 칭찬으로만 들리었다.

순간 하린에게 약간은 묘한 마음이 들었다. 모두가 외면했던 에그타르트를 먹으며 저토록 맛있어하다니. 맛있어하는 그녀의 얼굴을 보고 있자니 며칠 동안 팔리지 않던 에그타르트 때문에 답답했던 제 마음이 모두 사라지는 것만 같았다. 그래, 저렇게 맛있는 걸 왜 아무도 사 가지 않는 거야.

거기까지 생각했을 때, 하린은 도무지 바이올렛에게 먹지 말라는 말을 더 꺼낼 수가 없었다. 대신 그녀가 먹는 것을 묵묵히 지켜봤을 뿐이었다. 그녀는 마른 편이라서 깨작깨작 먹을 것이라 짐작했지만, 바이올렛은 꽤나 공격적으로 에그타르트를 먹고 있었다. 이내 세 개까지 단숨에 먹은 그녀가 혼잣말하듯이 작게 읊조렸다.

"맛은 인정해 주지."

파티셰도 울고 갈 거만한 말투였다.

"……."

마음대로 먹은 걸 뭐라고 해야 하는데. 난…… 왜…… 잘 먹었다고 칭찬이라도 하고 싶어지는 거지?

하린은 어색하게 제 볼을 긁적였다. 젠장.

아린까지도 에그타르트를 무심하게 한 입 베어 물며 말했다.

"우리 일단은 에그타르트를 좀 먹고 나서 얘기를 시작해 볼까?"

"네. 좋아요."

아린은 에그타르트를 먹으며, 바이올렛을 빤히 응시했다. 무슨 생각에 빠져 있는지는 알 수 없었으나, 그녀를 응시하는 아린의 얼굴이 꽤나 진지했다. 연신 짓궂게만 굴던 아린이 진지한 얼굴빛을 띠자, 바이올렛은 그 모습 속에서 또다시 아이린을 떠올렸다. 그녀도 평상시엔 항상 개구쟁이처럼 굴었지만, 진지한 상황에선 저런 표정을 지었었는데.

제 동생인 하린이 에르하르트의 모티브였다고 했으니, 책 속의 아이린 또한 그녀 스스로가 모티브는 아니었을까.

그런 생각을 하던 바이올렛의 시선이 딱딱하게 팔짱을 끼고 서 있는 하린에게도 닿았다. 하린은 진즉부터 바이올렛을 보고 있었던 것인지 그녀가 눈을 돌리기 무섭게 두 사람의 눈이 마주쳤다.

닮았어, 정말.

아무리 보아도 하린은 에르하르트와 너무나도 꼭 닮아 있었다. 그가 아님을 알고 있지만, 그라고 착각하고 싶을 정도였다. 바이올렛은 그윽해진 시선으로 그를 한참이나 보았다.

에르하르트 때문에 두 번이나 자살을 결심하기는 했지만, 마음이란 건 정말 이상해서 그가 마냥 밉지는 않았다. 물론 그에게 애증에 가까운 감정이 있었지만, 그가 싫은 마음은 전혀 들지 않았다. 애증의 증오도 구태여 근본을 따지자면 그것은 사랑의 또 다른 이면이었으니까.

그래서인지 하린을 보면 볼수록 에르하르트가 보고 싶다는 생각이 들었다. 제게 눈길조차 주지 않는 그 남자가 뭐가 좋다고 그를 그리워하는 거람. 그것은 저가 생각해도 정말 한심한 생각이었다.

"……."

반면 바이올렛의 그윽한 시선을 온몸으로 느낀 하린은 옅은 조소를 지었다.

뭐야, 아무리 내가 좋다고 해도 저렇게 낯 뜨거운 시선으로 쳐다보다니. 하, 진짜. 반응을 해 줘? 말어?

그렇게 생각하면서도 하린은 그녀에게서 눈을 뗄 수 없었다. 사연이 있어 보이는 듯한 바이올렛의 끈적한 시선이 그리 나쁘지만은 않았기 때문이었다. 수많은 여자들의 시선을 받았던 그였지만, 어째 바이올렛의 시선은 다른 여자들의 시선과는 다르게 느껴졌다.

뭐랄까, 꼭 정말 저를 진짜로 사랑하는 것만 같은 시선이라고 해야 할까. 제 잘생긴 외모와 훌륭한 신체 때문이 아니라, 진짜로 마음으로 좋아하는 그런 눈빛이었다. 눈을 피할 법도 했지만 바이올렛은 끈덕지게 하린과 시선을 맞추었다. 정적 속에서 두 사람은 오랫동안 눈을 맞추었다.

그러다 바이올렛은 소리 없이 자리에서 일어나 하린에게 가까이 다가갔다. 금세 하린의 앞까지 다가온 그녀는 그의 목 쪽으로 손을 뻗었다. 일전에도 여러 번 했을 법하다고 여겨질 만큼의 자연스러운 동작이었다.

"……뭐, 뭡니까?"

"타이가 삐뚤어졌네요."

바이올렛은 그리 대답함과 동시에 그의 삐뚤어진 넥타이를 매만졌다. 너무나도 자연스러운 그녀의 손짓에 하린은 그녀를 말릴 타이밍을 놓쳐 버렸다.

바이올렛은 그의 타이를 매만지며 또다시 에르하르트를 떠올렸다. 그와 연인 사이였을 때, 이런 식으로 그의 타이를 종종 매만져 줬었는데. 그런 기억이 떠올라서, 하린의 삐뚤어진 타이를 그냥 지나칠 수가 없었던 바이올렛이었다.

타이를 매만지는 바이올렛의 얼굴에 슬픈 미소가 맴돌았다. 이제 에르하르트의 타이 따위를 만질 날은 없겠지.

"······다 됐어요."

이내 일자로 잘 정돈된 타이를 보며 바이올렛은 그에게 뻗었던 손을 물리려 했다. 하나 그녀는 제 생각대로 손을 물리지 못했다. 언제 제 손목을 잡았을지 모를 하린의 단단한 악력 때문이었다.

"뭐냐고 물었습니다."

"네?"

"······왜 그런 표정으로 내 타이를 함부로 만지느냐 말입니다."

"제 표정이 어때서요?"

왜 다른 남자를 생각하는 듯한 아련한 표정으로 내 타이를 만지냐고. 하린은 그렇게 말하고 싶었지만 대답 대신 제 아랫입술을 깨물었다.

세상 누구보다도 잘났다고 자부하던 하린이었다. 그런 저 앞에서 다른 남자를 생각한다는 게 도무지 용납이 되지 않았다. 더군다나 제게 첫눈에 반해 핸드폰 번호까지 따갔던 여자가 아니던가.

"하린 님. 손목 아파요."

바이올렛은 제 손목을 놓아달라는 듯이 말했다. 그러자 하린은 주춤거리며 그녀의 손목을 놓아주었다. 정말로 저를 앞에 두고 다른 남자를 생각했느냐고, 차마 묻지 못한 그였다.

진짜로 바이올렛이 그렇다고 대답할까 봐. 그렇다면 왠지 모르게 슬픈 마음이 들 것 같아서.

그렇게 두 사람 사이에 꽤나 무거운 공기가 오가고 있었다.

바이올렛은 하린에게 잡혔던 제 손목을 몇 번 비틀며, 그의 시선을 온전히 느꼈다. 어째 제게 머물러 있는 그의 시선이 짙어진 것만 같은 기분이 들었다.

당신, 어째서 나를 그런 눈빛으로 보는 거야.

바이올렛은 그의 눈빛을 피하지 않으며 상응했다. 팽배하게 눈빛을 주고받던 두 사람 사이에 끼어든 것은 아린이었다.

"오호라, 두 사람. 분위기 좋은데?"

아린은 덤으로 음흉한 미소까지 지었다. 그러자 발끈한 것은 역시나 하린이었다.

"누나! 엮을 걸 엮어야지."

"그나저나 바이, 너 꽤 적극적이기도 하고. 선뜻 일어나서 타이를 정리하는 배짱. 아주 칭찬해."

아린은 신이 난다는 듯이 박수까지도 작게 쳤다. 그 모습을 본 바이올렛은 저도 모르게 희미한 미소를 지었다. 예전에 에르하르트와 연인 사이였을 때도, 아이린에게 종종 그런 말을 들었기 때문이었다.

'바이올렛. 너 참 밝고, 적극적이고, 당당하다. 나는 너의 그런 점이 마음에 들어.'

밝고, 적극적이고, 당당하다라. 그래, 예전에 그런 말을 정말 많이 들었던 것 같았다. 비단 아이린뿐만 아니라, 하론에게도 그런 말을 들었었다. 심지어 하론은 저의 그런 면이 좋아서, 저를 동경하기까지 했다. 그랬던 자신이었건만,

최근의 제 모습 속에선 적극적이고, 밝고, 당당한 모습은 전혀 없었다.

최근의 자신의 모습이라면…….

언제나 누군가를 시기하고 질투했으며, 타인이 괴로워지기를 바라기만 했다. 분명 같은 사람임에도 불구하고 어째서 자신은 한순간에 그렇게까지 변해 버린 걸까.

제 세계에 있었을 땐, 오로지 에르하르트만을 바라보며 자신을 돌아볼 새가 없었던 바이올렛이었다. 그녀는 이제야 변한 자신을 돌아보며, 변한 자신의 모습이 새삼스럽게 한심했다고 생각했다.

이젠 너무 망가져서 다시 돌아갈 수 없겠다고 생각했건만, 기묘하게도 아린이 저를 보며 다시금 예전의 모습을 논하고 있었다. 우스운 것은 예전의 제 모습을 논하는 아이린의 말이 썩 나쁘게 들리지 않았다는 것이었다. 되레 기분이 좋아지기까지 했으니.

"칭찬. 감사합니다."

"어머, 넌 무슨 그런 걸 칭찬이라고. 어서 다시 앉아! 우리 소설 얘기해야지."

"아, 소설."

바이올렛은 다시금 테이블에 앉았다. 묘하게도 테이블에 앉던 순간까지 하린의 끈끈한 시선이 제게 붙어 있음이 느껴졌다. 바이올렛이 앉기가 무섭게 아린이 그녀에게 질문을 건네었다.

"바이, 너 어제 내 소설 얘기를 하면서 울었잖아. 왜 그런 건지 구체적으로 물어봐도 될까?"

"바이올렛의 기묘한 삶이 애처롭게 느껴져서 눈물이 났어요."

"바이올렛의 기묘한 삶?"

"네."

바이올렛은 한껏 자조가 섞인 미소를 지으며 이어 말했다.

"한 번의 실수로 사랑하는 남자와 헤어진 것도 모자라서, 다른 여자에게 그 남자를 빼앗기고, 제 친구도 잃고…… 결국엔 죽었잖아요. 소설의 끝엔 아무도 그녀를 기억해 주지 않아요. 심지어 그녀의 친구인 하론조차도 말이에요. 그저 에르하르트와 샤넌의 행복한 결말에 초점이 맞춰져 있을 뿐이었죠. 저는 그 사실이 조금은 구슬프게 느껴졌다고나 할까요."

바이올렛은 그리 말하며 지금까지 살아왔던 제 삶을 떠올렸다. 그것은 한 편의 모노연극처럼 제 눈앞에 스치고 지나갔다. 생각보다 정말 다이내믹한 삶이었다.

"우와, 너 진짜 내 소설을 제대로 읽었구나?"

"저보다도 그 소설을 잘 아는 사람은 없을 테죠."

거긴 내 세상이니까. 바이올렛은 거기까지 말하지 않고선 제 앞에 놓인 유리잔을 집어 들었다. 유리잔에 든 음료를 마시며, 언제 이런 게 제 앞에 있었는지 의문스러울 따름이었다. 의문스러움이 가득한 바이올렛의 시선이 팔짱을 단단히 낀 채로 서 있는 하린에게 잠깐 닿았다.

저 남자가 가져다 놓은 건가. 제 빵을 먹는 것도 질색했던 주제에.

"흠, 하긴 네 말에도 일리가 가. 내가 너무 바이올렛을 궁지로 밀었나 싶기도 하고."

"그녀를…… 그녀만을 위한 글을 더 적으실 생각은 하지 않은 거예요?"

"무슨 글?"

"가령, 죽은 그녀를 기억해 주는 남은 이들의 외전이라든지. 죽었던 그녀가 환생을 해서 에르하르트와 잘되는 얘기라든지."

왜인지는 모르겠지만, 그런 식으로 책 속에 있는 바이올렛이 행복해진다면, 저도 행복해질 것만 같은 기분이 든 그녀였다. 뭐, 그렇게 된다고 해도 실제로 제 삶에 어떤 변화가 생기는 건 아니겠지만.

"그런 외전은 한 번도 생각해 보지 못했는걸."

아린은 제 머리칼을 배배 꼬며 고민하는 빛을 띠었다. 그러다 그 손으로 테이블 위를 세게 내려치며 말했다.

"하지만 바이 네가 원한다면 한 번 써 볼게."

"감사해요, 아이…… 아니, 아린 언니."

"이렇게나 내 소설을 자세히 읽어 준 독자는 처음이라서. 보답하고 싶어."

바이올렛은 아린에게 그렇게 부탁하면서도 퍽이나 아이러니한 기분이 들었다. 자신은 분명 죽고자 하는 마음을 가진 채로 낯선 세계에 떨어졌다. 그럼에도 불구하고 소설 속의 바이올렛이 행복하길 바라고 있다니. 이제 다시 살고 싶어진 건지, 뭔지.

행복해진다라. 생각해 보니 그것은 죽고 싶다는 생각을 하기 전, 그녀가 간절히 바라던 열망이었다. 어쩌면 이젠 행복해지고 싶다는 열망이 더 커져 버릴지도. 그것은 갑작스럽게 든 생각이었다.

그 이후에도 바이올렛은 아린과 한참 동안 소설에 대해 얘기했다. 그런 두 사람의 대화를 끊은 것은 하린이었다.

"……두 사람. 도대체 언제까지 가게에서 얘기할 생각인 겁니까? 문 닫을 시간이 한참이나 지났다고요."

신경질 가득한 하린이 말에 아린이 그제야 제 손목시계를 내려다보았다.

"세상에나! 시간이 이렇게 많이 흘렀는지 몰랐는걸. 오늘은 여기까지만 얘기할까?"

"네, 좋아요."

"그럼 내일도 이 시간에 가게에서……."

아린은 내일도 이 시간에 가게에서 보자는 말을 꺼내려 했으나, 제 말을 끝까지 이어가지 못했다. 하린이 그녀의 말을 잘랐기 때문이었다.

"내일은 절대 안 돼. 여긴 내 가게라고!"

하나 아린에겐 그의 말이 전혀 들리지 않은 듯했다. 하린의 외침이 무색할 정도로 제 말을 이어 갔으니 말이다.

"내일도 가게에서 보자, 바이. 알았지?"

바이올렛은 고개를 끄덕였다. 구태여 그녀의 말을 거절할 이유는 전혀 없었다.

"아린 언니, 하린 님. 그럼 저는 먼저 가 볼게요."

"응! 나도 슬슬 집으로 가 봐야겠네."

"……젠장."

바이올렛은 낮은 목소리로 짜증이 섞인 말을 내뱉은 하린을 지나쳐 유리문까지 걸어갔다. 유리문을 반쯤 열고 나서려던 그때, 바이올렛은 걸음을 멈추고 하늘을 올려다보았다. 분명 나올 때까지 구름 한 점 없었던 게 무색할 정도로 하늘에선 굵은 비가 내리고 있었다.

그녀는 저도 모르게 손을 뻗었다. 그러자 그녀의 작은 손바닥 위로 비의 촉감이 여과 없이 느껴졌다.

그것은 이 세계에서 처음으로 맞는 비였다.

현실인지 꿈인지 아직까지도 잘 가늠이 되지 않는 이 세계 속에서 제 손바닥에 느껴지는 비의 감촉은 지나치게 현실적으로 느껴졌다.

현실. 받아들여야 하는 현실. 바이올렛은 떨어지는 빗방울을 하염없이 바라보며 현실이라는 말을 몇 번 되뇌었다. 자신은 정말로 이 세계 속에서 다혜의 몸을 가진 채로 살아가야 하는 걸까.

"우산- 없습니까?"

언제 제 뒤에 와 있었을지 모를 하린이 하늘을 올려다보며 말했다.

"네. 비가 올 줄은 몰랐거든요."

"당신은 없는 게 왜 그렇게 많습니까?"

"하하, 그러게요."

하린은 툴툴거리면서도 가게 안으로 들어가 커다란 장우산을 하나 내왔다. 그는 일언반구의 설명도 없이 우산을 펼쳐 들곤 가게 앞에 멀뚱히 섰다. 그러곤 한껏 찌푸린 인상으로 바이올렛에게 말했다.

"뭐 합니까? 지금 제가 우산을 펼쳤지 않습니까."

"네?"

"그러니까 씌워 주겠다고."

"직접요?"

"……늦은 시간에 여자 혼자 처량하게 비를 맞고 가는 건 못 보겠으니까."

하린은 짜증난다는 듯이 툴툴 내뱉었지만, 실상 그의 말속엔 따스함과 자상함이 가득했다. 바이올렛은 그 아이러니함을 느끼며 작은 미소를 지었다. 어쩐지 에르하르트와 처음 연애를 했던 그때가 떠오를 게 뭐람.

그녀는 그런 생각을 하며, 그가 펼쳐 든 우산 밑으로 들어갔다.

"누나는 잠시만 기다리고 있어. 내가 이 여자 데려다주고 와서, 차로 데려다줄 거니까."

"오케이. 딱 기다리고 있을 테니까, 바이를 집까지 잘 데려다주도록."

어느새 유리문까지 가까이 나온 아린은 하린을 보며 음흉한 미소를 지었다. 흡사 둘 사이를 미뤄 의심하는 듯한 미소라고나 할까. 그러자 하린은 억울하단 듯이 소리쳤다.

"누나! 착각하지 마. 내가 이 여자를 직접 데려다주는 건, 내가 가진 우산이 하나밖에 없어서고, 이 여자가 내 우산을 제대로 가져다줄지도 미지수니까."

"후후, 내가 뭐라고 했니?"

"……하."

하린은 못 당하겠단 얼굴로 몸을 비틀었다. 역시나 제 누나에게서 말싸움을 이겨내는 건 무리라는 생각이 든 그였다. 그래서 하린은 괜스레 바이올렛에게 화풀이를 하듯이 퉁명스러운 목소리로 말했다.

"뭐 합니까? 당신 집으로 갑시다."

그는 한 걸음 앞서 걸으며 바이올렛을 이끌었다. 바이올렛은 하린의 뒤를 따르면서도 억울한 심정이 들었다. 하린이 했던 말 때문이었다.

'여자가 내 우산을 제대로 가져다줄지도 미지수니까.'

에그타르트를 만졌을 때도 저를 도둑 취급하더니, 이번엔 우산 도둑 취급까지 하다니. 에르하르트를 닮은 여파로 그의 행동을 꽤나 좋게 보고 있었지만, 두 번이나 도둑 취급을 당하는 건 정말 억울한 일이었다. 그리고 바이올렛은 억울한 것을 참고 넘기는 성격이 아니었다.

그녀는 조금 모가 난 말투로 하린을 불렀다.

"저기, 그런데 하린 님."

하린 님. 그 어색한 호칭이 떨어지는 빗방울 사이로 작게 울렸다.

"또 뭡니까?"

"아까 아린 언니에게 제가 당신의 우산을 다시 가져다줄지도 미지수라고 했잖아요."

"네."

"설마 저를 또 도둑 취급하신 거예요?"

"……네?"

"나 원. 한두 번도 아니고 왜 자꾸 도둑 취급하는 건지. 내가 지금 어이가 없어서 그래요."

"……뭐라고요?"

"에그타르트 일도 그래요. 내가 그걸 훔쳤어요? 천이백 원! 그거 직접 가져다줬잖아요. 물론 조금 늦기도 했지만."

"……."

하린은 걷던 걸음을 멈추고 여자를 내려다보았다. 항상 여린 얼굴과 울먹이는 얼굴만을 내비치던 그녀의 얼굴이었건만. 지금 내려다본 그녀의 얼굴엔 강한 패기만이 깃들어져 있었다. 구구절절 옳은 얘기를 하며 저를 몰아붙이는 바이올렛의 말속에서 하린은 할 말을 잃고 혀를 내둘렀다.

아니, 성격은 또 왜 이렇게 오락가락하는 거지? 도대체 정체가 뭐야?

"다음에도 도둑 취급을 하면 그땐 정말 나도 가만히 있지 않을 거예요."

나는 바이올렛 바바라스라고. 누군가의 사랑을 미친 듯이 갈구했을지언정 누군가의 물건을 훔치진 않아.

"아니, 잠깐. 지금 '다음에'라고 하셨습니까? 그 말은 또 빵집에 오겠단 겁니까?"

하린의 말에 바이올렛은 당연하다는 듯이 고개를 끄덕였다.

"네. 왜요? 제겐 천이백 원도 있고, 핸드폰도 있단 말이에요. 그리고 아린 언니도 내일 다시 빵집에서 보자고 했고. 제가 빵집에 가면 안 되는 이유라도 있나요?"

"내 말은 그게 아니라."

이 골 때리는 여자가, 진짜. 오지 말라고 할 수도 없고.

"에그타르트."

바이올렛은 꽤나 익숙한 그 단어에 힘주어 불렀다. 그러곤 희미한 미소를 띠며 그를 빤히 올려다보았다.

"또 먹고 싶기도 하고. 뭐, 먹을 만했으니까."

"참나. 하여튼 맛있는 건 알아가지고."

하린은 다시금 발걸음을 떼며 이어 말했다.

"……뭐 합니까? 다시 갑시다. 빗발이 더 거세지고 있으니까."

몇 걸음을 뗀 하린의 눈앞엔 무슨 영문인지 그녀가 웃고 있던 얼굴이 선했다. 무엇 하나 제대로인 게 없는 이 여자에게 특별함이라도 느끼고 있는 건지.

하린은 작은 한숨을 내쉬며, 곁눈질로 그녀를 내려다보았다.

바이올렛 바바라스. 이름조차 해괴한 그녀에게 자꾸만 시선이 가는 것만 같았다. 마치 누나의 소설인 '샤넌을 위하여'에서 에르하르트가 종잡을 수 없던 여자인 샤넌에게 눈길을 줬던 것처럼.

제 누나에겐 그 소설이 망했다며 놀리긴 했지만, 실상 하린은 그 소설을 꽤나 재밌게 읽었었다. 그 소설을 읽으며 당찬 샤넌이 조금 마음에 들기도 했고.

당찬 샤넌이라. 방금 전에 저에게 따지던 그녀의 모습도 꽤 당찼는데.

하린의 시선이 오랫동안 바이올렛에게 머물렀다.

이내 두 사람은 바이올렛의 집까지 걸어갔다. 바이올렛은 이젠 익숙해진 동작으로 제 집의 문을 열었다. 그녀는 열린 문의 문고리를 잡은 채로 하린에게 말했다.

"데려다줘서 고마워요. 하린 님."

"……그놈의 하린 님. 요즘 세상에 누가 그런 말을 씁니까?"

"흠, 그럼 어떻게 불러야 될까요?"

"하린 사장님……. 아니, 점장님, 아님……. 오…… 빠…… 아닙니다. 흠흠. 방금 건 못 들은 걸로 하세요."

오빠라니. 미쳤구나, 최하린.

하린은 그런 말을 내뱉은 저가 부끄러워 제 시선을 누그러뜨렸다.

"아하, 오빠요? 하린 오빠? 저도 이게 훨씬 어감이 좋네요."

"……!"

"오빠, 내일도 보고 싶어요."

"……!!"

미, 미친. 뭐야 또 성격이 변했어. 처음 만났을 때는 아무것도 모르는 순한 양처럼 굴더니 방금 전에는 선수 같았다고!

하린은 얼떨떨한 시선으로 바이올렛을 응시했다.

실상 그것이 바이올렛의 본래 성격임을 전혀 예상치 못했던 그였다. 그러니까, 에르하르트로 때문에 망가졌던 그 바이올렛 이전의 본래 제 성격 말이다.

바이올렛은 아연실색한 남자의 얼굴이 우스워 작은 실소를 터뜨렸다. 오빠라는 말이 정확히 무슨 뜻을 가진 말인지는 알 수 없었으나, 적어도 그 말이 하린을 당황스럽게 만든 것은 틀림없었다. 바이올렛은 당황한 하린을 좀 더 놀리고픈 생각이 들었다. 생각이 들었다면 주저 없이 행할 수밖에.

그녀는 표정 하나 변하지 않은 채로 하린에게 말을 건네었다.

"아니, 제 말은 에그타르트가 다시 보고 싶다는 말이었어요."

"……."

"이제 진짜 들어가 볼게요. 내일 봐요!"

바이올렛은 꽤나 개구진 미소와 함께 집으로 완전히 들어서며, 문을 닫았다. 문이 닫히는 순간까지도 하린이 당황한 기색은 옅어질 기미가 전혀 보이지 않았다. 닫힌 문에 제 몸을 완전히 기댄 바이올렛의 얼굴에서 미소가 걷히지 않았다. 그건 방금 전에 보았던 얼떨떨한 하린의 얼굴 때문이었다.

가끔씩 에르하르트를 놀릴 때마다 그도 저런 표정을 짓곤 했었는데. 물론 하린 쪽이 훨씬 더 반응이 재밌기는 했지만 말이다. 어쩐지 마음이 한껏 느슨해지는 기분까지도 든 바이올렛이었다.

이런 느슨한 마음. 느껴 본 적이 언제였더라.

***

그날 밤 하린은 꿈을 꾸었다.

평소 꿈을 잘 꾸지 않던 그에게 있어, 꿈을 꾼다는 건 이례적인 일기도 했다.

꿈속에서 처음 보는 낯선 여자가 나왔다. 탐스러운 보랏빛 머리칼, 그리고 제 머리색보다도 짙은 보랏빛 눈동자. 하얀 얼굴과 그 속에 자리한 입매엔 누가 보아도 자신만만한 미소가 띠워져 있었다.

처음 보는 그녀는 저를 빤히 응시하며 그리 말하고 있었다.

'오빠, 내일도 보고 싶어요.'

"……하."

그 순간 꿈에서 깬 하린이었다. 그는 버릇처럼 제 이마를 소매로 쓸었다.

"개꿈을 꾸다니……."

그는 가벼운 한숨과 함께 헝클어진 제 머리칼을 몇 번 쓸어 넘겼다. 개꿈이라고 단정 짓기는 했지만, 꿈에서 본 여자의 환영이 너무나도 선명하게 떠올랐다. 보랏빛이 완연했던 그 여자.

"바이올렛."

하린은 저도 모르게 미친 여자의 이름을 뱉어냈다. 어째서 그 이름이 떠올랐는지는 알 수 없었다. 하린은 제 머리맡에 있던 핸드폰을 집어 들어 시간을 확인했다.

[am 10:00]

"……망할."

빵집의 오픈 시간인 아홉 시보다도 한 시간이나 늦은 시간이었다.

***

하린이 기운 없이 빵집의 유리문을 열었다. 그러자 홀에서 분주하게 움직이던 직원 하나가 그를 보며 말했다.

"사장님! 오늘은 늦으셨네요? 마침 연락드리려던 찰나였는데…… 무슨 일이 생기신 줄 알고 걱정했어요. 연락 없이 늦으신 건 처음이라서."

"아, 죄송합니다. 제가 늦잠을 자서."

"어머, 괜찮아요! 평소에 저희보다 일찍 출근하시잖아요."

하린은 직원의 말에 어색한 미소를 지으며 카운터로 들어섰다. 버릇처럼 포스기를 열었을 때, 처음으로 눈에 띤 것은 천 원짜리 지폐였다. 그 지폐를 보자, 또다시 미친 여자가 떠오르는 게 뭐람.

하린은 열었던 포스기를 거칠게 닫으며 기다란 한숨을 내쉬었다.

……오늘도 정말 오려나.

절대로 기다리는 것은 아니라고 생각했으나, 하린은 오후 아홉 시가 될 때까지 제 핸드폰을 수도 없이 확인했다. 하나 그의 핸드폰이 바이올렛의 메시지로 인해 울리는 일은 없었다.

"……밀당이 과하군."

울리지 않은 핸드폰에 괜스레 실망감이 드는 이유는 왜일까.

하린은 어느새 어두워진 전경을 유리창 사이로 바라보며, 빵집을 정리했다. 오늘도 역시나 에그타르트만 재고가 남았다. 그는 탐스러운 노란빛을 내는 에그타르트를 한껏 노려보았다.

"네 녀석은 도대체 왜 팔리지 않는 거냐."

물론 에그타르트에게서 돌아오는 대답은 없었다.

이윽고 시간은 오후 아홉 시에 가까운 시간이 되었다. 딸랑, 하는 차임벨이 울리는 소리가 들린 것은 그때였다. 하린은 가게를 정리하던 것을 멈추고선 열린 유리문을 응시했다. 거기엔 아린과 바이올렛이 사이좋게 빵집으로 들어서고 있었다. 빵집 앞에서 우연히 마주쳤기 때문이었다.

하린의 시선이 절로 바이올렛에게 닿았다. 바이올렛도 그를 보고 있었던 차여서, 두 사람의 눈은 금세 마주쳤다.

"하린 오빠?"

"……컥!"

그녀의 스스럼없는 호칭의 전환에 당황한 것은 하린이었다. 너무나도 놀란 탓인지 그는 사레가 걸려 연신 켁켁거렸다.

"어머나, 오빠라니. 두 사람 생각보다 관계의 진전이 너무 빠른 거 아닌가?"

아린은 당황한 하린을 보며 작게 키득거렸다.

"오빠라는 게, 그렇게 대단한 호칭이었나요?"

"그럼. 자고로 오빠에서 달링이 되는 거거든."

"……달링?"

그건 또 무슨 말이람. 바이올렛은 아린의 말을 이해할 수가 없어서 제 고개를 작게 갸웃거렸다.

"여하튼 나는 하린이랑 바이가 잘되는 거 적극 찬성!"

"누, 누나는 무슨 저런 잘 모르는 여자를 찬성하는 건데!"

하린은 조금 달아오른 얼굴로 아린에게 따졌다.

"바이는 일단 내 소설의 독자니까. 무조건 합격이지."

"제길."

"자자, 그럼 오늘도 신나게 소설 얘기를 해 볼까?"

아린은 멀뚱히 서 있던 바이올렛의 손을 이끌어 테이블에 앉혔다. 그러곤 그녀는 한껏 반짝이는 눈빛으로 바이올렛을 빤히 쳐다보았다.

"바이야, 내가 어제 네가 말한 대로 외전을 조금 적어 봤거든."

"네? 설마 바이올렛 외전이요?"

"응. 집으로 돌아가서 곰곰이 생각해 보니까, 네 말대로 그녀의 인생이 꽤나 안타깝단 생각이 들더라고. 쓸 때는 잘 몰랐는데, 막상 다시 읽어 보니까 나도 좀 그렇더라."

거기까지 말한 아린은 제 가방을 뒤적거리며 A4 용지 몇 장을 꺼내었다.

"아, 물론 많이 적은 건 아닌데. 일단은 앞부분만 조금 적어 봤어. 읽어 볼래?"

아린은 그것을 바이올렛에게 내밀었다. 그녀는 주저 없이 고개를 끄덕였다. 실패로만 끝이 났던 소설 속 바이올렛의 외전이라니. 그것은 읽지 않고는 배길 수가 없는 것이었다.

바이올렛은 진지한 얼굴로 종이를 내려다보았다. 처음 보는 글자들의 연속이었지만, 기묘하게도 그것들은 전혀 막힘이 없이 읽을 수가 있었다. 아린의 말대로 내용은 그다지 많지 않았다. A4 용지 3장이 끝이었으니 말이다. 아무래도 더 긴 글을 적기엔 하루라는 시간은 턱없이 부족했을 따름이었다.

아린이 적어온 내용은 이러했다.

소설 속에서 죽었던 바이올렛은 이 세계, 즉 지금 바이올렛이 존재하는 세계로 넘어와 에르하르트를 닮은 남자를 만나게 된다. 그와 우연히 몇 번 만나며, 애증으로 물들었던 바이올렛은 점차 예전의 모습을 찾아간다. 밝고, 당당하고, 적극적인 그 모습을 말이다.

거기까지 읽은 바이올렛은 어쩐지 벅찬 감정이 들었다. 절대로 구원 받을 수 없을 것처럼 끝이 났던 소설 속 바이올렛이 소생한 듯한 기분이 들었기 때문이었다.

"……감사해요, 진심으로."

바이올렛은 조금 울먹이는 목소리로 그리 읊었다. 눈물이 나려는 것도 같았지만, 바이올렛은 그것을 끝내 참아냈다. 어제도 울었던 판국에 오늘까지 울고 싶진 않았다. 눈물이라면 정말 질색이었으니까.

"어때? 재미있지? 사실 그 내용은 바이 너랑 하린이를 보고 떠올린 내용이야."

어쩐지. 읽으며 왠지 모를 기시감이 느껴지더라니. 바이올렛은 아린의 말을 이해했다는 듯이 고개를 끄덕였다. 하나 그 자리에 있던 모두가 아린의 말을 이해한 것은 아니었다.

"……누나. 다신 소설 속에 나를 끌어들이지 말라고 했지."

훈훈한 분위기 사이로 분노에 가득 찬 목소리가 끼어들었다. 그 목소리의 주인은 삐딱하게 선 채로 잠자코 그들의 모습을 지켜보던 하린이었다.

"후후, 뭐 어때서. 그리고 최하린, 너! 누가 마음대로 엿들으라고 했어? 지가 옆에서 얼쩡거리면서 주워들은 주제에, 하여튼 말이 많아."

"······."

하린은 미간에 주름이 깊게 팰 만큼 인상을 더 구겼으나, 구태여 다른 말은 하지 않았다. 아무래도 말로선 제 누나를 이길 자신이 없었기 때문이었다.

"됐고, 최하린 뭐 해? 얼른 에그타르트 가져오지 않고."

"······."

"딱 보니까 저 빵만 오늘 재고로 남은 것 같은데. 내 말이 틀렸어?"

하린은 아린에게 쏘아붙이려 입을 뗐다가도 기다란 한숨을 내뱉었다. 제 속을 긁는 아린의 말에 한마디를 해 주고 싶었지만, 그녀의 말엔 틀린 구석이 없었다. 정말로 빵 가게에 에그타르트만이 재고로 남았으니까.

결국엔 에그타르트 몇 개를 아린과 바이올렛 앞에 대령한 하린이었다. 두 여자는 에그타르트를 먹으며 한참이나 얘기를 나누었다.

하린은 그런 두 여자를 보며 어쩐지 제 속이 타들어 가는 기분이 들었다. 아린이 제게 거들먹거려서 속이 이토록 타들어 가는 걸까. 아님, 그토록 관심을 보였던 바이올렛이 오늘따라 제게 눈길조차 주지 않음에 그런 마음이 든 걸까.

무슨 이유였든 간에 하린은 오늘따라 제게 관심조차 주지 않는 바이올렛의 태도가 마음에 들지 않았다. 아주 몹시 말이다.

"······아린 언니. 이만 가 봐야겠어요. 시간이 많이 늦었네요."

바이올렛은 벽에 걸린 시계를 보며 말했다. 시간은 벌써 11시가 넘어 있었다.

"흐음, 그러네. 너랑 소설 얘기한다고 시간이 이렇게 많이 흘렀는지 몰랐는걸."

"저도요, 그럼 내일도······."

"내일은 절대 안 돼! 내 가게는 안 돼!"

하린은 그들의 약속을 미연에 방지하려 소리쳤지만, 그것은 어제와 다름없이 허사로 끝났다.

"내일도 아홉 시쯤에 여기서 보자."

아린은 그렇게 말하며 하린을 향해 히죽 웃어 보였다. 짓궂음이 가득한 미소였다.

"큭큭."

바이올렛은 저도 모르게 숨죽여 웃으며 가게를 나섰다. 아린에게 대강 인사를 하고 나서려던 그때에 그녀의 뒤로 하린이 재빨리 쫓아 나왔다. 바이올렛은 저를 따라 나온 하린을 의아한 눈빛으로 응시했다.

"저기, 오늘은 비가 안 오는데요?"

"……누, 누나 때문에. 당신을 데려다주지 않으면 누나가 나를 닦달할 테니까."

하린은 어쭙잖은 변명을 한 스스로를 마음속으로 책망했다.

누나는 개뿔. 저도 모르게 바이올렛을 따라 나온 하린이었다. 도대체 뭘 더 어쩌겠다는 건지.

"……."

바이올렛은 대답 대신 가늘어진 눈으로 그를 올려다보았다.

"뭡니까! 그 의심스러운 눈빛은."

"딱히 의심하는 건 아니지만, 다만 섭섭해서요."

"네?"

"당신이 순수한 의도로 저를 집까지 데려다주고자 했다면 더 좋았을 것 같다고나 할까."

바이올렛은 자연스럽게 그리 뱉고선, 스스로에게 놀랐다. 이런 능청스러운 말을 저가 뱉을 줄은 상상도 못 했기 때문이었다. 하지만 사실 그녀는 애증으로 물들기 전, 그런 말들을 뭇 여러 사람들에게 뱉어냈었다는 걸 기억해 냈다. 생각조차 잘 나지 않는 아주 예전에 말이다.

"……내일도 에그타르트는 재고가 남을 것 같습니다."

하린은 한 템포 느리게 바이올렛에게 대답했다. 그리 대답하는 그의 얼굴이 머쓱함으로 물들어져 있었다.

"그래서요?"

"그, 그러니까 천이백 원 있으면 언제든 오라고……."

"없으면요?"

"……."

"농담이에요."

하린은 대답 대신 또다시 제 미간을 엷게 구겼다.

그런 진심 같은 농담. 정말 질색이야. 그런데 왜 입술 끝이 들썩거리는 기분이 드는 걸까. 그것은 미간을 찌푸리고 있는 제 모습과는 상반된 것이었다.

"그리고 핸드폰은 왜 안 씁니까? 내가 딱히 당신 문자를 기다린 건 아니지만. 번호를 먼저 따갔으면 최소한 메시지 한 통은 먼저 보내야 하는 거 아닙니까?"

"네?"

"메시지 보낼 줄 몰라요?"

"……네."

"네? 모른다고요?"

바이올렛은 고개를 끄덕였다. 설핏 다혜의 기억 속에서 이 세계의 것들을 익히긴 했지만, 그것들을 받아들이기에 아직은 무리였다. 고로 그녀에겐 문자라는 걸 쓸 만한 여력이 전혀 없었다.

"하, 도대체가."

그녀의 솔직한 끄덕임에 당황한 것은 하린이었다. 그는 종잡을 수 없는 대화의 흐름을 또다시 느끼며, 혀를 내둘렀다.

"일단은 다시 갑시다. 시간이 많이 늦었으니까."

"좋아요."

한참을 유리문 앞에 서서 얘기를 나누던 두 사람이 걸음을 떼자, 딸랑, 하는 차임벨 소리가 들렸다. 하린과 바이올렛이 소리를 따라 뒤를 돌아보자, 거기엔 열린 문 틈 사이로 고개를 내밀고 있는 아린이 보였다.

"어이, 두 사람! 좋은 밤 보내!"

그녀는 제 할 말만을 하고선 얼른 유리문을 닫았다. 그러자 결국에 폭발한 것은 하린이었다.

"최아린!"

그의 악 받친 목소리가 조용한 상가에 메아리치듯이 울렸다.

"큭큭."

바이올렛은 투닥거리는 두 사람의 모습을 보며 저도 모르게 웃음이 나왔다. 투닥거리는 그 모습조차도 아이린과 에르하르트의 모습과 퍽이나 닮아 보였다.

그 두 사람도 이따금씩 저런 식으로 싸우곤 했는데.

"당신, 왜 웃습니까."

"보기 좋아서요."

"그 웃음소리. 매우 기분 나쁩니다."

하린은 그렇게 말하며 다시금 앞서 걸어갔다. 바이올렛은 미소 띤 얼굴로 그의 뒤를 얼른 따랐다. 그녀는 두어 걸음 앞서 걸어가는 하린의 넓은 등을 지그시 응시했다. 하린은 앞서서 몇 걸음 걷다가도 간혹 고개를 뒤로 젖히기도 했다. 저가 잘 따라오는지 확인이라도 하는 듯이 말이다.

바이올렛은 그 모습을 보며, 하린이 제게 호감을 가지고 있는 게 아닐까, 하는 생각이 들었다.

에르하르트에게 미친 듯이 빠지긴 했었지만, 바이올렛은 그를 만나기 전엔 손으로 셀 수 없이 많은 남자를 만났던 터였다. 그렇기에 그녀는 남자들의 제스처라든지 작은 모션만으로도, 그들이 자신에게 호감이 있는지 없는지를 알 수 있었다. 요컨대 연애의 촉이 상당했다고나 할까.

그런 그녀의 촉은 저를 향한 하린의 태도를 '호감'이라고 단정 짓고 있었다.

어쭙잖은 변명으로 가게에서 따라 나와 저를 집까지 데려다주는 건. 아무래도 제게 좋은 감정이 있기에 그런 거겠지. 도대체 어느 시점에서 그가 제게 호감을 가졌는지는 모르겠지만 말이다.

바이올렛은 방금 전에 하린이 했던 객쩍은 말을 떠올렸다.

'……누, 누나 때문에. 당신을 데려다주지 않으면 누나가 나를 닦달할 테니까.'

최하린, 당신. 아린이 닦달해도 그다지 신경 쓰지 않으면서, 이제 와 무슨 닦달 타령이람. 보면 볼수록 귀여운 구석이 있단 말이지. 따지자면 에르하르트보다 조금 더 귀엽다고나 해야 할까.

바이올렛은 작은 조소를 지었다. 하린을 비웃기에 지은 것은 아니었고, 단지 상황이 재밌어서 지은 것이었다.

사랑에 목을 매며 두 번이나 죽기를 바랐던 자신이, 에르하르트가 아닌 다른 남자를 좋게 생각할 줄이야. 그런 날이 올 줄은 전혀 예상조차 하지 못했기 때문이었다.

그건 단지 하린이 에르하르트를 닮았기 때문에 그런 것일까?

"엇!"

순간 바이올렛은 제 발 끝에 무언가가 걸리는 기분을 느꼈다. 깊은 생각을 하고 걸어서 발밑을 제대로 확인하지 못했음이었다. 그녀의 발에 걸린 것은 누군가가 버려놓은 빈 캔이었고, 동시에 그녀의 몸이 앞으로 고꾸라질 듯 휘청거리기 시작했다.

꼼짝없이 넘어질 거란 생각에 바이올렛은 제 눈을 꼭 감았지만, 기묘하게도 넘어지지 않았다. 대신 누군가의 품에 안겼을 뿐이었다. 앞서 걷던 하린이 넘어지려던 바이올렛의 팔을 잡고선, 그녀를 제 품에 끌어당겼기 때문이었다.

"도대체가! 앞은 왜 안 보고 걷습니까?"

바이올렛은 감았던 눈을 뜨며 저를 꼭 안고 있는 하린의 얼굴을 올려다 보았다. 여전히 성난 듯이 얼굴을 매섭게 찌푸리고 있었지만, 저를 내려다 보는 그의 눈빛엔 걱정의 기운이 가득했다.

걱정. 당신은 내가 넘어질까 봐 걱정이라도 한 걸까?

바이올렛은 무언가에 홀린 듯이 그의 얼굴로 손을 뻗었다. 뺨에 손을 얹 자 그의 체온이 느껴졌다. 따뜻한 체온.

"……."

바이올렛의 갑작스러운 행동에 할 말을 잃은 것은 하린이었다. 당황이라 도 한 것인지 그는 제 뺨에 닿은 여자의 손을 뿌리쳐야 된다는 생각을 전혀 하지 못했다.

바이올렛은 그의 뺨을 부드럽게 쓰다듬으며 생각했다.

만약에 내가 이 세계에서 계속 살아야 한다면.

"……당신이 있다면 그렇게 나쁠 것 같진 않네."

어쩌면 차라리 잘된 일일지도 모르겠고.

애증, 분노, 슬픔. 그런 것들로 가득 찼던 제 세계로 돌아가는 것보다야 훨 씬 낫지 않을까. 여긴 원망하고픈 상대가 전혀 없으니까.

대신 이 세계엔 하린과 아린이 존재했을 뿐이었다. 어찌 되었든 낯설기만 한 이 세상 속에서 그들과 함께 지내는 것도 나쁘지 않을 거란 막연한 생각 이 들었다.

"……그런데 하린 오빠. 당신의 손이 제 허리를 너무 깊이 감싸고 있는데요?"

"……!"

바이올렛은 한껏 비아냥거리는 투로 그에게 말했다. 그러자 하린은 얼른 바이올렛의 허리를 둘렀던 제 손을 물리었다.

"그, 그건 당신이 넘어지려 하니까 어쩔 수 없이 그런 거잖습니까!"

"제가 뭐라고 했나요?"

"……"

"아무튼 잡아 주셔서 감사합니다."

"……"

"다시 가 볼까요?"

하린은 바이올렛의 대답에 얼빠진 얼굴을 지었다. 어쩜 제 누나와 비슷한 기분이 드는 건 왜일까. 그는 뒤늦게 정신을 차리고선 바이올렛의 뒤를 쫓았다.

바이올렛은 아직까지도 잘 적응되지 않은 낯선 밤의 정취를 응시하며, 하린에게 말을 건네었다.

"오늘 먹은 에그타르트. 어제 것보다 훨씬 더 맛있었어요."

"그걸 말이라고 하십니까? 그 에그타르트는 혼신의 힘으로 만든 거라고요."

"그러니까 내일도 꼭 먹으러 가도 되는 거겠죠?"

바이올렛은 거기까지 말하고선 하린 쪽으로 고개를 돌렸다. 진한 미소는 덤이었다.

"하린 오빠."

"……!"

하린은 그녀의 미소와 더불어 '오빠'라는 명칭에 어쩐지 제 볼이 뜨거워짐을 느꼈다. 심장께도 두근거리는 것이 기분이 영 이상했다.

최하린, 너 도대체 뭘 두근거리고 있는 거야. 이런 미친 여자한테.

그는 스스로를 그렇게 다독이면서도 바이올렛의 웃고 있는 얼굴에서 한참이나 눈을 뗄 수 없었다.

"……하나쯤은…… 남겨 놓겠습니다."

하린은 바이올렛과 눈을 맞추지 못한 채로 대답했다. 바이올렛은 남자의 어쭙잖은 말에 숨겨진 의도를 절로 해석하며 작게 키득거렸다.

에그타르트를 남겨 놓을 테니까 가게로 꼭 오란 소리가 아니던가.

"어? 왜 또 웃으시는 겁니까? 그 웃음. 기분 나쁘다니까요?"

"큭큭."

"하……."

하린의 말에도 바이올렛의 웃음은 그칠 기미가 보이지 않았다.

어둡고 적막한 밤거리 사이에 그녀의 웃음소리가 꽤나 오랫동안 맴돌았다.

22장. 우리가 공유할 시간

"바이올렛!"

나는 꿈속에서 본 그녀의 이름을 부르며, 긴 잠에서 깨어났다. 잠에선 깼지만 정신은 여전히 몽롱했다. 왜냐면 방금 전에 보았던 꿈의 내용 때문이었다.

내 세계로 간 바이올렛. 다혜의 몸을 차지한 그녀 앞에 나타난 에르하르트와 아이린을 닮은 사람들.

그들의 집약된 영상이 아직까지도 눈앞에 아른거리는 것만 같았다. 역시나 꿈속에서 그들의 대화소리까지는 들리지 않았다. 하나 상황이 어떻게 돌아가는지는 그들의 얼굴빛만 보아도 충분히 예상할 수 있었다.

다혜가 된 바이올렛은 에르하르트를 닮은 남자와 꽤나 좋은 관계가 된 것이었다. 어두운 골목길, 가로등 불빛 아래서 에르하르트를 닮은 남자를 보며 웃던 그녀의 얼굴이 정말로 인상 깊었다. 그것은 제대로 된 웃음임에 분명했다.

샤넌의 몸에 상주하던 바이올렛에게선 볼 수 없었던 그런 웃음. 그토록 상념이 없는 편안한 미소를 그녀가 지었다는 사실이 놀라울 따름이었다.

나는 그제야 누웠던 몸을 반쯤 일으키며 작게 미소를 지었다.

이봐, 바이올렛 바바라스. 많은 일들이 있었지만, 역시나 나는 당신이 행복해져서 다행이라고 생각해.

지금 이 순간, 한 가지 진심으로 바라는 것이 있다면, 시간이 흘러도 그 세계 속의 바이올렛이 편안한 미소를 잃지 말았으면 하는 바람이었다.

나는 바이올렛을 생각하던 것을 그쯤에서 그만두고선 주위를 둘러보았다. 깊은 밤이라도 된 듯이 주위는 너무나도 어두워져 있었다. 덩달아 옆에 누워 있던 하론도 보이지 않았다.

나는 얼마나 잔 것이고, 하론은 어디로 간 걸까.

나는 침대에서 내려와, 누워 있음에 헝클어졌던 머리를 대충 빗었다. 일단은 하론을 찾는 게 우선이란 생각이 들었음이었다. 그렇게 하론의 방을 나서려던 순간이었다.

방문을 열기가 무섭게 나는 누군가와 마주쳤다.

"……!"

마주친 이는 무서울 정도로 아무런 표정도 없이 나를 내려다보고 있었다. 나는 꽤나 놀란 채로 그의 얼굴을 빤히 응시했다. 그러자 그는 밤공기보다도 더 차가운 목소리로 내 이름을 불렀다.

"바이올렛 바바라스?"

"……클로노아 후작님. 오랜만입니다."

나를 무표정으로 내려다본 남자는 클로노아 후작이었다. 즉 하론의 아버지. 왜 하필 이런 순간에 그와 딱 마주치게 된 걸까. 잠깐 하론의 얼굴만 보러 온 것이라서 후작님에겐 인사를 드리지도 않았는데, 늦은 밤 하론의 방에서 나오는 내 모습이라…….

클로노아 후작이 왜 나를 무표정으로 응시했는지 충분히 이해가 됐다. 이럴 줄 알았으면 미리 인사라도 드리는 건데.

나는 뒤늦은 후회를 하며 어색한 미소를 지었다. 이런 분위기에서 미소라도 짓지 않는다면 어째 큰일이 일어날 것만 같은 기분이었다. 이윽고 클로노아 후작은 여전히 표정을 굳힌 채로 내게 말했다.

"바이올렛. 나와 얘기를 좀 하지."

그는 제 말이 끝남과 동시에 어디론가 앞서 걸어갔다. 아무래도 내 대답을 바란 말은 아니었나 보다. 나는 기다란 한숨을 쉬며 그의 뒤를 따랐다.

하론 클로노아, 나 지금 굉장한 위기 상황에 놓인 것 같은데.

나는 이 순간 하론이 구세주처럼 내 앞에 떡하니 나타나 주길 바랐다. 하나 실제로 그런 일은 일어나지 않았다.

***

후작님과 함께 들어온 곳은 후작저에 있는 응접실이었다.

나는 후작저의 시녀가 가져다 놓은 차를 홀짝 마시며, 소파에 마주 앉은 후작을 살폈다. 그는 중년의 남자였음에도 불구하고 군살이라곤 전혀 보이지 않았으며, 앉아 있는 자세는 얼마나 반듯했던지 빈틈까지도 보이지 않는 남자였다. 마치 견고하게 잘 만들어진 난공불락의 성처럼 보일 뿐이었다.

하론과 닮은 얼굴을 하고 있으면서도, 그 분위기가 확연히 다르다고나 할까.

소설 속에 있었던 묘사나, 일전에 하론의 어머니에게서나 들었던 말로는 후작은 굉장한 바람둥이였다는 것 같았는데. 솔직히 지금 그에게서 풍기는 근엄한 분위기는 바람둥이라는 단어와는 정말로 거리가 멀어 보이기만 했다. 나는 그 위압적인 분위기를 온전히 느끼며 마른침을 꼴깍 삼켰다. 클로노아 후작과 처음 만나는 것은 아니었지만, 괜스레 목이 자꾸 탔다.

"바이올렛."

긴 침묵 사이로 먼저 말을 꺼낸 것은 클로노아 후작이었다.

"네, 후작님."

나는 조금은 긴장한 투로 대답했다. 그는 내게 무슨 말을 하고 싶은 걸까. 설마하니 이토록 늦은 밤에 그의 방에서 나온 나를 경박하다고 꾸짖는 것은 아닐까.

대외적으로 우리의 약혼식은 완전한 끝을 맺지 못했으니, 후작이 그렇게 생각할 수도 있겠단 생각이 들었다. 하나 후작에게서 나온 말은 내 예상과는 전혀 상반된 말이었다.

"하론이 많이 변했어."

"……네?"

클로노아 후작은 작은 미소를 띠며 나를 응시했다. 놀랍게도 미소 하나에 그에게서 느꼈던 근엄했던 기운이 삽시간에 사그라지기에 이른다.

"네 덕에 하론이 많이 변했다는 소리야, 바이올렛."

하론이 변했다라. 그와 꽤나 오랜 시간을 함께했지만, 나는 그가 변했다는 느낌을 한 번도 받지 못했었다.

그는 소설 속에 나왔던 모습과 다름없이 마음이 여렸고, 다정했고, 모든 것에 유한 사람이었으니까. 물론 요즘 들어 이따금씩 답지 않게 질투를 내보이며 조금 툴툴거리긴 했지만 말이다.

"하론 클로노아. 그 녀석은 사실 좀 한량 같지 않느냐. 부모를 잘못 만난 탓에 어렸을 때 제대로 돌봐주지 못했지만, 녀석은 낙천적이게 굴며 나와 제 어미 사이의 불화를 스스로가 극복했지."

그런 말을 하는 클로노아 후작의 목소리엔 씁쓸함이 배어 있었다. 그는 과거에 하론에게 행한 일을 조금은 후회하고 있는 걸까.

"그 녀석이 낙천적으로 생각하며, 제 부모의 상황을 극복한 건 정말 좋게 생각하지만……."

후작은 거기까지 말하고선 제 눈을 조금 가늘게 떴다. 그러곤 다시금 냉정한 어투로 말을 이어 갔다. 방금 전, 그에게서 약간의 씁쓸함을 느꼈던 게 착각이라고 느껴질 만큼의 빠른 태세 전환이었다.

"그런 성향은 차기 당주로서 알맞지 않은 것이라고 여기고 있었어. 더불어 가문에도 관심이 없었으니. 물론 하론이 왜 가문에 관심이 없게 된 건지는 나도 잘 알고 있단다. 제 어미에게 박하게 군 나에 대한 반항심에서 비롯된 거겠지. 바이올렛, 너도 알다시피 나는 그다지 좋은 배우자이자 아버지가 아니었으니까."

소설 속에서 그는 분명 바람둥이로 묘사되어 있었다. 그렇기에 좋은 배우자이자 아버지가 아니었다는 건, 그런 일을 염두에 두고 하는 말이 아닌가, 싶었다. 이건 그의 고해성사쯤이 되는 건가.

그러고 보니 하론이 가문에 대한 일이나 공적인 일로 고민하는 것은 한 번도 보지 못한 것 같았다. 되레 지나치게 후작가에 관심이라곤 없이 굴었다. 내게 있어 하론은 정말 좋은 남자였지만, 후작의 말대로 차기 당주로선 그다지 적합하지 않은 것은 아니었을까.

"그런데 말이다."

후작은 제 말이 끝나지 않았다는 듯이 이어 말했다.

"네."

"근래에 갑자기 내 일을 돕기 시작하더구나. 평소에 관심도 없이 굴던 녀석이."

후작의 말에, 나는 오늘 책상에서 잠이 들어 있었던 하론의 모습을 떠올렸다. 더불어 '핑크 다이아'라고 쓰여 있던 것까지 떠오르자 괜스레 입가에 미소가 맴돌았다.

"그래서 내가 녀석에게 이유를 물었단다. 왜 갑자기 태도를 바꾸었느냐고."

후작은 거기까지 말하고선 제 입가를 작게 일그러뜨렸다. 희미하긴 했지만 그것은 확실한 미소였다.

"그러니 녀석이 그렇게 대답하더구나. '바이올렛을 위해 능력 있는 남자가 되고 싶습니다.'라고."

나를 위해 능력 있는 남자가 되고 싶다라.

설마 그 능력. 핑크 다이아를 살 수 있는 능력을 말하는 건 아니겠지.

나는 후작에게 사실을 말할까 싶다가도 이내 입을 꾹 다물었다. 얽어 걸리기 식으로 제 아버지에게 인정을 조금 받았는데, 그것을 내 손으로 와해시키기는 싫었다.

"바이올렛."

후작은 내 이름을 다시금 불렀다.

"네, 후작님."

"모쪼록 우리 하론을 잘 부탁한다. 젊었을 때 하론에게 몹쓸 짓을 많이 했어. 하론이 내 바람기에 치를 떨며 나를 싫어할 정도로 말이다."

"……."

"이제 와 제대로 된 아버지 노릇을 하고 싶다는 건, 정말 내 욕심인 걸 알지만. 그래도 나이가 드니 내 마음도 나약해지는 건 어쩔 수 없구나. 하론 그 녀석이 조금은 행복해졌으면 해."

"……후작님."

"바이올렛 네 덕에 변한 그 녀석을 보며 네가 있다면, 하론이 충분히 행복해지리라는 확신이 생기더구나."

"……."

"너희의 약혼식이 그런 식으로 끝이 난 건 정말 애석하게 생각한다. 그래서 하론은 너와 빨리 결혼식을 올리고 싶다더구나. 물론 벌써 프러포즈를 끝내고서 내게 한 말이겠다만. 나도 조만간 공작님을 찾아뵙고 날을 잡을 예정이야."

프러포즈라. 아직 받지 못했지만, 나는 고개를 끄덕였다. 조만간 하론이 할 게 분명했기 때문이었다. 물론 어마어마한 핑크 다이아와 함께 말이다. 그리고 나는 보는 이조차도 마음이 느슨해지는 하론의 미소를 따라 지으며,

그에게 말했다.

"후작님. 하론 클로노아는 제가 책임지고 행복하게 만들게요."

어쩐지 선전포고를 하는 기분이 들긴 하지만 아무렴 어떻겠냐는 생각이 들었다. 하론을 행복하게 해 주면 그만이지, 뭐.

후작은 내 말을 기꺼워하기는커녕 미소를 지은 채로 고개를 끄덕였다. 아무래도 내 선전포고가 마음에 들었나 보다.

그런데 왜 기시감이 드는 거지.

곰곰이 생각해 보니 하론을 행복하게 해 주겠다고 선언한 게 이번이 처음이 아니었다. 추후에 함께 머리 장식 깃털을 공구하자던 하론의 어머니에게 했던 말이기도 했다. 내가 만난 하론의 어머니와 아버지가 했던 말들이 어째 비슷하다는 느낌이 들었다. 그들은 어린 하론을 제대로 보살펴주지 못한 것을 미안해하고 있었으며, 지금의 하론이 행복해지길 바라고 있었다. 꽤나 진심으로.

나는 하론에 대한 그들의 죄책감과 미안함을 대신해서 만회시켜 주리란 결심을 했다. 그런 의미로 하론을 다시 찾아볼까나.

후작과의 대화가 끝난 나는 얼른 응접실을 나서려고 했다. 그에게 인사를 하고 문을 나서려던 찰나, 후작이 마지막으로 한 마디를 더 건네었다.

"하론이라면 제 집무실에 있을 거다."

"......!"

내가 하론을 찾아갈 거란 걸 어떻게 아신 거지? 내가 조금 놀란 듯이 그를 응시하자 후작이 완연한 미소를 지었다.

"뭐, 너희 꼬맹이들의 사랑놀이를 예측하는 것쯤이야, 내겐 아무것도 아니지."

그건 대단한 바람둥이로서 하는 말인가. 나는 어색한 미소를 흘렸다.

"바이올렛, 배가 부른 신부는 결혼식에서 썩 예쁘지 않더구나. 물론 나는 아이를 좋아하긴 한다만."

"후, 후작님!"

"자, 이제 그만 나가 보도록."

배, 배가 부른 신부라니. 도대체 뭘 생각하는 거야!

나는 도망치듯이 응접실을 나오며, 두 뺨을 손으로 감싸 쥐었다. 뺨이 뜨거워도 그렇게 뜨거울 수가 없었다. 붉어진 뺨은 오랫동안 가라앉지 않았다. 나는 기다란 심호흡을 하며 동요했던 마음이 가라앉길 바랐다. 하론의 집무실까지 걸어갔을 때, 다행스럽게도 얼굴의 열기는 확연히 사그라져 있었다.

시녀를 통해 내가 왔음을 고하자, 안쪽에선 듣기 좋은 하론의 목소리가 들렸다.

"다혜? 들어와."

과연 후작의 말대로 그는 집무실에 있었다. 도대체 제 아들에게 일을 얼마나 많이 준 거야. 집무실로 들어서자 보인 것은 책상 앞에 앉아 있는 하론이었다.

"하론. 아직까지 일하고 있었던 거야?"

"응. 마무리할 게 남아서."

하론은 가벼운 한숨과 함께 의자에서 일어섰다. 그러곤 내게 가까이 다가왔다.

"시간이 많이 늦었는데, 내일 하는 건 어때?"

"그럴까?"

하론은 일체의 반감이라곤 없이 내 말에 수긍했다. 저도 일을 그만하고 싶었던 것은 아닐까 싶었다.

"나도 이만 돌아가야겠다. 너무 늦은 것 같아."

"그건 안 되겠는데."

하론은 이번엔 꽤나 반감이 가득 찬 채로 말했다.

"하지만 아버지께서 걱정하실 거야. 아니, 벌써 걱정하고 계실지도 모르겠다."

물론 나도 너와 더 있고 싶긴 하지만. 나는 거기까지 말하지 못한 채로 어쩐지 뿌루퉁해 보이는 그의 얼굴을 빤히 들여다보았다. 그러자 왠지 모르게 일전에 하론이 했던 말이 문득 떠올랐다.

'너와 함께 있으면 시간이 가는 줄 몰랐고, 그래서 해가 기우는 게 언제나 아쉬웠으니까. 해가 기울고, 밤이 깊어도 함께할 수 있다면 얼마나 좋을까.'

그땐 그 말을 죄다 이해할 수는 없었는데, 오늘에서야 나는 그 말을 이해할 수 있을 것만 같았다. 밤이 더 깊어서도 함께할 수 있다면 얼마나 좋을까.

"다혜. 아버님이 걱정하지 않으신다면 공작저로 돌아가지 않을 거야?"

"응?"

하론은 제 얼굴에서 부루퉁함을 지워내고선, 진한 미소를 지었다. 아주 득의양양한 미소였다.

"사실은 네가 자고 있을 때, 아버님에게 미리 전서를 넣어두었어. 오늘은 네가 후작저에서 머문다고."

"……뭐?!"

"그리고 답신도 이미 도착했지."

답신이라는 말을 뱉음과 동시에 하론의 푸른 눈동자에 밝은 이채가 맴돌았다. 그것은 한없이 아름답게만 보이는 눈빛이었지만, 까닭 모를 위험한 기분이 들기도 했다.

"뭐라고?"

"당연히 허락한다는 내용이었어. 그리고 추신에 너무 무리하지 말라는 말도……."

하론은 말끝을 흐리며, 제 양 뺨을 감싸 쥐었다. 그러곤 꽤나 부끄럽다는 표정을 짓는 게 아닌가.

"하, 하론!"

도, 도대체 뭘 무리하지 말란 건데! 그리고 난 왜 또다시 얼굴이 뜨거워지는 걸까. 덩달아 머릿속엔 이따금씩 보았던 하론의 매끄러운 살결이 떠올랐다.

아, 이런 생각. 정말 옳지 않아.

나는 머리를 좌우로 저어가며 머릿속에 맴도는 야릇한 이미지를 지워내려 애썼지만, 애석하게도 그 이미지들은 전혀 사라지지 않았다. 되레 구체성을 더해갔을 뿐이었다. 그러니까 하론의 그…… . 맙소사, 나 도대체 무슨 생각까지 하는 거야.

"하…… . 다혜가 원한다면 나는 무리할 수밖에 없는데."

"하론!"

나는 도둑이 제 발 저린 것처럼 그의 이름을 불렀다. 내 얼굴은 곧 폭발할 화산처럼 붉게 타올랐음이 분명했다. 나는 괜스레 하론의 어깨를 세게 내려치며 그의 능청스러움을 저지했다.

"그, 그만해!"

"큭큭, 그래서 오늘은 어디서 잘래?"

"……아무 빈 방이라도 괜찮아."

"흠, 일단 지금 내 방도 아무도 없는 빈 방이니까. 거기서 자고 있을래?"

하론은 거기까지 말한 뒤에 내 쪽으로 고개를 숙였다. 이윽고 그는 내 귓가에 대고 나머지 말을 이어 말했다.

"일 다 끝나고 찾아갈게. 나는 빈 방에 들어가는 건 싫어서."

"하론!"

"물론 다혜 네가 싫다면, 다른 방에 가도 좋아. 시녀에게 말하면, 알아서 잘 안내해 줄 거야. 하지만 나는 네가 다른 방에 가길 원하지 않아."

"……."

하론은 내 이마에 자연스럽게 입을 한 번 맞추고선, 다시금 책상 쪽으로 걸어갔다.

"그럼 나는 핑크 다이아를 위해 조금 더 힘을 내 볼까나."

그는 책상 앞에 앉으며 내게 손을 흔들었다. 아무래도 그에게 제대로 말려든 것 같은 기분이 들었음이었다.

하론의 집무실을 나서며, 나는 그가 준 선택지에 대해 생각했다. 다른 빈 방을 가든지, 하론의 방으로 가든지. 그런 고민을 하기가 무색할 정도론 내 발은 본능적으로 제 갈 길을 찾아가고 있었다.

본능이 선택할 선택지라면 아무래도…….

하론의 방이었다.

왠지 모르게 오늘 밤은 길고 또 길 것만 같은 예감이 들었다.

＊

며칠 뒤엔 아이린의 티파티가 있었다.

우린 그 티파티에 참석하기 위해 함께 마차에 올랐다. 하론은 한결 편안해진 얼굴로 마차의 창밖을 응시했다.

지난날 그와 함께 밤을 보내며 많은 이야기를 나누었던 터였다. 그 많은 이야기엔 당연히 내가 꾼 긴 꿈에 대한 이야기도 존재했다. 꿈속에서 마지막으로 보았던 바이올렛의 편안한 미소에 대해 얘기하던 순간, 하론은 저도 모르게 눈물을 글썽거렸다.

그것은 오로지 바이올렛만을 위한 눈물이 아니라, 모든 복합적인 감정이 응축된 눈물이란 생각이 들었다. 그의 눈물을 보며, 나는 그런 생각이 들었었다.

이젠 정말로 모두가 행복해질 수 있는 걸까.

바이올렛이 행복해지는 건 시간문제인 것 같았으니. 나를 좋아하던 에르하르트나 러셀도 제 짝을 찾아가, 행복했으면 하는 바람이었다.

내가 그런 생각을 하는 사이, 우리는 공작저에 도착을 했다. 마차에 내리기가 무섭게 멀리서도 눈에 띄는 한 쌍의 남녀가 보였다.

그들은 에르하르트와 샤넌이었다. 서로를 마주한 채로 대화를 나누고 있는 그들의 얼굴이 심상치가 않았다. 마치 서로를 잡아먹을 듯한 눈빛으로 상대방을 노려보고 있다고 해야 할까.

"……두 사람. 싸우는 걸까?"

하론 또한 그들의 모습을 발견한 듯이 내게 물었다. 나는 그 심상치 않은 분위기를 보며 손가락을 가볍게 퉁겼다.

"싸우는 건지는 잘 모르겠지만, 이건 필시 좋은 징조야."

"좋은 징조?"

"응. 에르하르트는 제게 막 대하는 여자를 좋아하는 남자니까. 조만간 두 사람 사이에 접점이 생길지도 모른다고."

실제 '샤넌을 위하여'의 소설 속 내용처럼 말이다. 진짜 샤넌의 영혼이 깨어나기 무섭게 이 세계의 시간은 소설 속의 내용대로 흘러가는 듯한 기분이 들었다. 그런 생각이 듦과 동시에 나는 하론을 빤히 들여다보았다.

이대로 소설 속의 내용대로 흘러간다면, 설마 하론이 샤넌을 다시 좋아하게 되는 건 아니겠지.

말도 안 돼. 그런 일은 절대로 일어나지 않을 거라 생각하면서도, 한 번 머릿속에 든 불길한 생각은 쉬이 사라지지 않았다.

"다혜?"

"……."

내 지나친 기우로 끝났으면 좋으련만.

"다혜. 무슨 생각을 하는 거야. 얼굴이 조금 굳었는걸."

"아무것도 아니야. 잠깐 쓸데없는 생각이 들어서."

정말 쓸데없는 생각이라고 여겼지만, 아무래도 오늘은 하론에게 조금 더 주의를 기울이는 게 좋겠단 생각이 들었다. 마치 아주 오래전 그가 가여운 짝사랑의 실패자로 남지 않길 바랐던 그때처럼.

우리가 공작저의 정원에 들어서 어느 빈 테이블에 앉기 무섭게, 누군가가 다가오는 소리가 들렸다. 바퀴가 굴러가는 소리. 그 소리의 주인은 고개를 돌리지 않아도 알 수 있었다.

"……아이린 님."

"바이올렛! 티파티에선 정말 오랜만에 본다!"

그녀는 언제나처럼 높은 목소리로 내 이름을 불렀다. 그 속엔 교태로움이 가득 배어 있는 것만 같았다.

"그러게요, 제가 너무 오지 않았던 거죠?"

"그렇긴 하지만, 괜찮아. 네겐 최근에 일이 많았으니까."

아이린은 매우 자연스럽게 테이블에 자리한 채로 나를 빤히 보았다. 뭔가를 말하고 싶어 안달이 난 듯한 눈빛이었다.

"안 그래도 나…… 네게 할 말이 있었어."

"제게요?"

"응. 나, 러셀이랑 그럭저럭 화해를 했거든."

"우와! 정말요?"

내가 놀란 티를 내자, 아이린은 머쓱하게 제 뺨을 긁적였다. 화해했다는 말을 꽤나 부끄럽게 여기고 있는 것만 같았다. 매사에 부끄러울 것이 없게만 굴었던 그녀였건만.

"응……. 뭐, 그렇다고 해서 그를 완전히 용서한 건 아닌데. 이젠 인사를 할 수 있을 만큼의 사이는 되었다고나 할까. 그 녀석. 그렇게 안 봤는데 꽤나 근성이 있더라고. 내가 그렇게 각박하게 대했는데도 꾸준히 찾아와서 내게 사죄를 구했어. 사실 따지고 보면 러셀이 그렇게까지 사과할 일이 아니었는데 말이야."

"……."

"그 근성에 내 마음도 나약해졌지 뭐야. 어휴, 정말로 용서할 마음이 없었는데."

아이린은 마음에도 없는 소릴 하며 히죽거렸다. 용서할 마음이 없는 사람이 애당초 러셀의 만남을 수긍해 주었다는 게 말이 되지 않았다. 그녀는 일찌감치 러셀을 용서하고 싶었지만, 그 계기가 부족했던 것은 아닐까 싶었다.

여하튼 그들의 일이 매우 잘 풀려서 다행이란 생각이 들었다. 이제 러셀이 제 짝을 찾기만 하면 완벽할 텐데 말이다. 문득 티파티를 둘러보자 아직까지도 언쟁을 나누고 있는 에르하르트와 샤넌이 보였다. 무슨 얘기를 하고 있으려나.

"바이올렛, 너도 저 두 사람이 신기하다고 생각하지? 에기는 요전에 그렇게 샤넌을 피하기만 하더니, 이젠 둘이 만나기만 하면 싸운다니까."

아이린은 내 시선의 끝을 따라 응시하며 말했다.

"아주 올바른 전개네요."

"엥? 왜 그렇게 생각해?"

"자고로 정은 싸우면서 드는 거거든요."

저 두 사람은 특히나 말이다.

두 사람, 조만간 정말로 잘될지도 모를 일이었다.

"큭큭, 네 말에 나도 동의. 바이올렛 네게 할 말도 했으니, 나는 이제 재미난 싸움 구경이나 하러 가 볼까나."

아이린은 제 시녀에게 휠체어를 밀것을 손짓하며, 하론 쪽을 슬쩍 바라보았다. 그러곤 그에게 윙크를 하는 것이 아닌가.

아니, 잠깐. 하론을 향한 아이린의 윙크?

"하론? 방금 전의 저 윙크는 도대체 뭐야?"

나는 이미 사라져 버린 아이린에게 묻는 대신에 하론에게 그리 물었다. 그러자 하론은 눈에 띄게 당황한 기색을 내비치며 어색하게 대답했다.

"하하, 글쎄. 아이린 님이 윙크를 했던가? 난 못 봤는데."

거짓말. 네 얼굴은 못 본 얼굴이 아닌데?

나는 미심쩍은 눈빛으로 그를 응시했다. 그러자 하론은 제 앞에 놓인 차를 냉수 마시듯이 마시며 내 시선을 회피했다.

이거 수상한 기운이 풍기는데 말이지.

그 이후에도 하론에게 아이린의 윙크에 대한 것을 몇 번이고 떠봤지만, 하론은 끝까지 사실을 털어놓지 않았다. 그래서 나는 그를 추궁하는 것을 멈추었다. 그가 솔직하게 털어놓지 않는 데에는 그만한 이유가 있을 거라고 여겨졌기 때문이었다. 이를 테면 청혼이라든지. 핑크 다이아와 관련된 일이라든지.

지금 이 순간 하론이 내게 숨길 일이란 게 그런 일밖에 없었다. 내게 어떻게 프러포즈를 할 것인지 고민하던 하론이 준비한 청혼은 어떤 것일까.

나는 몇 분 전부터 불안한 기색을 숨기지 못하고 있는 하론을 보며 작게 키득거렸다. 그가 무언가를 계획한 채로 티파티에 왔다는 게 확실시 되는 순간이었다. 역시나 청혼이라든지. 핑크 다이아와 관련된 일이라든지.

긴장한 게 얼굴에 다 티가 나는데, 도대체 뭘 숨기겠다는 거야. 그래도 일단은 그를 위해 모른 척을 해 줄 생각이었다.

티파티의 분위기는 너무나도 평온하게 흘러갔다.

지난날 티파티에서 나를 궁지로 몰아넣었던 바이올렛의 영혼 하나만이 없었을 뿐인데, 이토록 분위기가 다르다는 게 신기할 따름이었다. 그렇게 평화로운 분위기를 즐기며, 아이린이 구비해 놓은 다채로운 차를 마시고 있던 순간이었다. 옆에서 잠자코 차를 마시고 있던 하론이 내게 말을 건넸다. 꽤나 진지한 목소리로 말이다.

"그가 너를 주시하고 있어."

그? 하론은 어딘가를 힐끔 응시했다가 내 얼굴 쪽으로 시선을 돌렸다. 어쩐지 그의 대사와 그의 행동이 익숙하단 생각이 들었다.

"설마 에르하르트 공작?"

"응."

하론 또한 이 상황이 매우 익숙하다는 듯이 대답했다. 이 상황은 아주 예전에 티가든에서 있었던 상황과 같은 상황이었다. 동시에 그때의 하론이 내게 했던 말이 떠올랐다. 방금 들은 것처럼 선명하게 말이다.

'그를 보지 마. 지금은 나에게 집중해야 하니까.'

그때에 하론에게 처음으로 낯선 설렘을 느꼈었는데.

시간이 꽤나 흘렀지만, 나는 그날의 하론의 목소리, 그의 체취, 그런 것들까지도 곧바로 기억을 했다.

나는 짓궂은 미소와 함께 그때처럼 고개를 돌려 에르하르트의 모습을 확인하려 했다. 그러자 하론이 급하게 손을 뻗어, 돌아가려던 내 양 뺨을 부여잡았다.

"그를 보지 마."

하론은 그때와 다름없이 같은 말을 내뱉고 있었다.

"지금은 하론 네게 집중을 해야 하니까?"

내가 하론의 다음 대사까지 뱉어 내자 그는 작은 미소를 지었다.

"물론이지. 내게서 시선을 돌리지 말았으면 해."

하론의 목소리는 여전히 진지했다. 그 속엔 그때보다도 더한 진심이 담겨져 있었다. 똑같은 말을 두 번째 듣는 것이었지만, 그럼에도 불구하고 꽤나 마음이 설   다. 심장에 해로운 미소와 그것보다 더 치명적인 말을 들었는데 설레지 않는다는 게 더 이상한 일일지도 몰랐다.

"다혜. 너도 그때를 기억하고 있구나."

나는 고개를 끄덕이며 대답했다.

"물론이지. 너와 관련된 건 하나도 잊지 않았는걸."

"기쁘다."

"좋아, 나는 네게만 집중을 할게."

사실 딱히 에르하르트 쪽을 쳐다보고 싶지도 않았다. 그가 나를 무슨 눈빛으로 보고 있든, 심지어 나를 응시하는 그의 시선이 구슬프더라도, 그에게 마음이 동하지 않을 테니까.

하론은 잡고 있던 내 뺨을 천천히 놓아주며, 제 입을 달싹였다.

"그건 선심이야?"

"아니, 사랑."

"……!"

내가 아무렇지 않게 '사랑'이라는 말을 뱉어 내자 놀란 쪽은 하론이었다. 그는 쉽사리 대답을 하지 못한 채로 두 눈만 껌뻑였다. 마치 내가 그 말을 어떻게 자연스럽게 뱉었냐는 듯이 말이다.

그렇다면 그를 조금 더 놀라게 해 볼까나?

"사랑해, 하론."

"……맙소사."

내 거침없는 고백에 하론은 입까지 벌린 채로 놀란 티를 내었다. 하론의 얼굴이 고백을 받은 사춘기 소녀처럼 붉어져 있었다.

"하론. 나는 이미 '사탕 좋아해?'에서 벗어난 지 오래라고."

사실 연습을 조금, 아니 많이 했지만 말이다. 연애 초짜인 나로서 사랑한다는 말을 뱉는 것엔 많은 연습이 필요했다. 설령 내가 그를 정말 진심으로 사랑하고 있다 할지라도.

"우와, 나 엄청 감동받았어. 그 말은 네게서 처음 들은 거니까."

"앞으론 자주 해 줄게."

한 번이 어렵지, 두 번은 쉬울 거라 생각이 되었다. 후엔 너무나도 자연스럽게 사랑한다는 말을 뱉어 버릴지도 모를 일이었다. 그땐 하론도 내 고백에 익숙해지려나.

"하론, 너도 그녀를 바라보지 마."

나는 약속한 대사를 읊듯이 말했다. 하론 또한 내 말을 기억한다는 듯이 꽤나 능청스러운 미소를 지었다.

"그녀가 여기 오긴 왔던가."

"우리가 올 때부터 있었거든?"

"나는 다혜 너만 보고 있었어서, 그런 줄도 몰랐네."

"여하튼 말이나 못 하면."

설마 소설대로 하론이 다시금 샤넌을 좋아하는 건 아닐는지, 하는 생각이 무색해지는 대화였다. 나는 안도가 가득 담긴 숨을 내뱉었다. 하론은 이런 내 생각까진 모르겠지.

"걱정했어?"

"어?"

"내가 그때처럼 샤넌 님을 볼까 봐 걱정했냐고."

……전혀 모를 거라 생각을 했건만, 하론은 진즉 모든 걸 예상했다는 듯이 말하고 있었다.

"걱정하지 않았다고 한다면, 그건 거짓말이겠지."

"내가 다시 샤넌 님을 좋아할 리가 없잖아. 너는 어떨 때 보면 모든 일에 안일하게 굴다가도, 일어나지 않을 일을 크게 걱정하더라."

"그 말은 내가 한 걱정이 쓸모없는 걱정이라는 거야?"

내 말에 하론은 제 손을 가볍게 튕기며 대답했다.

"당연하지. 고민할 가치조차 없는 걱정이라고 해야 할까."

"피, 하지만 그렇다고 해서 걱정이 되는 일을 걱정하지 않을 수는 없어. 왜냐면 난 너를 사랑하니까."

오오, 이토록 자연스럽게 사랑한다는 말을 또다시 내뱉다니. 내 스스로에게 조금 놀라울 따름이었다.

"이젠 내가 질투의 화신이 되려는 건가."

내가 혼잣말 하듯이 읊조리자, 옆에 앉아 있던 하론이 내 쪽으로 몸을 완전히 트는 게 보였다. 하론은 웃음기 하나 배지 않은 진지한 얼굴로 질투의 화신이 된 나를 빤히 응시했다. 그의 얼굴이 한껏 비장해 보이기도 했다.

설마…… 지금이 프러포즈를 할 타이밍인 건가?

꽤나 뜬금없는 것도 같았지만, 사실 프러포즈를 받을 것을 알고 있는 나에겐 예고 없는 프러포즈가 제격이 아닐까, 싶기도 했다.

"좋아. 네게 사랑한다는 말까지 들은 이상, 더는 주저하지 않을래."

오호라, 역시나 프러포즈? 한동안 후작님의 발닭개를 했을 하론은 정말로 핑크 다이아를 준비했을까.

결코 그에게 부담을 주려고 한 말이 아니었건만, 실제로 그걸 준비하려고 노력한 하론이 꽤나 대견했다. 물론 그가 핑크 다이아를 준비하지 못했다 할지라도, 심지어 아무 반지도 준비하지 못했다 해도, 나는 그의 프러포즈를 받아 줄 생각이었다. 반지보다 중요한 것은 하론의 진솔한 마음이었으니까.

하론은 답지 않게 긴장한 얼굴로 입고 있던 재킷을 들척거렸다. 그러곤 그 속에서 작은 케이스를 꺼내 제 손바닥 위에 올려놓았다.

"다, 다혜. 나는…… 우리가 이제…… 아니, 그러니까 내 말은…… 우리의 약혼식이 그런 식으로…… 휴."

방금 전까지 능청거렸던 하론이 맞나 싶을 정도로 그는 제 말을 버벅거리고 있었다. 심지어 시선조차 내게 제대로 맞추지 못한 채였다. 그것은 내가 본 하론의 모습 중에 제일 긴장한 모습이었다. 그는 다시금 입술을 떼지 못한 채로 제 입술을 짓이겼다.

하론, 너 왜 이렇게 긴장한 거야. 이럴 땐 백마 탄 공녀가 제격인데 말이지.

나는 곧 눈물이라도 떨굴 법한 얼굴을 한 하론에게 한마디 건네었다.

"하론, 우리 결혼하자."

"······!"

"아까 다 말하지 않았는데, 실은 사랑해라는 말을 연습하면서, 결혼하자는 말도 같이 연습했거든."

"······."

"왠지 쓸 일이 있을 것 같아서."

"······."

"그래서 네 대답은?"

하론은 정말로 눈물이 그득해진 눈동자로 나를 보았다.

"······내 프러포즈······."

그의 목소리에 절망의 기운이 담겨져 있는 듯했다.

나는 어쩐지 처져 보이는 하론의 어깨를 가볍게 두드렸다.

"누가 먼저 말을 꺼내는 건 중요한 게 아니잖아? 나는 그저 네가 힘들어 보여서······."

"다혜! 너무해. 그래도 그 말만은 내가 먼저 꺼내고 싶었다고."

하론은 기다란 한숨을 내쉬었다. 내가 무심결에 하론의 정성을 무시했던 걸까. 나는 그가 그 말을 꺼내기 힘들어하는 것 같아서, 도와주려고 했던 것 뿐인데. 하나 하론이 내 도움을 도움으로 생각하지 않았다면, 그에게 다시 기회를 줄 수밖에 없었다.

"좋아. 그럼 아까 내가 했던 말은 취소할게. 우린 지금 10분 전으로 다시 돌아왔다고 가장하자."

"······다혜."

하론은 무슨 말도 안 되는 소릴 하느냐 얼굴로 나를 보았다.

"심오하고 난해한 일이 우리에게 다시 일어난 거야. 그러곤 네가 먼저 멋지게 청혼을 하는 거지. 이번엔 말도 버벅거리지 않고 말이야! 그럼 나는 감동의 눈물을 쏟아낼게."

"……."

"얼른."

내가 닦달하자 하론은 손에 쥐고 있던 케이스를 다시금 재킷 속에 집어넣었다.

"하론, 뭐 해?"

"……10분 전으로 돌아가자며. 그러면 이것도 다시 꺼내야지."

아닌 척하고 있었지만, 아무래도 하론은 내 제안이 마음에 들었음이 분명했다. 사실 내가 먼저 결혼하자고 말한 것도 썩 나쁘진 않았는데.

나는 작은 미소와 함께 10분 전에 했었던 대사를 다시 읊었다.

그때 아마도…….

"사랑해, 하론."

이 말을 했었지?

"……."

거듭된 내 고백에 하론의 얼굴은 새삼스레 붉어졌다. 그는 붉어진 얼굴로 제 재킷을 들척거리며, 다시금 반지 케이스를 꺼냈다. 훨씬 더 자연스러워진 동작이었다.

"다혜."

하론은 가벼운 심호흡과 함께 내 이름을 다정하게 불렀다. 그 어느 때보다도 훨씬 친밀함이 가득한 목소리였다.

"우린 많은 시간을 함께 보냈어."

그의 얼굴엔 여전히 부끄러운 빛이 가득했지만, 이번엔 다행히도 제 말을 더듬거리지 않았다.

"그리고 많은 일들을 함께 겪었어. 행복한 일도 있었고, 그렇지 않은 일도 있었지."

"맞아."

구태여 따지자면 행복한 일이 더 많았지만.

"나는…… 앞으로 다가올 내 시간에도 네가 존재했으면 해."

"……."

"그 시간엔 행복한 일들만 가득할 거라곤 장담 못 해. 물론 대개 행복한 일들의 연속이겠지만, 이따금씩 힘든 나날들도 다가오겠지. 하지만 그렇다고 해도 나는 내 모든 시간을 너와 함께 공유하고 싶어."

거기까지 말한 하론은 제 손바닥 위에 놓인 반지 케이스를 열어젖혔다. 그 안엔 정말로 핑크 다이아 반지가 있었다. 햇볕에 반짝이는 모양새가 그토록 아름답게 보일 수가 없었다. 평소에 액세서리에 관심이 없던 나조차도 눈을 떼지 못할 정도로 말이다.

하론은 반지를 꺼내 들어 내게 건네며 제 말을 이어 했다.

"너도 네 시간을 나와 공유해 주지 않을래?"

준비해 온 제 말을 모두 끝낸 하론은 안도의 기운이 가득 담긴 미소를 지었다. 그러자 조금 붉은 그의 뺨엔 귀여운 보조개가 언제나처럼 쏙 들어갔다. 나는 내 왼손을 그에게 내밀며 그의 미소를 따라 지었다.

"내 시간은 이미 네 거야, 하론."

이미 오래전부터 네 것이었는데. 나는 거기까지 말하지 못한 채로 더욱 짙은 미소를 지었다.

아아, 행복하다는 기분이란 이런 기분을 말하는 걸까. 마치 구름 위를 걷는 듯한 기분이 들었다. 더불어 눈가가 조금 시큰거리기도 했다.

내 수락이 떨어지기 무섭게 하론은 얼른 내 왼손 약지에 반지를 끼워 넣었다. 어쩜 사이즈까지도 딱 맞춘 것인지, 반지는 내 손가락에 꼭 맞았다.

나는 반지를 낀 손을 들어 햇살에 여기저기 비추어 보았다.

"하론, 너무 예쁘다. 고마워."

"나, 너무 행복해."

하론은 내가 그의 청혼을 수락할 거란 사실을 이미 알고 있었음에도, 너무나도 행복한 얼굴을 했다.

"나도 행복해. 아마도 말로 표현할 수 없을 정도로."

"네가 반지를 받아 주기도 했으니까. 그런 의미에서 네게 키스해도 될까?"

"……뭐? 사람이 이렇게 많은 곳에서?"

"응."

"안……"

안 돼, 라고 말하려고 했지만, 나는 말을 잇지 못했다. 하론의 입술이 내 입술 위에 닿았기 때문이었다. 혼을 빼놓을 만큼의 격렬한 키스는 아니었고, 그저 가볍게 입을 맞춘 정도였다. 하나 나는 그 키스가 여느 다른 스킨십보다도 멋지게 느껴졌다.

이윽고 하론이 내게서 제 입술을 떼자 주변에서 환호가 들려왔다. 주변을 둘러보자 티파티에 있던 귀족들의 대다수가 우리를 주시하고 있는 게 보였다. 이런 확 트인 공간에서 키스를 했는데, 주목이 되지 않는다는 게 더 이상한 일일지도 몰랐다. 아주 몹시 부끄럽기는 했지만, 싫은 기분은 전혀 들지 않았다.

그의 청혼은 매우 멋진 것이었고, 나는 그것을 진심으로 받아들였다.

중요한 것은 그 사실이지, 주변의 시선은 부수적인 일이었기 때문이었다.

살면서 이보다 더 좋을 날이 올까?

나는 그런 생각을 하며, 하론의 손을 맞잡았다. 순간 든 생각이라곤, 지금 잡고 있는 그의 손을 영원히 놓고 싶지 않다는 것뿐이었다.

***

나는 지극히 심각한 산소 부족을 느끼고 있었다. 딱히 어떤 생산적인 활동을 하는 것이 아니었음에도 불구하고.

드레스를 곱게 차려입은 모습과 어울리지 않게, 나는 다리를 달달 떨었다. 입술에 바른 것이 지워질 줄 알면서도, 버릇처럼 아랫입술까지도 짓이겼다.

나, 왜 이렇게 긴장이 되는 거지.

"아, 아이린 님. 저 지금 떨려서 미칠 것 같아요."

바짝 긴장한 채로 얼어 있는 내 모습을 보며, 아이린은 연신 키득거렸다.

"바이올렛. 미치지는 말아 줘! 오늘은 네 결혼식이라고."

"저도 잘 알지만…… 어떻게 해야 긴장이 사그라질까요."

"흠. 그럴 땐 무섭거나 끔찍했던 일을 떠올리는 게 어떨까?"

"무섭거나 끔찍했던 일이요?"

끔찍하다는 말을 듣기가 무섭게 내 머릿속에 떠오르는 이가 한 명 있었다.

바로 바이올렛이었다. 약혼식 날, 난간에서 떨어졌던 그녀보다 끔찍했던 기억이 있던가. 단언컨대 없다고 생각했다. 아마 앞으로도 없을 것이 자명했다.

그녀를 생각하기가 무섭게 묘하게도 침착해지는 기분이 들었다.

이거 꽤 효과가 있는데? 바이올렛. 네가 이런 식으로 내게 도움이 될 때도 있구나.

"휴, 아이린 님 덕에 조금 마음이 편해졌어요."

"큭큭, 다행이다. 그런데 설마 그 끔찍했던 기억이 나와 관련된 기억은 아니겠지?"

"글쎄요. 그건 노코멘트."

"바이올렛! 너무해. 나는 하론이 반지를 고르는 것도 도와줬는데."

"네?"

"몰랐어? 하론이 액세서리엔 젬병이라면서 내게 도움을 요청하더라고. 그래서 이 아이린 님이 직접 나서서 신상 반지를 골라 줬다는 사실."

"그런 일이 있었어요? 감사해요."

아아, 그래서 그때 티파티에서 아이린이 하론에게 윙크를 했던 거구나.

아이린은 한껏 어깨를 으쓱이며 자랑스러운 표정을 지었다. 그렇게 아이린과 대화하던 그때에 누군가가 신부 대기실로 들어섰다. 새로이 등장한 이는 제 결혼식이 아님에도 불구하고 한껏 멋스럽게 차려입은 남자였다.

"……러셀 님?"

제법 오랜만에 만난 러셀이었다.

"아이린, 안녕. 미안한데 잠깐 자리를 비켜 줄 수 있어? 나, 다혜…… 아니, 바이올렛이랑 둘이서만 하고 싶은 얘기가 있거든."

러셀은 편안한 목소리로 아이린에게 말을 건네고 있었다. 과연 아이린이 했던 말대로 두 사람이 제대로 된 화해를 한 것이었다.

"응, 좋아. 나가 주긴 할 건데. 러셀, 너 신부 앞에서 꼴사납게 울면 가만두지 않을 거야."

"……안 울어."

"그럼, 바이올렛! 식장에서 보자."

아이린은 내게 손을 흔들며 신부 대기실을 나갔다. 그녀가 나가자 남겨진 것은 러셀과 나였다. 러셀은 한동안 말없이 나를 빤히 바라보기만 했다.

한 발자국 내게 가까이 다가온 그가 먼저 꺼낸 한마디는,

"예쁘다."

라는 말이었다.

예쁘단 말이 왜 이렇게 구슬프게 느껴지는지 의아할 따름이었다.

"하하. 고마워요, 러셀 님."

러셀은 내게 무슨 말을 더 건네고 싶은 듯이 입술을 떼었다가도, 이내 다시금 다물기를 반복했다.

나는 그에게 무슨 말을 꺼내야 할지 알 수 없었다. 에르하르트는 진짜 샤넌을 만난 후에 내게 향했던 관심이 자연스럽게 옅어지고 있었다. 역시나 내 예상대로 두 사람은 조만간 사랑에 빠질 것 같기도 했다.

문제는 러셀이었다. 나를 좋아한다고 고백했던 러셀에겐 소설 속에서도 이렇다 할 제 짝이 없었기 때문이었다. 내가 하론과 결혼을 한다면, 러셀의 마음이 조금이라도 꺾일 줄 알았건만. 그건 나의 안일한 생각이었나 보다.

내 앞에 있는 러셀의 얼굴은 침통해 보이기만 했으니. 모르는 이가 본다면 누군가가 초상이 난 것은 아닐까, 하는 생각이 들 정도였다. 여긴 초상집이 아니고 결혼식인데 말이다.

"……다혜야, 네가 행복했으면 좋겠어. 물론 나와 함께 행복했으면 하지만. 네겐 역시나 하론밖에 없으니까……."

"러셀 님."

"아이린이 그러더라고. 사랑하는 사람의 행복을 빌어 주는 것도 사랑이라고. 그래서 나는…… 네 행복을 빌어 주려고 맹세했는데……."

러셀은 제 말을 잇지 못하고 코를 훌쩍였다. 놀랍게도 그의 금안에서 뜨거운 눈물 한 줄기가 흘러내리고 있었다.

"하……. 그런데 왜 자꾸 눈물이 나는 거지? 할 수만 있다면 네가 결혼을 하지 못하게 납치라도 하고 싶은 심정이야."

러셀, 네가 그렇게 울면 내 마음도 좋지 않잖아. 나는 앉아 있던 몸을 일으켜 러셀의 어깨를 세게 쳤다.

"러셀 님. 나약하게 그런 소리 하지 마세요. 최근에 당신이 성장했다고 생각했었는데, 왜 다시 어린아이가 된 거예요. 저는 성장한 러셀 님의 모습이 훨씬 더 좋았다고요."

"……."

러셀은 코를 연신 훌쩍이며, 소매로 제 얼굴을 쓸었다. 다행히도 눈물은 멎어 있었다.

"그리고 러셀 님은 왕자에다가, 잘생기기도 하셨으니 분명 저보다도 좋은 여자를 만나실 거예요."

"정말 그럴 수 있을까?"

"물론이죠."

나는 망설임 없이 대답했다. 진심으로 그가 나보다도 좋은 여자를 만났으면 하는 바람이었다.

"그래도…… 하론이 네게 잘못하면 바로 내게 와. 기다리고……."

"아니요. 기다리지 마세요. 그럴 일은 없을 테니까."

나는 러셀의 말을 자르며, 단호하게 말했다.

"다혜…… 너 너무해."

러셀은 다시금 울먹거리는 목소리로 신부 대기실을 뛰쳐나갔다.

"러셀 님!"

그의 이름을 불렀지만, 그는 다시 돌아오지 않았다. 그렇다고 해서 내가 그를 쫓아갈 수는 없는 노릇이었다. 나는 오늘 하론과의 결혼식을 거행할 신부였기 때문이었다.

뛰쳐나간 러셀이 신경 쓰이기는 했지만, 나중을 생각한다면 매정하게 말한 것이 훨씬 더 잘한 일일지도 몰랐다. 내 매정함 덕에 내게 정이 떨어질지도 모르는 일이었으니까.

"휴."

"……다혜? 웬 한숨이야?"

마지막으로 신부 대기실을 찾은 이는 하론이었다. 뒤늦게 등장한 오늘의 신랑인 하론은 얼른 내게 가까이 다가왔다.

"설마 방금 울면서 뛰쳐나간 러셀 님 때문에?"

"봤어?"

"응. 보려고 한 건 아닌데, 우연히 마주쳐서."

"조금 매정하게 말했더니, 서운했던지 뛰쳐나가더라고."

"그래서 신경 쓰여?"

러셀에게 신경이 쓰이지 않는다면 거짓말이겠지만, 사실 나는 내 앞에 있는 하론에게 더 신경이 쓰였다.

"아니. 그다지 신경 쓰이지 않는걸."

오늘따라 평소보다 훨씬 더 구색을 갖춘 그의 모습이 너무나도 멋스러웠기 때문이었다.

오늘의 그는 보는 이마저도 절로 가슴을 설레게 만드는 모습이었다. 나는 하얀색의 턱시도를 입은 하론의 모습을 자세히, 그리고 오랫동안 응시했다. 그 모습을 내 눈동자에 새겨 넣고 싶었다. 후에 시간이 지나도 오늘의 그를 단번에 떠올릴 수 있게.

"내 앞에 이렇게 멋있는 남자가 있는데, 어떻게 다른 곳에 신경을 쓸 수 있겠어. 하론. 넌 내 남자이긴 하지만, 새삼스럽게 오늘 참 멋지다."

"뭐, 뭐야. 그런 갑작스러운 고백은."

"진심인걸."

"흠흠."

하론은 머쓱하다는 듯이 헛기침을 두어 번했지만, 싫은 티를 내진 않았다. 되레 기분 좋은 미소를 지었을 뿐이었다. 하론은 무방비하게 놓인 내 손을 부여잡으며, 손등 위에 가볍게 입을 맞추었다.

"다혜. 새삼스럽게 멋진 네 남자와 함께 식장으로 가 주지 않겠어?"

"좋아."

우리는 손을 꼭 잡은 채로 신부대기실을 나섰다. 이윽고 식장 앞에 도착한 우리는 약속한 듯이 서로를 마주 보았다. 그리고 동시에 버진로드 위를 한 발자국 내디뎠다.

우리가 함께 걷는 발걸음.

우리가 함께 공유할 시간.

그것들의 시작이었다.

외전1. 사죄하세요, 공작님

　　결혼식장의 조금 외진 공간. 아무도 없을 것이라 생각되는 그런 곳에 남자 하나가 서 있었다. 팔짱을 낀 채로 하론과 다혜를 넌지시 지켜보는 이는 바로 에르하르트였다. 에르하르트가 누군가의 결혼식에 온 것은 실로 오랜만이었다. 바이올렛, 아니 다혜라는 여자와 만나기 위해 일전에 의도적으로 찾아갔던 밀튼 영애의 결혼식 이후로 처음일 게다.

　　에르하르트는 딱히 결혼식이란 행사를 싫어하는 것은 아니었지만, 사람이 많은 곳을 조금 싫어했다. 사람들이 많은 곳을 찾을 때마다 절로 제게 집중되는 시선이 귀찮았기 때문이었다. 구태여 바랐던 것은 아니었지만, 선천적으로 주어진 잘난 제 얼굴과 배경은 필요 이상으로 이목을 집중시키곤 했으니까. 그건 부정할 수 없는 진실이었고, 에르하르트는 그런 이목에 질려 있었다.

　　'도끼병 공작님.'

　　그러자 자연스럽게 저를 그리 부르던 다혜의 목소리가 떠올랐다. 어쩌면 그녀의 말대로 자신은 정말로 심각할 정도로의 도끼병 공작일지도 모르겠다. 이미 어렴풋이 인정은 하고 있었지만 말이다.

에르하르트는 이마 위를 웃도는 제 머리칼을 부드럽게 쓸어 넘기며, 혼인 서약서를 읽는 다혜를 계속해서 응시했다. 그녀의 얼굴엔 제게 한 번도 보여주지 않았던 밝은 미소가 걸려 있었다.

언젠가 그 미소가 제게 닿을 것임을 믿어 의심치 않았는데. 막상 마주한 현실은 다른 남자를 보며 환히 웃는 그녀의 얼굴뿐이었다.

에르하르트는 쓸쓸한 미소를 지었다.

패배감이 들었느냐고 묻는다면, 그러했다. 저는 하론에게 명백하게 패배한 것이다. 그것은 인정하고 싶지 않은 사실이었으나, 이젠 인정할 수밖에 없는 사실이기도 했다. 아니, 인정해야만 했다.

에르하르트는 제 눈꺼풀을 느릿하게 깜빡이며 다혜와 함께 했던 지난날들을 떠올렸다. 기억이란 건, 시간이 지날수록 옅어지기 마련이었다. 하지만 이상하게도 그녀와 함께했던 기억은 시간이 지날수록 옅어지기는커녕 선명해지기만 했다.

그녀의 눈물을 봤던 기억. 그녀의 손을 잡았던 기억. 그리고 그녀와 춤을 췄던 기억. 제일 인상 깊었던 기억을 꼽자면 역시나 공작님을 더는 사랑하지 않겠다고 선언하던 다혜의 모습에 관한 기억이리라.

그것은 결단코 원래의 바이올렛이라면 절대로 할 수 없는 선언이라고 생각했다.

지난날, 저가 다혜의 마음을 조금 더 간절하게 원했다면, 오늘날 다혜의 옆자리엔 저가 있을 수 있었던 걸까?

솔직히 다혜의 마음을 제게 돌리기 위해 해볼 만큼 다 해봤다고 장담할 순 없었다. 하지만 이제 무엇을 해야 할지 모르겠다. 무엇을 해야 그녀의 마음이 제게로 돌아설 수 있을지 전혀 모르겠다. 넌 어떻게 해야 나를 향해 미소를 지어 줄까.

여자는 수도 없이 만났었고, 가지고 있는 부와 명예도 부족하지 않았다.

그러나 공허하다.

에르하르트에게 있어 유일하게 갖지 못한 것은 다혜 하나였지만, 마음만큼은 커다란 구멍이 생긴 것처럼 허했다. 에르하르트는 새삼 제게 있어 다혜라는 여자의 존재의 가치를 통감했다.

무뎌질 수 있을지 모르겠다. 훗날 다혜에게 아무렇지 않은 척 굴 수 있을지 모르겠다. 그녀에게 마음을 달라고 구걸하지 않을 수 있을지도 모르겠다. 매사 모든 일에 확신을 가졌던 에르하르트였지만, 그에게 있어 다혜와 관련된 일은 항상 불확실의 연속이었다.

다혜의 결혼식은 거의 끝나가고 있었다. 두 사람은 마지막으로 서로의 약지에 반지를 끼워 주며, 영원히 함께할 것을 맹세했다. 서로를 향해 행복한 듯이 웃고 있는 두 사람의 모습은 참으로 아름다운 것이었다. 질투 서린 눈으로 보고 있던 에르하르트에게까지도.

에르하르트는 쓸쓸했지만 그녀가 행복하길 바랐다. 물론 그렇다고 해서 완전히 깨끗하게 다혜를 포기한 건 아니었다. 하지만 당장에 그가 할 수 있는 방법은 없었다. 추악한 방법으로 그녀를 갖고 싶진 않았다.

누군가의 목소리가 들린 것은 그때였다.

"슬프세요?"

에르하르트는 그제야 낯선 인기척을 느끼며, 소리가 나는 방향으로 고개를 돌렸다. 그러자 거기엔 제 가슴팍까지밖에 오지 않는 여자 하나가 보였다.

"샤넌?"

"그건 제가 물은 물음에 대한 답은 아닌 것 같은데요, 공작님."

샤넌은 샐쭉하게 웃으며 그를 올려다보았다. 에르하르트는 선뜻 대답하지 못하고 그녀를 지그시 응시했다.

난간 사고 이후에 본래 몸의 주인의 영혼이 들어온 샤넌 위즈일라. 놀랍게도 그녀와는 마주칠 때마다 매번 티격태격하던 중이었다. 처음엔 다혜의 손목을 마구잡이로 움켜잡은 제 행동을 샤넌에게 비난받았더랬다. 그리고 그는 강압적이었던 제 행동이 잘못되었다는 걸 깨닫고 그녀에게 사과를 했었다. 그래, 그렇게 일은 일단락되는 줄 알았는데…….

아이린의 말동무로서 공작저로 자주 오게 된 샤넌은, 그 이후에도 마주칠 때마다 그의 잘못된 행동을 꾸짖었다. 무례하다는 게 꾸짖음의 가장 큰 이유였다. 가령 공작저로 찾아와 제게 고백을 하는 영애들에게 에르하르트가 차갑게 한마디 하고 나면, 꼭 어디선가 샤넌이 등장해서, '당신의 무례한 대답은 용기를 내서 고백한 이를 단단히 무시하는 태도예요.'라는 말을 하곤 했다.

또 말은 얼마나 잘했던지, 에르하르트가 반박을 하면 샤넌은 꽤나 논리적으로 그의 말을 되받아쳤다. 결국 두손 두발 들게 된 쪽은 에르하르트였다.

그는 샤넌과 만난 이래로 죄송하다는 말을 입에 달고 살게 되었다. 그녀를 만나기 이전까지 결코 뱉지 않았던 그 말을.

'사죄하세요!'

늘 제게 호통 아닌 호통을 치던 샤넌의 목소리가 에르하르트이 머릿속을 맴돌았다. 에르하르트는 제 미간을 옅게 구기며 의도적으로 샤넌에게서 시선을 거두었다. 오늘도 사죄하라는 말을 듣기 전에 자리를 옮기는 게 좋을 법 싶었다.

그렇게 에르하르트가 슬그머니 자리를 뜨려던 참이었다. 에르하르트의 눈앞에 샤넌의 하얀 손이 뻗어진 게 보였다. 쭉 펴진 그녀의 손바닥 위에는 핑크빛의 손수건이 올려져 있었다.

"……?"

에르하르트는 의아한 시선으로 다시금 샤넌을 응시했다. 그녀의 얼굴엔 방금 전까지 띠워져 있던 미소는 사라져 있었다. 대신 그녀는 꽤나 진지한 눈빛으로 그를 빤히 바라봤을 뿐이었다.

"울 것 같아서."

"……울지 않아."

그는 샤넌의 손에 놓인 손수건을 선뜻 받지 못하고 통명스럽게 대답했다. 울지 않는다고, 아무렇지 않게 대답하긴 했지만 실상 울고 싶은 마음은 한 번쯤은 들었을 게다. 사랑하는 여자의 결혼식이다. 울고 싶은 마음이 들지 않는 게 더 이상한 일이라고, 그는 생각했다.

"진심으로 좋아했어요?"

샤넌이 누구를 말하는지는 되묻지 않아도 알 수 있었다. 에르하르트는 느릿하게 대답했다.

"……어."

스스럼없는 에르하르트의 대답에 돌아온 샤넌의 말은 의외의 것이었다.

"저랑 와인 한잔하실래요?"

"……."

에르하르트는 구겨진 미간을 펼 생각을 하지 못한 채로 제 입술만을 뭉그러뜨렸다. 샤넌 위즈일라, 매일같이 무례하다고 꾸짖었던 주제에 설마 이제와 저를 위로해 주려는 건가.

그는 코웃음을 치며 거절을 하려고 했다. 하지만 그런 생각과는 별개로 견딜 수 없을 정도로 와인을 마시고픈 바람이 들었다.

"위로해 드릴게요. 뭐, 딱히 공작님이 안타깝다고 생각하는 건 아니지만……. 그동안 제가 좀 많이 공작님을 꾸짖었잖아요? 그에 대한 사죄랄까."

위로. 그 한마디에 에르하르트는 거절의 말을 도무지 꺼낼 수가 없다. 사랑에 실패한 제게 필요한 것은 아무래도 누군가의 위로였나 보다. 평소 누군가의 위로 따위는 바라지 않노라고 생각했던 게 무색할 정도였다.

"그래서 손수건은 안 받아주실 거예요?"

샤넌은 제 고개를 까딱이며 엷은 미소를 지었다. 손이 저리니 얼른 받아 달라는 말은 덤이었다.

에르하르트는 그제야 팔짱을 끼고 있던 팔을 풀고선 제 손을 조금 뻗었다. 그녀의 손바닥 위에 올려진 손수건 끝을 살짝 잡자, 그 촉감이 썩 나쁘지 않았다. 그렇게 그가 손수건을 잡기 무섭게 샤넌은 제 손을 물리었다.

"아무래도 피로연장은 좀 그렇겠죠?"

이번 또한 샤넌이 무엇을 말하는지, 에르하르트는 되묻지 않아도 알 수 있었다.

"샤넌, 너만 괜찮다면 공작저로 가지."

"좋아요. 결혼식도 이제 슬슬 마무리되어 가고 있는 것 같으니."

두 사람은 조용히 결혼식장을 빠져나왔다. 결혼식장을 완전히 나서기 전, 에르하르트는 마지막으로 하얀 드레스를 입은 다혜의 모습을 짧게 응시했다. 행복하길 바라.

다시 전방으로 시선을 돌렸을 때, 에르하르트는 제 뺨에 닿은 누군가의 시선을 느꼈다. 뺨에 구멍이라도 날 법한 강렬한 시선의 주인공은 샤넌이었다. 그녀는 저를 아주 이상한 눈빛으로 응시하고 있었다.

"문제라도 있는 건가?"

"아니요. 그냥 진심이었구나, 하는 생각이 들어서."

에르하르트는 작게 코웃음을 쳤다.

"그걸 이제 알았다니, 곤란하군. 이래 봬도 나는 해바라기 같은 순정을 지닌 남자야."

그건 일전에 다혜가 했던 말이었다. 어쭙잖은 계획으로 제 마음을 회유하고자 했던 다혜. 에르하르트는 무슨 말을 하건 제 생각의 귀결이 다혜에 닿아 있음에 헛웃음을 흘렸다.

"시간이 더 늦기 전에 서두르지."

에르하르트는 샤넌과 함께 제 마차에 올라탔다. 흥이 가시지 않은 결혼식장은 여전히 소란스러운 기색이 완연했다. 에르하르트는 마차에 타고 나서도 한동안은 밝게 빛나는 결혼식장의 외관에서 눈을 뗄 수가 없었다.

＊＊＊

샤넌은 유리잔에 비친 적색 포도주를 가만히 응시하며 말했다.

"솔직히 거절하실 줄 알았어요."

에르하르트는 그런 그녀를 빤히 응시했다. 와인 몇 잔에 볼이 조금 붉어진 그녀는 평소보다도 훨씬 더 누그러져 보였다. 언제고 도끼 같은 눈을 뜬 채로 저를 응시했던 샤넌이었다.

"내가? 왜지?"

"그거야. 제가 한동안 공작님에게 귀찮게 굴었으니까요."

샤넌은 제 잔에 조금 남은 와인을 완전히 털어 마시고선 입맛을 약간 다셨다.

"하지만 오늘은 나를 다그치지 않았잖아."

대신 내게 객쩍은 위로를 하려 했지. 에르하르트는 거기가지 말하지 못한 채로 와인을 들이켰다. 그리고 두 사람 사이엔 약간의 침묵이 맴돌았다.

그러고 보니 늦은 시간, 누군가와 마주 보며 와인을 마시는 게 참으로 오랜만이란 생각이 든 에르하르트였다. 다혜가 제게서 점점 더 멀어질수록 와인을 홀로 홀짝일 때가 늘어갔었다. 딱히 술친구를 바랐던 것은 아니었고, 더불어 아이린과 마시는 건 더욱 질색이었으므로 혼자 마시는 게 나쁘지 않다고 생각했다.

하나 막상 누군가와 마주 보며, 이야기를 나누며, 서로의 눈동자를 바라보며 와인을 마시고 있자니, 이것 또한 꽤나 나쁘지 않았다. 다만 그 상대가 샤넌이 되었다는 게 조금 어색할 뿐이었다.

순간 소파에 가만히 등을 기댄 채로 눈을 껌뻑이던 샤넌이 침묵을 깼다.

"다그친다라. 이런 말. 지금 해도 되는지 모르겠지만, 사실 오늘도 공작님을 조금 다그치고 싶었어요."

샤넌은 비어진 유리잔에 다시금 포도주를 따르며 그것을 한 모금 마셨다. 시녀를 시킬 수도 있는 일이었지만, 그들은 시녀들을 모두 물린 터였다. 왠지 모르게 타인 없이 와인을 마시고 싶었어서.

"……나를?"

에르하르트는 잠자코 오늘 저가 했던 일들을 상기했다. 오늘은 사람의 눈에 띄지 않는 곳에서 조용히 결혼식을 관람했을 뿐인데. 돌이켜 보아도 딱히 잘못한 것은 없다고, 그는 생각했다.

에르하르트는 잘 정돈된 제 눈썹을 일그러뜨리며 반박하려 했다. 오늘은 무례한 짓은 없었노라고 말하려 했다.

그러나 샤넌이 말이 한 발 더 앞섰다.

"죄목은 다른 남자의 신부를 아련하게 바라본 죄."

"……."

에르하르트는 조금 벌였던 입술을 다물었다. 다른 남자의 신부를 아련하게 본 죄. 솔직히 그 부분에 대해서 그는 할 말이 정말 없었다. 그것은 거짓 하나 없는 진실이었기 때문이었다.

"사람들이 이상한 상상을 할 거 아니에요. 그녀를 의심할 거라고요."

"……그래서 잘 눈에 띄지 않는 곳에 있었어. 그리고 과거에 내가 다…… 아니, 바이올렛을 만났었다는 사실은 이미 사교계에서 알 만한 사람은 다 알아."

"그래도 지금 그녀와 만나는 건 아니잖아요. 그리고 공작님은 존재만으로도 사람들이 얼마나 당신을 많이 의식하는지 모르시죠? 눈에 띄지 않는 곳에 있다고 해도 사라질 존재감이 아니라고요. 분명 두어 명 정도는 공작님의 눈빛에 서린 아련함을 눈치챘을 거예요."

"그래서. 오늘도 내게 사죄하라고 꾸짖을 셈인가? 나는 누구에게 사죄를 해야 하는 거지? 네게? 아님 그런 눈빛으로 본 바이올렛에게? 그것도 아니라면 하론에게?"

에르하르트는 고조된 음성으로 되받아쳤다. 그는 스스로가 그렇게 내뱉고 나서도 조금 놀랐다. 왜 그렇게 샤넌을 몰아붙인 거지? 구태여 샤넌에게 화풀이를 하려던 것은 아니었고, 샤넌의 말에 틀린 점은 전혀 없었다.

하지만 그 명백한 사실들의 나열이 되레 에르하르트를 울컥하게 만들었다. 평소 제 페이스를 잘 유지하는 그조차도 울컥할 수밖에 없는.

에르하르트는 샤넌이 더 화를 낼 거라고 생각했다. 아련한 눈빛으로 본 걸 인정한 주제에 되레 화를 내버린 제게 평소와 다름없이 날카로운 말들을 쏟아 낼 거라 생각했다. 그러나 돌아온 대답은 꽤나 의외의 것이었다.

"……죄송해요."

에르하르트는 제 머리를 거칠게 몇 번 쓸어 넘기며, 그녀의 은빛 눈동자를 가만히 응시했다. 취기가 도는 얼굴과는 별개로 눈동자만큼은 맑디맑아 보였다. 그녀는 조금 망설이는 투로 에르하르트의 동의를 구했다.

"한번 안아 드려도 될까요?"

퍽도 스트레이트였다.

에르하르트는 거절을 표하려 했다. 한껏 꾸짖었던 주제에 이제와 저를 왜 안는다는 것인지 전혀 이해할 수 없었기 때문이었다. 그는 구태여 언짢은 제 마음을 숨기고 싶지 않았다.

"에르하르트 공작님의 모습이 저를 보는 것 같았어서 잠깐 흥분했어요."

샤넌은 그가 지금껏 한 번도 본 적이 없는 얼굴로 나지막이 말했다. 그녀의 얼굴은 자못 씁쓸하기만 했다. 마치 쓰디쓴 약이라도 먹은 듯한 얼굴이었다. 진짜 샤넌으로 돌아온 뒤에 언제고 당당한 낯빛만 내비췄던 그녀였다. 에르하르트는 그런 그녀의 얼굴이 낯설었다.

"내 모습 속에서 너를 봤다고?"

"……네. 저도 사랑했던 사람의 결혼식에 간 적이 있었거든요."

샤넌은 에르하르트의 검은 눈동자와 여전히 눈을 맞추고선 엷은 미소를 지었다. 오늘의 에르하르트의 모습은 정말로 과거 제 모습과 닮았단 생각을 하며 말이다.

같은 사연, 비슷하게 느꼈을 마음. 에르하르트는 조용히 자리에서 일어나 샤넌이 앉아 있던 소파로 걸어갔다. 그러곤 그는 자연스럽게 그녀의 옆에 앉았다.

"네가 먼저 나를 안아 주겠다고 한 거니까."

그는 그렇게 말하고선 조용히 그녀의 어깨를 끌어안았다. 가깝게 닿은 그녀에게선 좋은 냄새가 났다.

"이렇게 공작님에게 안길 날이 오리란 건, 정말 상상하지도 못했네요."

"그건 나도 마찬가지야."

왜 그녀를 안아 주었는지 모르겠다. 거의 본능에 가까웠던 행동이었고, 에르하르트는 아직까지도 그녀를 안고 있는 제 모습을 이해할 수 없었다. 그러나 왠지 모르게 안고 있는 그녀를 놓아줄 수는 없다.

같은 사연, 비슷하게 느꼈을 마음. 그런 것들 때문인 걸까?

에르하르트는 제 품에 쏙 들어온 샤넌의 몸이 전혀 싫게 느껴지지 않았다.

"공작님. 제가 그간 너무 몰아붙였죠? 죄송해요."

"죄송한 걸 아는 건 다행이라고 생각해."

"……저는 무례한 걸 잘 못 참아요. 어렸을 때, 왕의 사생아인 줄 모르고 살았던 그 시절에 무례했던 사람을 엄청 많이 만났었거든요. 사람들은 가난한 소작농이었던 저희 집안을 사람취급도 안 해 줬었죠."

샤넌은 그의 품에 조용히 제 몸을 기댄 채로 자신의 옛 이야기를 털어놓았다. 아마도 수도로 오고 나서 타인에게 두 번째로 털어놓는 제 사연일 게

다. (첫 번째로 사연을 들은 이는 말동무를 하고 있던 아이린이었다.)

홀어머니 밑에서 소작농으로 살아갔던 십여 년. 갑작스럽게 왕의 사생아라는 출생의 비밀을 듣기 전까지, 샤년은 가난하고 힘든 삶을 살았다. 어머니께서 돌아가시며 유언처럼 남긴 출생의 비밀을 듣자마자 왕이 저를 찾아왔더랬다. 왕세자의 죽음으로 인해 허해진 마음을 다른 자식으로 채우기 위함이었다. 그 다른 자식이 버리듯이 내팽개쳤던 샤년이라 할지라도.

왕이 샤년이라는 자식을 내팽개쳤던 이유는 그러했다. 변방의 하위 귀족의 자제인 샤년의 어머니의 출생을 탐탁지 않아 했을뿐더러, 하룻밤의 실수로 생긴 샤년을 제 자식으로 인정하지 않았기 때문이었다.

아무튼 그러하여 샤년은 수도로 입성하게 된다. 소작농이었던 그녀가 한순간에 왕국의 공주가 된 것이었다.

"그래서? 그때도 모두에게 사죄를 받아냈나?"

에르하르트의 말에 샤년은 짧게나마 제 과거를 회상하던 것을 멈추며 대답했다.

"그럼요. 있는 힘껏. 제 힘이 닿는 데까지 사과를 받아냈답니다. 뭐…….
끝끝내 무례한 사람도 있었지만요."

"대단하군."

에르하르트는 진정 감탄했다는 듯이 읊조렸다. 제 품에 푹 안길 정도로 몸뚱이가 빈약한 주제에, 기개 있게 제 소신을 밝히는 샤년에게 진심으로 경의를 표하는 바였다.

"늘 화려한 샹들리에 밑에 사시는 에르하르트 공작님은 전혀 아시지 못할 추억이죠."

"내가 늘 화려할 거라고 생각해?"

"아닌가요?"

"글쎄. 화려하다고 해도 늘 행복한 건 아니야. 오늘도 봐. 사랑하는 여자의 결혼식에 온 내 꼴을 보라고. 행복해 보여?"

"……."

샤넌은 곧바로 대답하지 못했다. 그의 말대로 오늘 보았던 에르하르트는 전혀 행복해 보이지 않았으니까.

샤넌은 잠자코 그의 아련했던 눈빛을 떠올렸다. 더불어 평소보다도 훨씬 더 메말라 보였던 두 뺨, 그리고 나직이 뱉던 깊은 한숨 소리까지도 떠올렸다. 위로를 해주고픈 마음을 절로 불러일으키는 모습임에 분명했다.

샤넌은 구태여 에르하르트에게 살갑게 대하고자 했던 것은 아니었지만, 늘 오만하기만 했던 그의 낯선 모습을 보는 순간 그에게 다가가지 않을 수가 없었다. 그것은 일종의 불가항력이었다. 만약 에르하르트와 저가 원수지간이라 할지라도, 그에게 다가가지 않았을까.

샤넌은 제 팔을 에르하르트의 등 부근에 올렸다 무르길 반복했다. 제대로 안아 주며 위로를 해 주고 싶은데, 막상 그의 등에 손을 얹을 용기가 나지 않았다. 심장은 생소한 소리를 내며 뛰고만 있었다.

"뭘 망설여. 네가 먼저 안아 주겠다고 했던 주제에."

에르하르트는 그런 샤넌의 망설임을 곧바로 인지한 듯이 말했다.

그래, 뭘 망설이는 거야. 샤넌은 그의 말에 오기 아닌 오기가 생겼다. 이윽고 방황하던 그녀의 손이 에르하르트의 등 어귀를 매만졌다. 늘 차가운 면모를 내비치던 그였건만, 그녀의 손끝에 닿은 그의 체온은 뜨겁기만 했다.

"샤넌, 너도 그 남자를 많이 사랑했나?"

사랑했던 그 남자의 결혼식에 갔던 네 마음은 어땠지? 에르하르트는 그리 묻고 싶었지만, 거기까진 차마 묻지 못했다. 그렇게 물었다간 또다시 샤넌에게 질타 아닌 질타를 받을 게 분명했다. 누그러진 상황 속에서 다시금 그녀와 날선 대화를 하고 싶지 않았을 따름이었다.

"그럼요."

샤넌은 스스럼없이 대답했다.

"그는 어떤 사람이었지?"

"같은 소작농이었어요. 소작농답게 당근 다발로 제게 고백을 했죠. 얼마나 멋있었는지 몰라요. 그렇게 몇 달간 아주 행복하게 만났답니다."

"그런데 왜 그는 다른 사람과 결혼을 한 거지?"

"제가 찼거든요."

그때 얼마나 울었는지 모르겠다. 왕의 사생아라는 신분 따윈 필요 없으니, 그저 그와 행복했으면 하는 바람이 샤넌에겐 간절했다. 하지만 샤넌은 수도로 올라가야만 했다. 수도로 저를 부른 왕명을 거역할 수는 없었다.

"제가 왕의 사생아라는 걸 알게 되고, 그를 찼어요. 제 신분은 그가 감당하기엔 너무 힘든 신분인 것 같아서……. 그렇게 일 년쯤 뒤에 그가 결혼한다는 소리가 들리더라고요. 그에게 있어 저와 나누었던 사랑의 유예기간이 그것밖에 안됐나 봐요. 아무튼 그래서 몰래 그의 결혼식에 찾아갔어요. 그리고 얼굴을 가린 채로 먼발치에서 그를 바라봤죠. 혹시나 행복해 보이지 않는다면, 결혼을 그만두라고 말할 참이었어요."

"……그런데 행복해 보였단 거군."

"네. 완전 행복하게 웃고 있더라고요. 저는 그대로 뒤돌아서 수도로 다시 돌아왔답니다. 힘들었던 건 나 혼자뿐이었냐고 따지고 싶었지만 아무 말도 하지 못했어요. 왜냐면 저는 다른 사람과 결혼한 그가 행복하길 바랐기 때문이에요. 비록 제 마음이 아프더라도 말이에요. ……바보 같아."

그는 어떻게 지내고 있을까. 행복하게 잘 지내고 있으면 좋겠는데. 샤넌은 지금까지도 그의 행복만을 바라는 저가 어이없어 작은 실소를 흘렸다. 여전히 바보 같은 생각이었지만, 역시나 그녀가 그에게 바라는 건, 그의 행복뿐이었다. 한때 사랑했던 시간을 공유했던 그에게 좋은 일만 생겼으면 좋겠다. 샤넌은 휴, 하는 짧은 한숨을 내쉬었다.

"그를 잊었어?"

"글쎄요. 조금은. 완전히 잊었다고 하면 거짓말이겠죠."

"그가 보고 싶어?"

"이따금씩요. 처음엔 잊기 무지 힘들었지만, 이젠 생각하지 않는 날이 더 많아진 걸요."

나도 너처럼 그녀를 생각하지 않는 날이 더 많아질 수 있을까. 에르하르트는 그녀의 어깨와 목덜미 사이에 제 얼굴을 깊게 파묻었다. 그러자 몸은 방금 전보다도 훨씬 더 가깝게 밀착되기에 이른다. 농도가 깊어진 포옹에 샤넌은 잠깐 움찔했지만, 그를 밀어내지는 않았다.

"에르하르트 공작님도 언젠간 저처럼 되지 않을까요. 시간은 모든 걸 무뎌지게 만들죠."

"……그렇게 됐으면 좋겠어."

"괜찮을 거예요. 모든 게 다 잘될 거예요."

샤넌은 막힘없이 말했다. 그녀의 말은 짧디 짧았지만, 이상하게도 오랫동안 에르하르트의 귓가에 공명했다. 괜찮을 거라는 그녀의 말대로 정말 괜찮아 질 것만 같은 기분이 들었다.

실상 괜찮은 건 아무것도 없는데. 이상한 일이었다.

***

에르하르트는 마차의 창밖을 바라보며 깊은 생각에 잠겼다.

그러다 과거, 저가 했던 말이 자연스럽게 떠올랐다. 위로다운 위로를 할 수 있을지 의심이 간다고 했었다. 그 말은 에르하르트가 샤넌에게 했던 말이자, 그 속에 든 바이올렛의 영혼에게 했던 말이었다. 결론적으로 그때의 애증에 뒤덮인 바이올렛은 누군가에게 제대로 된 위로를 할 수 없었다.

하론과 다혜의 약혼식에 있었던 사고 이래로 다시 제 몸으로 돌아온 샤년의 영혼. 그녀는 위로다운 위로를 훌륭히 행했다. 다른 세계로 갔다던 바이올렛이 들으면 조금은 서운해할 얘기이리라.

거기까지 생각한 에르하르트는 다른 세상으로 갔다던 바이올렛에 대해서도 잠깐 떠올렸다. 그녀의 행방을 알려준 이는 며칠 전 저를 찾아왔던 하론이었다. 하론은 저가 어디론가 사라져 버린 바이올렛의 영혼에 대해 걱정이라도 할 성싶어 그녀의 행방을 일러주러 왔다 했다. 다혜가 원래 살았던 세상, 그 세상 속에서 바이올렛은 다혜의 몸에 정착했다고 한다.

정말 믿기 힘든 얘기였지만, 그는 이미 믿기 힘든 여러 일을 겪은 터였다. 가령 샤년의 몸속에 바이올렛의 영혼이 존재했다든지, 바이올렛의 몸속엔 다혜란 영혼이 존재한다든지.

에르하르트는 하론의 말을 순순히 믿었다. 아니, 믿을 수밖에 없었다. 그렇지 않고서야 진짜 바이올렛이 사라진 일을 설명할 도리가 도무지 없었으니까.

연고라곤 없는 세상에 떨어진 바이올렛이 행복하길, 에르하르트는 잠시나마 바랐다. 그녀가 더는 애증 속에 살지 않길. 냉정하게 들릴 지도 모르겠지만, 에르하르트는 바이올렛이 그 세계로 간 일이 퍽도 잘된 일이라 생각했다.

그리고 그는 새삼스럽게 제 앞에 앉아 있는 샤년의 얼굴을 빤히 응시했다. 취하지 않았다며 우겼던 주제에, 왕궁으로 돌아가는 마차에 타자마자 곯아떨어진 샤년이었다.

시트에 등을 완전히 기댄 채로 눈을 감고 있는 샤년의 얼굴이 실로 느슨해 보였다. 그것은 결단코 바이올렛이 샤년의 몸에 들어가 있을 때에, 에르하르트가 보지 못했던 표정이었다. 고작 며칠 사이에 한 사람의 얼굴이 이토록 다르게 보일 수 있다는 게 신기할 따름인 그였다.

그러다 마차가 약간 흔들렸다. 흔들리는 마차를 따라 시트에 기대 잠들었던 샤년의 고개가 힘없이 꺾이기 시작했다. 에르하르트는 급하게 손을 뻗어

떨어지려는 그녀의 고개를 제 손으로 받쳐 들었다. 아슬아슬하긴 했지만 그녀의 고개가 옆으로 고꾸라지는 것은 막아 내고야 만다.

"휴."

에르하르트는 안도의 숨을 내쉬었다. 그러니까 적당히 마시라고 했는데.

다른 여자와 결혼한 옛 연인에 대한 얘기를 꺼낸 이후로 샤넌은 거침없이 와인을 들이켰더랬다. 취기가 돈 그녀는 한껏 우울해졌고, 에르하르트는 그런 그녀를 위로해 주었다.

저가 먼저 위로해 준다고 했던 주제에 막판엔 되레 취한 샤넌을 에르하르트가 위로해 준 꼴이었다. 취하지 않았다며 마지막 잔까지 탈탈 털어먹던 샤넌은 공작저를 나서자마자 그 자리에 풀썩 주저앉았다. 완전 취한 것이었다.

그런 그녀를 마차에 태우고서 왕궁으로 가는 도중에도 샤넌은 골칫거리였다. 여기서 그녀의 머리를 받쳐 든 제 손을 물린다면, 샤넌의 고개와 몸이 그대로 옆으로 고꾸라질 게 뻔했다.

에르하르트는 조용히 자리에서 일어나 샤넌의 옆자리에 앉았다. 그러곤 제 손에 모두 들어오던 그녀의 작은 얼굴을 제 어깨 위에 얹혔다. 앉은키 차이로 어깨를 한껏 낮추어야 했지만, 그는 그녀의 고개가 다시금 기울어지길 바라지는 않았다. 그런 제 노력을 아는지 모르는지 슬그머니 내려다본 샤넌의 얼굴은 고요하기만 했다.

마차의 창밖으로 들어오는 밤거리의 불빛들이 간간이 샤넌의 얼굴을 밝게 비추었다. 빛에 따라 윤곽이 들어나는 샤넌의 얼굴이 아름답게 빛났다. 솜털이 채 가시지 않은 그녀의 하얀 뺨엔 취기로 인한 붉은 기가 약간은 맴도는 것도 같았다.

그 모습이 조금은…….

사랑스러워 보였다.

에르하르트는 저가 그런 생각을 하고도 스스로에게 깜짝 놀랐다. 다혜에게 아무에게나 사랑을 속삭이는 가벼운 남자가 아니라고 호언장담했던 주제에, 이토록 단시간에 다른 여자에게 설렘을 느껴 버리다니. 완전 가벼운 남자가 아니던가.

에르하르트는 긴 한숨을 내쉬었다. 설령 그것이 아주 작은 설렘이라 할지라도 에르하르트는 샤넌에게서 느낀 설렘을 좀처럼 인정할 수 없었다. 그러면서도 그의 시선은 좀처럼 그녀의 얼굴에서 떼어지지 않았다.

***

에르하르트는 그날 이후 의도적으로 샤넌을 피했다.

이상한 설렘을 느껴 버린 그녀를 어떻게 다시 마주해야 할지 몰랐기 때문이었다. 다시 마주했을 때도 이상한 설렘을 느낀다면? 그땐 정말 변명할 여지라고는 없이, 저가 가벼운 남자임을 제대로 인정하는 꼴이었다.

오만할 정도로 자신을 최고라고 생각하는 그에게 있어, 스스로를 가벼운 남자로 인정해 버리는 것은 정말 끔찍한 일이었다.

그렇기에 그는 아이린이 주최하는 티파티에도 참석하지 않았다. 원래도 거의 참석하지 않았거나, 참석하더라도 금세 자리를 떴던 그였다. 하나 그는 요 근래엔 티파티에 아예 얼굴조차도 들이밀지 않았다. 아이린이 서운한 소리를 내뱉을 정도로 말이다.

에르하르트는 한결같이 피곤하다고 대답했지만, 눈치가 원체 빠른 제 누이는 음흉한 미소만을 지었을 뿐이었다. 그것은 필시 무언가를 눈치챘다는 듯한 미소였다.

아이린이 무엇을 눈치챘건 간에 에르하르트는 티파티에서 샤넌을 만나고 싶지 않았을 따름이었다. 그녀의 '사죄하세요.'도 듣기 싫었고, 지금 이 순간에도 그녀의 취한 얼굴을 자꾸만 떠올리는 제 모습도 정말 싫었다. 양 뺨이 붉어졌던 그녀의 얼굴이 왜 이토록 잊히지 않는단 말인가.

에르하르트는 며칠 사이에 늘어난 시름이 깊은 한숨을 내쉬며 앉아 있던 몸을 일으켰다. 결재해야 할 서류는 차고 넘쳤지만, 괜스레 든 상념 때문에 일에 집중할 수가 없었다. 그는 오래 앉음에 굳어진 허리를 작게 비틀며 창가 근처로 걸어갔다.

조금 열어둔 창가 사이로 왁자지껄한 소음이 새어 들어오고 있었다. 에르하르트는 넌지시 창가에 비친 정경을 응시했다.

잘 가꾸어진 정원, 그곳엔 티파티가 한창이었다. 여러 귀족들 사이에서도 단연 눈에 띄는 것은 역시나 샤넌이었다. 결 좋은 그녀의 은발은 밝은 햇살을 받아 한껏 반짝였고, 에르하르트는 그녀에게서 잠깐 동안 눈을 뗄 수가 없었다. 아이린과 무슨 재미난 이야기를 나누는 것인지, 샤넌의 얼굴에선 미소가 끊이질 않았다.

그렇게 도둑고양이처럼 그녀를 지켜보던 찰나, 아이린만을 응시하던 샤넌의 고개가 들리기 시작했다. 그녀는 제 고개를 들어 에르하르트의 집무실 방향을 정확하게 응시했다. 그 바람에 두 사람은 단번에 눈이 마주쳐 버리고야 만다.

샤넌의 은빛 눈동자가 제게 닿자, 에르하르트는 조금 당황스러웠다. 이렇게 먼 거리에서도 샤넌이 눈치챌 만큼 제 눈빛이 강렬했던가. 아님 그저 우연의 일치로 저를 바라본 것인가.

진실이 무엇인지는 알 수 없었지만, 에르하르트는 황급히 그녀에게서 시선을 돌렸다. 그러곤 창가에서 두어 걸음 뒤로 물러서고야 만다.

"……도망이라니."

에르하르트는 정말 저답지 않은 의도적인 회피에 혀를 내둘렀다. 그는 방 중앙에 있던 소파에 앉으며, 제 이마를 짚었다. 무슨 영문인지 전혀 모르겠지만, 제 심장은 또다시 기묘한 소리를 내며 뛰고 있었다. 그 두근거림이 무엇을 의미하는지는 그 또한 알고 있었다.

설렘. 결코 그가 인정하기 싫었던 샤넌을 향한 설렘이었다.

그렇게 몇 분이 지났을 때에, 방문을 두드리는 노크 소리가 들렸다.

똑똑.

에르하르트는 노크의 주인이 누구인지 알 것만 같았다. 샤넌 위즈일라. 틀림없이 그녀일 거라 생각했다. 그러자 그는 대답하기가 꺼려졌다.

그사이 방밖에 있던 방문자의 목소리까지도 들리었다.

"저예요."

그 목소리의 주인은 제 예상에 한 치도 어긋남이 없었다. 샤넌, 그녀는 무엇을 확인하기 위해 눈이 마주치기가 무섭게 저를 찾아온 걸까. 순간, 에르하르트는 잠깐 고민을 했다. 없는 척이라도 해야 할지에 대해.

하나 그가 그런 생각을 하기가 무섭게 샤넌의 목소리가 다시금 울렸다.

"공작님, 없는 척하시지 마세요. 아직까지 안에 계신 거 다 아니까."

"……."

그것은 두려울 정도로의 완벽한 간파였다. 에르하르트는 어쩔 수 없다는 듯이 그녀의 방문을 응해 주었다.

"들어와."

에르하르트의 수락이 떨어지지가 무섭게 샤넌은 방문을 열고 들어섰다. 그는 여전히 소파에 앉은 채로 그녀가 들어오는 모양새를 가만히 지켜봤다. 가까이 마주한 그녀는 멀리서 보았을 때보다 훨씬 더 아름다워 보이기만 했다. 에르하르트는 그 점이 조금은 마음에 들지 않았다.

"오랜만이네요, 에르하르트 공작님."

샤넌은 그런 그의 마음을 아는지 모르는지, 꽤나 오랜만에 만난 그에게 살갑게 인사를 건네었다. 에르하르트는 그녀에게 앉을 것을 권했다.

"앉지."

이윽고 샤넌은 소파에 마주앉자마자 그에게 하고픈 말을 건네었다.

"왜 절 피하세요?"

아주 직설적인 말이었다.

"그런 적 없어."

에르하르트는 지지 않고 대답했다. 솔직히 피하고 있다는 게 사실이었지만, 그녀에게 그 사실을 곧이곧대로 인정하긴 싫었다.

"지금도 피하시려고 했잖아요."

"난 그저……."

난 그저 눈이 마주친 순간 네게 느낀 설렘을 인정하기 싫어서. 손바닥 뒤집듯이 쉬이 다른 여자에게 설렘을 느껴 버린 내 자신이 너무 싫어서. 에르하르트는 거기까지 대답하지 못하고선 제 아랫입술을 지그시 깨물었다. 그것은 일말의 거짓이라곤 없는 사실이었지만, 곧 죽어도 인정하기 싫은 사실이기도 했다.

"생각해 보니까, 일전에 함께 와인을 마신 이래로 공작님이 저를 피하시는 게 느껴지더라고요."

나 원. 눈치만 빨라서는. 에르하르트는 자연스럽게 팔짱을 끼며, 그녀의 말이 틀렸다는 듯이 제 표정을 굳혔다.

"그랬었나? 딱히 그런 적은 없는 것 같은데."

"그럼 제 착각이었나요?"

"그럴 수도. 샤넌, 너도 은근히 도끼병이 있나 보군."

"……도끼병이요?"

"그래. 너는 지금, 내가 네게 관심 같은 게 있어서 일부러 너를 피하고 있다고 말하고 있잖아."

관심 같은 게 있어서. 사실 그 말이 조금은 맞을지도 모르겠다고, 그는 생각했다. 솔직히 그 전엔 그다지 관심이 없었다. 왕의 사생아라는 타이틀을 가지고 처음 등장했던 그날의 연회에 그녀에게 잠깐 흥미가 갔지만, 바이올렛의 영혼이 그녀의 몸을 차지한 이래로 그때에 가졌던 흥미는 이미 모두 증발한 후였다.

샤넌의 모습으로 행했던 바이올렛의 악행들을 봐왔기 때문이었다. 설령 그것들이 샤넌의 영혼이 행한 일은 아니더라도 일단은 샤넌의 모습을 한 이가 행한 일들이었기에.

하지만 그녀가 제 옛 연인에 대한 사연을 뱉어 내고 난 뒤부터 이상할 정도로 그녀에게 신경이 쓰이기 시작했다.

같은 사연, 비슷하게 느꼈을 마음.

그런 것들 때문에 그녀에게 어떤 동질감이라도 느껴 버린 건지.

샤넌은 에르하르트가 뱉어낸 말을 곱씹으며 긴 신음을 흘렸다.

"관심. 관심이라……."

그러다 그녀는 무언가의 결론에 도달한 듯이 제 손가락을 가볍게 튕겨 냈다.

"공작님."

"……어?"

"혹시 저를 좋아하세요?"

그것은 실로 완벽할 정도로의 직설적인 물음이었다.

"……!"

에둘러 말하는 것이라곤 없는 그 물음에 당황한 것은 에르하르트였다. 그는 무너지는 제 페이스를 부여잡지 못하고선 놀란 티를 내었다. 몇 초가 지난 후에야 나온 자연스러운 반응은 헛웃음뿐이었다.

"하, 하하하."

에르하르트는 제 집무실이 떠나가라 웃음소리를 내었다. 그 의미가 무엇이건 간에 꽤나 오랜만에 터뜨린 웃음이었다.

샤넌은 그런 그를 아무 말 없이 빤히 응시했다. 늘 굳은 얼굴만을 유지하던 에르하르트의 웃는 모습은 참으로 오랜만에 보는 것이었다. 아니, 그의 웃는 모습을 본 적이 있던가. 샤넌은 고개를 갸우뚱거리며 잠깐이나마 그와 만났던 일들을 상기해보았다. 애석하게도 그가 웃고 있었던 장면은 전혀 떠오르지 않았다.

샤넌은 그의 웃는 얼굴이 썩 나쁘지 않다고 생각했다. 사실 꽤나 봐줄 만했다. 저를 좋아하느냐는 물음이 그토록 우스운 물음이었던가. 그를 웃기고자 한 질문은 아니었고, 진심으로 물은 것이었다. 그러니까 정말로 그가 제게 조금은 관심을 보이는 것 같아서.

샤넌은 잠자코 며칠 전 그와 와인을 마셨던 그날 또한 떠올렸다. 바이올렛과 하론의 결혼식이 있던 그날. 샤넌은 처음으로 에르하르트에게서 어떤 진심을 느꼈다. 그가 바이올렛을, 아니, 한 여자를 사랑했다던 그 진심을 말이다.

솔직히 샤넌이 아는 에르하르트는 제 얼굴과 배경을 믿고 모두에게 오만하게 구는 남자였다. 그런 그였기에, 샤넌은 당연히 에르하르트가 제대로 된 사랑을 하지 못할 거라고 생각했다. 더불어 그는 짝사랑 같은 건 전혀 하지 않을 거라고 생각했다.

하나 그런 생각이 무색할 정도로 에르하르트는 꽤나 오랜 시간 한 여자를 지켜봐왔다고 한다. 완전 의외라고 생각한 샤넌이었다. 에르하르트가 사랑한 여자는 바이올렛 바바라스였고, 샤넌과도 인연이 깊었던 여자였다. 하지만 그녀는 에르하르트가 아닌, 다른 남자를 사랑하고 있었다.

샤넌은 다른 남자의 신부가 된 바이올렛을 바라보던 에르하르트의 아련한 눈빛을 잊지 못했다. 이 오만한 남자도 저런 눈빛을 지을 줄 아는구나. 사랑을 할 줄 아는구나. 그래서인지 모르겠다. 그날 저답지 않게 늦도록 에르하르트와 와인을 마시고, 위로란 구실로 그와 포옹을 하고, 종내에는 취해 버린 것인지.

주량이 세지 않기 때문에 평소 술을 자제했건만, 그날 과거 얘기를 하며 고주망태처럼 취해 버린 샤넌이었다. 에르하르트에게 취한 모습을 보여주고 싶었던 건 아니었건만.

사랑에 실패한 에르하르트에게 위로를 해 주겠다고 했지만, 정작 위로가 필요했던 것은 본인이었을지도 모르겠다. 그날 샤넌은 마음속에만 묻어두었던 옛 사랑을 계속해서 떠올렸으니까.

왕궁으로 돌아가는 마차를 탔을 때 샤넌은 정신을 부여잡을 수 없을 정도로 취해있었지만, 한 가지 선명하게 기억하는 건 있었다. 그것은 마차의 흔들림으로 인해 제 고개가 쓰러져가던 순간, 제게 손을 내밀었던 에르하르트의 모습이었다.

제 뺨에 닿았던 에르하르트의 단단한 손바닥. 그리고 조심스레 제 옆에 앉아 어깨를 내어 주던 그의 모습. 가깝게 닿았던 그에게 나던 아카시아 향. 그런 것들을 샤넌은 빠짐없이 기억했다. 샤넌은 에르하르트에게 또다시 의외성을 느끼고야 만다.

순애보만 있는 게 아니라, 나름의 배려도 있던 남자였잖아.

더불어 샤넌은 그 순간 낯선 설렘을 잠깐 느꼈더랬다. 아주 찰나에 스치고 지나간 설렘이었지만, 샤넌은 그때에 느꼈던 작은 설렘을 잊지 않고 있었다.

그래서 그와 조금 더 이야기를 나누고 싶었다. 이야기를 나눈다면 또 다른 의외성을 느낄지도 모르겠다고 생각했다.

하지만 그날 이후 에르하르트는 의도적으로 저를 피하고 있었다. 눈이라도 마주치면 황급히 피했고, 심지어 저가 직접 찾아왔더니 방에 없는 척을 하려 하더라.

샤넌은 그런 그의 태도가 제게 관심이 있어 그런 것은 아닐까, 하는 생각이 들었다. 바이올렛을 절절히 사랑했던 주제에 갑작스럽게 저를 좋아하겠냐만은. 사람의 마음이란 것은 시간이 중요한 것이 아니니까. 이젠 좋아할 수 없는, 아니 좋아해선 안 되는 바이올렛을 잊겠단 마음을 먹는 동시에 새로운 사랑에 눈을 뜰 수도 있는 거니까. 샤넌은 그것이 나쁘다고 생각하지 않았다.

그날 마차 속에서 당신이 내게 어깨를 내어 준 건, 당신 역시 내게 조금은 관심이 생겨서 그런 거 아니냐고. 샤넌은 그에게 그렇게 묻고 싶었다.

샤넌이 거기까지 생각했을 때, 웃던 것을 멈춘 에르하르트의 입술이 열렸다.

"……그래."

그는 다시금 진지한 얼굴로 돌아와선 제 말을 이어갔다.

"와인을 함께 마셨던 그날. 네게 작은 설렘을 느꼈어."

에르하르트는 답지 않게 샤넌을 피했던 지난날의 저를 떠올리며, 제 마음을 솔직하게 시인했다. 좋아하냐고 이렇게까지 직접적으로 물어보는데 이제와 시치미를 떼는 게 무슨 의미가 있겠냐 싶었다. 샤넌이 저를 쉬운 남자라고 생각해도 이젠 어쩔 수 없는 일이었다.

"하지만 그렇다고 해서 너를 좋아한다는 말은 아니야. 난 그저…… 그날 약간 과음했어서. 나는 여전히 바이올렛을 사랑해."

그것은 한 치의 오차도 없는 진실이었다. 샤넌에게 설렘을 느낀 것은 사실이나, 그녀를 좋아하게 되었다고 단언할 수는 없었다. 하론의 완벽한 신부가 되어 버린 그녀를 아직까지 완전히 잊을 수는 없었다.

무뎌지길 바랐지만, 무뎌지기엔 시간이 조금 부족한가 보다. 에르하르트는 무거운 한숨을 내쉬었다.

"……."

샤넌은 의외로 제 마음을 쉬이 시인한 에르하르트를 빤히 응시했다. 그의 얼굴은 자못 혼란스러워 보였다. 그러다 저도 모르게 제 진심을 토로하고야 만다.

"저도……. 저도 그날 공작님께 작은 설렘을 느꼈어요."

"……뭐? 너도?"

"네, 믿지 않으실지는 모르겠지만. 저도 그날 과음했어서 그런 걸까요?"

"글쎄. 네 마음을 내게 물으면, 나는 뭐라고 대답을 해 줘야 하는 거지?"

에르하르트는 심각할 정도로 진지하게 되물었다. 그러자 샤넌은 픽 하고 작게 웃어 버렸다. 에르하르트의 물음이 조금 우스웠기 때문이었다.

샤넌은 얼굴에 띤 미소를 유지한 채로 그에게 제 몸을 가까이 기울였다. 그녀는 잘 빠진 제 턱을 손으로 문질며 말했다.

"전 여전히 공작님을 무례한 사람이라고 생각하고 있어요."

"아주 나를 들었다 놨다 하는군. 방금 전에는 설렘을 느꼈다 했던 주제에."

그는 샤넌의 말이 몹시도 마음에 들지 않는다는 듯이 여느 때처럼 제 미간을 구겼다.

"제 말을 끝까지 들어주실래요?"

"좋아, 조금 더 변론해 봐."

"그러니까, 공작님을 여전히 무례하다고 생각하지만……. 그날 당신에게서 의외성을 많이 봤거든요. 제가 지금까지 판단해 온 공작님과는 전혀 다른 모습을 보았다고나 할까. 그래서 당신에게 설렘을 느꼈는지도 모르겠어요. 그 설렘이 가짜라고는 생각하지 않아요."

"그래서?"

"공작님도 제게 느낀 설렘을 가짜라고는 생각하지 않으시죠? 물론 바이올렛을 여전히 사랑하겠지만."

에르하르트는 느릿하게 고개를 끄덕였다. 망설임 없는 그의 고갯짓은, 그의 마음을 명백히 일러주고 있었다.

"결론적으로 저는 공작님이 조금 더 알고 싶어졌어요. 당신과 조금 더 만난다면. 당신과 조금 더 진솔한 얘기를 나누어 본다면. 우리가 느꼈던 설렘은 조금 더 커지지 않을까. 잠깐, 오해하지는 마세요. 우리의 관계가 더 발전되길 바라며 하는 말은 아니니까."

"내 귀가 이상하지 않은 거라면, 내가 듣기론 너는 우리의 관계가 발전되길 바라는 것 같은데?"

에르하르트의 말이 떨어지자 이번에 미간을 구긴 쪽은 샤넌이었다.

"뭐, 오해의 여지가 있는 말인 건 부정하지 않아요. 다만 저는 그저 소작농이었던 그 이외에 오랜 시간 누군가에게 설렘을 느껴본 적이 없거든요. 당신에게 느낀 설렘은 정말 오랜만에 느낀 설렘이었어요. 그 말고도 누군가를 좋아할 수 있겠구나, 라는 생각이 들 정도로."

"……."

"그 느낌이 싫지 않아서. 또 언제 이런 설렘을 느낄지 알 수 없어서."

샤넌은 일그러뜨렸던 미간을 풀며, 그를 향해 엷은 미소를 지어 보였다. 에르하르트는 가만히 그녀의 미소를 바라봤다. 미소를 지음에 끝이 조금 올라간 그녀의 입꼬리가 그 어느 때보다도 매혹적으로 보였다.

"조금 도박을 해 보고 싶다랄까."

샤넌은 제 얼굴에 흘러내린 은빛 머리칼을 부드럽게 쓸어 넘기며, 다음 말을 이어 했다. 미소는 방금 전보다 훨씬 더 짙어져 있었다.

"오해하셔도 좋으니까, 저와 만나 보실래요?"

"연애하자는 말쯤으로 들리는군. 역시나 이것도 내 귀가 이상한 건가?"

"흠, 그러니까 오해하셔도 괜찮다니까요. 연애를 하건, 그냥 만나건 상관없어요. 어떤 말을 붙이건 간에, 제가 바라는 건 공작님을 더 알고 싶다는 것이니까."

샤넌은 제 할 말이 끝났다는 듯이 또다시 싱긋 웃어보였다. 그것은 매우 자신 있게만 보이는 미소였다. 마치 저를 싫어하는 상대마저도 모두 제 편으로 만들어 버릴 듯한 미소. 아주 대단한 미소라고, 에르하르트는 생각했다.

"좋아."

에르하르트의 대답은 매끄럽게 흘러나왔다.

솔직히 샤넌의 미소를 보는 순간, 그녀에게 수긍의 답을 내려야만 한다는 생각만이 들었었다. 그 미소는 결단코 부정의 말을 꺼낼 수가 없는 미소였으니까.

그리고 에르하르트는 저가 한 대답을 후회하지 않았다. 그녀의 말에 동조했기 때문이었다.

'그 말고도 누군가를 좋아할 수 있겠구나, 라는 생각이 들 정도로, 그 느낌이 싫지 않아서. 또 언제 이런 설렘을 느낄지 알 수 없어서.'

그도 그러했다. 다혜말고도 누군가를 좋아할 수 있겠구나, 라는 생각이 약간은 들었어서. 그것이 가벼운 마음일 뿐이라고 단언했지만, 샤넌의 말을 들고 보니 언제고 또 다른 이에게 설렘을 느낄지 알 수도 없는 노릇이었다.

만약 몇 달이 지나고, 몇 년이 지나도 다른 여자에게서 설렘을 느낄 수가 없다면? 그때도 여전히 다혜만을 좋아한다면? 그때엔 오늘날 샤넌의 제안을 수긍하지 않을 걸 땅을 치고 후회하지 않을까.

어차피 다혜는 잊어야 하는 사람이었다. 그녀를 기다리겠다는 말을 했지만, 하론을 보던 그녀의 얼굴을 잊지 않고 있다. 그녀는 세상 누구보다도 행복한 얼굴을 하고 있었다. 그런 얼굴을 했던 주제에 제게 올 가능성이나 있는 걸까? 그 가능성이 제로에 가깝다는 것을 에르하르트는 너무나도 잘 알고 있었다. 다만 인정하기 싫었을 뿐이었다.

오지 않을 사람을 기다리는 것보다야 저도 도박을 해 보는 게 어떨까.

"기왕 이렇게 된 거 연애라도 해 보자."

"……네?"

"어려울 거 없잖아. 너도 내게 설렘을 느꼈고, 나를 조금 더 알고 싶다며. 그리고 멋대로 오해해도 좋다며. 아무리 생각해도 네가 한 말은 연애를 하자는 말쯤으로 들렸고, 나는 그런 네 제안을 받아들이고 싶어."

"하하."

샤넌은 허탈한 미소를 지었다.

연애라. 그녀는 연애라는 말을 몇 번이고 제 입으로 곱씹었다. 무례하다고만 생각했던 이 남자와 연애를 하는 게 정말 올바른 선택인 걸까. 아직까지 되돌릴 기회는 충분했다. 정 마음에 내키지 않는다면, 이제라도 저가 뱉은 말을 철회하자.

그러나 끝내 아무 말도 하지 못한 샤넌이었다. 좋지 않은 요소들을 감안하더라도 그에게 느낀 설렘을 놓치고 싶지 않나 보다.

"그래서 샤넌 너는 뭘 좋아하지?"

에르하르트는 한껏 누그러진 얼굴로 그리 물었다. 어쭙잖게 연애를 하는 흉내를 내보겠다고 뭘 좋아하냐고 묻는 그의 모습이 정말 진지하게만 보여서, 샤넌은 웃음이 나올 뻔한 것을 가까스로 참아냈다. 저토록 진지한데 저가 웃었다간 그가 화를 낼 것도 같아서.

샤넌은 제 입술을 우습게 일그러뜨리며 대답했다.

"……아카시아요."

"아카시아?"

"네, 돌아가신 어머니가 좋아하셨던 꽃이거든요."

그리고 당신에게 났던 향이기도 하고. 샤넌은 지난날 마차에서, 그와의 포옹에서 느꼈던 그의 향을 떠올렸다.

"공작님에게도 아카시아향이 나요."

생각하기가 무섭게 샤넌은 자연스럽게 그리 내뱉고선, 스스로가 아차 싶었다. 그 말은 감정적인 부분과는 별개로 정말 객관적인 의견이었으나…….

어째 에르하르트가 제 말을 객관적으로 받아들이지 않을 성싶었다.

"아, 그렇다고 오해는 하지 마세요. 제가 뭐 딱히 공작님에게 큰 관심이 있어서, 당신에게서 나던 향을 기억하는 건 아니니까."

"미안한데, 나는 벌써 네 말을 오해해 버렸는데."

오해를 해 버렸다는 망설임 없는 에르하르트의 말에 샤넌은 다시금 아차, 하는 심정이 들었다. 역시는 역시군.

"어떤 식으로 오해하셨다는 말씀이세요?"

"날 유혹한다는 식으로. 하긴, 나를 유혹하지 않은 여자는 없었지."

……하, 이런 오만한 남자와 연애를 하는 게 정말로 잘한 일인지 모르겠다. 샤넌에겐 저가 했던 말을 물리고픈 바람이 아주 잠깐 들었다.

"하하, 그래요. 공작님을 유혹하고자 한 말은 아니었지만, 되레 제가 유혹당하고 싶은 향이기는 해요. 당신을 여전히 좋지 않게 생각하지만, 당신에게 나는 향은 싫지 않아요."

"그렇담 네게 그 향을 더욱 오래 맡을 기회를 주도록 할게."

"……."

"때마침 좋은 디저트가 있어. 아카시아 향을 좋아할 법한 사람이 좋아할 만한 디저트지."

"흠, 일단은 먹어 볼게요."

에르하르트는 부드러운 미소를 지었다. 나른한 듯 관능적인 빛을 띤 그의 미소는, 그를 질색하는 샤넌조차도 일순 할 말을 잃게 만드는 미소였다.

'나를 유혹하지 않은 여자는 없었지.'

어쩌면 도끼병 가득한 그의 말이 정말 사실일지도 모르겠다. 저런 미소를 짓는데 넘어가지 않을 여자는 없으리라. 샤넌이 그런 생각을 하는 사이 미소를 띤 에르하르트의 입매가 매끄러운 곡선을 그렸다.

"마음에 든다면, 물릴 때까지 공작저를 찾아와도 좋아. 뭣하면 내가 직접 왕궁으로 찾아갈게."

그것은 필시 맛있는 디저트를 겨냥하고서 한 말이었다. 하지만 이상하게도 샤넌의 귀엔 그의 말이 저를 겨냥하고 한 말처럼 들렸다.

그러니까 에르하르트 저가 마음에 든다면, 그가 물릴 때까지 공작저로 찾아와도 좋다는.

샤넌은 고개를 끄덕였다.

아무래도 조금 오랜 시간 동안 공작저를 찾아올 법한 예감이 들었다.

외전2. 화분을 도맡아 버렸습니다

아이린이 여는 티파티에 참석한 러셀은 갑작스럽게 사라져 버린 샤넌을 기다리고 있었다. 어디 잠깐 다녀오겠다는 말만 남기고서 사라진 샤넌은 벌써 한 시간째 감감무소식이었다. 이건 잠깐이 다녀오겠다는 게 아니라, 아예 어디론가 증발해 버린 것 같은데.

"……샤넌이 돌아오지 않아."

러셀은 전혀 샤넌을 기다리지 않는 얼굴로 그런 말을 뱉어냈다. 동그란 테이블 위에 턱을 괸 채로 초점 없이 어딘가를 바라보는 그의 얼굴이 허망하기만 했다. 마치 삶의 의욕이라곤 전혀 느껴지지 않는 얼굴이었다.

"이봐, 러셀. 너 정말로 샤넌을 기다리고 있는 거 맞아?"

러셀과 마주 보고 앉은 아이린은 그런 그의 영혼 없음을 단번에 깨닫고선 그리 물었다.

"맞아. 맞고말고. 그럼 내가 누굴 기다리겠어."

"……바이올렛?"

아이린은 가감이라곤 없이 러셀을 보며 히죽거렸다. 그러자 깜짝 놀란 쪽은 러셀이었다. 그는 구부정하게 앉아 있던 몸을 발딱 일으키며 아이린을 매섭게 응시했다.

"아이린, 너!"

초점이 흐릿했던 그의 눈동자는 '바이올렛'이라는 이름 하나만으로 제 광명이 돌아와 있었다.

"그럼 아니야?"

"……."

러셀은 차마 아니라고는 말하지 못하며, 제 입술을 일자로 다물었다. 그러곤 조용히 일으켰던 몸을 수그렸다. 의자에 다시 착석한 러셀의 얼굴이 티가 나게 일그러져 있었다. 그는 제 목소리를 꾹꾹 누르며 아이린에게 말했다. 말투엔 모가 가득했다.

"……꼭. 꼭 그렇게 내 아픈 부분을 쑤셔야겠어? 아이린 너는 내 상처가 막 덧났으면 좋겠어?"

아이린은 러셀에게 찬바람이 불건 불지 않건 전혀 괘념치 않다는 듯이 심드렁하게 대답했다.

"어. 쑤시고 싶고, 막 덧났으면 좋겠어. 너도 나처럼 좀 아파 보라고."

"그렇게 안 봤는데, 너 무지 나쁘구나."

러셀은 진심으로 그리 말했다. 그러곤 제 입을 삐죽 내밀었다. 사이가 좋아진 줄 알았는데, 이따금씩 아이린이 내뱉는 직설적인 말은 여전히 감당하기 힘든 부분이었다. 너무나도 가감이 없어서, 가슴이 쓰라릴 정도다.

러셀은 저도 모르게 기다란 한숨을 내쉬었다. 하지만 과거 서로를 의도적으로 외면하고 미워하며 얘기조차 하지 않았을 때를 떠올려보자면, 지금 서슴없이 얘기를 나누고 있는 것은 꽤나 신기한 일이었다.

아이린은 사고가 날 마차를 바꿔 타고 간 4년 전 저를 용서한 게 아니었다. 아이린이 용서한 자신은 4년 동안 그 마차 사고에 대해 회피만 했던 제 자신이었다.

아이린이 그런 식으로 저를 용서한 이래로 러셀의 마음이 이전보다 훨씬 더 편해졌더랬다. 비록 자신 때문에 형이 죽었다는 죄책감이 모두 사라진 것은 아니었지만, 그 농도는 이전보다 엷어져 있었다.

거기까지 생각하자, 러셀은 다혜에 대한 간절함이 더욱 진해졌다. 왜냐면 아이린과의 관계 회복에 크나큰 역할을 해 준 것은 다혜였기 때문이었다. 다혜가 만들어 준 계기로 피하지 않고 아이린을 마주한 결과, 그녀는 어렴풋이 저를 용서해 준 것이니까.

그래, 다혜는 제 마음을 이토록 편해하게 만들어 준 여자인데. 평생 해결하지 못할 것이라 생각했던 과업을 해결해 준 여자인데. 그녀는 어째서 제게 보답을 할 기회조차 주지 않는 걸까.

영원히 제 곁에 두고선, 매일 예뻐하고, 매일 사랑하고, 갖고 싶은 것은 모조리 사 주며, 그녀가 싫어할 만한 짓은 하지 않을 자신이 있는데. 그녀가 제 영혼의 반을 떼어 달라고 하더라도 떼어 주고 싶은 러셀이었다.

나는 그만큼 너를 원하고 있는데, 왜 내겐 네게 닿을 기회조차 오지 않는 걸까.

러셀은 이 세상이 그리고 하론이 야속했다. 저보다도 다혜를 훨씬 더 오래 알고, 훨씬 더 잘 알고, 심지어 그녀의 사랑을 모조리 받고 있는 하론이 너무나도 부러웠다. 저가 하론보다도 먼저 다혜를 알았다면, 그녀는 하론이 아닌 저를 선택해 주었을까?

막상 그녀를 정말 가질 수 없을 것이라 생각하자 이상할 정도로 그녀가 더욱 생각났고, 그녀가 더욱 갖고 싶어졌다. 꼭 가지지 못할 것에 더 욕심이 나는 것처럼 말이다.

러셀은 마른세수를 하듯이 제 얼굴을 문질렀다. 하론과 달콤한 신혼에 젖어 있을 그녀를 더 이상 생각하고 싶지 않았다.

"러셀. 계속 혼자 끙끙 앓기만 할 거야? 나는 네가 앓길 바라는 사람 중 하나이긴 하지만 네가 그런 표정을 짓는 건 보기가 좋지 않네."

러셀은 제 얼굴에 머물러 있던 손을 물리며, 아이린을 재차 응시했다. 그녀는 저를 아주 못난 놈 보듯이 보고 있었다. 끌끌거리는 헛소리는 덤이었다.

"기분 나쁘게 요한과 조금 닮아가지고선, 내 마음을 이상하게 만들고 있어. 다른 사람한테처럼 막 놀릴 수가 없잖아!"

"그건 내 잘못이 아니야."

"뭐, 딱히 네 말이 틀린 것도 아니다만……. 넌, 혼자 앓는 게 얼마나 소모적인 일인지 잘 모르지? 나는 요한을 잃은 지난 4년간 혼자 앓았어. 낫지 않는 상처는 곪고 짓물러서 매일같이 진물을 흘려댔지. 끔찍했어."

아이린은 제 인상을 고약하게 찌푸렸다. 마치 이 순간에도 제 마음 속에 진물이 흘러내리고 있는 것만 같이.

"그래서? 하고 싶은 말이 뭐야?"

"하지만 그럼에도 내가 견딜 수 있었던 건, 다른 방향으로 끊임없이 생각했기 때문이야. 이를 테면 나는 짓궂은 말과 행동을 일삼으며 그 사고에 대한 것은 일절 떠올리지 않으려 노력했어. 그러니까 좀 살 만하더라. 완전히 잊었노라고 할 수는 없지만, 어느 정도 잊혀는 지더라. 너도 다른 곳에 관심을 두면 어떨까? 바이올렛이 생각나지 않게 말이야."

"……내가 다른 곳에 관심을 둘 수 있을까? 이렇게 매일같이 그녀만을 생각하는데?"

"해 보지 않고선 모를 일이지. 노력이나 해 봤어?"

러셀을 고개를 좌우로 내저었다.

"그럼 잔말 말고 시도나 해 봐. 그래도 지금보다는 훨씬 괜찮아질 거니까."

***

러셀은 지난 몇 주간 샤넌을 끔찍할 정도로 싫어했다.

샤넌은 다혜의 약혼식 날을 잔인할 정도로 극악하게 망쳐 버리고, 그녀를 아프게 한 장본인이었기 때문이었다.

샤넌이 무슨 생각으로 그녀의 약혼식을 망친 것인지, 러셀은 잘 알고 있었다. 샤넌이 목숨을 내걸 정도로 사랑했던 에르하르트 때문이리라. 그의 사랑이 제게 닿지 않자, 폭력적인 방법으로 제 분노를 표출했던 거겠지.

샤넌은 높은 난간에서 바닥으로 떨어졌고 다혜는 기절했지만, 다행스럽게도 두 사람 모두 크게 다치지 않았다. 하지만 단순 기절이었던 다혜는 며칠 간 눈을 뜨지 못했다. 러셀은 그런 그녀를 보며 제 피가 모두 말라가는 심정이 들었었다. 상흔도 없는 기절에 이토록 정신을 차리지 못하다니. 다혜가 받은 정신적인 충격이 얼마나 컸던 걸까.

러셀은 그 사달을 만든 샤넌에게 폭언을 하고 싶었다. 하지만 그는 그러하지 못했다. 이유는 세 가지였다.

첫째, 일단은 샤넌도 오랜 시간 정신을 차리지 못했다. 그리고 둘째, 의식이 돌아온 샤넌은 그 사고에 대한 것을 전혀 기억하지 못했다. 마지막으로 세 번째, 샤넌의 마음을 조금 이해했기 때문이었다.

제 몸을 던져서라도 표출하고자 했던 누군가에 대한 사랑. 표현 방법이 지나치게 삐뚤어지긴 했지만, 그것이 사랑 때문이었음을 러셀은 누구보다도 잘 알고 있었다. 저가 다혜를 사랑하듯이 샤넌 또한 에르하르트를 사랑했던 것뿐이니까. 다혜의 약혼식이 그런 식으로 파해졌을 때, 러셀이 저도 모르게 작은 기쁨을 느꼈던 것처럼 말이다.

하지만 이해를 한다고 해서 그녀를 용서하고자 하는 건 아니었다. 그녀가 다시금 정신을 차린다면 매우 꾸짖을 생각이었다. 다신 그런 나쁜 짓은 하지 못 하게 말이다.

그런데 이게 웬 걸. 긴 잠에서 깨어난 그녀는 기억을 잃어 있었다. 모든 기억을 잃은 것은 아니었고, 지난 몇 달간의 기억만을 쏙 잊은 것이었다. 저가 나쁜 짓을 저질렀던 그 몇 달간의 일들을 말이다. 러셀은 그것이 연기일 것이라 의심했지만, 이윽고 그녀가 정말로 기억을 잃었음을 믿게 된다.

왜냐면 다시 깨어난 그녀는 놀라울 정도로 변해 있었기 때문이었다. 마치 저가 잃어버린 몇 달간의 기억 속의 그녀는 다른 사람이었다는 듯이 말이다.

그녀는 황당할 정도로 과거와 다른 행보를 걷고 있었고, 러셀은 그 모습을 보며 그녀를 아직까지 꾸짖지 못하는 중이었다. 기억도 못 하는 애를 꾸짖어서 뭐해.

"아이린 님이 이걸 전해 드리래요."

러셀은 저를 찾아온 샤넌을 새삼스럽게 빤히 응시했다. 그녀의 얼굴은 이상할 정도로 몇 달 전과 달라 보였다.

조금 순해졌다랄까. 총명해졌다랄까. 아무튼 좋은 방향으로 변했다는 건 확실했다. 사람이 단시간이 이렇게까지 변할 수 있다는 사실이 놀라울 정도였다.

"러셀 님?"

그녀는 어쭙잖게 존칭을 하며 저를 불렀다. 과거 기억을 잃기 전 언사가 험악했던 그녀와는 또 다른 모습이었다.

"어, 미안. 잠깐 딴생각 좀 했어."

러셀은 그제야 샤넌의 손에 들린 것을 빤히 내려다보았다. 그녀의 손엔 웬 화분이 들려 있었다. 손바닥만 한 갈색의 화분 속엔 싹을 내린 지 얼마 되지 않은 듯한 두어 개의 푸른 잎사귀가 앙증맞게 올라와 있었다.

"아이린이 이걸 내게 주랬다고?"

샤넌은 늘 그렇듯 아이린의 말동무로서 공작저를 다녀온 후인가 보다. 그렇게 간 김에 아이린에게서 화분을 받아온 듯싶었다. 러셀은 선뜻 화분을 건네받지 못한 채로 제 눈을 가느다랗게 떴다.

화분이라. 러셀은 아이린이 무슨 의도로 제게 이런 걸 보낸 것인지 좀처럼 짐작할 수가 없었다.

"네. 아, 그리고 아이린 님이 '관심을 다른 곳으로 돌릴 곳.'이라는 말도 전해 달라고 하셨어요.”

샤넌의 말에 러셀은 아이린의 의중을 설핏 알아차릴 수가 있었다. 그러니까 다혜를 떠올리지 않게 다른 곳에 관심을 둘 무언가가 화분이라는 거지?

러셀은 샤넌의 손바닥 위에 있던 화분을 건네받았다. 초록 잎사귀를 가까이서 들여다보자, 그 초록빛이 다른 식물들보다도 훨씬 더 푸르게만 보였다.

“또 다른 말은 없었고?”

“음……. 손이 많이 가는 식물이니, 꽃이 필 때까지 잘 보살펴 주라고도 하셨어요. 꽃이 피면 분명 좋은 일이 생길 거라고.”

“좋은 일이 생긴다라.”

러셀은 왠지 모르게 아이린의 앙칼지고도 짓궂은 웃음소리가 제 귓가에 맴도는 듯한 기분이 들었다. 그는 아이린이 나쁜 사람이 아님은 알고 있었지만, 그렇다고 해서 좋은 사람인지도 잘 모르겠다고 생각했다. 그렇기에 좋은 일이 생긴다고 한 아이린의 말이 잘 믿기지가 않았다. 되레 의심이 갈 지경이었다.

평소 짓궂은 장난을 좋아했으니, 이 식물의 꽃은 그냥 꽃이 아닐 수도 있겠다는 생각마저도 들었다. 설마 독초는 아니겠지.

러셀은 푸르고 작은 식물에게서 눈을 떼지 못한 채로 샤넌에게 물었다.

“그래서 이 식물의 이름은 뭐래?”

“거기까진 듣지 못했어요.”

바라본 샤넌은 어째 아이린이 짓던 미소와 비슷한 미소를 짓고 있었다. 왠지 모르게 음흉한 속내가 있을 법한 미소. 러셀의 팔뚝엔 까닭 모를 소름이 오소소 돋았다.

***

“페어리 테일.”

러셀은 아이린이 한 말을 앵무새처럼 따라했다.

"페어리 테일?"

"응. 요정의 이야기라는 이름을 가진 식물이야. 아~ 주 구하기 힘든 식물이지. 하지만 내가 또 누구야. 찻잎을 구하기 위해 서역의 이곳저곳과 거래를 하는 몸이잖아. 그러던 중에 그 녀석에 대한 정보를 들었지 뭐야."

아이린은 매우 오만한 얼굴로 제 어깨를 으쓱거렸다. 조금 치켜든 그녀의 턱짓이 가히 교만해 보이기만 했다.

러셀은 제 손으로 테이블 위를 몇 번 무의식적으로 두드렸다. 식물의 정체가 궁금해서 아이린를 직접 찾아왔건만, 그녀는 그가 알아들을 수 없는 말만 주구장창 내뱉고 있었다. 그래서 러셀은 대놓고 물어보았다.

"아이린. 꽃이 피면 좋은 일이 생길 거라고 했잖아. 무슨 꽃이 피는 건데?"

"그게 말이야."

아이린은 제 눈을 게슴츠레하게 뜬 채로 잠깐 침묵했다. 일순 긴장감이 일개 만드는 묘한 침묵이었다. 그러다 그녀는 제 오른손으로 입가를 약간 가린 채로 작게 속삭였다.

"비— 밀."

긴장했던 게 무색해지는 아주 허망한 대답이었다. 러셀은 테이블 위를 가볍게 두드리던 손을 들어 올려, 제 머리칼을 거칠게 쓸어 넘겼다.

"너무해!"

"가르쳐 줘?"

"뭐, 딱히 심각할 정도로 궁금한 건 아니지만, 알아 두면 좋을 것 같아서."

"큭큭. 그러니까 심각할 정도로 궁금하단 거지?"

아이린은 솔직하게 말하지 못하는 러셀의 모습을 보며 작게 키득거렸다. 다른 건 잘 모르겠지만, 한 번씩 러셀이 에둘러 말하는 걸 볼 때면 그가 꽤나 귀엽다고 생각한 아이린이었다.

"그, 그런 게 아니라니까!"

러셀은 절대로 그런 게 아니라며 손사래도 쳤다. 하지만 이미 제 수가 아이린에게 모두 읽힌 뒤였다. 돌이킬 수 없을 정도로.

"좋아. 선심을 조금 더 써보지, 뭐. 샤넌에게 그 말은 들었지? 페어리 테일은 아주 가꾸기가 힘들다는 말. 녀석은 제게 관심을 제대로 주지 않으면 금방 시들어 버려. 그리고 지극 정성으로 관리해 준다고 해도, 꽃이 피는 건 아주 극소수의 경우라고 해."

"정말 까다로운 식물이구나?"

"그럼. 원래 가치가 있는 것일수록 그것을 얻는 과정이 힘든 거니까. 소중하고 귀한 것은 쉽게 얻을 수 없는 거야."

소중하고 귀한 것은 쉽게 얻을 수가 없다.

러셀은 그 말이 단번에 이해가 갔다. 왜냐면 지금 그에게 있어 소중하고 귀한 것은 다혜였기 때문이었다. 그는 그녀를 얻지 못한 현실을 되새기며 잠깐 씁쓸한 미소를 지었다.

"그래도 각고의 노력 끝에 꽃이 피면 엄청난 걸 볼 수 있다는 사실."

"엄청난 거……?"

"응. 페어리 테일이 피우는 꽃은 그냥 꽃이 아니거든. 꽃과 함께 작은 요정도 함께 태어나."

"뭐?!"

"요정 몰라? 등에 날개가 달린 귀여운 생명체 말이야."

러셀이 요정을 모르는 것은 아니었다. 어렸을 적 요정이 나오는 동화책을 많이 읽었던 그였다. 하지만 그런 게 실제로 존재한다는 사실이 믿기지 않을 따름이었다. 러셀은 여전히 믿을 수 없다는 듯이 되물었다.

"그런 게 실제로 존재한단 말이야?"

"그럼, 존재해. 그 꽃에서 요정이 태어나는 걸 본 사람은 거의 없지만 말이야.

나도 예전에 한번 키워봤었는데, 꽃은커녕 푸른 잎만 주구장창 커지더라. 자라는 속도는 또 엄청 빠르거든. 나중엔 화단에 심어야 할 정도로 커졌다니까?"

"……거짓말. 말도 안 돼."

"그래서 싫어? 싫다면 페어리 테일을 다시 돌려줘. 나도 그 식물이 주인을 잘못 만나서 애먼 고생을 하는 건 싫으니까. 네가 싫다면 내가 다시 잘 가꾸어 볼 거야."

아이린은 한껏 얄미운 얼굴을 한 채로 킬킬거렸다. 그 모습이 간계를 꾸미는 악마의 모습과 하등 다를 게 없어 보인다고, 러셀은 생각했다.

"아, 요정은 얼마나 아름다울까."

아이린은 가벼운 허밍과 함께 조금 더 얄미워진 얼굴을 했다. 러셀은 그런 그녀에게 페어리 테일을 돌려주기가 매우 싫어졌다.

"누, 누가 싫대? 그저 믿기지 않는다는 거지."

"그래서 네가 키워 보겠단 거야?"

"……뭐, 네가 처음으로 준 선물이기도 하니까."

그리고 그걸로 다혜에 대해 덜 생각할 수 있다면야. 지금의 그에게 절대적으로 필요한 것은 다혜에 대한 관심을 누그러뜨리는 일이었다.

아이린의 말의 진위 여부를 떠나서, 그 식물이 그녀에 대한 제 관심을 상쇄시켜 줄 수만 있다면. 그것만으로도 그 식물의 제게 아주 필요한 것임에 분명했다.

***

잠이 든 러셀을 깨운 것은 빗소리였다. 그가 눈을 뜨자마자 처음으로 느낀 것은 비 냄새였다. 자기 전, 조금 열어둔 창가 사이로 스며들어온 냄새였다. 그는 제 상체를 반쯤 일으켜 창가에 비친 정경을 응시했다. 그러자 언제부터 내렸을지 모를 비가 지면을 이미 충분히 적신 뒤였다. 러셀은 시선을 내려 창가에 아무렇게나 올려져 있는 푸른 잎의 식물을 응시했다.

"페어리 테일……."

그러곤 그는 무언가에 홀린 듯이 녀석의 이름을 읊조렸다. 푸른 잎은 열어 놓은 창가 사이로 들어온 빗물에 조금 젖어 있었다. 러셀은 그 잎을 손으로 몇 번 툭툭 두드리며 물었다.

"너는 정말로 요정이 태어나는 식물이니?"

물론 돌아오는 대답은 없었다.

러셀은 비오는 정경을 보며 쳇바퀴 같은 오늘의 일상을 시작했다. 그는 서류들을 결재했고, 정치적인 의견을 가진 누군가와 대화를 나누었으며, 정해진 시간에 식사를 했다. 그러다 보니 시간은 어느새 오후가 되어 있었다. 바쁜 일은 대충 모두 끝난 듯했다.

러셀은 늘어지는 하품을 하며 소파에 몸을 편하게 뉘였다. 조금 쉴 요량이었다. 하지만 그렇게 눕기가 무섭게 다혜의 얼굴이 어렴풋이 떠올랐다. 그녀를 떠올리기가 무섭게 머리가 절로 복잡해지고, 마음이 답답해졌다. 쉬고자 했던 게 무색할 정도였다.

사람의 생각이라는 건 참 이상했다. 정신없이 바쁠 땐 그녀의 생각이라곤 눈곱만치도 나지 않더니, 막상 여유가 생기자마자 그녀의 생각이 물밀듯이 밀려오니 말이다.

마치 '네가 좋아하는 그 여자를 생각해야지!'라고 누군가가 종용하고 있는 듯한 기분마저도 들 정도였다.

러셀은 마른세수를 하며 눈동자를 느릿하게 깜빡였다. 생각해 보니 다혜의 얼굴을 보지 못한 지 꽤 된 것 같았다. 러셀은 다혜와 하론의 결혼식 이후로 그들을 본 적이 없었다. 그들은 신혼여행으로써 어디론가 멀리 떠나버렸고, 몇 주간 수도로 돌아오지 않는다고 했었다. 러셀은 그 점이 다행이라고 생각했다. 그러니까 그녀가 제 눈에 보이지 않는 게 다행이란 거였다. 그녀가 눈에 보이지 않는다면 생각도 나지 않을 거라고 여겼다.

하지만 그 생각은 오산이었다. 눈에 보이지 않으니 반대로 더 간절해진다. 그녀가 보고 싶고, 그녀가 제 이름을 불러주는 걸 듣고 싶었다. 이렇게까지 저가 사랑의 열병을 앓을 줄 누가 알았을까.

"하, 그만 생각하고 싶다."

러셀은 결혼식 날의 다혜의 모습을 똑똑히 기억하고 있었다. 절대로 제게 여지를 주지 않겠다던 확고한 그녀의 모습. 그런 그녀가 저를 사랑하게 될 확률은 거의 제로에 가깝다고, 러셀은 생각했다.

포기함이 옳았다.

러셀은 가끔 투덕거리기도 하는 하론 또한 매우 좋아했기에, 그들 사이를 저가 틀어 버리고 싶진 않았다. 그래, 머리로는 너무 잘 아는데, 마음은 그 사실을 받아들이는 데에 시간이 필요하나 보다.

그때에 러셀의 눈에 띈 것이 있었다. 그것은 아침에 봤던 것보다도 한 뼘이나 키가 자란 페어리 테일이었다.

그는 아침에 제 방을 나서며 녀석도 함께 집무실로 가져온 터였다. 녀석은 낮 동안 그의 책상 위에 가지런히 자리하고 있었다. 낮엔 일을 한다고 제대로 보지 못했건만, 이제 와서 바라보니 녀석은 의아할 정도로 성장해 있었다.

러셀은 누워 있던 몸을 일으켰다. 그러곤 책상 위에 올려두었던 화분을 가지고 와 다시 소파에 앉았다. 검지만 한 길이에 꽃봉오리의 흔적이라곤 전혀 보이지 않는 녀석이었다. 러셀은 의심이 가득한 투로 혼잣말을 읊조렸다.

"진짜로 꽃이 피긴 피는 걸까."

솔직히 여전히 아이린의 말이 완벽하게 믿기는 건 아니었다. 요정이니 뭐니 하는 건 신화에서만 나오는 소리였고, 왕국의 왕자인 저도 그런 것을 본 적도, 들은 적도 없었다.

그렇지만 묘하게 기대가 되기도 했다. 아니라면 아닌 것이겠지만, 혹시나 정말로 이 식물에 꽃이 피고, 요정이 태어난다면?

그 장면을 본다면 얼마나 황홀할까.

러셀은 녀석에게서 피는 꽃이 보고 싶다고 생각했다. 각고의 정성과 관심이 있어야만 피어나는 꽃. 그렇다면 다혜가 생각날 때마다 이 녀석을 가꾸어 주면 어떨까.

러셀은 손을 뻗어 다시금 푸르른 잎사귀 위를 작게 몇 번 두드렸다. 이번엔 두드리는 것에 그치지 않고 잎사귀 위를 부드럽게 쓰다듬기도 했다. 손끝에 닿는 기분이 썩 나쁘지 않았다. 생각보다도 훨씬 더 부드러운 촉감이라고 해야 할까. 왠지 모르게 아침에 두드렸던 그때보다도 잎사귀가 훨씬 더 단단해진 듯한 기분이 잠깐 들었다.

"흠흠, 그렇다고 해서 너를 키우는 게 마음에 들었다는 건 아닌데."

그래도 일단은 네게 집중을 해보고 싶어. 차마 입 밖으로 새어 나오지 못한 그 말은 러셀의 진심이었다.

**

그 후, 러셀의 일상에 달라진 부분은 없었다. 그는 여느 때처럼 왕자로서할 일을 했고, 다혜를 떠올렸다. 그녀를 떠올리는 것이 어느 순간부터 일상이 되어 버린 그였다. 그리고 그는 홀로 아파했다. 그녀를 떠올릴 때마다 누군가가 제 마음을 칼로 도려낸 것만 같았다.

하나 조금 달라진 부분도 존재했다. 어딜 가건 무얼 하건 그의 곁엔 항상페어리 테일이 있다는 점이었다. 그는 다혜가 생각날 때면, 버릇처럼 그 초록 식물을 응시하기 시작했다.

아이린의 말대로 관심을 다른 곳으로 돌려 보기 위함이었다. 이상한 일이었지만, 초록빛의 싱그러운 풀잎을 계속해서 보고 있자면 다혜를 머릿속에서 조금 지워 낼 수 있었다. 더불어 아릿했던 마음도 느슨해졌다.

러셀은 바라보는 것만으로 그치지 않고 녀석을 정성스럽게 가꾸었다. 손수 물을 주기도 하고, 적당한 일광욕도 시켜 주었다. 녀석은 하루가 지나면 지날수록 놀라울 정도로 빠르게 성장했다. 러셀이 녀석에게 집중하는 농도는 깊어져만 갔다.

그리고 일주일 뒤, 검지만 한 길이였던 녀석의 잎은 어느새 손바닥만 한 길이로 자랐다. 어찌나 잘 자랐던지 처음에 심어져 있던 화분이 작아 보일 지경이었다.

러셀은 녀석이 순조롭게 자란 모습을 흐뭇하게 응시했다.

"난 역시 못 하는 게 없어."

식물을 키우는 건, 아니, 무언가를 키우는 것은 처음이었다. 그래서 처음 엔 이런 걸 왜 키우나 싶었는데……. 막상 직접 정성을 들여 무언가를 키워 보니, 참으로 마음이 오묘했다. 출처를 알 수 없는 성취감 같은 게 마구 느껴 졌다고나 할까. 고작 작은 식물을 키우는 것뿐인 일에 이런 성취감이라니.

일주일간 놀랍도록 자란 녀석에겐 한 가지 변화가 있었다. 그것은 제 중심이 되는 줄기에 손톱만 한 흰빛의 꽃봉오리가 달렸다는 거다.

'녀석은 제게 관심을 제대로 주지 않으면 금방 시들어 버려. 그리고 지극 정성으로 관리해 준다고 해도, 꽃이 피는 건 아주 극소수의 경우라고 해.'

러셀은 일전에 했던 아이린의 말을 떠올렸다. 제게 관심을 주지 않으면 금방 시들어 버린다던 페어리 테일이었다. 하나 제 눈에 비친 페어리 테일 에겐 시든 기색이라곤 전혀 보이지 않으니, 관심을 주는 부분에 대해선 합격점을 받았나 보다.

"그렇다면 이제 꽃만 제대로 잘 피면 될 텐데."

러셀은 흰빛의 꽃봉오리에게서 눈을 떼지 못했다. 얼마만큼의 정성과 관심을 더 주어야 네가 제대로 필 수 있을까. 러셀의 시선은 오랫동안 녀석에게 머물렀다. 그동안만큼은 다혜에 대한 건 전혀 생각나지 않았다.

결국 아이린의 말이 옳았던 것이었을지도 모르겠다. 다른 곳으로 관심을 돌리자, 다혜에 관한 건 잠깐 잊을 수 있었으니까 말이다.

***

그렇게 식물을 가꾼 지 열흘이 흘렀다. 러셀의 마음은 놀라울 정도로 가벼워져 있었다. 물론 다시 다혜와 대면한다면 그때도 마음이 가벼울지는 장담하지 못하겠다. 하지만 그것도 시간이 조금 더 지나고 나면 괜찮아지지 않을까.

열흘 새 놀라운 변화는 하나 더 일어났다. 꽃봉오리에만 그쳤던 그 꽃에서 개화할 기미가 보이기 시작한 것이다. 끝이 조금 말린 꽃잎의 끝은 곧 제 본연의 모습을 보여주려는 듯했다.

러셀은 흥분을 감추지 못했다. 꽃이 핀다, 그리고 만개한 꽃에선 요정이 태어난다. 그 사실은 러셀의 마음을 자못 두근거리게 만들었다. 러셀은 더욱더 주의를 기울여 녀석을 돌보았다. 살면서 무언가를 이토록 정성스럽게 돌본 것은 단언컨대 처음이었다. 그의 머릿속엔 온통 페어리 테일에 대한 것만 가득해졌다.

그리고 며칠이 더 지난 깊은 밤. 러셀은 늘 꿈꾸던 그녀의 이름을 부르며 잠에서 깼다. 다혜. 가까워지길 바랐지만 멀어질 수밖에 없는 그 이름이 그의 입속에 맴돌았다.

러셀의 꿈엔 다혜가 나왔다. 러셀은 눈을 느릿하게 깜빡이며 꿈에서 보았던 다혜의 모습을 떠올렸다. 꿈속의 그녀가 저를 부르던 목소리, 잠깐 닿았던 체온, 그리고 제게만 향한 보랏빛 눈동자. 그것은 여전히 손에 닿을 듯이 선명했다. 분명 꿈이었을 텐데.

슬픈 마음이 들어야 함이 옳았다. 하지만 이상하게도 그 전보다도 느낌이 달랐다. 전보다 마음이 아릿하지도, 슬프지도 않았다. 다만 조금 허탈한 마음이 들었을 뿐이었다.

체념. 이젠 그녀에게도 조금 체념하게 된 걸까?

러셀은 무거운 한숨과 함께 누워 있던 몸을 일으켰다. 그의 발걸음이 자연스럽게 향한 곳은 페어리 테일을 올려 두었던 창가였다. 달빛에 비친 페어리 테일의 흰 꽃봉오리가 꽤나 아름다운 빛을 띠고 있었다. 러셀은 제 몸을 수그려 꽃봉오리에 시선에 시선을 맞추었다. 곧 터질 듯이 부풀어 있던 꽃봉오리에서 작은 빛이 새어 나온 것은 그 순간이었다.

"……!"

작은 줄기에 그쳤던 빛은 순식간에 제 밝기를 더해갔다. 빛의 세기가 강해질수록 꽃봉오리는 그것을 감당할 수가 없다는 듯이 오므리고 있던 제 입을 벌리기 시작했다. 러셀은 그 광경에서 눈을 뗄 수 없었다.

이윽고 완전히 꽃잎은 완전히 만개하며, 눈이 멀 정도의 밝은 빛을 뿜어냈다. 러셀은 제 눈가를 한껏 찌푸렸다. 빛은 금세 제 자취를 감추었다. 그토록 밝은 빛을 뿜어냈던 주제에 삽시간에 어디론가 사라져 버린 것이었다. 러셀은 그제야 찌푸렸던 눈가를 곧게 펴고선 제 눈앞에 벌어진 일을 확인했다.

쭉 뻗은 동그란 꽃잎, 그리고 꽃의 심지 위엔 검지만 한 무언가가 누워 있었다. 그것의 피부는 하얗고 녹색 빛의 기다란 머리칼을 가졌으며, 등 뒤엔 앙증맞은 날개 두 쌍이 달려 있었다. 불투명한 빛을 띠는 두 쌍의 날개는 건드리면 바스러질 듯이 위태롭게만 보였다.

러셀은 그것의 정체를 알 수 있을 것만 같았다.

"요, 요정!"

믿을 수 없게도 꽃에서 요정이 태어난 것이었다. 러셀은 제 눈으로 요정을 보고 있었지만, 제 눈에 비친 것을 단번에 믿을 수가 없었다.

설마 꿈이라도 꾸는 건 아니겠지. 그는 넋이 나간 얼굴로 제 뺨을 세게 꼬집어보았다. 그러자 아야야, 하는 소리가 절로 나올 정도로의 따끔한 고통만이 느껴질 뿐이었다. 꿈이 아닌 거야.

설마설마 했더니 진짜로 요정이 태어나 버릴 줄이야. 러셀은 어떻게 해야할지 가늠할 수 없어 발만 동동 굴렸다. 일단은 태어나긴 했는데, 어떻게 해줘야 하는 거지?

굳게 감겨 있던 요정의 눈꺼풀이 들린 것은 그때였다. 요정은 눈꺼풀을 들어 올림과 동시에 누워 있던 제 몸을 일으켰다. 그러곤 제 날개를 몇 번 파르르 떨었다. 제 날개가 제대로 달려 있는지 확인이라도 하듯이.

날개를 떨던 요정의 시선은 러셀에게로 닿았다. 그녀의 눈동자는 제 머리색과 닮은 녹색 빛이었다. 하나 그건 사람의 눈동자는 아니었다. 세로로 길게 찢어진 동공은 마치 고양이유의 눈동자를 연상하게 만들었다.

"안녕."

인간의 목소리완 울림이 다른 목소리가 러셀의 귓가에 닿았다. 그건 싫은 소리가 아니었고, 되레 듣기가 더 좋은 목소리였다. 러셀은 마른침을 꼴깍 삼키며 어줍잖게 대답했다.

"안, 안녕."

나, 왜 이렇게 긴장되는 거지. 러셀은 그렇게 생각하며 짧은 숨을 토해냈다. 요정은 그런 러셀을 보며 작게 킥킥거렸다. 그녀는 러셀의 어색함을 단번에 알아차린 듯했다.

"지금은 어때?"

"……으, 응?"

"나를 키운 게 마음에 들어?"

"……."

러셀은 제 고개를 갸웃거렸다. 요정이 무엇을 묻는지 전혀 모르겠다. 그러자 요정은 제 입가에 스몄던 미소를 걷히고선 제 입술을 작게 벙긋거렸다.

"예전에 네가 그랬잖아. 나를 키우는 게 마음에 든 건 아니라고."

"그, 그걸 다 듣고 있었단 말이야?"

"물론이지. 네가 했던 말을 모두 듣고 있었는걸."

러셀은 제 아랫입술을 짓이겼다. 그는 평소 페어리 테일에게 하고 싶은 말을 주구장창 늘어놓았었기 때문이었다. 가령 다혜에 관한 그런 것들을 말이다.

"하지만 그게 네 진심이 아닌 건 알고 있었어. 넌 진심을 제대로 말하지 못 하는 타입인 것 같았거든."

"제길."

"큭큭, 재밌다."

요정은 일그러진 러셀의 얼굴이 재미나다는 듯이 다시금 키득거렸다. 그러곤 앉아 있던 몸을 일으켜 제 날개를 퍼덕거리기 시작했다. 요정은 러셀의 주변을 빙글빙글 돌았다. 얼마나 빨랐던지 눈으로는 쫓기 힘든 움직임이었다.

그러다 요정은 무방비하게 놓여 있던 러셀의 손등 위에 가볍게 앉았다.

"그래도 고마워. 어찌되었건 너는 정말 정성껏 나를, 아니, 페어리 테일을 돌봐주었으니까. 답례로 네 소원을 하나 들어줄게."

"내 소원?"

요정은 대답 대신 제 고개를 조금 수그려 러셀의 손등에 가볍게 입을 맞추었다. 그 어떤 대답보다도 긍정적인 대답이었다.

"난……. 사랑하는 사람을 잊고 싶어."

다혜. 러셀은 차마 그녀의 이름까진 내뱉지 못하며 마른 숨을 토해냈다.

"좋아, 도와줄게. 사랑스러운 꽃의 주인아, 네 이름을 알려줘."

"…러셀. 나는 러셀이야."

외전3. 새로운 염원

수도와 아주 떨어진 곳. 수도의 시설 못지않은 어느 별장, 나는 세상에서 제일 사랑하는 사람과 한 침대를 쓰고 있었다.

그것도 그냥 침대가 아니라 엄청 푹신한 침대. 행복에 겨운 소리가 흘러나와도 모자랄 판에 나는 조금 기묘한 꿈을 꾸었다.

놀랍게도 그 꿈은 내가 현실로 돌아가는 꿈이었다. 현실. 따지고 보면 이젠 '샤넌을 위하여' 이 소설 속의 세계가 내 현실이 되었는데 말이다.

꿈속의 내가 눈을 떴을 때, 나는 작고 허름한 집에 존재하고 있었다. 인생을 공허하게 살아가던 장다혜의 몸으로. 하등 내세울 것이라곤 전혀 없는 그 여자가 되는 꿈이었다. 그 세계로 돌아간 내겐 아무것도 없었다. 아이린, 러셀, 에르하르트 그리고 이젠 내 존재보다 더 소중해진 하론이란 존재도.

무의미한 귀환이었다.

지독할 정도로의 두려움이 내 마음을 뒤덮었다. 나는 두려움에 꿈에서 도망치듯이 눈을 떠였다. 눈을 뜨자 보이는 것은 어슴푸레한 새벽빛이었다. 아직까지 날이 밝지 않았나 보다.

나는 기다란 심호흡을 뱉어내며, 내 옆에 누워 있을 하론을 찾았다. 시선을 조금 돌렸을 뿐인데 그의 모습은 내 시야에 제법 완벽하게 들어왔다. 그는 고른 숨소리를 뱉어내며 잠이 들어 있었다.

다행이다. 그라는 존재 하나는 내게 큰 안도감을 들게 만들어 주었다.

나는 손을 들어 이마를 쓸어 냈다. 이마엔 언제 맺혔을지 모를 기분 나쁜 식은땀이 가득했다. 다시금 꿈을 꾸고 싶지 않았기 때문에, 나는 잠자는 것을 포기한 채로 하론의 품에 깊게 파고들었다. 그러자 지난밤 수도 없이 내게 닿았던 그의 따스한 체온이 여과없이 느껴졌다.

하론, 나는 왜 그런 꿈을 꾼 걸까. 네가 없는 곳으로 가고 싶진 않아. 그건 그냥 불길한 꿈일 뿐인 거지?

나는 몸을 조금 떨었다. 꿈에서 깼을 때 느꼈던 두려움의 기운이 커졌기 때문이었다. 사랑하는 하론과 결혼도 했거니와 계시의 기운이 가득한 꿈에서 바이올렛이 행복해진 것도 보았다. 이젠 불행해지거나 힘들 일은 아무것도 없을 거라고 생각했는데. 그와 함께할 행복한 미래만을 꿈꾸면 되리라 생각했었는데. 그런데 그런 꿈을 꿨다는 게 정말 믿기지가 않았다.

진심으로 돌아가고 싶지 않다. 돌아가기엔 이 세계에 너무나도 소중한 것이 생겨 버렸다.

"······다혜."

순간 그의 부드러운 목소리가 들렸다.

"깼어?"

나는 아무렇지 않은 양 그에게 대답을 했다. 하론은 내 등을 가볍게 끌어안았다.

"응, 너 때문에 깬 건 아니니까, 걱정하지 마. 나는 평소에도 새벽에 곧잘 일어났었고······."

그는 아직까지 잠에서 덜 깬 목소리로 웅얼거렸다. 내 뒤척임 때문에 깬 것이 분명했지만 내가 미안함을 가지지 말았으면 하는 그의 배려가 가득 느껴졌다.

"다혜, 너야말로 무서운 꿈이라도 꿨어? 전에도 이런 적이 있었던 것 같은데."

나는 대답 대신 그의 가슴팍에 묻었던 고개를 뒤로 내뺐다. 그러곤 그의 얼굴을 올려다보았다. 어두운 사위 속에서도 반쯤 뜨인 그의 푸른 눈동자는 아름답게 빛이 나고 있었다. 왠지 모를 청량감이 느껴지는 눈동자. 내가 좋아하는 그의 눈동자였다.

나는 고개를 들어 올려 그의 눈꺼풀 위에 입을 맞추었다. 갑작스러운 내 입맞춤에 하론은 잠에서 완전히 깬 듯이 제 눈을 동그랗게 떴다. 나는 그런 그를 아랑곳하지 않으며 그의 코끝에도 입을 맞추었다. 그리고 내 입술의 다음 행선지는 그의 입술이었다. 몇 시간 전, 질리도록 맞대었던 입술이었지만 다시 닿은 그의 입술이 좋기만 했다. 질리는 구석이라곤 전혀 없었다.

"다, 다혜?"

하론은 놀란 듯이 내 이름을 불렀지만, 나는 그 다음의 수순을 행했다. 여자보다도 더 매끈한 그의 목덜미에 입술을 지분거렸고, 관능적인 그의 쇄골에도 입을 맞추었다. 내 손은 그의 살결을 부드럽게 어루만지며 방금 전까지 나를 안고 있었던 그의 가슴팍에도 입술을 맞대었다.

그러자 하론이 마른 소리를 내며, 내 얼굴을 부여잡았다.

"나를 참지 못하게 만들 셈이야?"

그는 장난스럽게 물었지만, 나는 장난스럽게 대답하고픈 마음이 전혀 들지 않았다.

"난 그저 네 존재를 확인하고 싶었어."

내 곁에서 살아 숨 쉬는 너를 느끼고 싶었어.

어쩌면 나는 아직까지도 불쾌했던 그 꿈에서 완전히 헤어 나오지 못하고 있는 것일지도 몰랐다.

"……"

그는 입가에 띠웠던 옅은 미소를 지우고선 걱정스러워진 눈빛으로 나를 내려다보았다. 뺨에 닿은 그의 엄지가 내 뺨을 몇 번 쓸었다. 아주 조심스러운 손길이었다.

"우리 다혜가 정말로 무서운 꿈을 꿨나 보구나."

"……응, 세상에서 제일 무서운 꿈을 꿨어."

나는 답지 않게 어리광을 부렸다. 그러고선 내 꿈이 얼마나 지독한 것이었는지에 대해 고백하듯이 털어놓았다.

"내가 원래 살던 세계로 돌아가는 꿈을 꾼 거 있지. 정말 말도 안 되는 꿈이었어. 그곳엔 바이올렛이 이미 행복하게 잘 살고 있을 텐데."

에르하르트와 닮은 그 남자와 말이다. 나는 거기까지 말하지 못하며 입술을 꾹 다물었다.

그러다 그런 생각이 들었다. 그곳에서 바이올렛이 행복하게 잘 살고 있다는 건 내 섣부른 추측이 아닐까, 하는.

나는 바이올렛이 나왔던 마지막 꿈에서의 그녀가 짓고 있던 미소를 똑똑히 기억하고 있었다. 에르하르트와 닮은 남자를 향해 짓던 그녀의 웃음은 정말로 행복해 보였어서, 나는 그녀가 행복하다고 단언하고 있었을지도 몰랐다.

하지만 그 이후에 장다혜가 된 바이올렛이 불행해졌다면? 그래서 그녀가 간절하게 이곳으로 다시 돌아오길 염원하고 있다면?

우리의 영혼의 엇갈림은 강렬한 염원에 비롯된 것이라 추측하고 있었다. 그 순간 간절히 바라는 것이 있다면, 바이올렛이 그런 염원을 가지지 말기를 바라는 것이었다.

그때에 하론이 내 허리춤에 제 손을 가볍게 둘러 나를 가까이 끌어당겼다. 우리의 몸이 가깝게 닿자, 끝없이 이어지던 생각은 자연스럽게 끊겼다. 대신 나는 그의 따스한 체온만을 느꼈을 뿐이었다.

"괜찮아. 아무 일도 일어나지 않아."

그는 내 머리칼을 쓰다듬으며 나를 달래 주었다. 여느 때와 다름없는 다정한 목소리였다.

괜찮아. 나는 그의 말을 끊임없이 되뇌었다. 그의 말 한마디에 거셌던 두려움의 기운이 사그라지기 시작했다. 하지만 그렇다고 해서 완전히 사라진 것은 아니었다.

"다혜, 그건 그저 악몽일 뿐이고. 그런 일이 일어나지 않을 거라고 나는 단언할 수 있어."

그는 물러섬이라곤 느껴지지 않는 목소리로 그리 읊었다.

"어떻게?"

"왜냐면 내겐 강렬한 염원이 있거든."

"강렬한 염원?"

"네가 내 곁에 영원히 함께하길 바라는 염원. 그 염원은 너무나도 큰 것이라서 아무도, 설령 신이라고 할지라도, 너를 내 곁이 아닌 다른 어디론가 보낼 수 없을 거야."

"……."

"우리에게 심오하고 난해한 일이 일어났던 이유는 바로 강렬한 염원 때문이었으니까."

그는 안고 있던 나를 떼어 놓으며, 내 얼굴을 내려다봤다. 다시 마주한 그의 얼굴은 확고한 빛을 띠고 있었다.

"그러니까 걱정하지 말고, 나만 믿어."

"놀랍게도 네 말에 믿음이 가."

나는 동의를 표하듯이 옅게 고개를 끄덕였다.

"……왜 '놀랍게도'라는 말이 붙는 거지? 그 말은 지금 상황과는 적절하지 않은 것 같아. 꼭 평소 믿지 못했던 상대를 웬일로 한 번쯤 믿어 보겠다는 말 같잖아."

"티 났어?"

"……"

나는 꽤나 누그러진 마음으로 그에게 우스갯소리를 했다. 그러자 하론이 제 미간을 옅게 구겼다. 그의 얼굴은 이런 상황에서도 농담을 하느냐는 얼굴에 가까워 보였다. 그러나 내겐 놀랍게도 이런 상황에서 그런 얼굴을 한 하론을 놀리고픈 마음이 가득 들었다.

"큭큭, 화나셨어요? 우쭈쭈."

"하, 도대체가."

하론은 기다란 한숨을 내쉬며 기가 막히다는 말을 덧붙였다. 그러다 그는 내 이마 위를 제 손으로 가볍게 튕겼다.

"그래도 이제 떨지 않아서 다행이다. 너 아까 무지 부들부들 떨었다고. 얼마나 걱정했는지 몰라."

"내가 그랬어?"

내가 그렇게 묻자 하론은 제 눈을 게슴츠레하게 뜨고선 대답했다.

"응. 그렇게 무서우셨어요? 오구오구."

아마도 내가 놀렸던 말과 같은 맥락의 말을.

"하, 도대체가."

그렇기에 나 또한 하론이 뱉어냈던 말을 똑같이 뱉어냈다.

하론은 작게 키득거렸다. 우리 사이에 맴도는 공기는 기가 막힐 정도로 부드러워져 있었다. 잠에서 깼을 때에 느꼈던 불안함은 어디론가 완전히 사라진 후였다.

"다혜. 다시…… 자는 건 무리겠지?"

"응, 아마도."

"그럼 좋은 걸 할까?"

"……?"

하론은 짐짓 사악한 미소를 지으며 내 위에 올라탔다. 그 어느 때보다도 날렵한 몸놀림이었다.

"하, 하론 너! 잠, 잠깐만. 우린 이미 어젯밤에……."

그는 내가 더 이상 말을 이어가지 못하게, 내 입술 위에 가볍게 제 입술을 맞추었다. 그러곤 내 눈을 빤히 응시했다.

"악몽 따윈 절대로 생각나지 않게 만들어 줄게."

그는 약속을 내뱉는 듯한 목소리로 그리 말했다. 실로 근사한 일이 벌어질 것만 같은 기분이 드는 말이었다.

정말로 방금 꾼 악몽 따위는 전혀 기억나지 않을 것 같은 기분. 악몽을 꿨었다는 사실조차도 까맣게 잊어버릴 것만 같은 기분.

"나만 보고, 나만 생각해. 그러면 더는 아무 생각도 들지 않을 거야."

하론은 고개를 숙여 내 귓바퀴 어귀에 입을 맞추었다. 말랑한 그의 입술이 귓바퀴에서 내 볼 어귀로, 그리고 입술에 다시금 닿았다. 그는 이번엔 꽤 길게 입맞춤을 한 뒤에 내게서 입술을 떼어냈다. 그의 입술이 머물고 간 자리가 따스하기만 했다.

"나는 여기 있고, 우리는 이곳에 존재해."

그는 근사한 목소리로 내게 또다시 멋진 말을 선사하고선, 제 고개를 더욱 수그렸다. 이번에 그의 입술이 닿은 곳은 내 목덜미와 어깨 사이였다. 하론은 그곳에 제 고개를 푹 숙인 채로 내 살갗을 깊숙이 탐했다. 이윽고 내 숨이 조금 거칠어지자 하론은 수그렸던 고개를 들어 내 눈을 재차 바라보았다.

"믿어, 이곳이 현실이야."

그것이 우리가 나눈 마지막 대화다운 대화였다.

우리는 지난밤 서로를 갈구했던 것이 무색할 정도로, 긴 시간 몸을 맞대었다. 마치 이곳이 현실임을 제대로 느끼려는 듯이.

***

이따금씩 불안함이 드는 건 당연한 일이라고 생각했다.

어찌 되었건 내겐 범상치 않은 일이 벌어졌고, 그런 일이 또 일어나지 않으리란 법은 없으니까. 내가 바이올렛의 꿈을 꾼다는 것은 내가 바이올렛의 일부와 연결되어 있다는 증거라고 생각했다.

내가 바이올렛이 된 이상 떼려야 뗄 수 없는 그런 연결. 그렇기에 먼 훗날에도 혹은 가까운 미래에도 그녀의 꿈을 꿀 가능성은 아주 다분하다고 여겼다.

하지만 이젠 아무러면 어떻겠냐는 생각이 들었다. 그건 지난밤, 내게 커다란 믿음을 선사해 준 하론이 했던 말 때문이었다.

'네가 내 곁에 영원히 함께하길 바라는 염원. 그 염원은 너무나도 큰 것이라서 아무도, 설령 신이라고 할지라도, 너를 내 곁이 아닌 다른 어디론가 보낼 수 없을 거야.'

설령 신이라고 할지라도 거스를 수 없는 그의 염원. 그런 염원이 나를 원하고 있는데, 내가 이 세계에서 사라질 일이 있기는 한 걸까?

나는 그런 일이 일어나지 않을 거란 막연한 예감이 들었다. 그것은 어젯밤 일순 나를 덮쳤던 불안함보다도 훨씬 더 확실한 예감이었다.

나는 새벽 내내 나를 힘들게 했던 하론의 얼굴을 빤히 응시했다. 날이 밝은 지는 오래되었지만, 그에게선 일어날 기미가 전혀 보이지 않았다. 하론은 새근새근 소리를 내며 깊은 잠에 빠져 있었다. 좋은 꿈이라도 꾸고 있는 것인지, 그의 입가엔 작은 미소가 스며 있었다.

행복하다. 순간 든 생각은 그것 하나뿐이었다. 아침에 눈을 떴을 때 제일 처음 보이는 게 하론이라서 행복했고, 오로지 나란 존재 하나만을 위해 주는 사람이 하론이었음에 더 행복했다. 나는 하론만큼 그를 위해 줄 수 있을까.

어디 하나 못난 구석이라곤 없는 하론은 자는 모습까지도 사랑스럽게만 느껴졌다. 나는 그런 하론의 볼에 가볍게 입을 맞추었다. 절대로 그를 깨울 생각은 아니었지만, 하론은 잠에서 깬 것인지 제 눈꺼풀을 반쯤 들어 올렸다.

"다혜. 너무 적극적이잖아."

하론은 밝은 빛에 눈이 부시기라도 한 듯이 제 눈가를 조금 찌푸렸다.

"몇 시간 전에 더 적극적이었던 사람이 누군데 그래."

"큭큭, 그래. 맞아. 부정하지는 않을게."

나는 배시시 웃고 있는 하론의 입가를 손끝으로 가볍게 두드렸다.

"하론. 좋은 꿈이라도 꿨어?"

"응, 완전 좋은 꿈을 꿨어."

"무슨 꿈?"

"네 꿈."

"내 꿈? 내가 네 꿈에 나와서 뭘 했는데?"

나는 정녕 궁금하다는 듯이 물었다. 그러자 하론이 더더욱 짙어진 미소를 지으며 대답했다. 왠지 모를 음흉함이 가득 느껴지는 미소였다.

"네가 꿈에서 날 덮쳤어. 막……. 네가 손으로 내…… 만지고……. 그래서 내가 막……."

낯간지러운 말을 부끄러움이라곤 전혀 없이 줄줄이 내뱉는 하론이었다. 나는 그의 입을 손으로 막고선 소리쳤다. 내 얼굴이 붉어졌으리란 것은 거울을 보지 않아도 알 수 있었다. 도대체 아침부터 못 하는 말이 없어!

"하, 하론! 거기까지만 말해!"

하론은 키득거리며 제 입가를 막고 있는 내 손에 짧게 입을 맞추었다. 그의 입맞춤에 나는 그의 입가를 가리고 있던 손을 거두었다.

"음, 다혜가 원한다면야 아주 자세히 얘기해 줄 수도 있는데."

"됐어, 닥쳐! 이 변태!"

하, 사랑스러워 보였던 하론에게 아침부터 소리칠 생각은 전혀 없었는데 말이다. 하론은 '닥쳐'라는 내 소리가 제 귀엔 '사랑해'라는 소리로 들리기라도 한 것인지, 내 말에 기분 나빠 하기는커녕 끊임없이 미소만을 지었다. 얄미워도 이렇게 얄미울 수가.

"사랑해."

……아무래도 닥쳐라는 내 말이 사랑해라는 말로 들렸음이 분명했다. 문제는 그것을 받아들이는 내 마음이었다.

나는 나사가 풀린 사람처럼 그를 따라 미소를 지어 보이고야 만다. 방금 전에 소리쳤던 게 무색할 지경이었다.

***

우리는 끝이 보이지 않는 기다란 해안을 거닐었다. 발바닥에 닿는 모래의 촉감이 부드럽기만 했고, 수평선처럼 보이는 푸른 바다가 아름답기만 했다.

나는 고개를 슬쩍 비틀어, 내 옆에 거니는 하론을 바라봤다. 푸른 바다를 배경 삼은 그의 푸른 머리칼이 평소보다도 훨씬 더 멋져 보였다. 할 수만 있다면 내 머릿속에 영원히 기억하고픈 정경이었다.

"너무 좋다, 역시 이곳으로 오길 잘한 것 같아."

결혼식이 끝난 후 신혼여행지로 선택한 이곳은 수도와 꽤 떨어진 곳으로 바다가 아주 아름다운 곳이었다. 태어나서 바다를 한 번도 본 적이 없다던 하론의 말에 따라 나는 고민 없이 이곳으로 오길 정한 터였다. 물론 내게는 바다가 처음이 아니었다. 본래의 세계에 살았을 땐 본의 아니게 바다와 가까운 곳에 살았으니 말이다.

하론은 반짝이는 눈으로 연신 바다를 살피고 있었다. 그 모습이 마치 어린 아이의 눈빛처럼 보였다.

"하론 클로노아 영윤. 바다 처음 본 촌스러운 티 좀 그만 내지?"

타박 아닌 타박 같은 내 말에 하론은 바다를 보던 시선을 내게로 돌렸다.

"다혜. 설마 이런 나를 부끄러워하는 건 아니겠지?"

"약간은?"

"너무해. 너는 바다가 아름답지 않은 거야?"

나는 곁눈질로 슬쩍 바다를 응시했다. 보았던 횟수와는 별개로 바다는 언제 보아도 아름다운 것이었다. 이 세계건, 저 세계건 간에 말이다.

"아니, 무척이나 아름답지. 하지만."

"하지만?"

나는 바다에 주었던 시선을 그에게로 돌리며 이어 말했다.

"바다보다도 더 아름다운 네가 내 옆에 있는데, 내가 바다 따위를 어떻게 아름답다고 느낄 수가 있겠어."

내가 한쪽 눈까지도 찡긋거리자, 하론의 얼굴엔 충격의 기운이 번져갔다.

"……!"

"뭐야, 반한 거야? 막 두근거렸어?"

하론은 천천히 손을 제 가슴께에 올려놓았다. 제 시선을 살짝 누그러뜨린 그의 양 뺨엔 옅은 홍조가 드리워져 있었다. 그리고 그는 고개를 끄덕이며 대답했다.

"……응."

……귀여워. 어쩜, 어젯밤과 이렇게까지 달라도 되는 거니?

나는 그 간극이 우습고 귀여워 연신 키득거렸다.

"내가 할 말을 완전 빼앗긴 기분인데. 그다지 싫진 않다? 아주 이상한 기분이야."

하론은 전혀 농담이 아니라는 듯이 심각하게 말했다.

"결론은 좋았단 거지?"

"당연하지."

그는 이번만큼은 망설임 없이 대답했다. 저가 할 말을 내게 뺏긴 것 같지만, 아무튼 그는 내가 한 말을 마음에 들어 하고 있단 거다.

"하론 클로노아. 더 분발하도록."

"큭큭, 예예. 더 분발하도록 하겠습니다."

하론은 기분 좋은 미소를 지으며 내 머리칼을 부드럽게 흐트러뜨렸다. 언제고 내가 좋아했던 그의 미소였다. 바다에만 닿았던 그의 시선은 다시금 바다로 돌아가는 일은 없었다. 그는 웃음기가 가득 배인 눈빛으로 나를 가만히 내려다보았을 뿐이었다.

"다혜 넌 바다에 오는 게 처음이 아닌 것 같아."

하론은 내 머리 위에 머물렀던 손을 내려, 내 손을 잡았다. 손끝에 머물던 그의 손가락이 내 손가락의 마디마디 사이로 들어오는 게 느껴졌다. 처음하는 깍지도 아니었건만, 왠지 모르게 내 심장은 가빠른 소리를 내었다.

익숙한 스킨십이 낯설게 다가왔다. 어쩌면 그와 함께 온 바다라는 정경 덕에 그런 낯선 설렘이 느껴졌던 것일지도 몰랐다.

"응, 예전에 살던 곳이 바다 근처였거든."

나는 아주 예전에 보았던 그 세계의 바다를 떠올렸다. 거기엔 바다 위, 기다란 대교가 있었는데. 하론은 옛 생각에 잠긴 나를 보며 물음을 건넸다.

"그땐 누구랑 왔어?"

"글쎄."

"남자?"

"남자도 있었겠지?"

바이올렛이 되기 전 평생을 바다 근처에 살았는데, 한 번도 남자와 오지 않았다는 건 정말 이상한 일이었다. 하나 그런 내 사정을 모를 하론은 제 붉은 입술을 작게 삐쭉였다.

"질투나. 난 네가 처음인데."

"나도 이 세계에서 바다를 보러 온 건 네가 처음이야."

"하지만 그게 네 인생에서의 처음은 아니겠지."

하론은 서운함이 그득하게 담긴 목소리로 작게 속삭였다. 저와 처음으로 바다에 온 게 아니라는 사실이 그토록 서운한 말이었던가. 나는 그의 이름을 조용히 불렀다.

"하론."

하론은 대답 대신 제 고개를 숙여 내 이마에 가볍게 입을 맞추었다. 그러곤 제 입술이 잠깐 머물렀던 내 이마 위에 제 이마를 가져다 대었다. 맞닿은 그의 이마가 꽤 뜨거웠다.

그는 어린 아이처럼 내 이마를 비비적거리더니 이내 나를 제 품에 끌어당겼다. 나는 그에게 하릴없이 안기었고, 하론은 내 어깨 위에 제 고개를 완전히 기대었다.

"하지만 바다를 보러 함께 온 남자의 마지막은 내가 될 거야."

그렇게 말한 그는 숨을 쉴 수 없을 정도로 나를 꼭 껴안았다. 답답할 정도로 세게 나를 안은 그의 행동이 싫기는커녕 되레 좋기만 했다. 이러다 숨을 쉴 수 없게 되어도 좋다는 생각이 들 정도로.

"다혜. 바다에서 키스한 적은 있어?"

하론은 내 귓가에 제 입술을 슬그머니 가져다대며 물었다.

"……아니."

내 대답이 끝나기가 무섭게 하론은 안고 있던 나를 놓아주었다. 동시에 내 시야 속에서 그의 얼굴이 가까워지기 시작했다. 하론의 이름을 부르려 입술을 조금 열었을 때, 하론은 그 틈을 놓치지 않고 내 입술 위에 제 입술을 포개었다. 조금 열린 입술 사이로 그의 혀가 매끄럽게 들어왔다. 그의 혀는 내 치열 위를 가볍게 훑으며 더욱 깊은 곳으로 나아갔다. 내 입술 사이로 달뜬 소리가 새어 나오고 나서야, 하론은 키스하던 것을 멈추었다.

"그럼 이건 처음이겠다."

"그렇겠지?"

"그럼 바다에서 고백 받은 적은 있어?"

나는 딱히 고민을 하지 않고 대답했다.

"아니."

하론은 빙그레 미소를 지으며 내 콧등 위에 가볍게 입을 맞추었다. 쪽, 하는 소리와 함께 그는 내게 진심이 가득 담긴 말을 내뱉었다.

"너를 너무 좋아해."

그는 다시금 나를 꼭 껴안았다. 맞닿은 그의 몸이 방금 전보다도 훨씬 더 뜨거워져 있었다. 나는 익숙하게 그의 등을 쓰다듬었다.

부드러운 키스, 그리고 어느 때보다도 진심이 가득하게 느껴졌던 그의 고백. 내 심장은 그런 것들을 여과 없이 제대로 받아들이고 있었다. 그렇기에 이토록 빠르게 뛰고 있는 거겠지.

나는 티 나지 않게 심호흡을 했다. 하론, 넌 어쩜 매순간 내 심장에 해로운 짓을 하는 건지.

"하론, 네 몸. 엄청 뜨거워."

"다시 방으로 돌아갈래?"

"……왜?"

나는 나도 모르게 마른 침을 꿀꺽 삼키며 물었다. 그의 입술에서 어떤 대답이 흘러나올지 일찌감치 예상됨에 한 행동이었다. 하론은 내 귓가에 작게 속삭였다.

"여기서 못하는 거 하러."

"그러다 오늘 하루 방에서 못 나오겠다."

"흐음, 그것도 나쁘지 않은데?"

나도 썩 나쁘지 않은 것 같기도 하고. 나는 그렇게 생각했지만, 하론의 등짝을 가볍게 내려쳤다. 작은 마찰음과 함께 하론이 작게 켁켁거렸다.

"하론. 어제, 네가 가진 강렬한 염원에 대해서 말해 줬잖아."

"응."

"그런 의미에서 나도 지금부터 강렬한 염원을 가져 보려고."

"염원?"

하론은 의아하다는 듯이 반문했다. 하지만 나는 그에게 대답 대신 바람 빠진 미소를 지었을 뿐이었다.

"다혜. 네 염원은 뭔데?"

"맞춰 봐."

그건 말이야, 이렇게 네 곁에서 널 영원히 사랑하고, 너와 행복하길 바라는 거야. 그게 내 강렬한 염원이야.

그리고 그것은 내가 죽는 순간까지도 영원히 가질 염원이었다.

외전4, 바이올렛의 빵집 취직기

　"빌어먹을."

　바이올렛은 낮은 욕설과 함께 손에 든 통장의 잔고를 응시했다. 그곳에 적힌 숫자는 1,011원. 에그타르트 하나도 못 살 돈이었다.

　장다혜가 살던 세계로 온 지 한 달. 그간 바이올렛에겐 많은 일이 있었다. 에르하르트, 아이린과 닮은 사람들을 만났으며, 졸지에 저가 살던 세계가 책 속 세계였음을 알게 되었다. 받아들일 수 없는 사실들의 연속이었지만, 이제 바이올렛은 그런 사실들을 그럭저럭 받아들이고 있었다.

　그래, 에르하르트와 닮은 듯 닮지 않은 하린이라는 그 남자와 이 세계에서 살아가는 것도 나쁘지 않겠다고 생각했었는데. 이제 이곳에선 애증에 물들지 않은 채로 살아가리라 다짐했었는데.

　문제는 놀랍게도 따로 존재했다. 그것은 감정적인 문제가 아닌 현실적인 문제였다. 바로 돈이었다.

　"이 여자는 왜 이렇게 돈이 없어. 정말 마음에 드는 구석이라곤 하나도 없군."

　바이올렛은 텅텅 비어 있는 잔고를 자랑하는 통장을 아무렇게나 던져 버렸다. 동시에 배에선 꼬르륵거리는 소리가 났다. 생각해 보니 제대로 된 음식을 먹지 못한 게 벌써 삼 일째였다.

"돈이 필요해."

언제까지 배를 굶고 살 수 없는 노릇이었다. 바이올렛은 굶주린 배를 끌어안으며, 핸드폰의 액정을 켰다. 그러곤 바이올렛은 고민 없이 메시지 창을 열어 메시지를 입력하기 시작했다. 수신인은 이미 정해져 있었다.

[나 취직 좀 시켜 주세요.]

"……하린 오빠."

오빠라는 말까지 꼭 붙여 적은 그녀는 전송 버튼을 꾹 눌렀다. 고작 손가락 몇 번을 놀림으로써 의사를 전달할 수 있다니. 몇 번을 써 보았지만 정말 신기한 문물임에 틀림없었다.

"하, 바이올렛 바바라스. 한심하기 짝이 없군."

돈에 대한 것으론 한 번도 고민을 해 본 적이 없던 저가 일을 하게 될 줄이야. 바이올렛은 무거운 한숨을 내쉬었다. 이 세계에서 돈을 얻기 위해선, 적어도 일을 해야 한다는 것은 다혜의 몸이 기억하는 기억으로써 알게 된 사실이었다.

더불어 자연스럽게 떠오르는 다혜의 기억들을 통해, 바이올렛은 이곳이 어떻게 돌아가는 곳인지에 대해 알게 되었다. 가령 핸드폰이라든지 이곳의 화폐 구조라든지 생활방식이라든지. 문자 보낼 줄 모르냐고 저를 타박하던 하린에게 자존심이 상해, 문자를 보내는 법도 터득한 그녀였다. 장족의 발전이었다.

하나 생활 방식을 익히는 것과는 별개로 시간이 지날수록 그녀는 제 현실을 피부 깊숙이 느끼게 된다. 의식주를 해결하기 위해서 필요한 것은 돈이었고, 장다혜는 돈이 많은 여자가 결코 아니었다. 이렇게 있다간 하찮은 이 좁은 집에서조차도 쫓겨날지 모를 일이었다. 방세인지, 뭔지를 내라는 주인의 성화를 이미 몇 번 들은 터였다.

다혜의 기억으로 얻을 수 있는 정보는 비단 이곳에 대한 정보뿐 만은 아니었다. 그녀의 기억 속엔 '샤년을 위하여'를 읽었던 그녀의 감정까지도 고스란히 잔존하고 있었다.

바이올렛은 의도치 않게 그 소설에 대한 다혜의 솔직한 생각을 알게 됐다. '바이올렛이라는 여자가 안타깝다. 그녀가 행복했으면 좋겠다. 하론은 또 얼마나 안쓰러운가.' 대개 그런 생각들이었다.

그것들은 일전에 다혜가 제게 직접 호소했던 것들이었지만, 그 당시 애증에 물들어 있던 바이올렛은 그녀의 말을 일절 믿지 않았다. 그저 저를 꾀어낼 수작이라고 생각했을 뿐이었다.

하지만 실제 다혜의 진심이 온전히 닿으니, 그때의 그녀는 저를 꾀어낼 수작만으로 그런 말을 했던 게 아니라는 것을 뒤늦게 깨달고야 만다. 그리 달갑지 않은 진심이었다. 그간 괴롭혔던 게 미안하기도 하고.

거기까지 생각했을 때, 바이올렛의 핸드폰이 반짝거렸다. 하린의 답신이었다.

[가게로 오십시오.]

***

바이올렛은 신을 대충 구겨 신으며 하린의 가게로 향했다.

제법 익숙해진 도시의 불빛들이 바이올렛의 시야에 맺히고 있었다. 쉬이 익숙해지지 않을 것이라 생각했던 제 세계와 다른 전경이 고작 며칠 사이에 익숙해졌다는 사실에 스스로 잠깐 놀랐다. 바이올렛은 이젠 발걸음을 세지 않고도 하린의 가게에 찾아갈 수 있었다.

가게에 다다른 바이올렛은 가게의 유리창을 통해 그 안을 물끄러미 들여다보았다. 저녁 10시, 슬슬 손님이 끊길 시간의 빵집엔 손님이라곤 보이지 않았다. 직원들 또한 모두 퇴근한 것인지 하린의 모습만이 보였다. 그는 무언가에 불만인 듯한 얼굴로 어딘가를 빤히 내려다보고 있었다. 구겨진 얼굴은 못나 보여야 함이 정상이었지만, 하린이라는 남자는 그런 얼굴조차도 매우 잘나게만 보였을 뿐이었다.

그런 그의 시선이 머물러 있는 곳은 바이올렛도 익히 맛을 보았던 그 빵이 진열된 곳 앞이었다. 에르하르트와 꼭 닮은 이름을 가진 에그타르트.

바이올렛은 유리문을 열어젖혔다. 그러자 딸랑, 하는 차임벨 소리와 함께 문이 매끄럽게 열렸다. 동시에 에그타르트에게만 꽂혀 있던 하린의 시선이 바이올렛에게 닿았다.

"안녕하세요."

바이올렛의 성의 없는 인사에 하린은 작게 한숨을 쉬었다. 바이올렛으로선 그 이유를 전혀 알 수 없는 한숨이었다.

하린은 가게에 들어선 채로 가만히 서 있는 그녀를 빤히 응시했다. 그러곤 몇 시간 전, 제게 왔던 문자의 내용을 떠올렸다.

취직을 시켜 달라나, 뭐라나. 하린은 뜬금없는 그녀의 제안에 혀를 내둘렀다. 하지만 이상한 것은 그녀의 부탁을 마냥 거절하고 싶지 않았다는 것이었다. 동정심인지, 연민인지, 아님 어떤 다른 감정 때문인지는 잘 모르겠지만.

"……저녁은. 드셨습니까?"

하린은 복잡해진 눈빛으로 그녀에게 물었다. 바이올렛에게서 돌아온 대답은 아주 명쾌한 것이었다.

"아니요. 저 지금 엄청 배고파요."

아니, 이 여자는 뭐가 이렇게 당당해. 하린은 저도 모르게 잘 뻗은 제 눈썹을 일그러뜨렸다. 그러자 또다시 제게 이상한 증상이 나타나기 시작했다. 배가 고프다는 이상한 여자의 허기짐이 걱정되기 시작했기 때문이었다.

대관절 저완 상관없는 그녀가 밥을 먹든 먹지 않든 그게 무슨 상관이라고……. 라고 생각하면서도 하린은 성의 없이 한 마디를 뱉어냈다.

"그럼 이거라도 먹던지요. ……마침 남아서."

툭 내뱉은 말이었지만, 그 속엔 어쩐지 다정함이 조금 스며있는 듯한 말이었다. 바이올렛은 고민 없이 하린이 흘긋한 빵을 하나 집어 들었다.

고놈, 참 먹음직스럽게 잘 구워졌네. 그녀는 에그타르트를 한 입 베어 물었다. 맛은 이전에 맛보았던 대로 맛있었다. 절로 고개가 끄덕여질 정도였다.

"맛있네요."

"흠흠, 제가 만든 빵은 다 맛있습니다."

"그래요?"

허기졌던 바이올렛은 어느새 에그타르트 하나를 모두 해치우고선, 하린을 다시금 응시했다. 다시 본 그의 얼굴은 방금 전보다도 더 험악하게 일그러져 있었다. 저가 말실수를 했던가. 바이올렛은 고개를 조금 갸웃거렸다.

"왜요? 무슨 문제라도 있어요?"

"……그게 다입니까?"

"뭐가요?"

"그러니까……."

내 빵에 대한 감상이 그게 다냐고. 하린은 그렇게 묻고 싶었지만, 제 입술을 꾹 다물었다. 제 빵이 맛있다고 말해 달라고 채근거리는 꼴이지 않던가. 하지만 그녀가 제 빵에 대해 칭송을 해 준다면 정말 기분이 좋을 것 같단 생각이 든 그였다. 부루퉁해 보이는 얼굴을 한 그녀가 해사한 미소를 짓고, 제 빵을 칭송해 준다면.

웃는 그녀의 얼굴을 생각하던 하린의 가슴이 비약적일 정도로 빠르게 뛰기 시작했다. 그는 제 머리를 거칠게 쓸어 넘기며 시름이 깊어진 한숨을 내쉬었다. 도대체 뭘 바라는 거야.

"됐고. 아까 그 문자에 대해 자세히 말씀해 보십시오. 취직을 시켜 달라뇨."

하린은 괜스레 말을 돌렸다. 그럼에도 빨라진 심장 박동은 쉬이 평소의 페이스를 찾아가지 못했다.

"말 그대로예요. 보시다시피 제가 돈이 좀 없어요."

"그건 그쪽 사정이고. 제가 그렇다고 해서 당신을 대뜸 취직 시켜 줄 이유는 없는 것 같은데."

"왜 없어요. 하린 오빠."

바이올렛은 야살스러운 미소를 지으며 하린에게 가까이 다가갔다. 그러자 흠칫한 것은 하린이었다. 어느새 하린의 코앞까지 다가온 바이올렛은 그의 셔츠 위로 손을 뻗었다.

그녀의 손의 종착지는 하린의 복부에 매여 있던 검은색 앞치마였다. 그녀는 조금 삐뚤어진 하린의 앞치마를 손으로 매만지며 말을 이어갔다.

"……지, 지금 무슨 짓을!"

하린은 당황한 듯이 소리쳤지만, 딱히 그녀의 행동을 말리진 않았다. 대신 귀 끝이 조금 뜨거워졌을 뿐이었다.

바이올렛은 붉어진 그의 귀를 게슴츠레하게 응시했다. 소리를 치긴 해도 싫진 않나 보네. 바이올렛은 조금 음흉한 미소를 지으며 그의 앞치마에서 손을 뗐다. 그러곤 하린의 까만 눈동자를 빤히 응시했다. 그의 동공은 갈피를 잃고 방황하고 있었다. 아무래도 이 무뚝뚝한 척을 하는 남자가 제게 어떤 커다란 동요를 느꼈음이 분명했다. 아마도 그건 호감의 징조로서 발현된 동요가 아닐까.

일전에도 그가 제게 호감이 있는 게 분명하다고 여긴 바이올렛이었다. 호감이 있는 상대를 제게 완전히 넘어오게 하는 것은 바이올렛의 전문 분야였다. 통장 잔고가 1,011원인 그녀는 돈이 절실했고, 하린을 조금 유혹해 보기로 마음먹었다. 물론 자신 또한 하린에게 어쭙잖은 호감을 가지고 있기도 했으니.

"저는 그래도 우리가 꽤 친해진 거라고 생각했는데……. 아니었나요? 집까지 몇 번 데려다주시기도 했고, 얘기도 많이 나눴고. 무엇보다도."

"……."

"좋아해요."

"......!"

바이올렛은 진한 미소를 지었다. 좋아한다는 제 말에 하린의 얼굴은 돌이킬 수 없을 정도로 혼란스러워졌다. 바이올렛은 시시각각 변하는 그의 얼굴을 보며, 뒷말을 이어 했다.

"당신이 만든 그 에그타르트."

"......."

"저를 여기에 취직시켜 주신다면, 다른 사람도 당신이 만든 에그타르트를 좋아할 수 있게 만들어 볼게요."

몹시도 유혹적인 기운이 가득한 그 말에 하린은 침묵했다. 대신 그의 목울대가 티 나게 꿀렁거렸을 뿐이었다.

＊＊

홀린 게 틀림없다.

하린은 그렇게 단정 지었다. 그렇지 않고서야 요사스러운 미소를 짓던 바이올렛의 얼굴이 이토록 머릿속에 오랫동안 잔류하고 이유는 없을 테니까.

순간 하린의 머릿속엔 어젯밤 바이올렛이 했던 말이 떠올랐다.

'좋아해요.'

저를 올려다보던 바이올렛의 그윽한 시선. 그녀의 작은 숨소리. 가까이 있던 그녀에게서 맡아지던 맡기 좋은 체취. 어느 것 하나 허투루 기억되는 게 없었다. 모든 것이 손에 잡힐 듯이 너무나도 선연하다.

하린은 고백을 처음 받은 사춘기 소년처럼 빨라지던 제 심장 박동을 기억했다. 바이올렛의 '좋아해요'라는 말이 제게 향한 것이 아님을 알고 있었음에도 불구하고, 가빠진 심장 박동은 한동안 사그라지지 않았었다. 당황한 여파로 졸지에 그녀를 취직시켜 주기에 이르렀으니.

포스기 앞에 서 있던 하린의 복잡한 시선이 바이올렛에게 닿았다. 그녀는 빵을 고르는 손님을 과할 정도로 쳐다보고 있었다. 아니, 노려보고 있다는 게 더 정확한 표현일지도 몰랐다.

취직을 시켜 주며 어려운 일을 시킨 것은 아니었고, 그녀에겐 그저 손님 응대만을 시킨 하린이었다. 딱히 바이올렛이 일을 훌륭하게 할 법한 사근거리는 성격은 아닌 것 같아서. 그래서 빵 진열과 가벼운 손님맞이를 해 달라고 했을 뿐인데……

손님을 노려보는 그녀의 눈빛을 보자니, 꼭 조만간 무슨 일이 벌어질 것만 같은 예감이 든 하린이었다. 아니나 다를까. 머지않아 조용했던 빵집에 날카로운 소리들이 퍼져 가기 시작했다.

일의 발단은 손님이 집었다가 아무렇게나 내팽개친 에그타르트였다.

"그 빵. 그렇게 던지시면 안 돼요."

바이올렛은 끓어오르는 노기를 누르며 말했다. 빵을 집어던진 여자는 어이가 없다는 듯이 반문했다.

"네? 제가 던지든 어쩌든 댁이 무슨 상관이에요."

"보시는 바와 같이 에그타르트는 매우 연약한 빵이라서, 그렇게 던지시면 상품에 흠집이 납니다만."

여자는 들고 있던 집게로 저가 내팽개친 에그타르트를 몇 번 성의 없이 툭툭 건드렸다. 부서지기 쉬운 에그타르트의 옆면이 티가 나게 으스러져 있었다. 바이올렛은 으스러진 면을 보며 제 인상을 매섭게 구겼다.

"뭐, 티도 안 나고만."

"티. 납니다."

바이올렛은 아랫입술을 지그시 깨물었다. 보자보자 하니까, 이 여자가 하는 행동이 아주 가관이라서. 돈이 급해서 어줍잖게 취직을 했으니, 적어도 하린에게 해가 될 행동을 하지 말아야 함을 바이올렛도 잘 알고 있었다. 적어도 상도덕은 지키자, 라고 다짐했건만.

상도덕이라곤 전혀 보이지 않는 여자 손님의 태도를 보자 화가 나도 여간 나는 게 아니었다. 공녀로서 살아가던 그녀였다면, 일찍이 여자의 멱살을 잡았으리라.

"……뭐라고요?"

여자 손님도 성격이 만만치 않은 듯이 바이올렛에게 대꾸했다. 둘 사이엔 험악한 기류만이 그득했다. 하린은 얼른 계산대에서 튀어나와 두 여자 사이를 파고들었다. 더 방관하고 있다간 정말로 큰일이 일어날 법했기 때문이었다.

"죄송합니다, 손님."

하린은 여자 손님에게 정중하게 사죄했다. 그렇다고 해서 여자 손님의 태도가 옳았다고 옹호하는 것은 아니었다. 다만 어쩔 수 없었을 뿐이었다. 빵집 사장으로서.

"나 원 참. 이 빵집. 사장이 싹싹해서 자주 이용했는데, 직원은 꼬락서니가 이게 뭐야."

여자는 팔짱을 단단히 낀 채로 바이올렛을 노려보았다. 바이올렛은 주먹을 꽉 쥐고선 더욱 도끼 같아진 눈으로 그녀를 쏘아봤다.

"뭐라고요?"

"바이올……. 아니, 바이. 그쯤 하십시오."

하린은 바이올렛에게 눈짓을 했다. 일이 더 커지길 바라진 않았기 때문이었다. 하나 그의 그런 진심은 바이올렛에겐 전혀 닿지 않았나 보다. 하린이 여자 손님을 두둔하자 바이올렛은 더 성이 난 듯이 그에게 따지고 들었다.

"하린 오빠, 아니, 사장님. 제가 뭘 잘못했어요? 저 여자가 빵을 막 집어던진 건 사실이잖아요. 사지도 않을 거면서 흠집이나 내고. 당신, 그 빵이 어떤 빵인 줄 알아?”

바이올렛은 하린이 얼마나 에그타르트에 정성을 쏟고 있는지 알고 있었다. 늦은 밤 제일 팔리지 않는 에그타르트를 바라보며, 그 주변만 서성거리던 그의 근심 어린 얼굴을 알고 있었단 말이다.

그렇기에 더더욱 그런 에그타르트를 홀대하는 여자의 태도를 그냥저냥 지나칠 수가 없었다. 바이올렛은 여자에게 금방이라도 달려들 듯이 몸을 기울였다. 그러자 하린이 그녀를 막아 세웠다.

“그만. 당신이 심했습니다. 사과하세요.”

하린에게서 돌아온 대답은 차가웠다. 하린은 제법 화가 난 얼굴로 바이올렛을 내려다보고 있었다.

서늘함이 물씬 풍기는 그의 눈매. 꽉 다문 입술. 그 모습은 놀랍게도 에르하르트와 퍽도 닮아 보였다. 그러니까 바이올렛 저를 끔찍하게 생각했던 그 에르하르트와.

순간 바이올렛이 느낀 것은 노기보다도 짙은 슬픔이었다. 왜 슬픈 마음이 든 걸까. 하린이 저 대신 손님 편을 들어서? 에르하르트와 닮은 하린이 저를 냉소적으로 바라보아서?

그것도 아니라면, 하린에게조차도 미움을 받게 될까봐 겁이 나서?

바이올렛은 쓰디쓴 미소를 지었다. 왠지 모르게 눈물이라도 날 법한 기분이었다.

“최하린. 당신이 무슨 말을 하든, 에그타르트를 그딴 식으로 다룬 여자에게 절대로 사과 못 해.”

바이올렛은 허리춤에 둘렀던 앞치마를 벗어던지고선 빵가게를 뛰쳐나갔다. 뒤에선 저를 부르는 하린의 목소리가 몇 번 들렸지만, 그녀는 뒤돌아보지 않았다. 바이올렛은 뛰는 듯한 빠른 걸음으로 집으로 향했다. 내심 하린이 쫓아와 주길 바랐지만, 그는 따라오지 않았다. 어쩌면 화가 단단히 난 손님에게 아직까지 사과하고 있을지도 몰랐다. 바이올렛은 그 점이 퍽도 마음에 들지 않았다.

이윽고 집에 도착한 바이올렛은 현관문을 열던 순간 생각했다. 아무래도 며칠은 꼼짝없이 굶어야겠다는 그런 생각.

***

하린은 핸드폰을 들었다 놓길 반복했다. 핸드폰에만 꽂힌 그의 시야엔 누군가의 이름이 맺혀 있었다.

'바이올렛.'

이름도 이상하고, 행동도 이상하고, 말하는 것도 이상한 여자인 바이올렛. 그 여자가 신경 쓰여 미칠 것만 같은 그였다. 처음엔 대뜸 눈물을 흘려서 저를 신경 쓰이게 하더니, 좋아한다는 말로 저를 홀려 놓고선, 이젠 제 분에 못 이겨 뛰쳐나가 버린 그녀였다. 빵집을 뛰쳐나가던 그녀의 얼굴에 서린 눈물의 기운이 계속해서 하린의 머릿속에 맴돌았다.

취직시켜 달라고 부탁할 땐 언제고 그렇게 쉽게 일을 내팽개쳐 버린 그녀가 원망스럽기도 했다. 무언가를 파는 입장에서 손님들에게 굽히고 들어가는 건 당연한 일임에도, 바이올렛은 그런 것들을 전혀 이해하지 못한 듯했다. 마치 이런 일이라곤 한 번도 안 해 본 사람처럼.

물론 그녀가 화를 냈던 이유를 하린은 이해했다. 하린 또한 손님이 던지듯이 에그타르트를 내팽개치는 걸 봤으니까. 하지만 그 상황에선 그렇게 함이 제겐 최선이었음을 바이올렛은 전혀 이해하지 못한 것만 같았다. 답답했다.

하린은 목 끝까지 채워져 있던 셔츠의 버튼을 몇 개 풀어 젖혔다. 그럼에도 답답함은 전혀 가시지 않은 채로 제 머리를 복잡하게 만들었다.

연락이라도 먼저 왔으면 좋으련만. 상처 받은 얼굴로 뛰쳐나가던 그녀에게선 몇 시간째 연락이 한 통도 없었다.

"……린아, 하린아?"

하린은 저를 부르는 소리에 그제야 핸드폰에만 닿았던 시선을 다른 쪽으로 옮겼다.

"어이, 최하린. 무슨 생각을 하길래 몇 번을 불러도 대답이 없어?"

하린의 시선에 맺힌 이는 그의 누나인 아린이었다. 생각이 너무 깊었던 것인지 아린이 가게로 들어오는 소리를 전혀 듣지 못한 하린이었다.

"……아, 그냥. 이것저것."

"무슨 일 있었어?"

"몰라."

하린은 아린의 시선을 회피했다. 지나칠 정도로 눈치가 빠른 제 누나와 계속해서 눈을 맞추다간 그녀가 금세 제 마음을 눈치채 버릴 지도 몰랐다.

"보니까 무슨 일 있었구먼! 무슨 일인데, 응? 오늘 진상 손님이 있었어? 아님, 설마 바이랑 관련된 일이야?"

"……."

하린은 입술을 꾹 다물었다. 사실 아린의 물음은 두 개 다 맞았다. 진상 손님도 있었고, 바이올렛과도 일이 있었기에. 아린은 그런 하린의 얼굴을 보며 제 검지와 엄지를 튕겼다. 그러고선 그녀는 모든 것을 눈치챘다는 듯이 고개를 위아래로 끄덕거렸다.

"최하린, 너 딱 걸렸어. 바이랑 무슨 일 있었구나. 싸웠어? 아참, 오늘부터 가게에서 일한다고 했잖아. 그런데 보이지도 않고."

하린은 한숨을 푹 내쉬었다. 딱히 아린에게 바이올렛이 제 가게에 일하게 되었다는 사실을 얘기하려던 것은 아니었지만, 오늘 아침 아린이 빵집을 들렸던 탓에 딱 들켰던 터였다. 아침에도 빵집을 왔던 주제에 저녁에도 아린이 찾아올지 몰랐던 하린이었다.

하린은 제 시선을 들어 올려 다시금 아린을 응시했다. 이렇게 된 마당에 오늘 있었던 일을 더 숨기기엔 무리인 것만 같았다. 숨기면 숨길수록 아린이 더더욱 추궁할 것이 분명했다. 하린은 회피하는 걸 포기한 채로 마른 입술을 떼어 냈다.

"낮에……."

하린은 낮에 있었던 일을 털어놓았다. 요점만 간단히.

묵묵히 그의 말을 듣던 아린은 하린의 말이 끝나자마자 그의 넓은 등짝을 후려쳤다. 퍽, 하는 소리와 함께 하린은 앓는 소리를 작게 냈다.

"이 등신. 그렇게 신경 쓰이면 먼저 찾아가면 되잖아."

"……."

"바이를 더 타박을 하든, 아님 아간 어쩔 수 없었다고 변명을 하든. 일단 찾아가. 그리고 얘기를 해. 답답하게 혼자 핸드폰이나 들여다보면서 고민하지 말고, 뭘 망설여? 여하튼 연애 박사인 것처럼 얘기하는 주제에 순 숙맥이라니까."

과연 아린다운 화통한 대답이었다. 아린은 쯧쯧, 거리며 하린을 노려보았다. 명백히 신경 쓰고 있는 주제에 고민만 하는 그가 답답해 보였기 때문이었다.

하린은 대답 대신 외투를 챙겼다. 아린의 말이 백번 맞았다. 그녀를 타박하든 변명을 하든, 일단은 그녀가 몹시도 보고 싶었으니까.

일단은 얼굴을 마주 봐야겠다. 그러곤 그녀가 지금 무슨 표정을 짓고 있는지 확인하고 싶었다. 가게를 뛰쳐나갈 때처럼 곧 울 법한 얼굴을 지금까지 하고 있는 건지.

그리고 묻고 싶었다. 바이올렛, 당신이 그토록 화를 냈던 건, 저가 에그타르트를 소중히 여기는 걸 알기에 그런 것인지.

아린은 가게를 뛰쳐나가는 하린의 등을 물끄러미 응시했다. 그의 발걸음은 조급해 보이기만 했다. 바이올렛에게 저렇게 달려갈 거였으면, 왜 답답하게 굴었던 거람.

"좋을 때구나. 아, 나도 연애나 할까."

아린은 비어 있는 제 옆자리가 오늘따라 더더욱 허전하게만 느껴졌다.

***

바이올렛은 불도 켜지 않은 채로 방 안 한편에 쪼그리고 앉았다. 무릎을 세운 채로 그 안에 고개를 파묻어 눈을 감자 자연스럽게 하린이 떠올랐다.

'그만. 당신이 심했습니다. 사과하세요.'

온기 하나 없던 서늘한 시선으로 저를 내려다보던 하린. 그의 서늘함이 아직까지 제 주변을 맴도는 것만 같았다. 바이올렛은 어깨를 움츠렸다. 제 세계에선 그보다도 더한 냉대를 받았었는데, 왜 이렇게 마음이 사무치는 걸까.

바이올렛은 빵집에서 저가 했던 행동들을 하나둘씩 되돌아봤다. 조금 진정한 채로 생각해 보니 저가 조금 심했던 것 같기도 했다. 직원 주제에 손님에게 너무 윽박지른 것은 아닌지.

하나 그렇다고 해도 자신의 행동을 후회하진 않았다. 다시 과거로 돌아간다고 할지라도 바이올렛은 똑같이 그 손님에게 역성을 냈을 테니까. 다른 빵은 몰라도 에그타르트를 그토록 막 대하는 건 도무지 참을 수가 없었다.

"……내가 왜 그렇게 화를 냈는지도 모르면서. 최하린, 멍청이네."

최하린, 당신이 그토록 에그타르트를 애지중지하지 않았더라면, 나도 오늘 그렇게까지 화를 내지 않았을 거야.

바이올렛은 무거운 한숨을 내쉬었다.

하린도 이제 저를 싫어하게 되는 걸까. 바이올렛은 그런 생각이 들었다. 제 세계에서 막무가내에 멋대로 행동했던 터라 모든 이의 미움을 받았던 그녀였다. 심지어 소꿉친구인 하론에게까지 미움을 받았지 않던가.

방금 전에 했던 행동 또한 타인의 눈엔 이기적인 행동으로만 보였다면.

"나는 여기서도 미움을 받게 되는 걸까?"

……미움 받기 싫다. 바이올렛은 제 아랫입술을 짓이겼다. 미움 받는 건 이제 그만하고 싶었다. 이 세계에서 살아갈 희망을 주었던 하린에게조차 미움을 받는다면, 자신은 이제 어떻게 해야 하는 걸까. 더 살아갈 의미가 있는 걸까.

요란한 벨소리가 들린 것은 그때였다. 바이올렛은 무릎 사이에 파묻었던 고개를 들어 올려 소리의 근원지를 응시했다. 소리를 낸 장본인은 핸드폰이었다. 바이올렛은 손을 뻗어 가까운 곳에 있던 핸드폰을 집어 들었다. 액정엔 그의 이름이 떠 있었다.

[최하린]

바이올렛은 잠깐 고민을 했지만, 이내 수신 버튼을 눌렀다. 그가 무슨 의도로 전화를 한 것인지 궁금했으므로.

"……여보세요?"

-…….

용기 내어 한 마디를 건넸지만, 돌아오는 대답은 없었다. 바이올렛은 작은 한숨과 함께 말을 덧대었다.

"이봐요, 최하린 오빠. 말 안 할 거예요? 그럼 끊을게요."

-……잠, 잠깐만.

그는 그제야 한 마디를 건네었다. 날카롭기만 했던 그의 목소리는 한층 누그러져 있었다. 화가 조금 풀린 걸까. 아직까진 그에게 미운 털이 단단히 박히진 않은 걸까?

-아까…… 윽박질러서 미…… 미안합니다.

"……."

이번에 침묵을 한 쪽은 바이올렛이었다. 바이올렛은 하린의 사과가 너무나도 뜻밖이었다. 자기 중심애로 똘똘 뭉친 그 남자가 먼저 사과할 줄은 꿈에도 상상 못 했기 때문이었다. 되레 잘못을 인정하라고 윽박을 질렀음 더 질렀을 사람이라고 생각한 그녀였다.

──……집입니까?

"뭐……. 일단은."

-찾아가도 됩니까?

하린은 찾아와서 무슨 말을 하고 싶은 걸까. 바이올렛은 느릿하게 대답했다.

"그것도 뭐 일단은."

뚝. 동시에 전화는 끊겼다.

바이올렛은 전화가 끊긴 액정을 한참이나 내려다보았다. 그러다 바람 빠진 미소가 새어 나왔다. 고작 하린의 전화 한 통에 방금 전까지 느꼈던 처참한 기분이 사라졌기 때문이었다.

아직까진 하린에게 미운 털이 단단히 박힌 것 같진 않아서, 그래서 지금 안심이라도 하고 있는 건지.

띵동―

누군가의 방문을 알리는 소리는 놀랍게도 그와의 전화가 끊기자마자 울렸다. 바이올렛은 앉아 있던 몸을 일으켜 현관까지 다가갔다.

"하린 오빠?"

그리 묻자 밖에선 낮은 목소리가 화답했다.

"네, 접니다."

바이올렛은 문을 열어주었다. 문을 열자마자 보이는 건 어쩐지 안절부절 못하는 얼굴을 한 하린이었다.

"전화하기 전에 이미 와 계셨었어요?"

"……뭐, 어쩌다 보니."

하린은 머쓱하게 대답했다. 언제고 자신만만하게 말하던 그답지 않은 모습이었다.

"왜……. 왜 오셨어요?"

"그쪽이 신경 쓰여서 온 건 아닌데."

"아닌데?"

바이올렛은 하린의 말꼬리를 잡아 늘어뜨렸다. 하린은 제 쪽을 쳐다보지도 못한 채로 대답했다.

"일하기로 해 놓고 그렇게 뛰쳐나가면 어쩌잔 겁니까?"

타박하는 투는 아니었고, 그저 투정에 가까운 말투였다. 바이올렛은 저도 모르게 안도의 기운이 가득 밴 숨을 내뱉었다.

"일을 계속 하겠다는 건지, 말겠다는 건지."

"……흠, 그러게요."

"그러게요?"

이번엔 하린이 바이올렛의 애매한 말꼬리를 늘어뜨리며, 드디어 그녀를 응시했다. 그의 눈초리는 여전히 매섭게 보였지만, 그의 눈빛은 전혀 그러하지 않았다. 냉소적인 기운이 느껴지기는커녕 되레 미안한 빛이 그득했을 뿐이었다. 바이올렛은 그 점이 정말 다행이라고 생각했다. 그가 저를 냉소적이게 바라보지 않아서. 그녀는 저도 모르게 허탈한 미소를 지었다.

"하하."

"지금 웃음이 나옵니까? 당신 때문에 오늘도 에그타르트는 하나도 팔지못 했는데."

"음. 그게 원래 팔리는 건 아니었지 않나요?"

"……이봐요."

하린은 팔짱을 끼고 있던 손으로 제 팔 위를 연신 두드렸다. 무슨 말을 하고 싶어 하는 것 같았으나 망설이는 모습에 가까워 보였다. 그러다 그는 어렵사리 말을 꺼냈다.

"……아까, 그쪽이 왜 그렇게 화냈는지 압니다. 에그타르트는 내가 제일 좋아하는 빵이니까. 당신은 그 점을 알고 있었기 때문에, 그 손님의 무례한 행동에 더 화를 낸 거 아닙니까. 왜냐면 그쪽은 나를 좋아하니까."

바이올렛은 그의 단정적인 말에 다시금 헛웃음을 지었다. 저를 좋아한다는 확신은 도대체 어디서부터 어떻게 가지게 된 걸까.

아무래도 일전에 하린에게 번호를 먼저 물어봤던 그때부터였던 것 같은데……. 그런데 그게 꼭 아닌 말은 아니라서, 바이올렛은 별다른 대꾸를 하지 않은 채로 그를 가만히 응시하기만 했다.

"그래도 일단은 손님이지 않습니까. 그렇게 화를 내면 안 된단 말입니다."

"……알고 있어요. 저도 지금 조금 후회하던 참이었으니까. 하지만 다시 같은 상황을 겪게 되면 그때 참을 수 있을지는 보장할 수 없어요. 왜냐면 당신이 했던 말대로 에그타르트는 당신이 제일 아끼는 빵이니까. 당신이 제일 아끼는 걸, 다른 사람이 함부로 대하는 건 참을 수 없으니까요."

바이올렛은 한 걸음씩 앞으로 걸어가 하린에게 가까이 다가갔다. 현관의 문지방에 서 있던 그는 팔짱을 뺀 채로 뒤로 두어 걸음 내뺐다. 하나 하린의 등은 곧 아파트 복도의 벽에 맞닿고야 만다. 도망갈 곳을 잃은 하린은 어느새 코앞까지 다가온 바이올렛을 내려다보았다.

바이올렛은 그런 그의 얼굴을 가만히 훑어보았다. 어쩜 여자보다도 깨끗한 피부, 까만 눈동자, 곧고 바르게 내려온 콧대까지도. 새삼스럽게 그가 잘생겼단 기분이 들게 뭐람.

"그래도 더 노력해 볼게요."

당신에게 미움 받는 건 정말 싫으니까. 바이올렛은 거기까지 말하지 못한 채로 미소를 지었다.

"그럼 내일도 출근해도 돼요?"

"……그럼 안 할 생각이었습니까?"

"내일은 화를 안 내도록 참아 볼게요."

"그 부분은 저도 부탁드리고 싶은 바입니다."

한 마디도 지지 않는 하린이 귀엽다고, 바이올렛은 생각했다. 이 남자와 조금 더 친해지고 연인이 된다면, 그땐 애증 속에 물들지 않을까. 바이올렛은 다시 누군가와 연인이 된다는 것이, 사랑을 나눈다는 것이 조금은 두려웠다.

하지만 그런 두려움을 감내하더라도, 바이올렛은 하린과 조금 더 친해지고 싶었다. 그가 제게 가진 호감을 사랑으로 발전시키고 싶었다.

사랑으로 인해 파국에 치달았던 주제에 다시금 누군가와의 사랑을 바라는 자신의 모습이 우습기도 했다. 하지만 바이올렛은 하린을 놓치기는 싫었다. 결단코 그가 에르하르트와 묘하게 닮았기 때문만은 아니었다.

"그래서 제 걱정 많이 되셨어요?"

"누, 누가 당신 걱정을 했다고!"

"그럼 왜 찾아오셨는데요?"

"……."

하린은 입을 꾹 다물었다. 바이올렛이 신경 쓰여서 온 것은 맞는데, 이상하게도 그것을 곧바로 인정하기가 싫었다. 왜인지는 알 수 없었다. 처음엔 이상한 행동으로 제 관심을 끌던 그녀가 이젠 도무지 신경이 쓰여 견딜 수가 없었다.

그새 정이라도 든 건지. 그녀가 제 빵을 소중히 여겨 준다는 사실에 어쭙잖게 감동이라도 해 버린 건지.

"당신을 조금 더 알아가도 될까요?"

-마침-

462

작가 후기

놀랍게도 두 번째 종이책입니다.

아주 오랜 시간이 걸리긴 했지만, 이 소설이 결국엔 종이책까지 나오게 됐다는 게 실감이 잘 나지 않네요. 사실 아직까지 제 손에 종이책이 들어오지 않아서 그런 것일지도 모르겠습니다.

길 가다 흔히 볼 수 있는, 누군가의 옆집 언니이자 동생인 제가 조금 묘한 필명을 가지고 글을 쓰며 출간을 하고 있다는 걸, 어느 누가 짐작이나 할까요. 아마도 제가 제 입으로 밝히지 않는 한 영원히 모를 사실이겠죠. 때때로 그런 사실에 카타르시스를 느끼곤 합니다. 조금 변태적인 성향일지도 모르겠어요.

돌이켜보면, '극한 공녀'는 제게 꽤나 의미가 깊은 소설입니다. 팔리는 글을 써야 할지, 쓰고 싶은 글을 써야 할지 고민하던 제게, 절충안처럼 적기 시작한 소설이 '극한 공녀'이니까요.

결론적으로 말씀드리자면 저는 두 가지 목적을 얼추 모두 달성한 듯싶습니다. 물론 제 기준에서요.

큰 성공을 바라고 적었던 것이 아니었던지라 생각보다 많은 분들이 읽어 주셔서 너무나도 기뻤고, 적고 싶었던 부분을 적으면서 상당히 즐겁기도 했습니다. 글을 적으며 힘든 날도 있었지만, 좋은 날이 훨씬 더 많았다고나 할까요.

다혜, 하론, 바이올렛, 샤넌, 에르하르트, 러셀, 아이린. 아직까지 제 머릿속에 살아 숨 쉬고 있는데, 글은 이렇게 끝이 나 버려서 조금 아쉽기도 합니다. 언젠간 먼 훗날에 후속 이야기를 적을 날이 오지도 않을까요. 일단은 이렇게 끝이 났지만, 그것이 영원한 끝은 아니라고 생각합니다.

마지막으로 이 글이 세상 밖으로 나올 수 있게 도와주신 여러 분들에게 감사를 드리는 바입니다. 제일 감사드리는 건, 역시나 제 글을 읽어주셨던 독자님들입니다. 홀로 적었다면 결단코 끝을 보지 못했을 거예요. 수줍게 고백할게요. 애정합니다.

주춤거릴지언정 글은 계속해서 적을 예정입니다. 다음엔 조금 더 좋은 글, 마음속에 오래 남는 글로 찾아뵙겠습니다.

감사합니다.

-쥐똥새똥 드림.

차 례

외전1. 사죄하세요, 공작님

결혼식장의 조금 외진 공간. 아무도 없을 것이라 생각되는 그런 곳에 남자 하나가 서 있었다. 팔짱을 낀 채로 하론과 다혜를 넌지시 지켜보는 이는 바로 에르하르트였다.

에르하르트가 누군가의 결혼식에 온 것은 실로 오랜만이었다. 바이올렛, 아니 다혜라는 여자와 만나기 위해 일전에 의도적으로 찾아갔던 밀튼 영애의 결혼식 이후로 처음일 게다.

에르하르트는 딱히 결혼식이란 행사를 싫어하는 것은 아니었지만, 사람이 많은 곳을 조금 싫어했다. 사람들이 많은 곳을 찾을 때마다 절로 제게 집중되는 시선이 귀찮았기 때문이었다.

구태여 바랐던 것은 아니었지만, 선천적으로 주어진 잘난 제 얼굴과 배경은 필요 이상으로 이목을 집중시키곤 했으니까. 그건 부정할 수 없는 진실이었고, 에르하르트는 그런 이목에 질려 있었다.

'도끼병 공작님.'

그러자 자연스럽게 저를 그리 부르던 다혜의 목소리가 떠올랐다. 어쩌면 그녀의 말대로 자신은 정말로 심각할 정도로의 도끼병 공작일지도 모르겠다. 이미 어렴풋이 인정은 하고 있었지만 말이다.

에르하르트는 이마 위를 웃도는 제 머리칼을 부드럽게 쓸어 넘기며, 혼인 서약서를 읽는 다혜를 계속해서 응시했다. 그녀의 얼굴엔 제게 한 번도 보여주지 않았던 밝은 미소가 걸려 있었다.

언젠가 그 미소가 제게 닿을 것임을 믿어 의심치 않았는데. 막상 마주한 현실은 다른 남자를 보며 환히 웃는 그녀의 얼굴뿐이었다. 에르하르트는 씁쓸한 미소를 지었다.

패배감이 들었느냐고 묻는다면, 그러했다. 저는 하론에게 명백하게 패배한 것이다. 그것은 인정하고 싶지 않은 사실이었으나, 이젠 인정할 수밖에 없는 사실이기도 했다. 아니, 인정해야만 했다.

에르하르트는 제 눈꺼풀을 느릿하게 깜빡이며 다혜와 함께 했던 지난날들을 떠올렸다. 기억이란 건, 시간이 지날수록 옅어지기 마련이었다. 하지만 이상하게도 그녀와 함께했던 기억은 시간이 지날수록 옅어지기는커녕 선명해지기만 했다.

그녀의 눈물을 봤던 기억. 그녀의 손을 잡았던 기억. 그리고 그녀와 춤을 췄던 기억. 제일 인상 깊었던 기억을 꼽자면 역시나 공작님을 더는 사랑하지 않겠다고 선언하던 다혜의 모습에 관한 기억이리라. 그것은 결단코 원래의 바이올렛이라면 절대로 할 수 없는 선언이라고 생각했다.

지난날, 저가 다혜의 마음을 조금 더 간절하게 원했다면, 오늘날 다혜의 옆자리엔 저가 있을 수 있었던 걸까?

솔직히 다혜의 마음을 제게 돌리기 위해 해볼 만큼 다 해봤다고 장담할 순 없었다. 하지만 이제 무엇을 해야 할지 모르겠다. 무엇을 해야 그녀의 마음이 제게로 돌아설 수 있을지 전혀 모르겠다. 넌 어떻게 해야 나를 향해 미소를 지어줄까.

여자는 수도 없이 만났었고, 가지고 있는 부와 명예도 부족하지 않았다.

그러나 공허하다.

에르하르트에게 있어 유일하게 갖지 못한 것은 다혜 하나였지만, 마음만큼은 커다란 구멍이 생긴 것처럼 허했다. 에르하르트는 새삼 제게 있어 다혜라는 여자의 존재의 가치를 통감했다.

무뎌질 수 있을지 모르겠다. 훗날 다혜에게 아무렇지 않은 척 굴 수 있을지 모르겠다. 그녀에게 마음을 달라고 구걸하지 않을 수 있을지도 모르겠다. 매사 모든 일에 확신을 가졌던 에르하르트였지만, 그에게 있어 다혜와 관련된 일은 항상 불확실의 연속이었다.

다혜의 결혼식은 거의 끝나고 있었다. 두 사람은 마지막으로 서로의 약지에 반지를 끼워 주며, 영원히 함께할 것을 맹세했다. 서로를 향해 행복한 듯이 웃고 있는 두 사람의 모습은 참으로 아름다운 것이었다. 질투 서린 눈으로 보고 있던 에르하르트에게까지도.

에르하르트는 쓸쓸했지만 그녀가 행복하길 바랐다. 물론 그렇다고 해서 완전히 깨끗하게 다혜를 포기한 건 아니었다. 하지만 당장에 그가 할 수 있는 방법은 없었다. 추악한 방법으로 그녀를 갖고 싶진 않았다.

누군가의 목소리가 들린 것은 그때였다.

"슬프세요?"

에르하르트는 그제야 낯선 인기척을 느끼며, 소리가 나는 방향으로 고개를 돌렸다. 그러자 거기엔 제 가슴팍까지밖에 오지 않는 여자 하나가 보였다.

"샤넌?"

"그건 제가 물은 물음에 대한 답은 아닌 것 같은데요, 공작님."

샤넌은 샐쭉하게 웃으며 그를 올려다보았다. 에르하르트는 선뜻 대답하지 못하고 그녀를 지그시 응시했다.

난간 사고 이후에 본래 몸의 주인의 영혼이 들어온 샤넌 위즈일라.

놀랍게도 그녀와는 마주칠 때마다 매번 티격태격하던 중이었다. 처음엔 다혜의 손목을 마구잡이로 움켜잡은 제 행동을 샤넌에게 비난받았더랬다. 그는 강압적이었던 제 행동이 잘못되었다는 걸 깨닫고 그녀에게 사과를 했었다. 그래, 그렇게 일은 일단락되는 줄 알았는데…….

아이린의 말동무로 공작저에 자주 오게 된 샤넌은, 그 이후에도 마주칠 때마다 그의 잘못된 행동을 꾸짖었다. 무례하다는 게 꾸짖음의 가장 큰 이유였다. 가령 공작저로 찾아와 제게 고백을 하는 영애들에게 에르하르트가 차갑게 한마디 하고 나면, 꼭 어디선가 샤넌이 등장해서, '당신의 무례한 대답은 용기를 내서 고백한 이를 단단히 무시하는 태도예요.'라는 말을 하곤 했다.

또 말은 얼마나 잘했던지, 에르하르트가 반박을 하면 샤넌은 꽤나 논리적으로 그의 말을 되받아쳤다. 결국 두 손 두 발 들게 된 쪽은 에르하르트였다.

그는 샤넌과 만난 이래로 죄송하다는 말을 입에 달고 살게 되었다. 그녀를 만나기 이전까지 결코 뱉지 않았던 그 말을.

'사죄하세요!'

늘 제게 호통 아닌 호통을 치던 샤넌의 목소리가 에르하르트의 머릿속을 맴돌았다. 에르하르트는 제 미간을 옅게 구기며 의도적으로 샤넌에게서 시선을 거두었다. 오늘도 사죄하라는 말을 듣기 전에 자리를 옮기는 게 좋을 성싶었다.

그렇게 에르하르트가 슬그머니 자리를 뜨려던 참이었다. 에르하르트의 눈앞에 샤넌의 하얀 손이 뻗어진 게 보였다. 쭉 펴진 그녀의 손바닥 위에는 핑크빛의 손수건이 올려져 있었다.

"⋯⋯?"

에르하르트는 의아한 시선으로 다시금 샤넌을 응시했다. 그녀의 얼굴엔 방금 전까지 띠워져 있던 미소는 사라져 있었다. 대신 그녀는 꽤나 진지한 눈빛으로 그를 빤히 바라봤을 뿐이었다.

"울 것 같아서."

"⋯⋯울지 않아."

그는 샤넌의 손에 놓인 손수건을 선뜻 받지 못하고 통명스럽게 대답했다. 울지 않는다고, 아무렇지 않게 대답하긴 했지만 실상 울고 싶은 마음은 한 번쯤은 들었을 게다. 사랑하는 여자의 결혼식이다. 울고 싶은 마음이 들지 않는 게 더 이상한 일이라고, 그는 생각했다.

"진심으로 좋아했어요?

샤넌이 누구를 말하는지는 되묻지 않아도 알 수 있었다. 에르하르트는 느릿하게 대답했다.

"……어."

스스럼없는 에르하르트의 대답에 돌아온 샤넌의 말은 의외의 것이었다.

"저랑 와인 한잔 하실래요?"

"……."

에르하르트는 구겨진 미간을 펼 생각을 하지 못한 채로 제 입술만을 뭉그러뜨렸다. 샤넌 위즈일라, 매일같이 무례하다고 꾸짖었던 주제에 설마 이제 와 저를 위로해 주려는 건가.

그는 코웃음을 치며 거절을 하려고 했다. 하지만 그런 생각과는 별개로 견딜 수 없을 정도로 와인을 마시고픈 바람이 들었다.

"위로해 드릴게요. 뭐, 딱히 공작님이 안타깝다고 생각하는 건 아니지만……. 그동안 제가 좀 많이 공작님을 꾸짖었잖아요? 그에 대한 사죄랄까."

위로. 그 한마디에 에르하르트는 거절의 말을 도무지 꺼낼 수가 없다. 사랑에 실패한 제게 필요한 것은 아무래도 누군가의 위로였나 보다. 평소 누군가의 위로 따위는 바라지 않노라고 생각했던 게 무색할 정도였다.

"그래서 손수건은 안 받아주실 거예요?"

샤넌은 제 고개를 까딱이며 엷은 미소를 지었다. 손이 저리니 얼른 받아달라는 말은 덤이었다.

에르하르트는 그제야 팔짱을 끼고 있던 팔을 풀고선 제 손을 조금 뻗었다. 그녀의 손바닥 위에 올려진 손수건 끝을 살짝 잡자, 그 촉감이 썩 나쁘지 않았다. 그렇게 그가 손수건을 잡기 무섭게 샤넌은 제 손을 물리었다.

"아무래도 피로연장은 좀 그렇겠죠?"

이번 또한 샤넌이 무엇을 말하는지, 에르하르트는 되묻지 않아도 알 수 있었다.

"샤넌, 너만 괜찮다면 공작저로 가지."

"좋아요. 결혼식도 이제 슬슬 마무리되어 가고 있는 것 같으니."

두 사람은 조용히 결혼식장을 빠져나왔다. 결혼식장을 완전히 나서기 전, 에르하르트는 마지막으로 하얀 드레스를 입은 다혜의 모습을 짧게 응시했다. 행복하길 바라.

다시 전방으로 시선을 돌렸을 때, 에르하르트는 제 뺨에 닿은 누군가의 시선을 느꼈다. 뺨에 구멍이라도 날 법한 강렬한 시선의 주인공은 샤넌이었다. 그녀는 저를 아주 이상한 눈빛으로 응시하고 있었다.

"문제라도 있는 건가?"

"아니요. 그냥 진심이었구나, 하는 생각이 들어서."

에르하르트는 작게 코웃음을 쳤다.

"그걸 이제 알았다니, 곤란하군. 이래 봬도 나는 해바라기 같은 순정을 지닌 남자야."

그건 일전에 다혜가 했던 말이었다. 어쭙잖은 계획으로 제 마음을 회유하고자 했던 다혜. 에르하르트는 무슨 말을 하건 제 생각의 귀결이 다혜에 닿아 있음에 헛웃음을 흘렸다.

"시간이 더 늦기 전에 서두르지."

에르하르트는 샤넌과 함께 제 마차에 올라탔다. 흥이 가시지 않은 결혼식장은 여전히 소란스러운 기색이 완연했다. 에르하르트는 마차에 타고 나서도 한동안은 밝게 빛나는 결혼식장의 외관에서 눈을 뗄 수가 없었다.

***

샤넌은 유리잔에 비친 적색 포도주를 가만히 응시하며 말했다.

"솔직히 거절하실 줄 알았어요."

에르하르트는 그런 그녀를 빤히 응시했다. 와인 몇 잔에 볼이 조금 붉어진 그녀는 평소보다도 훨씬 더 누그러져 보였다. 언제고 도끼 같은 눈을 뜬 채로 저를 응시했던 샤넌이었다.

"내가? 왜지?"

"그거야 제가 한동안 공작님에게 귀찮게 굴었으니까요."

샤넌은 제 잔에 조금 남은 와인을 완전히 털어 마시고선 입맛을 약간 다셨다.

"하지만 오늘은 나를 다그치지 않았잖아."

대신 내게 객쩍은 위로를 하려 했지. 에르하르트는 거기까지 말하지 못한 채로 와인을 들이켰다. 그리고 두 사람 사이엔 약간의 침묵이 맴돌았다.

그러고 보니 늦은 시간, 누군가와 마주 보며 와인을 마시는 게 참으로 오랜만이란 생각이 든 에르하르트였다.

다혜가 제게서 점점 더 멀어질수록 와인을 홀로 홀짝일 때가 늘어갔었다. 딱히 술친구를 바랐던 것은 아니었고, 더불어 아이린과 마시는 건 더욱 질색이었으므로 혼자 마시는 게 나쁘지 않다고 생각했다.

하나 막상 누군가와 마주 보며, 이야기를 나누며, 서로의 눈동자를 바라보며 와인을 마시고 있자니, 이것 또한 꽤나 나쁘지 않았다. 다만 그 상대가 샤넌이 되었다는 게 조금 어색할 뿐이었다.

순간 소파에 가만히 등을 기댄 채로 눈을 껌뻑이던 샤넌이 침묵을 깼다.

"다그친다라. 이런 말. 지금 해도 되는지 모르겠지만, 사실 오늘도 공작님을 조금 다그치려고 했었어요."

샤넌은 비워진 유리잔에 포도주를 다시금 따르며 그것을 한 모금 마셨다. 시녀에게 시킬 수도 있는 일이었지만, 그들은 시녀들을 모두 물린 터였다. 왠지 모르게 타인 없이 와인을 마시고 싶어서.

"……나를?"

에르하르트는 오늘 저가 했던 일들을 상기했다. 오늘은 사람의 눈에 띄지 않는 곳에서 조용히 결혼식을 관람했을 뿐인데. 돌이켜 보아도 딱히 잘못한 것은 없다고, 그는 생각했다.

에르하르트는 잘 정돈된 제 눈썹을 일그러뜨리며 반박하려 했다. 오늘은 무례한 짓은 없었노라고 말하려 했다. 그러나 샤넌의 말이 한 발 더 앞섰다.

"죄목은 다른 남자의 신부를 아련하게 바라본 죄."

"……."

에르하르트는 조금 벌렸던 입술을 다물었다. 다른 남자의 신부를 아련하게 본 죄. 솔직히 그 부분에 대해서 그는 할 말이 없었다. 그것은 거짓 하나 없는 진실이었기 때문이었다.

"사람들이 이상한 상상을 할 거 아니에요. 그녀를 의심할 거라고요."

"……그래서 눈에 잘 띄지 않는 곳에 있었어. 그리고 과거에 내가 다…… 아니, 바이올렛을 만났었다는 사실은 이미 사교계에서 알 만한 사람은 다 알아."

"그래도 지금 그녀와 만나는 건 아니잖아요. 그리고 공작님은 존재만으로도 사람들이 얼마나 많이 당신을 의식하는지 모르시죠? 눈에 띄지 않는 곳에 있다고 해도 사라질 존재감이 아니라고요. 분명 두어 명 정도는 공작님의 눈빛에 서린 아련함을 눈치챘을 거예요."

"그래서. 오늘도 내게 사죄하라고 꾸짖을 셈인가? 나는 누구에게 사죄를 해야 하는 거지? 네게? 아님 그런 눈빛으로 본 바이올렛에게? 그것도 아니라면 하론에게?"

에르하르트는 고조된 음성으로 되받아쳤다. 그는 스스로가 그렇게 내뱉고 나서도 조금 놀랐다. 왜 그렇게 샤넌을 몰아붙인 거지? 구태여 샤넌에게 화풀이를 하려던 것은 아니었고, 샤넌의 말에 틀린 점은 전혀 없었다.

하지만 그 명백한 사실들의 나열이 되레 에르하르트를 울컥하게 만들었다. 평소 제 페이스를 잘 유지하는 그조차도 울컥할 수밖에 없는.

에르하르트는 샤넌이 화를 더 낼 거라고 생각했다. 아련한 눈빛으로 본 걸 인정한 주제에 되레 화를 내버린 제게, 평소와 다름없이 날카로운 말들을 쏟아 낼 거라 생각했다. 그러나 돌아온 대답은 꽤나 의외의 것이었다.

"……죄송해요."

에르하르트는 제 머리를 거칠게 몇 번 쓸어 넘기며, 그녀의 은빛 눈동자를 가만히 응시했다. 취기가 도는 얼굴과는 별개로 눈동자만큼은 맑디맑아 보였다. 그녀는 조금 망설이는 투로 에르하르트의 동의를 구했다.

"한번 안아 드려도 될까요?"

퍽도 스트레이트였다.

에르하르트는 거절을 표하려 했다. 한껏 꾸짖었던 주제에 이제 와 저를 왜 안는다는 것인지 전혀 이해할 수 없었기 때문이었다. 그는 구태여 언짢은 제 마음을 숨기고 싶지 않았다.

"에르하르트 공작님의 모습이 꼭 저를 보는 것 같았어서 잠깐 흥분했어요."

샤넌은 그가 지금껏 한 번도 본 적이 없는 얼굴로 나지막이 말했다. 그녀의 얼굴은 자못 씁쓸하기만 했다. 마치 쓰디쓴 약이라도 먹은 듯한 얼굴이었다. 진짜 샤넌으로 돌아온 뒤에 언제고 당당한 낯빛만 내비쳤던 그녀였는데. 에르하르트는 그런 그녀의 얼굴이 낯설었다.

"내 모습 속에서 너를 봤다고?"

"……네. 저도 사랑했던 사람의 결혼식에 간 적이 있었거든요."

샤넌은 에르하르트의 검은 눈동자와 여전히 눈을 맞추고선 엷은 미소를 지었다. 오늘 에르하르트의 모습은 정말로 과거 제 모습과 닮았단 생각을 하며 말이다.

같은 사연, 비슷하게 느꼈을 마음. 에르하르트는 조용히 자리에서 일어나 샤넌이 앉아 있던 소파로 걸어갔다. 그러곤 그는 자연스럽게 그녀의 옆에 앉았다.

"네가 먼저 나를 안아 주겠다고 한 거니까."

그는 그렇게 말하고선 조용히 그녀의 어깨를 끌어안았다. 가깝게 닿은 그녀에게선 좋은 냄새가 났다.

"이렇게 공작님에게 안길 날이 오리란 건, 정말 상상하지도 못했네요."

"그건 나도 마찬가지야."

왜 그녀를 안아 주었는지 모르겠다. 거의 본능에 가까웠던 행동이었고, 에르하르트는 아직까지도 그녀를 안고 있는 제 모습을 이해할 수 없었다. 그러나 안고 있는 그녀를 놓아주기는 싫었다.

같은 사연, 비슷하게 느꼈을 마음. 그런 것들 때문인 걸까? 에르하르트는 제 품에 쏙 들어온 샤넌의 몸이 전혀 싫게 느껴지지 않았다.

"공작님. 제가 그간 너무 몰아붙였죠? 죄송해요."

"죄송한 걸 아는 건 다행이라고 생각해."

"……저는 무례한 걸 잘 못 참아요. 어렸을 때, 왕의 사생아인 줄 모르고 살았던 그 시절에 무례한 사람들을 엄청 많이 만났었거든요. 사람들은 가난한 소작농이었던 저희 집안을 사람 취급도 안 해 줬었죠."

샤넌은 그의 품에 조용히 제 몸을 기댄 채로 자신의 옛이야기를 털어놓았다. 아마도 수도로 오고 나서 타인에게 두 번째로 털어놓는 제 사연일 게다. (첫 번째로 사연을 들은 이는 말동무를 하고 있던 아이린이었다.)

홀어머니 밑에서 소작농으로 살았던 십여 년. 갑작스럽게 왕의 사생아라는 출생의 비밀을 듣기 전까지, 샤넌은 가난하고 힘든 삶을 살았다. 어머니께서 돌아가시며 유언처럼 남긴 출생의 비밀을 듣자마자 왕이 저를 찾아왔더랬다. 마차 사고로 죽은 왕세자로 인해 허해진 마음을 다른 자식으로 채우기 위함이었다. 설령 그 다른 자식이 버리듯이 내팽개쳤던 샤넌이라 할지라도.

왕이 샤넌이라는 자식을 내팽개쳤던 이유는 그러했다. 변방의 하위 귀족의 자제인 샤넌의 어머니의 출생을 탐탁지 않아 했을뿐더러, 하룻밤의 실수로 생긴 샤넌을 제 자식으로 인정하고 싶지 않았기 때문이었다.

아무튼 그리하여 샤넌은 수도로 입성하게 된다. 그것이 소작농이었던 그녀가 한순간에 왕국의 공주가 된 사연이었다.

"그래서? 그때도 모두에게 사죄를 받아냈나?"

에르하르트의 말에 샤넌은 짧게나마 제 과거를 회상하던 것을 멈추며 대답했다.

"그럼요. 있는 힘껏 제힘이 닿는 데까지 사과를 받아냈답니다. 뭐……. 끝끝내 무례한 사람도 있었지만요."

"대단하군."

에르하르트는 진정 감탄했다는 듯이 읊조렸다. 제 품에 푹 안길 정도로 몸뚱이가 빈약한 주제에, 기개 있게 제 소신을 밝히는 샤넌에게 진심으로 경의를 표하는 바였다.

"늘 화려한 샹들리에 밑에 사시는 에르하르트 공작님은 전혀 아시지 못할 경험이죠."

"내가 늘 화려할 거라고 생각해?"

"아닌가요?"

"글쎄. 화려하다고 해도 늘 행복한 건 아니야. 오늘도 봐. 사랑하는 여자의 결혼식에 다녀 온 내 꼴을 보라고. 행복해 보여?"

"……."

샤넌은 곧바로 대답하지 못했다. 그의 말대로 오늘 보았던 에르하르트는 전혀 행복해 보이지 않았으니까.

샤넌은 잠자코 그의 아련했던 눈빛을 떠올렸다. 더불어 평소보다도 훨씬 더 메말라 보였던 두 뺨, 그리고 나직이 뱉던 깊은 한숨 소리까지도 떠올렸다. 위로를 해주고픈 마음을 절로 불러일으키는 모습임이 분명했다.

샤넌은 구태여 에르하르트에게 살갑게 대하고자 했던 것은 아니었지만, 늘 오만하기만 했던 그의 낯선 모습을 보는 순간 그에게 다가가지 않을 수가 없었다. 그것은 일종의 불가항력이었다. 만약 에르하르트와 저가 원수지간이라 할지라도, 그에게 다가가지 않았을까.

샤넌은 제 팔을 에르하르트의 등 부근에 올렸다 무르길 반복했다. 제대로 안아 주며 위로를 해 주고 싶은데, 막상 그의 등에 손을 얹을 용기가 나지 않았다. 심장은 생소한 소리를 내며 뛰고만 있었다.

"뭘 망설여. 네가 먼저 안아 주겠다고 했던 주제에."

에르하르트는 그런 샤넌의 망설임을 곧바로 인지한 듯이 말했다.

그래, 뭘 망설이는 거야. 샤넌은 그의 말에 오기 아닌 오기가 생겼다. 이윽고 방황하던 그녀의 손이 에르하르트의 등 어귀를 매만졌다. 늘 차가운 면모를 내비치던 그였건만, 그녀의 손끝에 닿은 그의 체온은 뜨겁기만 했다.

"샤넌, 너도 그 남자를 많이 사랑했나?"

사랑했던 그 남자의 결혼식에 갔던 네 마음은 어땠지? 에르하르트는 그리 묻고 싶었지만, 거기까진 차마 묻지 못했다. 그렇게 물었다간 또다시 샤넌에게 질타 아닌 질타를 받을 게 분명했다. 누그러진 상황 속에서, 그는 다시금 그녀와 날 선 대화를 하고 싶지 않았다.

"그럼요."

샤넌은 스스럼없이 대답했다.

"그는 어떤 사람이었지?"

"같은 소작농이었어요. 소작농답게 당근 다발로 제게 고백을 했죠. 얼마나 멋있었는지 몰라요. 그렇게 몇 달간 아주 행복하게 만났답니다."

"그런데 왜 그는 다른 사람과 결혼을 한 거지?"

"제가 찼거든요."

그때 얼마나 울었는지 모르겠다. 왕의 사생아라는 신분 따윈 필요 없으니, 그저 그와 행복했으면 하는 바람만이 간절했던 샤넌이었다. 하지만 그녀는 수도로 올라가야만 했다. 수도로 저를 부른 왕명을 거역할 수는 없었다.

"제가 왕의 사생아라는 걸 알게 되고, 그를 찼어요. 제 신분은 그가 감당하기엔 너무 힘든 신분인 것 같아서……. 그렇게 일 년쯤이 지난 후에 그가 결혼한다는 소리를 우연히 들었어요. 그에게 있어 저와 나누었던 사랑의 유예기간이 그것밖에 안 됐나 봐요. 아무튼 그래서 몰래 그의 결혼식에 찾아갔답니다. 그리고 얼굴을 가린 채로 먼발치에서 그를 바라봤죠. 혹시나 행복해 보이지 않는다면, 결혼을 그만두라고 말할 참이었어요."

"……그런데 행복해 보였단 거군."

"네. 완전 행복하게 웃고 있더라고요. 저는 그대로 뒤돌아서 수도로 다시 돌아왔어요. 힘들었던 건 나 혼자뿐이었냐고 따지고 싶었지만, 아무 말도 하지 못했어요. 왜냐면 저는 다른 사람과 결혼한 그가 행복하길 바랐기 때문이에요. 비록 제 마음이 아프더라도 말이에요. ……바보 같아."

그는 어떻게 지내고 있을까. 행복하게 잘 지내고 있으면 좋겠는데. 샤넌은 지금까지도 그의 행복만을 바라는 저가 어이없어 작은 실소를 흘렸다. 여전히 바보 같은 생각이었지만, 역시나 그녀가 그에게 바라는 건, 그의 행복뿐이었다. 한때 사랑했던 시간을 공유했던 그에게 좋은 일만 생겼으면 좋겠다. 샤넌은 휴, 하는 짧은 한숨을 내쉬었다.

"그를 잊었어?"

"글쎄요. 조금은. 완전히 잊었다고 하면 거짓말이겠죠."

"그가 보고 싶어?"

"이따금씩요. 처음엔 잊기 무지 힘들었지만, 이젠 생각하지 않는 날이 더 많아진걸요."

나도 너처럼 그녀를 생각하지 않는 날이 더 많아질 수 있을까. 에르하르트는 그녀의 어깨와 목덜미 사이에 제 얼굴을 깊게 파묻었다. 그러자 몸은 방금 전보다도 훨씬 더 가깝게 밀착되기에 이른다. 농도가 깊어진 포옹에 샤넌은 잠깐 움찔했지만, 그를 밀어내지는 않았다.

"에르하르트 공작님도 언젠간 저처럼 되지 않을까요. 시간은 모든 걸 무뎌지게 만들죠."

"……그렇게 됐으면 좋겠어."

"괜찮을 거예요. 모든 게 다 잘될 거예요."

샤넌은 막힘없이 말했다. 그녀의 말은 짧디짧았지만, 이상하게도 오랫동안 에르하르트의 귓가에 공명했다. 괜찮을 거라는 그녀의 말대로 정말 괜찮아질 것만 같은 기분이 들었다. 실상 괜찮은 건 아무것도 없는데. 이상한 일이었다.

***

에르하르트는 마차의 창밖을 바라보며 깊은 생각에 잠겼다.

그러다 과거, 저가 했던 말이 자연스럽게 떠올랐다. 위로다운 위로를 할 수 있을지 의심이 간다고 했었다. 그 말은 에르하르트가 샤넌에게 했던 말이자, 그 속에 든 바이올렛의 영혼에게 했던 말이었다. 결론적으로 그때의 애증에 뒤덮인 바이올렛은 누군가에게 제대로 된 위로를 할 수 없었다.

하론과 다혜의 약혼식에 있었던 사고 이래로 다시 제 몸으로 돌아온 샤넌의 영혼. 그녀는 바이올렛의 영혼과는 달랐다. 껍데기는 같았지만, 돌아온 그녀의 영혼은 위로다운 위로를 훌륭히 행했다. 바로 제게 말이다.

다른 세계로 갔다던 바이올렛이 들으면 조금은 서운해할 얘기이리라.

거기까지 생각한 에르하르트는 다른 세상으로 갔다던 바이올렛에 대해서도 잠깐 떠올렸다. 그녀의 행방을 알려준 이는 며칠 전 저를 찾아왔던 하론이었다. 하론은 저가 어디론가 사라져 버린 바이올렛의 영혼에 대해 걱정이라도 할 성싶어 그녀의 행방을 일러주러 왔다 했다. 다혜가 원래 살았던 세상, 그 세상 속에서 바이올렛은 다혜의 몸에 정착했다고 한다.

정말 믿기 힘든 얘기였지만, 그는 이미 믿기 힘든 여러 일을 겪은 터였다. 가령 샤넌의 몸속에 바이올렛의 영혼이 존재했다든지, 바이올렛의 몸속엔 다혜란 영혼이 존재한다든지.

에르하르트는 하론의 말을 순순히 믿었다. 아니, 믿을 수밖에 없었다. 그렇지 않고서야 진짜 바이올렛이 사라진 일을 설명할 도리가 도무지 없었으니까. 연고라곤 없는 세상에 떨어진 바이올렛이 행복하길. 에르하르트는 잠시나마 바랐다. 그녀가 더는 애증 속에 살지 않길. 냉정하게 들릴지도 모르겠지만, 에르하르트는 바이올렛이 그 세계로 간 일이 퍽도 잘된 일이라 생각했다.

그리고 그는 새삼스럽게 제 앞에 앉아 있는 샤넌의 얼굴을 빤히 응시했다. 취하지 않았다며 우겼던 주제에, 왕궁으로 돌아가는 마차에 타자마자 곯아떨어진 샤넌이었다.

시트에 등을 완전히 기댄 채로 눈을 감고 있는 샤넌의 얼굴이 실로 느슨해 보였다. 그것은 결단코 바이올렛이 샤넌의 몸에 들어가 있을 때에, 에르하르트가 보지 못했던 표정이었다. 고작 며칠 사이에 한 사람의 얼굴이 이토록 다르게 보일 수 있다는 게 신기할 따름인 그였다.

그러다 마차가 약간 흔들렸다. 흔들리는 마차를 따라 시트에 기대 잠들었던 샤넌의 고개가 힘없이 꺾이기 시작했다. 에르하르트는 급하게 손을 뻗어 떨어지려는 그녀의 고개를 제 손으로 받쳐 들었다. 아슬아슬하긴 했지만 그녀의 고개가 옆으로 고꾸라지는 것은 막아 내고야 만다.

"휴."

에르하르트는 안도의 숨을 내쉬었다. 그러니까 적당히 마시라고 했는데.

다른 여자와 결혼한 옛 연인에 대한 얘기를 꺼낸 이후로 샤넌은 거침없이 와인을 들이켰더랬다. 취기가 돈 그녀는 한껏 우울해졌고, 에르하르트는 그런 그녀를 위로해 주었다.

저가 먼저 위로해 준다고 했던 주제에 막판엔 되레 취한 샤넌을 에르하르트가 위로해 준 꼴이었다. 취하지 않았다며 마지막 잔까지 탈탈 털어 먹던 샤넌은 공작저를 나서자마자 그 자리에 풀썩 주저앉았다. 완전 취한 것이었다.

그런 그녀를 마차에 태우고서 왕궁으로 가는 도중에도 샤넌은 골칫거리였다. 여기서 그녀의 머리를 받쳐 든 제 손을 물린다면, 샤넌의 고개와 몸이 그대로 옆으로 고꾸라질 게 뻔했다.

에르하르트는 조용히 자리에서 일어나 샤넌의 옆자리에 앉았다. 그러곤 제 손에 모두 들어오던 그녀의 작은 얼굴을 제 어깨 위에 얹었다. 앉은키 차이로 어깨를 한껏 낮추어야 했지만, 그는 그녀의 고개가 다시금 기울어지길 바라지는 않았다. 그런 제 노력을 아는지 모르는지 슬그머니 내려다본 샤넌의 얼굴은 고요하기만 했다.

마차의 창밖으로 들어오는 밤거리의 불빛들이 간간이 샤넌의 얼굴을 밝게 비추었다. 빛에 따라 윤곽이 드러나는 샤넌의 얼굴이 아름답게 빛났다. 솜털이 채 가시지 않은 그녀의 하얀 뺨엔 취기로 인한 붉은 기가 약간은 맴도는 것도 같았다.

그 모습이 조금은…….

사랑스러워 보였다.

에르하르트는 저가 그런 생각을 하고도 스스로에게 깜짝 놀랐다. 다혜에게 아무에게나 사랑을 속삭이는 가벼운 남자가 아니라고 호언장담했던 주제에, 이토록 단시간에 다른 여자에게 설렘을 느껴 버리다니. 완전 가벼운 남자가 아니던가.

에르하르트는 긴 한숨을 내쉬었다. 설령 그것이 아주 작은 설렘이라 할지라도 에르하르트는 샤넌에게서 느낀 설렘을 좀처럼 인정할 수 없었다. 그러면서도 그의 시선은 오랫동안 그녀의 얼굴에서 떼어지지 않았다.

***

에르하르트는 그날 이후 의도적으로 샤넌을 피했다.

이상한 설렘을 느껴 버린 그녀를 어떻게 다시 마주해야 할지 몰랐기 때문이었다. 다시 마주했을 때도 이상한 설렘을 느낀다면? 그땐 정말 변명할 여지라고는 없이, 저가 가벼운 남자임을 제대로 인정하는 꼴이었다. 오만할 정도로 자신을 최고라고 생각하는 그에게 있어, 스스로를 가벼운 남자로 인정해 버리는 것은 정말 끔찍한 일이었다.

그렇기에 그는 아이린이 주최하는 티파티에도 참석하지 않았다. 원래도 거의 참석하지 않거나, 참석하더라도 금세 자리를 떴던 그였다. 하나 그는 요 근래엔 티파티에 아예 얼굴조차도 들이밀지 않았다. 아이린이 서운한 소리를 내뱉을 정도로 말이다.

에르하르트는 한결같이 피곤하다고 대답했지만, 눈치가 원체 빠른 누이는 제 말을 잘 믿어주지 않았다. 다만 대답 대신 음흉한 미소만을 지을 뿐이었다. 그것은 필시 무언가를 눈치챘다는 의미를 가진 미소였다.

아이린이 무엇을 눈치챘건 간에 에르하르트는 티파티에서 샤넌을 만나고 싶지 않았을 따름이었다. 그녀의 '사죄하세요.'도 듣기 싫었고, 지금 이 순간에도 그녀의 취한 얼굴을 자꾸만 떠올리는 제 모습도 정말 싫었다. 양 뺨이 붉어졌던 그녀의 얼굴이 왜 이토록 잊히지 않는단 말인가.

에르하르트는 며칠 사이에 늘어난 시름이 깊은 한숨을 내쉬며 앉아 있던 몸을 일으켰다. 결재해야 할 서류는 차고 넘쳤지만, 괜스레 든 상념 때문에 일에 집중할 수가 없었다. 그는 오래 앉음에 굳어진 허리를 작게 비틀며 창가 근처로 걸어갔다. 조금 열어둔 창가 사이로 왁자지껄한 소음이 새어 들어오고 있었다. 에르하르트는 넌지시 창가에 비친 정경을 응시했다.

잘 가꾸어진 정원, 그곳엔 티파티가 한창이었다. 여러 귀족들 사이에서도 단연 눈에 띄는 것은 역시나 샤넌이었다. 결 좋은 그녀의 은발은 밝은 햇살을 받아 한껏 반짝였고, 에르하르트는 그녀에게서 잠깐 동안 눈을 뗄 수가 없었다. 아이린과 무슨 재미난 이야기를 나누는 것인지, 샤넌의 얼굴에선 미소가 끊이질 않았다.

그렇게 도둑고양이처럼 그녀를 지켜보던 찰나, 아이린만을 응시하던 샤넌의 고개가 들리기 시작했다. 그녀는 제 고개를 들어 에르하르트의 집무실 방향을 정확하게 응시했다. 그 바람에 두 사람은 단번에 눈이 마주쳐 버리고야 만다.

샤넌의 은빛 눈동자가 제게 닿자, 에르하르트는 조금 당황스러웠다. 이렇게 먼 거리에서도 샤넌이 눈치챌 만큼 제 눈빛이 강렬했던가. 아님 그저 우연의 일치로 저를 바라본 것인가. 진실이 무엇인지는 알 수 없었지만, 에르하르트는 황급히 그녀에게서 시선을 돌렸다. 그러곤 창가에서 두어 걸음 뒤로 물러서고야 만다.

"……도망이라니."

에르하르트는 정말 저답지 않은 의도적인 회피에 혀를 내둘렀다. 그는 방 중앙에 있던 소파에 앉으며, 제 이마를 짚었다. 무슨 영문인지 전혀 모르겠지만, 제 심장은 또다시 기묘한 소리를 내며 뛰고 있었다. 그 두근거림이 무엇을 의미하는지는 그 또한 알고 있었다.

설렘. 결코 그가 인정하기 싫었던 샤넌을 향한 설렘이었다.

그렇게 몇 분이 지났을 때에, 방문을 두드리는 노크 소리가 들렸다.

똑똑.

에르하르트는 노크의 주인이 누구인지 알 것만 같았다. 샤넌 위즈일라. 틀림없이 그녀일 거라 생각했다. 그러자 그는 대답하기가 꺼려졌다. 그사이 방 밖에 있던 방문자의 목소리까지도 들렸다.

"저예요."

그 목소리의 주인은 제 예상에 한 치도 어긋남이 없었다. 샤넌, 그녀는 무엇을 확인하기 위해 눈이 마주치기가 무섭게 저를 찾아온 걸까. 순간, 에르하르트는 잠깐 고민을 했다. 없는 척이라도 해야 할지에 대해.

하나 그가 그런 생각을 하기가 무섭게 샤넌의 목소리가 다시금 울렸다.

"공작님, 없는 척하지 마세요. 아직까지 안에 계신 거 다 아니까."

"……."

완벽한 간파였다. 에르하르트는 어쩔 수 없다는 듯이 그녀의 방문을 응해주었다.

"들어와."

에르하르트의 수락이 떨어지지가 무섭게 샤넌은 방문을 열고 들어섰다. 그는 여전히 소파에 앉은 채로 그녀가 들어오는 모양새를 가만히 지켜봤다. 가까이 마주한 그녀는 멀리서 보았을 때보다 훨씬 더 아름다워 보이기만 했다. 에르하르트는 그 점이 조금은 마음에 들지 않았다.

"오랜만이네요, 에르하르트 공작님."

샤넌은 그런 그의 마음을 아는지 모르는지, 꽤나 오랜만에 만난 그에게 살갑게 인사를 건네었다. 에르하르트는 그녀에게 앉을 것을 권했다.

"앉지."

이윽고 샤넌은 소파에 마주 앉자마자 그에게 하고픈 말을 건네었다.

"왜 절 피하세요?"

아주 직설적인 말이었다.

"그런 적 없어."

에르하르트는 지지 않고 대답했다. 솔직히 피하고 있는 게 사실이었지만, 그녀에게 그 사실을 곧이곧대로 인정하긴 싫었다.

"지금도 피하시려고 했잖아요."

"난 그저……."

난 그저 눈이 마주친 순간 네게 느낀 설렘을 인정하기 싫어서. 손바닥 뒤집듯이 쉬이 다른 여자에게 설렘을 느껴 버린 내 자신이 너무 싫어서. 에르하르트는 거기까지 대답하지 못하고선 제 아랫입술을 지그시 깨물었다.

그것은 일말의 거짓이라곤 없는 사실이었지만, 곧 죽어도 인정하기 싫은 사실이기도 했다.

"생각해 보니까, 일전에 함께 와인을 마신 이래로 공작님이 저를 피하시는 게 느껴지더라고요."

나 원. 눈치만 빨라서는. 에르하르트는 자연스럽게 팔짱을 끼며, 그녀의 말이 틀렸다는 듯이 제 표정을 굳혔다.

"그랬었나? 딱히 그런 적은 없는 것 같은데."

"그럼 제 착각이었나요?"

"그럴 수도. 샤넌, 너도 은근히 도끼병이 있나 보군."

"……도끼병이요?"

"그래. 너는 지금, 내가 네게 관심 같은 게 있어서 일부러 너를 피하고 있다고 말하고 있는 거잖아."

관심 같은 게 있어서.

사실 그 말이 조금은 맞을지도 모르겠다고, 그는 생각했다. 솔직히 그전엔 그다지 관심이 없었다. 왕의 사생아라는 타이틀을 가지고 처음 등장했던 그날의 연회에서 그녀에게 잠깐 흥미가 갔었지만, 바이올렛의 영혼이 그녀의 몸을 차지한 이래로 그때에 가졌던 흥미는 이미 모두 증발한 후였다.

샤넌의 모습으로 행했던 바이올렛의 악행들을 봐왔기 때문이었다. 설령 그것들이 샤넌의 영혼이 행한 일은 아니더라도 일단은 샤넌의 모습을 한 이가 행한 일들이었기에.

하지만 그녀가 제 옛 연인에 대한 사연을 뱉어내고 난 뒤부터 이상할 정도로 그녀에게 신경이 쓰이기 시작했다.

같은 사연, 비슷하게 느꼈을 마음. 그런 것들 때문에 그녀에게 어떤 동질감이라도 느껴 버린 건지.

샤넌은 에르하르트가 뱉어낸 말을 곱씹으며 긴 신음을 흘렸다.

"관심. 관심이라······."

그러다 그녀는 무언가의 결론에 도달한 듯이 제 손가락을 가볍게 튕겨냈다.

"공작님."

"······어?"

"혹시 저를 좋아하세요?"

그것은 실로 완벽할 정도로의 직설적인 물음이었다.

"······!"

에둘러 말하는 것이라곤 없는 그 물음에 당황한 것은 에르하르트였다. 그는 무너지는 제 페이스를 부여잡지 못하고선 놀란 티를 내었다. 몇 초가 지난 후에야 나온 자연스러운 반응은 헛웃음뿐이었다.

"하, 하하하."

에르하르트는 제 집무실이 떠나가라 웃음소리를 내었다. 그 의미가 무엇이건 간에 꽤나 오랜만에 터뜨린 웃음이었다.

샤넌은 그런 그를 아무 말 없이 빤히 응시했다. 늘 굳은 얼굴만을 유지하던 에르하르트의 웃는 모습은 참으로 오랜만에 보는 것이었다. 아니, 그의 웃는 모습을 본 적이 있던가. 샤넌은 고개를 갸우뚱거리며 잠깐이나마 그와 만났던 일들을 상기해 보았다. 애석하게도 그가 웃고 있는 장면은 전혀 떠오르지 않았다.

샤넌은 그의 웃는 얼굴이 나쁘지 않다고 생각했다. 사실 꽤나 봐줄 만했다. 저를 좋아하느냐는 물음이 그토록 우스운 물음이었던가. 그를 웃기고자 한 질문은 아니었고, 진심으로 물은 것이었는데. 그러니까 그가 정말로 제게 조금은 관심을 보이는 것 같아서.

샤넌은 잠자코 며칠 전 그와 와인을 마셨던 그날 또한 떠올렸다. 바이올렛과 하론의 결혼식이 있던 그날. 샤넌은 처음으로 에르하르트에게서 어떤 진심을 느꼈다. 그가 바이올렛을, 아니, 한 여자를 사랑했다던 그 진심을 말이다.

솔직히 샤넌이 아는 에르하르트는 제 얼굴과 배경을 믿고 모두에게 오만하게 구는 남자였다. 그런 그였기에, 샤넌은 당연히 에르하르트가 제대로된 사랑을 하지 못할 거라고 생각했다. 더불어 그는 짝사랑 같은 건 전혀 하지 않을 거라고 생각했다.

하나 그런 생각이 무색할 정도로 에르하르트는 꽤나 오랜 시간 한 여자를 지켜봐 왔다고 한다. 완전 의외라고 생각한 샤넌이었다. 에르하르트가 사랑한 여자는 바이올렛 바바라스였고, 샤넌과도 인연이 깊었던 여자였다. 하지만 바이올렛은 에르하르트가 아닌, 다른 남자를 사랑하고 있었다.

샤넌은 다른 남자의 신부가 된 바이올렛을 바라보던 에르하르트의 아련한 눈빛을 잊지 못했다. 이 오만한 남자도 저런 눈빛을 지을 줄 아는구나. 사랑을 할 줄 아는구나. 그래서인지 모르겠다. 그날 저답지 않게 늦도록 에르하르트와 와인을 마시고, 위로란 구실로 그와 포옹을 하고, 종내에는 취해 버린 것인지.

주량이 세지 않기 때문에 평소 술을 자제했건만, 그날 과거 얘기를 하며 고주망태처럼 취해 버린 샤넌이었다. 에르하르트에게 취한 모습을 보여주고 싶었던 건 아니었건만.

사랑에 실패한 에르하르트에게 위로를 해 주겠다고 했지만, 정작 위로가 필요했던 것은 본인이었을지도 모르겠다. 그날 샤넌은 마음속에만 묻어두었던 옛사랑을 계속해서 떠올렸으니까.

왕궁으로 돌아가는 마차를 탔을 때 샤넌은 정신을 부여잡을 수 없을 정도로 취해있었지만, 한 가지 선명하게 기억하는 건 있었다. 그것은 마차의 흔들림으로 인해 제 고개가 쓰러져가던 순간, 제게 손을 내밀었던 에르하르트의 모습이었다.

제 뺨에 닿았던 에르하르트의 단단한 손바닥. 그리고 조심스레 제 옆에 앉아 어깨를 내어 주던 그의 모습. 가깝게 닿았던 그에게 나던 아카시아 향. 그런 것들을 샤넌은 빠짐없이 기억했다. 샤넌은 에르하르트에게 또다시 의외성을 느끼고야 만다.

순애보만 있는 게 아니라, 나름의 배려도 있던 남자였잖아.

더불어 샤넌은 그 순간 낯선 설렘을 잠깐 느꼈더랬다. 아주 찰나에 스치고 지나간 설렘이었지만, 샤넌은 그때에 느꼈던 작은 설렘을 잊지 않고 있었다. 그래서 그와 조금 더 이야기를 나누고 싶었다. 이야기를 나눈다면 또 다른 의외성을 느낄지도 모르겠다고 생각했다.

하지만 그날 이후 에르하르트는 의도적으로 저를 피하고 있었다. 눈이라도 마주치면 황급히 피했고, 심지어 저가 직접 찾아왔더니 방에 없는 척을 하려 하더라.

샤넌은 그런 그의 태도가 제게 관심이 있어 그런 것은 아닐까, 하는 생각이 들었다. 바이올렛을 절절히 사랑했던 주제에 갑작스럽게 저를 좋아하겠냐마는.

사람의 마음이란 것은 시간이 중요한 게 아니니까. 이젠 좋아할 수 없는, 아니 좋아해선 안 되는 바이올렛을 잊겠단 마음을 먹는 동시에 새로운 사랑에 눈을 뜰 수도 있는 거니까. 샤넌은 그것이 나쁘다고 생각하지 않았다.

그날 마차 속에서 당신이 내게 어깨를 내어 준 건, 당신 역시 내게 조금은 관심이 생겨서 그런 거 아니냐고. 샤넌은 그에게 그렇게 묻고 싶었다.

샤넌이 거기까지 생각했을 때, 웃던 것을 멈춘 에르하르트의 입술이 열렸다.

"……그래."

그는 다시금 진지한 얼굴로 돌아와선 제 말을 이어갔다.

"와인을 함께 마셨던 그날. 네게 작은 설렘을 느꼈어."

에르하르트는 답지 않게 샤넌을 피했던 지난날의 저를 떠올리며, 제 마음을 솔직하게 시인했다. 좋아하냐고 이렇게까지 직접적으로 물어보는데 이제 와 시치미를 떼는 게 무슨 의미가 있겠냐 싶었다. 샤넌이 저를 쉬운 남자라고 생각해도 이젠 어쩔 수 없는 일이었다.

"하지만 그렇다고 해서 너를 좋아한다는 말은 아니야. 난 그저…… 그날 약간 과음했어서. 나는 여전히 바이올렛을 사랑해."

그것은 한 치의 오차도 없는 진실이었다.

샤넌에게 설렘을 느낀 것은 사실이나, 그녀를 좋아하게 되었다고 단언할 수는 없었다. 하론의 완벽한 신부가 되어 버린 그녀를 아직까지 완전히 잊을 수는 없었다. 무뎌지길 바랐지만, 무뎌지기엔 시간이 조금 부족한가 보다. 에르하르트는 무거운 한숨을 내쉬었다.

"……"

샤넌은 의외로 제 마음을 쉬이 시인한 에르하르트를 빤히 응시했다. 그의 얼굴은 자못 혼란스러워 보였다. 그러다 저도 모르게 제 진심을 토로하고야 만다.

"저도……. 저도 그날 공작님께 작은 설렘을 느꼈어요."

"……뭐? 너도?"

"네, 믿지 않으실지는 모르겠지만. 저도 그날 과음했어서 그런 걸까요?"

"글쎄. 네 마음을 내게 물으면, 나는 뭐라고 대답을 해 줘야 하는 거지?"

에르하르트는 심각할 정도로 진지하게 되물었다. 그러자 샤넌은 픽 하고 작게 웃어 버렸다. 에르하르트의 물음이 조금 우스웠기 때문이었다.

샤넌은 얼굴에 띤 미소를 유지한 채로 그에게 제 몸을 가까이 기울였다. 그녀는 잘 빠진 제 턱을 손으로 문지르며 말했다.

"전 여전히 공작님을 무례한 사람이라고 생각하고 있어요."

"아주 나를 들었다 놨다 하는군. 방금 전에는 설렘을 느꼈다 했던 주제에."

그는 샤넌의 말이 몹시도 마음에 들지 않는다는 듯이 여느 때처럼 제 미간을 구겼다.

"제 말을 끝까지 들어주실래요?"

"좋아, 조금 더 변론해 봐."

"그러니까, 공작님을 여전히 무례하다고 생각하지만……. 그날 당신에게서 의외성을 많이 봤거든요. 제가 지금까지 판단해 온 공작님과는 전혀 다른 모습을 보았다고나 할까. 그래서 당신에게 설렘을 느꼈는지도 모르겠어요. 그 설렘이 가짜라고는 생각하지 않아요."

"그래서?"

"공작님도 제게 느낀 설렘을 가짜라고는 생각하지 않으시죠? 물론 바이올렛을 여전히 사랑하겠지만."

에르하르트는 느릿하게 고개를 끄덕였다. 망설임 없는 그의 고갯짓은, 그의 마음을 명백히 일러주고 있었다.

"결론적으로 저는 공작님이 조금 더 알고 싶어졌어요. 당신과 조금 더 만난다면. 당신과 조금 더 진솔한 얘기를 나누어 본다면. 우리가 느꼈던 설렘은 조금 더 커지지 않을까. 잠깐, 그렇다고 오해하지는 마세요. 우리의 관계가 더 발전되길 바라며 하는 말은 아니니까."

"내 귀가 이상하지 않은 거라면, 내가 듣기론 너는 우리의 관계가 발전되길 바라는 것 같은데?"

에르하르트의 말이 떨어지자 이번에 미간을 구긴 쪽은 샤넌이었다.

"뭐, 오해의 여지가 있는 말인 건 부정하지 않아요. 다만 저는 소작농이었던 그 이외에 오랜 시간 누군가에게 설렘을 느껴본 적이 없거든요. 당신에게 느낀 설렘은 정말 오랜만에 느낀 설렘이었어요. 그 말고도 누군가를 좋아할 수 있겠구나, 라는 생각이 들 정도로."

"……."

"그 느낌이 싫지 않아서. 또 언제 이런 설렘을 느낄지 알 수 없어서."

샤넌은 일그러뜨렸던 미간을 풀며, 그를 향해 엷은 미소를 지어 보였다. 에르하르트는 가만히 그녀의 미소를 바라봤다. 미소를 지음에 끝이 조금 올라간 그녀의 입꼬리가 그 어느 때보다도 매혹적으로 보였다.

"조금 도박을 해 보고 싶다랄까."

샤넌은 제 얼굴에 흘러내린 은빛 머리칼을 부드럽게 쓸어 넘기며, 다음 말을 이어 했다. 미소는 방금 전보다 훨씬 더 짙어져 있었다.

"오해하셔도 좋으니까, 저와 만나 보실래요?"

"연애하자는 말쯤으로 들리는군. 역시나 이것도 내 귀가 이상한 건가?"

"흠, 그러니까 오해하셔도 괜찮다니까요. 연애를 하건, 그냥 만나건 상관없어요. 어떤 말을 붙이건 간에, 제가 바라는 건 공작님을 더 알고 싶다는 것이니까요."

샤넌은 제 할 말이 끝났다는 듯이 또다시 싱긋 웃어 보였다. 그것은 매우 자신 있게만 보이는 미소였다. 마치 저를 싫어하는 상대마저도 모두 제 편으로 만들어 버릴 듯한 미소. 아주 대단한 미소라고, 에르하르트는 생각했다.

"좋아."

에르하르트의 대답은 매끄럽게 흘러나왔다.

솔직히 샤넌의 미소를 보는 순간, 그녀에게 수긍의 답을 내려야만 한다는 생각만이 들었었다. 그 미소는 결단코 부정의 말을 꺼낼 수가 없는 미소였으니까. 그리고 에르하르트는 저가 한 대답을 후회하지 않았다. 그녀의 말에 동조했기 때문이었다.

'그 말고도 누군가를 좋아할 수 있겠구나, 라는 생각이 들 정도로, 그 느낌이 싫지 않아서. 또 언제 이런 설렘을 느낄지 알 수 없어서.'

그도 그러했다. 다혜 말고도 누군가를 좋아할 수 있겠구나, 라는 생각이 약간은 들었어서. 그것이 가벼운 마음일 뿐이라고 단언했지만, 샤넌의 말을 듣고 보니 언제고 또 다른 이에게 설렘을 느낄지 알 수도 없는 노릇이었다.

만약 몇 달이 지나고, 몇 년이 지나도 다른 여자에게서 설렘을 느낄 수가 없다면? 그때도 여전히 다혜만을 좋아한다면? 그때엔 오늘 샤넌의 제안을 수긍하지 않은 걸 땅을 치고 후회하지 않을까.

어차피 다혜는 잊어야 하는 사람이었다. 그녀를 기다리겠다는 말을 했지만, 하론을 보던 그녀의 얼굴을 잊지 않고 있다. 그녀는 세상 누구보다도 행복한 얼굴을 하고 있었다. 그런 얼굴을 했던 주제에 제게 올 가능성이나 있는 걸까? 그 가능성이 제로에 가깝다는 것을 에르하르트는 너무나도 잘 알고 있었다. 다만 인정하기 싫었을 뿐이었다.

오지 않을 사람을 기다리는 것보다야 저도 도박을 해 보는 게 어떨까.

"기왕 이렇게 된 거 연애라도 해 보자."

"……네?"

"어려울 거 없잖아. 너도 내게 설렘을 느꼈고, 나를 조금 더 알고 싶다며. 그리고 멋대로 오해해도 좋다며. 아무리 생각해도 네가 한 말은 연애를 하자는 말쯤으로 들렸고, 나는 그런 네 제안을 받아들이고 싶어."

"하하."

샤년은 허탈한 미소를 지었다.

연애라. 그녀는 연애라는 말을 몇 번이고 제 입으로 곱씹었다. 무례하다고만 생각했던 이 남자와 연애를 하는 게 정말 올바른 선택인 걸까. 아직까지 되돌릴 기회는 충분했다. 마음이 정 내키지 않는다면, 이제라도 저가 뱉은 말을 철회하자.

그러나 끝내 아무 말도 하지 못한 샤년이었다. 좋지 않은 요소들을 감안하더라도 그에게 느낀 설렘을 놓치고 싶지 않나 보다.

"그래서 샤년 너는 뭘 좋아하지?"

에르하르트는 한껏 누그러진 얼굴로 그리 물었다. 어쭙잖게 연애를 하는 흉내를 내보겠다고 뭘 좋아하냐고 묻는 그의 모습이 정말 진지하게만 보여서, 샤년은 웃음이 나올 뻔한 것을 가까스로 참아냈다. 저토록 진지한데 저가 웃었다간 그가 화를 낼 것도 같아서. 샤년은 제 입술을 우습게 일그러뜨리며 대답했다.

"……아카시아요."

"아카시아?"

"네, 돌아가신 어머니가 좋아하셨던 꽃이거든요."

그리고 당신에게 났던 향이기도 하고.

샤년은 지난날 마차에서, 그와의 포옹에서 느꼈던 그의 향을 떠올렸다.

"공작님에게도 아카시아 향이 나요."

생각하기가 무섭게 샤년은 자연스럽게 그리 내뱉고선, 스스로가 아차 싶었다.

그 말은 감정적인 부분과는 별개로 정말 객관적인 의견이었으나……. 어째 에르하르트가 제 말을 객관적으로 받아들이지 않을 성싶었다.

"아, 그렇다고 오해하는 하지 마세요. 제가 뭐 딱히 공작님에게 큰 관심이 있어서, 당신에게서 나던 향을 기억하는 건 아니니까."

"미안한데, 나는 벌써 네 말을 오해해 버렸는데."

오해를 해 버렸다는 망설임 없는 에르하르트의 말에 샤년은 다시금 아차, 하는 심정이 들었다. 역시는 역시군.

"어떤 식으로 오해하셨다는 말씀이세요?"

"날 유혹한다는 식으로. 하긴, 나를 유혹하지 않은 여자는 없었지."

……하, 이런 오만한 남자와 연애를 하는 게 정말로 잘한 일인지 모르겠다. 샤넌에겐 저가 했던 말을 물리고픈 바람이 아주 잠깐 들었다.

"하하, 그래요. 공작님을 유혹하고자 한 말은 아니었지만, 되레 제가 유혹당하고 싶은 향이기는 해요. 당신을 여전히 좋지 않게 생각하지만, 당신에게 나는 향은 싫지 않아요."

"그렇담 네게 그 향을 더욱 오래 맡을 기회를 주도록 할게."

"……."

"때마침 좋은 디저트가 있어. 아카시아 향을 좋아할 법한 사람이 좋아할 만한 디저트지."

"흠, 일단은 먹어 볼게요."

에르하르트는 부드러운 미소를 지었다. 나른한 듯 관능적인 빛을 띤 그의 미소는, 그를 질색하는 샤넌조차도 일순 할 말을 잃게 만드는 미소였다.

'나를 유혹하지 않은 여자는 없었지.'

어쩌면 도끼병 가득한 그의 말이 정말 사실일지도 모르겠다. 저런 미소를 짓는데 넘어가지 않을 여자는 없으리라. 샤넌이 그런 생각을 하는 사이 미소를 띤 에르하르트의 입매가 매끄러운 곡선을 그렸다.

"마음에 든다면, 물릴 때까지 공작저를 찾아와도 좋아. 뭣하면 내가 직접 왕궁으로 찾아갈게."

그것은 필시 맛있는 디저트를 겨냥하고서 한 말이었다. 하지만 이상하게도 샤넌의 귀엔 그의 말이 저를 겨냥하고 한 말처럼 들렸다.

그러니까 에르하르트 저가 마음에 든다면, 그가 물릴 때까지 공작저로 찾아와도 좋다는.

샤넌은 고개를 끄덕였다.

아무래도 조금 오랜 시간 동안 공작저를 찾아올 법한 예감이 들었다.

외전 2. 화분을 도맡아 버렸습니다

아이린이 여는 티파티에 참석한 러셀은 갑작스럽게 사라져 버린 샤넌을 기다리고 있었다. 어디 잠깐 다녀오겠다는 말만 남기고서 사라진 샤넌은 벌써 한 시간째 감감무소식이었다. 이건 잠깐이 다녀오겠다는 게 아니라, 아예 어디론가 증발해 버린 것 같은데.

"……샤넌이 돌아오지 않아."

러셀은 전혀 샤넌을 기다리지 않는 얼굴로 그런 말을 뱉어냈다. 동그란 테이블 위에 턱을 괸 채로 초점 없이 어딘가를 바라보는 그의 얼굴이 허망하기만 했다. 삶의 의욕이라곤 전혀 느껴지지 않는 얼굴이었다.

"이봐, 러셀. 너 정말로 샤넌을 기다리고 있는 거 맞아?"

러셀과 마주 보고 앉은 아이린은 그런 그의 영혼 없음을 단번에 깨닫고선 그리 물었다.

"맞아. 맞고말고. 그럼 내가 누굴 기다리겠어."

"……바이올렛?"

아이린은 가감이라곤 없이 러셀을 보며 히죽거렸다. 그러자 깜짝 놀란 쪽은 러셀이었다. 그는 구부정하게 앉아 있던 몸을 발딱 일으키며 아이린을 매섭게 응시했다.

"아이린, 너!"

초점이 흐릿했던 그의 눈동자는 '바이올렛'이라는 이름 하나만으로 제 광명이 돌아와 있었다.

"그럼 아니야?"

"……."

러셀은 차마 아니라고는 말하지 못하며, 제 입술을 일자로 다물었다. 그러곤 조용히 일으켰던 몸을 수그렸다. 의자에 다시 착석한 러셀의 얼굴이 티가 나게 일그러져 있었다. 그는 제 목소리를 꾹꾹 누르며 아이린에게 말했다. 말투엔 모가 가득했다.

"……꼭. 꼭 그렇게 내 아픈 부분을 쑤셔야겠어? 아이린 너는 내 상처가 막 덧났으면 좋겠어?"

아이린은 러셀에게 찬바람이 불건 불지 않건 전혀 괘념치 않다는 듯이 심드렁하게 대답했다.

"어. 쑤시고 싶고, 막 덧났으면 좋겠어. 너도 나처럼 좀 아파 보라고."

"그렇게 안 봤는데, 너 무지 나쁘구나."

러셀은 진심을 담아 말하며, 제 입을 삐죽 내밀었다. 사이가 좋아진 줄 알았는데, 이따금씩 아이린이 내뱉는 직설적인 말은 여전히 감당하기 힘든 부분이었다. 너무나도 가감이 없어서, 가슴이 쓰라릴 정도다.

러셀은 저도 모르게 기다란 한숨을 내쉬었다. 하지만 과거, 서로를 의도적으로 외면하고 미워하며 얘기조차 하지 않았을 때를 떠올려보자면, 지금 서슴없이 얘기를 나누고 있는 것은 꽤나 신기한 일이었다.

아이린은 사고가 날 마차를 바꿔 타고 간 4년 전 저를 용서한 게 아니었다. 아이린이 용서한 자신은 4년 동안 그 마차 사고에 대해 회피만 했던 제 자신이었다.

아이린이 그런 식으로 저를 용서한 이래로 러셀의 마음은 이전보다 훨씬 더 편해졌더랬다. 비록 자신 때문에 형이 죽었다는 죄책감이 모두 사라진 것은 아니었지만, 그 농도는 이전보다 옅어져 있었다.

거기까지 생각하자, 러셀은 다혜에 대한 간절함이 더욱 강해졌다. 왜냐면 아이린과의 관계 회복에 크나큰 역할을 해 준 것은 다혜였기 때문이었다. 다혜가 만들어 준 계기로 인해 아이린과 마주한 결과, 그녀가 어렴풋이 저를 용서해 준 것이니까.

그래, 다혜는 제 마음을 이토록 편하게 만들어 준 여자인데. 평생 해결하지 못할 것이라 생각했던 과업을 해결해 준 여자인데. 그녀는 어째서 제게 보답을 할 기회조차 주지 않는 걸까.

영원히 제 곁에 두고선, 매일 예뻐하고, 매일 사랑하고, 갖고 싶은 것은 모조리 사 주며, 그녀가 싫어할 만한 짓은 하지 않을 자신이 있는데. 그녀가 제 영혼의 반을 떼어 달라고 하더라도 떼어 주고 싶은 러셀이었다.

나는 그만큼 너를 원하고 있는데, 왜 내겐 네게 닿을 기회조차 오지 않는 걸까.

러셀은 이 세상이 그리고 하론이 야속했다. 저보다도 다혜를 훨씬 더 오래 알고, 훨씬 더 잘 알고, 심지어 그녀의 사랑을 모조리 받고 있는 하론이 너무나도 부러웠다. 저가 하론보다도 먼저 다혜를 알았다면, 그녀는 하론이 아닌 저를 선택해 주었을까?

막상 그녀를 정말 가질 수 없을 것이라 생각하자 이상할 정도로 그녀가 더욱 생각났고, 그녀가 더욱 갖고 싶어졌다. 꼭 가지지 못할 것에 더 욕심이 나는 것처럼 말이다.

러셀은 마른세수를 하듯이 제 얼굴을 문질렀다. 하론과 달콤한 신혼에 젖어 있을 그녀를 더 이상 생각하고 싶지 않았다.

"러셀. 계속 혼자 끙끙 앓기만 할 거야? 나는 네가 앓길 바라는 사람 중 하나이긴 하지만 네가 그런 표정을 짓는 건 보기가 좋지 않네."

러셀은 제 얼굴에 머물러 있던 손을 물리며, 아이린을 재차 응시했다. 그녀는 저를 아주 못난 놈 보듯이 보고 있었다. 끌끌거리는 혓소리는 덤이었다.

"기분 나쁘게 요한과 조금 닮아가지고선, 내 마음을 이상하게 만들고 있어. 다른 사람처럼 막 놀릴 수가 없잖아!"

"그건 내 잘못이 아니야."

"뭐, 딱히 네 말이 틀린 것도 아니다만……. 넌, 혼자 앓는 게 얼마나 소모적인 일인지 잘 모르지? 나는 요한을 잃은 지난 4년간 혼자 앓았어. 낫지 않는 상처는 곪고 짓물러서 매일같이 진물을 흘려댔지. 끔찍했어."

아이린은 제 인상을 고약하게 찌푸렸다. 마치 이 순간에도 제 마음속에 진물이 흘러내리고 있는 것만 같이.

"그래서? 하고 싶은 말이 뭐야?"

"하지만 그럼에도 내가 견딜 수 있었던 건, 다른 방향으로 끊임없이 생각했기 때문이야. 이를테면 나는 짓궂은 말과 행동을 일삼으며 그 사고에 대한 것은 일절 떠올리지 않으려 노력했어. 그러니까 좀 살 만하더라. 완전히 잊었노라고 할 수는 없지만, 어느 정도 잊혀는 지더라. 너도 다른 곳에 관심을 두면 어떨까? 바이올렛이 생각나지 않게 말이야."

"……내가 다른 곳에 관심을 둘 수 있을까? 이렇게 매일같이 그녀만을 생각하는데?"

"해 보지 않고선 모를 일이지. 노력이나 해 봤어?"

러셀을 고개를 좌우로 내저었다.

"그럼 잔말 말고 시도나 해 봐. 그래도 지금보다는 훨씬 괜찮아질 거니까."

***

러셀은 지난 몇 주간 샤넌을 끔찍할 정도로 싫어했다.

샤넌은 다혜의 약혼식 날을 잔인할 정도로 극악하게 망쳐 버리고, 그녀를 아프게 한 장본인이었기 때문이었다.

샤넌이 무슨 생각으로 그녀의 약혼식을 망친 것인지, 러셀은 잘 알고 있었다. 샤넌이 목숨을 내걸 정도로 사랑했던 에르하르트 때문이리라. 그의 사랑이 제게 닿지 않자, 폭력적인 방법으로 제 분노를 표출했던 거겠지.

샤넌은 높은 난간에서 바닥으로 떨어졌고 다혜는 기절했지만, 다행스럽게도 두 사람 모두 크게 다치지 않았다. 하지만 단순 기절이었던 다혜는 며칠간 눈을 뜨지 못했다. 러셀은 그런 그녀를 보며 제 피가 모두 말라가는 심정이 들었었다. 상흔도 없는 기절에 이토록 정신을 차리지 못하다니. 다혜가 받은 정신적인 충격이 얼마나 컸던 걸까.

러셀은 그 사달을 만든 샤넌에게 폭언을 하고 싶었다. 하지만 그는 그러하지 못했다. 이유는 세 가지였다.

첫째, 일단은 샤넌도 오랜 시간 정신을 차리지 못했다. 그리고 둘째, 의식이 돌아온 샤넌은 그 사고에 대한 것을 전혀 기억하지 못했다. 마지막으로 세 번째, 샤넌의 마음을 조금 이해했기 때문이었다.

제 몸을 던져서라도 표출하고자 했던 누군가에 대한 사랑. 표현 방법이 지나치게 삐뚤어지긴 했지만, 그것이 사랑 때문이었음을 러셀은 누구보다도 잘 알고 있었다. 저가 다혜를 사랑하듯이 샤넌 또한 에르하르트를 사랑했던 것뿐이니까. 다혜의 약혼식이 그런 식으로 무산됐을 때, 러셀이 저도 모르게 작은 기쁨을 느꼈던 것처럼 말이다.

하지만 이해를 한다고 해서 그녀를 용서하고자 했던 건 아니었다. 그녀가 다시금 정신을 차린다면 매우 꾸짖을 생각이었다. 다신 그런 나쁜 짓은 하지 못하게 말이다.

그런데 이게 웬걸. 긴 잠에서 깨어난 그녀는 기억을 잃어 있었다. 모든 기억을 잃은 것은 아니었고, 지난 몇 달간의 기억만을 쏙 잊은 것이었다. 저가 나쁜 짓을 저질렀던 그 몇 달간의 일들을.

러셀은 그것이 연기일 것이라 의심했지만, 이윽고 그녀가 정말로 기억을 잃었음을 믿게 된다. 왜냐면 다시 깨어난 그녀는 놀라울 정도로 변해 있었기 때문이었다. 마치 저가 잃어버린 몇 달간의 그녀가 다른 사람이었다는 듯이 말이다.

샤넌은 황당할 정도로 과거와 다른 행보를 걷고 있었고, 러셀은 그 모습을 보며 그녀를 아직까지 꾸짖지 못하는 중이었다. 기억도 못 하는 얘를 꾸짖어서 뭐 해.

"아이린 님이 이걸 전해 드리래요."

러셀은 저를 찾아온 샤넌을 새삼스럽게 빤히 응시했다. 그녀의 얼굴은 이상할 정도로 몇 달 전과 달라 보였다.

조금 순해졌다랄까. 총명해졌다랄까. 아무튼 좋은 방향으로 변했다는 건 확실했다. 사람이 단시간에 이렇게까지 변할 수 있다는 사실이 놀라울 정도였다.

"러셀 님?"

그녀는 어쭙잖게 존칭을 하며 저를 불렀다. 과거 기억을 잃기 전 언사가 험악했던 그녀와는 또 다른 모습이었다.

"어, 미안. 잠깐 딴생각 좀 했어."

러셀은 그제야 샤넌의 손에 들린 것을 빤히 내려다보았다. 그녀의 손엔 웬 화분이 들려 있었다. 손바닥만 한 갈색의 화분 속엔 싹을 내린 지 얼마 되지 않은 듯한 두어 개의 푸른 잎사귀가 앙증맞게 올라와 있었다.

"아이린이 이걸 내게 주랬다고?"

샤넌은 늘 그렇듯 아이린의 말동무로서 공작저를 다녀온 후인가 보다. 그렇게 간 김에 아이린에게서 화분을 받아온 듯싶었다. 러셀은 선뜻 화분을 건네받지 못한 채로 제 눈을 가느다랗게 떴다.

화분이라. 러셀은 아이린이 무슨 의도로 제게 이런 걸 보낸 것인지 좀처럼 짐작할 수가 없었다.

"네. 아, 그리고 아이린 님이 '관심을 다른 곳으로 돌릴 곳.'이라는 말도 전해 달라고 하셨어요."

샤넌의 말에 러셀은 아이린의 의중을 설핏 알아차릴 수가 있었다. 그러니까 다혜를 떠올리지 않게 다른 곳에 관심을 둘 무언가가 화분이라는 거지?

러셀은 샤넌의 손바닥 위에 있던 화분을 건네받았다. 가까이서 들여다보자, 잎사귀의 초록빛이 다른 식물들보다도 훨씬 더 푸르게만 보였다.

"또 다른 말은 없었고?"

"음……. 손이 많이 가는 식물이니, 꽃이 필 때까지 잘 보살펴 주라고도 하셨어요. 꽃이 피면 분명 좋은 일이 생길 거라고."

"좋은 일이 생긴다라."

러셀은 왠지 모르게 아이린의 앙칼지고도 짓궂은 웃음소리가 제 귓가에 맴도는 듯한 기분이 들었다. 그는 아이린이 나쁜 사람이 아님은 알고 있었지만, 그렇다고 해서 좋은 사람인지도 잘 모르겠다고 생각했다. 그렇기에 좋은 일이 생긴다고 한 아이린의 말이 잘 믿기지가 않았다. 되레 의심이 갈 지경이었다.

평소 짓궂은 장난을 좋아했으니, 이 식물의 꽃은 그냥 꽃이 아닐 수도 있겠다는 생각마저도 들었다. 설마 독초는 아니겠지.

러셀은 작고 푸른 식물에게서 눈을 떼지 못한 채로 샤넌에게 물었다.

"그래서 이 식물의 이름은 뭐래?"

"거기까진 듣지 못했어요."

바라본 샤넌은 어째 아이린이 짓던 미소와 비슷한 미소를 짓고 있었다. 왠지 모르게 음흉한 속내가 있을 법한 미소. 러셀의 팔뚝엔 까닭 모를 소름이 오소소 돋았다.

***

"페어리 테일."

"페어리 테일?"

러셀은 아이린이 한 말을 앵무새처럼 따라 했다.

"응. 요정의 이야기라는 이름을 가진 식물이야. 아~주 구하기 힘든 식물이지. 하지만 내가 또 누구야. 찻잎을 구하기 위해 서역의 이곳저곳과 거래를 하는 몸이잖아. 그러던 중에 그 녀석에 대한 정보를 들었지 뭐야."

아이린은 매우 오만한 얼굴로 제 어깨를 으쓱거렸다. 조금 치켜든 그녀의 턱짓이 가히 교만해 보이기만 했다.

러셀은 제 손으로 테이블 위를 몇 번 무의식적으로 두드렸다. 식물의 정체가 궁금해서 아이린를 직접 찾아왔건만, 그녀는 그가 알아들을 수 없는 말만 주구장창 내뱉고 있었다. 그래서 러셀은 대놓고 물어보았다.

"아이린. 꽃이 피면 좋은 일이 생길 거라고 했잖아. 무슨 꽃이 피는 건데?"

"그게 말이야."

아이린은 제 눈을 게슴츠레하게 뜬 채로 잠깐 침묵했다. 일순 긴장감이 일게 만드는 묘한 침묵이었다. 그러다 그녀는 제 오른손으로 입가를 약간 가린 채로 작게 속삭였다.

"비— 밀."

긴장했던 게 무색해지는 아주 허망한 대답이었다. 러셀은 테이블 위를 가볍게 두드리던 손을 들어 올려, 제 머리칼을 거칠게 쓸어 넘겼다.

"너무해!"

"가르쳐 줘?"

"뭐, 딱히 심각할 정도로 궁금한 건 아니지만, 알아 두면 좋을 것 같아서."

"큭큭. 그러니까 심각할 정도로 궁금하단 거지?"

아이린은 솔직하게 말하지 못하는 러셀의 모습을 보며 작게 키득거렸다. 다른 건 잘 모르겠지만, 한 번씩 러셀이 에둘러 말하는 걸 볼 때면 그가 꽤나 귀엽다고 생각한 아이린이었다.

"그, 그런 게 아니라니까!"

러셀은 절대로 그런 게 아니라며 손사래도 쳤다. 하지만 이미 제 수가 아이린에게 모두 읽힌 뒤였다. 돌이킬 수 없을 정도로.

"좋아. 선심을 조금 더 써 보지, 뭐. 샤넌에게 그 말은 들었지? 페어리 테일은 아주 가꾸기가 힘들다는 말. 녀석은 제게 관심을 제대로 주지 않으면 금방 시들어 버려. 그리고 지극 정성으로 관리해 준다고 해도, 꽃이 피는 건 아주 극소수의 경우라고 해."

"정말 까다로운 식물이구나?"

"그럼. 원래 가치가 있는 것일수록 그것을 얻는 과정이 힘든 거니까. 소중하고 귀한 것은 쉽게 얻을 수 없는 거야."

소중하고 귀한 것은 쉽게 얻을 수가 없다.

러셀은 그 말이 단번에 이해가 갔다. 왜냐면 지금 그에게 있어 소중하고 귀한 것은 다혜였기 때문이었다.

그는 그녀를 얻지 못한 현실을 되새기며 잠깐 쓸쓸한 미소를 지었다.

"그래도 각고의 노력 끝에 꽃이 피면 엄청난 걸 볼 수 있다는 사실."

"엄청난 거……?"

"응. 페어리 테일이 피우는 꽃은 그냥 꽃이 아니거든. 꽃과 함께 작은 요정도 함께 태어나."

"뭐?!"

"요정 몰라? 등에 날개가 달린 귀여운 생명체 말이야."

러셀이 요정을 모르는 것은 아니었다. 어렸을 적 요정이 나오는 동화책을 많이 읽었던 그였다. 하지만 그런 게 실제로 존재한다는 사실이 믿기지 않았을 따름이었다. 러셀은 여전히 믿을 수 없다는 듯이 되물었다.

"그런 게 실제로 존재한단 말이야?"

"그럼, 존재해. 그 꽃에서 요정이 태어나는 걸 본 사람은 거의 없지만 말이야. 나도 예전에 한번 키워 봤었는데, 꽃은커녕 푸른 잎만 주구장창 커지더라. 자라는 속도는 또 엄청 빠르거든. 나중엔 화단에 옮겨 심어야 할 정도로 커졌다니까?"

"……거짓말. 말도 안 돼."

"그래서 싫어? 싫다면 페어리 테일을 다시 돌려줘. 나도 그 식물이 주인을 잘못 만나서 애먼 고생을 하는 건 싫으니까. 네가 싫다면 내가 다시 잘 가꾸어 볼 거야."

아이린은 한껏 얄미운 얼굴을 한 채로 킬킬거렸다. 그 모습이 간계를 꾸미는 악마의 모습과 하등 다를 게 없어 보인다고, 러셀은 생각했다.

"아, 요정은 얼마나 아름다울까."

아이린은 가벼운 허밍과 함께 조금 더 얄미워진 얼굴을 했다. 러셀은 그런 그녀에게 페어리 테일을 돌려주기가 매우 싫어졌다.

"누, 누가 싫대? 그저 믿기지 않는다는 거지."

"그래서 네가 키워 보겠단 거야?"

"……뭐, 네가 처음으로 준 선물이기도 하니까."

그리고 그걸로 다혜에 대해 덜 생각할 수 있다면야. 지금의 그에게 절대적으로 필요한 것은 다혜에 대한 관심을 누그러뜨리는 일이었다.

아이린의 말의 진위 여부를 떠나서, 그 식물이 그녀에 대한 제 관심을 상쇄시켜 줄 수만 있다면. 그것만으로도 그 식물이 제게 아주 필요한 것임에 분명했다.

***

잠이 든 러셀을 깨운 것은 빗소리였다. 그리고 그가 눈을 뜨자마자 처음으로 느낀 것은 비 냄새였다. 자기 전, 조금 열어둔 창가 사이로 스며들어 온 냄새였다. 그는 제 상체를 반쯤 일으켜 창가에 비친 정경을 응시했다. 언제부터 내렸을지 모를 비가 지면을 이미 충분히 적신 뒤였다. 러셀은 시선을 내려 창가에 아무렇게나 올려져 있는 푸른 잎의 식물을 응시했다.

"페어리 테일……."

그러곤 그는 무언가에 홀린 듯이 녀석의 이름을 읊조렸다. 푸른 잎은 열어 놓은 창가 사이로 들어온 빗물에 조금 젖어 있었다. 러셀은 그 잎을 손으로 몇 번 툭툭 두드리며 물었다.

"너는 정말로 요정이 태어나는 식물이니?"

물론 돌아오는 대답은 없었다.

러셀은 비 오는 정경을 보며 쳇바퀴 같은 오늘의 일상을 시작했다.

그는 서류들을 결재했고, 정치적인 의견을 가진 누군가와 대화를 나누었으며, 정해진 시간에 식사를 했다. 그러다 보니 시간은 어느새 오후가 되어 있었다. 바쁜 일은 대충 모두 끝난 듯했다.

러셀은 늘어지는 하품을 하며 소파에 몸을 편하게 뉘였다. 조금 쉴 요량이었다. 하지만 그렇게 눕기가 무섭게 다혜의 얼굴이 어렴풋이 떠올랐다. 그녀를 떠올리기가 무섭게 머리가 절로 복잡해지고, 마음이 답답해졌다. 쉬고자 했던 게 무색할 정도였다.

사람의 생각이라는 건 참 이상했다. 정신없이 바쁠 땐 그녀의 생각이라곤 눈곱만치도 나지 않더니, 막상 여유가 생기자마자 그녀의 생각이 물밀 듯이 밀려오니 말이다.

마치 '네가 좋아하는 그 여자를 생각해야지!'라고 누군가가 종용하고 있는 듯한 기분마저도 들 정도였다.

러셀은 마른세수를 하며 눈동자를 느릿하게 깜빡였다. 생각해 보니 다혜의 얼굴을 보지 못한 지 꽤 된 것 같았다. 러셀은 다혜와 하론의 결혼식 이후로 그들을 본 적이 없었다. 그들은 신혼여행으로써 어디론가 멀리 떠나 버렸고, 몇 주간 수도로 돌아오지 않는다고 했었다. 러셀은 그 점이 다행이라고 생각했다. 그러니까, 그녀가 제 눈에 보이지 않는 게 다행이란 거였다. 그녀가 눈에 보이지 않는다면 생각도 나지 않을 거라고 여겼다.

하지만 그 생각은 오산이었다. 눈에 보이지 않으니 반대로 더 간절해진다. 그녀가 보고 싶고, 그녀가 제 이름을 불러 주는 걸 듣고 싶었다. 저가 이렇게까지 사랑의 열병을 앓을 줄 누가 알았을까.

"하, 그만 생각하고 싶다."

러셀은 결혼식 날 보았던 다혜의 모습을 똑똑히 기억하고 있었다. 절대로 제게 여지를 주지 않겠다던 확고한 그녀의 모습. 그런 그녀가 저를 사랑하게 될 확률은 거의 제로에 가깝다고, 러셀은 생각했다.

포기함이 옳았다.

러셀은 자신과 가끔 투닥거리기도 하는 하론 또한 매우 좋아했기에, 그들 사이를 저가 틀어 버리고 싶진 않았다.

그래, 머리로는 너무 잘 아는데, 마음은 그 사실을 받아들이는 데에 시간이 필요한가 보다.

그때에, 러셀의 눈에 띈 것이 있었다. 그것은 아침에 봤던 것보다도 한 뼘이나 키가 자란 페어리 테일이었다.

러셀은 아침에 제 방을 나서며 녀석도 함께 집무실로 가져온 터였다. 녀석은 낮 동안 그의 책상 위에 가지런히 자리하고 있었다. 낮엔 일을 한다고 제대로 보지 못했건만, 이제 와서 바라보니 녀석은 의아할 정도로 성장해 있었다. 자라는 속도가 무지 빠르다던 아이린의 말이 거짓말은 아니었나 보다.

러셀은 누워 있던 몸을 일으켰다. 그러곤 책상 위에 올려두었던 화분을 가지고 와 다시 소파에 앉았다. 검지만 한 길이에 꽃봉오리의 흔적이라곤 전혀 보이지 않는 녀석이었다. 러셀은 의심이 가득한 투로 혼잣말을 읊조렸다.

"진짜로 꽃이 피긴 피는 걸까."

솔직히 여전히 아이린의 말이 완벽하게 믿기는 건 아니었다. 요정이니 뭐니 하는 건 신화에서만 나오는 소리였고, 왕국의 왕자인 저도 그런 것을 본 적도, 들은 적도 없었다.

그렇지만 묘하게 기대가 되기도 했다. 아니라면 아닌 것이겠지만, 혹시나 정말로 이 식물에 꽃이 피고, 요정이 태어난다면?

그 장면을 본다면 얼마나 황홀할까.

러셀은 녀석에게서 피는 꽃이 보고 싶다고 생각했다. 각고의 정성과 관심이 있어야만 피어나는 꽃. 그렇다면 다혜가 생각날 때마다 이 녀석을 가꾸어 주면 어떨까.

러셀은 손을 뻗어 다시금 푸르른 잎사귀 위를 작게 몇 번 두드렸다. 이번엔 두드리는 것에 그치지 않고 잎사귀 위를 부드럽게 쓰다듬기도 했다. 손끝에 닿는 기분이 썩 나쁘지 않았다. 생각보다도 훨씬 더 부드러운 촉감이라고 해야 할까. 왠지 모르게 아침에 두드렸던 그때보다도 잎사귀가 훨씬 더 단단해진 듯한 기분이 잠깐 들었다.

"흠흠, 그렇다고 해서 너를 키우는 게 마음에 들었다는 건 아닌데."

그래도 일단은 네게 집중을 해 보고 싶어. 차마 입 밖으로 새어 나오지 못한 그 말은 러셀의 진심이었다.

***

그 후, 러셀의 일상에 달라진 부분은 없었다. 그는 여느 때처럼 왕자로서

할 일을 했고, 다혜를 떠올렸다. 그녀를 떠올리는 것이 어느 순간부터 일상이 되어 버린 그였다. 그리고 그는 홀로 아파했다. 그녀를 떠올릴 때마다 누군가가 제 마음을 칼로 도려내는 것만 같았다.

하나 조금 달라진 부분도 존재했다. 어딜 가건 무얼 하건 그의 곁엔 항상 페어리 테일이 있다는 점이었다. 그는 다혜가 생각날 때면, 버릇처럼 그 초록 식물을 응시하기 시작했다. 아이린의 말대로 관심을 다른 곳으로 돌려 보기 위함이었다.

이상한 일이었지만, 초록빛의 싱그러운 풀잎을 계속해서 보고 있자면 다혜를 머릿속에서 조금 지워낼 수 있었다. 더불어 아릿했던 마음도 느슨해졌다.

러셀은 바라보는 것만으로 그치지 않고 녀석을 정성스럽게 가꾸었다. 손수 물을 주기도 하고, 적당한 일광욕도 시켜 주었다. 녀석은 하루가 지나면 지날수록 놀라울 정도로 빠르게 성장했다. 그렇게 러셀이 녀석에게 집중하는 농도는 깊어져만 갔다.

그리고 일주일 뒤, 검지만 한 길이였던 녀석의 잎은 어느새 손바닥만 한 길이로 자랐다. 어찌나 잘 자랐던지 처음에 심어져 있던 화분이 작아 보일 지경이었다.

러셀은 녀석이 순조롭게 자란 모습을 흐뭇하게 응시했다.

"난 역시 못 하는 게 없어."

식물을 키우는 건, 아니, 무언가를 키우는 것은 처음이었다. 그래서 처음엔 이런 걸 왜 키우나 싶었는데……. 막상 직접 정성을 들여 무언가를 키워 보니, 참으로 마음이 오묘했다. 출처를 알 수 없는 성취감 같은 게 마구 느껴졌다고나 할까. 고작 작은 식물을 키우는 것뿐인 일에 이런 성취감이라니.

일주일간 놀랍도록 자란 녀석에겐 한 가지 변화가 있었다. 그것은 제 중심이 되는 줄기에 손톱만 한 흰빛의 꽃봉오리가 달렸다는 거다.

'녀석은 제게 관심을 제대로 주지 않으면 금방 시들어 버려. 그리고 지극정성으로 관리해 준다고 해도, 꽃이 피는 건 아주 극소수의 경우라고 해.'

러셀은 일전에 했던 아이린의 말을 떠올렸다. 제게 관심을 주지 않으면 금방 시들어 버린다던 페어리 테일이었다. 하나 제 눈에 비친 페어리 테일에겐 시든 기색이라곤 전혀 보이지 않으니, 관심을 주는 부분에 대해선 합격점을 받은 게 분명했다.

"그렇다면 이제 꽃만 제대로 잘 피면 될 텐데."

러셀은 흰빛의 꽃봉오리에게서 눈을 떼지 못했다.

얼마만큼의 정성과 관심을 더 주어야 네가 제대로 필 수 있을까. 러셀의 시선은 오랫동안 녀석에게 머물렀다. 그동안만큼은 다혜에 대한 건 전혀 생각나지 않았다.

결국 아이린의 말이 옳았던 것이었을지도 모르겠다. 다른 곳으로 관심을 돌리자, 다혜에 관한 건 잠깐 잊을 수 있었으니까 말이다.

***

그렇게 식물을 가꾼 지 열흘이 흘렀다. 러셀의 마음은 놀라울 정도로 가벼워져 있었다. 물론 다시 다혜와 대면한다면 그때도 마음이 가벼울지는 장담하지 못하겠다. 하지만 그것도 시간이 조금 더 지나고 나면 괜찮아지지 않을까.

열흘 새 놀라운 변화는 하나 더 일어났다. 꽃봉오리에만 그쳤던 그 꽃에서 개화할 기미가 보이기 시작한 것이다. 끝이 조금 말린 꽃잎의 끝은 곧 제 본연의 모습을 보여 주려는 듯했다.

러셀은 흥분을 감추지 못했다. 꽃이 핀다, 그리고 만개한 꽃에선 요정이 태어난다. 그 사실은 러셀의 마음을 자못 두근거리게 만들었다. 러셀은 더욱더 주의를 기울여 녀석을 돌보았다. 살면서 무언가를 이토록 정성스럽게 돌본 것은 단언컨대 처음이었다. 그의 머릿속엔 온통 페어리 테일에 대한 것만 가득해졌다.

그리고 며칠이 더 지난 깊은 밤. 러셀은 늘 꿈꾸던 그녀의 이름을 부르며 잠에서 깼다. 다혜. 가까워지길 바랐지만 멀어질 수밖에 없는 그 이름이 그의 입속에 맴돌았다.

러셀의 꿈엔 다혜가 나왔다. 러셀은 눈을 느릿하게 깜빡이며 꿈에서 보았던 다혜의 모습을 떠올렸다. 꿈속의 그녀가 저를 부르던 목소리, 잠깐 닿았던 체온, 그리고 제게만 향한 보랏빛 눈동자. 그것은 여전히 손에 닿을 듯이 선명했다. 분명 꿈이었을 텐데.

슬픈 마음이 들어야 함이 옳았다. 하지만 이상하게도 그 전보다 느낌이 달랐다. 전보다 마음이 아릿하지도, 슬프지도 않았다. 다만 조금 허탈한 마음이 들었을 뿐이었다.

체념. 이젠 그녀에게도 조금 체념하게 된 걸까?

러셀은 무거운 한숨과 함께 누워 있던 몸을 일으켰다. 그의 발걸음이 자연스럽게 향한 곳은 페어리 테일을 올려 두었던 창가였다. 달빛에 비친 페어리 테일의 흰 꽃봉오리가 꽤나 아름다운 빛을 띠고 있었다. 러셀은 제 몸을 수그려 꽃봉오리에 시선을 맞추었다. 곧 터질 듯이 부풀어 있던 꽃봉오리에서 작은 빛이 새어 나온 것은 그 순간이었다.

"……!"

작은 줄기에 그쳤던 빛은 순식간에 제 밝기를 더해 갔다. 빛의 세기가 강해질수록 꽃봉오리는 그것을 감당할 수가 없다는 듯이 오므리고 있던 제 입을 벌리기 시작했다. 러셀은 그 광경에서 눈을 뗄 수 없었다.

이윽고 꽃잎은 완전히 만개하며, 눈이 멀 정도의 밝은 빛을 뿜어냈다. 러셀은 제 눈가를 한껏 찌푸렸다. 빛은 금세 제 자취를 감추었다. 그토록 밝은 빛을 뿜어냈던 주제에 삽시간에 어디론가 사라져 버린 것이었다. 러셀은 그제야 찌푸렸던 눈가를 곧게 펴고선 제 눈앞에 벌어진 일을 확인했다.

쭉 뻗은 동그란 꽃잎, 그리고 꽃의 심지 위엔 검지만 한 무언가가 누워 있었다. 그것의 피부는 하얗고 녹색 빛의 기다란 머리칼을 가졌으며, 등 뒤엔 앙증맞은 날개 두 쌍이 달려 있었다. 불투명한 빛을 띠는 두 쌍의 날개는 건드리면 바스러질 듯이 위태롭게만 보였다.

러셀은 그것의 정체를 알 수 있을 것만 같았다.

"요, 요정!"

믿을 수 없게도 꽃에서 요정이 태어난 것이었다. 러셀은 제 눈으로 요정을 보고 있었지만, 제 눈에 비친 것을 단번에 믿을 수가 없었다.

설마 꿈이라도 꾸는 건 아니겠지. 그는 넋이 나간 얼굴로 제 뺨을 세게 꼬

집어보았다. 그러자 아야야, 하는 소리가 절로 나올 정도로의 따끔한 고통만이 느껴질 뿐이었다. 꿈이 아닌 거야.

설마설마했더니 진짜로 요정이 태어나 버릴 줄이야. 러셀은 어떻게 해야 할지 가늠할 수 없어 발만 동동 굴렸다. 일단은 요정이 실제로 태어나긴 했는데, 이젠 어떻게 해 줘야 하는 거지?

굳게 감겨 있던 요정의 눈꺼풀이 들린 것은 그때였다. 요정은 눈꺼풀을 들어 올림과 동시에 누워 있던 제 몸을 일으켰다. 그러곤 제 날개를 몇 번 파르르 떨었다. 제 날개가 제대로 달려 있는지 확인이라도 하듯이.

날개를 떨던 요정의 시선은 러셀에게로 닿았다. 그녀의 눈동자는 제 머리색과 닮은 녹색 빛이었다. 하나 그것이 가진 건 사람의 눈동자는 아니었다. 세로로 길게 찢어진 동공은 마치 고양이류의 눈동자를 연상하게 만들었다.

"안녕."

인간의 목소리완 울림이 다른 목소리가 러셀의 귓가에 닿았다. 그건 싫은 소리가 아니었고, 되레 듣기가 더 좋은 목소리였다. 러셀은 마른침을 꼴깍 삼키며 어쭙잖게 대답했다.

"안, 안녕."

나, 왜 이렇게 긴장되는 거지. 러셀은 그렇게 생각하며 짧은 숨을 토해냈다. 요정은 그런 러셀을 보며 작게 킥킥거렸다. 그녀는 러셀의 어색함을 단번에 알아차린 듯했다.

"지금은 어때?"

"……으, 응?"

"나를 키운 게 마음에 들어?"

"……."

러셀은 제 고개를 갸웃거렸다. 요정이 무엇을 묻는지 전혀 모르겠다. 그러자 요정은 제 입가에 스몄던 미소를 걷히고선 제 입술을 작게 벙긋거렸다.

"예전에 네가 그랬잖아. 나를 키우는 게 마음에 든 건 아니라고."

"그, 그걸 다 듣고 있었단 말이야?"

"물론이지. 이 식물 속에서 네가 했던 말을 모두 듣고 있었는걸."

러셀은 제 아랫입술을 짓이겼다. 그는 평소 페어리 테일에게 하고 싶은 말을 주구장창 늘어놓았었기 때문이었다. 가령 다혜에 관한 그런 것들을 말이다.

"하지만 그게 네 진심이 아니었다는 건 알고 있었어. 넌 진심을 제대로 말하지 못 하는 타입인 것 같았거든."

"제길."

그 사실을 요정에게까지 간파당해 버리다니. 러셀은 어쩐지 부끄러운 마음이 들었다.

"큭큭, 재밌다."

요정은 일그러진 러셀의 얼굴이 재미나다는 듯이 다시금 키득거렸다. 그러곤 앉아 있던 몸을 일으켜 제 날개를 퍼덕거리기 시작했다. 요정의 몸은 금세 허공에 띄워졌다. 요정은 러셀의 주변을 빙글빙글 돌았다. 얼마나 빨랐던지 눈으로는 쫓기 힘든 움직임이었다.

그러다 요정은 무방비하게 놓여 있던 러셀의 손등 위에 가볍게 앉았다.

"그래도 고마워. 어찌 되었건 너는 정말 정성껏 나를, 아니, 페어리 테일을 돌봐 주었으니까. 답례로 네 소원을 하나 들어줄게."

"내 소원?"

요정은 대답 대신 제 고개를 조금 수그려 러셀의 손등에 가볍게 입을 맞추었다. 그것은 그 어떤 대답보다도 긍정적인 대답이었다.

"난……. 사랑하는 사람을 잊고 싶어."

다혜. 러셀은 차마 그녀의 이름까진 내뱉지 못하며 마른 숨을 토해냈다.

"좋아, 도와줄게. 사랑스러운 꽃의 주인아, 네 이름을 알려줘."

"……러셀. 나는 러셀이야."

외전 3. 새로운 염원

수도와 아주 떨어진 곳. 수도의 시설 못지않은 어느 별장, 나는 세상에서 제일 사랑하는 사람과 한 침대를 쓰고 있었다.

그것도 그냥 침대가 아니라 엄청 푹신한 침대. 행복에 겨운 소리가 흘러나와도 모자랄 판에 나는 조금 기묘한 꿈을 꾸었다.

놀랍게도 그 꿈은 내가 현실로 돌아가는 꿈이었다. 현실. 따지고 보면 이젠 '샤넌을 위하여' 이 소설 속의 세계가 내 현실이 되었는데 말이다.

꿈속의 내가 눈을 떴을 때, 나는 작고 허름한 집에 존재하고 있었다. 인생을 공허하게 살아가던 장다혜의 몸으로. 하등 내세울 것이라곤 전혀 없는 그 여자가 되는 꿈이었다. 그 세계로 돌아간 내겐 아무것도 없었다. 아이린, 러셀, 에르하르트 그리고 이젠 내 존재보다 더 소중해진 하론이란 존재도.

무의미한 귀환이었다.

지독할 정도로의 두려움이 내 마음을 뒤덮었다. 나는 그 두려움에 꿈에서 도망치듯이 눈을 떴다. 눈을 뜨자 보이는 것은 어슴푸레한 새벽빛이었다. 아직까지 날이 밝지 않았나 보다.

나는 기다란 심호흡을 뱉어내며, 내 옆에 누워 있을 하론을 찾았다. 시선을 조금 돌렸을 뿐인데 그의 모습은 내 시야에 제법 완벽하게 들어왔다. 그는 고른 숨소리를 뱉어내며 잠이 들어 있었다.

다행이다. 그라는 존재 하나는 내게 큰 안도감이 들게 만들어 주었다.

나는 손을 들어 이마를 쓸어냈다. 이마엔 언제 맺혔을지 모를 기분 나쁜 식은땀이 가득했다. 다시금 꿈을 꾸고 싶지 않았기 때문에, 나는 잠자는 것을 포기한 채로 하론의 품에 깊게 파고들었다. 그러자 지난밤 수도 없이 내게 닿았던 그의 따스한 체온이 여과 없이 느껴졌다.

하론, 나는 왜 그런 꿈을 꾼 걸까. 네가 없는 곳으로 가고 싶진 않아. 그건 그냥 불길한 꿈일 뿐인 거지?

나는 몸을 조금 떨었다. 꿈에서 깼을 때 느꼈던 두려움의 기운이 커졌기 때문이었다. 사랑하는 하론과 결혼도 했거니와 계시의 기운이 가득한 꿈에서 바이올렛이 행복해진 것도 보았다. 이젠 불행해지거나 힘들 일은 아무것도 없을 거라고 생각했는데. 그와 함께할 행복한 미래만을 꿈꾸면 되리라 생각했었는데. 그런데 그런 꿈을 꿨다는 게 정말 믿기지가 않았다.

진심으로 돌아가고 싶지 않다. 돌아가기엔 이 세계에 너무나도 소중한 것이 생겨 버렸다.

"……다혜."

순간 그의 부드러운 목소리가 들렸다.

"깼어?"

나는 아무렇지 않은 양 그에게 대답을 했다. 하론은 내 등을 가볍게 끌어안았다.

"응, 너 때문에 깬 건 아니니까, 걱정하지 마. 나는 평소에도 새벽에 곧잘 일어났었고……."

그는 아직까지 잠에서 덜 깬 목소리로 옹알거렸다. 내 뒤척임 때문에 깬 것이 분명했지만 내가 미안함을 가지지 말았으면 하는 그의 배려가 가득 느껴졌다.

"다혜, 너야말로 무서운 꿈이라도 꿨어? 전에도 이런 적이 있었던 것 같은데."

나는 대답 대신 그의 가슴팍에 묻었던 고개를 뒤로 내뺐다. 그러곤 그의 얼굴을 올려다보았다. 어두운 사위 속에서도 반쯤 뜨인 그의 푸른 눈동자는 아름답게 빛이 나고 있었다. 왠지 모를 청량감이 느껴지는 눈동자. 내가 좋아하는 그의 눈동자였다.

나는 고개를 들어 올려 그의 눈꺼풀 위에 입을 맞추었다. 갑작스러운 내 입맞춤에 하론은 잠에서 완전히 깬 듯이 제 눈을 동그랗게 떴다. 나는 그런 그를 아랑곳하지 않으며 그의 코끝에도 입을 맞추었다. 그리고 내 입술의 다음 행선지는 그의 입술이었다. 몇 시간 전, 질리도록 맞대었던 입술이었지만 다시 닿은 그의 입술이 좋기만 했다. 그의 입술이 질리는 일은 영영 일어나지 않을 것만 같았다.

"다, 다혜?"

하론은 놀란 듯이 내 이름을 불렀지만, 나는 그다음의 수순을 행했다. 어쩜 여자보다도 더 매끈한 그의 목덜미에 입술을 지분거렸고, 뼈 모양이 아름다운 그의 쇄골에도 입을 맞추었다. 내 손은 그의 살결을 부드럽게 어루만지며, 방금 전까지 나를 안고 있었던 그의 가슴팍에도 입술을 맞대었다.

그러자 하론이 마른 소리를 내며, 내 얼굴을 부여잡았다.

"나를 참지 못하게 만들 셈이야?"

그는 장난스럽게 물었지만, 나는 장난스럽게 대답하고픈 마음이 전혀 들지 않았다.

"난 그저 네 존재를 확인하고 싶었어."

내 곁에서 살아 숨 쉬는 너를 느끼고 싶었어.

어쩌면 나는 아직까지도 불쾌했던 그 꿈에서 완전히 헤어 나오지 못하고 있는 것일지도 몰랐다.

"……."

그는 입가에 띠웠던 옅은 미소를 지우고선 걱정스러워진 눈빛으로 나를 내려다보았다. 뺨에 닿은 그의 엄지가 내 뺨을 몇 번 쓸었다. 아주 조심스러운 손길이었다.

"우리 다혜가 정말로 무서운 꿈을 꿨나 보구나."

"……응, 세상에서 제일 무서운 꿈을 꿨어."

나는 답지 않게 어리광을 부렸다. 그러고선 내 꿈이 얼마나 지독한 것이었는지에 대해 고백하듯이 털어놓았다.

"내가 원래 살던 세계로 돌아가는 꿈을 꾼 거 있지. 정말 말도 안 되는 꿈이었어. 그곳엔 바이올렛이 이미 행복하게 잘 살고 있을 텐데."

에르하르트와 닮은 그 남자와 말이다. 나는 거기까지 말하지 못하며 입술을 꾹 다물었다.

그러다 그런 생각이 들었다. 그곳에서 바이올렛이 행복하게 잘 살고 있다는 건 내 섣부른 추측이 아닐까, 하는.

나는 바이올렛이 나왔던 마지막 꿈에서의 그녀가 짓고 있던 미소를 똑똑히 기억하고 있었다. 에르하르트와 닮은 남자를 향해 짓던 그녀의 웃음은 정말로 행복해 보였어서, 나는 그녀가 행복하다고 단언하고 있었을지도 몰랐다.

하지만 그 이후에 장다혜가 된 바이올렛이 불행해졌다면? 그래서 그녀가 간절하게 이곳으로 다시 돌아오길 염원하고 있다면?

우리의 영혼의 엇갈림은 강렬한 염원에서 비롯된 것이라 추측하고 있었다. 그 순간 간절히 바라는 것이 있다면, 바이올렛이 그런 염원을 가지지 말기를 바라는 것이었다.

생각은 더 이어지지 못 했다. 하론이 내 허리춤에 손을 둘러, 나를 자기 쪽으로 가깝게 끌어당겼기 때문이었다. 우리의 몸이 가깝게 닿자, 끝없이 이어지던 생각은 자연스럽게 끊겼다. 대신 나는 따스한 그의 체온만을 느꼈을 뿐이었다.

"괜찮아. 아무 일도 일어나지 않아."

그는 내 머리칼을 쓰다듬으며 나를 달래 주었다. 여느 때와 다름없는 다정한 목소리였다.

괜찮아. 나는 그의 말을 끊임없이 되뇌었다. 그의 말 한마디에 거셌던 두려움의 기운이 사그라지기 시작했다. 하지만 그렇다고 해서 완전히 사라진 것은 아니었다.

"다혜, 그건 그저 악몽일 뿐이고. 그런 일이 일어나지 않을 거라고 나는 단언할 수 있어."

그는 물러섬이라곤 느껴지지 않는 목소리로 그리 읊었다.

"어떻게?"

"왜냐면 내겐 강렬한 염원이 있거든."

"강렬한 염원?"

"네가 내 곁에 영원히 함께하길 바라는 염원. 그 염원은 너무나도 큰 것이라서 아무도, 설령 신이라고 할지라도, 너를 내 곁이 아닌 다른 어디론가 보낼 수 없을 거야."

"……"

"우리에게 심오하고 난해한 일이 일어났던 이유는 바로 강렬한 염원 때문이었으니까."

그는 안고 있던 나를 떼어 놓으며, 내 얼굴을 내려다봤다. 다시 마주한 그의 얼굴은 확고한 빛을 띠고 있었다.

"그러니까 걱정하지 말고, 나만 믿어."

"놀랍게도 네 말에 믿음이 가."

나는 동의를 표하듯이 옅게 고개를 끄덕였다.

"……왜 '놀랍게도'라는 말이 붙는 거지? 그 말은 지금 상황과는 적절하지 않은 것 같아. 꼭 평소 믿지 못했던 상대를 웬일로 한 번쯤 믿어 보겠다는 말 같잖아."

"티 났어?"

"……"

나는 꽤나 누그러진 마음으로 그에게 우스갯소리를 했다. 그러자 하론이 제 미간을 옅게 구겼다. 그는 휴, 하는 짧은 한숨을 내쉬었다. 그의 얼굴은 이런 상황에서도 농담을 하느냐는 얼굴에 가까워 보였다. 그러나 내겐 놀랍게도 이런 상황에서 그런 얼굴을 한 하론을 놀리고픈 마음이 가득 들었다.

"큭큭, 화나셨어요? 우쭈쭈."

"하, 도대체가."

하론은 이번엔 기다란 한숨을 내쉬며 기가 막히다는 말을 덧붙였다. 그러다 그는 내 이마 위를 제 손으로 가볍게 튕겼다.

"그래도 이제 네가 떨지 않아서 다행이다. 너 아까 무지 부들부들 떨었다고. 얼마나 걱정했는지 몰라."

"내가 그랬어?"

내가 그렇게 묻자 하론은 제 눈을 게슴츠레하게 뜨고선 대답했다.

"응. 그렇게 무서우셨어요? 오구오구."

아마도 내가 놀렸던 말과 같은 맥락의 말을.

"하, 도대체가."

그렇기에 나 또한 하론이 뱉어냈던 말을 똑같이 뱉어냈다.

하론은 작게 키득거렸다. 우리 사이에 맴도는 공기는 기가 막힐 정도로 부드러워져 있었다. 잠에서 깼을 때에 느꼈던 불안감은 어디론가 완전히 사라진 후였다.

"다혜. 다시…… 자는 건 무리겠지?"

"응, 아마도."

"그럼 우리, 좋은 걸 할까?"

"……?"

하론은 짐짓 사악한 미소를 지으며 내 위에 올라탔다. 그 어느 때보다도 날렵한 몸놀림이었다.

"하, 하론 너! 잠, 잠깐만. 우린 이미 어젯밤에……."

그는 내가 더 이상 말을 이어가지 못하게 내 입술 위에 가볍게 제 입술을 맞추었다. 그러곤 내 눈을 빤히 응시했다.

"악몽 따윈 절대로 생각나지 않게 만들어 줄게."

그는 약속을 내뱉는 듯한 목소리로 그리 말했다. 실로 근사한 일이 벌어질 것만 같은 기분이 드는 말이었다.

정말로 방금 꾼 악몽 따위는 전혀 기억나지 않을 것 같은 기분. 악몽을 꿨었다는 사실조차도 까맣게 잊어버릴 것만 같은 기분.

"나만 보고, 나만 생각해. 그러면 더는 아무 생각도 들지 않을 거야."

하론은 고개를 숙여 내 귓바퀴 어귀에 입을 맞추었다. 말랑한 그의 입술이 귓바퀴에서 내 볼 어귀로, 그리고 입술에 다시금 닿았다. 그는 이번엔 꽤 길게 입맞춤을 한 뒤에 내게서 입술을 떼어냈다. 그의 입술이 머물고 간 자리가 따스하기만 했다.

"나는 여기 있고, 우리는 이곳에 존재해."

그는 근사한 목소리로 내게 또다시 멋진 말을 선사하고선, 제 고개를 더욱 수그렸다. 이번에 그의 입술이 닿은 곳은 내 목덜미와 어깨 사이였다. 하론은 그곳에 제 고개를 푹 숙인 채로 내 살갗을 깊숙이 탐했다. 이윽고 내 숨이 조금 거칠어지자 하론은 수그렸던 고개를 들어 내 눈을 재차 바라보았다.

"믿어, 이곳이 현실이야."

그것이 우리가 나눈 마지막 대화다운 대화였다.

우리는 지난밤 서로를 갈구했던 것이 무색할 정도로, 긴 시간 몸을 맞대었다. 마치 이곳이 현실임을 제대로 느끼려는 듯이.

***

이따금씩 불안감이 드는 건 당연한 일이라고 생각했다.

어찌 되었건 내겐 범상치 않은 일이 벌어졌고, 그런 일이 또 일어나지 않으리란 법은 없으니까. 내가 바이올렛의 꿈을 꾼다는 것은 내가 바이올렛의 일부와 연결되어 있다는 증거라고 생각했다.

내가 바이올렛이 된 이상 떼려야 뗄 수 없는 그런 연결. 그렇기에 먼 훗날에도 혹은 가까운 미래에도 그녀의 꿈을 꿀 가능성은 아주 다분하다고 여겼다.

하지만 이젠 아무려면 어떻겠냐는 생각이 들었다. 그건 지난밤, 내게 커다란 믿음을 선사해 준 하론이 했던 말 때문이었다.

'네가 내 곁에 영원히 함께하길 바라는 염원. 그 염원은 너무나도 큰 것이라서 아무도, 설령 신이라고 할지라도, 너를 내 곁이 아닌 다른 어디론가 보낼 수 없을 거야.'

설령 신이라고 할지라도 거스를 수 없는 그의 염원. 그런 염원이 나를 원하고 있는데, 내가 이 세계에서 사라질 일이 있기는 한 걸까?

나는 그런 일이 일어나지 않을 거란 막연한 예감이 들었다. 그것은 어젯밤 일순 나를 덮쳤던 불안함보다도 훨씬 더 확실한 예감이었다.

나는 새벽 내내 나를 힘들게 했던 하론의 얼굴을 빤히 응시했다. 날이 밝은 지는 오래되었지만, 그에게선 일어날 기미가 전혀 보이지 않았다. 하론은 새근새근 소리를 내며 깊은 잠에 빠져 있었다. 좋은 꿈이라도 꾸고 있는 것인지, 그의 입가엔 작은 미소가 스며 있었다.

행복하다. 순간 든 생각은 그것 하나뿐이었다. 아침에 눈을 떴을 때 제일 처음 보이는 게 하론이라서 행복했고, 오로지 나란 존재 하나만을 위해 주는 사람이 하론이었음에 더 행복했다. 나는 하론만큼 그를 위해 줄 수 있을까.

어디 하나 못난 구석이라곤 없는 하론은 자는 모습까지도 사랑스럽게만 느껴졌다. 나는 그런 하론의 볼에 가볍게 입을 맞추었다. 절대로 그를 깨울 생각은 아니었지만, 하론은 잠에서 깬 것인지 제 눈꺼풀을 반쯤 들어 올렸다.

"다혜. 너무 적극적이잖아."

하론은 밝은 빛에 눈이 부시기라도 한 듯이 제 눈가를 조금 찌푸렸다.

"몇 시간 전에 더 적극적이었던 사람이 누군데 그래."

"큭큭, 그래. 맞아. 부정하지는 않을게."

나는 배시시 웃고 있는 하론의 입가를 손끝으로 가볍게 두드렸다.

"하론. 좋은 꿈이라도 꿨어?"

"응, 완전 좋은 꿈을 꿨어."

"무슨 꿈?"

"네 꿈."

"내 꿈? 내가 네 꿈에 나와서 뭘 했는데?"

나는 정녕 궁금하다는 듯이 물었다. 그러자 하론이 더더욱 짙어진 미소를 지으며 대답했다. 왠지 모를 음흉함이 가득 느껴지는 미소였다.

"네가 꿈에서 날 덮쳤어. 네가 손으로 내…… 만지고……. 그래서 내가 막……."

낯간지러운 말을 부끄러움이라곤 전혀 없이 줄줄이 내뱉는 하론이었다. 나는 그의 입을 손으로 막고선 소리쳤다. 내 얼굴이 붉어졌으리란 것은 거울을 보지 않아도 알 수 있었다. 도대체가 아침부터 못 하는 말이 없어!

"하, 하론! 거기까지만 말해!"

하론은 키득거리며 제 입가를 막고 있는 내 손에 짧게 입을 맞추었다. 그의 입맞춤에 나는 그의 입가를 가리고 있던 손을 거두었다.

"음, 다혜가 원한다면야 아주 자세히 더 얘기해 줄 수도 있는데."

"됐어, 닥쳐! 이 변태!"

하, 사랑스러워 보였던 하론에게 아침부터 소리칠 생각은 전혀 없었는데 말이다. 하론은 '닥쳐'라는 내 소리가 제 귀엔 '사랑해'라는 소리로 들리기라도 한 것인지, 내 말에 기분 나빠 하기는커녕 끊임없이 미소만을 지었다. 얄미워도 이렇게 얄미울 수가.

"사랑해."

……아무래도 닥쳐라는 내 말이 사랑해라는 말로 들렸음이 분명했다. 문제는 그것을 받아들이는 내 마음이었다.

나는 나사가 풀린 사람처럼 그를 따라 미소를 지어 보이고야 만다. 방금 전에 소리쳤던 게 무색할 지경이었다.

***

우리는 끝이 보이지 않는 기다란 해안을 거닐었다. 발바닥에 닿는 모래의 촉감이 부드럽기만 했고, 수평선처럼 보이는 푸른 바다가 아름답기만 했다.

나는 고개를 슬쩍 비틀어, 내 옆에 거니는 하론을 바라봤다. 푸른 바다를 배경 삼은 그의 푸른 머리칼이 평소보다도 훨씬 더 멋져 보였다. 할 수만 있다면 내 머릿속에 영원히 기억하고픈 정경이었다.

"너무 좋다, 역시 이곳으로 오길 잘한 것 같아."

결혼식이 끝난 후 신혼여행지로 선택한 이곳은 수도와 꽤 떨어진 곳으로 바다가 아주 아름다운 곳이었다. 태어나서 바다를 한 번도 본 적이 없다던 하론의 말에, 나는 고민 없이 이곳으로 오길 정한 터였다. 물론 내게는 바다가 처음이 아니었다. 본래의 세계에 살았을 땐 본의 아니게 바다와 가까운 곳에 살았으니 말이다.

하론은 반짝이는 눈으로 연신 바다를 살피고 있었다. 그 모습이 마치 어린아이의 눈빛처럼 보였다.

"하론 클로노아 영윤. 바다 처음 본 촌스러운 티 좀 그만 내지?"

타박 아닌 타박 같은 내 말에 하론은 바다를 보던 시선을 내게로 돌렸다.

"다혜. 설마 이런 나를 부끄러워하는 건 아니겠지?"

"약간은?"

"너무해. 너는 바다가 아름답지 않은 거야?"

나는 곁눈질로 슬쩍 바다를 응시했다. 보았던 횟수와는 별개로 바다는 언제 보아도 아름다운 것이었다. 이 세계건, 저 세계건 간에 말이다.

"아니, 무척이나 아름답지. 하지만."

"하지만?"

나는 바다에 주었던 시선을 그에게로 돌리며 이어 말했다.

"바다보다도 더 아름다운 네가 내 옆에 있는데, 내가 바다 따위를 어떻게 아름답다고 느낄 수가 있겠어."

내가 한쪽 눈까지도 찡긋거리자, 하론의 얼굴엔 충격의 기운이 번져갔다.

"……!"

"뭐야, 반한 거야? 막 두근거렸어?"

하론은 천천히 손을 제 가슴께에 올려놓았다. 제 시선을 살짝 누그러뜨린 그의 양 뺨엔 옅은 홍조가 드리워져 있었다. 그리고 그는 고개를 끄덕이며 대답했다.

"……응."

……귀여워. 어쩜, 어젯밤과 이렇게까지 달라도 되는 거니?

나는 그 간극이 우습고 귀여워 연신 키득거렸다.

"내가 할 말을 완전 빼앗긴 기분인데. 그다지 싫진 않다? 아주 이상한 기분이야."

하론은 전혀 농담이 아니라는 듯이 심각하게 말했다.

"결론은 좋았단 거지?"

"당연하지."

그는 이번만큼은 망설임 없이 대답했다. 저가 할 말을 내게 뺏긴 것 같지만, 아무튼 그는 내가 한 말을 마음에 들어 하고 있단 거다.

"하론 클로노아. 더 분발하도록."

"큭큭, 예예. 더 분발하도록 하겠습니다."

하론은 기분 좋은 미소를 지으며 내 머리칼을 부드럽게 흐트러뜨렸다. 언제고 내가 좋아했던 그의 미소였다. 바다에만 닿았던 그의 시선이 다시금 바다로 돌아가는 일은 없었다. 그는 웃음기가 가득 배인 눈빛으로 나를 가만히 내려다보았을 뿐이었다.

"다혜 넌 바다에 오는 게 처음이 아닌 것 같아."

하론은 내 머리 위에 머물렀던 손을 내려, 내 손을 잡았다. 손끝에 머물던 그의 손가락이 내 손가락의 마디마디 사이로 들어오는 게 느껴졌다. 처음 하는 깍지도 아니었건만, 왠지 모르게 내 심장은 가파른 소리를 내었다.

익숙한 스킨십이 낯설게 다가왔다. 어쩌면 그와 함께 온 바다라는 정경 덕에 그런 낯선 설렘이 느껴졌던 것일지도 몰랐다.

"응, 예전에 살던 곳이 바다 근처였거든."

나는 아주 예전에 보았던 그 세계의 바다를 떠올렸다. 거기엔 바다 위, 기다란 대교가 있었는데. 하론은 옛 생각에 잠긴 나를 보며 물음을 건넸다.

"그땐 누구랑 왔었어?"

"글쎄."

"남자?"

"남자도 있었겠지?"

바이올렛이 되기 전 평생을 바다 근처에 살았는데, 한 번도 남자와 오지 않았다는 건 이상한 일이었다. 하나 그런 내 사정을 모를 하론은 제 붉은 입술을 작게 삐쭉였다.

"질투 나. 난 네가 처음인데."

"나도 이 세계에서 바다를 보러 온 건 네가 처음이야."

"하지만 그게 네 인생에서의 처음은 아니겠지."

하론은 서운함이 그득하게 담긴 목소리로 작게 속삭였다. 저와 처음으로 바다에 온 게 아니라는 사실이 그토록 서운한 말이었던가. 나는 그의 이름을 조용히 불렀다.

"하론."

하론은 대답 대신 제 고개를 숙여 내 이마에 가볍게 입을 맞추었다. 그러곤 제 입술이 잠깐 머물렀던 내 이마 위에 제 이마를 가져다 대었다. 맞닿은 그의 이마가 꽤 뜨거웠다.

그는 어린아이처럼 내 이마를 비비적거리더니 이내 나를 제 품에 끌어당겼다. 나는 그에게 하릴없이 안기었고, 하론은 내 어깨 위에 제 고개를 완전히 기대었다.

"하지만 바다를 보러 함께 온 남자의 마지막은 내가 될 거야."

하론은 그렇게 말하며, 숨을 쉴 수 없을 정도로 나를 꼭 껴안았다. 답답할 정도로 세게 나를 안은 그의 행동이 싫기는커녕 되레 좋기만 했다. 이러다 숨을 쉴 수 없게 되어도 좋다는 생각이 들 정도로.

"다혜. 바다에서 키스한 적은 있어?"

하론은 내 귓가에 제 입술을 슬그머니 가져다 대며 물었다.

"……아니."

내 대답이 끝나기가 무섭게 하론은 안고 있던 나를 놓아주었다. 동시에 내 시야 속에서 그의 얼굴이 가까워지기 시작했다. 하론의 이름을 부르려 입술을 조금 열었을 때, 하론은 그 틈을 놓치지 않고 내 입술 위에 제 입술을 포개었다. 조금 열린 입술 사이로 그의 혀가 매끄럽게 들어왔다. 그의 혀는 내 치열 위를 가볍게 훑으며 더욱 깊은 곳으로 나아갔다. 내 입술 사이로 달뜬 소리가 새어 나오고 나서야, 하론은 키스하던 것을 멈추었다.

"그럼 이건 처음이겠다."

"그렇겠지?"

"그럼 바다에서 고백받은 적은 있어?"

나는 고민을 하지 않고 대답했다.

"아니."

하론은 빙그레 미소를 지으며 내 콧등 위에 가볍게 입을 맞추었다. 쪽, 하는 소리와 함께 그는 내게 진심이 가득 담긴 말을 내뱉었다.

"너를 너무 좋아해."

그는 다시금 나를 꽉 껴안았다. 맞닿은 그의 몸이 방금 전보다도 훨씬 더 뜨거워져 있었다. 나는 익숙하게 그의 등을 쓰다듬었다.

부드러운 키스, 그리고 어느 때보다도 진심이 가득하게 느껴졌던 그의 고백. 내 심장은 그런 것들을 여과 없이 제대로 받아들이고 있었다. 그렇기에 이토록 빠르게 뛰고 있는 거겠지.

나는 티 나지 않게 심호흡을 했다. 하론, 넌 어쩜 매 순간 내 심장에 해로운 짓을 하는 건지.

"하론, 네 몸. 엄청 뜨거워."

"다시 방으로 돌아갈래?"

"……왜?"

나는 나도 모르게 마른 침을 꿀꺽 삼키며 물었다. 그의 입술에서 어떤 대답이 흘러나올지 일찌감치 예상됨에 한 행동이었다. 하론은 내 귓가에 작게 속삭였다.

"여기서 못 하는 거 하러."

"그러다 오늘 하루 방에서 못 나오겠다."

"흐음, 그것도 나쁘지 않은데?"

나도 썩 나쁘지 않은 것 같기도 하고. 나는 그렇게 생각했지만, 하론의 등짝을 가볍게 내려쳤다. 작은 마찰음과 함께 하론이 작게 캑캑거렸다.

"하론. 어제, 네가 가진 강렬한 염원에 대해서 말해 줬잖아."

"응."

"그런 의미에서 나도 지금부터 강렬한 염원을 가져 보려고."

"염원?"

하론은 의아하다는 듯이 반문했다. 하지만 나는 그에게 대답 대신 바람 빠진 미소를 지었을 뿐이었다.

"다혜. 네 염원은 뭔데?"

"맞춰 봐."

그건 말이야, 이렇게 네 곁에서 널 영원히 사랑하고, 너와 행복하길 바라는 거야. 그게 내 강렬한 염원이야.

그리고 그것은 내가 죽는 순간까지도 영원히 가질 염원이었다.

"빌어먹을."

바이올렛은 낮은 욕설과 함께 손에 든 통장의 잔고를 응시했다. 그곳에 적힌 숫자는 1,011원. 에그타르트 하나도 못 살 돈이었다.

장다혜가 살던 세계로 온 지 한 달. 그간 바이올렛에겐 많은 일이 있었다. 에르하르트, 아이린과 닮은 사람들을 만났으며, 졸지에 저가 살던 세계가 책 속 세계였음을 알게 되었다. 받아들일 수 없는 사실들의 연속이었지만, 이제 바이올렛은 그런 사실들을 그럭저럭 받아들이고 있었다.

그래, 에르하르트와 닮은 듯 닮지 않은 하린이라는 그 남자와 이 세계에서 살아가는 것도 나쁘지 않겠다고 생각했었는데. 이제 이곳에선 애증에 물들지 않은 채로 살아가리라 다짐했었는데.

문제는 놀랍게도 따로 존재했다. 그것은 감정적인 문제가 아닌 현실적인 문제였다.

바로 돈이었다.

"이 여자는 왜 이렇게 돈이 없어. 정말 마음에 드는 구석이라곤 하나도 없군."

바이올렛은 텅텅 비어 있는 잔고를 자랑하는 통장을 아무렇게나 던져 버렸다. 동시에 배에선 꼬르륵거리는 소리가 났다. 생각해 보니 제대로 된 음식을 먹지 못한 게 벌써 삼 일째였다.

"돈이 필요해."

언제까지 배를 굶고 살 수 없는 노릇이었다. 바이올렛은 굶주린 배를 끌어안으며, 핸드폰의 액정을 켰다. 그러곤 바이올렛은 고민 없이 메시지 창을 열어 메시지를 입력하기 시작했다. 수신인은 이미 정해져 있었다.

[나 취직 좀 시켜 주세요.]

"……하린 오빠."

오빠라는 말까지 꼭 붙여 적은 그녀는 전송 버튼을 꾹 눌렀다. 고작 손가락 몇 번을 놀림으로써 의사를 전달할 수 있다니. 몇 번을 써 보았지만 정말 신기한 문물임에 틀림없었다.

"하, 바이올렛 바바라스. 한심하기 짝이 없군."

돈에 대한 것으론 한 번도 고민을 해 본 적이 없던 저가 일을 하게 될 줄이야. 바이올렛은 무거운 한숨을 내쉬었다. 이 세계에서 돈을 얻기 위해선, 적어도 일을 해야 한다는 것은 다혜의 몸이 기억하는 기억으로써 알게 된 사실이었다.

더불어 자연스럽게 떠오르는 다혜의 기억들을 통해, 바이올렛은 이곳이 어떻게 돌아가는 곳인지에 대해 알게 되었다. 가령 핸드폰이라든지 이곳의 화폐 구조라든지 생활방식이라든지. 문자 보낼 줄 모르냐고 저를 타박하던 하린에게 자존심이 상해, 문자를 보내는 법도 터득한 그녀였다. 장족의 발전이었다.

하나 생활 방식을 익히는 것과는 별개로 시간이 지날수록 그녀는 제 현실을 피부 깊숙이 느끼게 된다. 의식주를 해결하기 위해서 필요한 것은 돈이었고, 장다혜는 돈이 많은 여자가 결코 아니었다. 이렇게 있다간 하찮고 좁은 이 집에서조차도 쫓겨날지 모를 일이었다. 방세인지, 뭔지를 내라는 주인의 성화를 이미 몇 번 들은 터였다.

다혜의 기억으로 얻을 수 있는 정보는 비단 이곳에 대한 정보뿐 만은 아니었다. 그녀의 기억 속엔 '샤년을 위하여'를 읽었던 그녀의 감정까지도 고스란히 잔존하고 있었다.

바이올렛은 의도치 않게 그 소설에 대한 다혜의 솔직한 생각을 알게 됐다. '바이올렛이라는 여자가 안타깝다. 그녀가 행복했으면 좋겠다. 하론은 또 얼마나 안쓰러운가.' 대개 그런 생각들이었다.

그것들은 일전에 다혜가 제게 직접 호소했던 것들이었지만, 그 당시 애증에 물들어 있던 바이올렛은 그녀의 말을 일절 믿지 않았다. 그저 저를 꾀어낼 수작이라고 생각했을 뿐이었다.

하지만 실제 다혜의 진심이 온전히 닿으니, 그때의 그녀는 저를 꾀어낼 수작만으로 그런 말을 했던 게 아니라는 것을 뒤늦게 깨닫고야 만다. 그리 달갑지 않은 진심이었다. 그간 괴롭혔던 게 미안하기도 하고.

다시 만날 수 있을지는 잘 모르겠다. 하나 다혜 그 여자와 다시 만나는 날이 혹여나 생긴다면, 그땐 그녀에게 진심으로 사과할 수 있을지도 모르겠다.

거기까지 생각했을 때, 바이올렛의 핸드폰이 반짝거렸다. 하린의 답신이었다.

[가게로 오십시오.]

* * *

바이올렛은 신을 대충 구겨 신으며 하린의 가게로 향했다.

제법 익숙해진 도시의 불빛들이 바이올렛의 시야에 맺히고 있었다. 쉬이 익숙해지지 않을 것이라 생각했던 제 세계와 다른 전경이 고작 며칠 사이에 익숙해졌다는 사실에 스스로 잠깐 놀랐다. 바이올렛은 이젠 발걸음을 세지 않고도 하린의 가게에 찾아갈 수 있었다.

가게에 다다른 바이올렛은 가게의 유리창을 통해 그 안을 물끄러미 들여다보았다. 저녁 10시, 슬슬 손님이 끊길 시간의 빵집엔 손님이라곤 보이지 않았다. 직원들 또한 모두 퇴근한 것인지 하린의 모습만이 보였다. 그는 무언가에 불만인 듯한 얼굴로 어딘가를 빤히 내려다보고 있었다. 구겨진 얼굴은 못나 보여야 함이 정상이었지만, 하린이라는 남자는 그런 얼굴조차도 매우 잘나게만 보였을 뿐이었다.

그런 그의 시선이 머물러 있는 곳은 바이올렛도 익히 맛을 보았던 그 빵이 진열된 곳 앞이었다. 에르하르트와 꼭 닮은 이름을 가진 에그타르트.

바이올렛은 유리문을 열어젖혔다. 그러자 딸랑, 하는 차임벨 소리와 함께 문이 매끄럽게 열리었다. 동시에 에그타르트에게만 꽂혀 있던 하린의 시선이 바이올렛에게 닿았다.

"안녕하세요."

바이올렛의 성의 없는 인사에 하린은 작게 한숨을 쉬었다. 바이올렛으로선 그 이유를 전혀 알 수 없는 한숨이었다.

하린은 가게에 들어선 채로 가만히 서 있는 그녀를 빤히 응시했다. 그러곤 몇 시간 전, 제게 왔던 문자의 내용을 떠올렸다.

취직을 시켜 달라나, 뭐라나. 하린은 뜬금없는 그녀의 제안에 혀를 내둘렀다. 하지만 이상한 것은 그녀의 부탁을 마냥 거절하고 싶지 않았다는 것이었다. 동정심인지, 연민인지, 아님 어떤 다른 감정 때문인지는 잘 모르겠지만.

"……저녁은. 드셨습니까?"

하린은 복잡해진 눈빛으로 그녀에게 물었다. 바이올렛에게서 돌아온 대답은 아주 명쾌한 것이었다.

"아니요. 그래서 저 지금 엄청 배고파요."

아니, 이 여자는 뭐가 이렇게 당당해. 하린은 저도 모르게 잘 뻗은 제 눈썹을 일그러뜨렸다. 그러자 또다시 제게 이상한 증상이 나타나기 시작했다. 배가 고프다는 이상한 여자의 허기짐이 걱정되기 시작했기 때문이었다.

대관절 저완 상관없는 그녀가 밥을 먹든 먹지 않든 그게 무슨 상관이라고……. 하린은 그렇게 생각하면서도 성의 없이 한마디를 뱉어냈다.

"그럼 이거라도 먹던지요. ……마침 남아서."

툭 내뱉은 말이었지만, 그 속엔 어쩐지 다정함이 조금 스며 있는 듯한 말이었다. 바이올렛은 고민 없이 하린이 흘긋한 빵을 하나 집어 들었다.

에그타르트, 고놈, 참 먹음직스럽게 잘 구워졌네. 그녀는 에그타르트를 한 입 베어 물었다. 맛은 이전에 맛보았던 대로 맛있었다. 절로 고개가 끄덕여질 정도였다.

"맛있네요."

"제가 만든 빵은 다 맛있습니다만."

"그래요?"

허기졌던 바이올렛은 어느새 에그타르트 하나를 모두 해치우고선, 하린을 다시금 응시했다. 다시 본 그의 얼굴은 방금 전보다도 더 험악하게 일그러져 있었다. 저가 말실수를 했던가. 바이올렛은 고개를 조금 갸웃거렸다.

"왜요? 무슨 문제라도 있어요?"

"……그게 다입니까?"

"뭐가요?"

"그러니까……."

내 빵에 대한 감상이 그게 다냐고. 하린은 그렇게 묻고 싶었지만, 제 입술을 꾹 다물었다.

제 빵이 맛있다고 더 말해 달라고 채근거리는 꼴이지 않던가. 하지만 그녀가 제 빵에 대해 칭송을 해 준다면 정말 기분이 좋을 것 같단 생각이 든 그였다. 부루퉁해 보이는 얼굴을 한 그녀가 해사한 미소를 짓고, 제 빵을 칭송해 준다면.

웃는 그녀의 얼굴을 생각하던 하린의 가슴이 비약적일 정도로 빠르게 뛰기 시작했다. 그는 제 머리를 거칠게 쓸어 넘기며 시름이 깊어진 한숨을 내쉬었다. 난 저 여자에게 도대체 뭘 바라는 거야.

"됐고. 아까 그 문자에 대해 자세히 말씀해 보십시오. 취직을 시켜 달라뇨."

하린은 괜스레 말을 돌렸다. 그럼에도 빨라진 심장 박동은 쉬이 평소의 페이스를 찾아가지 못했다.

"말 그대로예요. 보시다시피 제가 돈이 좀 없어요."

"그건 그쪽 사정이고, 제가 그렇다고 해서 당신을 대뜸 취직시켜 줄 이유는 없는 것 같은데."

"왜 없어요. 하린 오빠."

바이올렛은 야살스러운 미소를 지으며 하린에게 가까이 다가갔다. 그러자 흠칫한 것은 하린이었다. 어느새 하린의 코앞까지 다가온 바이올렛은 그의 셔츠 위로 손을 뻗었다.

그녀의 손의 종착지는 하린의 복부에 매여 있던 검은색의 앞치마였다. 그녀는 조금 삐뚤어진 하린의 앞치마를 손으로 매만지며 말을 이어갔다.

"……지, 지금 무슨 짓을!"

하린은 당황한 듯이 소리쳤지만, 딱히 그녀의 행동을 말리진 않았다. 대신 귀 끝이 조금 붉어졌을 뿐이었다.

바이올렛은 붉어진 그의 귀를 게슴츠레하게 응시했다. 소리를 치긴 해도 싫진 않나 보네. 바이올렛은 조금 음흉한 미소를 지으며 그의 앞치마에서 손을 뗐다. 그러곤 하린의 까만 눈동자를 빤히 응시했다. 그의 동공은 갈피를 잃고 방황하고 있었다. 아무래도 무뚝뚝한 척을 하는 이 남자가 제게 어떤 커다란 동요를 느꼈음이 분명했다. 아마도 그건 호감의 징조로서 발현된 동요가 아닐까.

일전에도 그가 제게 호감이 있는 게 분명하다고 여긴 바이올렛이었다. 호감이 있는 상대를 제게 완전히 넘어오게 하는 것은 바이올렛의 전문 분야였다. 통장 잔고가 1,011원인 그녀는 돈이 절실했고, 하린을 조금 유혹해 보기로 마음먹었다. 물론 자신 또한 하린에게 어쭙잖은 호감을 가지고 있기도 했으니.

"저는 그래도 우리가 꽤 친해진 거라고 생각했는데……. 아니었나요? 집까지 몇 번 데려다주시기도 했고, 얘기도 많이 나눴고, 무엇보다도."

"……."

"좋아해요."

"……!"

바이올렛은 진한 미소를 지었다. 좋아한다는 제 말에 하린의 얼굴은 돌이킬 수 없을 정도로 혼란스러워졌다. 바이올렛은 시시각각 변하는 그의 얼굴을 보며, 뒷말을 이어 했다.

"당신이 만든 그 에그타르트."

"……."

"저를 여기에 취직시켜 주신다면, 다른 사람도 당신이 만든 에그타르트를 좋아할 수 있게 만들어 볼게요."

하린은 마른 침을 꿀꺽 삼켰다. 그사이 바이올렛은 제 말을 이어 했다.

"그 빵이 다신 이렇게 홀로 남아 있지 않게요."

몹시도 유혹적인 기운이 가득한 그 말에 하린은 침묵했다. 대신 그의 목울대가 티 나게 꿀렁거렸을 뿐이었다.

***

홀린 게 틀림없다.

하린은 그렇게 단정 지었다. 그렇지 않고서야 요사스러운 미소를 짓던 바이올렛의 얼굴이 이토록 머릿속에 오랫동안 잔류하고 이유는 없을 테니까.

순간 하린의 머릿속엔 어젯밤 바이올렛이 했던 말이 떠올랐다.

'좋아해요.'

저를 올려다보던 바이올렛의 그윽한 시선. 그녀의 작은 숨소리. 가까이 있던 그녀에게서 맡아지던 좋은 체취. 어느 것 하나 허투루 기억되는 게 없었다. 모든 것이 손에 잡힐 듯이 너무나도 선연하다.

하린은 고백을 처음 받은 사춘기 소년처럼 빨라지던 제 심장 박동을 기억했다. 바이올렛의 '좋아해요'라는 말이 제게 향한 것이 아님을 알고 있었음에도 불구하고, 가빠진 심장 박동은 한동안 사그라지지 않았었다. 당황한 여파로 졸지에 그녀를 취직시켜 주기에 이르렀으니.

포스기 앞에 서 있던 하린의 복잡한 시선이 바이올렛에게 닿았다. 그녀는 빵을 고르는 손님을 과할 정도로 쳐다보고 있었다. 아니, 노려보고 있다는 게 더 정확한 표현일지도 몰랐다.

취직을 시켜 주며 어려운 일을 시킨 것은 아니었고, 그녀에겐 그저 손님 응대만을 시킨 하린이었다. 딱히 바이올렛이 일을 훌륭하게 할 법한 사근거리는 성격은 아닌 것 같아서. 그래서 빵 진열과 가벼운 손님맞이를 해 달라고 했을 뿐인데…….

손님을 노려보는 그녀의 눈빛을 보자니, 꼭 조만간 무슨 일이 벌어질 것만 같은 예감이 든 하린이었다. 아니나 다를까. 머지않아 조용했던 빵집에 날카로운 소리들이 퍼져 가기 시작했다.

일의 발단은 손님이 집었다가 아무렇게나 내팽개친 에그타르트였다.

"그 빵. 그렇게 던지시면 안 돼요."

바이올렛은 끓어오르는 노기를 누르며 말했다. 빵을 집어 던진 여자는 어이가 없다는 듯이 반문했다.

"네? 제가 던지든 어쩌든 댁이 무슨 상관이에요."

"보시는 바와 같이 에그타르트는 매우 연약한 빵이라서, 그렇게 던지시면 상품에 흠집이 납니다만."

여자는 들고 있던 집게로 저가 내팽개친 에그타르트를 몇 번 성의 없이 툭툭 건드렸다. 부서지기 쉬운 에그타르트의 옆면이 티가 나게 으스러져 있었다. 바이올렛은 으스러진 면을 보며 제 인상을 매섭게 구겼다.

"뭐, 티도 안 나고만."

"티. 납니다."

바이올렛은 아랫입술을 지그시 깨물었다. 보자보자 하니까, 이 여자가 하는 행동이 아주 가관이라서. 돈이 급해서 어쭙잖게 취직을 했으니, 적어도 하린에게 해가 될 행동을 하지 말아야 함을 바이올렛도 잘 알고 있었다. 적어도 상도덕은 지키자, 라고 다짐했건만.

상도덕이라곤 전혀 보이지 않는 여자 손님의 태도를 보자 화가 나도 여간 나는 게 아니었다. 공녀로서 살아가던 그녀였다면, 일찍이 여자의 멱살을 잡았으리라.

"……뭐라고요?"

여자 손님도 성격이 만만치 않은 듯이 바이올렛에게 대꾸했다. 둘 사이엔 험악한 기류만이 그득했다. 하린은 얼른 계산대에서 튀어나와 두 여자 사이를 파고들었다. 더 방관하고 있다간 정말로 큰일이 일어날 법했기 때문이었다.

"죄송합니다, 손님."

하린은 여자 손님에게 정중하게 사죄했다. 그렇다고 해서 여자 손님의 태도가 옳았다고 옹호하는 것은 아니었다. 다만 어쩔 수 없었을 뿐이었다. 빵집 사장으로서.

"나 원 참. 이 빵집. 사장이 싹싹해서 자주 이용했는데, 직원은 꼬락서니가 이게 뭐야."

여자는 팔짱을 단단히 낀 채로 바이올렛을 노려보았다. 바이올렛은 주먹을 꽉 쥐고선 더욱 도끼 같아진 눈으로 그녀를 쏘아봤다.

"뭐라고요?"

"바이올……. 아니, 바이. 그쯤 하십시오."

하린은 바이올렛에게 눈짓을 했다. 일이 더 커지길 바라진 않았기 때문이었다. 하나 그의 그런 진심은 바이올렛에겐 전혀 닿지 않았나 보다. 하린이 여자 손님을 두둔하자 바이올렛은 더 성이 난 듯이 그에게 따지고 들었다.

"하린 오빠, 아니, 사장님. 제가 뭘 잘못했어요? 저 여자가 빵을 막 집어 던진 건 사실이잖아요. 사지도 않을 거면서 흠집이나 내고. 당신, 그 빵이 어떤 빵인 줄 알아?"

바이올렛은 하린이 얼마나 에그타르트에 정성을 쏟고 있는지 알고 있었다. 늦은 밤 제일 팔리지 않는 에그타르트를 바라보며, 그 주변만 서성거리던 그의 근심 어린 얼굴을 알고 있었단 말이다.

그렇기에 더더욱 그런 에그타르트를 홀대하는 여자의 태도를 그냥저냥 지나칠 수가 없었다. 바이올렛은 여자에게 금방이라도 달려들 듯이 몸을 기울였다. 그러자 하린이 그녀를 막아 세웠다.

"그만. 당신이 심했습니다. 사과하세요."

하린에게서 돌아온 대답은 차가웠다. 하린은 제법 화가 난 얼굴로 바이올렛을 내려다보고 있었다.

서늘함이 물씬 풍기는 그의 눈매. 꽉 다문 입술. 그 모습은 놀랍게도 에르하르트와 퍽도 닮아 보였다. 그러니까 바이올렛 저를 끔찍하게 생각했던 그 에르하르트와.

순간 바이올렛이 느낀 것은 노기보다도 짙은 슬픔이었다. 왜 슬픈 마음이 든 걸까. 하린이 저 대신 손님 편을 들어서? 에르하르트와 닮은 하린이 저를 냉소적으로 바라보아서?

그것도 아니라면, 하린에게조차도 미움을 받게 될까 봐 겁이 나서?

바이올렛은 쓰디쓴 미소를 지었다. 왠지 모르게 눈물이라도 날 법한 기분이었다.

"최하린. 당신이 무슨 말을 하든, 에그타르트를 그딴 식으로 다룬 여자에게 절대로 사과 못 해."

바이올렛은 허리춤에 둘렀던 앞치마를 벗어 던지고선 빵 가게를 뛰쳐나갔다. 뒤에선 저를 부르는 하린의 목소리가 몇 번 들렸지만, 그녀는 뒤돌아보지 않았다. 바이올렛은 뛰는 듯한 빠른 걸음으로 집으로 향했다. 내심 하린이 쫓아와 주길 바랐지만, 그는 따라오지 않았다. 어쩌면 화가 단단히 난 손님에게 아직까지 사과하고 있을지도 몰랐다. 바이올렛은 그 점이 퍽도 마음에 들지 않았다.

이윽고 집에 도착한 바이올렛은 현관문을 열던 순간 생각했다. 아무래도 며칠은 꼼짝없이 굶어야겠다는 그런 생각.

***

하린은 핸드폰을 들었다 놓길 반복했다. 핸드폰에만 꽂힌 그의 시야엔 누군가의 이름이 맺혀 있었다.

'바이올렛.'

이름도 이상하고, 행동도 이상하고, 말하는 것도 이상한 여자인 바이올렛. 그 여자가 신경 쓰여 미칠 것만 같은 그였다. 처음엔 대뜸 눈물을 흘려서 저를 신경 쓰이게 하더니, 좋아한다는 말로 저를 홀려 놓고선, 이젠 제 분에 못 이겨 뛰쳐나가 버린 그녀였다. 빵집을 뛰쳐나가던 그녀의 얼굴에 서린 눈물의 기운이 계속해서 하린의 머릿속에 맴돌았다.

취직시켜 달라고 부탁할 땐 언제고 그렇게 쉽게 일을 내팽개쳐 버린 그녀가 원망스럽기도 했다. 무언가를 파는 입장에서 손님들에게 굽히고 들어가는 건 당연한 일임에도, 바이올렛은 그런 것들을 전혀 이해하지 못한 듯했다. 마치 이런 일이라곤 한 번도 안 해 본 사람처럼.

물론 그녀가 화를 냈던 이유를 하린은 이해했다. 하린 또한 손님이 던지듯이 에그타르트를 내팽개치는 걸 봤으니까. 하지만 그 상황에선 그렇게 함이 제겐 최선이었음을 바이올렛은 전혀 이해하지 못한 것만 같았다. 답답했다.

하린은 목 끝까지 채워져 있던 셔츠의 버튼을 몇 개 풀어 젖혔다. 그럼에도 답답함은 전혀 가시지 않은 채로 제 머리를 복잡하게 만들었다.

연락이라도 먼저 왔으면 좋으련만. 상처받은 얼굴로 뛰쳐나가갔던 그녀에게선 몇 시간째 연락이 한 통도 없었다.

"……린아, 하린아?"

하린은 저를 부르는 소리에 그제야 핸드폰에만 닿았던 시선을 다른 쪽으로 옮겼다.

"어이, 최하린. 무슨 생각을 하길래 몇 번을 불러도 대답이 없어?"

하린의 시선에 맺힌 이는 그의 누나인 아린이었다. 생각이 너무 깊었던 것인지 아린이 가게로 들어오는 소리를 전혀 듣지 못한 하린이었다.

"……아, 그냥. 이것저것."

"무슨 일 있었어?"

"몰라."

하린은 아린의 시선을 회피했다. 지나칠 정도로 눈치가 빠른 제 누나와 계속해서 눈을 맞추다간 그녀가 금세 제 마음을 눈치채 버릴지도 몰랐다.

"보니까 무슨 일 있었구먼! 무슨 일인데, 응? 오늘 진상 손님이 있었어? 아님, 설마 바이랑 관련된 일이야?"

"……."

하린은 입술을 꾹 다물었다. 사실 아린의 물음은 두 개 다 맞았다. 진상 손님도 있었고, 바이올렛과도 일이 있었기에. 아린은 그런 하린의 얼굴을 보며 제 검지와 엄지를 튕겼다. 그러고선 그녀는 모든 것을 눈치챘다는 듯이 고개를 위아래로 끄덕거렸다.

"최하린, 너 딱 걸렸어. 바이랑 무슨 일 있었구나. 너희 둘, 싸웠어? 아참, 바이가 오늘부터 네 가게에서 일한다고 했잖아. 그런데 얘는 보이지도 않고."

하린은 한숨을 푹 내쉬었다. 딱히 아린에게 바이올렛이 제 가게에 일하게 되었다는 사실을 얘기하려던 것은 아니었지만, 오늘 아침 아린이 빵집을 들렸던 탓에 딱 들켰던 터였다. 아침에도 빵집을 왔던 주제에 저녁에도 아린이 찾아올지 몰랐던 하린이었다.

하린은 제 시선을 들어 올려 다시금 아린을 응시했다. 이렇게 된 마당에 오늘 있었던 일을 더 숨기기엔 무리인 것만 같았다. 숨기면 숨길수록 아린은 더더욱 추궁할 것이 분명했다. 하린은 회피하는 걸 포기한 채로 마른 입술을 떼어냈다.

"낮에……."

하린은 낮에 있었던 일을 털어놓았다. 요점만 간단히.

묵묵히 그의 말을 듣던 아린은 하린의 말이 끝나자마자 그의 넓은 등짝을 후려쳤다. 퍽, 하는 소리와 함께 하린은 앓는 소리를 작게 냈다.

"이 등신. 그렇게 신경 쓰이면 먼저 찾아가면 되잖아."

"……."

"바이를 더 타박을 하든, 아님 아깐 어쩔 수 없었다고 변명을 하든. 일단 찾아

가. 그리고 얘기를 해. 답답하게 혼자 핸드폰이나 들여다보면서 고민하지 말고. 뭘 망설여? 여하튼 연애 박사인 것처럼 얘기하는 주제에 순 숙맥이라니까.”

과연 아린다운 화통한 대답이었다. 아린은 쯧쯧, 거리며 하린을 노려보았다. 명백히 신경 쓰고 있는 주제에 고민만 하는 그가 답답해 보였기 때문이었다.

하린은 대답 대신 외투를 챙겼다. 아린의 말이 백번 맞았다. 그녀를 타박하든 그녀에게 변명을 하든, 중요한 것은 일단은 그녀가 몹시도 보고 싶다는 사실이었으니까.

일단은 얼굴을 마주 봐야겠다. 그러곤 그녀가 지금 무슨 표정을 짓고 있는지 확인하고 싶었다. 가게를 뛰쳐나갈 때처럼 곧 울 법한 얼굴을 지금까지 하고 있는 건지.

그리고 묻고 싶었다. 바이올렛, 당신이 그토록 화를 냈던 건, 저가 에그타르트를 소중히 여기는 걸 알기에 그런 것인지.

아린은 가게를 뛰쳐나가는 하린의 등을 물끄러미 응시했다. 그의 발걸음은 조급해 보이기만 했다. 바이올렛에게 저렇게 달려갈 거였으면, 왜 그렇게 답답하게 굴었던 거람.

“좋을 때구나. 아, 나도 연애나 할까.”

아린은 비어 있는 제 옆자리가 오늘따라 더더욱 허전하게만 느껴졌다.

***

바이올렛은 불도 켜지 않은 채로 방 안 한편에 쪼그리고 앉았다.

무릎을 세운 채로 그 안에 고개를 파묻어 눈을 감자 자연스럽게 하린이 떠올랐다.

‘그만. 당신이 심했습니다. 사과하세요.’

온기 하나 없던 서늘한 시선으로 저를 내려다보던 하린. 그의 서늘함이 아직까지 제 주변을 맴도는 것만 같았다. 바이올렛은 어깨를 움츠렸다. 제 세계에선 그보다도 더한 냉대를 받았었는데, 왜 이렇게 마음이 사무치는 걸까.

하린에게 미움을 받는 것이 그토록 두려운 걸까.

바이올렛은 빵집에서 저가 했던 행동들을 하나둘씩 되돌아봤다. 조금 진정한 채로 생각해 보니 저가 조금 심했던 것 같기도 했다. 직원 주제에 손님에게 너무 윽박지른 것은 아닐는지.

하나 그렇다고 해도 자신의 행동을 후회하진 않았다. 다시 과거로 돌아간다고 할지라도 바이올렛은 똑같이 그 손님에게 역정을 냈을 테니까. 다른 빵은 몰라도 에그타르트를 그토록 막 대하는 건 도무지 참을 수가 없었다.

"······내가 왜 그렇게 화를 냈는지도 모르면서. 최하린, 멍청이네."

최하린, 당신이 그토록 에그타르트를 애지중지하지 않았더라면, 나도 오늘 그렇게까지 화를 내지 않았을 거야.

바이올렛은 무거운 한숨을 내쉬었다.

하린도 이제 저를 싫어하게 되는 걸까. 바이올렛은 그런 생각이 들었다. 제 세계에서 막무가내에 멋대로 행동했던 터라 모든 이의 미움을 받았던 그녀였다. 심지어 소꿉친구인 하론에게까지 미움을 받았지 않던가.

방금 전에 했던 행동 또한 타인의 눈엔 이기적인 행동으로만 보였다면.

"나는 여기서도 미움을 받게 되는 걸까?"

······미움받기 싫다.

바이올렛은 제 아랫입술을 짓이겼다. 미움받는 건 이제 그만하고 싶었다. 이 세계에서 살아갈 희망을 주었던 하린에게조차 미움을 받는다면, 자신은 이제 어떻게 해야 하는 걸까. 더 살아갈 의미가 있는 걸까.

요란한 벨소리가 들린 것은 그때였다. 바이올렛은 무릎 사이에 파묻었던 고개를 들어 올려 소리의 근원지를 응시했다. 소리를 낸 장본인은 핸드폰이었다. 바이올렛은 손을 뻗어 가까운 곳에 있던 핸드폰을 집어 들었다. 액정엔 그의 이름이 띄워져 있었다.

<최하린>

바이올렛은 잠깐 고민을 했지만, 이내 수신 버튼을 눌렀다. 그가 무슨 의도로 전화를 한 것인지 궁금했으므로.

"……여보세요?"

-…….

용기 내어 한마디를 건넸지만, 돌아오는 대답은 없었다. 바이올렛은 작은 한숨과 함께 말을 덧대었다.

"이봐요, 최하린 오빠. 말 안 할 거예요? 그럼 끊을게요."

-……잠, 잠깐만.

그는 그제야 한마디를 건네었다. 날카롭기만 했던 그의 목소리는 한층 누그러져 있었다. 화가 조금 풀린 걸까. 아직까진 그에게 미운털이 단단히 박히진 않은 걸까?

-아까…… 윽박질러서 미…… 미안합니다.

"……."

이번에 침묵을 한 쪽은 바이올렛이었다. 바이올렛에겐 하린의 사과가 너무나도 뜻밖이었다. 지극한 자기애로 똘똘 뭉친 그 남자가 먼저 사과할 줄은 꿈에도 상상 못 했기 때문이었다. 되레 잘못을 인정하라고 윽박을 질렀음 더 질렀을 사람이라고 생각한 그녀였다.

수화기 너머로 하린의 목소리가 또다시 들렸다.

-……집입니까?

"뭐……. 일단은."

-찾아가도 됩니까?

하린은 찾아와서 무슨 말을 하고 싶은 걸까. 바이올렛이 느릿하게 대답했다.

"그것도 뭐 일단은."

뚝.

대답과 동시에 전화는 끊겼다.

바이올렛은 전화가 끊긴 액정을 한참이나 내려다보았다. 그러다 바람 빠진 미소가 새어 나왔다. 고작 하린의 전화 한 통에 방금 전까지 느꼈던 처참한 기분이 사라졌기 때문이었다.

아직까진 하린에게 미운털이 단단히 박힌 것 같진 않아서, 그래서 지금 안심이라도 하고 있는 건지.

띵동-

누군가의 방문을 알리는 소리는 놀랍게도 그와의 전화가 끊기자마자 곧바로 울렸다. 바이올렛은 앉아 있던 몸을 일으켜 현관까지 다가갔다.

"하린 오빠?"

그리 묻자 밖에선 낮은 목소리가 화답했다.

"네, 접니다."

바이올렛은 문을 열어 주었다. 문을 열자마자 보이는 건 어쩐지 안절부절못하는 얼굴을 한 하린이었다.

"전화하기 전에 이미 와 계셨었어요?"

"……뭐, 어쩌다 보니."

하린은 머쓱하게 대답했다. 언제고 자신만만하게 말하던 그답지 않은 모습이었다.

"왜……. 왜 오셨어요?"

"그쪽이 신경 쓰여서 온 건 아닌데."

"아닌데?"

바이올렛은 하린의 말꼬리를 잡아 늘어뜨렸다. 하린은 제 쪽을 쳐다보지도 못한 채로 대답했다.

"일하기로 해 놓고 그렇게 뛰쳐나가면 어쩌잔 겁니까?"

타박하는 투는 아니었고, 그저 투정에 가까운 말투였다. 바이올렛은 저도 모르게 안도의 기운이 가득 밴 숨을 내뱉었다.

"일을 계속하겠다는 건지, 말겠다는 건지."

"……흠, 그러게요."

"그러게요?"

이번엔 하린이 바이올렛의 애매한 말꼬리를 늘어뜨리며, 드디어 그녀를 응시했다. 그의 눈초리는 여전히 매섭게 보였지만, 그의 눈빛은 전혀 그러하지 않았다. 냉소적인 기운이 느껴지기는커녕 되레 미안한 빛이 그득했을 뿐이었다. 바이올렛은 그 점이 정말 다행이라고 생각했다. 그가 저를 냉소적이게 바라보지 않아서. 그녀는 저도 모르게 허탈한 미소를 지었다.

"하하."

"지금 웃음이 나옵니까? 당신 때문에 오늘도 에그타르트는 하나도 팔지 못 했는데."

"음. 그게 원래부터 잘 팔리는 건 아니었지 않나요?"

"……이봐요."

하린은 거기까지 말하고선 침묵했다. 그러곤 팔짱을 끼고 있던 손으로 제 팔 위를 연신 두드렸다. 그의 모습은 무슨 말을 하고 싶어 하는 것 같았으나 망설이는 모습에 가까워 보였다. 침묵은 길게 이어졌다.

바이올렛은 그가 먼저 말을 꺼낼 때까지 참을성 있게 기다려 주었다. 이윽고 하린은 어렵사리 말을 꺼내기 시작했다.

"……아까, 그쪽이 왜 그렇게 화냈는지 압니다. 에그타르트는 내가 제일 좋아하는 빵이니까. 그리고 내가 제일 신경 써서 만드는 빵이니까. 당신은 그 점을 알고 있었기 때문에, 그 손님의 무례한 행동에 더 화를 낸 거 아닙니까. 왜냐면 그쪽은 나를 좋아하니까."

바이올렛은 그의 단정적인 말에 다시금 헛웃음을 지었다. 저를 좋아한다는 확신은 도대체 어디서부터 어떻게 가지게 된 걸까.

아무래도 일전에 하린에게 번호를 먼저 물어봤던 그때부터였던 것 같은데……. 그런데 그게 꼭 아닌 말은 아니라서, 바이올렛은 별다른 대꾸를 하지 않은 채로 그를 가만히 응시하기만 했다.

"그래도 일단은 손님이지 않습니까. 그렇게 화를 내면 안 된단 말입니다."

"알고 있어요. 저도 지금 조금 후회하던 참이었으니까. 하지만 다시 같은 상황을 겪게 됐을 때, 그때는 참을 수 있다고 보장할 수 없어요. 왜냐면 당신이 했던 말대로 에그타르트는 당신이 제일 아끼는 빵이니까. 당신이 제일 아끼는 걸, 다른 사람이 함부로 대하는 건, 제가 참을 수 없으니까요."

바이올렛은 한 걸음씩 앞으로 걸어가 하린에게 가까이 다가갔다. 현관의 문지방에 서 있던 그는 팔짱을 뺀 채로, 얼결에 뒤로 두어 걸음 내뺐다. 하나 하린의 등은 곧 아파트 복도의 벽에 맞닿고야 만다. 도망갈 곳을 잃은 하린은 어느새 코앞까지 다가온 바이올렛을 내려다보았다.

바이올렛은 그런 그의 얼굴을 가만히 훑어보았다. 어쩜 여자보다도 깨끗한 피부, 까만 눈동자, 곧고 바르게 내려온 콧대까지도. 새삼스럽게 그가 잘생겼단 기분이 들게 뭐람.

"그래도 더 노력해 볼게요."

당신에게 미움받는 건 정말 싫으니까. 바이올렛은 거기까지 말하지 못한 채로 미소를 지었다.

"그럼 내일도 출근해도 돼요?"

"그럼 안 할 생각이었습니까?"

"내일은 화를 안 내도록 참아 볼게요."

"그 부분은 저도 부탁드리고 싶은 바입니다."

한 마디도 지지 않는 하린이 귀엽다고, 바이올렛은 생각했다. 이 남자와 조금 더 친해지고 연인이 된다면, 그땐 애증 속에 물들지 않을까. 바이올렛은 다시 누군가와 연인이 된다는 것이, 사랑을 나눈다는 것이 조금은 두려웠다.

하지만 그런 두려움을 감내하더라도, 바이올렛은 하린과 조금 더 친해지고 싶었다. 그가 제게 가진 호감을 사랑으로 발전시키고 싶었다.

사랑으로 인해 파국에 치달았던 주제에 다시금 누군가와의 사랑을 바라는 자신의 모습이 우습기도 했다. 하지만 바이올렛은 하린을 놓치기는 싫었다. 결단코 그가 에르하르트와 묘하게 닮았기 때문만은 아니었다.

"그래서 제 걱정 많이 되셨어요?"

"누, 누가 당신 걱정을 했다고!"

"그럼 왜 찾아오셨는데요?"

"……."

하린은 입을 꾹 다물었다. 바이올렛이 신경 쓰여서 온 것은 맞는데, 이상하게도 그것을 곧바로 인정하기가 싫었다. 왜인지는 알 수 없었다. 처음엔 이상한 행동으로 제 관심을 끌던 그녀가 이젠 도무지 신경이 쓰여 견딜 수가 없었다.

그새 정이라도 든 건지. 그녀가 제 빵을 소중히 여겨 준다는 사실에 어쭙잖게 감동이라도 해 버린 건지.

"당신을 조금 더 알아가도 될까요?"

바이올렛은 무방비하게 놓인 하린의 손을 가볍게 부여잡았다. 그는 작게 움찔하기는 했지만, 그렇다고 해서 그녀의 손을 내치진 않았다.

"하, 어차피 그럴 목적으로 제 가게에 접근했지 않습니까? 번호도 먼저 물어봤던 주제에."

"아참. 저 당신을 좋아한다는 설정이었죠?"

"……?"

하린은 고개를 갸웃거렸지만, 바이올렛은 그의 갸웃거림을 신경 쓰지 않고선 저가 할 말을 했다.

"하린 오빠. 이렇게 찾아와 줘서 고마워요. 그리고 취직시켜 줘서 더 고맙고. 그래서 보답을 조금 해 볼까 싶은데."

"……."

하린은 의문스럽게 그녀를 응시했다. 그녀의 입술이 제 입술 위에 닿은 것은 순식간의 일이었다.

쪽. 스치듯이 닿은 그녀의 입술은 금세 다시금 물러섰다.

"……!"

"제 보답 어때요?"

……좋았어. 하린의 머릿속엔 자연스럽게 짧았던 입맞춤에 대한 감상이 떠올랐다. 하지만 그는 차마 좋았다는 말은 하지 못한 채로 두 눈을 크게 떴다. 숱하게 많은 여자를 만났던 최하린의 인생에 있어 이토록 떨리는 입맞춤은 단언컨대 처음이었다.

"하린 오빠. 그래서 대답은요?"

하린은 제 입술을 손으로 훔쳤다. 고작 짧은 입맞춤 하나에 얼굴이 달아오르는 느낌이 든 그였다.

"……하."

하린은 제 앞을 막아섰던 바이올렛을 비켜 나와 복도를 몇 걸음 거닐었다.

"그, 그럼 내일 뵙죠."

그는 바이올렛의 대답을 듣지도 않은 채로 복도를 빠르게 빠져나갔다. 시간이 지나면 지날수록 그의 심장 박동은 더더욱 가빠졌다. 꼭 빠른 걸음 때문에 그런 것만은 아니었다.

하린은 그 순간 알 수 있었다.

가파르게 뛰고 있는 제 심장 박동의 의미는 사랑의 전조라고.

자신 또한 바이올렛이라는 이상한 여자를 조금 더 알아가고 싶다고.

이제는 그런 사실들을 인정해야만 했다.

-마침-